Het laatste land

Van dezelfde auteur

De kus van de weduwe
Motormoeder
Vogel kan niet vliegen
Wachten op de moesson
De stille stad

Threes Anna

Het laatste land

2012

Omslagontwerp: Wil Immink Design
Omslagbeeld: Getty Images
Foto auteur: © Chris van Houts
Typografie: Pre Press Media Groep, Zeist
Druk- en bindwerk: Koninklijke Wöhrmann, Zutphen

ISBN 978 90 5672 464 1
NUR 301

De auteur ontving voor het schrijven van dit boek een reisbeurs van het Nederlands Letterenfonds.

Dit boek is gedrukt op papier dat het keurmerk van de Forest Stewardship Council (FSC®) mag dragen. Bij dit papier is het zeker dat de productie niet tot bosvernietiging heeft geleid. Een flink deel van de grondstof is afkomstig uit bossen en plantages die worden beheerd volgens de regels van FSC. Van het andere deel van de grondstof is vastgesteld dat hiervoor geen houtkap in de laatste resten waardevol bos heeft plaatsgevonden. Daarom mag dit papier het FSC Mix label dragen. Voor dit boek is het FSC-gecertificeerde Munkenprint gebruikt. Dit papier is 100% chloor- en zwavelvrij gebleekt en wordt geleverd door Arctic Paper Munkedals AB, Zweden.

Wie heeft ons aldus omgekeerd, dat wij,
wat wij ook doen, de houding hebben aangenomen
van een die weggaat? Zoals hij
op de laatste heuvel, die hem heel zijn dal
nog eenmaal toont, zich omdraait, stilhoudt, talmt –
zo leven wij en nemen aldoor afscheid.

– RAINER MARIA RILKE, *De elegieën van Duino*
vertaald door Atze van Wieren, Uitgeverij IJzer, Utrecht 2006

opgedragen
aan hen die wonen op afgelegen eilanden

1
DE GOD DER WINDEN

2
DE GIFT VAN DE GODEN

1

De god der winden

De storm

'Ik ben de koning van de wereld!' roept hij, en laat de aardbol steeds sneller ronddraaien. Het eindeloze blauw van de oceanen vermengt zich met het rood van de woestijn, met het groen van het regenwoud, het geel van de steppe en het bruin van de toendra. Bij elke duw gaat het sneller. Een melange van landen en zeeën cirkelt om de metalen as die de wereld doorboort. Aarde en water worden één. Weer geeft hij een duw en de holle bal spint nog venijniger rond, produceert een snerpend geluid. Hij wil roepen: 'Kijk dan!' maar er is niemand die hem kan zien behalve de honderden opgezette vogels die overal op de kasten en planken staan.

De deur van het huis was die ochtend dichtgegaan met de woorden: 'Dag lieverd, en beloof me dat je nergens aanzit!' Dat had hij ook gedaan – de eerste tien minuten. Toen kreeg hij trek en was op zoek gegaan naar chips, had een zak met mini-repen gevonden, waarvan hij de helft had opgegeten terwijl hij langs de verschillende kanalen zapte zonder een programma te vinden dat hij leuk vond. Hij had een tijdje *Lonely Island* zitten spelen op de computer, maar Silver Knight werd onthoofd door Captain Stone, daarna had hij Barcelona tegen Juventus laten voetballen en Bayern München tegen Chelsea.

Een mix van verveling en nieuwsgierigheid had hem uiteindelijk naar de werkkamer van zijn vader in de kelder geleid. Hij kwam weinig in die kamer, niet omdat het niet mocht, maar omdat alle vogels dood waren en er te veel boeken stonden in talen die hij niet kende. Alles was saai in de kamer onder de grond, behalve de grote wereldbol op de standaard, die nu almaar harder draait. De evenaar is een donkere lijn en de Noordpool een lichte vlek op de top. De vlakken en letters van exotische oorden als Perzië, India en Japan worden grijze lijnen zonder horizon.

Er klinkt een krak, de bal vol continenten begint onverwachts te kantelen, alsof de polen willen wisselen. Hij probeert hem op te vangen, terug te duwen, maar de globe ontglipt hem en valt met een harde klap kapot op de tegels.

Hij staat tussen de brokstukken die ooit de wereld waren, de aardbol waarop zijn vader hem altijd liet zien hoe ze met de boot twee dagen moesten varen om naar oma te gaan, waarop zijn moeder hem landen wees waar het nooit regende en waar ze graag met z'n drieën naar toe zou willen reizen. Hij raapt een scherf op. Die is helemaal blauw op één heel klein bruin stipje na.

Boven hoort hij de buitendeur open- en dichtgaan. Hij krijgt het opeens heel koud. Zijn vader mag het niet zien, nog niet, hij moet hem eerst kietelen en aan het lachen maken, anders wordt hij boos. Snel stopt Unnar de blauwe scherf in zijn zak, doet het licht uit en sluipt omhoog.

'Ah! Liefje, ben je daar?' In de gang staat zijn oma. Haar haren steken vreemd alle kanten uit en haar wangen zijn net zo rood als haar lippen. Unnar vindt het vervelend als zijn oma hem liefje noemt, of lieverd, hij is toch geen baby meer!

'Je wilt niet weten wat ik heb meegemaakt. Ik was bijna dood!'

Unnar kijkt haar nieuwsgierig aan.

'Ik begrijp niet dat ze het niet hebben voorspeld. Ze hebben toch computers die weten wat voor weer het wordt? Ik ben met vier andere dames teruggekomen in een taxi. Vier! We pasten er net in, ze zeiden allemaal dat ik geluk had dat ik zo slank ben en dat ik er daarom bij mocht. Het was vreselijk, elk moment dachten we dat we van de weg zouden worden geblazen, vooral toen we uit de tunnel kwamen. Ze zeiden dat ik de vuilnisbakken snel moest binnenzetten, of heb jij dat al gedaan? En ook de tuinstoelen en de plantenpotten, alles, alles moet naar binnen, zeiden ze, anders waait het weg!'

Voor hij kan antwoorden, loopt zijn oma de huiskamer in, nu hoort ook Unnar de wind die om het huis raast. Hij is opgelucht dat zijn vader er nog niet is, nu heeft hij tenminste tijd om de gebroken wereldbol op te ruimen. Snel glipt hij de trap weer af, de kelder in. Hij doet het licht niet aan, hij kent de weg ook met zijn ogen dicht. Vaak heeft hij hier geslopen in het pikdonker, wanneer de gang de onderaardse tunnel was die leidde naar een piratengrot of geheime schatkamer. Uit de la van het kastje met de stripboeken pakt hij de zaklamp en dan gaat hij weer de werkkamer van zijn vader in. Hij knijpt. De lamp maakt een schrapend geluid en licht op. Unnar doet snel de deur dicht zodat zijn oma de knijpkat niet kan horen. Hij schijnt langs de wand. De vogels staren hem onwezenlijk aan, van sommige staat de bek wijd open, een grote bruine met wijde vleugels lijkt op het punt te staan hem aan te vallen. Hij schijnt op de vogel en knijpt een paar keer fel in de lamp alsof het een pistool is waarmee hij schiet. Maar de vogel wordt alleen maar beter verlicht en kijkt hem woedend aan. Unnar knielt, en begint de stukken bij elkaar te vegen. Misschien kan hij hem lijmen, dan zal zijn vader het nooit weten. Boven hoort hij zijn oma. Haar hakken verraden waar ze loopt. Er klinkt een bons.

'Unnar!'

Er klinkt paniek in haar stem. Hij glimlacht. Zou zij ook iets kapot hebben gemaakt? Maar zijn lach verdwijnt als hij zich realiseert dat zijn vader dan misschien wel dubbel boos wordt. Waarom zijn ze er eigenlijk nog niet? Het vliegtuig dat om vijf uur met zijn ouders zou aankomen, zou een uur later met oma vertrekken. Hij schijnt op de klok. Het is halfzeven. Boven de klok hangt de tekening van het jongetje op de rug van de ganzerik. Volgende keer mag hij ook meevliegen, heeft zijn moeder beloofd. Hij hoort weer een dreun, harder deze keer, gevolgd door het breken van glas.

'Un-nar!'

Hij veegt de gebroken globe onder de kast.

'UNNAR!'

Haar stem is zo schel en hard dat hij opspringt en naar boven rent. Al op de trap voelt hij een koude wind langs zijn blote armen trekken. Een suizend geraas buldert hem tegemoet. Midden in de kamer staat zijn oma, haar haren bewegen, haar rok flappert. De lamp, in de vorm van een vis, rukt als bezeten aan het snoer, alsof hij wil wegzwemmen. Ook de roze gestreepte raamlamellen die aan de rails langs het plafond hangen klapperen furieus en de bloemen die op tafel stonden en waarvan oma had gezegd dat de prijs buitensporig was, liggen in een plas. Door het gebroken raam stormt een ijskoude wind naar binnen. De lamellen slaan steeds wilder om zich heen. Met een knal breekt de rails en de roze flappen schieten als reuzenvlinders door de kamer.

Unnar schrikt als hij ziet dat de ravage die zijn oma heeft aangericht vele malen groter is dan die paar scherven van hem. Hij wil naar haar roepen om te vragen wat er is gebeurd als hij ziet dat ze met verschrikte ogen naar de kast staart. De hoge houten kast die van zijn dode opa en oma is geweest, en die al jaren als een solide baken midden in hun huiskamer staat, beweegt. Langzaam, als door een onzichtbare hand, wordt het meubel omgeduwd. Unnar roept: 'We moeten hem tegenhouden!' Hij begint met volle kracht tegen de achterkant van de kast te duwen. Maar het bergmeubel blijft naar achter komen en laat zich niet terugzetten, zeker niet door een tienjarige.

'Oma!' roept hij.

Johanna schiet naar hem toe.

'Duwen!' roept Unnar.

Samen duwen ze met al hun kracht, maar de wind is sterker.

'Ik kan niet harder!' roept Johanna, die voelt dat de kast begint te vallen. Ze realiseert zich dat als het houten gevaarte nog verder kantelt, zij beiden verpletterd zullen worden, maar loslaten is geen optie meer. 'Duwen! Harder!' roept zij nu ook.

Boven hen kraakt het plafond. Weer klinkt er een knal, gevolgd door een heftig gekraak. Stukken plafondboard raken los en slaan kapot tegen de wanden. De deur naar de keuken vliegt open en alsof de wind de meester van het heelal is, dendert hij naar binnen, blaast het tafelkleed weg en sleurt het servies van de eettafel mee.

'We moeten wég!' gilt Johanna en ze kijkt over haar schouder naar de open gangdeur. Op het moment dat ze de kast loslaten, grijpt ze Unnar en sleurt hem mee de gang in, direct gevolgd door de klap waarmee de kast de deur dichtslaat waar ze zojuist doorheen zijn gesneld. De ingang naar de huiskamer is nu afgesloten en als bij toverslag is de wind verdwenen.

'Waarom deed je dat?' zegt Unnar boos. 'We moesten hem recht houden, nu kunnen we de kamer niet meer in.'

Johanna zinkt neer op de grond. Na het geweld in de woonkamer lijkt het in de gang bijna onwaarschijnlijk stil. Ze kijkt naar de jongen die haar woest aankijkt, opeens doet hij haar heel erg denken aan zijn vader, die was als kind ook nergens bang voor. 'Ik hield het niet meer,' zegt ze, 'sorry.'

Unnar gaat naast haar zitten en kijkt naar de dichte huiskamerdeur en naar de voeten van zijn oma in de geladderde panty. Hij weet nu zeker dat zijn vader niet boos meer zal zijn als hij vertelt dat de globe is gebroken.

'Zullen we de vuilnisbakken nog naar binnen brengen?'

'Ik dénk er niet over,' roept Johanna, 'we blijven hier tot het over is! Zie je niet dat dit geen gewone storm is? Dit is een orkaan, een tyfoon, dit is de hand van Njordr of welke godvergeten god der winden het ook mag zijn, dit is niet normaal.'

Ze zitten naast elkaar en luisteren naar het piepen en steunen van het huis, de wind die angstaanjagend gilt en de dreunen die onregelmatig van buiten naar binnen doorklinken. De gang, waar het gewoonlijk een gezellige rommel is, is in een puinhoop veranderd. Alle jassen en sjaals zijn in één hoek gedreven, de palm hangt geknakt uit zijn pot en de posters van zeevogels zijn van de wand gescheurd.

Unnar staart naar de paarse jas van zijn moeder, die ligt ook op de grond. 'Zouden ze nog in het vliegtuig zitten?' vraagt hij onzeker.

Johanna slaat haar arm om hem heen. 'Ze zijn vast teruggekeerd naar het vasteland, geen enkele piloot wil vliegen met zulk weer.'

'Maar als ze al te ver waren?'

'Dan zijn ze vast hoger gaan vliegen tot ze boven de storm uit kwamen.'

Unnar kijkt omhoog. Het gekraak en gekreun van het huis klinkt steeds harder.

'Maar als de storm heel hoog is, veel hoger dan je kunt vliegen?'

'Dan zijn ze vast naar een ander eiland gegaan.'

'Denk je dat echt?'

Ze luisteren naar hoe buiten losvliegende objecten tegen het huis en het dak knallen.

'Zullen we de kelder in gaan?' vraagt Unnar.

'Ik denk dat we beter hier kunnen blijven,' zegt ze.

Een harde dreun. Een ruit slaat aan diggelen. Tegelijk draaien ze hun hoofd naar de gangdeur.

'De vuilnisbak?' zegt de jongen.

'Of de tuintafel,' zegt zijn oma.

Er volgt opnieuw een knal, nog harder deze keer, en aan de andere kant. Geschrokken draaien ze hun hoofd naar de voordeur en kruipen tegen elkaar aan. De wind raast rond het huis en lijkt van alle kanten tegelijk te komen. De volgende knal klinkt als een explosie, het hele huis trilt, alles kraakt. De kapstok breekt van de muur. De lamp slaat heen en weer en laat de schaduwen wild bewegen op de wanden. Dan klinkt er een doffe dreun, gevolgd door een krijsend geluid. Ze klampen zich aan elkaar vast. Om hen heen begint alles te bewegen, het licht valt uit. Ze voelen de ijzige wind de gang binnen stormen. Johanna schreeuwt maar Unnar kan haar niet verstaan al is zijn oor vlak bij haar mond. Waar het witte plafond was, is het opeens zwart. De wind grijpt nu ook hen. Hij klemt zich vast aan Johanna, die zich nog vaster aan hem klemt. De grote spiegel waarin hij elke dag kijkt of zijn haar goed zit, wordt moeiteloos opgenomen en zeilt omhoog. In de laatste blik op de weerspiegeling ziet hij hoe ze samen op de grond zitten, midden in een huis zonder dak.

~

'Hallo! Hallo? Ben je daar nog? Hallo-o!' Geïrriteerd klapt Esbern zijn mobieltje dicht. Waarom moet de lijn met zijn collega op het continent juist nu verbreken? Hij loopt weer naar het raam, schuift het gordijn iets opzij en kijkt bezorgd naar buiten. Bij het schijnsel van een straatlantaarn ziet hij een vuilnisbak over straat rollen. De bak is zijn inhoud al verloren en slaat als een dronkenman tegen een geparkeerde auto en een tuinhek. Opeens voelt hij twee armen om hem heen. Hij heeft haar niet horen binnenkomen en is blij haar adem in zijn nek te voelen.

'Ze slaapt eindelijk,' fluistert Dora in zijn oor.

De vuilnisbak heeft een volgend slachtoffer gevonden en knalt tegen een hoek van een huis, waarna hij uit het zicht verdwijnt.

'Ze was bang dat de storm het huis omver zou blazen.' Onbewust verstevigt ze haar greep om het lichaam van haar man.

Hij hoort dat haar adem sneller is dan normaal. Hij legt zijn hand geruststellend op haar arm en bevestigt de druk. Langzaam wordt ze rustiger.

'Ik moet naar het station,' zegt hij zacht.

Ze laat hem los, draait zich voor hem en kijkt hem bezorgd aan. 'Moet dat echt?'

Hij knikt.

'Niemand gaat nu naar buiten. Het is veel te gevaarlijk, dat weet je.'

'Jij zou ook gaan als er een noodsituatie in het ziekenhuis was.'

Ze kijkt weer naar buiten. 'Maar bij jou gaat het niet over mensenlevens. Het is alleen het weer, je kunt er niets aan veranderen.'

'Ik snap het niet. Ik moet gaan kijken hoe lang dit nog duurt en waar het naartoe gaat. Ik moet het doorgeven. Ik heb niets gezien wat op een naderende storm wees. Ik had dit moeten weten.'

'Wacht tot het ergste voorbij is. Ga niet.'

'Mijn wagen waait niet weg.'

'Maar misschien wel iets anders.' Ze duwt het gordijn verder open. 'Kijk dan! Er kan van alles tegen je aanwaaien. Weet je nog dat bij die zware storm van vier jaar terug zelfs lantaarnpalen zijn omgeblazen? Je moet niet gaan. Alsjeblieft?'

'Ik neem niet de weg over de heuvel, dat beloof ik.' Hij sluit het gordijn.

'Ga niet,' fluistert ze, 'wacht tot het over is.' Ze slaat haar armen om hem heen en drukt zich tegen hem aan.

Hij wringt zich los uit de omhelzing en pakt zijn jas.

'Papa!'

In de deuropening staat een klein meisje, op blote voeten en in een nachtjaponnetje.

'Ga je naar buiten?'

'Jij sliep toch?'

'Ik ben weer wakker.'

'Dan moet je snel je bed weer in,' zegt hij en probeert streng te klinken.

'Ik kan niet slapen van de herrie.'

Dora pakt de kleuter op. 'Papa moet werken.'

'Maar de wind is boos. Hij maakt alles kapot,' piept Susanna.

'Papa kent de wind, dat weet je toch? Het is zijn beste vriend.'

Het meisje begint te huilen.

'Ik moet nu gaan,' zegt Esbern. Hij slaat zijn armen om het tweetal en geeft ze beiden een kus.

Het meisje begint nog harder huilen.

'Als je morgen wakker wordt, maak ik pannenkoeken voor je, oké?'

'Ik wil geen pannenkoeken.'

'Pannenkoeken met stroop.' Esbern draait zich om en loopt de keldertrap af. 'Luister naar de radio en houd alle deuren en ramen dicht.'

Het 'dag, papa' hoort hij niet meer. Beneden pakt hij zijn autosleutels van het haakje, zet zijn muts op en loopt naar de kleine zijdeur. Hij hoort hoe de wind tegen het huis beukt en aan de deur rukt, terwijl die in de luwte van de afrit naar de kelder is gebouwd. Even twijfelt hij, dan doet hij de deur een beetje open. Met een klap slaat die uit zijn hand tegen de muur. De wind boort zich langs hem heen naar binnen en alles wat achter hem staat wordt in een zucht omvergeblazen. Esbern reageert direct, stapt naar buiten, pakt de deur en gooit hem met volle kracht weer dicht. Als een razende grist en graait de wind alles wat er in zijn bereik komt mee.

Hoewel het instappen in de auto maar een paar seconden heeft geduurd, voelen zijn spieren alsof hij twee uur heeft gesport. Zijn glimmende Land Rover, die normaal kracht en status uitstraalt, is nu een trillende koektrommel. Hij merkt dat hij zijn muts niet meer op heeft. Hij veegt de haren uit zijn gezicht en kijkt naar de deur van zijn huis, die net zo smekend naar hem lijkt te staren als Dora deed. Even aarzelt hij, dan start hij resoluut de auto. Het is dat er lampjes op zijn dashboard gaan branden die aangeven dat de motor draait, want voelen of horen doet hij het niet. Hij rijdt omhoog. Als zijn auto op straatniveau komt pakt de wind hem nog gretiger beet. Weer denkt hij erover terug te gaan, dan draait hij de weg op en geeft gas.

Het is donker en toch lijkt het of de lucht licht is. Hij vraagt zich af of het opgewaaid zeeschuim is of iets anders. Soms is het of zijn auto wordt opgestuwd en op het punt staat te gaan vliegen, dan weer voelt hij dat die tegen het wegdek aan wordt geperst en komt hij amper vooruit. Hij rijdt zo veel mogelijk tussen de huizen, alleen zal hij, nu hij niet over de heuvel gaat, het laatste deel buiten de bebouwde kom langs de zee moeten rijden, en daar zal de wind vrij spel met hem hebben. Hij concentreert zich op de weg en probeert rondvliegende objecten te ontwijken. Kisten en kratten vliegen als reuzetorren door de lucht, lantaarnpalen staan kromgebogen en strooien hun licht zijwaarts, een pallet buitelt over de straat, hij kan hem nog net ontwijken. Een roze gestreepte flap raakt verward in zijn ruitenwisser maar voordat die zijn zicht wegneemt wordt hij al weer losgerukt. Langzaam rijdt hij de heuvel af, hij ziet nog meer roze flappen buitelen over het wegdek, een stoel kapotslaan tegen een paal, een deken – of is het een vloerkleed – blijft even blijven steken achter een verkeersbord voor hij zich weer losrukt. Esbern heeft spijt dat hij is weggegaan. Hij is nerveus voor het stuk dat nog gaat komen, als de golven maar niet zo hoog zijn opgestuwd tegen de kliffen dat ze over de weg slaan. De wind durft hij te trotseren, de wind kent hij, maar van de golven is hij bang.

Als hij de zee ziet, schrikt Esbern. Hij had verwacht huizenhoge waterkolommen te zien, die proberen stukken van de rotsen af te breken, maar de zee is vlak, bijna egaal. Hij begrijpt het niet, zo heeft hij de oceaan waaraan hij is opgegroeid nog nooit gezien. Stapvoets rijdt hij verder, elk moment verwacht hij dat er een grote golf verschijnt om hem mee de ijskoude diepte in te trekken. Hoe dichter hij de zee nadert des te vlakker die lijkt, alsof het water geplet wordt door de immense druk van de lucht. Een ijskoude rilling schiet langs zijn ruggengraat. Zijn haren gaan recht overeind staan. Hij beseft opeens dat de wind die hij zo goed kent een volslagen onbekende voor hem is. Angstig legt hij de laatste tweehonderd meter naar het weerstation af.

Esbern loopt direct naar de computer, die dag en nacht aanstaat. Zijn ogen gaan over de getallen en grafieken. Hij schrikt als hij leest wat de luchtdruk is en de windsnelheden zijn geweest. Tot zijn verbazing ziet hij dat er vanaf tien over zes geen meldingen meer van de overkant zijn binnengekomen. Hij klikt de internationale meteorologische site aan, maar er verschijnt een melding dat de server niet gevonden kan worden.

'Ook dat nog,' gromt hij.

Hij pakt de vaste telefoon, kijkt op de lijst met nummers die erboven hangt en belt het weerstation op het continent waar hij gewoonlijk het meest contact mee heeft. Hij wacht maar de lijn blijft stil. Opnieuw draait hij het nummer, er nu goed op lettend dat hij het juiste nummer intikt. Hij luistert maar er klinkt geen geluid, zelfs geen ingesprektoon. Hij vloekt en gooit de hoorn erop. Weer draait hij zich naar de computer, opent zijn e-mailprogramma en wacht. Ook nu blijft het scherm leeg. Hij pakt zijn mobiel en belt naar huis.

'Ben je veilig?' klinkt het bezorgd.

'Ja, alles is goed. Ik wilde alleen even weten of mijn mobiel nog werkt. Gewoon voor de zekerheid.'

'Waarom zou hij het niet doen?'

'Slaapt ze al?'

'Bijna, ik ben nog aan het voorlezen.'

'Vergeet de pannenkoeken niet, hè, pap,' hoort hij een slaperige stem op de achtergrond.

'Nee, die vergeet ik niet. Welterusten alle twee.'

Hij verbreekt de verbinding en loopt naar het kastje aan de muur. Daar staat de satelliettelefoon, voor het geval de gewone telefoon het niet doet, iets wat niet de eerste keer zal zijn. Hij loopt terug naar de lijst aan de muur, tikt weer het nummer in en luistert. Het blijft muisstil aan de andere kant. Esbern staart naar de grafieken en metingen. 'Het kán niet,' fluistert hij.

~

Voor de vijfde keer loopt Óli een ronde door het pension. Uit de gastenkeuken stijgen etensgeuren op. Hij begrijpt niet hoe iemand nu rustig kan koken. Buiten jakkert en gilt de wind, de balken van het gebouw kraken, het glas kreunt in de sponningen. De pensionhouder is er zeker van dat er iets tegen zijn dak kapot is geslagen, maar hij waagt zich niet naar buiten. Hij tuurt door het raam, in de hoop op een of andere manier te kunnen ontdekken of er veel schade is, maar het enige wat hij kan zien zijn de vuilnisbakken die hij achter het gebouw heeft vastgebonden en die rammelen als geketende gekken. 'Bescherm ons Heer. Laat ons niet in de steek,' bidt hij. Normaal zou Óli, die vader is van twee kinderen, naar huis zijn gegaan, maar toen de verschrikkelijke storm losbrak en er op de radio werd gezegd dat men de tunnel had afgesloten, had hij gebeld dat hij in Havenstad moest blijven slapen. Sinds drie maanden heeft hij er een pension in de hoofdstad bij omdat ze van het schapenhouden en de post bezorgen alleen niet meer konden leven. Hij loopt naar de voordeur, want de storm rukt aan de deur als een dronken bezoeker. Hij duwt wat oude kranten en doeken terug in de kieren en bidt: 'Here God, wees met ons, behoed ons tegen dit vreselijke weer. Laat ons en onze beesten leven en bescherm onze huizen. Ik weet, Heer, dat U met alles een bedoeling heeft, maar wees genadig en wilt u alstublieft extra zorgen voor mijn vrouw en kinderen, die nu alleen thuis zijn, dat ik ze morgen weer veilig terug mag zien, en dat U ...'

'Sorry?'

Óli kijkt verstoord op. De man uit kamer 4 staat met een keukenmes in zijn hand in de gang en begint in een soort Engels opgewonden tegen hem te praten. De pensionhouder voelt of zijn eigen mes in zijn zak zit en staat op. De buitenlander is zeker een kop groter dan hij en het mes zwaait vervaarlijk bij alles wat hij zegt.

Óli moet zich concentreren om de man te verstaan. 'Iets ergs op de televisie?' vraagt hij in zijn gebrekkige Engels.

'Nee, niets,' zegt de man en gebaart de pensioneigenaar met hem mee te komen.

Op het aanrecht ligt een half gesneden ui. De Italiaan wijst naar de televisie die in de hoek aan de muur hangt. Het scherm is gevuld met ruisend grijs.

Óli drukt op wat knoppen maar er komen geen beelden, de sneeuw blijft. 'Kapot,' zegt hij, zich nu realiserend wat er op zijn dak kapot is geslagen.

'Kun je hem weer maken?' vraagt de man.

'Misschien morgen.'

'Fijn, want van dat Viking-dialect van jullie begrijp ik niets, zelfs de weerberichten niet.'

'Er is een grote storm.'

De man begint te lachen en laat zijn witte tanden zien. 'Gelukkig zijn jullie huizen berekend op stormen. Ik voel me hier volkomen veilig! In Napels zou de hele stad al platliggen.'

'Komt u uit Italië?' vraagt Óli.

De man met de donkere ogen en het golvende haar knikt enthousiast.

Óli voelt zich opeens dom, klein en lelijk. 'Eet smakelijk,' mompelt hij en wil weer vertrekken.

Maar de Italiaan houdt hem tegen. 'U moet me helpen!' zegt hij en duwt Óli een papier in handen.

Óli ziet dat het een eenvoudig kopietje is van een kaart, waarschijnlijk uit een atlas of een boek.

'Waar hebben jullie grote schepen?' vraagt de Italiaan.
'Grote schepen?' herhaalt Óli verbaasd.
'Ja, echte grote schepen!'
Óli draait de kaart om en herkent de vorm van zijn geboortegrond. Hij gebruikt zelden een plattegrond. De weg die hij gewoonlijk neemt is simpel, van Havenstad op het westelijk eiland door de tunnel naar Nordur op het oostelijk eiland. Elk dorp waar hij langsrijdt heeft wel een haventje of aanlegplaats, maar daar liggen alleen kleine bootjes. De hoofdstad is de thuishaven van de vissersvloot, waarvan de schepen op zee zijn. De allergrootste schepen die hij kent en die hun eilanden aandoen zijn de olietankers die hun van stookolie voorzien en de wekelijkse veerboot waarmee de man gisterochtend is aangekomen. Met zijn vinger wijst hij de aanlegplekken van de tanker en de veerboot aan.
'Ik wist het!' roept de Italiaan verheugd en zet met een pen kruisjes op de kaart. 'Ik wist het. Ik ben niet voor niets gekomen. Mag ik me even voorstellen?' Hij steekt zijn hand uit naar de pensionhouder. 'Ambrosio Leoncavallo, vertegenwoordiger in reddingsvesten en drijfhulpmiddelen.'
Ze schudden elkaar de hand.
'Zin in een glaasje?' vraagt Ambrosio opeens. Hij heeft een fles sambuca meegenomen voor als de deal met zijn toekomstige klant rond is, maar zijn gevoel zegt hem dat hij sneller terug naar huis kan als hij nu meer informatie uit deze zwijgzame pensionhouder los weet te krijgen.

~

'We moeten weg!' roept Unnar angstig en trekt zijn oma, die probeert een laars te pakken, mee naar de deur. In de ruimte, die tot een paar seconden geleden hun vertrouwde gezellige hal was, waar de storm hen niet kon bereiken, buldert nu de wind alles kapot. Het jochie grijpt de andere laars die langs hem schiet en duwt die in de hand van zijn oma. Verdwaasd kijkt ze rond, ze zoekt het plafond dat is verdwenen. Unnar rukt aan haar mouw: 'We moeten eruit! Het stort in!' Overal vliegen planken, platen, stukken meubels en kledingstukken in het rond. Wanhopig trekt hij aan de deurknop van de voordeur, maar die zit vast en wil niet open.
Johanna begint te schreeuwen en met haar vuisten op de deur te

slaan, opeens valt de deur naar binnen. Ze kan nog net opzij springen. Unnar ziet de grote deur op zich afkomen en kan niet meer wegduiken. Hij voelt de klap op zijn hoofd en slaat achterover tegen de grond. Hij verwacht dat de deur verder valt maar die blijft hangen tegen wat eerder de muur naar de gang was. Verdwaasd klimt hij eronderuit. Hij ziet zijn oma in paniek rondkijken. Als ze hem tevoorschijn ziet kruipen, wil ze hem omhelzen. Maar Unnar duwt haar naar buiten. Hij voelt de pijn niet, net zoals hij ook het bloed niet proeft dat uit zijn neus loopt. Wel hoort hij hoe achter hen de rest van het huis waarin hij is geboren ineenstort. De wind slaat als een dolleman om zich heen. Ze kruipen meer dan dat ze lopen. Niets geeft beschutting behalve het schuurtje vlak bij de weg. Het berghok, dat zijn vader al jaren geleden had beloofd af te breken omdat zijn moeder het lelijk vindt, staat nog overeind. Unnar trekt zijn oma mee naar de beschutting van het schuurtje.

'Trek die laars aan!' roept Unnar naar Johanna.

'Welke laars?' gilt ze.

'Die ik je gaf!' roept hij.

'Ik heb geen laars!' gilt ze terug en ze laat zich tegen de zijkant van het schuurtje zakken.

De kleine jongen kruipt tegen haar aan en tuurt naar zijn huis, waar nog steeds delen vanaf vliegen en waarop soms stukken neerstorten die zomaar uit de lucht komen aanvliegen. Het is precies als bij *Lonely Island*, alleen hoort hij nu geen spannende muziek en krijgt hij er geen punten voor. Hij wenste dat hij net als Silver Knight een zwaard had om de vijand neer te slaan, al weet hij dat deze wind echt is en zich door geen zwaard zal laten stoppen. Hij ziet hoe zijn oma ineengedoken naast hem zit. Ook hij wil zijn ogen dichtdoen en vergeten waar hij is, als er een stuk hout door de lucht vliegt en rakelings langs hen scheert voordat het verdwijnt in de duisternis.

'We moeten de schuur in!' roept hij in het oor van zijn oma.

'Nee,' krijst ze, 'te gevaarlijk.' Ze kijkt hem verwilderd aan.

Unnar pakt haar hand. Tegelijkertijd breekt boven hen de hemel. Hagelstenen boren zich in hun armen, hun benen, hun gezicht. Unnar trekt zijn oma omhoog, duwt haar naar de deur van de schuur, opent de deur en valt met haar naar binnen.

Bibberend zitten ze tegen de deur, die schudt en trilt onder de onvermoeibaar neerkletterende stroom hagelstenen.

Ze kunnen elkaar niet verstaan, al zouden ze willen, maar ze willen niet. Ze zijn ieder weggedoken in hun eigen angst.

Wonden likken

– de dag na de storm –

Unnar wordt wakker van een sirene, vermengd met een onbekend gesnurk. Naast hem ligt zijn oma. Haar mond hangt wat open en haar haren hangen in slierten over haar gezicht. Hij weet meteen weer waarom ze hier zijn. De kast die omviel, het dak dat verdween en het huis ... Hij slikt. Tranen die hij gisteren niet heeft gehuild, of heeft hij wel gehuild, hij weet het niet, verschijnen in zijn ogen. Hij veegt ze hardhandig weg. Zijn hand doet pijn, en zijn been ook.

Onverwacht stopt de sirene, er klinkt geschreeuw. Hij herkent de stem van mevrouw Poulsen. Ze roept iets over een dak en doden. Zijn vader zegt altijd dat de buurvrouw meer van katten houdt dan van mensen. Hij voelt zich opeens blij, straks komen zijn ouders. Misschien zijn ze er al? Unnar wil opstaan en ziet dan dat zijn handen en benen onder het bloed zitten, ook zijn oma heeft overal schrammen en sneeën, en blote voeten. Hij legt zijn hand op haar schouder en schudt.

Ze opent haar ogen en kijkt hem lodderig en niet-begrijpend aan, dan schiet er een golf van paniek in haar blik. 'Is het over?'

Hij knikt. 'Zullen we naar het vliegveld gaan?'

'Er zijn mensen,' zegt ze zachtjes.

'Dat is mevrouw Poulsen, die woont aan het begin van de straat,' zegt Unnar en hij klautert overeind.

Johanna wil ook gaan staan maar voelt een scheut van pijn en zinkt weer neer.

'Wacht maar. Ik ga wel.' Unnar trekt de spullen weg die hij voor de deur heeft gelegd en gaat naar buiten. Het is windstil, de zon is nog niet op maar de lucht verkleurt al. Waar hun huis was zijn nu alleen nog stenen, waaruit planken steken. Over de puinhoop klimmen twee mannen in reflecterende jassen.

Bij het hek staat mevrouw Poulsen met een rode kat in haar armen.
Unnar loopt op haar af. 'Wat zoeken ze?'
Even kijkt de dame hem verbaasd aan, dan begint ze te roepen en te wijzen.
De mannen kijken op en komen op hen af gerend.
'Ik dacht dat jullie dood waren,' begint de buurvrouw te snikken, 'dat jullie onder het puin lagen. Waar is je vader? En je moeder?'
Unnar haalt verlegen zijn schouders op.
Mevrouw Poulsen kijkt met een geschokte blik van Unnar naar de mannen, naar het ingestorte huis. Ze probeert ongezien een teken aan de mannen te geven dat ze door moeten gaan met zoeken.
Unnar ziet het en zegt: 'Oma is nog in de schuur, maar die kan niet goed lopen.'
Een van de ambulancebroeders loopt kordaat naar het schuurtje, in zijn voetspoor gevolgd door mevrouw Poulsen.
De andere broeder knielt neer bij Unnar. 'Laat mij je hand eens zien?' zegt hij, pakt zijn hand en beweegt en trekt er aan. 'Doet dit pijn?'
Unnar schudt zijn hoofd.
Dan ziet de verpleger de scheur in zijn broek en de wond op zijn dij. Ook die onderzoekt hij en hij zegt: 'Daar hoeft alleen wat jodium op en een pleister, dan komt het weer helemaal goed.' Hij lacht naar Unnar. 'En die bult op je hoofd trekt ook wel weer weg.'
Unnar voelt de dikke bult op zijn hoofd, hij heeft geen idee hoe die er is gekomen.
'Je hebt geluk gehad, ventje.'
Geluk? denkt Unnar, geluk? en hij knikt.
Mevrouw Poulsen komt naar buiten, wenkt de andere verpleger en gaat samen met hem de schuur weer in. Unnar loopt naar wat er over is van het huis. Het is vreemd om stukken muur met behang en vrolijk geverfd hout te zien die altijd binnen waren en nu buiten. De kapstok zonder jassen steekt uit de puinhoop. Hij herkent de deur van de wc en het gordijn van de keuken. Hij heeft honger, na de mini-repen van gistermiddag heeft hij niets meer gegeten. Opeens ziet hij tussen wat planken de laars die hij gisteren aan zijn oma gaf. Hij klimt op de brokstukken en trekt hem

tevoorschijn. De laars is nat van de regen, maar niet aan de binnenkant. Hij klimt hoger en kijkt om zich heen of hij de andere laars ook ziet.

'Hé! Niet doen!' roept de verpleger en rent op hem af. 'Hier mag je absoluut niet op klimmen, straks stort het in.'

'Het is toch al ingestort?' vraagt Unnar verbaasd.

'Daarom juist, het is heel gevaarlijk.'

'Ik moet hem vinden.'

'Wie? Je vader? Waar is hij? Hier?' Het gezicht van de man betrekt.

Unnar schudt zijn hoofd.

'Waar is die dan?' vraagt de man.

Unnar heeft geen idee waar z'n vader of z'n moeder is, of ze al op het vliegveld zijn, of nog aan het vliegen. Zijn ogen beginnen weer te prikken. Hij wil dat alles weer gewoon wordt. Hij wil vertellen dat hij een acht heeft voor zijn dictee en dat hij het eten van zijn oma heeft opgegeten zonder te klagen. Hij wil zijn vader laten zien dat hij eindelijk meer punten heeft bij *Lonely Island* dan zijn vader omdat hij Captain Stone heeft verslagen op de rots met de monsters. Hij stopt zijn hand in zijn zak en voelt het stukje van de globe. Opeens is hij blij dat zijn vader nog niet thuis is. 'Ik moet de andere laars vinden, anders kan oma niet lopen,' zegt hij en klimt weer op de bult.

'Hier blijven,' zegt de ambulancemedewerker.

Unnar wil net protesteren als hij mevrouw Poulsen en zijn oma ziet aankomen. Zijn oma draagt een vreemde jas en nieuwe laarzen.

~

Vermoeid trekt Esbern de luxaflex omhoog. Het weerstation heeft het overleefd, het gebouw staat er nog. Hij staart naar buiten, weinig getuigt van het geweld van afgelopen nacht. De lucht begint te kleuren en spoedig zal de zwakke februarizon zichtbaar worden. De zee kabbelt lieflijk, de bergen in de verte tonen hun bekende rafelrand en een zilvermeeuw scheert door de lucht. Hij loopt naar het keukentje, waar het koffiezetapparaat staat, schenkt zijn mok vol, gooit er vier suikerklontjes bij, roert en neemt een slok. Het doet hem goed. Hij voelt dat zijn benen hem weer willen dragen.

De haan van zijn mobiel, die nog op de tafel ligt, begint te kukelen. Hij weet dat hij moet opnemen, maar blijft staan en neemt nog een slok, de energie stroomt langzaam terug zijn lichaam in.

Het lijkt een gewone morgen, zoals vroeger op het erf bij zijn ouders, de haan kraait, de mensen worden wakker, de geur van koffie vult het huis. De elektronische haan stopt zijn geroep. Esbern loopt terug naar de computer en gaat weer zitten. Op het schermpje van zijn mobiel ziet hij een nummer staan dat hij niet kent. De hele nacht heeft hij op de nummerherhaling van de satellietlijn gedrukt in de hoop contact te krijgen met het continent. Maar steeds hoorde hij niets, geen afwijzingstoon, geen piep, geen signaal, alleen volledige stilte. De beltoon gaat over.

'Ja!'

'Fijn dat u me direct terugbelt,' klinkt een jonge vrouwenstem,

'Met wie spreek ik?'

'Marit Hansen, ik ben journalist bij de radio en ik heb uw nummer via uw vrouw.'

Esbern fronst. 'Is er wat gebeurd?'

'Dat wil ik juist aan u vragen.'

'Wat bedoel je, Marit?'

'Waarom hebben jullie gisteren niet voorspeld dat we zo'n ongelooflijke orkaan zouden krijgen? Jullie kunnen tegenwoordig toch dagen vooruit voorspellen?'

Esbern knikt en staart naar de uitgeprinte grafieken voor hem op tafel die in niets hebben aangekondigd dat de luchtdruk onverwachts en in een razend tempo zou gaan dalen. Geen van de metingen van de afgelopen dagen of van de buitenlandse collega's in andere weerstations had in die richting gewezen. Ze hadden afgelopen nacht wat regen verwacht, misschien wat hagel, en een lichte bries uit het zuidwesten, zeker geen orkaan.

'U hebt het zeker wel gehoord, hè?'

'Wat?'

'Dat in bijna alle dorpen huizen zijn ingestort, ze zijn nu met reddingsploegen aan het zoeken. Hier in Havenstad zijn tot nu toe achttien doden gemeld en meer dan honderdzeventig gewonden.'

Zou Dora vannacht ook naar het ziekenhuis zijn gegaan? schiet er door hem heen. Wie heeft er op Susanna gepast?

'Elke minuut komen er nieuwe meldingen binnen. Ik hoorde

zojuist dat de vijf windmolens bij Lítlaberg zijn afgebroken en ...'

Esbern staart naar de grafieken, vol lijnen en cijfers.

De stem van de journaliste klinkt steeds beschuldigender: '... er is geen telefoon- of internetcontact meer met het vasteland. Ja, ja, ik weet dat het vier jaar geleden ook is gebeurd toen die Noorse kotter met zijn sleepnet de Europa-kabel stuk trok, maar dat was een dronken kapitein en dat ging over één kabel, nu heb ik gehoord dat ook de kabel naar Noord-Amerika én de kabel die via IJsland naar Canada loopt kapot zijn! Volgens mij is zoiets statistisch niet mogelijk. Niet op één en dezelfde dag. Zoiets is te toevallig en toeval bestaat niet, voor elk natuurverschijnsel is een verklaring, en u gaat mij dat uitleggen.'

Het wordt stil aan de andere kant van de lijn. Esbern weet niet wat hij moet zeggen. Zijn gedachten gaan steeds naar Susanna, die alleen thuis is, en naar Dora, die had gezegd alleen naar het ziekenhuis te gaan in noodsituaties.

'Wanneer sprak je mijn vrouw?'

'Een uur of twee geleden, ze belde me of ik op uw dochter wilde passen, omdat ze naar het ziekenhuis moest, maar daar heb ik nu geen tijd voor, dat snapt u, en ik zou nu graag antwoord krijgen op mijn vraag.'

'Ik weet het niet,' zegt hij zachtjes.

~

Óli slaat de spijker steeds dieper in het hout. Bij elke slag met de hamer dankt hij de Heer dat zijn vrouw en de kinderen niets is overkomen en dat hun huis in Nordur geen schade heeft behalve de verdwenen vuilnisbak. De radio vertelt al de hele ochtend over de doden en zwaargewonden, de ravage aan gebouwen en boten, over daken en huizen die zijn weggewaaid en de windmolens die omver zijn geblazen. De enige schade die hij heeft is een losgerukte buitentrap en de verdwenen satellietschotel, iets wat in het niet valt bij de ramp die heeft plaatsgevonden.

Overal klinkt het geluid van gehamer en geboor. Bij zijn linkerbuurman is de dakgoot afgebroken en bij de rechterbuurman is het volledige tuinmeubilair weggeblazen. Niemand klaagt, ze tellen hun zegeningen. De eilanders zijn eraan gewend dat met de krachten van de natuur niet te spotten valt en hoewel geen mens een storm had verwacht zijn ze altijd voorbereid op tijdelijke ongemakken. Óli kijkt even naar de havenmond voor hij een nieuwe spijker pakt. Het enige waarover hij aan de telefoon tegen Dina niets heeft gezegd zijn de zorgen om zijn broer Abbe, die gisteravond of vanmorgen zou terugkomen met een schip vol heilbot. Óli weet hoe moeilijk die vis zich laat vangen, maar Abbe is een meester in het lokken van deze grote vissen. Met zijn lange lijn met tientallen haken voorzien van natuurlijk aas, trekt hij de gigantische beesten uit het ijskoude water. Zijn broer is niet bang van de zee en wordt al na drie dagen op de wal onrustig, omdat de oneindige plas aan hem trekt. Óli wel, hij is bang van de oceaan. Bezorgd kijkt de kleine man voor de zoveelste keer die ochtend tussen de huizen door naar de ingang van de haven en bidt.

'Olivacio!'

Óli wordt met tegenzin uit zijn gebed getrokken en ziet dat zijn Italiaanse gast dramatisch handenwringend het pad op komt. 'Niets werkt!'

'De Heer werkt en ik werk,' zegt Óli.

'De apparaten doen het niet.'

Óli hoort de boormachines en zaagmachines bij de buren. Hij hoort de wasmachine in zijn eigen pand, de auto's die af- en aanrijden met reparatiemateriaal, de hoorn van de visfabriek die aankondigt dat de ploegen wisselen, een brommer die nodig zijn uitlaat moet repareren, de bus die optrekt bij de halte achter het pension, en zijn radio, die maar doorgaat met berichten over de gevolgen van de storm. 'Wat voor apparaten?'

'De geldautomaten. Ik ben ze allemaal afgegaan. Ik moet een pak melk kopen.' Hij wijst op zijn voorhoofd en trekt een pijnlijk gezicht. 'Ik liep dus naar die machine die jij me gisteravond hebt uitgelegd, die deed niets. Ook binnen in de bank deed hij het niet. Dat meisje zei dat ik het ergens anders moest proberen. Ik ben naar een andere bank gegaan, ook niets. Ik ben alle apparaten in het centrum afgegaan en nergens werkt mijn pasje!' Hij zwaait met zijn bankpasje alsof het een scherp mes is.

'Misschien straks, misschien morgen. Maak je niet druk. Het heeft gestormd.'

De Italiaan werpt een dramatische blik naar de hemel. 'Ik heb een kater en moet nu melk drinken.'

'Pak de melk maar bij mij uit de koelkast in het kantoor, service van de zaak.'

De buitenlander loopt lachend het pension in en Óli kijkt weer naar de havenmond. Er is geen schip te zien, ook niet aan de horizon.

~

Er wordt ongeduldig aan de deur geklopt. Toch hoort Nicodemus het niet. De elektricien van het dorpje Nordur zit op zijn stoel en kijkt naar het bed. Hoe het heeft kunnen gebeuren begrijpt hij niet, ze was even weggegaan om een brood voor het avondeten te kopen, ze moet door de wind zijn opgetild en neergesmeten, hij vond haar onder het bloed voor de deur, het brood nog in haar hand. Hij moest haar naar binnen trekken voordat de wind haar weer kon oppakken. Ze heeft geen woord gezegd en haar ogen niet opengedaan. De hele nacht heeft hij naast haar gewaakt en geprobeerd haar wonden te stelpen, maar de dekens op hun bed zijn doortrokken van haar geronnen bloed.

Weer wordt er geklopt. Hij tilt zijn hoofd op alsof hij wakker wordt. Iemand slaat hard op de deur en roept iets. Hij herkent de stem van de vrouw van Óli, die een paar huizen verderop woont. Hij staart naar de deur en probeert te doen of hij het niet hoort. Weer klopt ze. Hij wil niet praten. Hij wil geen mensen zien. Hij hoort nu dat het meer stemmen zijn en dat ze zijn naam roepen. Hij legt zijn handen over zijn oren en sluit zijn ogen. Hij wil alleen zijn. Ze beginnen te bonken op de deur, terwijl het bordje nog steeds op gesloten staat. Ze roepen steeds harder zijn naam. Getergd staat hij op, sjokt naar de deur en duwt de grendel opzij. Voordat hij de deur zelf kan openen vliegt die al open.

'Wat is er gebeurd? Is alles goed? Waarom ben je niet met de helikopter meegevlogen? Familieleden mogen dat. Wij niet, maar jij had mee gemogen. Wij zouden op de winkel hebben kunnen passen. Zoiets hoef je niet eens te vragen.' De twee identieke vrouwen, Dina en Lena, spreken tegelijkertijd en door elkaar. 'Wil je dat we iemand bellen? De telefoon doet het, niet naar het vasteland, maar als je hier wilt bellen is alles goed. Hebben jullie nog schade aan het huis? Kunnen wij iets voor je doen? Zeg het maar? Zal ik vragen of Óli, voor hij straks naar huis komt, even langs het ziekenhuis rijdt? Hij doet het zo, als ik het hem vraag.' Heel even kijken de twee zussen naar elkaar, dan vervolgen ze hun vragensalvo. 'Werkt jouw radio? Niet de gewone maar het zendstation? Mogen we misschien even contact zoeken met Abbe?' Bij de vrouw van Óli staat bezorgdheid op haar gezicht te lezen maar op het gezicht van Lena, haar zuster, niets dan paniek. 'Hij moest vanochtend binnenlopen, maar door de storm, je weet maar nooit, misschien komt hij wel later, hij heeft nog niet gebeld? Hij belt altijd als hij in het bereik van het eiland is. Ik weet dat hij het vreselijk vindt als ik hem oproep via de radio maar ik ben wel zijn vrouw.' Dina knikt haar zus bemoedigend toe. 'We hebben niet geslapen vannacht! De tunnel was dicht en Óli moest in Havenstad blijven en met Abbe nog op zee! Ook de kinderen konden niet slapen, het was alsof de wind de muren wilde breken, maar onze huizen staan er nog! We willen gewoon even weten of alles goed met hem is. Mogen we?'

Nicodemus knikt en wijst naar de zendapparatuur in de hoek van de winkel. 'Jullie weten hoe het werkt.'

De vrouwen schieten naar de tafel met de radio. Lena doet de koptelefoon op en Dina zet het toestel aan. Nicodemus voelt dat zijn handen beginnen te trillen. Hij loopt naar de keuken en zet water op terwijl hij Lena in de microfoon de naam van de boot hoort roepen. Hij herkent de angst in haar stem. Het is de angst die hij ook voelt.

~

Haar ogen prikken, met afschuw denkt Johanna terug aan de afgelopen nacht, het gebeuk tegen de schuur, de overtuiging dat ze met kleinzoon én gebouwtje opgepakt zou worden en in zee gesmeten en de angst over het lot van haar zoon, die niet geland is. Het is de geur van koffie die haar terugbrengt, dankbaar neemt ze het kopje van mevrouw Poulsen aan.

'Suiker?' vraagt de buurvrouw.

Ze schudt haar hoofd en vraagt met tranende ogen: 'Hebt u misschien een boterham?'

Mevrouw Poulsen schrikt van de tranen en spoedt zich naar de keuken terwijl ze roept, 'Natuurlijk! Jullie hebben nog niets gegeten, hoe kan ik zo dom zijn daar niet aan te denken, ik maar bezig met alles wat er is gebeurd, al die gewonden, al die ...' Ze stopt.

Unnar en zijn oma zitten naast elkaar op de bank. Ze horen hoe in de keuken borden worden gepakt, de koelkast opengaat en er van alles uit wordt gehaald. Zijn oma niest en snuit haar neus.

'Gaan we zo naar het vliegveld?' vraagt Unnar zacht.

'Misschien moeten we eerst bellen.'

'Waarom? De wind is toch gaan liggen?'

'Misschien komen ze pas later.' Dan verheft ze haar stem en roept: 'Mag ik de telefoon even gebruiken?'

'Natuurlijk.'

Mevrouw Poulsen komt binnen met een blad vol heerlijks. Johanna zit met de hoorn tegen haar oor en luistert geconcentreerd. Over haar wangen rollen tranen. Geschrokken zet mevrouw Poulsen het blad neer en gaat naast Unnar zitten. Samen kijken ze naar de snotterende vrouw.

Johanna legt de hoorn neer. 'De vlucht uit Kopenhagen is nog niet geland, ook de vluchten uit Aberdeen en Oslo zijn nog niet aangekomen. Niemand weet iets op het vliegveld, ze zeggen dat ik later moet terugbellen.'

'Er is dus niets gebeurd?'

'Dat weet niemand.'

'Maar het kan, dat er niets is gebeurd?'

'Ja, dat kan,' zegt ze en veegt de tranen van haar wang. 'Zijn hier katten?'

'Weten ze echt helemaal niets?'

'Die meneer die ik aan de lijn had, die zei dat de verbindingen naar het vasteland niet werken. Hij zei dat ik me geen zorgen moest maken, dat het wel vaker voorkwam, en dat het na een storm vaak even duurt voor alles weer op gang komt.'

Unnar krijgt een dikke keel, als hij bij zijn oma steeds meer tranen uit haar ogen ziet komen. Hij wil dat zijn vader thuiskomt, want die weet altijd voor alles een oplossing.

'Jullie kunnen hier slapen,' zegt mevrouw Poulsen. 'Zo lang als nodig is, is de logeerkamer voor jullie.'

Johanna niest weer. 'Zijn hier katten?'

'Ja, ik heb er zes,' zegt mevrouw Poulsen trots. Pas als ze het verschrikte gezicht van Johanna ziet vraagt ze bezorgd: 'U bent toch niet allergisch?'

'We gaan wel naar een hotel, maak je geen zorgen, alles komt goed.'

Unnar loopt naar buiten met een boterham, hij draagt een jas die hem veel te groot is, maar het is koud dus trekt hij hem strak om zich heen. De zon van die ochtend is verdwenen, dikke regenwolken hangen boven hem. Hij wil niet dat iemand hem zo ziet, hij wil zijn eigen jas vinden, de laatste keer dat hij hem zag was in de gang. Hij klimt over de ineengestorte muren. Het is net of alles wat in het huis was, de meubels, zijn speelgoed, de computer en de televisie, zijn verdwenen en er alleen nog maar stenen, planken en glasscherven zijn. Hij wist niet dat een huis uit zo veel stenen bestaat, veel meer dan hij ooit had kunnen bedenken.

Opeens ziet hij een wapperend stuk donkerpaarse stof. De jas van zijn moeder! Hij trekt de dikke wollen jas uit het puin. Hij zal hem schoonmaken zodat mama als ze straks komt haar eigen jas aan kan en niet net als hij en oma in een jas van mevrouw Poulsen moet lopen. Zou ze het erg vinden van het huis? Ze zegt altijd dat ze nooit ergens anders wil wonen, omdat zij het mooiste uitzicht van de wereld hebben. Unnar kijkt naar de zee en de bergen, naar de wolken die eroverheen kruipen, naar de vogels die naar beneden duiken. Hij wil terug klimmen als hij een roze stok uit het puin omhoog ziet steken. De bezem die hij voor de verjaardag van zijn moeder heeft beschilderd. Hij trekt hem uit de puinhoop, de veger is verdwenen maar de stok is nog heel.

~

Door het koude klimaat hier, en de arme grond, waar alleen gras op wil groeien, is het land alleen geschikt voor het houden van schapen, iets wat ook al eeuwen gebeurt in de boerderij die eenzaam onder aan de kale heuvels staat. De regen is gestopt en de lucht is nog vochtig. Hanus, de jonge schapenboer, duwt zijn quad bike uit de ruimte onder het hoofdhuis, ritst zijn dikke jas dicht, start de motor en rijdt in volle vaart het pad op langs het huis. Bij het wakker worden voelde hij zich opeens geen volwaardige opvolger meer van de boerderij. Hij kent de verhalen over de heldendaden van zijn voorvaders, die bij storm en ontij wél het bed uit kwamen om hun schapen te redden die van de rotsen werden geblazen. Het was niet de storm zelf geweest. Hij was geen seconde bang geweest dat ze omver zouden worden geblazen. Het dak, dat bestaat uit vette grasplaggen met wortels die diep het huis in groeien, de één meter dikke muren van basaltblokken die honderden jaren geleden gestapeld zijn, beschermden hem en Falala. Zij was het geweest die hem in bed had gehouden, niet dat ze dat van hem had geëist, integendeel, ze had diverse keren tegen hem gezegd dat hij naar buiten moest gaan om te kijken of alles goed was met de beesten, nee, het was haar geur, haar zachte huid en haar volle lippen die hij niet had kunnen verlaten.

Vanaf het allereerste moment dat hij haar had gezien, de dag voor kerst, is zijn leven volledig veranderd. Hij komt steeds te laat, vergeet alles en krijgt buikpijn als hij zich niet meer precies kan herinneren hoe ze smaakt. Hij rijdt door een beek, en moet flink gas geven om tegen de natte oever op te klimmen. De zon heeft hem bereikt en iets van de ijzige kou verdwijnt. Falala is eigenlijk de dochter van de zon, denkt hij, sinds zij bij hem is ingetrokken verwarmt ze zijn leven met haar stralen en begrijpt hij voor het eerst dat er dichters bestaan. Zijn banden spinnen in het natte gras, hij geeft minder gas en krijgt weer grip. Langzaam hobbelt hij verder. Bij de overblijfselen van een oude turfopslag staat een groepje schapen, ze schieten weg als hij dichterbij komt. Hun buiken hangen vol van de dracht tussen de magere poten. Falala zwanger zien, dat moet het mooiste zijn wat er op aarde kan bestaan. Haar huid gespannen tot het uiterste, haar borsten rond en groot, haar tepels gezwollen.

Er ligt een plastic krat tussen een hoopje rotsen. Die moet de storm vannacht bij de haven hebben opgepakt en zeker tien kilometer mee door de lucht hebben gesleurd. Hij stapt af en bindt de krat achterop, handig voor in de stal. Als hij weer wil opstappen, hoort hij een trillend hoog geblaat. Hij kijkt verheugd om zich heen, het lammeren is begonnen! Maar nergens ziet hij een huppelend hoopje. Verderop graast een groepje schapen op de zompige helling. Zij kijken niet op of om van het huilende en smekende geblèr. Hanus loopt op het geluid af, nog steeds ziet hij niet waar de eersteling van dit jaar zich heeft verstopt. Dan klinkt van onder zijn voeten gemekker. In een holte in het gras ziet hij iets pluizigs. Voor hij het oppakt kijkt hij nogmaals om zich heen, want als hij het lam oppakt is de kans groot dat de moeder het niet meer als haar kind accepteert en zal het, als het hier alleen achterblijft, de dag niet overleven. Nergens is een schaap te zien dat opkijkt of haar jong zoekt. Hanus bukt en trekt het beestje tussen de natte graspollen uit. Het jammert en blaat, het trilt en bibbert. Het bloed en slijm van de bevalling kleven nog op de glibberige huid. Zonder er verder over na te denken, trekt hij zijn rits naar beneden, duwt het beest tegen zijn trui en trekt zijn jas weer dicht. Hij voelt het diertje trillen tegen zijn borst, stapt weer op zijn quad bike en rijdt verder de heuvel op. Bovenaan kijkt hij over de rand. Tweehonderd meter onder hem slaat de oceaan haar golven kapot tegen de grauwe scherpe rotsen. Hij tuurt langs de kilometerslange steile bergrand. Diep beneden hem ziet hij het grijze vlekje, vormloos en levenloos. Het beestje in zijn jas wordt stil, maar rilt nog wel. Hanus weet dat hij niet te lang moet wachten, anders stopt dat ook.

~

Dora staat uitgeput in de rij voor de kassa. Haar gedachten zijn niet thuis bij Esbern of haar dochter Susanna maar bij de overbezette ziekenhuiszalen en het kleine mortuarium, dat toen ze wegging afgeladen vol was. Ze had dertien uur aan een stuk gewerkt. Al het personeel was opgeroepen en niemand had pauze genomen. Niet eerder hadden ze zo veel patiënten tegelijkertijd binnengekregen. Het verplegen van de zwaargewonden was niet wat zij het zwaarste vond, ook niet het zien van de doden, van wie ze er diversen persoonlijk had gekend, het waren de emotionele familieleden die afscheid moesten nemen van hun kind, hun partner, ouder, broer of zus. De wanhoop en de tranen. De smeekbedes en de verbijstering. Ze had die lange dag veel keuzes moeten maken, omdat de voorraad van sommige verband- en geneesmiddelen niet op zulke grote hoeveelheden patiënten berekend was. Ook op de intensive care, waar zij werkte, waren ze niet berekend op zo veel operaties. Het lastigste was geweest dat van hun kleine staf de helft van de chirurgen naar een congres op het continent was en er dus niet de juiste specialist voor alle gevallen was. Zo goed en zo kwaad als het kon hadden ze iedereen behandeld, maar Dora wist dat als vóór morgenochtend niet een stel dokters terugkwam er nog meer mensen zouden overlijden. Ze had, voor ze door de avondploeg was weggestuurd, nog geprobeerd nieuwe voorraden geneesmiddelen te bestellen maar het internet en de telefoon waren nog steeds buiten dienst.

Ze duwt haar winkelwagentje vooruit. Om haar heen praat iedereen over de storm, over de doden en gewonden. Iedereen kent wel iemand, en allemaal hebben ze in meer of mindere mate schade opgelopen, auto's zijn omgewaaid, daken en schuren zijn verdwenen, en de windmolens, die voor een deel van de elektriciteit zorgen, zijn afgebroken, waardoor sommige dorpen op het westelijk eiland zonder elektriciteit zitten. Ook hebben de dorpen in het noorden veel wateroverlast gehad, net als de tunnel onder het fjord naar het andere eiland, waar met man en macht gewerkt wordt om hem leeg te pompen.

Dora luistert met een half oor, steeds gaan haar gedachten terug naar de vrouw die een uur geleden onder haar handen is gestorven. Ze hebben alles geprobeerd, maar het had geen nut meer, ze was te verzwakt binnengekomen. De ogen van de vrouw hadden haar zo indringend aangekeken. Ze had geprobeerd iets te zeggen, maar de woorden waren blijven steken in haar keel. De verhalen om haar heen over afgebroken dakgoten en verdwenen vuilnisbakken vallen in het niet als ze denkt aan al die mensen die hun geliefden zijn verloren. Ze voelt weer hoe haar hart als een razende tekeer was gegaan toen Esbern in zijn auto was gestapt en naar het weerstation was gereden. Ze wil geen man die een held is, ze wil een man die leeft.

Uit een van de schappen langs de kant pakt ze een plak chocolade. Ze weet dat er steeds meer zoete dingen in haar karretje zullen belanden als ze nog lang moet wachten, en ze net zo lijvig zal worden als Barni, de filiaalhouder, die naast de caissière staat en van alles opschrijft.

'Weet u waarom het zo lang duurt?' vraagt ze aan de vrouw vóór haar.

'Je kan niet pinnen, en de kassa's doen het niet. Als je niet genoeg geld bij je hebt, mag je alleen boodschappen meenemen als je je paspoort of rijbewijs achterlaat.'

'Dat meen je niet? Dat is absurd! Ik heb helemaal geen papieren bij me.'

'Als je geld hebt is het geen probleem, dan kun je gewoon betalen.'

Dora kijkt in haar portemonnee en werpt een schattende blik op haar volle kar. Schuldbewust legt ze de chocolade terug in het schap.

De vrouw lacht: 'Is de storing toch nog ergens goed voor.'

Vóór in de rij klinkt opeens geschreeuw. Iemand roept dat hij geen paspoort of rijbewijs heeft, dat hij die nooit heeft gehad en ook nooit wil hebben.

Dora krimpt ineen, ze verwenst zichzelf dat ze in deze winkel boodschappen is gaan doen.

'Een dronkenlap, zo te horen,' zegt de vrouw vóór haar.

Dora gluurt naar de grote, rood aangelopen man met zijn lange grijze haren en baard, hij staat met een tandenborstel te zwaaien en stampt op de grond. De filiaalhouder zegt iets tegen de man wat Dora niet kan verstaan. De oude man begint nog harder te roepen en zwaait met de tandenborstel boven zijn hoofd. De filiaalhouder probeert de tandenborstel te pakken maar de man is langer en sneller. Dora laat haar karretje in de rij staan en loopt naar voren.

'Ik betaal het wel,' zegt ze.

Henrik draait zich om. 'Had je niet eerder kunnen komen?' valt hij tegen haar uit. 'Ik moet hier verdomme voor een tandenborstel vechten, zijn ze gek geworden?' Henrik werpt nog een vernietigende blik op de winkeleigenaar en beent weg met de tandenborstel.

Dora betaalt het toiletartikel met een verlegen gezicht en voelt tientallen ogen in haar rug boren. Met haar blik op de grond gericht loopt ze terug naar haar kar.

De vrouw vóór haar gniffelt tegen de vrouw die daar weer voor staat. 'Die gaat nu om de hoek zijn bier inslaan, maar wel met een frisse adem.'

Dora verbaast zich erover dat ze niet wist dat Henrik weer in de hoofdstad is. Ze heeft Esberns vader zien veranderen sinds hij als vuurtorenwachter boventallig werd verklaard omdat de boel werd geautomatiseerd. Hij had een baan gevonden bij een sloopbedrijf op het oostelijk eiland en was nog meer gaan drinken.

Langzaam schuifelt de rij voort. Wanneer ze aan de beurt is legt ze haar spullen op de band. Een voor een telt het meisje de bedragen van haar boodschappen op. Als ze het totaalbedrag noemt loopt Dora terug naar de plak chocolade, pakt hem weer en legt hem op de band.

~

'Wij willen graag een kamer voor twee personen,' zegt Johanna nadat het hen gelukt is precies tussen twee regenbuien door het hotel te bereiken.

Unnar, met onder zijn arm de opgerolde paarse jas van zijn moeder, kijkt vol bewondering naar zijn oma. Hij heeft nog nooit in een hotel geslapen en al helemaal niet in het chique hotel aan de haven. De enige keer dat hij er binnen is geweest, was toen zijn vader belangrijke mensen op bezoek had.

Het meisje achter de balie zegt: 'Voor twee personen? Dat zal niet meer gaan.'

'Hoezo niet? We zijn slachtoffers van de storm.'

'Sorry, maar we zijn vol,' zegt het meisje.

'Wij zijn geen armoedzaaiers hoor, al zien we er zo uit,' lacht Johanna, 'dit zijn kleren die we hebben gekregen.'

'We zijn echt vol, mevrouw,' houdt het meisje achter de balie vol.

'En een eenpersoonskamer? Met een matrasje op de grond?'

Het jonge meisje schudt haar hoofd.

'Roep de manager maar even,' zegt Johanna.

Het meisje verdwijnt door een deur naar achteren.

Johanna kijkt naar Unnar en lacht geruststellend. Een man met een strakke scheiding in z'n haar en in een net pak verschijnt en kijkt hen vriendelijk aan.

'We willen graag een kamer,' herhaalt Johanna.

'Dat heb ik gehoord, mevrouw, maar we zijn tot mijn spijt volledig bezet.'

'Maar we zijn slachtoffers van de storm. Al onze spullen zijn verloren gegaan.'

'Dat vind ik echt heel vreselijk om te horen, en wij zouden u ook heel erg graag helpen, maar we hebben echt geen kamer over. Waarom gaat u niet naar de centrale opvang?'

'De centrale opvang?'

'Ze zijn in de sporthal een tijdelijke opvang aan het inrichten voor de getroffenen.'

‘In de sporthal?’
De man knikt.
Johanna zucht: ‘Ik zou willen dat we daarheen konden, meneer, maar mijn gezondheid laat dat absoluut niet toe. Als ik in een sporthal moet slapen zit ik de volgende dag onder het eczeem.’ Johanna rilt. Ze is moe en voelt zich ongemakkelijk in de jas en laarzen van mevrouw Poulsen, ze verlangt naar haar eigen huis, haar eigen bed en haar eigen kleren. ‘Ik ken hier niemand behalve mijn zoon en mijn schoondochter, maar die zijn er niet en hun huis is vannacht de zee in geblazen. U wilt ons toch niet met deze kou en regen de straat op sturen?’
Unnar trekt voorzichtig aan de jas van zijn oma, in de hoop dat ze met hem mee naar buiten gaat.
‘Hebt u echt niet nog een heel klein kamertje over? Ik kan het gewoon betalen.’
‘Misschien heeft mijn neef nog ruimte, die heeft ook een hotel.’

Het is weer gaan regenen en de koude noordenwind drijft het vocht naar alle uithoeken. Ze hebben een schuilplaats gevonden in een portiek.
Johanna, die veel van haar charmante damesuiterlijk is verloren, kijkt triomfantelijk naar het briefje in haar hand. ‘Zo moet je dat doen,’ zegt ze tegen Unnar, die het koud heeft en alleen maar kan denken aan hun warme huiskamer die er niet meer is. ‘Je moet je nooit zomaar de deur laten wijzen, neem dat van me aan. Ook je grootvader liet zich door niemand de les lezen.’
‘We kunnen toch ook bij mevrouw Poulsen slapen,’ zegt Unnar, ‘ik heb daar wel vaker geslapen als papa en mama er niet waren. Ze heeft een logeerkamer met een heel grote televisie.’
‘Ze heeft katten, en daar kan ik niet tegen.’
Net als hij haar wil vertellen dat de katten van de buurvrouw lieve beesten zijn en dat ze er echt niet bang voor hoeft te zijn al zijn ze familie van de tijgers, stapt zijn oma de regen weer in.

Ze lopen zo dicht mogelijk langs de huizen door het oude gedeelte van Havenstad. Overal op het wegdek en tegen de gebouwen liggen in plassen de overblijfselen van de storm. De regen weet van geen ophouden. Johanna kijkt op het briefje en gaat een straat in die naar boven loopt. Halverwege staat tussen twee kantoorgebouwen een smal klein hotel. Unnar duwt de deur open en ze stappen naar binnen.

Het is een kleine donkere hal. De gordijnen zijn dicht, tegen een van de wanden staat een tafel met een bel erop. Johanna twijfelt even voor ze op de bel drukt. Er klinkt nergens een geluid. Ze drukt nog een keer.

'Ja, ja! Ik kom eraan,' bromt een man van achter een gordijn.

Unnar ziet een grote hand die het gordijn opzij schuift, hij gaat iets dichter tegen zijn oma staan.

Een man met een pokdalig gezicht in een rolstoel duwt zichzelf de hal in en kijkt hen aan. 'Ja?' gromt hij.

Johanna wil alweer naar de deur gaan als Unnar zegt: 'Wij zoeken een kamer.'

'De sleutel hangt daar.' Hij wijst naar het kastje boven de tafel. 'Kamer nummer twee, die heeft twee bedden.'

Voor ze wat kunnen zeggen rijdt de man achterwaarts weer de gang in en valt het gordijn dicht. Unnar kijkt vragend naar zijn oma. Ze weten allebei niet wat ze zullen doen.

'Wat denk je?' fluistert Johanna. 'Zou het hier wel veilig zijn?'

Unnar haalt zijn schouders op, opent het kastje en kijkt naar de sleutels. Er hangen er maar twee.

'Ik weet het niet,' smiespelt Johanna. 'Is die man echt de neef van die nette man uit het hotel?'

'Dit is ook een hotel,' zegt Unnar en hij pakt de sleutel met nummer twee eraan. Hij kijkt om zich heen, want nergens is een trap of een deur te zien.

'Als hier maar geen vlooien zijn, of luizen,' piept Johanna.

Unnar schuift het andere gordijn een beetje opzij en ziet een deur met een 2 erop. Hij duwt hem open en komt in een kamer met twee bedden.

Johanna kijkt over zijn schouder mee. 'Wat denk je?'

'Het is veilig,' zegt Unnar, die alleen nog maar aan slapen kan denken bij het zien van het dikke dekbed.

~

Het groepje mannen in pak zit rond een grote vergadertafel. De meesten zijn halverwege de vijftig, grijzend en gezet. Allemaal zitten ze met papieren voor zich en kijken met bedrukte gezichten naar de man die aan het hoofd van de tafel zit. Achter hem, aan een klein bureautje met een computer, zit Birta, zijn secretaresse en tevens notuliste van het kabinet. Haar handen met de knalrood gelakte nagels rusten op het toetsenbord. Frimann Hansen, de premier, kucht een keer. Birta's vingers spannen zich, ze weet dat hij nu zal beginnen met de vergadering.

'Ik heb besloten dat maandag en dinsdag dagen van nationale rouw worden. En dat ... waar is Meinhard?' zegt hij opeens.

'Die ligt ook in het ziekenhuis,' klinkt de zachte stem van de secretaresse. 'Hij heeft iets met zijn rug en zijn linkeroog moet worden geopereerd.'

'Hoe kunnen we nou vergaderen zonder de minister van Financiën én de minister van Buitenlandse Zaken,' zegt Frimann en draait zich om. 'Bel hem!'

'Dat heb ik al geprobeerd, meneer. Ik ben zelfs naar het ziekenhuis geweest, maar de dokter laat alleen zijn vrouw toe.'

'Snapt zo'n dokter niet dat dit een zaak van het grootste belang is? We hebben het hier over de veiligheid van duizenden mensen!' snauwt hij.

Birta wordt altijd nerveus als haar baas begint te snauwen en probeert zich weer onzichtbaar te maken door achter haar computer weg te duiken.

Gelukkig neemt een van de mannen aan tafel het woord: 'Veiligheid? We zijn toch niet meteen in gevaar als er één dag geen contact is met het continent?'

'Zeker wel,' gaat Frimann verder, 'het zijn namelijk niet alleen telefoon- en internetverbindingen die het niet doen. Ook de satellietlijnen die we voor nood achter de hand hebben vangen nog steeds geen enkel signaal op en het lukt ook niet om radiosignalen op te vangen, zelfs niet van de BBC!'

Birta ontspant zich weer nu ze voelt dat hij haar is vergeten en notuleert wat er gezegd wordt.

'Heeft iemand de ouderwetse morsesignalen al geprobeerd?' vraagt een van de mannen.

Frimann zucht en knikt: 'Ook heb ik opdracht gegeven het vliegtuig dat hier in de hangar stond en onbeschadigd was naar Aberdeen te laten vliegen om vandaar contact met ons te zoeken, maar ik heb nog niets van hen gehoord.' Hij kijkt over zijn schouder. 'Birta?'

Ze kijkt hem aan en schudt haar hoofd: 'Nee, nog niets.' Snel richt ze zich weer op haar scherm.

'Er is nog iets,' zegt Elias, die het dichtst bij de deur zit en die Visserij onder zich heeft.

'Wat?' vraagt de premier.

'Er is vandaag nog geen enkel schip teruggekomen.'

'Werden er veel schepen verwacht?'

'Nee, niet veel,' zegt Elias, 'de meeste zijn nog ver op zee, maar de *Tronne NN5*, gisteren om halfvijf was er nog contact met de kotter, zou rond acht uur gisteravond binnenlopen, sindsdien hebben we niets van ze gehoord. We hebben geen enkele *mayday* binnengekregen. Ook de *Sirius 25* werd vandaag verwacht. Tevens de *Marinco 234* en de *Oslo 14*, de laatste twee lagen gisteren goed op schema en zouden vanochtend vroeg lossen bij de visfabriek.'

De ministers luisteren gespannen. Bij elk schip dat hij noemt wordt de blik op hun gezicht somberder.

'Is er nog meer?' vraagt Frimann, die als geen ander weet hoe kwetsbaar hun land is, waar behalve vis en schapenvlees alles moet worden geïmporteerd. Hij voelt een migraine opkomen en kijkt over zijn schouder in de hoop een blik van zijn secretaresse op te vangen, maar die zit weggedoken achter haar scherm.

'De officiële cijfers melden nu eenentwintig doden en honderdzevenentachtig zwaargewonden, ik heb vrijstelling gegeven om morgen, zondag, te mogen begraven.' De minister van Gezondheid slikt en kijkt in zijn papieren, dan zucht hij en gaat verder: 'Van de lichtgewonden hebben we geen tellingen want lang niet iedereen is naar een dokter geweest. Het probleem is dat de operatiekamer van het ziekenhuis momenteel op halve kracht werkt omdat er vijf chirurgen naar een of ander congres in Spanje zijn, en door de stortvloed aan patiënten is een tekort aan bepaalde verbandmiddelen en medicijnen ontstaan en ...'

Zijn collega's kijken hem gespannen aan.

'... mijn dochter ligt ook in het ziekenhuis en het gaat niet goed met haar,' zegt hij zachtjes.

Er klinkt medeleven uit de groep. Birta ziet hoe hij zijn emoties probeert te verbergen maar dat het hem niet lukt. Zijn lip trilt en zijn ogen worden vochtig.

Frimann, die niet goed raad weet met de gemoedstoestand van zijn collega, wijst snel naar de man tegenover hem, die verantwoordelijk is voor de energievoorziening.

'Jullie weten al van de windmolens en de gedeeltelijke elektriciteitsuitval in een stel dorpen. Dit is tijdelijk verholpen.' Er klinkt opgelucht gezucht. 'Het net wordt momenteel op peil gehouden met extra energie uit de hydro-installatie en natuurlijk de oliecentrale.'

'Goed werk,' bromt Frimann, 'want om met deze kou ook geen elektriciteit te hebben ...' Hij kijkt weer rond. 'En jij Kornus, hoe loopt het bij jou?'

De minister van Sociale Zaken gaat even verzitten en kucht. 'Ik ben bij Roland in het ziekenhuis geweest en doe dus ook even verslag van de financiële zaken, want er zijn al de hele dag problemen met het betalingsverkeer. Nergens kan men pinnen of geld opnemen. De meeste winkeliers hebben het gelukkig creatief opgelost, we kennen elkaar per slot van rekening en diversen hebben levensmiddelen op de pof gegeven. Maar dat kan natuurlijk niet lang zo doorgaan. Morgen is het zondag, en maandag en dinsdag blijft alles dicht in verband met de nationale rouw, het streven is dat woensdagochtend alles weer werkt, maar zolang er geen internet of telefoon is hebben we een probleem.'

Frimann voelt dat zijn migraine steeds heftiger opkomt en hij verlangt maar naar één ding – zijn bed.

~

Bij de ingang is het dringen maar binnen in de kroeg is het nog niet vol. Marit, moe van een lange dag werken in de studio, heeft zin in bier. Ze kijkt rond maar ziet niet wie ze zoekt. Ze loopt naar de bar en steekt een vinger op. De kroegbaas pakt zonder verdere toelichting een glas en tapt het vol.

'Heb jij de anderen van de redactie al gezien?' vraagt ze.

Niklas zet het glas voor haar neer en schudt zijn hoofd. 'Het is nog vroeg.'

De journaliste loopt met haar biertje naar het raam en kijkt naar de haven. Buiten motregent het, binnen speelt de muziek. Ze heeft de hele dag naar verhalen geluisterd over verliezen, verwoesting en ellende, over doden en gewonden, over mensen die alles kwijt zijn en nu in de sporthal slapen. Als ze de bootjes ziet die rustig dobberen aan de steigers kan ze zich bijna niet voorstellen dat het pas gisteravond was dat de vernietigende orkaan over hun eilanden denderde.

'Wat is het buiten stil, hè?' klinkt een stem.

Ze kijkt naar de jongen die naast haar is komen staan. Ze heeft hem vaker gezien en weet dat hij Pauli heet, maar heeft hem nooit gesproken.

'Ja, wonderlijk vredig.'

Samen kijken ze naar de bootjes en de lichtjes. Er stopt een taxi. Mensen stappen in en uit. Er wordt gewezen en geroepen tot de taxi wegrijdt en het weer rustig wordt. Een vrouw die haar hond uitlaat loopt voorbij. Bij de bar wordt wat gelachen en de muziek wordt harder gezet. Marit wordt onrustig van de jongen naast haar, die niets meer zegt. Als beginnend radiojournalist wil ze niet om woorden verlegen zitten maar ze weet niet wat ze moet zeggen of vragen. Voorzichtig gluurt ze opzij. Hij staart naar het water, alsof hij iets zoekt.

'Wacht je op iemand?'

Hij schudt zijn hoofd.

Ze kijkt over haar schouder, alhoewel ze weet dat nog geen van haar vrienden is gearriveerd. Ze denkt erover terug naar de bar te lopen, maar voelt dat de stille jongen het fijn vindt als ze blijft staan. Weer werpt ze een blik op hem. Nu ziet ze dat zijn ogen vochtig zijn.

'Ben jij ook iemand verloren?' vraagt ze zachtjes.

Hij knikt.

'Wie?'

Het is lang stil voor hij fluistert: 'Mijn zusje.'

Heel voorzichtig beginnen de tranen over zijn wangen te rollen. Hoewel ze de hele dag huilende mensen heeft geïnterviewd, doen deze tranen haar onverwachts meer pijn. Ze voelt dat zij de eerste is tegen wie hij het zegt en dat hij het zelf nog niet gelooft.

'Heeft ze pijn gehad?'

Hij haalt zijn schouders op.

'Heb je haar nog gezien?'

Hij knikt.

Marit legt haar hand op zijn arm. Even gaat er een rilling door hem heen, dan begint hij heel zachtjes te praten. Flarden kan ze verstaan maar het meeste wat hij zegt gaat verloren in de muziek, '... het luik ... de achterdeur ... boterham ... opa vond haar ... heel de nacht ... geen ziekenauto ... ze werd steeds kouder ... haar mond ...'

Iemand roept haar naam. Ze doet of ze het niet hoort. Nogmaals wordt haar naam geroepen, nu door meer stemmen. Ze kijkt om en gebaart naar haar vrienden dat ze zo komt. Als ze zich weer omdraait, loopt de jongen de deur uit.

Ze ziet hem langs de haven lopen. Hoofd gebogen, schouders laag. Het liefst was ze achter hem aan gegaan maar een van haar vrienden duwt een nieuw glas bier in haar hand en wil weten of de schepen van haar vader al zijn binnengekomen.

Een stille zondag

– de tweede dag na de storm –

Het duurt even voor Unnar begrijpt waar hij is. De hotelgordijnen zijn zo dik dat er geen licht van buiten naar binnen dringt. Dan voelt hij de wol prikken tegen zijn wang, de jas van zijn moeder ligt onder zijn hoofd, direct schiet de laatste gedachte van voor hij in slaap viel terug in zijn hoofd: 'Vandaag komen ze.' Hij luistert of zijn oma nog slaapt. Hij hoort haar zachte gesnurk. Hij zal haar niet wakker maken, hij heeft gehoord hoe ze huilde toen ze dacht dat hij sliep. Hij heeft haar de kamer uit horen gaan en op de gang weer het vliegveld horen bellen. Hij was uit bed gekropen en had geluisterd. Steeds had ze de namen van zijn vader en moeder herhaald maar een bevredigend antwoord had ze niet gekregen. Toen ze neerlegde was hij snel zijn bed weer ingegaan. Hij had gevoeld dat ze naar hem keek. Hij had niet durven ademen omdat ze dan misschien zou kunnen horen dat hij niet sliep.

Unnar voelt zijn maag rommelen en denkt aan de kast in de keuken, die nog vol lekkers is. Gisteravond voor hij naar bed ging had ze hem beloofd dat ze vandaag heel goed zouden ontbijten. Eigenlijk weet hij niet of hij het moet geloven – zijn oma heeft helemaal geen geld, want haar portemonnee ligt ook onder de stenen. Hij duwt zijn gezicht in de wollen jas van zijn moeder. Zouden ze hem missen, zouden ze al weten van het huis, en waar moet mama de lamsbout bakken, nu de keuken weg is en papa bijna jarig? Hij moet oom Niels bellen, die weet vast waar ze zijn. Unnar probeert zich te herinneren waar het huis van zijn vaders baas is. Hij weet dat er op het dak twee drakenkoppen van hout zijn die uitkijken over de zee, dat het huis aan een drukke straat staat waar auto's hard naar beneden rijden, maar hij weet niet welke straat, misschien moet hij het aan zijn meester vragen. Hij schrikt als hij denkt aan het huiswerk dat hij nog niet heeft gemaakt, zijn boeken liggen ook nog op de keukentafel. Hij voelt weer zijn maag, die zachte geluidjes maakt. Stilletjes laat hij zich uit het bed glijden, trekt zijn kapotte broek aan en sluipt naar de deur, die hij geruisloos opent en sluit. Als hij het gordijn opzijschuift ruikt hij de geur van geroosterd brood. Het water loopt hem in de mond. Brood roosteren doet zijn moeder ook altijd op zondag, en ze kookt er dan voor iedereen een eitje bij. Hij loopt door het gangetje naar de open deur. In de kamer waar hij binnenkomt staan twee kleine tafeltjes, een ervan is gedekt voor twee personen, daar gaat hij zitten. Op de tafel staat een mandje met toast, wat boter en een schaaltje met plakjes kaas en worst. Hij gluurt naar de andere deur, die ook openstaat en waardoor hij een keuken kan zien. Moet hij roepen, zoals hij zijn vader heeft zien doen toen ze op vakantie waren? Weer knort zijn maag. Hij kijkt om zich heen. Er is niemand. Hij mag van zijn moeder nooit beginnen met eten als nog niet iedereen aan tafel is. Heel snel schiet zijn hand naar het schaaltje, pakt een plakje worst en propt dat in zijn mond. Bijna zonder kauwen slikt hij het door. Weer gluurt hij naar de open keukendeur dan pakt hij een tweede plakje en stopt ook dat in zijn mond. Als de worst op is begint hij met de kaas. Nu neemt hij iets meer tijd.

Hij kijkt teleurgesteld naar het lege schaaltje. Dan ziet hij op de andere tafel een pot jam. Na een snelle blik op de keukendeur staat hij op en pakt de pot.

Als hij bijna het derde stuk toast, dik besmeerd met jam, heeft weggewerkt, klinkt er vanuit de keuken: 'Wil je koffie of thee?'

Unnar verslikt zich. Als hij weer lucht heeft, antwoordt hij beduusd: 'Uhh ... thee.'

Bijna onmiddellijk komt de man met de rolstoel de kamer inrijden. Hij heeft een dienblad op zijn kar waarop een klein theepotje staat. Behendig manoeuvreert hij tussen de twee tafeltjes door en zet het potje voor Unnar neer.

'Dank u wel ... meneer,' zegt Unnar beleefd.

De man geeft een knikje en rijdt weer terug de keuken in.

Unnar durft niet meer naar de deur te kijken. Ook durft hij het laatste stuk toast niet meer te pakken. Hij wilde dat zijn oma kwam. Hij vindt het niet fijn om alleen in de stille kamer te zitten met de man die achter de deur zit en geen geluid maakt. Hij wil opstaan om terug te gaan als hij in de gang gerommel hoort. Het gordijn wordt opzijgeschoven.

'Ha, hier ben je. Ik heb heerlijk geslapen, jij ook? Dat had ik niet verwacht, ik slaap nooit zo goed in een vreemd bed, het komt natuurlijk omdat we de nacht ervoor geen oog hebben dichtgedaan, die kamer is ook zo donker, je weet helemaal niet of het dag of nacht is. Jij hebt al ontbeten?'

Unnar knikt en voelt zich opeens schuldig dat hij alles heeft opgegeten.

Johanna pakt het laatste stukje toast en besmeert het dun met boter. 'Ik heb gisteravond nog naar het vliegveld gebeld maar er was nog geen nieuws en niemand kon me zeggen wanneer ze verwachten dat het eerste vliegtuig weer zal aankomen.' Ze werpt een blik naar buiten. 'Kijk, er is weinig wind. Dan kunnen ze als je het mij vraagt gewoon landen. Hebben ze hier alleen maar jam?'

Unnar schudt zijn hoofd. 'Ook kaas en worst.'

'Ober?' roept Johanna richting de keuken.

Unnar kijkt gespannen naar de keukendeur maar de man verschijnt niet, terwijl hij weet dat hij net achter de deur moet zitten.

'Wat heb jij?' vraagt ze als ze de deksel van het potje optilt om te kijken wat erin zit. 'Nee, ik wil koffie.' Weer roept Johanna naar de keuken, maar er komt geen reactie. 'Is er wel iemand?'

Unnar knikt.

'Ober?' roept Johanna nog harder.

'Hij zit achter de deur,' fluistert Unnar.

Johanna staat op en wil de keuken ingaan als de man eruit komt rijden met op het dienblad een klein koffiepotje.

'Koffie?' vraagt ze.

De hotelier knikt.

'Heeft u nog wat toast en wat kaas voor mij?'

De man knikt, voor hij zich omdraait trekt hij iets uit zijn kar en geeft het aan Unnar. Het is een gedragen windjack en broek in zijn eigen maat. De man wacht hun reactie niet af maar rijdt direct terug naar de keuken.

Johanna pakt het jack, kijkt er goedkeurend naar en gebaart Unnar de man te bedanken.

'Dank u wel, meneer,' zegt Unnar tegen de open deur.

De man verschijnt weer in de deuropening. 'Die kleren zijn voor niks, die zijn niet meer nodig, maar de kamer moet u betalen.'

Johanna lacht ongemakkelijk, herstelt zich en zegt: 'Als u geen bezwaar hebt blijven we nog graag een nachtje.'

'Als u maar betaalt.'

'Natuurlijk,' zegt Johanna. 'Ik betaal altijd alles.'

'Dan is het goed,' bromt de man en verdwijnt weer in de keuken.

Er verschijnt een glimlach op Johanna's gezicht en ze knipoogt naar Unnar, waarmee ze wil zeggen: hebben we dat even goed voor elkaar!

Unnar knipoogt terug, dat heeft hij van zijn vader geleerd.

~

Birta zet een schaal met diagonaal gesneden boterhammen zonder korst neer. De premier wil altijd dat gewone boterhammen eruit zien als sandwiches. Maar de mannen die voor de ingelaste ministerraad samenkomen, hebben hun zondagochtendontbijt net op en kijken niet naar de schaal, hun ruggen zijn gebogen, hun voorhoofden tot rimpels getrokken.

Birta gaat achter haar computer zitten, klaar om te notuleren, als Frimann zich omdraait en zegt: 'Geen notulen.'

De secretaresse kijkt hem verbaasd aan.

'Van deze vergadering wordt geen verslag gemaakt.'

'Maar ...?'

Frimann fronst zijn wenkbrauwen en zijn blik glijdt naar de deur. Birta staat snel op, werpt nog een blik op de schaal sandwiches en verlaat de vergaderkamer.

Als de deur dicht is, kijkt Frimann rond. Hij kent de meeste mannen al zijn hele leven. Allemaal hebben ze ergens op het continent gestudeerd en allemaal zijn ze teruggekomen, net als hij, omdat het leven hier zorgelozer is en ze sneller carrière konden maken dan in de overvolle vijvers op het continent. Zijn collega's kijken hem verwachtingsvol aan. Hij kucht en langzaam stelt hij de vraag. 'Er moet hulp komen! We kunnen de toestand zoals die nu is niet alleen aan. Wie van jullie is bekend met de vierde kabel?'

Het blijft stil.

'Jullie kennen allemaal de voormalige NAVO-basis.'

De mannen knikken, net als alle eilanders kennen zij het grote betonnen gebouw dat als een halve bol op hun hoogste berg is gebouwd.

'Volgens Meinhard is er ooit een kabel aangelegd die vanaf daar rechtstreeks naar Amerika loopt.'

'Amerika?' vraagt Kornus, de minister van Sociale Zaken.

De premier knikt. 'Ik ben er net geweest.'

'In Amerika?'

'Nee! Natuurlijk niet! De basis,' zegt de premier geërgerd.

'Is daar op zondag dan iemand?'

De premier schudt zijn hoofd. 'Ik heb de technicus die het gebouw stofvrij houdt uit zijn bed gehaald. Ik was er nooit eerder binnen geweest, het is een gigantisch complex van gangen en kamers dat diep de berg in loopt. Nu pas besef ik hoe ze destijds in onze berg hebben gegraven en eerlijk gezegd vraag ik me af of ze zich toen wel aan hun afspraak hielden om alleen de scheep- en luchtvaartbewegingen vast te leggen en door te seinen.'

'De angst destijds was groot,' zegt een van de mannen.

'De kamer waar Meinhard het over had, ligt heel diep in de berg, volledig veilig bij een eventuele atoomaanval.'

Er wordt instemmend geknikt.

'De kabel die uit die computer loopt verdwijnt gewoon door een gat in de muur. De technicus verzekerde me dat de bepantsering van die kabel extreem goed is en dat hij met veel meer precisie op de bodem van de oceaan is neergelegd dan onze gewone communicatiekabels.'

'Hoe weet die man dan nou? Die is daar toch alleen om het stofvrij te houden.'

'Ja, zoiets,' Frimann slikt. 'Meinhard zei dat toen bekend werd dat de vorige beheerder ermee ging stoppen, hij een telefoontje uit Washington kreeg waarin hem de naam van een Duitse ingenieur werd doorgegeven – de man die ik vanochtend uit zijn bed heb gehaald.'

'Waarom heeft Meinhard dat toen niet op de vergadering gezegd?'

'Dat heeft hij wel, herinner je je dat niet meer? We waren toen juist blij, omdat we dachten dat we niemand zouden vinden die zorg zou willen dragen voor een in onbruik geraakt defensiecomplex uit de Koude Oorlog.' Frimann haalt even diep adem voor hij verder gaat. 'De computer die er staat werkt, hij heeft een eenvoudig beeldscherm en toetsenbord, Meinhard had me een code gegeven die ik moest intypen. Ik heb op zijn advies vijf berichten verstuurd naar verschillende landen, ik heb een uur gewacht, maar er kwam geen antwoord. Hoe dan ook, ik wilde dit eerst met jullie bespreken en ga zo weer terug om te kijken of er nu wel antwoord is.'

'Zal ik met je meegaan?' vraagt Kornus met zijn zachte, dwingende stem.

'We willen allemaal wel mee,' zegt Elias. 'Dit is een zaak die ons allemaal aangaat.'

'Wat denk je als iemand de hele ministersploeg de berg ziet oprijden en de bunker ziet ingaan? Nee, laten we ons hoofd koel houden, er is al rumoer genoeg. Kornus, ik vind het prima als je meegaat, maar de rest gaat gewoon naar huis, naar de kerk of wat je normaal op zondag doet. Zorg alleen dat je mobiel bereikbaar bent, voor het geval ik je moet bellen. Morgen komen we, ondanks de afgekondigde rouw, op onze gebruikelijke tijd weer bij elkaar.' Hij pakt de vergaderhamer, geeft een tik op de tafel, ziet dan dat hij te hard heeft geslagen en dat er een klein deukje in de tafel is gekomen.

~

Het hulpeloze dier tegen haar volle borsten geklemd voedt Falala het lammetje met een fles. Ze duwt de speen in zijn bekje en ziet erop toe dat hij drinkt. De hele nacht is ze om de paar uur wakker geworden en opgestaan om het beestje melk te geven. Zijn gemekker drong moeiteloos door tot het bed, aangezien ze hem in de kamer naast hen had gezet, geheel tegen de wil van Hanus in, die vindt dat beesten buiten of in de stal thuishoren en niet in huis. Maar hoe kan Falala hem uitleggen dat vanaf het moment dat hij het onschuldige hoopje natte zwarte wol in haar armen duwde, haar borsten zich krampachtig samentrekken als hij blèrt. Een onbekende stuwkracht lijkt haar eigen melkproductie in gang te willen zetten. Ze schaamt zich ervoor en is bang dat hij haar niet gelooft, maar zolang zij het ouderloos lammetje stil weet te houden, houden ook haar borsten zich rustig.

De kleine strakke lipjes klemmen zich om de speen en ze ziet de melk in zijn keelgat verdwijnen. Zijn oogjes houdt hij de meeste tijd gesloten. Ze wil hem een naam geven, maar Hanus heeft gezegd dat zijn schapen geen naam hebben, alleen de rammen. Hanus is trots op zijn fokrammen, afgelopen jaar heeft een ervan weer de eerste prijs gewonnen. Niet van het dorp of het district deze keer, maar van de beide eilanden. Hij had haar trots uitgelegd waarom zijn ram volgens de jury het volmaakte beest was, de hoorns perfect, de gebogen vorm niet te wijd of te nauw, de poten sterk en recht, de wol van topkwaliteit, zwaar krullend op de rug zodat hij warm blijft en geen last heeft van de regen, en op de buik dichter op elkaar. Ook de kwaliteit en de hoeveelheid vlees op de nek en de rug bleken bij zijn ram exact aan de gestelde eisen te voldoen. En het belangrijkste: hij is ongelooflijk vruchtbaar. Het is een droomram, terwijl het lam dat zij in haar armen houdt er een met kromme poten is en dus geen naam behoeft, die zal in de herfst al worden geslacht en te drogen worden gehangen in de speciale schuur zodat ze met Kerstmis half gedroogde lamsbout kunnen eten.

Falala trekt de lege fles uit de bek. Nog even mekkert het lammetje wat na, maar dan wordt het stil. Als ze naar het slapende diertje kijkt, krijgt ze een brok in haar keel. Ze heeft het hem nog niet verteld, ze durft niet, ze voelt dat ze terug moet naar huis, al heeft ze geen idee of dat huis nog bestaat.

Ze zet het lammetje terug in de doos onder de warme lamp en kruipt weer in bed. Hanus slaapt nog. Het is een mooie man, deze blonde man van wie ze elke dag meer begint te houden, maar ze mag het hem niet aandoen, niet hij die zo verlangt naar een kind, een zoon, een volwaardig opvolger om de boerderij over te nemen. De woorden van de vrouw van wie ze dacht dat het haar schoonmoeder zou worden, galmen nog altijd na in haar hoofd: 'Voor mijn zoon geen negerin.'

~

De deur wordt opengedaan door de Duitse ingenieur.

'Hier ben ik weer,' zegt Frimann en stapt naar binnen, gevolgd door Kornus.

In het gebouw, bestaande uit een betonnen rand van een meter of vijf hoog waarop een gigantische witte bol ligt, lijkt de moderne tijd niet te zijn doorgedrongen. Ze lopen de stalen trap op naar het centrum van de bol. Midden in de ruimte ligt een groot rond scherm waar ooit elke beweging die met de radar werd opgevangen werd weergegeven, nu lijkt het net het decor van een gedateerde sciencefictionfilm.

'Ik dacht dat hij de boel stofvrij moest houden,' fluistert Kornus tegen de premier, zijn blik op de stapel erotische tijdschriften die half weggeschoven onder de bank ligt.

Frimann glimlacht en smiespelt: 'Duidelijk druk met andere zaken.'

Kornus knikt. Ze lopen langs het scherm en gaan een deur door, een fel verlichte gang in en komen bij een ijzeren wenteltrap die naar beneden voert.

'Ik ken de weg,' zegt Frimann als de ingenieur hen voor wil gaan.

De man haalt zijn schouders op en loopt terug. 'Als er wat is of u hebt een vraag, druk dan op de rode knop naast elke deur, dan kom ik naar u toe,' zegt hij met een zwaar Duits accent.

De mannen knikken en lopen de trap af. Hun voetstappen weerklinken in het trappenhuis. Ze zeggen niets en dalen steeds verder af, tot ze bij een dikke stalen deur komen die toegang geeft tot een gang waar zich aan het eind een nog dikkere stalen deur bevindt.

'De veiligheidssluis,' zegt Frimann. 'We moeten de blauwe pijlen volgen.'

Ze lopen de gang in waar de blauwe pijl naar wijst, soms zijn er deuren, enkele staan open, de meeste zijn dicht. Ze slaan eerst links en dan rechts af.

'Waar gaan die rode en gele pijlen heen?' vraagt Kornus.

'Geen idee,' zegt Frimann.

Ze komen opnieuw bij een ijzeren wenteltrap, deze is veel smaller. Ze dalen af tot ze bij een deur komen die openstaat. De gang die ze ingaan is ook veel smaller dan die waar ze boven doorheen liepen.

'Je zult hier toch maar in je eentje moeten werken,' zucht Frimann. 'Ik ben blij dat ik vanaf mijn bureau de haven en de zee kan zien.'

Aan het eind van de gang is weer een deur, deze is dicht en net zo dik als de eerste deur in de sluis. Ze duwen hem open en komen in een middelgrote grijze ruimte. Tegen een van de wanden staat een tafel met een stoel. Op de tafel een computer.

'Ze hebben wel hun best gedaan dit ding te beschermen,' zegt Kornus.

'Ze waren zo paranoïde destijds,' bromt Frimann, 'dat waarschijnlijk zelfs de boodschappenlijstjes van mijn voorgangers door deze kabel gingen.'

Frimann typt het wachtwoord in.

'Zou onze Duitse vriend de code ook kennen?' vraagt Kornus met zachte stem.

Frimann haalt zijn schouders op. 'Op dit moment denk ik dat alles mogelijk is.'

Ze kijken samen gespannen naar de monitor. Een paar keer klikt Frimann op het icoontje ZENDEN/ONTVANGEN, maar er komt niets binnen. Kornus neemt ongevraagd de muis over en opent een ander programma. Schermen worden opgeroepen en weer afgesloten. Steeds dieper gaat Frimanns collega van Sociale Zaken in de software van de computer.

'Niks, noppes, *niente*,' zucht Kornus. 'Of die kabel is ook gebroken, of de rest van de wereld is in een diepe slaap gevallen, als Doornroosje.'

'Dat kan toch niet?'

'Nee dat kan niet, natuurlijk niet, maar dat er echt iets mis is, is duidelijk.'

'Ik snap het niet,' zucht Frimann.

'Ik ook niet, maar we hebben er wel mee te maken.'

'Wat moeten we in vredesnaam doen?'

'Rustig blijven,' zegt Kornus, met zijn zachte zware stem, 'vooral heel rustig blijven.'

'Hoe kan ik rustig blijven? We zijn verantwoordelijk voor de hele bevolking, we kunnen toch niet doen of er niets aan de hand is? We weten niet eens wát er aan de hand is!' Frimann kreunt. 'Waarom antwoordt niemand? Waarom komt er niemand? Dit is toch absurd! We hebben hulp nodig, we hebben hier te maken met de zwaarste orkaan sinds mensenheugenis, we hebben doden en gewonden, we zijn een deel van onze energievoorziening kwijt en ...'

'Ik vind dat we niet tot morgenochtend kunnen wachten voor we weer bij elkaar komen,' zegt Kornus.

Frimann knikt en staart naar het lege scherm.

~

De kerk loopt leeg, mannen en vrouwen in nette zondagse kleren en kinderen die weten dat ze niet mogen gillen en rennen. Unnar, die samen met Johanna langsloopt, herkent een van de jongens uit zijn klas en zwaait.

De jongen zwaait terug en komt op hem af. 'Is jouw huis echt weggeblazen?'

'Ja.'

'Helemaal?'

'Ja.'

'Woon je nu ook in de sporthal?'

'Nee, wij wonen in een hotel,' zegt Unnar met iets van trots in zijn stem.

'O, maar we hebben alleen voor de mensen in de sporthal gebeden,' zegt het klasgenootje.

'Dat was vast ook voor ons bedoeld,' zegt Johanna.

De kleurig geschilderde huizen in rood, blauw of geel hebben allemaal een voortuintje, al groeit er in de meeste niet meer dan wat kleine planten en gras. Bomen en struiken zijn hier maar weinig, daarvoor is de wind die altijd waait doorgaans te sterk. Alleen in tuintjes die helemaal in de beschutting van de huizen zijn aangelegd groeien wat struiken en soms zelfs een kleine boom. Langs de stoep die de tuintjes scheidt van de straat staan net gewassen auto's geparkeerd. Bij veel huizen zijn de gevolgen van de storm nog te zien maar de meeste inwoners hebben de schade zo goed of zo kwaad als het ging gerepareerd. Iedereen weet dat de storm extreem was en ze hebben gebeden dat er nooit meer zo'n orkaan hun eilanden zal aandoen, maar ze zijn zich allemaal bewust dat de wind nooit stopt met blazen en dat een klapperende dakgoot snel kan veranderen in een gat in het dak als ze die niet direct repareren.

'Daar!' roept Unnar ineens en wijst naar de twee kleine drakenkoppen op de dakrand van het blauwe houten huis. 'Daar is het.' Hij is blij het gevonden te hebben, want zijn oma geloofde hem al bijna niet meer.

Naast het blauwe huis staat een grote ouderwetse Amerikaanse auto. Op de deur staat geen naam en er is ook geen bel. Unnar duwt de voordeur open en gaat naar binnen.

Johanna is niet gewend dat deuren niet op slot zijn en wil haar kleinzoon tegenhouden, maar hij is te snel en verdwijnt achter de tochtdeur. Weifelend staat ze op de drempel, kan ze zo maar het huis van de werkgever van haar zoon binnengaan?

'U moet Unnars oma zijn? Kom binnen.' Een vrouw van tegen de vijftig met kortgeknipt haar en een stevige parfumlucht duwt de klapdeur open. 'Niels heeft geprobeerd jullie te bellen, maar de telefoon doet het niet.'

'Het huis is er niet meer.'

'Helemaal niets? Dat kan toch niet? Als dit huis nu zou omwaaien dan snap ik het, dit zijn wat planken die ze honderd jaar geleden aan elkaar hebben gespijkerd, maar het huis van Leo is van steen.'

'Kom verder,' klinkt de zware stem van de rector van de universiteit.

In de hal staat een grote, rossige man die zijn hand uitsteekt en hen uitnodigt voor een kop koffie in de huiskamer. Terwijl Unnar uitgebreid verslag doet van wat hun is overkomen in de nacht van de storm, ziet Johanna de krant van gisteren op de vloer achter de bank liggen. Daarin vertelt ook zij het verhaal over de ruïne die hun huis is geworden, over de ingestorte muren, over het dak en de hele zolder die in zee zijn verdwenen en over het wonder dat ze nog leven. De journalist had van alle kanten foto's gemaakt, en nu deden de baas van haar zoon en zijn vrouw of ze nog van niets wisten ...

'Nee, wij hebben niets gehoord, ook niet van onze zoons, maar ik verwacht ze elk moment, je kent je vader, als hij druk is met zijn vogels vergeet hij de wereld om zich heen, of misschien is zijn mobiel leeg, het zal niet de eerste keer zijn dat hij zijn oplader is vergeten, en bedenk dat het vandaag zondag is. Ik ben weleens op zondag op een vliegveld geweest, vreselijk, alles dicht, zelfs de toiletten, kun je je voorstellen, de toiletten dicht en dat terwijl je heel erg moet, maak jullie dus niet te veel zorgen, morgen staan ze weer voor de deur.'

'Er is geen deur meer,' zegt Unnar.

Oom Niels begint hartelijk te lachen. 'Bij wijze van spreken natuurlijk. Willen jullie nog een kopje?'

'Graag,' zegt Johanna. 'Ik heb ...' even aarzelt ze, 'nog een andere vraag.'

Unnar heeft geen idee wat zijn oma wil vragen, maar knikt hard met haar mee.

'Voor de dag ermee,' zegt de rossige man, die meer op een zeeman dan op een wetenschapper lijkt.

'Is zijn salaris van deze maand al uitbetaald?'

'Geen idee. Dat zal ik de administrateur moeten vragen, maar dat kan morgen pas, die man gaat elke zondag vissen.'

'Ook vandaag?'

'Het stormt toch niet meer,' zegt de grote man en kijkt uit het raam.

'Zou u dat dan morgen voor ons willen uitzoeken, door de storm ben ik ook al mijn pasjes kwijtgeraakt en we moeten het hotel betalen.'

'Jullie kunnen op de kamer van de jongens slapen, sinds ze studeren staat die toch maar leeg!' roept Gunhild uit de keuken terwijl ze de koppen weer volschenkt.

Unnar en Johanna zien op het gezicht van de rector dat hij daar heel anders over denkt.

'Jouw zus komt toch hier slapen met de kinderen?' roept hij.

'O ja, dat is waar ook!' De stem van Gunhild klinkt opeens veel hoger als ze roept dat ook hun huis kapot is, dat ze tegenwoordig zo vreselijk veel vergeet, dat haar zus gebeld heeft of ze mag komen, met de kinderen. Dat laatste herhaalt ze wel drie keer.

'Kunt u ons dan misschien wat geld voorschieten of lenen?' vraagt Johanna.

'Gunny,' roept de man vanuit de kamer naar zijn vrouw 'pak jij mijn beurs even.'

Gunhild komt binnenlopen met een herenportemonnee en geeft die aan haar man. Hij haalt er twee biljetten uit en reikt die met een royaal gebaar aan Johanna. 'Hier, neem maar, geen probleem.'

Johanna kijkt naar het geld in haar hand en ziet direct dat het niet genoeg is om de kamer van te betalen én te kunnen eten.

'Dank u wel.'

~

Dora voelt dat ze iets moet eten, ze is uitgeput na de lange, slopende dag in het ziekenhuis, maar ze is bang dat Susanna weer wakker wordt als ze stopt met zingen.

> Slaap, meisje, laat je halen
> de wolken nemen je mee
> Ze wiegen en ze strelen je
> ze waken en wachten op je

Morgen als de zon je roept
doe jij je ogen open
Maar nu ze gesloten zijn
let de maan op jou

Ze kijkt naar haar dochtertje, dat gelijkmatig begint te ademen, en stopt met zingen. Haar nageslacht is gezond en slaapt. Niet het meisje uit Susanna's kleuterklas. Ze was uit een van de ingestorte huizen gehaald, haar vader en moeder waren direct naar het mortuarium gebracht. Ze hadden allemaal voor haar gevochten, vier keer was ze geopereerd, een van de verpleegsters had haar eigen bloed gegeven, zij hadden allemaal gedacht dat het kind het zou gaan redden. Ze had het meisje gestreeld toen ze zachtjes weggleed met haar ogen dicht alsof ze sliep. Dora had geen tijd gehad om te huilen, ze had niet eens tijd gehad om het meisje behoorlijk te wassen. Ze was naast haar moeder op de baar gelegd en ze zouden samen worden begraven. Nabestaanden mochten geen plek op de begraafplaats uitkiezen, er was van hogerhand een veld aangewezen waar alle slachtoffers werden begraven, er was haast, want naast het meisje waren er die dag nog vier gewonden overleden.

'Mam?' Susanna opent haar ogen.

Even schrikt Dora. Dan zegt ze: 'Sst. Ga maar weer slapen.'

'Waarom zing je over de wolken als die alles kapot maken?'

'De wolken hebben niets kapot gemaakt, dat was de wind.'

'Weet je dat zeker?'

'Ja, en nu moet je je ogen weer dichtdoen en echt gaan slapen.'

'Vannacht komt de wind niet, hè?'

'Nee, vannacht komt er geen storm.'

'Dat weet je zeker, hè?'

'Slaap, meisje, laat je halen, de wolken nemen je mee. Ze wiegen en ze strelen je, ze waken en ze wachten op je ...' Dora streelt haar dochter en bidt tegelijkertijd dat ze gelijk mag hebben.

~

Geïrriteerd loopt Esbern de trap op. Hij had bijna een uur op Dora moeten wachten terwijl ze hem had beloofd op tijd terug te zijn uit het ziekenhuis. Hij was weggereden toen zij de straat inkwam, hij had alleen maar gezwaaid en was in volle vaart naar het kantoor van de premier vertrokken.

Om de vergadertafel zitten naast de ministers ook de verantwoordelijken van het telecombedrijf, het vliegveld en het elektriciteitsbedrijf. Esbern kent de meesten van gezicht. Hij ziet zichzelf meer als een praktische wetenschapper dan als de directeur van het Meteorologisch Instituut en beweegt zich daarom zelden in hun kringen. Hij verontschuldigt zich voor zijn late aankomst en gaat zitten. De mollige secretaresse schenkt hem snel een kop koffie in, wijst naar de melk en suiker die midden op tafel staan en gaat achter haar computer zitten.

Frimann kucht, pakt zijn hamer en geeft een tikje op de rubberen cirkel die voor hem op tafel ligt. 'Ik heet u allen welkom,' zegt hij ernstig, 'en ben blij dat jullie allemaal konden komen. Jullie weten, ik schend niet graag de zondagsrust, maar vandaag breekt nood wetten.' Alle ogen zijn op hem gericht.

Met veel woorden en ingewikkelde zinnen vertelt hij wat iedereen al weet. Als Frimann, nu veel minder gedetailleerd, vertelt over zijn bezoek met Kornus aan de ruimte met de vierde kabel wordt het muisstil. De directeur van het telecombedrijf begint te draaien op zijn stoel.

'Wil je wat vragen?' onderbreekt de premier zijn relaas over de voormalige NAVO-basis.

'Waarom weet ik dit niet?' klinkt het geïrriteerd.

'Omdat het een staatsgeheim is ... was,' zegt Kornus.

'Ja maar ...'

'Niets ja maar, we wisten het geen van allen,' zegt Kornus, nu ook geïrriteerd. 'Het is een erfenis van de koude oorlog, meer niet.'

De man is duidelijk gekrenkt maar slikt zijn volgende vraag in.

'Heeft iemand anders nog een vraag?' sust Frimann.

Esbern steekt verlegen zijn hand op. 'Uh ... ik heb niet echt een vraag, maar uh ... ik zou er nog iets aan willen toevoegen ... als dat mag natuurlijk, het is wat technisch ...'

De premier knikt. 'Natuurlijk.'

'Uh ... wij, ik bedoel het weerstation hier,' hakkelt hij, 'wij houden al sinds 1875 dagelijks rapporten bij van alle metingen. We meten de temperatuur, de windsnelheid en de windrichting, de luchtvochtigheid en de luchtdruk.'

De mannen luisteren.

'Natuurlijk zijn de instrumenten tegenwoordig veel beter en kunnen we in veel hogere luchtlagen onze metingen verrichten, maar het principe is niet veranderd.' Hij zucht. 'Elke dag wordt overal op de wereld vanuit weerstations gelijktijdig een ballon losgelaten. Bij ons is dat om precies elf uur 's ochtends. Vroeger hingen we daar een radiosonde onder, nu een gps-systeem. Deze ballonnen worden als ze stijgen steeds groter omdat de luchtdruk daalt, en hebben ongeveer een doorsnede van vijfentwintig meter als ze op een hoogte van vijfendertig kilometer uit elkaar klappen. Op hun weg omhoog meten zij van alles, en die informatie wordt doorgeseind naar het Global Telecommunication System, dat is een netwerk waar de informatie samenkomt van alle lokale weerstations en weerschepen waar ook ter wereld. Met die informatie en wat we hier beneden op de plaatselijke meetpunten waarnemen, kunnen we het weer steeds preciezer voorspellen.' Hij hoort iemand zuchten en begint sneller te praten. 'Vrijdag had ik dienst. Ik hield zoals gewoonlijk alles nauwkeurig bij en stuurde het door. Uit de berekeningen die binnenkwamen bleek dat we een heel rustige nacht tegemoet gingen, er werd wat regen verwacht en een lichte bries uit het zuidwesten, hoogstens windkracht vier. Niets wees erop dat er een zware depressie naderde. Ik zal jullie niet te veel lastigvallen met alle technische details, maar depressies ontstaan in het grensgebied tussen twee verschillende luchtsoorten. Bijvoorbeeld tussen koude lucht van de pool en tropische lucht uit het zuiden. Op zo'n grensvlak van luchtsoorten kan door diverse oorzaken een uitstulping ontstaan die kan uitgroeien tot een lagedrukgebied of depressie.'

Frimann kijkt op zijn horloge.

'Ik weet, het is wat theoretisch, maar luister nog even,' zegt Esbern en begint nog sneller te spreken. 'Snelle luchtdrukveranderingen gaan vrijwel altijd gepaard met de komst van slecht weer. In het lagedrukgebied stroomt de lucht, de wind, naar het centrum van de depressie. Toen het weer vrijdag opeens omsloeg en het zo hard begon te stormen, ben ik, hoewel dat levensgevaarlijk was, toch naar het weerstation gegaan. Ik moest weten wat er gebeurde, ik kon me niet voorstellen dat ik het niet had gezien, want ik zie het als mijn taak de veiligheid en de bescherming van—'

'Ja, ja, het is goed,' zegt de premier, die nu echt genoeg begint te krijgen van het ingewikkelde relaas. 'Ter zake.'

'Net als overal was ook bij ons het contact met de rest van de wereld weggevallen, maar wij hebben natuurlijk ook onze eigen apparatuur. Ik geloofde mijn ogen niet toen ik zag hoe laag de luchtdruk was waarin wij ons bevonden. Achthonderdnegenenzestig hectopascal, zo laag is nog nooit gemeten.'

Hij heeft weer de aandacht van de premier.

'Ook de windsnelheid die ik gemeten heb, is nooit eerder voorgekomen.' Esbern neemt een hap lucht en zegt: 'Tweehonderdtwintig knopen, dat is vierhonderdacht kilometer per uur. Op de schaal van Beaufort zou dat twintig of meer zijn.'

Het wordt doodstil. Alleen het geluid van Birta's getyp klinkt nog. Tot ze is uitgeschreven. Alsof dat het signaal is, begint iedereen tegelijkertijd te praten en de weerman te bedelven onder vragen.

Zachtjes staat Kornus op en loopt naar het raam. Terwijl achter hem iedereen door elkaar roept, kijkt de minister van Sociale Zaken naar buiten. Zijn blik glijdt naar de aanlegplaats van de veerboot, die daar woensdagochtend vroeg moet aanmeren. Hij wilde dat hij gelovig was, voor het eerst in zijn leven zou hij willen bidden.

~

Van zee komt een lichte avondbries. De lucht trekt open en Pauli kijkt omhoog naar de sterren. Hoe vaak heeft hij niet stiekem samen met zijn zusje en zijn opa in de tuin gezeten als oma dacht dat de kinderen in bed waren, en dan vertelde zijn grootvader hen over de helden van de hemel. Hij houdt van de sterren, van Orion, Perseus, de Draak, de Kleine en de Grote Beer.

'Waar kijk je naar?'

Pauli kijkt opzij en schrikt als hij ziet wie het is. Hij voelt dat hij begint te blozen.

'Waar kijk je naar?' herhaalt Marit, het meisje dat sinds hij naast haar stond in de kroeg niet meer uit zijn hoofd is geweest.

'Uh, ik uh, ik kijk naar de ... de sterren,' stottert hij en hij wijst naar de lucht.

Marit kijkt omhoog. Rustig glijdt haar blik over het hemeldak.

Haar hoofd ligt in haar nek, haar haren hangen op haar rug en haar mond staat een klein beetje open. Pauli wordt onrustig als ze maar omhoog blijft kijken en niets meer zegt. Hij kan toch niet gewoon naast haar naar de sterren blijven kijken? Stelde ze me maar een vraag, denkt hij. Maar het meisje kijkt ademloos omhoog naar de sterrenhemel, alsof ze die voor het eerst ziet, en zegt niets. Pauli schuifelt wat met zijn voeten en wringt z'n handen maar het meisje blijft kijken. Langzaam glijden ook zijn ogen weer omhoog, boven hen ziet hij de zandloper die Orion heet, met in de ene hoek de helderrode ster Betelgeuze en in de andere hoek Rigel. Hij voelt dat de heftig rode kleur uit zijn gezicht langzaam weer wegzakt. Hij is blij dat het donker is. Naast de hemelse Jager in zijn wapenrusting ziet hij het teken van de Tweeling. Castor en Pollux vereeuwigd vanwege hun broederliefde.

'Is je zusje vandaag ook begraven?' vraagt Marit opeens.

'Ja.'

Ze weet niet wat ze verder moet vragen. Ze kent de antwoorden al. De te snelle begrafenis, de onpersoonlijke graven, de korte kerkdienst die direct moest beginnen als de vorige was geëindigd, het gebrek aan bloemen en tekort aan kisten, maar bovenal het ongeloof en de verbijstering dat iemand die er twee dagen terug nog was nu voor eeuwig is verdwenen. Ze zoekt zijn hand en pakt hem beet.

~

'Oma?' fluistert Unnar en duwt zijn wang tegen de paarse jas.

'Ja,' klinkt er uit het andere bed.

'Wat gaan we nu doen?'

'Slapen.'

'Maar morgen?'

'Morgen proberen we het gewoon weer.'

'Maar als ze morgen weer niet komen?'

'Dan komen ze overmorgen.'

'En als ze er overmorgen ook niet zijn?'

Het blijft stil in het andere bed.

'Oma?'

'Ja?'

'Ben jij bang?'

'Ik probeer het niet te zijn.'

'Ik ook.'

'Goed zo jongen, probeer nu maar te slapen.'

Het is even stil als de stem van Unnar weer klinkt: 'Wat doen we als ze nooit meer terugkomen?'

'Ze komen, jongen! Ze komen terug, dat weet ik zeker.'

Geen boot

– de vijfde dag na de storm –

De misthoorn klinkt en het is nog heel vroeg, toch is het veel drukker op de kade dan op andere woensdagochtenden in de winter. Naast de mensen die gereserveerd hebben voor de tweedaagse tocht met de veerboot naar het continent en hun auto's in de daarvoor bestemde vakken op de haven rijden, de voetgangers die zich met hun bagage in de vertrekterminal verzamelen en degenen die passagiers komen afhalen, zijn er ook veel nieuwsgierigen naar de haven gekomen.

Tussen al deze mensen staat Falala met een koffer. Ze heeft, nadat Hanus met zijn quad bike de velden in ging om te kijken of er die nacht weer lammetjes waren geboren, haar lam nog één keer de fles gegeven en toen de bus naar Havenstad genomen. Ze heeft haar eigen geld, dat ze in een doosje in haar koffer onder het bed bewaarde, in haar zak gestopt en haar zomerjas onder haar winterjas aangedaan, ze weet dat het op de boot erg koud kan zijn.

Een man die tegen een paal staat te roken kijkt haar doordringend aan. Falala voelt zijn ogen over haar lichaam glijden, van haar pikzwarte kroeshaar naar haar ronde billen. Ze wilde dat ze haar sjaal niet vergeten was, dan had ze iets om in weg te duiken. Ze kijkt naar de mensen vóór haar in de rij, langzaam komt ze dichter bij het loket. Iedereen om haar heen praat over de boot, die wel of niet zal aankomen. Op haar mouw zit een korte krullende zwarte haar die niet van haar is. Ze probeert niet te denken aan het lammetje en aan Hanus, die vannacht niet wakker zal worden als hij blèrt, ze probeert ook niet te denken aan het briefje, dat nog in haar zak zit en dat ze op het laatste moment niet op tafel heeft gelegd en waarin ze heeft geschreven waarom ze weggaat, ook wil ze niet denken aan de lippen van de man die haar gelukkig heeft gemaakt zoals ze nog nooit is geweest, na alle angst die ze heeft gekend toen ze haar eigen land moest ontvluchten, ook probeert ze te vergeten dat ze weer een bootreis moet maken, al zal deze minder primitief zijn dan haar eerste, toen ze met twintig mensen een week zonder eten in een container zat.

'Komt er nog wat van!' roept de mevrouw achter het loket. 'Enkeltje of retour?'

Falala kijkt haar aan, plukt het zwarte haartje van haar mouw en maakt rechtsomkeert. Ze perst zich door de massa naar de bus, die er nog staat. Ze hoort dat de chauffeur de motor weer start. Ze begint te rennen en roept dat hij moet wachten. De deur gaat weer open en ze klimt erin.

'Ik zei u toch al, die boot gaat niet,' zegt de chauffeur, 'die is in de storm vergaan.'

'O, dat had ik niet begrepen,' zegt Falala zonder het te horen. Ze zoekt een plaats en hoopt dat ze terug is voor Hanus van het land komt.

De bus rijdt omhoog de smalle straat door, het centrum in. Falala ziet de groep mensen niet die voor een nog gesloten bank een rij beginnen te vormen. Ze denkt alleen aan thuis.

~

Achter de glazen wand loopt Barni Bech, de gezette manager, zenuwachtig op en neer. Na drie dagen dicht te zijn geweest gaat de supermarkt weer open. Binnen is zijn personeel met afzetband in de weer terwijl buiten de groep wachtenden snel groeit.

'Duw niet zo,' piept Ragna, die met haar drie lege boodschappentassen tegen de glazen winkeldeur wordt gedrukt.

'Ik duw niet, dat zijn de mensen achter mij,' snauwt Gunhild, de vrouw van de rector.

'Wilt u iets minder duwen!' roept Ragna, maar haar geroep raakt verloren in het geroezemoes.

Als de manager eindelijk aanstalten maakt de sleutel in het slot te steken begint de groep echt te duwen. De mensen vooraan worden tegen de glazen pui gedreven en bewegen is niet meer mogelijk. Barni probeert, van achter de glazen deur, met handbewegingen duidelijk te maken dat men de kalmte moet bewaren en allemaal een stap achteruit moet doen, maar aangezien de achtersten hem niet kunnen zien en de voorsten dus niets kunnen doen, wordt de groep steeds meer tegen het glas aangedrukt.

Iemand begint op het raam te kloppen en op zijn horloge te wijzen. De grootste supermarkt van de hoofdstad had al een halfuur open moeten zijn. Sinds het bericht zich als een olievlek over het stadje heeft verspreid dat de boot niet is aangekomen en de winkels dus de komende week geen verse bevoorrading krijgen, is men aan het hamsteren geslagen.

Binnen rent het winkelpersoneel zenuwachtig door elkaar. Na een minuut verschijnt Barni weer, nu met een opengescheurde en platgevouwen kartonnen doos, waarop hij iets heeft geschreven. Hij klimt in een winkelwagentje, dat door een kassamedewerker in balans wordt gehouden, en duwt het papier tegen de raam. ALLEEN OPEN VOOR KLANTEN MET CONTANT GELD.

Wat zojuist nog slechts rumoer was, verandert in geschreeuw en gejoel. Ragna, een jonge vissersvrouw, die bij gebrek aan baar geld – maar wel met vier kinderen – alleen haar paspoort bij zich heeft, begint te huilen.

'Ik heb geld!' roept iemand achter uit de linies.

'Ik ook!' roept de vrouw van de rector.

Ragna haalt haar paspoort uit haar zak en duwt dat tegen het glas. De manager schudt onverbiddelijk zijn hoofd en roept iets naar het personeel achter hem. Even later verschijnt er een stuk karton met daarop de boodschap: GEEN PASPOORTEN OF RIJBEWIJZEN.

Er klinkt gevloek, maar de manager kan niet horen hoe men hem verwenst. Een groot deel van de groep begint zich dralend en mokkend terug te trekken terwijl de mensen met contanten zich naar voren dringen.

Eindelijk draait Barni de sleutel om. Naast hem staan de twee mannen die normaal de vrachtwagen lossen en de kratten sjouwen. Ze zorgen dat de deur maar een klein stukje open kan. Gunhild wurmt zich naar binnen. De twee mannen houden haar tegen. Ze protesteert maar de mannen laten haar niet de winkel in gaan.

'Wilt u mij uw geld laten zien?' zegt de manager.

Gunhild diept de portemonnee van haar man op en toont de manager de rijkelijke inhoud. Hij knikt en de mannen laten haar door.

Het is vreemd de lege winkel in te lopen terwijl achter haar het geschreeuw en geduw doorgaat. Gunhild pakt een karretje en beseft opeens dat ze geen idee heeft hoeveel geld ze eigenlijk bij zich heeft. Ze denkt nooit aan geld, geld is iets wat er altijd is. De aankoop van een nieuwe jas of trui gaat gedachteloos. Een winkelwagen vullen met de dagelijkse boodschappen is iets wat ze gewoon doet. Zelfs haar nieuwe auto, die ze sinds een jaar heeft, stond op een dag gewoon voor de deur. Gunhild kijkt nog eens in de portemonnee en maakt een schatting. Ze houdt niet van geld tellen, dat heeft zoiets armzaligs, en aangezien de mensen buiten haar nog steeds door het glas kunnen zien is ze ook nu niet van plan dat te gaan doen. Ze duwt de kar naar de aardappelen. Net als de meeste eilanders wil ook haar man het liefst elke dag aardappelen op zijn bord. Als ze spaghetti maakt of rijst, klaagt hij dat ze 'exotisch' doet en dat hij dat wel op vakantie kan eten. Ze pakt een grote zak aardappelen en denkt terug aan de keer dat bij het personeel van de veerboot een wilde staking was uitgebroken, de boot had de eilanden toen bijna drie weken niet bevoorraad en de winkels waren snel leeg geweest. Ze twijfelt of ze twee of drie zakken moet nemen, maar als de volgende klant op de aardappelen toeloopt, trekt ze snel nog een zak uit het schap en tilt die in haar kar. Dan rijdt ze naar de koeling, waar ze vlees, melk en margarine in haar karretje doet.

Buiten staat Ragna nu zonder haar boodschappentassen, die is ze in het geweld verloren. Haar man is nog op zee, het vissersschip waarop hij vaart had gisteren terug moeten komen, maar iedereen weet dat sinds vrijdagavond geen schip de haven meer is binnengelopen.

~

Johanna smeert dik boter op haar toast. Ze heeft de hele nacht slecht geslapen, niet alleen omdat haar kleinzoon onrustig droomde maar ook omdat haar maag bleef rommelen zelfs nadat ze drie glazen water had gedronken. Het geld dat ze van de baas van de universiteit heeft gekregen heeft ze niet gebruikt om de hotelkamer te betalen, ook niet om in een restaurant te eten. Ze heeft het idee dat ze zuinig moet zijn, omdat niemand haar kan vertellen wanneer er een vliegtuig of boot komt, dus heeft ze wat brood, kaas en fruit gekocht en dat met Unnar als avondeten gegeten.

'Gaat u zo weer naar de bank?' klinkt het uit de keuken.

'Ik hoop dat hij vandaag wel opengaat,' zegt ze.

Unnar kijkt haar aan en wil iets zeggen, maar haar ogen stoppen hem. Hij wijst naar het lege schaaltje dat op hun tafel staat, en kijkt haar vragend aan. Ze schudt haar hoofd, ze durft niet nogmaals om extra beleg te vragen.

'Gaan we straks weer bellen?'

'Ze hebben gezegd dat zij ons zullen bellen als er nieuws is.'

'Weten ze het nummer van het hotel?'

'Ja, natuurlijk heb ik ze dat gegeven.'

Gisteren waren ze naar de sporthal geweest. Ze hadden niet naar binnen gedurfd maar hadden door de deels beslagen ruit geloerd. Het was er vol en druk. Mensen lagen op de grond, dicht tegen elkaar op matrassen en campingmatjes. Johanna was bang geworden. Het was toch gebruikelijk dat als er ergens op de wereld een ramp was geweest het Rode Kruis of een andere hulpverleningsorganisatie kwam? Waarom kwam er niemand om hen te helpen? Ze neemt een hap van haar kale boterham, dan ziet ze naast zich een hand verschijnen die een pot Nutella op hun tafel zet.

Unnar lacht en pakt de pot. 'Dank u wel, meneer.'

De man zegt niets en manoeuvreert terug naar de keuken.

Johanna kijkt hem na als hij in zijn rolstoel weer stilletjes de keuken in verdwijnt. Ze had daar gisteren toen ze hem ging vertellen dat de bank gesloten was een foto gezien van hem met een vrouw en een jongetje. Ze wilde vragen wie het waren, toen ze in zijn ogen zag dat ook zij er niet meer waren.

~

De rij voor de bank is aangegroeid tot om de hoek. De lucht is dreigend, maar voor de aankomende regenbui zijn de mannen en vrouwen niet bang. Gespannen wachten zij of de bank vandaag wel zal opengaan, en als inderdaad de deur opent, gaat er een zucht van verlichting door de rij.

De directeur heeft besloten zijn vaste klanten, daarmee bedoelt hij de mensen van wie hij zeker weet dat ze inderdaad een toereikend bedrag op hun rekening hebben, toe te staan geld op te nemen. Daarvoor moeten ze wel een bankafschrift hebben dat kortgeleden is afgegeven. Hij weet dat ze op het hoofdkantoor deze beslissing van hem nooit zullen goedkeuren, maar het is nog steeds niet mogelijk contact met hen te krijgen en na diverse dringende telefoontjes van verschillende kanten is hij uiteindelijk, deels tegen zijn zin, overstag gegaan. Wel nadat hij de minister van Financiën in het ziekenhuis een verklaring heeft laten ondertekenen waarin die garant staat als er onvoorzien toch een tekort ontstaat.

De rij buiten de bank is rustig, binnen in het bankgebouw hangt er meer spanning. Iedereen vraagt zich af of hij wel tot de gelukkigen behoort die aan de voorwaarden van de bankdirecteur voldoen.

Óli, die van nature al snel zweet, staat zenuwachtig met een ordner vol afschriften te wachten en bidt. Hoe dichter hij in de beurt van de balie komt hoe vaker hij zijn voorhoofd moet drogen. In de rij naast hem wacht zijn oude hoofdonderwijzer, die hem ooit het verschil tussen egoïsme en eigenliefde uitlegde, iets wat hij nooit meer is vergeten. Achter hem staat de vrouw van de wasserette, die snakt naar een sigaret, naast hem staat de vader van de garagehouder naar wie hij altijd zijn auto brengt, en vóór hem de juffrouw van de wolspeciaalzaak bij de haven, die een boxer heeft die Prinses heet. Niemand spreekt, iedereen probeert de vragen en antwoorden van de baliemedewerkers op te vangen om zodoende zijn eigen situatie beter te kunnen inschatten, want diverse cliënten zijn al onverrichter zake weggestuurd wanneer bleek dat ze niet aan de gestelde eisen voldeden.

Óli kent de bankdirecteur omdat ze ooit in hetzelfde voetbalelftal zaten, al was hij nummer twaalf en stond hij meestal reserve en was de bankier de keeper, die zelden een bal doorliet. De bankier weet ook dat de pensionhouder niet alleen een hypotheek op zijn pension in Havenstad heeft, maar ook op zijn woonhuis in Nordur. Óli heeft vier monden te voeden, al zijn er twee nog heel klein. Hij voelt een stroompje dat van zijn nek over zijn rug meandert naar de spleet tussen zijn billen. Hij durft amper nog te bewegen. Pas als de juffrouw van de wolspeciaalzaak vóór hem een diepe zucht slaakt, het geld in haar portemonnee stopt en dat diep wegduwt in haar handtas, dwingt hij zichzelf een stap te zetten. Heel voorzichtig legt hij de ordner op de balie.

'Alleen uw laatste afschrift,' zegt de bankbediende.

De directeur, die tot nu toe wat op een afstand stond, komt naast zijn employé staan. Óli's handen beginnen te trillen en hij slaat zijn map open. Hij komt zelden in de bank, als hij geld nodig heeft trekt hij het uit de muur en hij heeft geen idee welk papier zijn laatste afschrift is. De man achter de balie kucht ongeduldig. Óli pakt willekeurig een vel uit zijn map en schuift het over de marmeren balie naar de andere kant. Hij houdt zijn adem in. Hij herkent de hand van de keeper die zo veel ballen tegenhield en ziet dat die hand het papier naar hem terugschuift. Óli pakt het papier weer en doet het terug in zijn map. Nog steeds met trillende handen sluit hij die en wil zich omdraaien, als de baliemedewerker zegt: 'Dat was geen afschrift.' Hij schuift zijn hele map over de balie en staart naar de punten van zijn schoenen. Opeens vraagt hij zich af of hij wel de goede trui aan heeft gedaan, of hij niet beter een jasje met een overhemd had kunnen aandoen, net zoals destijds toen hij voor de hypotheek kwam. Hij ziet de mannen door zijn map bladeren. Dina heeft hem opgedragen levens- en schoonmaakmiddelen in te slaan. Ze heeft gehoord dat de boot waarschijnlijk pas over een paar weken weer komt en in Nordur, waar alleen een kleine dorpswinkel is, zijn nu al geen aardappelen en zeep meer te krijgen, de artikelen die bij de vorige staking van de veerboot het eerst waren uitverkocht. Hij ziet de hand van de baliemedewerker naar de la gaan en tot zijn verbazing legt de man een stel bankbiljetten neer.

'Dank u wel,' zegt hij en voelt de lach op zijn gezicht verschijnen.

~

Er is maar één rij om af te rekenen in de supermarkt. Tijdens het wachten wordt er, hoewel onopvallend, afgunstig gekeken naar degenen die wel genoeg geld hebben om een propvolle winkelwagen af te rekenen.

Johanna bestudeert de prijzen en pakt twee rollen sesamcrackers en een pakje roggebrood van het schap en legt het in haar mandje bij het kuipje margarine. Als ze naar de kassa loopt ziet ze in een schap potten pindakaas staan, dat is voedzaam en niet duur. Ze doet er twee in haar mandje. Als ze verderop een zak appels ziet moet ze eerst rekenen, glimlacht en doet de appels in haar mandje.

Ze is bijna aan de beurt om af te rekenen als er geschreeuw klinkt bij de ingang. De twee mannen van het magazijn staan nog steeds als onverschrokken bewakers bij de deur en houden iedereen tegen die geen geld heeft.

'Laat me binnen!'

In de rij staart iedereen strak naar zijn boodschappen en niet naar de ruzie bij de deur, behalve Johanna. Zij kan niet zien wie er roept, maar het klinkt als een buitenlander. Zelf voelt ze zich ook een buitenlander – als mensen je niet kennen, is de eerste vraag hier altijd: 'Van wie ben jij er een?' Alsof het goede antwoord op die vraag de persoon meer bestaansrecht geeft.

De caissière zegt: 'Da's negen zevenennegentig.'

Johanna geeft haar het laatste biljet en stopt de drie cent die ze terugkrijgt weer in haar zak, al heeft ze geen idee wat ze daar nog van zou moeten kopen.

'Wij moeten allen eten!' roept de man met het zware accent.

Johanna ziet tot haar verbazing dat het een nette man is in een pak met stropdas. De magazijnbedienden houden hem stevig vast, ook al zijn ze veel kleiner dan de lange man.

'Kan ik u helpen?' vraagt Johanna in het Italiaans.

Ambrosio kijkt haar stomverbaasd aan. 'Spreekt u Italiaans?'

'Een heel klein beetje,' zegt Johanna, die jarenlang elke maandagavond op een cursus Italiaans heeft gezeten. Ze bloost.

'Ik mag er niet in. Ik heb honger. Ik heb drie verschillende creditcards, maar ze laten me niet verder.' Woedend kijkt hij naar de breedgeschouderde mannen, die gewend zijn kisten vol bevroren vlees en vis de vrachtwagen uit te sjouwen.

'Ik heb hetzelfde probleem,' zegt Johanna, die nog steeds bloost. 'Je kunt alleen nog met contant geld betalen.'

De mannen laten Ambrosio voorzichtig los nu de onbekende dame, die eerder wel geld had, tegen hem begint te spreken in een taal die ze niet kennen.

'Ik heb geen contant geld!' De Italiaan heft zijn handen ten hemel en roept om de maagd Maria.

Johanna kijkt in haar plastic tasje en zegt: 'Wilt u misschien een appel van mij?'

~

Esbern schrikt als hij langs de benzinepomp rijdt en de lange rij auto's ziet staan. Hij heeft na de bijeenkomst bij de premier direct zijn tank tot de laatste druppel gevuld, en drie extra jerrycans ingeslagen. Het bericht dat de veerboot vanmorgen niet is aangekomen baart hem grote zorgen – het heersende wantrouwen zal alleen maar toenemen. Zijn metingen worden niet geloofd en zijn als een rekenfout afgedaan. Esbern heeft nog geprobeerd zijn collega's te overtuigen maar ook die houden vol dat het onmogelijk is en dus uitgesloten en verdenken hem van dronkenschap. Hij gelooft daarentegen niets van de absurde verhalen die de ronde doen waarin men zegt dat de FBI of de CIA hun eilanden tijdelijk heeft geïsoleerd in verband met een wetenschappelijk experiment.

Het begint te regenen. Esbern zet de ruitenwissers aan en kijkt in de achteruitkijkspiegel naar zijn dochter in het kinderzitje op de achterbank. Ze klapt op de maat van de muziek en zingt klanken die op woorden lijken.

Hij rijdt de parkeerplaats op. 'Eventjes wachten,' zegt hij tegen Susanna en springt zonder paraplu de wagen uit. 'Papa is zo terug.'

Het meisje hoort hem niet eens, ze zingt uit volle borst.

Esbern rent naar de ingang van de drankwinkel, ook hier is de deur zo geprepareerd dat je er alleen maar een voor een naar binnen kunt. Hij kijkt door de ramen om te zien wie er binnen zijn, maar hij ziet niet wie hij zoekt. Ook op de haven en in het bushuisje bij het park is hij geweest. Hij heeft het gevraagd aan de mannen bij de opvang van het Leger des Heils, maar niemand heeft hem gezien. Als hij terugloopt naar zijn auto ziet hij de man die hij zoekt. Hij staat voorovergebogen en gluurt van onder zijn paraplu de auto in. Esbern krijgt een ongemakkelijk gevoel – als hij maar niet dronken is ... 'Hé, pa!' roept hij al van een afstand.

Henrik kijkt op, zijn ogen zijn bloeddoorlopen en zijn lange haren hangen half voor zijn bebaarde gezicht. Zonder iets te zeggen of de uitdrukking van zijn gezicht te veranderen richt de man zich weer op het meisje in de auto.

Esbern versnelt zijn pas. Hij herinnert zich nog goed hoe zijn vader vroeger tekeer kon gaan tegen zijn moeder als hij weer te veel had gedronken. Hij gaat naast zijn auto staan, hij zou ook wel onder de paraplu willen schuilen, maar iets houdt hem tegen. 'Alles goed?'

'Wat wil je?' bromt Henrik.
'Niets,' zegt Esbern en ziet dat Susanna naar haar grootvader lacht.
'Waarom zoek je me dan?'
'Ik zocht je niet.'
'Lieg niet, wat doe je dan hier!'
Esbern, de regen loopt in zijn nek, kijkt naar Susanna, die achter de ruit van zijn wagen steeds harder moet lachen om de gekke gezichten die haar grootvader naar haar trekt.
'Red je het?' vraagt Esbern zacht.
'Heb ik het ooit níét gered?' gromt Henrik.
Esbern hoort zijn dochtertje schateren in de gesloten auto. Haar handjes klappen en haar beentjes trappelen van opwinding.
'Heb je gehoord van de boot?'
'Nou en?'
'En de bank?'
Zonder dat Henrik zich naar hem toedraait of zijn gekkenbekkentrekkerij naar zijn kleinkind stopt, bromt hij: 'Waarom opeens deze interesse? Denk je soms dat ik geld op de bank heb? Ik ben niet zo'n sukkel die die witteboordencriminelen de kans geeft zich te verrijken. Nee, sinds je hebt gestudeerd, zorg je voor jezelf. Dat doe ik ook, zoon.' Opeens wordt zijn stem milder. 'Zorg jij maar voor dit meissie, da's moeilijk genoeg.' Hij blaast een kushandje naar het schaterlachende kind in de auto en beent weg zonder nog een woord te zeggen.
In de auto zwaait Susanna haar opa na.
Esbern had hem willen vragen of het goed met hem gaat, of hij genoeg te eten heeft, een droge slaapplaats en warme kleren. Hij kijkt naar de rug van zijn vader. De rug waarop hij paardjereed, die hem de trap op droeg naar de vuurtoren. Die rug die zo breed, groot, warm en veilig was, en nu begint te krommen. Hij wil roepen, maar weet niet wat. Zijn vader verdwijnt om de hoek en hij opent het portier van zijn auto.
'Opa is de leukste opa van de wereld, hè, pap?'
Esbern knikt en veegt zijn gezicht droog.

~

Unnar wrikt met al zijn kracht aan de natte steen. Het puntje van zijn tong piept tussen zijn lippen en op zijn voorhoofd verschijnt een rimpel. Hij rukt en trekt met beide handen. Hij weet dat hij geen lawaai kan maken, anders hoort mevrouw Poulsen het en belt ze misschien de politie. Hij laat de onwrikbare steen los en zinkt neer. Verdrietig kijkt hij naar de zee en realiseert zich dat dit uitzicht precies hetzelfde is als uit zijn slaapkamer, als hij in zijn bed lag en het gordijn optilde. Hij probeert, zoals hij zo vaak heeft gedaan op grauwe dagen als vandaag, de horizon te bepalen, want je kunt bijna niet zien waar de zee ophoudt en de lucht begint. Het grijze luchtruim, waar het vliegtuig doorheen moet vliegen om achter de berg te landen. Hij zet zijn voeten tegen de steen en duwt. Hij merkt dat zijn benen veel sterker zijn dan zijn handen, de steen begint te wankelen. Hij geeft een trap, en nog een trap. De steen komt los en rolt naar beneden. Bijna rolt hij over de paarse jas. Hij kijkt in het ondiepe gat dat is ontstaan en ziet niet wat hij gehoopt had te zien, er is slechts het volgende brokstuk. Zijn maag knort. Nu hij een begin heeft gemaakt, blijkt het toch iets gemakkelijker om de volgende steen los te krijgen.

Bij de twaalfde, of is het de zestiende, of misschien wel de drieentwintigste steen, ziet hij het bekende rode hout van de keukenkast. In plaats van blij, wordt hij opeens somber. Hij beseft dat wat hij wil onmogelijk is, dat hij om in de keukenkast die vol met lekkers en eten ligt te komen, bijna de hele berg moet afbreken. Zijn handen doen pijn en zijn maag zingt. De flarden mist uit zee komen steeds verder het land op drijven. Hij rilt en heeft het koud.

Oma wilde niet dat hij meeging boodschappen doen, hij moest in het hotel wachten. Maar na een tijdje verveelde hij zich en ging naar buiten, zonder erbij na te denken liep hij terug naar huis met de paarse jas in een rol onder zijn arm.

Hij zet zijn handen om de volgende steen en trekt hem er in een keer uit. Tussen het puin en het gruis ziet hij plots zijn vaders pet. Hij pakt hem op en slaat het gestreepte hoofddeksel schoon. Hij is niet moe meer, hij voelt zijn honger niet meer en zijn handen doen geen pijn meer. Nog een steen trekt hij eruit en nog een. Er verschijnt een stukje van een paraplu die hij kent. Dan hoort hij plastic kraken. Nog een steen eruit. Platgedrukt en grijs van het stof, herkent hij de plastic zak meteen, zijn mini-repen! Even gluurt hij om zich heen, alsof hij bang is dat er iemand anders is die mee wil eten. Alleen de rode kater van mevrouw Poulsen is er, die van een afstand naar hem kijkt. Unnar pulkt de wikkel los en neemt een hap van de geplette, natte chocola. Het smaakt veel lekkerder dan vóór de storm.

~

Het is stil in de kamer. Nicodemus wil het licht niet aandoen. Hij wil niet dat mensen weten dat hij weer thuis is, terug van het ziekenhuis. Hij wil alleen zijn. Geen knikjes krijgen of bemoedigende woorden. Hij begrijpt niet hoe de storm haar heeft kunnen grijpen. Zij die altijd zo sterk was en in weer en wind ging wandelen, de gedachten uit haar hoofd laten waaien, zoals ze dat noemde. Zij was nooit bang. Hij is doodsbang, bang dat de laatste flarden van haar hier in de kamer kunnen oplossen. Nu ruikt hij nog haar aanwezigheid, staat haar kopje nog waar ze het heeft neergezet die middag voor ze naar buiten ging, haar pantoffels nog onder haar stoel, haar boek open op de bladzijde waar ze was gebleven, haar mandje met breiwerk er nog bovenop. Hij durft de wol niet aan te raken, het boek niet, het kopje niet, haar sloffen niet. Hij denkt dat als hij iets verschuift ook de herinnering aan haar verschuift, wegschuift, verdwijnt. Hij luistert naar de stilte, die niet gevuld wordt met haar adem, haar gesnuif en geslik als het boek spannend is, haar zuchten bij de goede afloop. Hij hoort alleen het getik van de klok, het gezoem van de koelkast, het aanslaan van de centrale verwarming. Hij wil dat al die geluiden stoppen, dat zijn hoofd zich kan vullen met alleen haar.

Opeens gilt de telefoon. Een keer. Twee keer. Zijn benen weigeren op te staan. Hij zit bevroren op zijn stoel. Het geluid van de telefoon heeft alles uit zijn hoofd geslagen. Hij legt zijn handen over zijn oren maar de allesdoordringende toon boort zich door zijn handen. Drie keer. Vier keer. Hij moet opstaan. Hij moet het stoppen voor het begint. Hij is te laat. Hij hoort het antwoordapparaat aangaan. Haar stem vult de kamer, de licht schorre stem die zegt dat meneer en mevrouw Winther momenteel niet thuis zijn en dat boodschappen voor Elektrotechniek Winther kunnen worden ingesproken na de pieptoon. Hij hoort haar ingehouden lach aan het einde, omdat ze bang was de boodschap niet foutloos in te kunnen spreken, de lach is een trotse lach omdat het haar eindelijk was gelukt.

'Uhhh ... ehh ... met Frimann Hansen, de premier. Ik hoop dat ik u even mag storen? Ik wil u condoleren, ook namens de rest van mijn kabinet. Wij leven zeer met u mee en uhhh ... ik wilde u, uhhh ...'

Nicodemus hoort aan de stem dat de politicus hem om een heel andere reden belt, hij voelt de ongemakkelijke zoektocht naar woorden, de diplomatieke puzzel om niet te kwetsen en toch te zeggen wat hij wil.

'Wij begrijpen dat dit heel zware dagen zijn, uhhh ... ik had u liever nu niet willen bellen. Uhhh ... Ik bedoel dat er nog een reden is dat ik u bel. Ik hoop dat u even wilt luisteren ...'

Het liefst had hij weer zijn handen over zijn oren gelegd, maar het gestuntel van de minister-president doet hem even de pijn vergeten die in zijn lichaam huist.

'Ik weet niet of u het gezien uw omstandigheden al hebt vernomen, maar momenteel kunnen we geen contact krijgen met het continent, niet via de gewone kabels en niet via de satelliet. Het schijnt dat u, uhhh ... bekendstaat als de radiozendamateur met de sterkste zender. Daarom wil ik u om, uhhh ... als u tijd hebt, uhhh ... als u het wilt ... Wilt u proberen ... radiosignalen op te vangen? Wilt u contact met mij opnemen? Ik hoop het. Dank u wel en nogmaals heel veel sterkte.'

Hij hoort de opluchting in de stem als de premier ophangt.

~

Frimann kijkt geërgerd naar Birta, die met haar rood gelakte nagels naar haar horloge wijst. Hij legt de telefoon neer en zucht. Hij ziet als een berg op tegen wat hij moet doen, meer dan een bezoek aan zijn demente vader, dan kan hij weggaan of niet gaan, dat heeft de oude man toch niet meer door. Na nog een zucht staat hij op en loopt achter Birta de trap af, zij met een stapeltje papieren onder haar arm, hij met de autosleutels. Het idee dat premiers in andere landen een eigen chauffeur hebben wekt bij hem geen jaloezie, wel het gebrek aan een goede persoonlijke assistent, spindoctor of speechschrijver, want van zijn secretaresse, die haar wijsheden vooral opdoet bij haar breiclub, valt niet veel hulp te verwachten. Ze loopt langzamer dan hij van haar is gewend en hoewel ze niets zegt, heeft hij het idee dat ze iets kwijt wil.

'Is er iets?' vraagt hij haar.
'Uh ... ja.'
'Wat?'
'U moet nu geen water drinken, hè?'
'Nee, natuurlijk niet,' zegt hij geïrriteerd en denkt aan zijn toespraak een paar dagen terug toen hij zich tijdens de directe uitzending verslikte en een hoestbui kreeg waardoor hij niet kon verder spreken.

In de studio is iedereen zich aan het voorbereiden.
'Alles weer goed?' vraagt de man met een koptelefoon op en een microfoontje voor zijn mond.
Frimann knikt knorrig en gaat zitten. De toespraak die hij voor vandaag heeft geschreven ligt voor hem op tafel. Hij zucht.
De hand van de opnameleider gaat omhoog. Het rode lichtje begint te branden. Hij telt af en bij één gaat zijn hand naar beneden.
Frimann kijkt naar zijn papier. 'Goedenavond,' zegt hij en bedenkt tegelijkertijd dat dat helemaal geen goed woord is om mee te beginnen. Maar hij kan niet meer terug. 'Uhhh ...' Hij kijkt even omhoog, de camera in, en dan weer snel op het papier. 'Het zijn zware tijden. Velen van u hebben zeer grote persoonlijke verliezen moeten incasseren. Dierbaren werden ons ontnomen en met dit onbegrijpelijke verlies moeten wij verder leven. De vele zwaargewonden, waarvan er nog veertien in kritieke toestand in het ziekenhuis liggen, de onherstelbare schade aan woningen, bedrijven en onze infrastructuur en het wegvallen van alle verbindingen met de rest van de wereld. Ondanks dat wij al dagen met man en macht werken aan oplossingen blijkt de schade die is aangericht veel gecompliceerder dan we ooit hebben kunnen vermoeden. Ik ben mij zeer bewust van de bijzondere moeilijkheden waarmee wij allen momenteel worden geconfronteerd en de gevolgen daarvan. De komende tijd zal voor niemand van ons makkelijk zijn. Maar ik wil u eraan herinneren wie wij zijn!' Frimann kijkt op, recht in de lens. 'Wij zijn een sterk en moedig volk. Wij laten ons niet zomaar van ons stuk brengen, net zoals onze voorvaderen geven wij niet zomaar op en wij zullen alles in het werk stellen om de problemen zo snel mogelijk het hoofd te bieden. Ik ben echter wel

genoodzaakt een algemene noodverordening uit te roepen en kondig daarom de volgende maatregelen af...' Er volgt een opsomming in volzinnen waarin hij zegt dat de banken worden gesloten en pas weer opengaan als het betalingsverkeer weer functioneert, dat door het tekort aan medicatie en verbandmiddelen het ziekenhuis alleen nog in uiterste nood nieuwe patiënten accepteert en dat de scholen en overheidsinstellingen dichtgaan om brandstof te besparen, net als de straatverlichting, die alleen nog op belangrijke kruisingen zal branden. Als hij de laatste zin foutloos heeft uitgesproken krijgt Frimann weer lucht. Hij kent de mensen tegen wie hij spreekt. De eilanders zijn gewend te leven met ongemakken. Hun geïsoleerde bestaan waarin ze door de eeuwen heen vaak zijn geplaagd door voedsel- en brandstoftekorten. Dus spreekt hij met rust zijn laatste zin uit. 'Ik weet dat wij hier samen uitkomen en zeg u: ga rustig slapen.'

De kalmte verdwijnt

– dertien dagen na de storm –

Het zijn niet tien, maar tientallen wijsvingers die op de ramen van de supermarkt kloppen. De bewaker bij de deur is alleen – er zijn steeds minder mensen met contant geld, en de manager heeft besloten dat ruilhandel niet kan plaatsvinden in zijn winkel. Een groep verontruste inwoners van Havenstad heeft zich verzameld voor de gevel en klopt op het raam als vorm van protest.

Na controle van zijn portemonnee laat de bewaker de bankier binnen. Buiten klinkt hoongeroep als de man naar binnengaat. Als hij binnen is verhevigen de actievoerders het kloppen op de ruit, een geluid dat door de hele winkel galmt. Binnen durft niemand om te kijken, iedereen voelt de ogen in zijn rug van hen die geen cash of voorraad in huis hebben.

Johanna heeft het koud. De rector van de universiteit had haar duidelijk gemaakt dat hij geen geld meer had en de man die ze in de sporthal had aangesproken had haar verteld dat ook zij op rantsoen zaten en dat er geen nieuwe mensen meer konden worden toegelaten. Ze trekt de te grote jas strakker om zich heen. Ze heeft geen idee waar ze naar toe moet. Met Unnar had ze de afgelopen dagen diverse klasgenootjes en collega's van haar zoon bezocht. Ze hadden steeds iets te eten gekregen, maar het was duidelijk dat niemand goed was voorbereid op lege winkels en het aanleggen van voorraden voedsel waarmee men vroeger de lange winter doorkwam, was uit de tijd. Als ze langs de supermarkt loopt, ziet ze de mensen op het raam kloppen.

'Wat is er aan de hand?' vraagt ze aan een van de mannen.

'We protesteren,' zegt hij en klopt door.

Johanna, die al haar hele leven in Kopenhagen woont, heeft deze vorm van protest nooit eerder gezien, maar het idee iets te kunnen doen steekt haar aan. Ze gaat naast de man staan en begint ook te kloppen. *Tik, tik, tik.* Ze gluurt naar de mensen naast haar. Het zijn net als zij gewone mensen in winterjassen. *Tik, tik, tik.* Ze voelt dat haar bloed begint te stromen en ze het warmer krijgt. Ze herinnert zich de rellen in Christiania, niet ver van haar huis, daar ging het er heel anders aan toe, daar gooiden de krakers met stenen en probeerde de politie met traangas de betogers uiteen te drijven. *Beng, beng, beng.* Ze laat haar hand vlak neerkomen op het raam. Haar buurman kijkt haar berispend aan, maar iets verderop neemt iemand het over en begint ook met vlakke handen op het raam te slaan. En nog iemand. Tot even later iedereen met vlakke hand op de ruit slaat. *Beng, beng, beng.*

Barni, de manager, kijkt geschrokken naar de grote glazen gevel, die de storm heeft weerstaan. *Beng, beng, beng.* Hij probeert door de ruit duidelijk te maken dat de mensen buiten moeten stoppen met slaan, het kloppen was onaangenaam maar dat kon hij begrijpen, dit slaan is echter beangstigend en gevaarlijk. Het glas golft in de sponning. Hij ziet een oudere vrouw met een bijna opgetogen blik op het glas bonzen. Hij kijkt haar aan en gebaart dat ze moet stoppen maar de vrouw begint juist harder te slaan en iets te roepen. *Beng, beng, beng ...* Hij toetst het nummer van de politie in op zijn mobiel.

Tuut-tuut-tuut, klinkt de ingesprektoon in zijn oor. Woedend drukt hij de lijn weg. Ze moeten stoppen, als de ruit breekt vallen er gewonden. *Beng, beng, beng ...* Waarom doet de bewaker niets, hij heeft hem er toch niet voor niets neergezet? Barni loopt naar de deur, trekt die een beetje open en hoort nu wat de vrouw scandeert: 'Wij willen eten.' Hij roept naar zijn werknemer dat hij er iets aan moet doen. Maar de bewaker, die zijn leven lang alleen maar vrachtwagens heeft in- en uitgeladen heeft geen idee wat hij kan doen. *Beng, beng, beng ...* De grote glazen pui deint als een kalme zee, de beweging en het geschreeuw van de vrouw hitst de menigte op. *Beng, beng, beng ...* Alsof iedere gezamenlijke klap hen dichter bij de bevrediging van hun hongerige magen brengt.

Beng, beng – een valse toon, geknars, dan een seconde ijzige stilte. De immense glazen wand knalt met donderend geraas uit elkaar in miljoenen glinsterende stukjes die neerregenen op de verbijsterde meute.

Iedereen springt achteruit en sluit zijn ogen. Maar Barni Bech kijkt verbaasd omhoog. Met zijn armen breed gespreid en zijn mond wagenwijd open wordt de filiaalbeheerder bedolven onder de vernietigende regen. Hij slaat tegen de grond, de kleur van de lucht verandert. Niemand ziet dat hij verdwijnt onder een deken van glas.

De woede en opwinding zijn verdwenen. De demonstranten staan verbaasd in de gigantische berg glinsterende stukjes glas, als was het een onverwachtse hagelbui buiten het seizoen. Iedereen kijkt naar de bankier met het winkelmandje die midden in de winkel staat.

Johanna roept: 'We kunnen erin! We kunnen eten pakken!'

De mensen die samen met haar tegen de ruit hebben geslagen buigen hun hoofd. De een omdat zijn moeder jaren caissière is geweest toen de zaak nog niet was verbouwd, de volgende omdat hij de bewaker kent van de kaartclub, of omdat zijn broer het vaste vismaatje is van de eigenaar, zijn zus de nicht is van de vrouw van de afdelingsslager, haar dochter in de klas zat bij de juffrouw van de groenteafdeling, hij een oom heeft die Engelse les heeft gegeven aan de man die de ruit heeft ingezet.

Johanna begrijpt er niets van, zo pas nog riepen ze met zijn allen: 'Eten! Eten!' En nu keren ze haar een voor een de rug toe. 'Geef nu niet op! We kunnen erbij!' roept ze in een poging haar medestanders terug te krijgen. Steeds meer ruggen zijn haar deel. 'We kunnen niet rustig gaan slapen! Zien jullie dat dan niet!' Maar iedereen druipt af.

~

Ragna klopt aan de deur van het havenkantoor. Haar vier kinderen staan achter haar, verscholen tussen de plooien van haar rok. Weer komen de knokkels van de vissersvrouw hard neer op de pas geverfde deur. Dan hoort ze voetstappen de trap afkomen. Snel doet ze een stapje terug, ze neemt een diepe teug lucht en wacht gespannen. De deur blijft dicht en het geluid dat ze hoort lost op in het lawaai op de kade. Onzeker kijkt ze omhoog. Ze weet dat de reder in zijn kantoor is. Weer klopt ze, deze keer nog harder. Het doet pijn. Alles doet pijn. Zij heeft al twee dagen bijna niet gegeten en vanmiddag de laatste aardappelen voor haar kinderen klaargemaakt. Opnieuw hoort ze gestommel, ze blijft kloppen.

Opeens gaat de deur open. Ze zoekt naar woorden.

'Ja?' zegt de man die ze zocht.

'Uhhh ... meneer Hansen, heeft u al wat gehoord?'

'Ik heb toch gezegd dat we zullen bellen.'

'Maar ik was gisteren pas laat weer thuis.'

'Er is nog geen nieuws.'

'Meneer, Josef laat altijd doorgeven als ze langer wegblijven, het is nu al twee weken.'

'Ik heb je toch gezegd dat we geen contact met onze schepen kunnen krijgen, dat betekent dat zij ook geen contact met ons kunnen opnemen. Je hoort wat zodra we meer weten.'

Jenis Hansen, vader van Marit de radiojournaliste en eigenaar van vijf forse kotters, wil de deur weer dichtdoen, als Ragna haar angst vergeet en haar voet tussen de deur zet. 'Meneer Hansen, we hebben niets meer te eten. Josef is nog steeds niet uitbetaald.'

'Dat moet dan een fout van de administratie zijn, daarvoor moet je niet bij mij maar bij Peterson zijn, die houdt kantoor tussen negen en elf.'

Hij wil de deur dichtduwen maar Ragna trekt haar voet niet weg.

'Meneer Hansen, ik ben vanmorgen al bij het kantoor geweest, maar meneer Peterson zegt dat niets werkt en dat hij het dus niet kan checken en dat u heeft gezegd dat er niet zomaar uitbetaald mag worden en dat ik als ik een voorschot wil naar u moest gaan, omdat u de enige bent die kan beslissen of dat mag, maar we moeten eten, meneer.' Ze hijgt en trekt een van haar kinderen naar voren. 'Josef is een goeie visser en hij is nog nooit één dag ziek geweest.'

Jenis Hansen weet dat al de andere vissersvrouwen ook zullen komen als hij haar geld geeft. 'Jouw man voer toch op de *Marinco 234*?'

De uitdrukking op Ragna's gezicht verandert bij het horen van het woord 'voer' in plaats van 'vaart'. De tranen schieten in haar ogen.

De hand van de reder glijdt in zijn broekzak, dan doet hij de deur iets verder open, Ragna's voet komt los, hij propt haar snel een biljet in de hand en duwt haar naar buiten. 'Dit trek ik wel van zijn salaris af.'

De deur valt met een klap in het slot.

De ziekenauto rijdt weg zonder zwaailicht, dat is niet meer nodig. Het blauwe zwaailicht van de politieauto draait nog wel, hij rijdt weg in tegenovergestelde richting, met Johanna op de achterbank. Voor de winkel is een rood-wit plastic lint gespannen en twee agenten lopen over het glas met opschrijfboekjes en fototoestellen. Ze hadden zich bezwaard gevoeld de oudere dame te moeten inrekenen maar de bewaker hield vol dat zij de schuldige was.

Ragna schrikt van het wapperende lint.

'Bent u dicht?' vraagt de vissersvrouw bezorgd aan de bewaker.

'Ja.'

'Maar ik heb geld!' Ze trekt het biljet uit haar zak en houdt het op.

De bewaker kijkt niet op maar veegt door. Ragna heeft dagen wanhopig geprobeerd een voorschot op de gage van haar man te krijgen en elke hap uit haar mond gespaard. Ze heeft gebeden en gesmeekt, ze heeft zelfs het oude bijgeloof gebezigd en alle bezems in huis met hun stelen op de grond gezet, en nu zegt de man die moet controleren of ze geld heeft dat zij geen boodschappen meer mag doen!

'Ze zijn hier aan het moorden geslagen,' zegt een man met een bouvier.

'Maar ik moet eten hebben, de kinderen hebben honger.'

'Dan moet u naar een andere winkel gaan, er zijn er toch genoeg beneden in de stad.'

'Dit is de goedkoopste.'

'Ik zou niet te lang wachten,' zegt de man met de hond, 'want sinds de premier op de radio heeft gezegd dat we heel zuinig moeten zijn omdat het nog wel even kan duren, worden de winkels leeggekocht en gaan de prijzen omhoog.'

Ragna snelt de heuvel af naar de benedenstad. Ze passeert een vrouw met vier grote pakken wasmiddel en bedenkt dat ook haar zeep bijna op is. Aan de overkant loopt een man met twee jerrycans die hij amper kan tillen. Voor het raam van de delicatessenzaak hangt een briefje: WIJ ACCEPTEREN OOK KOSTBAARHEDEN. Haar duim glijdt naar het enige sieraad dat ze heeft, haar trouwring. 'Kom terug, Josef,' bidt ze terwijl ze voortsnelt. 'Kom alsjeblieft bij ons terug.'

Aan het eind van de straat is een kleine kruidenier, Ragna komt er weleens, als ze haast heeft, ze weet dat hij niet zo duur is. Achter de kassa zit de eigenaar, hij leest een boek.

'Goeiendag,' zegt ze als ze binnenkomt.

'Goedemiddag,' antwoordt hij.

Haar oog glijdt over de groenteafdeling. Helemaal leeg op twee bruinige wortels en een ui na. Ragna krijgt het opeens benauwd. Haar adem gaat sneller en ze krijgt het warm.

'Heeft u nog aardappelen?' vraagt ze bezorgd aan de eigenaar.

'Pas bij de volgende boot weer,' zegt hij zonder op te kijken.

'Weet u al wanneer die komt?'

'Nee.'

Ze stopt de ui en de wortels in haar mandje. In het vriesvak ligt verspreid over de bodem een opengescheurde zak garnalen en in de hoek wat zakken met pens.

'Heeft u geen vlees meer?'

'Pas bij de volgende boot weer,' herhaalt hij op precies dezelfde toon.

Ze loopt langs de lege planken en krijgt het steeds warmer. Opgelucht ziet ze dat er nog twee pakjes thee staan, wel bosvruchtensmaak, maar ze stopt ze toch beide in haar mandje. Ook de plank met graanproducten is nagenoeg leeg. Ragna pakt twee pakken – boekweitvlokken, ze heeft geen idee hoe ze die moet klaarmaken. Verderop in het vak met sauzen staan nog wel pakjes en flesjes, maar die vullen je maag niet. Ze zet drie verschillende instant-sauzen in haar mandje, voor bij de boekweit. Tussen wat opengescheurde dozen vindt ze nog twee gedeukte pakjes snelkookrijst en een fles zonnebloemolie, ook die verdwijnen in haar mandje. Het afwasmiddel laat ze staan. Eerst moet de honger gestild. Ze vindt nog een pot jam en een zakje borrelnootjes.

Terwijl de eigenaar haar producten aanslaat rekent ze snel mee en vraagt zich af waar ze nog aardappelen kan kopen. Op de kassa verschijnt het totaalbedrag, de man houdt zijn hand op. Ze legt haar biljet erin. Hij stopt het in zijn zak, opent de la van de kassa, neemt er wat kleingeld uit, legt dat in haar hand en sluit met een klap de kassa.

Ragna kijkt naar de paar muntjes in haar hand. 'Uhhh ... pardon, u geeft mij te weinig terug.'

De man wijst naar de muur achter hem, waar een stuk papier hangt waarop staat: ALLE PRIJZEN ZIJN VERDUBBELD.

'Maar ... meneer, mijn kinderen, we moeten iets eten.'

'Sorry, maar mijn kinderen ook.'

'U kunt toch alles pakken?' Ze wijst om zich heen.

Hij kijkt haar aan en trekt zijn wenkbrauwen op.

'Maar ...'

'Als u dit niet wilt,' hij legt zijn hand op de boodschappen, 'geen probleem, leg ze dan terug in de schappen, wel graag in de juiste.'

Ragna kijkt verslagen naar de boodschappen. Haar knieën beginnen te knikken. Ze voelt dat ze iets moet eten anders ... Ze wil nog iets zeggen maar alles wordt zwart voor haar ogen.

~

De Italiaan, die naast Óli in de auto zit, roept dat het boomloze landschap zijn ziel doet juichen omdat de komvormige valleien lijken op de lichamen van vrouwen, omdat het kleine dorpje vreedzaam onder aan de heuvel bij de baai lijkt op een schaal vol gebakjes en omdat de tientallen twinkelende bergmeertjes in het hoogland hem doen denken aan strengen glinsterende diamanten. De lucht gevuld met grijze wolken waar de zon scherpe stralen doorheen boort, verlicht het panorama op een theatrale manier. Elke keer als ze een bocht om gaan of over een bergtop rijden en hij de eindeloze zee achter hem en de nauwe zee-engte tussen de eilanden vóór hem ziet, of andersom, applaudisseert Ambrosio met een enthousiasme alsof het een opera is en zingt dat hij nog nooit zulke steile rotsen heeft gezien, zulk groen gras, zulke pittoreske gehuchtjes. Wanneer ze de toltunnel in gaan die hen naar het oostelijk eiland aan de andere kant van de fjord brengt, barst de Italiaan uit in een gejubel over de vindingrijkheid van de eilandbewoners om een tunnel onder de oceaan te bouwen.

Óli mist de aanwezigheid van de vangrail, die door de storm is losgerukt en in zee is verdwenen. Nu moet hij nog beter opletten voor onverwachts overstekende schapen, op de weg waar hij tachtig mag rijden. Hij luistert maar half naar de buitenlander, zijn gedachten zijn bij zijn broer Abbe, die nog steeds niet terug is van de vangst op heilbot. Speciaal om die reden heeft hij de weg over de berg genomen, zodat hij de zee rondom hen kan bekijken, maar hij ziet geen schepen aan de horizon.

De vreemdeling gaat maar door met zijn lyrische ode aan het landschap, waarin hij de bergen, die bestaan uit gekantelde aardlagen oeroud basalt afgewisseld met lava, vergelijkt met lagen pasta en saus in een lasagne, en hij zijn overtuiging uitspreekt dat op een dag de op de steile grashellingen gebouwde huisjes met hun plaggendaken als groene knikkers naar beneden zullen rollen, de zee in. De Italiaan begrijpt niet waarom de storm die trollenwoningen niet heeft weggeblazen, net als de schotelantenne, en gelooft niet dat de meeste van de boerderijtjes er al meer dan honderd jaar staan.

Terwijl Óli zich afvraagt of het wel zo'n goed idee van hem is om de opgewonden Napolitaan mee naar Nordur te nemen, daar Dina niet houdt van mensen in huis die ze niet kent, gaat de zuiderling verder over de schoonheid van de talloze watervallen die als een kanten gordijn de weg afzomen waar ze langsrijden, over de honderden stroompjes en beekjes die zich door het met graspollen bedekte woeste land een weg naar zee zoeken, de zuiverheid van de lucht die afstand inschatten onmogelijk maakt, over piramideachtige bergtoppen hoog boven hen die bezaaid zijn met puin als chocoladestrooisel op een taart, over het onwaarschijnlijk heldere licht van het noorden en de zuiverheid van de lucht die zijn Napolitaanse longen pijn doet—

'Pas op!' roept Ambrosio.

Óli trapt vol op de rem en kan nog net het lam ontwijken dat opeens de weg ophuppelt. 'Stom beest,' gromt hij.

'Dat kun je het ongerepte zieltje niet verwijten,' zegt de Italiaan. 'Dit schepsel weet nog niet dat er ook gevaar is op de wereld.'

'Woon je dáár?' Ambrosio wijst naar de kleine nederzetting onder in de met gras begroeide vallei vlak bij de zee.

De pensionhouder begint te glimmen bij het zien van zijn dorp. 'Ja, daar woon ik. Dat is Nordur. Daar ben ik geboren en daar wil ik sterven.'

'Het is wel heel erg klein,' probeert Ambrosio zijn verbazing te verbergen. 'Ik had gedacht dat het een dorp was.'

'Het is groot. Het lijkt klein. Alle grond, al deze bergen, die horen er allemaal bij,' zegt hij trots. 'Dat is de grond van mijn vader.'

Hij wijst naar links. 'Dat daar, tot die rots, is van mijn ene oom Johannes. En dit ...' Hij wijst naar rechts, direct langs de weg '... is het land van mijn andere oom Johannes. Alles wat je ziet hoort erbij.'

In het dorpje luidt de klok. Ambrosio loopt achter Óli de kerk in. Binnen is het stampvol met mensen die met gebogen hoofd naast elkaar zitten. Aan het eind van het looppad staat een houten kist. Er brandt een kaars. De voorganger spreekt net het laatste gebed uit, maar slaat zijn ogen op om te zien wie er binnenkomt. In een van de banken draait een jonge vrouw, Dina, zich om en zucht hoorbaar voor heel de kerk, als ze ziet dat haar echtgenoot de laatkomer is. Ze doet geen poging in te schikken en plaats te maken, dus blijven de twee mannen achterin staan. De hele gemeenschap bidt hardop de voorganger na. De Italiaan, die van huis uit katholiek is, kijkt gefascineerd naar de sobere, kale kerk, leeg en ontdaan van alle franje als de wereld waar ze doorheen zijn gereden, het plafond net zo vaalblauw als het hemeldak buiten. De enige versieringen zijn vier miniatuurvissersbootjes die midden boven het gangpad hangen. De organist begint te spelen. Achter hen wordt de deur opengedaan door de koster, die kort knikt naar Óli.

De kerkgangers, allen in het zwart, stellen zich op langs het pad. De oostenwind blaast hun jassen bol en hun haar in de war. Als laatste komt de kist, gedragen door vier mannen en gevolgd door Nicodemus en de voorganger, naar buiten. De sombere orgelklanken volgen de kist op zijn weg naar het gat in de grond. De touwen liggen klaar, evenals de schoppen. De dorpsbewoners vormen een kring om het graf, de nabestaanden vooraan, de rest, al naar gelang de betrokkenheid, meer naar achteren.

Om de kerktoren vliegen twee boerenzwaluwen snelle cirkels. Op Lena's voorhoofd verschijnt een diepe rimpel, ze buigt zich naar haar zus en fluistert: 'Zie je dat?'

'Wat?' fluistert Dina.

'De zwaluwen vliegen om de kerktoren.'

Dina kijkt geschrokken omhoog, maar de zwaluwen zijn verdwenen. Ze buigt haar hoofd naar haar zus en fluistert: 'Ken jij die man die Óli bij zich heeft?'

Lena kijkt naar Ambrosio, die zeker een kop groter is dan de andere mannen, en fluistert terug: 'Het is een buitenlander.'

'Waarom doet hij dat nou?' verzucht Dina.

'Heb je het al gehoord?' fluistert Lena.

'Wat?'

'Wat er net in Havenstad is gebeurd!'

'Wat?'

'Ze hebben de eigenaar van de grote supermarkt vermoord!'

'Barni Bech?'

'Ja, hij.'

'Vermóórd?' fluistert ze ontsteld.

Lena's blik glijdt naar de kerktoren. 'De zwaluwen!' benadrukt ze.

Dina knikt.

Matteus Peterson, de zoon van de boekhouder van de reder, en penningmeester van het kerkbestuur van de noordelijke dorpen, sist dat de zussen stil moeten zijn.

'Barni Bech, van de supermarkt, die is vermoord,' sist ze hem verbeten terug.

'Vermóórd!?!'

Matteus' ingehouden kreet is tot bij het graf hoorbaar. Nicodemus, die de hele nacht niet heeft kunnen slapen, tuurt met gebogen hoofd naar de kale kist die de grond in zakt. Achter hem hoort hij dat steeds meer mensen beginnen te praten. Hij hoort het woord 'slaan' en 'dood'. In zijn hoofd hoort hij de deur van hun huis weer dichtslaan. Hij herinnert zich hoe hij op haar wacht tot ze terugkomt met het brood voor het avondeten, hij herinnert zich hoe plots de storm opsteekt, de klap, de gil, dat hij de deur opendoet en haar ziet liggen, neergesmeten door de wind. De stemmen achter hem klinken steeds harder, de koster vult het gat, het zand valt met doffe dreunen op de kist. Nicodemus draait zich om en roept: 'Ik héb haar niet vermoord!'

De dorpsgemeenschap kijkt hem verbaasd aan.

~

Zijn oma heeft hem beloofd een maaltje te regelen maar ze komt maar niet terug. Unnar weet niet hoe laat het is, hij weet zelfs niet welke dag het is. Sinds er geen school meer is, geen avondeten om zes uur en geen vrije woensdagmiddag, lijken alle dagen op elkaar.

Hij voelt aan de deur. Hij hoopte dat hij open zou zijn maar hij is dicht. Hij kijkt door het raam en ziet de lange rij kapstokken in de gang. Ook de deuren van de klaslokalen zijn gesloten. Op het schoolplein is niemand. Hij klimt op het klimrek en kijkt naar de lucht. Samen met zijn vader keek hij uren naar de lucht, zijn vader naar de vogels, Unnar naar de heel kleine stipjes, de vliegtuigen die van Europa naar Amerika vlogen en weer terug. Maar hoe goed hij ook tuurt, zijn ogen samenknijpt, hij ziet geen stipjes. 'Waarom komen jullie niet terug,' fluistert hij. 'Missen jullie mij niet?'

Het schemert als hij voor de derde keer terugloopt naar het hotel. Net als eerder die middag klimt hij eerst op de vensterbank en gluurt door het raam. Ze is er nog steeds niet. Haar bed is nog glad, ook de jas die ze van mevrouw Poulsen heeft gekregen hangt niet zoals elke avond aan de deur naast de dikke winterjas van zijn moeder en de pet van zijn vader. Waarom is ze vertrokken zonder het te zeggen? Ze weet toch dat hij niet alleen in deze kamer kan slapen. De meneer zal nooit geloven dat hij geld op de bank of een creditkaart heeft. Op het kastje staat de lege pot pindakaas die hij gisteren heeft mogen schoonlikken. Hij voelt zijn maag. Misschien moet hij water drinken, zoals zij steeds doet, dat helpt tegen de honger heeft ze gezegd. Heel zachtjes sluipt hij naar binnen. Hij wil hun kamer ingaan als hij de stem van de eigenaar hoort.

'Nee, die is hier niet.'

Unnar sluipt naar het dikke gordijn toe en luistert.

'Nee, ik heb dat jochie de hele dag nog niet gezien ... Wat zegt u ...! Arresteren, maar waarom ...?' De stem van de man klinkt zeer geschokt. 'In de cel ...? Wat! Dood ...? Afschuwelijk ... Ja, dat begrijp ik, commissaris ... Natuurlijk, ja ... Ze slapen in kamer twee ... Ja, ja, dat zal ik doen ... Ik bel u direct als hij verschijnt ... Nee, ik zal niets tegen hem zeggen ... In de gevangenis ...? Nee, natuurlijk niet, commissaris, dat begrijp ik ... Ja, ja, oké.'

Unnar hoort dat de telefoon wordt neergelegd. Hij staat als versteend. Langzaam dringen de woorden die hij gehoord heeft tot hem door. Hij begint te trillen. Hij zou willen huilen maar er komen geen tranen, hij zou willen schreeuwen maar hij heeft geen stem. Hij hoort de rolstoel naar de keuken rijden, hij hoort gerommel met bordjes en bestek. Hij heeft geen honger meer, geen slaap. Hij moet weg. Hij moet heel snel weg. Hij draait zich om en wil naar buiten sluipen als hij aan de jas en de pet denkt. Hij glipt de donkere kamer in, wipt de kledingstukken van de haak, propt ze onder zijn arm en snelt naar buiten.

De maan schijnt door het kleine raampje van de schuur. Unnar trekt de jas over zich heen. Hij probeert te slapen, maar steeds schrikt hij wakker van het geluid van een passerende auto, een blaffende hond, het idee dat zijn oma dood is en de politie hem nu zoekt. Zou zijn vader ook weer in een gevangenis zitten? Kunnen ze daarom niet terugkomen? Heeft zijn vader weer dingen gedaan die niet mogen, zoals toen hij in een toren klom in een ver land om een spandoek op te hangen om trekvogels te redden of toen hij het huis van een directeur vol leuzen had geschilderd, de politie hem had gearresteerd en hij had verteld hoe ze hem hadden opgesloten in een gevangenis met echte tralies. Unnar had het nooit tegen oma mogen vertellen en nu is oma dood. Hij voelt de tranen die al heel de tijd naar buiten willen over zijn wang lopen. Gelukkig kan niemand hem zien behalve de maan. Hij draait zich om, er prikt iets in zijn been. Hij wil het wegduwen als hij voelt dat het iets is in zijn zak, de scherf van de wereldbol die hij heeft gebroken en waar zijn vader nog steeds niet van weet. Hij gooit de scherf in de hoek van het schuurtje en wenst voor het eerst in zijn leven dat hij niet op een eiland woont. Hij wil naar zijn vader en zijn moeder kunnen zonder de oceaan over te moeten, die te groot is om te zwemmen of te roeien. Hij wil dat zijn oma weer leeft. Hij wil dat alles weer gewoon is, dat hij naar school mag, samen warm eten. Hij duwt zijn neus in de jas, maar hij ruikt niet meer de zoete geur van zijn moeder. Hij kijkt naar de roze bezemsteel die hij tussen de stenen heeft gevonden en die nu tegen de wand staat, de zaag die aan een spijker hangt en de werkhandschoenen van zijn vader. Hij hoeft toch niet in torens te klimmen of woorden op muren te schrijven, hij kan toch gewoon naar huis komen zodat hij niet gearresteerd kan worden door de politie en hij niet in de gevangenis komt. Hij hoort de stem van zijn vader, die keer toen hij hard gevallen was: 'Ik huil toch ook niet als ik pijn heb.'

Schepen op de zee

– twintig dagen na de storm –

Zijn schoenen kletsen op de natte keien van de haven en de misthoorn loeit. Na een hele nacht regen glijdt een dichte ochtendmist het land op. Pauli rent zo hard hij kan en zonder uit te glijden naar het huis met de luiken. Hij begint als een bezetene op de deur te kloppen. Als er niet wordt opengedaan gebruikt hij zijn beide handen. Hij roffelt, ramt en slaat. Binnen blijft het stil.

'Meneer Hansen!' roept Pauli, in de hoop dat de reder hem hoort. 'Meneer Hansen, wordt wakker!'

Boven gaat een licht aan en wordt een gordijn opzij geschoven. Marit verschijnt achter het raam. Slaperig kijkt ze naar buiten en begint te blozen als ze Pauli ziet. 'Wat is er?' roept ze.

Pauli voelt ook het bloed naar zijn gezicht stromen en roept terug: 'Maak je vader wakker, hij moet komen!'

'Mijn vader?'

'Ja, snel!'

Jenis Hansen, in een gestreepte oranje pyjama en op leren Griekse slippers, doet de voordeur open. 'Het is halfzes!'

'U moet komen,' zegt Pauli, 'er is iets gebeurd.'

Jenis Hansen pakt zijn regenjas van de kapstok, stapt in de spiksplinternieuwe Volvo die naast het huis staat, start de motor, rijdt met gierende banden achteruit het pad af, trapt hard op de rem, duwt het portier open en roept: 'Spring er dan in!'

In volle vaart rijdt hij door de vlokkerige nevel de parkeerplaats over langs de haven en stopt honderdvijftig meter verderop bij zijn kantoor. De deur, waar al de hele week vissersvrouwen aankloppen voor geld, staat wagenwijd open. Zonder een woord te zeggen rent Jenis Hansen naar binnen, de trap op naar de controlekamer. Bij het raam staat zijn oudste werknemer, de opa van de jongen die achter hem de trap op komt.

'Wat is er?'

Oude Pauli draait zich niet om, maar blijft turen naar de laaghangende wolken die de haven in drijven. 'Hij lijkt weg.'

'Wie?'

'De *Odin 12*.'

'Hoezo weg? Hij is toch uitgevaren?'

Er was heel de week gesteggel geweest over zijn voormalig schip. De kotter waar hij zeventien jaar veel vis, vooral kabeljauw en schelvis, mee had gevangen was de week voor de storm verkocht en had al in Afrika moeten zijn. Maar aangezien er nog steeds geen vliegtuigen vlogen had de Angolese eigenaar nog geen nieuwe bemanning gestuurd. Frimann, de premier, had eerst gepolst, toen gevraagd en uiteindelijk geëist dat het schip naar het continent zou varen om uit te zoeken wat er aan de hand was en in geval van stormschade aan de veerboot terug te komen met voldoende voedsel en medicijnen. Jenis Hansen had eerst gezegd dat het niet meer zijn schip was, wat juist was omdat er een zeer groot bedrag op zijn rekening voor in de plaats was gekomen. Vervolgens had hij betoogd dat het onmogelijk was voldoende voedsel kwijt te kunnen op een schuit die volledig is ingericht voor de visvangst. Uiteindelijk had hij zich laten overtuigen en een goede bemanning meegegeven op voorwaarde dat de *Odin 12* geen passagiers meenam en het schip op weg naar het vasteland ook mocht zoeken naar de schepen waar nog steeds geen contact mee was.

Oude Pauli knikt. 'Hij is pas erg laat vertrokken.'

'Ja, dat weet ik,' zegt Jenis Hansen ongeduldig. Hij heeft geen idee wanneer het schip is vertrokken, aangezien hij naar hun weekendhuisje was gereden om het vlees dat zijn vrouw had weten te bemachtigen in de vriezer daar te doen, toen de vriezers in hun huis in Havenstad overvol waren.

'Op de kade was er hommeles, de vrouwen van Thomsen en Andreasen wilden hun mannen niet laten gaan. Ik dacht eerst dat er weer een groepje aan het protesteren was, tot de kapitein me belde.' Even is oude Pauli stil, het lijkt of hij met zijn gedachten ver weg is, dan zucht hij: 'Ik heb het opgelost. Om halfdrie gingen eindelijk de trossen los.'

Jenis Hansen is verbaasd dat hij het schip niet heeft zien liggen toen hij thuiskwam, maar opeens herinnert hij zich de heftige hagelbui en de krant die hij boven zijn hoofd hield toen hij zijn huis in vluchtte. Hij heeft geen seconde naar de haven gekeken. Hij had na de rit door de regen zin in een goed glas whisky en een sigaar. Hij steekt zijn handen in de zakken van zijn regenjas en haalt er een pakje sigaretten uit.

'U weet dat de gps niet werkt,' zegt de oude man.

De reder steekt een sigaret op en knikt, 'Ja, niks van die troep werkt meer.'

Jonge Pauli kijkt verlekkerd naar de sigaret, zijn laatste pakje is op en nieuwe zijn moeilijk te krijgen.

'De radio deed het goed, die hebben we uitgebreid getest voor hij uitvoer,' zegt de oude man.

'Ja, lijkt me logisch. Niet?' blaft de reder.

Oude Pauli wil iets zeggen maar slikt zijn woorden in en vervolgt zijn verhaal over de *Odin*. 'Ik heb nog twee keer contact met ze gehad toen ze vijf en tien mijl uit de haven waren. Ik wilde weten of Thomsen en Andreasen verder geen stennis trapten en of de radio het nog steeds deed.' De oude man loopt langzaam en met gebogen rug terug naar het radarscherm.

Het wordt tijd voor zijn pensioen, denkt Jenis Hansen en berekent meteen wat dat hem zou kunnen opleveren.

'Ik slaap weinig tegenwoordig,' gaat oude Pauli verder, 'dus leek het me zinloos om naar huis te gaan en twee uur later weer hier te komen, dus bleef ik en volgde hen op de radar. Ik kon zien dat hij haast had, er was immers veel tijd verloren gegaan. Toen kwam hij.' Hij kijkt even naar zijn kleinzoon die heimelijk de geur van de sigaret opsnuift. 'Ik had hem een sms gestuurd, zodat hij zich geen zorgen zou maken omdat ik wegbleef, we zijn sinds ...' Hij stopt, slikt en gaat verder: '... we waren hier samen toen de *Odin 12* verdween.'

'Hij kan toch buiten bereik van de radar zijn?'

'Dat kan,' gaat de oude man verder, 'maar mijn ervaring is dat ik hem nu nog zeker een kwartier, misschien zelfs een halfuur op het scherm zou hebben moeten zien.'

'Het mist,' blaft Jenis Hansen, ' je weet toch dat de radar daar last van kan hebben.'

'Ja, een *stratus fractus opacus*.'

Jenis Hansen kreunt bij de hocus pocus van zijn bejaarde werknemer.

De oude Pauli wijst naar buiten. 'Kijk maar, deze mist bestaat uit afzonderlijke flarden. Normaal is een fractus niet dik, dat is hij in dit geval wel, maar omdat deze mist uit lagen bestaat, krijgen de elektromagnetische golven toch de kans tussen de wolken door te glippen, net zoals mijn oog dat nu kan.' Hij wijst naar de vuurtoren op het havenhoofd, die een paar tellen later alweer verdwijnt. 'We zenden een constante puls uit, er moeten momenten zijn dat die golf het schip raakt en ons zijn echo teruggeeft.'

De drie mannen kijken naar de cirkelende lijn op de radar. Ze zien de vlekken van de schepen in de haven, ze kunnen de echo van de huizen op de kade zien, maar de zee, die het grootste gedeelte van het scherm inneemt, is zwart. De gifgroene lijn die onveranderlijk zijn rondes draait, toont een leegte, daar waar de *Odin 12* had moeten varen. De reder draait zich om en wijst naar de radio.

'Ik heb direct nadat hij verdween geprobeerd radiocontact te maken,' zegt jonge Pauli, 'maar ik krijg geen verbinding.'

'Dat kan niet! Ze zijn hoogstens vijfentwintig mijlen uit de kust.'

De oude man knikt en denkt aan de wanhopige vrouwen op de kade aan wie hij heeft beloofd dat hun mannen veilig terug zullen komen.

~

In de keuken schenkt Birta koffie in de kopjes. Ze weet precies hoe de bewindslieden hun koffie willen, wie melk en suiker wil. Ze is befaamd om haar koffie en weet dat de mannen deze niet zo lekker zullen vinden. Ze heeft een inferieur merk moeten kopen, er meer water bij moeten doen dan normaal en ook de suiker is bijna op. Met het volle blad loopt ze naar binnen.

De ministers zitten al rond de tafel, allemaal met hun papieren voor zich. Het zou vaker crisis moeten zijn, denkt ze, dan komen ze tenminste op tijd. Ze deelt de kopjes rond en zet het dienblad op het kastje bij het raam. Buiten op de kade staan mannen te vissen. Ze wil gaan zitten om haar taak als notulist op zich te nemen als haar blik wordt getrokken naar een van de mannen met een hengel. Ze kent die jas, de houding en het hoedje. Haar vader vist al jaren niet meer, niet sinds hij reuma heeft en zijn hengel niet goed meer kan vasthouden. Ze wil op het raam kloppen om zich ervan te overtuigen dat hij het echt is, als de premier zijn hamer laat neerkomen.

Snel gaat ze achter haar laptop zitten, want de vergadering is nog niet geopend of iedereen wil iets zeggen of vragen over de verdwijning van de *Odin 12* en de eraan voorafgaande schermutselingen toen de vrouwen hun mannen niet wilden laten vertrekken, over de begrafenis van Barni Bech, die was uitgelopen op een demonstratie van zijn personeel waarbij de teksten op de spandoeken er niet om logen, over de prijzen in de winkels die niemand meer kan betalen en de tekorten aan eerste levensbehoeften, het gebrek aan zelf verbouwd voedsel, de mislukte poging de economie draaiende te houden en de opbloeiende ruilhandel, over de problemen in het ziekenhuis, waar niet genoeg medicijnen meer zijn en waar patiënten die tot een paar weken terug alle kans op overleven hadden gehad nu bezweken aan de verwondingen opgelopen tijdens de storm, over het toenemend aantal inbraken en zelfs berovingen, over de mislukte reparatie van een van de windmolens en de problemen in de watercentrale, waar een onmisbaar ventiel het heeft begeven en de reserveonderdelen die nog voor de storm besteld waren er niet zijn, over het groeiend probleem met hoofd- en schaamluis in de sporthal en de angst voor schurft, over het openbaar vervoer dat in verband met het tekort aan brandstof sporadisch rijdt, over de complottheorieën die de ronde doen en steeds extremer worden.

Birta's vingers schieten over de toetsen, ze kan het bijna niet meer bijhouden, zo snel en ongestructureerd kaatsen de zinnen over de tafel.

Als de minister van Onderwijs er weer over begint dat het een teken van God moet zijn als windmolens kunnen omwaaien, slaat Kornus, de minister van Sociale Zaken, hard met zijn hand op tafel. Met ontdane blikken kijkt men zijn kant op en houdt zijn mond.

Frimann pakt snel zijn hamer en wil een tik op het rubber geven, maar het is al stil. Hij kucht wat beschaamd en kijkt naar Kornus: 'Wat wil je zeggen?'

'Dat, eh ... als *wij* er een zooitje van maken, zullen zij ...' Hij wijst naar buiten. '... er een nog veel groter zooitje van maken. Wíj moeten dit oplossen, het is ónze taak, daarom zijn wij gekozen.'

Er wordt geknikt en gezucht.

'Als je denkt dat je dat niet kunt moet je je post opgeven.' Kornus kijkt een ogenblik naar Frimann, die zijn ogen neerslaat. 'Wat we nu nodig hebben is een competent team, dat rust uitstraalt en deze problemen oplost.'

'Wie kan dit kruis dragen?' klinkt de wanhopige stem van de minister van Onderwijs.

Zonder acht te slaan op het commentaar staat Kornus op en loopt naar de flip-over. Hij vult het papier met schema's en getallen. Hij vraagt zijn collega's naar de hoeveelheden voorraden en reserves van stookolie en benzine, meel, aardappelen, zeep en andere eerste levensbehoeften en maakt berekeningen.

De getallen duizelen Birta, ze werpt een vluchtige blik uit het raam en ziet dat haar vader nog niets heeft gevangen.

~

Gulzig sabbelt het lam aan de speen. Falala aait het beestje en zoekt nog steeds naar de juiste naam voor het dier. Hanus vindt het onzin maar zij weet dat iets als het een eigen naam krijgt meer kans heeft lang te leven. De blonde stoere boer begrijpt wel meer niet van haar. Zijn Afrikaanse geliefde wil niet praten over wat er is gebeurd in Duisburg. Falala heeft de tijd voordat ze op het eiland kwam wonen bestempeld als een droom, want over dromen hoef je geen napijn te voelen of verantwoording af te leggen, dromen mag je vergeten en hebben niets te maken met de werkelijkheid. Het lammetje in haar armen, dat hongerig de melk opslurpt, wel.

Buiten klinkt het geluid van zijn motor. Als hij binnenkomt zal hij net zo verlangend zijn naar haar borsten als het lam naar de speen. Ze trekt het lege flesje uit de bek van het beest en zet hem terug in het geïmproviseerde hok. Ze hoort aan zijn voetstappen dat Hanus niet naar haar lichaam verlangt, dat er iets is gebeurd, iets wat hem pijn doet. In de paar maanden dat ze samen hier in de vallei wonen is haar leven weer geworden zoals lang geleden toen haar vader met zijn kudde op pad ging en haar moeder rond het huis zorgde voor de groenten en de kinderen.

‘Er zijn drie ooien verdwenen!’

Ze kijkt hem niet-begrijpend aan.

‘Schapen, moeders, drachtige beesten die op het moment van werpen staan. Ik ben de hele klif afgereden, ik heb in alle geulen gezocht, ben zelfs tot aan het onland gereden. Eén schaap kan verdwijnen, valt een paar honderd meter van de rotsen en komt toevallig achter wat brokstukken terecht zodat ik hem niet kan zien, twee wordt al vreemd, maar drie, dat kan niet, zeker die ooien niet, die blijven juist nu bij elkaar, het zijn net een stel angstvallige tantes.’

‘Waar zijn ze dan?’

‘Geroofd. Je hebt het toch gehoord! Vorige week is de supermarkt overvallen. De mensen in Havenstad zijn bang dat de boot nooit meer komt, dat ze geen eten meer hebben. Mijn moeder waarschuwde me al, ze zei dat het zou gebeuren, alleen had ik het niet zo snel verwacht.’ Woedend schenkt Hanus zich een glas melk in, hij klokt het net zo gulzig naar binnen als het lam. ‘Verdomme, ze zijn twee weken zonder hun pizza’s en pasta’s en ze gaan roven en moorden!’

Als alles wat zijn moeder zegt bewaarheid wordt, denkt Falala, zal het ook niet lang duren voordat je niet meer van mij houdt.

‘Ik ga de politie bellen,’ briest hij.

Als de politie mij dan maar niet verdenkt, denkt Falala, zoals ze in Duitsland steeds de ogen in haar rug voelde als ze in een winkel was, die keken of ze niet iets in haar zak stopte zonder te betalen, of ze zich wel aan de regels hield die men haar had geleerd, en zelfs als ze dat deed, bleven de ogen haar volgen, dag en nacht, op straat, in de kleine kamer waar ze moest werken en op de zolder waar ze met alle andere meiden sliep, dicht tegen elkaar aan zodat de ogen niet konden zien wie wie was.

Ze schudt haar hoofd, ze probeert de herinnering aan de nare droom van zich af te schudden.

Hier, had hij gezegd, *hoef je nooit bang te zijn*. Ze is niet bang, dat is toch duidelijk, ze is nergens bang voor, niemand van haar familie is ooit bang geweest, ze heeft geleerd dat angst niet mag bestaan, want als je vreest val je van de wereld.

~

Met haar tas onder de arm gaat Dora, zoals ze al jaren doet op donderdagmiddag, naar de sportschool. Ze was het niet van plan geweest, maar opeens had ze haar tas gepakt en was gaan lopen. Haar auto had ze laten staan – de benzine is onbetaalbaar en de bus rijdt niet vandaag. Ze loopt de heuvel op en krijgt het warm, ze draagt meer truien dan normaal in begin maart. Thuis hebben ze de verwarming laag gezet om stookolie te besparen. Iets wat in het ziekenhuis ook gebeurt, al is het nog lang niet laag genoeg, naar de mening van het ministerie. Dora schudt haar hoofd, ze wil niet denken aan alle problemen die zich elk uur, elke minuut meer opstapelen en waar geen oplossing voor is, maar voor ze een paar meter verder is vult haar hoofd zich weer met gedachten. Onder normale omstandigheden zouden er ook wel problemen zijn geweest als de veerboot drie weken lang niet kwam, net als de gebruikelijke hamsterwoede. Maar door de storm en de vele gewonden heeft het ziekenhuis al z'n reserves moeten aanboren. Die ochtend had ze opgevangen dat als het schip dat was uitgevaren niet gauw terugkwam, de komende week verschillende antibiotica en zware pijnstillers op zouden zijn, en dat de insuline bijna op is door het groot inslaan door een paar suikerpatiënten. Ook is een van de twee röntgenapparaten kapotgegaan, en reserveonderdelen zijn alleen op het continent te krijgen. Daarbovenop wordt het verschaffen van maaltijden in het overbezette hospitaal met de dag lastiger. Akkerbouw is er niet en de geïmporteerde groenten en fruit zijn niet meer te krijgen, waardoor voor veel speciale diëten alternatieven moeten worden verzonnen, wat niet bijdraagt aan het genezingsproces bij de patiënten. Thuis schotelt ze Esbern en Susanna ook ander eten voor dan ze gewend zijn, maar zolang ze er een spannend verhaal bij vertelt eet haar dochter gelukkig alles op. Dora trekt aan de deur van het fitnesscentrum – dan pas ziet ze het papiertje dat achter het glas hangt: TOT NADER ORDER GESLOTEN.

Teleurgesteld ploft ze op het bankje naast de ingang. Ze krijgt een wee, onrustig gevoel in haar onderbuik. Ze moeten het op het vasteland toch ook hebben gemerkt? Maakt niemand zich dan zorgen om hen? Zijn ze dan echt zo onbelangrijk dat niemand hen mist, dat kan toch niet, hun vissen worden tot in China en Brazilië geëxporteerd en iedereen heeft wel een familielid dat vertrokken is om in het buitenland te studeren of te werken. Zo onbetekenend is hun land toch niet?

'Fronsen helpt niet.'

Dora kijkt op, een van de oudere vrouwen die ook elke donderdagmiddag voor de conditietraining komt, gaat naast haar zitten. In stilte kijken ze naar het parkeerterrein voor de sportschool, dat altijd vol staat met auto's en nu leeg is. Ook op de weg die erlangs loopt en de weg heuvelaf rijdt niemand. De zuidwestenwind blaast ongehinderd, toch hangt er een vreemde stilte over de stad.

'Ik ben bang,' zegt de oudere dame.

Dora kijkt haar aan. Ze is niet gewend dat iemand zomaar heel persoonlijk wordt, zeker niet iemand die ze amper kent.

De vrouw staart voor zich uit naar de zee in de verte, die kleine witte kopjes draagt. Haar grijze haren waaien voor haar ogen, de rimpels bevolken haar gezicht en haar handen verraden dat ze veel en hard heeft gewerkt. 'De visfabriek is gesloten.'

'Ik heb het gehoord,' zegt Dora.

'En de winkels.'

Dora knikt, al weet ze dat er nog wel een paar winkels open zijn vlak bij het ziekenhuis, maar die vragen zulke exorbitante prijzen dat zij er niet heen gaat, en de vrouw blijkbaar ook niet.

'Zelfs in de oorlog is dit nooit gebeurd,' gaat de vrouw verder. 'Wat hebben we misdaan? Hebben we onze schulden niet betaald? Wat is er aan de hand?'

Zwijgend zitten de twee vrouwen naast elkaar en kijken naar de wolken aan de horizon.

~

Op de kade klinkt het geschreeuw van de woedende en wanhopige vissersvrouwen. Boven in het kantoor van de rederij zit Frank, de rechterhand van Jenis Hansen. Het liefst zou hij oordoppen in doen, het gekrijs niet meer horen. Zijn baas, die tegenover hem zit, lijkt er geen last van te hebben.

'Jullie willen met twee van die weekend-vis-bootjes naar de plek varen waar het schip is verdwenen?' zegt Jenis Hansen.

'Ja, die van Magnus en die van mij, we zijn wel vaker een stuk uit de kust geweest. Het weer is goed en we zorgen dat we dicht bij elkaar blijven.'

'Nee!' blaft Jenis.

'We moeten gaan kijken, er zijn zes mannen aan boord!' Hij denkt aan zijn zus, wiens man ook aan boord van de *Odin 12* is.

'We nemen mijn boot.'

Frank lacht. Hij kijkt naar de foto op het bureau van zijn baas, waar diens dochter Marit, lachend en met wapperende haren, op het dek van het grote, snelle jacht staat.

Jenis heeft een rothumeur, zijn hele vloot, inclusief het schip dat niet meer van hem is maar nog wel onder zijn verantwoordelijkheid valt, is verdwenen, iets wat statistisch onmogelijk is en hij dus weigert te accepteren. De schepen moeten érgens zijn. De zee is gevaarlijk, dat weet hij als geen ander en schepen zijn niet onzinkbaar. Het was waar, hij had bij de verkoop van de *Odin 12* niet alles verteld, maar hij wist absoluut zeker dat de romp goed was. Motorisch begon de schuit misschien wat mankementen te vertonen en de installatie om de netten binnen te halen was nogal gedateerd, maar zomaar zinken vlak bij de kust bij weinig wind, zonder zelfs een sos te versturen, was uitgesloten. Hij denkt aan de woorden van zijn vader, die hem ooit heeft gezegd de oceaan nooit te onderschatten, zelfs niet als hij spiegelglad is. Hij draait aan het roer en stuurt zijn boot de havenmond uit. De geur van koffie komt naar boven. Hij kijkt op het oude kompas en voelt zich onbeholpen zonder de gps.

Frank puft achter zijn baas aan in een schuitje nog niet half zo groot als het jacht van de reder. De zee is kalm en de lucht is blauw. De stromingen zijn gunstig. Ze hebben het tij mee.

Naast hem staat zijn neef Magnus. 'Biertje?'

'Heb jij nog bier?'

'Dealtje,' lacht Magnus en haalt uit zijn tas twee blikjes bier. Ze trekken de lipjes open en proosten op de goede afloop. Magnus pakt de verrekijker en tuurt over de zee. 'Hé!' zegt hij opeens, en volgt iets wat in zijn blikveld is gekomen.

'Zie je iets?'

'Ja, maar het is er maar een.'

'Wat?' zegt Frank die ook naar de horizon tuurt.

'Een kleine alk.'

'O,' zucht Frank. Hij is vandaag niet geïnteresseerd in vogels of vissen. Hij zoekt overlevenden, wrakstukken of andere overblijfselen die wijzen op wat er is gebeurd.

Magnus heeft de verrekijker niet van zijn ogen gehaald en tuurt rond. 'Het is vreemd, ze zijn nooit alleen.'

'Kijk liever of je iets ziet wat wijst op de bemanning van de Odin.'

Magnus haalt de kijker van zijn ogen en neemt een slok. 'Ik heb nog nooit een kleine alk alleen gezien. Ze zijn altijd in grote zwermen, dat weet je toch.' Hij zet de verrekijker weer aan zijn ogen en zoekt tot hij de kleine vogel, niet groter dan een spreeuw, weer gevonden heeft. 'Het is net of hij iets zoekt.'

'Dat doen wij ook, kijk alsjeblieft naar de zee, ik heb je niet voor niets meegenomen.'

Magnus richt zijn blik weer naar voren en ziet dat de boot vóór hen vaart mindert.

'Zijn we er al?' Pauli komt verbaasd omhoog met twee mokken koffie. Thuis hebben ze al een week geen koffie meer. Hij geeft de reder een mok.

'We bevinden ons nu ongeveer drieëntwintig mijl uit de kust,' bromt de reder.

Pauli gluurt naar de vader van het meisje dat steeds in zijn gedachten is, hij zoekt gelijkenissen.

De reder draait zich om naar de jongen en zegt streng: 'Hier is het zo ongeveer waar jij en je opa beweren dat de *Odin 12* plots van het scherm verdween.'

Snel wendt Pauli zijn blik naar de lege zee terwijl de reder via de radio met de andere boot begint te praten. Ze hebben niets verzonnen, ze hebben het alle twee gezien – hoewel gezien? Ze hadden ook gepraat, ze hadden een verschil van mening gehad over de kachel, hij vond dat ze hem best iets hoger konden zetten en zijn opa zei dat een extra trui en dikke sokken vroeger heel gewoon was. Toen ze weer op het scherm keken was het schip dat er zojuist nog was geweest, verdwenen. 'Laten we cirkels varen,' hoort hij Frank over de radio zeggen.

Pauli pakt de verrekijker en tuurt over het water. Vaag aan de horizon ziet hij het eiland, waar Marit nog is. Kleur en vorm zijn op deze afstand niet meer te onderscheiden, het is slechts een grijze lijn die bij elk dal even in de golven verdwijnt. Waar zou het vijfendertig meter lange schip met de zes mannen aan boord zijn gebleven? Een kotter kan toch niet zomaar verdwijnen? Of zou het waar zijn wat een van de vrouwen in de haven hem had verteld, dat de kapitein bewust geen antwoord meer had gegeven op de radio, omdat de *Odin 12* op een geheime missie is waar alleen de ministers van weten.

'We gaan terug!' zegt Jenis Hansen in de radio.

'Nu al?' klinkt de stem van Frank.

'Ja, hier is niets, dat zie je toch. Diesel verspillen met rondjes draaien heeft geen zin.' Hij trekt de hendel naar zich toe, de motor begint weer te brullen, hij draait het stuurwiel en vaart terug naar het eiland.

~

Ondanks de miezer is het druk in de haven. Unnar zit op een lage meerpaal verscholen achter wat lege kratten. Hij draagt over zijn windjack de donkerpaarse jas van zijn moeder en op zijn hoofd heeft hij de pet van zijn vader, die vandaag jarig is – of was het gisteren of volgende week? Hij gluurt naar de mensen die heen en weer lopen over de steigers, mannen even oud als zijn vader zijn bezig in hun bootjes. Er schuifelt een oude vrouw in een lange broek en op rubberlaarzen met een hengel voorbij. Zou die ook zomaar dood kunnen vallen en verdwijnen, net als zijn oma?

Een man met een jerrycan kijkt hem onderzoekend aan. De jongen slaat snel zijn blik neer. Hij weet dat ze hem nog steeds zoeken, de politie. Een paar dagen terug hoorde hij hoe een man aan mevrouw Poulsen vroeg of ze Unnar had gezien. De buurvrouw had verteld over zijn oma die hem had meegenomen, net als haar laarzen en haar jas, en niet had gezegd waar ze heen gingen. De mannenstem had gezegd dat ze naar een hotel waren gegaan, waarna de buurvrouw opgelucht had gereageerd omdat ze had gehoord dat er in de sporthal veel mensen ziek waren geworden. Mevrouw Poulsen had gevraagd waarom de man het jongetje zocht, maar de man had gezegd daar verder geen informatie over te kunnen geven. Hij had haar verzocht contact met hem op te nemen als ze Unnar zag of vermoedde waar hij was. Unnar had de naderende voetstappen gehoord. Hij had zich heel klein gemaakt en de jas van zijn moeder helemaal over zich heen getrokken. De deur van het schuurtje was opengegaan. De man was in de deuropening blijven staan. Unnar had niet bewogen en zijn adem ingehouden tot de man de deur weer dichttrok en terugliep naar zijn auto – omdat er nog maar weinig auto's reden was Unnar ervan overtuigd dat het een politieauto moest zijn.

Eindelijk reed de man weg. Pas toen was hij onder de jas vandaan gekomen en bedacht dat hij nu net als Harry Potter een mantel had die hem onzichtbaar maakte. Hij had de jas aangetrokken en de pet van zijn vader opgedaan. Het had hem een veilig gevoel gegeven, al was hij er niet helemaal zeker van of het net zo goed zou werken. Hij had gehoord hoe de buurvrouw haar katten binnenriep en de voordeur sloot. Hij was naar buiten geslopen, eerst had hij geprobeerd verder te graven om meer eten te vinden tussen de stenen, maar uiteindelijk was hij de trap naast het huis van mevrouw Poulsen afgegaan en had in haar droogruimte, het kleine houten gebouwtje in haar tuin dat nooit op slot was, een stuk van het schapenvlees afgetrokken dat daar hing te drogen.

De man, nog steeds met een half oog op Unnar, klimt in een bootje en begint brandstof uit de tank te hevelen. Een vrouw op de kade roept: 'Alles aftappen, hoor, tot de laatste druppel!' en draait zich dan naar de andere vrouwen die ook op de kade staan. Unnar hoort haar zeggen: 'Je kan tegenwoordig niemand meer vertrouwen!'

'Nee,' zegt een van de andere vrouwen, 'wij hebben er een slot opgezet.'

'Wij doen tegenwoordig de deur op het nachtslot,' zegt een ander.

'Er is nergens meer brood of meel te krijgen,' zucht de vrouw van de man die de jerrycan aan het vullen is.

'Omdat er één zo slim is geweest alle meel en zeep in een keer op te kopen.' De blik gaat naar het chique hotel iets verderop aan de haven.

'Echt?'

Er wordt afgunstig geknikt en gezucht.

'Ach, we hamsteren toch allemaal?' zegt een van de vrouwen.

De vrouwen knikken enigszins schuldbewust.

'Heeft een van jullie nog aspirine?'

'Of afwasmiddel?'

'Wij hebben geen wc-papier meer.'

'Geen wc-papier? Dan neem je toch gewoon een oude krant?'

De vrouw haalt haar schouders op. 'Kwam de boot nou maar ...'

De vrouwen turen door de havenmond naar de zee, hun ogen zoeken de horizon af.

Unnar gluurt nog steeds naar de man die bezig is met het aftappen van zijn brandstof, maar de man lijkt hem vergeten, dus glijdt ook zijn blik naar het deinende water, en hij denkt aan zijn vader en zijn moeder, en aan de lamsbout met gebakken aardappelen die zijn moeder altijd maakt op de verjaardag van zijn vader.

'Wat ik nou niet snap,' zegt een van de vrouwen terwijl haar blik nog steeds op de einder is gericht, 'het is toch zo dat als er ergens op de wereld iets ergs gebeurt men het tegenwoordig meteen weet, vroeger niet, maar nu toch wel?'

'Misschien zijn we gewoon te onbelangrijk,' zegt een andere vrouw. 'Of vinden ze zo'n storm geen echte ramp?'

'Geen rámp?' zegt een van de vrouwen. 'Dit noemen jullie géén ramp? We zijn nog steeds volledig afgesneden van de rest van de wereld!'

'Ja, maar een echte oorlog, een tsunami, of een kerncentrale die ontploft, dat is erger, en misschien is het op het continent nog wel veel erger.'

'Hoezo misschien? Er kan ondertussen toch wel iemand in een vliegtuig stappen en hierheen vliegen?'

'Misschien weten ze het niet, dat kan toch ook?'

'Het Rode Kruis komt altijd!'

'Maar niet naar hier, wij zijn geen derdewereldland. Wij hebben een tunnel van het ene naar het andere eiland, wij hebben kroegen met internet, wij zijn geciviliseerd, beschaafd, daarom komt er niemand,' briest een vrouw.

'Misschien ...' begint een andere vrouw onzeker, '... misschien zijn ze ons gewoon vergeten? Misschien is er op de hele wereld geen internet meer, dat kan, daar zijn ze in Amerika al jaren bang voor, dat heb ik op tv gezien. Stel nu dat ze overal problemen hebben, dan zijn wij wel erg klein om meteen naar toe te vliegen.'

'Maar de veerboot? Die kan toch als het moet varen zonder radio en gps?'

'Die boot vaart toch óók!?' zegt opeens een van de vrouwen.
Ze draaien zich allemaal om en zien het luxe plezierjacht van de reder de haven indraaien.

Unnar ziet de glimmende boot de haven binnenvaren. Hij herinnert zich hoe vorig jaar zijn vader en oom Niels mee hadden gemogen met die mooie boot, ze zouden gaan praten over geld voor vogelonderzoek op de universiteit maar toen ze terugkwamen waren ze dronken en was zijn moeder heel boos geworden, ze had geroepen dat ze wilde dat ze met een ander was getrouwd. Hij hoort weer haar woedende geschreeuw. Een koude rilling schiet over zijn rug als hij beseft dat er echt iemand schreeuwt. Hij ziet dat de vrouwen die achter hem stonden te praten naar iemand toe rennen, waarna het gegil nog harder wordt en steeds meer mensen beginnen te roepen. De man van de jerrycan klimt uit zijn bootje terwijl hij probeert te zien wat er gebeurt. Een hond begint hard te blaffen. Uit een ander bootje, verderop, springt ook een man en rent over de steiger. Unnar hoort getoeter en nog meer mensen beginnen te schreeuwen. Er klinken boze stemmen en er zijn mensen die roepen dat roepen geen zin heeft, hij hoort huilen en schreeuwen, alsof iemand pijn heeft. Uit het straatje naar de haven komen meer vrouwen aangesneld en in de huizen langs de kade gaan ramen en deuren open. Overal komen vrouwen vandaan. Unnar heeft geen idee wat er gebeurt en kijkt verbaasd naar de schreeuwende groep die steeds verder aangroeit.

'Waar is hij?' krijst de zus van Frank naar de reder die nog achter het stuurwiel staat. Een vrouw probeert haar armen om de gillende jonge vrouw heen te slaan, maar ze weert ze af.
Een andere vissersvrouw, die ook al weken in angst zit om haar man, tiert en vloekt naar Jenis Hansen, die probeert zijn boot aan te meren. 'Leugenaar!'
Vrouwen grijpen alles wat ze vinden aan stokken en pikhaken en duwen het jacht weg van de kademuur.
'Ga terug, ga hem halen!' gilt de zus van Frank weer. 'Je hebt hem op zee achtergelaten!'
Pauli kijkt paniekerig naar zijn opa, die op de kade staat, en werpt hem het touw toe, maar de krijsende vrouw rukt het uit

diens handen en werpt het terug naar de boot. 'Ga ze halen!' krijst ze. 'Ga terug!'

Pauli vist het touw uit het water en kijkt hulpeloos naar het andere bootje, dat probleemloos aanlegt. Hij ziet dat de reder in de stuurhut hem nijdig aanwijzingen geeft, maar de jongen weet niet hoe hij het moet doen met al die schreeuwende vrouwen die spugen naar de vader van het meisje op wie hij verliefd is.

'Ga terug! Het is jouw schuld!' galmt het uit steeds meer monden. 'Ze wilden niet gaan! Je weet dat ze bang waren! Waarom moesten ze weg? Moordenaar, het is jouw schuld!'

Unnar begrijpt niet waar ze het over hebben. Het is voor het eerst in zijn leven dat hij andere grote vrouwen dan zijn moeder ziet huilen. Hij voelt de knoop in zijn maag die maar niet weg wil, en steeds meer pijn gaat doen door de paniek van de vrouwen. Zijn lip trilt, hij bijt erop en kijkt naar de zee. Kwam de grote boot maar, vol mensen die over de reling hangen en zwaaien, die roepen en lachen, die toeteren als ze eruit rijden.

Er rijdt een politieauto de kade op. Hij bedenkt zich geen seconde, springt op, schiet weg tussen twee loodsen en maakt dat hij wegkomt.

Unnar ziet niet meer hoe de twee agenten de vissersvrouwen van de walkant proberen weg te trekken, terwijl ze roepen dat de vrouwen naar huis moeten gaan en dat het jacht van de reder mag aanmeren.

Hij ziet evenmin hoe de vissersvrouwen woester worden en maar blijven gillen en krijsen. Hoe een van de agenten een pikhaak uit de handen van een vrouw trekt, omdat hij denkt dat ze hem wil slaan, de stok opheft en hem laat neerkomen op een van de andere vrouwen die huilt om haar man die maar niet thuiskomt, hoe de vrouwen zich als een hysterisch gillende kluwen op de agent storten en hem de pikhaak uit handen trekken, waarop de andere agent naar de auto rent en om versterking roept, dat op het hoofdbureau zelden om versterking wordt gevraagd en dat niemand weet wat hij moet doen, omdat de andere surveillancewagens zonder benzine staan, dat de agent teruggaat en ziet hoe zijn collega door de vrouwen in het koude water wordt gegooid en er door Pauli en de reder weer wordt uitgevist, dat het jacht wegvaart naar de overkant van de haven, naar het terrein waar de olieopslag is en dat is afgezet met een hek, dat de vrouwen juichen, al weten ze dat hun overwinning van korte duur is en niets is opgelost.

Vragen zonder antwoord

– een maand –

Het is eindelijk gestopt met regenen en Óli zet de radio aan. Elke dag om precies één uur zenden ze het nieuws uit met daarna tips hoe de almaar groeiende problemen de baas te blijven. Door het raam ziet hij Ambrosio, die nog steeds bij hen logeert. De donkere Italiaan scharrelt, tot bezorgdheid van zijn vrouw, steeds meer om haar blonde zus heen. Nu staan ze weer voor de deur en luistert hij naar Lena die hem snikkend vertelt dat ze ervan overtuigd is dat haar Abbe niet meer zal thuiskomen omdat zij zijn bed heeft verschoond voor hij terug was. De Italiaan slaat zijn arm om haar heen en Lena begint nog harder te huilen. Óli ziet dat aan de overkant van de straat een gordijn opzij wordt geschoven. Hij hoort op de radio dat de premier per direct een decreet heeft uitgevaardigd dat iedereen, inclusief kleine kinderen, zich vandaag of morgen persoonlijk moet melden bij het gemeentehuis waar men ingeschreven staat. Voor baby's, zieken en hoogbejaarden zal een uitzondering worden gemaakt, die moeten een familielid of buurtgenoot sturen waarna er thuis of in het ziekenhuis bezoek plaatsvindt. Ook alle personen die niet ingeschreven staan moeten zich vandaag of morgen melden bij het ministerie van Buitenlandse Zaken met een geldig legitimatiebewijs. De volkstelling, legt de presentator uit, is nodig om zekerheid te krijgen over wie er nog wel en niet meer zijn, zodat men het nog beschikbare voedsel en de brandstof eerlijk kan verdelen.

Óli kan de Italiaan onmogelijk terug naar Havenstad rijden, daar heeft hij niet genoeg benzine meer voor. Hij ziet op de klok van de kerk dat over ongeveer een halfuur de bus zal langskomen. De bus passeert Nordur, het meest noordelijke dorp, nog maar één keer per dag. Óli klopt op het raam en wenkt Ambrosio dat hij moet komen, dat er haast is, maar de Italiaan neemt alle tijd om zijn schoonzus naar haar huis aan de overkant te begeleiden en komt even later met zijn eeuwige glimlach de kamer binnen. 'Is er wat?'

'Je moet terug naar de hoofdstad, vandaag, de bus gaat zo.'

'Lena vertelde me dat daar voor mensen als ik helemaal geen eten meer te krijgen is.'

Óli legt hem uit dat hij wordt ingeschreven en dat hij dan recht heeft op eten, maar dat hij daarvoor wel naar Havenstad moet.

Ambrosio begrijpt maar een deel van het verhaal en zucht dat ze het in Italië heel anders zouden regelen.

~

De rij voor het gemeentehuis is veel langer dan de rij die voor de bank had gestaan. Als je niet zou weten waarop ze staan te wachten, zou je denken dat het een rij vol familie en bekenden is die elkaar lang niet hebben gezien en discreet nieuwtjes uitwisselen voordat ze naar de begrafenis van een honderdjarige oudoom gaan.

Esbern staat met Susanna op zijn arm en luistert naar haar geneurie en de gesprekken om hem heen. Langzaam kruipt de rij vooruit. Dora, die dienst heeft in het ziekenhuis, zal hij pas bellen als ze bijna aan de beurt zijn. Hij heeft die ochtend om elf uur, voor de vijfde dag op rij, geen weerballon opgelaten. Hij en zijn collega hadden dat besloten omdat het sinds het gps-signaal niet meer werkt toch geen zin had. Wel noteerden ze met net zo veel precisie als voorheen alle gegevens, voorspelden het weer en gaven het door aan de lokale media. Hoe lang zullen we het volhouden, deze façade? denkt hij. Want vanaf het moment dat hij tijdens de storm de metingen had gezien had hij begrepen dat het grote gevolgen zou hebben. Wat hij zich toen niet had gerealiseerd was dat *alles* ging veranderen. Hij kijkt naar de almaar groeiende rij mensen, hun gezichten strak en zorgelijk. Hij vraagt zich af of zijn vader ook heeft gehoord dat hij zich moet melden. De wind is ijzig en aan de wolken ziet Esbern dat het zo weer zal gaan regenen. Hij kijkt naar de rij vóór hem en mompelt: 'Ze wéten toch hoeveel mensen hier wonen?'

'Ze zijn in paniek,' zegt een vrouw achter hem in de rij.

Esbern kijkt om, hij had geen antwoord op zijn vraag verwacht.

'Wat bedoelt u?'

'De regering.'

'Dat ga je bijna denken.'

'Het is zo, mijn man heeft dat op de universiteit gehoord.'

O ja, denkt Esbern, het is de vrouw van de rector. 'Wat zeggen ze dan?'

'Dat de premier de touwtjes niet meer in handen heeft.'

'Zeggen ze dat nu pas?' blaft een andere man uit de rij.

'Er schijnt,' Gunhilds stem gaat iets omlaag, 'vannacht een heftige ruzie te zijn geweest, er is zelfs met servies gegooid, want het schijnt dat er bijna geen olie meer is.'

'Wat voor olie?' wil Esbern weten, terwijl Susanna in zijn oor fluistert dat ze een snoepje wil ruilen voor een kusje.

'Voor de centrale!'

Er ontstaat een heftig gesprek waaraan steeds meer mensen deelnemen en waarbij de energieproblemen, de onherstelbare windmolens, de waterkrachtcentrale met zijn kapotte ventiel en het tekort aan stookolie van alle kanten worden belicht.

'Papa, zal ik je een kusje geven?' brabbelt Susanna in zijn oor.

Hij knikt terwijl hij luistert naar de redenering van een man die beweert dat als de regering olie en eten eerder op de bon had gedaan er nu minder problemen zouden zijn.

'Dan moet jij mij eerst een snoepje geven,' dringt zijn dochter aan.

'Die zijn op, lieverd, dat weet je,' en hij probeert de rest van het betoog te volgen.

'Ook die in het geheime potje?'

'Ja, jij hebt zelf de laatste opgegeten.'

'Ze zijn niet op,' begint ze te zeuren. 'Ik wil een snoepje, dat heb je beloofd.'

'Nee Suusje, ik heb jou niets beloofd, dat weet je heel goed.'

'Als ze ook sneller hadden geprobeerd cash geld in omloop te houden hadden we nu niet zo in de ellende gezeten,' gaat de man verder. 'Want als we nu ...'

'Hé, opa!' roept ze opeens.

Esbern draait zich om, ziet aan de overkant van de straat zijn vader lopen. Hij zet direct Susanna neer. 'Blijf hier netjes staan, in de rij, ik ben zo terug.'

'Ik wil ook naar opa!'

'Nee, meisje, jij moet hier blijven.' Hij wil absoluut niet weer achter in de rij moeten aansluiten.

'Krijg ik dan een snoepje?'

Hoewel Esbern heel goed weet dat er in hun huis geen zoetigheid meer is, knikt hij.

'Echt?' snift het meisje.

Esbern ziet zijn vader in zijn oude versleten jas langzaam de heuvel op sjokken. Even lijkt het erop dat hij wil aansluiten in de rij, dan slaat hij plots de hoek om. Esbern draait zich om naar Gunhild en vraagt: 'Wilt u even op mijn dochter letten, ik moet uh ... even iemand wat vragen.'

Ze knikt terwijl ze verder praat. Esbern stopt het handje van zijn dochter in de hand van Gunhild.

Het meisje kijkt hem angstig aan en zegt: 'Alleen als ik echt een snoepje krijg, hè?'

Esbern geeft geen antwoord maar rent naar zijn vader. Achter zich hoort hij hoe Susanna in huilen uitbarst.

'Pa!' roept hij.

Henrik versnelt zijn pas.

'Pa, wacht nou even!' Hij trekt een sprintje en haalt de oude man in. 'Waarom loop je nou door?'

'Wat moet je van me?' bromt Henrik.

'Niks, pa, ik wil je alleen wat zeggen.'

De ooit zo gigantische man, nog steeds een kop groter dan zijn zoon, maar nu met een rug die gebogen is, doet of hij niet hoort wat er wordt gezegd en loopt verder.

'Pa, ze willen dat iedereen zich meldt.'

'Is het oorlog of zo?'

'Nee, de schepen komen niet aan en ook de vliegtuigen niet.'

'Wordt het eindelijk weer eens rustig hier.'

'Er is een tekort aan levensmiddelen en brandstof, ze willen dat wat er nog over is eerlijk verdelen.'

'Ik hoef niks,' bromt de man.

'Maar pa, je moet toch wat eten?'

'Bemoei je met je eigen zaken, ik hoor je dochter huilen, doe dáár wat aan.' Henrik draait zich om en loopt weg, Esbern blijft beduusd achter.

~

'Ze zaaien paniek, ze drijven de prijzen op,' zegt mevrouw Poulsen door de telefoon terwijl een van haar katten zich tegen haar enkel aanschurkt. Ze bukt en kietelt het beestje onder zijn buik, de kat begint te knorren '... wedden dat we straks hogere belastingen krijgen? Ik denk dat het gewoon allemaal opzet is ... Natuurlijk! Reken maar uit wie hier aan verdient ... Nee, ik heb nog genoeg ... Ja, ook blikjes, ik koop altijd alles groot in ... Groot? Nou gewoon heel veel, dan komen ze het gratis thuisbrengen ... of althans, dat deden ze ... Nee, wc-papier jammer genoeg niet, had ik dat maar gedaan, maar zo veel ruimte heb ik nou ook weer niet ... Oud papier? Nee, ik denk er niet aan!...' Mevrouw Poulsen gruwelt bij het idee. 'Ja, ja ... Nee, natuurlijk niet ... Ik kan heus voor mezelf zorgen, dat weet je ... Wie ...? O, hij ...? Nee, ik weet het niet ... Nee, ik heb hem niet gezien ...' Mevrouw Poulsen kijkt uit het raam naar het droogschuurtje achter haar huis. 'Wat ...? Natuurlijk wel, ik ben niet doof ...! Nee, zij zit nog steeds vast. Ze zeggen dat het haar schuld is ... Ja, dat is waar, zij hoeft nu niet voor zichzelf te zorgen ... Nee, hij is haar zoon ... Ja, beroemd ... In de vogelwereld althans, hij weet echt alles van vogels ... vogels, ja ... gewoon, vogels van hier, zeevogels, kustvogels ... Ja, natuurlijk ... dat jochie gaat vaak mee, dan bivakkeren ze met z'n tweeën in de ijzige kou in een tentje, ze blijven rustig twee of drie nachten weg ... het is een vaderskind, heb ik altijd al gezegd ... Ja, maar wat kan ik nu als buurvrouw doen?' Ze denkt aan het bordje met eten dat ze elke avond in het schuurtje zet, soms met alleen wat crackers, meestal iets warms, en elke ochtend is het leeg. 'Nee, ik voel me niet verantwoordelijk ... Natuurlijk niet. Het is toch niet míjn kind ... Hij is vast ergens, bij een of andere oom of tante ... of een vriendje van school, dat kan ook ... Nee, mijn tank is nog niet leeg ... Ze hadden hem net gevuld ... Ja, lekker warm, ook voor de katten ... Echt? Waarom zeg je dat nu pas ... Hoe weet je dat ...? Ze weet het zeker ...? Nu?' Met de telefoon nog aan haar oor loopt mevrouw Poulsen naar de thermostaat van haar centrale verwarming en draait hem ietsje lager. 'Ik heb het al gedaan. Hoeveel doe jij ...? Zó laag ...? Wedden dat het niet echt nodig is, dat voor het eind van de week, of hoogstens volgende week, een tanker de haven in stoomt ... Natuurlijk, die bedrijven willen geld verdienen, daarom moet je je niet te veel zorgen maken.' De kat duwt met zijn kop tegen haar enkel. 'Ze willen eten, ik ga ophangen ...' De poes mauwt. 'Oké, niet vergeten, hè ...? Doe ik!' Na nog een groet hangt mevrouw Poulsen op, geeft haar kat een aai, loopt naar de keuken en doet een kast open. Als geroepen komen de andere vijf katten aanrennen en beginnen rond haar enkels te draaien en te spinnen. Ze kijkt naar de blikjes, pakt dan één blikje en draait dat open. 'Jullie gaan op dieet.'

~

Unnar kijkt naar de krijsende meeuwen die langs de hemel scheren tot ze plots naar beneden duiken als ze denken iets te zien. Hij is jaloers op de vrijheid en de beweeglijkheid van de vogels, die ongehinderd op zoek kunnen naar alles wat ze nodig hebben. Hij zit weggedoken tussen twee auto's op de parkeerplaats achter het ziekenhuis, tuurt naar de opengereten zakken op en rond de vuilcontainers en wacht. Na een tijdje komt er een man naar buiten met een vuilniszak, hij kijkt zorgelijk naar de bult afval en de meeuwen.

'Jullie blijven ervan af!' roept hij naar de meeuwen.

De meeuwen krijsen.

Dan gooit de man de zak op de hoop. 'Klote beesten,' gromt hij en gaat weer naar binnen.

Een van de meeuwen strijkt neer op een paal en loert naar de nieuwe zak. Ook Unnar kijkt ernaar. Dan vliegt de meeuw op, landt op de berg afval en begint in de ongeopende zak te pikken.

Unnar springt op. 'Kssst, kssst!' roept hij, schiet naar voren en zwaait met zijn armen.

De meeuw vliegt geïrriteerd op en landt weer op de paal. Unnar grist de zak van de berg en rent er mee terug naar zijn schuilplek. De meeuw volgt hem afgunstig met haar ogen, tot Unnar tussen de auto's verdwijnt, dan vergeet de meeuw de jongen in de paarse jas met de geruite pet, krijst nog een keer en vliegt terug naar zijn kameraden. Unnar scheurt de zak open en bekijkt teleurgesteld de inhoud.

~

'Mama, dit lust ik niet.'

'Het is toch best lekker, neem wat meer van de saus,' zegt Ragna, die haar best heeft gedaan de bruine bonen met wat saus tot een smakelijk geheel te maken.

'Wanneer krijgen we weer aardappels?' zeurt het jochie.

Ze legt de opscheplepel neer en voelt de kale plek aan haar ringvinger. De trouwring tegen een paar blikken bruine bonen. Zou haar Josef ooit de kale vinger zien? Alle jaren dat hij thuiskwam bracht hij eten mee. Met twee grote vuilniszakken vol vis liep hij van het schip naar huis. Als ze wist dat hij binnen zou varen, stuurde ze vaak een van de kinderen erheen. Die kreeg dan meestal nog een extra zak bijvangst mee, de te kleine kabeljauwen, koolvis en schelvis, harder, haring, makreel. Als de schipper in een goede bui was, zaten onder in de zak ook nog drie of vier volgroeide vissen, die eigenlijk naar de visfabriek moesten en die de reder niet toestond aan de vissers mee te geven.

'Als papa thuiskomt eten we weer gewoon,' zegt Ragna.

'Papa komt niet meer thuis.'

'Wie zegt dat?'

'De jongens op de haven.'

Ragna wil zeggen dat hij wel weer thuiskomt, dat hij deze keer extra zakken met vis bij zich zal hebben, dat hij het kasteel in de kelder met ze zal afbouwen en verhalen zal vertellen over het zeepaardje dat zich nooit laat vangen door de vissers, dat hij ... Ze kijkt naar haar vier kinderen rond de tafel, die haar aanstaren en wachten op haar antwoord alsof het hun rapport is. 'Die jongens op de haven, die weten er niets van. Papa is door de storm heel ver uit de koers geblazen. Ze moeten nu veel langer varen om weer thuis te komen.'

'Heeft hij dan ook meer lege rollen?' vraagt haar enige dochter.

Ragna knikt.

'Als hij maar niet alle vis opeet,' zegt de jongste.

'Hij bewaart vast wel wat vis voor ons, eet nu maar door.'

Ze buigt zich over haar bord en gluurt naar de kinderen, die net als zij haar verhaal niet geloven, als plots de voordeur opengaat. De kinderen vliegen van tafel en rennen naar de deur. Ragna kijkt angstig op. Ze hoort dat ze elkaar opzij duwen in de gang, ze willen allemaal als eerste in de hal zijn. Het liefst zou ze mee willen rennen, hem in de armen vliegen, als hij het is. Als hij het is! Laat hem het alsjeblieft zijn ... Ze staat op.

'Mam!'

De klank in de stem van haar oudste zegt genoeg, ze zinkt terug op de stoel.

Er klinkt een stem die ze niet kent.

'Mam, komen!'

Ragna staat verbaasd op.

In de gang staat een vrouw van een jaar of vijftig. 'Dag,' zegt ze vriendelijk. 'Ik ben Alisa Poulsen, mijn vader was Jacob Poulsen, de begrafenisondernemer, u weet wel.'

Ragna slaat haar handen voor haar mond.

'Nee! Er is niets, er is met niemand wat gebeurd.'

'Leeft papa nog?' vraagt het meisje met de vlechten.

'Uh ... Nee, uh ... dat weet ik niet. Mijn vader leeft niet meer.'

'O, waar komt u dan voor?'

'Ik kom voor uw wc-papier.'

'Ons wc-papier?'

'Het was toch uw man die een jaar geleden met die foto in de krant stond?'

'Wilt u papa's kasteel zien?' roept een van de jongens.

Voordat mevrouw Poulsen kan antwoorden rennen de kinderen de trap af naar de kelder. Ze kijkt naar Ragna, die haar met open mond aanstaart. 'Uw man bouwt toch aan een kasteel? Is het al af?'

Ragna schudt haar hoofd.

'Hebt u dan misschien nog wat papier over? Ik hoef de rollen zelf niet, die kunt u houden, alleen het papier.'

Beneden in de kelder hebben de kinderen het licht aangedaan en kijken naar het kasteel dat hun vader aan het bouwen is. Het was begonnen op een sombere, natte dag toen de kinderen om elk wissewasje ruzie kregen. Josef had bedacht dat ze samen iets moesten doen, het enige wat in huis was geweest waren wc-rollen en een tube lijm. Hij had voor hen de eerste poort gebouwd en het verhaal verteld over het zeepaard dat op zoek was naar de gouden ring van de zeemeermin. Elke keer als hij terugkwam van zee had hij naast de plastic zakken bijvangst ook alle lege wc-rollen van boord verzameld. Omdat het kasteel nog lang niet af was, kocht Ragna uit gewoonte altijd extra wc-papier, maar alleen als het in de aanbieding was.

Mevrouw Poulsen komt de keldertrap af en is verrast als ze het gigantische bouwwerk van grijze en bruine wc-rollen ziet, dat de hele ruimte vult. Er zijn trappen, torens, poorten, muren met kantelen en een slotgracht met een ophaalbrug.

'Dit is onder water,' zegt de oudste serieus.

'Het is voor het zeepaard, die komt alleen als wij slapen,' zegt de jongste.

'Of als papa er is,' zegt het meisje met de vlechten.

'Het is prachtig,' zegt mevrouw Poulsen zachtjes. 'Zoiets moois heb ik nog nooit gezien.'

De kinderen lachen.

'U wilde wc-papier?' Snel doet Ragna de deur van de zijkamer open.

Nu is mevrouw Poulsen pas echt verbaasd. Het kleine kamertje is tot de nok gevuld met pakken toiletpapier van verschillende merken en kwaliteit. Er staan pakken luxe en goedkoop grijs papier, pakken roze en gebloemd papier en pakken extra zacht en zelfs met luchtkussentjes.

'Mag ik kiezen?'

'Kunt u betalen?' wil Ragna weten.

Mevrouw Poulsen knikt.

'Met wat?' vraagt Ragna, haar vinger glijdt langs de kale plek aan haar hand.

'Met boter.'

'Nee, boter heb ik nog. Hebt u aardappelen?'

Mevrouw Poulsen knikt. 'Aardappelen en kattenvoer.'

~

'Ik heb de hele ochtend buiten in die rij gestaan, kan ik echt de verwarming niet ietsje hoger zetten?' vraagt Gunhild aan haar man, die verdiept is in een boek.

'Wist jij dat de oceaanstromingen in het noordelijke deel van de Atlantische Oceaan de snelste zijn die er bestaan?' antwoordt hij en slaat de bladzijde om.

'Niels, ik vraag of je het goed vindt dat ik de centrale verwarming iets hoger zet, ik ben versteend.' Ze zet haar kopje thee op het antieke houtkacheltje van haar oma, dat al jaren dienst doet als bijzettafeltje, en loopt naar de thermostaat.

'De opwarming van de aarde schijnt er geen invloed op te hebben, het is de wind. Die stuwt het op.'

Geïrriteerd draait Gunhild de knop hoger, ze vindt het niet erg om in huis een dikke trui te dragen en twee paar sokken maar als de kachel te laag staat wordt alles vochtig en trekt de kou door haar truien heen.

'De maximum snelheid van zo'n stroom is zeven kilometer per uur. Daar moet zo'n kabel toch tegen kunnen, zou je zeggen?'

Ze zucht, zonder dat haar man het ziet draait ze de verwarmingsknop toch weer omlaag en loopt naar de keuken. Ze opent de vriezer en laat haar oog over de inhoud glijden.

'Zal ik vanavond gehaktballetjes maken? Of heb je meer zin in een gebakken visje?' roept ze. Hoe lang moet ze met deze voorraad doen? Wat blijft het langste goed? Opeens beseft ze dat het wijdopen hebben van een vriezer energie kost en met een klap smijt ze de deur weer dicht.

'Is er wat?' roept haar man.

'Niks!' antwoordt ze.

Ze hoort hem opstaan en naar de keuken komen. 'Wat is er, meisje?'

'Waarom help je me niet!'

'Ik help toch?' zegt de grote rossige man.

'Door boeken te lezen over de oceaan?'

Hij knikt. 'Ik wil begrijpen wat er is gebeurd. Als ik nou snap wat er aan de hand is ...' Hij opent het boek dat hij in zijn hand heeft en laat haar een plaatje zien van de aarde waarbij de oceanen bedrukt zijn met pijlen in verschillende kleuren. 'Wist je dat de stromingen onder de oppervlakte, de zogenaamde dieptestromingen, niet door de wind worden veroorzaakt, maar door de verschillende dichtheden van water, die afhangen van de temperatuur en de zoutheid? Dus die storm, die kan het niet gedaan hebben.'

'Niels! Die storm interesseert me niet, die kabels nog minder. Ik wil weten hoe het met onze jongens is, ik wil dat wij het de komende weken niet zo koud hebben, dat we genoeg te eten hebben en dat de lamp blijft branden tot er nieuwe aanvoer komt.'

'Dat wil ik ook, niets meer dan dat, dat weet je. En mij maakt het niet uit of we gehakt of vis eten, aardappelen of brood, ik vind alles goed – als ik het maar begrijp.'

'Niemand begrijpt het, waarom zou jij het dan wel begrijpen?'

'Omdat begrijpen mijn vak is.'

'Nee, jouw vak is interpreteren. Jij kunt wel zeggen dat je weet hoe de eerste mensen hier leefden, maar je begrijpt het niet! Het was hier altijd koud en nat. De huizen waren vochtig en vuur was het kostbaarste bezit. Begrijp jij waarom mensen eeuwen geleden hier op dit eiland zonder bomen gingen wonen waar niets wil groeien, waar de winter acht maanden duurt en het altijd waait en regent? Waar ze alleen maar vis en vogels hadden om te eten en geen groenten? Dat begrijp jij? Jij begrijpt helemaal niets, al ben je officieel de voorman. Je begrijpt niet wat het is om niet te weten of de kachel over een maand nog brandt, of we dan nog te eten hebben, jij verwacht gewoon elke dag een bord met een warme hap, maar ik weet niet voor hoe lang nog.'

'Rustig maar, meisje.'

'Ik bén rustig.'

'Het komt allemaal goed.'

'En als het nou niet goed komt?' snikt Gunhild.

'Het komt goed.'

'Denk je dat echt?' vraagt ze met trillende lip. De tranen, die hij zo goed kent, rollen over haar wang.

'Ik weet het zeker.'

~

Ze loopt langs de lange kasten met boeken. Marit is lang niet in de bibliotheek geweest. De stilte en de geur van papier en oude boeken is zo anders dan de hectiek op de redactie.

Marit is niet gekomen om een roman te lenen. Ze wil begrijpen hoe het mogelijk is dat de storm alles kapot heeft gemaakt. Haar vader had haar een ongeloofwaardig antwoord gegeven over de ankers van schepen die losgeslagen waren door de storm. Meneer Peterson, de boekhouder, kwam met een ingewikkelde kansberekening die hij voor haar op een papiertje schreef, maar die ze toen ze er weer naar keek niet meer begreep. Haar hoofdredacteur hield vol dat het te maken had met een machtsstrijd op een veel hoger niveau dan de presidenten van Amerika en China, de vaste presentator van het journaal zei dat hij geloofde dat er een experiment op hun bevolking werd uitgevoerd, zoals ze vroeger deden op eilanden in de Stille Zuidzee, en dat men keek hoe lang ze het zouden volhouden, de technicus was ervan overtuigd dat de kabels waren doorgeknipt door walvisredders, omdat de eilanders nog steeds grienden eten, en Pauli had haar gezegd dat ze naar de bibliotheek moest gaan, omdat daar informatie was over alle onderwerpen die je maar kon bedenken.

Marit kijkt naar de boeken, ze heeft geen idee waar ze zal beginnen. Ze trekt een boek uit de kast en bladert erin. Na het lezen van wat termen en zinnen, zet ze het terug. Ze loopt verder en slaat een andere gang in. Hier staan boeken over wis-, natuur- en scheikunde. Bij het bordje AARDWETENSCHAPPEN stopt ze. Haar vinger glijdt langs boeken over bergen, over oceanen, over hoe de aarde is ontstaan ... en hoe die zal verdwijnen, denkt ze. Ze trekt een dun boekje van de plank, waar op de rug geschreven staat: *De toekomst van onze aarde*. Ze slaat het open en leest:

> *... een gigantische ster, die moeiteloos de aarde kan vernietigen. Uit recent onderzoek is komen vast te staan dat het gevaarte veel dichter bij onze planeet is dan men aanvankelijk dacht. Een supernovaontploffing van 20 miljard miljard miljard megaton TNT kan onze ozonlaag moeiteloos vernietigen. Zonder de ozonlaag is leven op aarde onmogelijk, daar die ons bescherming biedt tegen de dodelijke stralingen vanuit het heelal.*

Marit rilt, trekt haar kraag hoger en zet het boek terug op de plank. Als ze zich omdraait, ziet ze Pauli aan het eind van de gang. De kilte die ze voelde is ogenblikkelijk verdwenen, een aangename warme gloed trekt over haar lichaam.

'Heb je al iets gevonden?'

'Nee, niet echt. Ik weet niet waar ik zal beginnen.'

'Het maakt niet uit,' zegt de jongen verlegen. 'Elk boek kan je iets vertellen. Ik lees altijd verschillende boeken door elkaar en maak dan in mijn hoofd een eigen verhaal.'

'Maar ik ben journalist. Ik ben op zoek naar de feiten, ik kan niet gaan fantaseren.'

'Je hoeft het toch niet alleen voor de radio te maken, je kan het toch ook voor jezelf doen?'

'Dat doe ik ook, maar wel gebaseerd op de waarheid.'

'Waarom?'

‘Omdat ik die wil weten.’

‘Wil je dat echt?’

‘Ja, ik wil weten waarom niemand komt helpen en wat er met mijn vaders schepen is gebeurd.’

Pauli kijkt naar de planken met boeken en zegt aarzelend: ‘Ik geloof dat ik het niet wil weten.’

‘Niet weten?’

‘Kunnen jullie daar nu eindelijk eens stil zijn!’ klinkt het uit een andere gang. ‘In de leeszaal is het verboden te praten.’

Ze kijken elkaar verbaasd aan en beginnen geruisloos te lachen.

~

De regen slaat hard neer maar Johanna denkt er niet over ook maar één minuut langer in het politiebureau te blijven. De zware deur valt achter haar dicht. Met haar hoofd gebogen en haar kraag omhoog loopt ze zo snel ze kan de weg op naar het hotel. Ze is woedend op de commissaris, die haar twee weken heeft vastgehouden. Ze had gesmeekt en gevloekt, gegild en gebeden, maar ze hadden haar niet laten gaan. Ze had gezegd dat ze op haar kleinzoon paste zolang zijn ouders overzee waren. Dat het huis door de storm was ingestort en dat ze tijdelijk in een hotel woonden, dat er nu niemand was die op de tien jaar oude jongen lette, dat hij geen geld had en dus geen eten. De agenten zeiden haar dat ze de jongen hadden gezocht maar dat ze hem niet hadden gevonden. Zij had hen niet geloofd en de agenten háár niet. Omdat ze geen legitimatie bij zich had, kon ze niet bewijzen wie ze was, tot de buurvrouw eindelijk was gekomen en had gezegd dat ze inderdaad de moeder van de beroemde ornitholoog was.

Ze had gedacht dat ze vrij werd gelaten maar er werd haar verteld dat het beter voor haar was, in verband met de groeiende onrust, dat ze bleef. Ze was kwaad geworden op Unnar omdat hij maar niet kwam. Ze had geroepen en op het kleine raampje gebonsd. Ze had gedreigd een rechtszaak aan te spannen, de agenten hadden geknikt dat ze dat konden begrijpen.

Ze had een advocaat geëist en die was gekomen. Hij had haar verteld dat er diverse getuigenissen waren in haar nadeel en dat ze haar konden vasthouden omdat de winkeleigenaar was omgekomen. Johanna had niet geweten dat er iemand dood was gegaan en ze had gehuild tot er geen tranen meer kwamen. Ze begon te vermoeden dat Unnar niet wist waar zij was en droomde dat hij verdronk. Hoe langer ze alleen in de cel doorbracht, hoe meer ze ervan overtuigd raakte dat hij niet meer leefde.

De deur van het hotel is dicht. Een bel is er niet. Ze klopt aan, maar na een minuut doet nog steeds niemand open. Ze loopt om het blok, half schuilend voor de regen, en kijkt of er een achteringang is. Na wat gezoek in een verkeerde tuin, komt ze op een kleine binnenplaats uit waar een vuilnisbak staat die met een touw vastzit aan de muur. Ook de achterdeur is dicht. Vlak voor ze weer weg wil lopen trekt ze de vuilnisbak opzij, ze kijkt eronder en ziet een sleutel liggen. Ze steekt hem in de deur en draait hem open.

'Hallo? Hallo-o!'

Ze stapt de keuken in. De schappen zijn leeg, de koelkast is uit en staat op een kier – ook die is leeg, net als de kast ernaast. In de eetkamer ziet ze bij het weinige licht dat tussen de gordijnen naar binnen valt dat de tafelkleden van de tafels zijn en de stoelen er omgekeerd op staan. Ze loopt naar de hal, pakt uit het kastje de sleutel van kamer twee en steekt die in het slot. Beide bedden zijn afgehaald, niets wijst erop dat er recentelijk mensen hebben geslapen.

Johanna kijkt door het raam naar de zee, tuurt naar de horizon, de wolken zijn leeg geregend en de zon doet het water glinsteren. Ze ziet de mast van een boot in de haven boven het dak uitsteken. Zou er iemand zijn die haar mee wil nemen op zijn schip, haar terugbrengen naar huis, waar het warm is en vertrouwd, daar heeft ze geld genoeg om te betalen voor de overtocht, daar kent iedereen haar en hoeft ze niet met een vingerafdruk te bewijzen wie ze is, dat ze recht heeft op stookolie, zeep en eten, dat ze geen moordenaar is, maar een oma die heel haar familie heeft overleefd.

~

De grote oude man zet voorzichtig zijn ene voet voor de andere. Het is net of hij het moeilijk vindt om te lopen. Zou hij ziek zijn? denkt Unnar. Of heeft hij ook slecht geslapen? De oude man met de lange haren gaat het smalle pad op naar de klif. Unnar loopt achter hem aan. Het is vreemd zo'n gigantische man te zien waggelen. Hij moet oppassen niet verkeerd te stappen of uit te glijden, want dan valt hij in de zee. De oude man zinkt neer op het bankje waar vaak jongens met een meisje zitten. Unnar blijft op een afstand staan en ziet hoe de man een fles uit zijn binnenzak haalt, de kurk eraf trekt en de fles aan zijn mond zet. Als hij genoeg gedronken heeft doet hij de kurk er weer op en kijkt naar de zee. De oude man begint te praten – terwijl er niemand is. Unnar schuifelt steeds dichter naar hem toe. De man kijkt een moment over zijn schouder, maar het is net of hij hem niet ziet staan.

Unnar luistert maar begrijpt niet wat de man zegt. Het zijn vreemde woorden, zangerig uitgesproken, net alsof hij tegen de zee en de golven praat.

Henrik trekt de kurk er weer af en neemt nog een slok. Hij tuurt naar de oceaan, die langzaam deint, zonder einde of begin, zonder aanleiding of obstakel. De zee stelt hem geen vragen zoals Esbern, de zee neemt hem niets kwalijk, is niet boos, de zee roddelt niet, zoals de mensen in de rij. De zee oordeelt niet, veroordeelt niet. Waarom mocht hij niet blijven op de enige plek waar hij gelukkig was, waarom moesten zijn ogen worden vervangen door een computer, een satellietzender en een infraroodcamera? Zijn hand door een zonnecel, die het licht aan- en uitdoet? Hij is pas vijfenvijftig, hij kan nog jaren met zijn verrekijker en de radar de zee en de kust afturen, waarschuwen als schepen te dichtbij komen of de reddingsbrigade bellen als een schip stuurloos is en schipbreuk dreigt te lijden. Nogmaals roept hij naar de zee, heel hard ditmaal.

Unnar schrikt van de roepende grote oude man. Waarom is hij zo boos? Onder hen de oceaan en de golven die breken op de rotsen. De man neemt weer een slok. Het is net of de zee antwoord geeft aan de man en of hij rustiger wordt.

De fles is leeg, de oude man is verdwenen. Unnar rolt het papier dat hij al twee dagen in zijn jas heeft heel strak op, doet het in de fles en duwt de kurk erop. Hij kijkt naar de zee en luistert. Hij wou dat hij net als de oude man tegen de golven durft te praten, maar zal de zee hem ook begrijpen? Hij kent de woorden niet die hij moet spreken. Met een grote zwaai gooit hij zijn brief zo ver hij kan. De fles buitelt naar beneden en komt met een klap in het water terecht. Even denkt hij dat de fles gebroken is, gezonken, maar dan plopt hij weer boven met de kurk omhoog. Unnar gaat zitten en kijkt naar de wegdobberende fles onder hem, die langzaam meegevoerd wordt met de stroom. Hij voelt niet dat het weer begint te regenen.

Gulle gevers

– zeven weken –

Het winterkoninkje vliegt met een grasspriet in zijn bek het schuurtje in. Het is eindelijk niet alleen meer het lengen van de dagen dat Birta vertelt dat de lange winter over is, de vogels zijn begonnen hun nestjes te bouwen. Tot voor kort zou ze wat oud brood hebben neergelegd maar zulke restjes heeft ze niet meer. Ze trekt haar maillot aan, want sinds de verwarming op het ministerie uit staat draagt ze geen rokken meer maar broeken met daaronder nog een laag. Fysiek werk waar je warm van kunt worden behoort niet tot haar taken, als secretaresse is het enige lijfelijke dat ze moet doen het binnendragen van het blad vol kopjes en thermosflessen, waarbij ze vaak nog wordt geholpen door een van de heren.

Birta loopt het kantoor in. Ze hangt haar jas niet op, maar houdt hem aan. Er wordt niet meer vergaderd in de officiële vergaderzaal, maar in het kantoor van Kornus, omdat dat op het zuiden ligt en als de zon schijnt ze iets van haar warmte in de vochtige koude kamer achterlaat. Als altijd is Birta de eerste aanwezige. Haar baas komt meestal te laat, want hij zegt dat hij altijd eerst even langs zijn vader in het verzorgingshuis gaat. Birta weet echter dat hij daar zelden komt en dat het zijn warme bed is waardoor hij te laat is. Ze zet de stoelen netjes rond de tafel, legt de hamer goed naast de rubber cirkel en loopt het kleine keukentje in. Op het ministerie is alle koffie op, dus zal ze thee zetten. Ze vult de waterkoker, klikt hem aan en begint de kopjes af te wassen. Het ijzige water doet zeer aan haar handen. Ze hoort de mannen een voor een binnenkomen. Hun stemmen vertellen haar dat de vergadering niet te lang moet duren. De kopjes afdrogend bemerkt ze dat het lampje van de waterkoker niet brandt. Ze duwt een paar keer op de knop en steekt dan de stekker opnieuw in het stopcontact. Het lampje gaat niet aan. Ze gaat naar de achtergang, doet de stoppenkast naast de deur open en ziet dat alle schakelaars goed staan. Vertwijfeld draait ze zich naar het knopje van het licht en drukt. De lamp blijft uit. Ze zucht en loopt de kamer in. 'Sorry, heren, maar er is geen stroom, dus vandaag ook geen thee.'

De mannen om de tafel dragen niet de nette pakken met een stropdas als gewoonlijk. Ze hebben dikke truien aan en twee van hen houden zelfs hun muts op.

'Alweer uitgevallen!' zucht Elias. 'Ik had net zin in iets warms.'

'Nee, het is in opdracht,' zegt Kornus.

'Opdracht? Opdracht van wie?'

'Van ons,' zegt Kornus en wijst naar zichzelf en de premier die net binnenkomt en ook zijn muts nog op heeft.

'Waarom?' komt het nu uit meerdere monden.

'Heren, wilt u gaan zitten,' sust Frimann.

Birta gaat zitten, werpt een blik op de computer en zoekt in de la een blocnote en pen. Ze moet snel zijn want de mannen beginnen direct te praten. Termen als 'noodsituatie', 'crisismanagement' en 'onvermijdelijk' vallen. Frimann en Kornus vullen elkaar aan en vallen elkaar in de rede. Birta kan de stroom aan woorden niet bijhouden, ze heeft in geen jaren met de hand genotuleerd en haar steno is ze verleerd. Haar pen krast over het papier.

reden verplichte stroomonderbreking: windmolens 5% van energie worden voorlopig niet herbouwd / waterkrachtcentrale 30% van energie nu ½ kracht omdat noodzakelijke onderdelen 2e turbine niet besteld kunnen worden / positief – de regen van afgelopen maand heeft bergmeren gevuld – was probleem – winter te weinig gesneeuwd – niet genoeg smeltwater / grootste probleem voorraad stookolie / tanks op haven bijna leeg / om niet zonder stroom te komen – per direct elektriciteitsbedrijf opdracht gegeven max 2 uur per dag draaien / van 7 tot 8 uur ochtend en 6 tot 7 avond.

'Hoe lang kunnen we het zo uithouden?' vraagt Elias bezorgd.

Nu vallen Frimann en Kornus stil. Birta wrijft haar hand, die verkrampt is geraakt van het snelle schrijven. De twee bewindvoerders kijken elkaar aan. In hun ogen is te lezen dat ze het niet met elkaar eens zijn. Birta kan zich de ruzie en de scheldpartijen voorstellen, die heeft ze vanuit haar kamertje naast de premier de afgelopen maand vaker dan haar lief is mogen aanhoren.

'Ruim drie maanden,' zegt Frimann.

'Hooguit twee,' zegt Kornus.

'En dan?' klinkt het angstig.

Weer kijken de twee mannen elkaar aan.

Frimann neemt het woord: 'Geen van de rampscenario's bedacht door vorige kabinetten heeft ooit rekening gehouden met deze situatie. We zullen inventief moeten zijn.'

'We moeten beslissingen nemen,' gromt Kornus, 'we kunnen geen seconde langer wachten.'

Er wordt instemmend geknikt.

'Wisten we maar wat de oorzaak is,' wordt er gezucht.

'Ik begin langzaamaan te denken,' Kornus stem daalt wat, 'dat deze ellende misschien wel hier zijn oorsprong heeft.' Hij kijkt Frimann strak aan.

'Onzin! Die complottheorieën komen me de strot uit.' Frimann tikt met zijn hamer op de rubberen cirkel op de tafel. 'Ter zake! Het belangrijkste is dat drinkwater voor iedereen toegankelijk blijft,' zegt Frimann.

'Dat heb je op de vorige vergadering ook al geconcludeerd,' snauwt Kornus. 'We moeten nu een besluit nemen in verband met de voedseltekorten. Gaan we alle overgebleven levensmiddelen vorderen en herverdelen of wordt het *survival of the fittest*?'

Nu vallen alle mannen rond de tafel stil. Ieder van hen weet hoeveel de eilanders gehecht zijn aan hun onafhankelijkheid en kent hun afkeer van een centraal gezag. Ook zijn ze alle bekend met de sterke verbondenheid die de mensen in de dorpen voelen en de taaiheid van de bevolking.

Birta kijkt naar de mannen. Ze wacht met haar pen in de aanslag, maar het blijft stil. Ze denkt aan haar vader, die elke ochtend in de haven vist, hoe hij met zijn kromgegroeide handen zijn hengel beethoudt.

~

Zijn oma loopt op het smalle pad langs de klif, onder haar slaan de golven tegen de rotsen. Ze lijkt heel oud. Unnar roept haar maar ze hoort hem niet. In haar ene hand draagt ze haar laarzen, met haar andere hand veegt ze haar haren uit haar gezicht. Weer roept hij haar, maar in plaats van zich om te draaien begint Johanna te rennen. Hij roept dat ze moet stoppen, dat het gevaarlijk is, dat ze kan uitglijden en vallen, maar ze lijkt hem niet te horen. Dan ziet hij dat er steentjes naar beneden beginnen te rollen van de berg boven hen. Hij kijkt omhoog en ziet een hele grote steen aankomen. Hij krijst zo hard als hij kan, bang dat de steen op haar valt of haar over de rand de zee in duwt. Hij gluurt over de rand naar beneden, de afgrond is diep en de zee ver weg. Hoe langer hij kijkt des te hoger de golven zich uitstrekken voor ze kapotslaan tegen de steile rotsen. Opeens hoort hij een vliegtuig. Hij kijkt op en ziet aan de horizon een grijze stip naderen. Hij begint te zwaaien, heel hard met zijn beide armen, dan voelt hij hoe zijn voeten loskomen van de grond. Hoe harder hij klapwiekt met zijn armen, des te hoger hij komt. Hij vliegt boven de zee en ziet dat de golven woedend naar omhoog reiken alsof ze proberen hem uit de lucht te pakken. Hij durft niet meer naar beneden te kijken. Hij hoort dat het vliegtuig voorbij vliegt, hij kan ook niet meer omkijken, zijn nek zit vast, hij roept dat ze moeten stoppen, dat hij mee wil, dat hij alleen is, dat ze hem niet weer mogen vergeten. Hij schrikt wakker.

Het is aardedonker. De maan, die scheen toen hij ging slapen, is verdwenen achter de wolken. Hij draait zich om op zijn matras van kartonnen dozen, oude kranten en een tuinstoelkussen in de hoek van de schuur. Hij trekt de wollen jas strakker over zich heen en wil verder slapen als hij een geluid hoort. Een zacht geritsel, of zijn het wat stenen die vallen? Hij duwt de pet van zijn oor om het beter te horen. Buiten op de berg stenen is iets. Zouden de bruine ratten, waar zijn moeder altijd zo bang voor was maar die hij nog nooit heeft gezien, de keukenkast hebben gevonden? Ze zei altijd dat hij geen eten mocht laten slingeren omdat dat ongedierte aantrok. Unnar weet dat hij niets heeft laten liggen, de aardappel in het droogschuurtje van mevrouw Poulsen heeft hij opgegeten en het schoteltje afgelikt tot het als nieuw was. Opnieuw hoort hij het geluid. Hij kruipt uit zijn slaapplaats, pakt de roze bezemsteel die elke nacht trouw naast hem ligt en gluurt door het raam. De straatlantaarns branden al weken niet en ook het huis van mevrouw Poulsen is in volledige duisternis gehuld. Nogmaals hoort hij het geluid. Hij knijpt met zijn ogen en tuurt naar de berg puin. Als hij heel goed kijkt ziet hij dat er iets beweegt. Zijn het de katten van de buurvrouw, die meestal 's nachts op jacht gaan, is het een hond die zijn baas kwijt is, of een schaap dat uit de kudde is ontsnapt? Heel voorzichtig, zonder een geluid te maken opent Unnar de deur en glipt met zijn wapen naar buiten. Nu ziet hij achter de schuur de vage glinstering van een auto die daar is geparkeerd. Hij loopt zachtjes naar het voertuig toe, maar er zit niemand in. Hij kijkt naar de auto, hij is heel groot, hij weet zeker dat hij de auto eerder heeft gezien. Weer hoort hij het geluid. Het komt nu duidelijk van het ingestorte huis. Hij sluipt erheen. Zou het zijn vader zijn, zijn ze eindelijk terug? Of is het de politie die hem nog steeds zoekt? Unnar staat heel stil en luistert. Hij hoort het zware hijgen van een man en het verplaatsen van stenen. De man vloekt. Unnar knijpt in zijn bezemsteel en houdt hem stevig vast. Heel langzaam sluipt hij de berg stenen op. Dan ziet hij het schijnsel van een zaklamp en handen die stukken hout uit de hoop trekken en op een stapel gooien. Wat zoekt die man? De politie weet dat hij niet onder het puin ligt. Hij herinnert zich hoe zijn moeder, als ze voorleest, vaak mannen- en vrouwenstemmen doet, soms hele enge om hem bang te maken.

'Wie bent u?' zegt hij met een iets lagere stem.

De man doet meteen het licht uit. Unnar hoort hem in het donker naar beneden klimmen, hij stoot zich en vloekt nog eens, nu zachter. De zaklamp gaat weer aan en hij ziet dat de man met een bundel planken naar de auto loopt. Hij gooit het hout in de auto, stapt snel in, start, doet het licht aan en rijdt weg.

Unnar ziet de auto wegrijden met open achterklep waaronder allerlei planken uitsteken. Nu pas herkent hij de oude Amerikaanse auto – het is de wagen van oom Niels, de rector van de universiteit.

~

Het bed is heerlijk warm. Falala draait zich om. Hanus snurkt zachtjes. Ze aait met de rug van haar hand over zijn voorhoofd, de droomrimpels die erin getrokken zijn verdwijnen langzaam. Wat zou hij aan het dromen zijn? Soms zou ze zo graag even door zijn gedachten wandelen, het lijkt of hij nooit bang is, zich nooit ergens zorgen over maakt. Het nieuws, dat er nog maar twee uur per dag stroom komt, maakte hem aan het lachen. Hij zei dat het honderd jaar oude huis pas sinds een paar decennia elektriciteit heeft en dat hij, als hij naar zolder ging, de olielampen zo weer vond, want zijn ouders hadden nooit iets weggegooid, dat zijn moeder altijd op turf kookte en dat hij die geur heerlijk vond, dat een extra trui dragen veel fijner was dan zweten bij de centrale verwarming en dat hij als de kachel uit was en de lampen niet konden branden lekker vroeg met haar naar bed zou gaan. Ze waren onder de dekens gekropen en hadden alles vergeten.

Nu ze bij het licht van de maan naar hem kijkt denkt ze terug aan de hut van takken, bladeren en klei, zonder lampen, zonder koelkast of televisie. Haar moeder kookte op een vuurtje in het midden van de ruimte en dat vuur was hun enige lichtbron. Lezen heeft ze geleerd op een school met veertig kinderen en één boek. Ze heeft maar één zorg hier op het eiland en dat is de kou. Ze trekt het dikke donzen dekbed verder over zich heen. In Duitsland had ze voor het eerst kennis gemaakt met sneeuw, ijs en hagel. De snijdende kou, die steeds dieper in haar lichaam drong en er niet uit wilde verdwijnen voordat de zon weer echt ging schijnen en haar ontdooide, ze had het vreselijk gevonden. De zomer in Duisburg was fijn geweest, de mannen die kwamen waren aardiger tegen haar en de andere meisjes in het huis en ook de dikke baas deed vriendelijker. Hanus had haar verteld dat ook op het eiland de zomer een feest is, de zon die maar heel kort achter de horizon verdwijnt, het licht dat blijft en iedereen die naar buiten komt. Ze had hem gevraagd of ze zouden gaan zwemmen. Maar hij had gelachen en gezegd dat het zeewater van de oceaan om hen heen altijd koud is en dat ook de lucht nooit zo warm wordt als op het continent. Niet warm? Wat moest ze zich daarbij voorstellen? Dat het altijd kan sneeuwen, ook in de zomer? Vroeger thuis was het nooit koud geweest, had ze nooit een jas gehad zelfs. Hadden daarom de schapen hier zulke lange haren? Haar haar was ook lang geworden, ze had het niet geknipt sinds ze was vertrokken. Haar zwarte krullen hadden geleken op de krullen van het naamloze lammetje toen het net was geboren en dat nu terug was naar de kudde, ze mist het.

Ze kruipt zachtjes tegen Hanus aan. Ze duwt haar bekken tegen zijn zij en glijdt met haar hand naar zijn onderbuik. Hij moet de vader van haar kind worden.

~

De reder denkt aan zijn dochter Marit. Zou ze soms verliefd zijn? Is ze daarom zo anders dan anders, klaagt ze daarom niet, zoals zijn vrouw, over de lagere temperatuur in huis en de problemen met koken op het elektrisch fornuis? Op wie zou zijn meisje verliefd zijn, vraagt hij zich af, en denkt terug aan de tijd dat hij verliefd was. Zonder het zich echt bewust te zijn begint hij te zingen. Het is niet alleen de herinnering die de muziek naar zijn mond brengt, het is ook het alleen zijn in de auto en even weg van kantoor waar iedereen iets van hem wil of eist. Hij rijdt heel rustig weg bij zijn weekendhuisje met het plaggendak en de rode luiken. De lucht is grijs maar het regent niet. Op de benzinemeter kan hij precies zien hoeveel benzine hij op de heenreis van Havenstad naar Malvík heeft gebruikt. Het is altijd al een sport geweest zo min mogelijk brandstof te verbruiken, dat eist hij per slot ook van zijn schippers, maar nu, met de benzineschaarste, komt deze fascinatie hem nog meer van pas.

Na over het slingerweggetje te hebben gereden draait hij de grote weg op, rijdt de helling af, de tunnel in. Hij haalt zijn voet van het gaspedaal en laat de auto naar beneden rollen. Een maand terug reed hij dezelfde weg. Toen met zijn wagen vol vlees dat hij ging invriezen, nu met zakken vol ontdooide lam en rund. In de tunnel die hem onder het fjord door weer naar het westelijk eiland brengt branden geen lampen meer. Hij doet de koplampen aan en rolt verder naar beneden, vlak voordat hij op de bodem van de tunnel aankomt geeft hij gas en gebruikt de vaart om weer omhoog te rijden. Ondanks alle problemen, de verdwenen schepen, de vissersvrouwen die elke dag op zijn deur bonken en zijn eigen eega die over alles klaagt, voelt hij een soort tevredenheid, een ervaring die hij kent van de jacht, wanneer hij met zijn vrienden de bergen in gaat om hazen te schieten, of tijdens het jaarlijkse weekend in oktober als ze de schapen slachten en hij met zijn deel karkassen van de rammen en ooien naar huis terugkeert. Toch is de voldoening die hij nu voelt anders. Het is intenser. Straks zullen ze eindelijk ook over hem zeggen, wat ze altijd over zijn vader en grootvader zeiden, dat hij vrijgevig en menslievend is, een goed mens. Hij neemt zich voor om dan, net als zijn vader, het hoofd te schudden en te zeggen dat het niets is.

Hij mag van geluk spreken dat de diepvrieskisten zo goed geïsoleerd waren en dat niet alles al was gaan rotten. Hij steekt een sigaret op, iets wat hij thuis niet meer mag. Heel langzaam blaast hij de rook uit. De nicotine maakt hem gelukkig. Hij neemt nog een trek en vraagt zich af waarom hij in godsnaam bij haar blijft. De verliefdheid is al jaren voorbij en de schoonheid die ze had is volledig overgegaan op zijn dochter. Wat zou hij nu gevoeld hebben als zijn vrouw, net als haar zus, nog in het buitenland was? Zou hij opgelucht zijn, in tegenstelling tot al die vissersvrouwen op de haven die hun tranen de vrije loop laten omdat hun mannen niet terugkomen? Hij neemt nog een trek en besluit dat als alles weer normaal is, de veerboot weer vaart, de restaurants weer opengaan, hij weer contact heeft met zijn schepen en er verbinding is met de vaste wal, hij haar zal zeggen dat het voorbij is.

~

'Het was niet meer bevroren,' zegt een van de vrouwen, 'dus we hebben het direct moeten opeten.'

'Alles?' vraagt Ragna.

'Je kan toch maar heel kort koken nu er bijna geen stroom is.'

'Ik heb in de tuin een vuurtje gemaakt met het hout dat de kinderen hebben gevonden, dat ging heel goed,' zegt een andere vrouw.

Ragna staat samen met de andere vissersvrouwen op het havenhoofd. Iets verderop langs de pier staan mannen met hengels te vissen, of ze zoeken tussen de rotsen naar wrakhout.

'Ik heb het ingemaakt in zout,' zegt een andere vrouw.

'Zo veel was het toch niet? In de kerstpakketten die we vroeger van zijn vader kregen zat veel meer.'

'Dit was geen kerstpakket, dit was iets extra's.'

'Zijn heimelijke voorraad, nu ook zijn vriezers niet meer vriezen had hij gewoon te veel! En nu hoeft hij ons straks minder steun te betalen.'

'Steun! Ik weet zeker dat mijn Josef nog leeft,' zegt Ragna vol overtuiging en voelt op hetzelfde moment weer de kramp in haar buik opkomen.

'Denk je dat echt?' vraagt een van de vrouwen met een bittere trek op haar gezicht.

'De reder in elk geval niet,' zegt haar buurvrouw, 'anders had hij ons nooit zonder geld te vragen al die stukken vlees gegeven.'

'Hoe bedoel je?' vraagt Ragna.

'Heb jij van Jenis Hansen ooit zomaar iets gekregen? Zelfs de plastic zak waar ze de bijvangst in mee kregen trok hij af van de gage.'

'Maar die kregen ze toch?' Ze kijkt naar de mannen verderop die naar de dobbers in het water staren.

'Nee, Ragna, die moesten ze betalen.'

'Maar Josef zegt altijd ...'

'Jouw Josef was een schat, die ...'

'Waarom zeg je "was"? Ik zeg toch dat hij nog leeft,' zegt Ragna.

'Nee,' zegt de buurvrouw nu zachter, 'die mannen van ons, die komen niet meer terug.'

'Waarom sta je dan hier?' roept Ragna.

De vrouwen kijken naar de horizon. Niemand zegt een woord.

Ragna begint te huilen. Haar tranen, die ze al dagen achter een hoge muur heeft geprobeerd te verbergen, zijn niet meer te stoppen. 'Waarom ben je dan hier?' snikt ze weer.

'Omdat het zo stil is in huis,' zegt de vrouw zachtjes. 'Omdat het zo koud is, omdat ik niet meer weet wat ik moet doen, omdat ik niet begrijp wat er gebeurt, omdat ik zo bang ben ...'

De lucht, die eerder die dag nog blauwe vlekken vertoonde, vult zich met grijs. De zon lijkt zijn stralen naar binnen te trekken. De jassen van de vrouwen klapperen om hun benen en hun haren om hun gezicht. De zee zingt haar lied, vol eenzame woorden, met steeds hetzelfde refrein. Ze weten allemaal dat ze weduwe zijn.

~

'Zachtjes!' klinkt de stem van Johanna fluisterend, 'geen geluid maken, de buren mogen ons niet horen.'

De sleutel wordt omgedraaid en de deur wordt opengeduwd. Als twee verzopen katten glippen Johanna en Ambrosio de keuken van het hotel in en sluiten snel de achterdeur.

'Er was hier toch niemand?' fluistert de Italiaan.

'Misschien is hij teruggekomen,' bibbert Johanna en ze trekt haar drijfnatte jas uit.

'Wat doen we nu?' fluistert Ambrosio.

'Ik wil slapen,' rilt Johanna, ze voelt de kou die ze hoopte te ontlopen steeds verder in haar botten kruipen.

Bij het laatste licht van de dag zoeken ze zich een weg door de keuken, de eetkamer, de gang door naar de kleine hal, waar het nu helemaal donker is. De gordijnen hangen nog net zoals de eerste keer dat ze kwam en tegen de wand staat nog steeds het tafeltje met de bel erop. Boven het tafeltje is het kastje, op de tast doet ze het open en pakt de twee sleutels, loopt terug naar de gang en bij het licht uit de eetkamer kiest ze de sleutel met de 2 en geeft Ambrosio de andere.

Als ze het lege bed ziet rollen de tranen die ze al de hele dag probeert tegen te houden over haar wangen. Het zijn niet de kou en de honger, haar natte kleren en het gebrek aan droge, het al weken weinig slapen, en zelfs niet haar zoon en diens vrouw die maar niet terugkomen. Het is het korte gesprek met de agente die ze was tegengekomen bij de sporthal toen ze probeerde een slaapplaats te krijgen. Johanna had de vrouw in uniform herkend van de weken op het bureau en haar aangesproken omdat ze Unnar nog steeds niet had gevonden ondanks dat ze overal had gezocht en gevraagd. De pet op het hoofd van de agente had bewogen toen ze hoofdschuddend had geantwoord dat hij waarschijnlijk net als diverse anderen was verdronken toen hij probeerde vis te vangen zonder hengel. Johanna had het asfalt onder zich weg voelen zinken. Haar knieën waren week geworden en ze had moeten vechten om niet te vallen.

'Je moet iets eten,' zegt Ambrosio opeens achter haar, pakt haar hand en trekt haar mee.

'Er is hier niets, alleen een bed,' snift Johanna.

Ambrosio trekt de kasten open. Johanna weet dat het nutteloos is, zij heeft dat allemaal al eerder heeft gedaan. Tot hij ineens roept: 'Ja!' De Italiaan houdt een aangebroken pot jam op. Hij opent het potje, ruikt, krijgt een verlekkerde uitdrukking op zijn gezicht, pakt een eetlepel en steekt die erin. Hij brengt de lepel met kersenjam naar haar mond. Haar behuilde ogen beginnen te lachen. Ze sluit haar lippen om de lepel met jam en vergeet even alles.

~

De meeste winkels zijn tijdelijk gesloten maar mevrouw Poulsen heeft er een gevonden die nog open is.

Het meisje kijkt op als ze binnenkomt. 'Kan ik u ergens mee helpen?' vraagt ze beleefd.

'Ja, ik ben op zoek naar voer voor mijn katten. Het maakt me niet uit of het blikjes, brokjes, mousse, gelei of korrels zijn, als het maar iets is wat ze kunnen eten.'

Het meisje achter de kassa schudt haar hoofd. 'Geen honden-, katten- of hamstervoer. Alles is op, ook de konijnen- en caviakorrels. Ik heb zelfs geen enkele zak met vogelzaad meer.'

'Mijn katten moeten iets eten, anders gaan ze dood!'

'Muizen misschien,' zegt het meisje en lacht schaapachtig.

'Ik heb geen muizen in huis, want ik heb katten.'

'Dan stuurt u ze de straat op, op muizenjacht.'

'Ze gaan elke nacht de straat op. Katten zijn graag buiten in de nacht, maar als ze thuiskomen willen ze eten.'

Het meisje trekt haar wenkbrauwen op en knikt begrijpend.

'Weet je niet iemand die nog wel kattenvoer verkoopt? Er moet toch nog wel ergens iemand zijn die iets heeft?'

'Ik denk het eigenlijk niet, mevrouw.' Ze zucht: 'Weet u ...'

Mevrouw Poulsen wacht.

'Ik denk niet dat het voor de katten is,' zegt het meisje.

'Hoe bedoel je?'

'Nou, dat voer voor de katten, ik denk dat dat niet voor katten is.' Ze kijkt mevrouw Poulsen veelbetekenend aan. 'En ook niet voor honden, als u begrijpt wat ik bedoel.'

Het duurt even voor mevrouw Poulsen doorheeft wat het meisje tegen haar zegt. Dan sperren haar ogen zich wijd open. 'Echt?'

Het meisje trekt wat met haar schouders, knikt wat onduidelijk met haar hoofd. 'Alle katten vangen tegenwoordig hun eigen eten.'

Mevrouw Poulsen denkt aan de vissersvrouw met wie ze had geruild en die naast de aardappelen ook blikjes kattenvoer had gewild.

~

'Laat de volgende gang maar doorkomen!' brult Jenis Hansen naar de keuken.

Zijn vrouw komt bezorgd de kamer binnen en fluistert iets in het oor van haar man.

'De schapenbout is nog niet gaar! We eten eerst de heilbot op! De koning der vissen! Wie wil er nog een stuk?'

Borden worden opgehouden en de reder schept er grote stukken van de kostbare witte vis op.

'De vriezer moet leeg. Dooreten mensen!' buldert Jenis tegen de gasten aan zijn tafel. 'Jullie zullen eindelijk weer eens naar huis rollen!'

Ook hen lukt het niet de inhoud van de vriezers langer te bewaren. Zijn vrouw en dochter hadden geprobeerd delen in te maken, maar hadden niet genoeg potten en zout gehad om de grote hoeveelheden te conserveren. Dus had de reder besloten een diner te geven, op voorwaarde dat zijn gasten wat stookolie, brandhout of alcohol meenamen. De bovenlaag van Havenstad hield van partijen geven, iets wat geen van hen voor mogelijk had gehouden in deze tijden van extreme schaarste. Het was de mensen aan de tafel allemaal gelukt om in het ritselcircuit nog wat op te duikelen, want allemaal snakten ze naar het even vergeten van hun zorgen en het ouderwets vullen van hun magen.

Van de uitgelaten stemming tijdens het bacchanaal in de kamer is in de keuken niets te merken. Marit had een woede-uitbarsting gekregen toen ze hoorde over het buitensporige diner voor de elite. Haar moeder had haar geprobeerd te overtuigen en uitgelegd dat het verbeteren van vriendschappen een vereiste is in tijden van crisis, per slot van rekening wist je nooit wat de toekomst ging brengen en het hebben van de juiste relaties is dan zeer noodzakelijk.

Het meisje was stampvoetend weggelopen en nu staat de vrouw van de reder er alleen voor en probeert ze te redden wat er te redden valt. Het vlees is deels al tot ontbinding overgegaan, de grauw weke delen en de beginnende schimmel heeft ze eraf gesneden en de soms wat bedorven smaak van de aangetaste stukken probeert ze te verdoezelen door ze te bestrooien met allerlei kruiden en poeders uit pakjes. Alleen de ergst aangetaste delen, waar een niet te verhullen lucht van bederf en rotting vanaf komt, legt ze terug in de zak, die zal ze morgen verkopen als hondenvlees.

~

Het pannetje soep pruttelt op het antieke houtkacheltje. Gunhild kijkt naar haar man, die met een boek bij het raam zit. Hij heeft een deken om zijn benen geslagen en een muts op zijn hoofd, toch is het in de kamer warmer dan het er in weken is geweest.

'Niels?' vraagt ze opeens.

Haar man kijkt op.

'Denk je dat wij ook doodgaan?'

Hij lacht naar haar. 'Op een dag zeker.'

'Nee, nu, door wat er gebeurt?'

'Meisje, natuurlijk niet, ze doen er alles aan om te zorgen dat dat wat er nog is, eerlijk wordt verdeeld.'

'Denk je?'

'Het komt allemaal goed. Al hoop ik wel dat er snel een school grienden langskomt.'

Ze kijken alle twee naar de zee, alsof ze hopen de grote dolfijnachtige vissen te zien. Het vuurtje knappert en geur van de vleessoep vult de kamer.

'Wat denk je?' zegt Gunhild na een paar minuten. 'Zal ik eerst de ketting gebruiken of de munten?'

'Wat bedoel je?'

Gunhild loopt naar de kast en pakt uit de la een gouden ketting en een stel antieke munten. 'Zal ik eerst deze doen of deze?'

'Dat is mijn moeders ketting en mijn vaders verzameling!'

'Als je wilt eten heb ik ze echt nodig, contant geld wordt nergens meer geaccepteerd.'

'Maar niet de spullen mijn ouders!'

'Niels! Kijk om je heen. Niets werkt meer en er zijn al twee jaar geen grienden gevangen! Onze voorraad vis en vlees is bedorven omdat de vriezers te weinig stroom krijgen, dat dure fornuis dat je me hebt gegeven doet het niet bij zo weinig elektriciteit, warm douchen kan niet meer omdat de boiler veel meer tijd nodig heeft dan een uur om het water op te warmen.' Ze kijkt haar man wanhopig aan. 'Heb je niet gezien dat Jan en alleman de stad verlaat, ze gaan naar de dorpen om bij hun families in te trekken in de hoop dat daar nog boeren zijn die koeien en schapen hebben, zodat ze kunnen eten! En aangezien jouw hele familie dood is, ziehier het bewijs ...' Ze houdt zijn ketting en munten op '... en mijn familie hier niet woont, moet ik eten kopen! Tenzij je wilt dat ik net als die anderen ga jatten! Maar dat verdom ik! Wij zijn geen barbaren zoals in Haïti, New Orleans of Kongo, waar ze elkaar vermoorden om een stukje brood. We behoren hier tot de weinige intellectuelen en daar moeten wij ons ook naar gedragen.'

Niels kijkt naar de tot stukjes gezaagde planken in de bak naast de kachel en begint te blozen.

De bodem van de put

– twee maanden –

Ze gaan het smalle pad op achter het huis tot ze bij de afscheiding komen. Hanus doet het hek open en loopt samen met Falala de heuvel op. De honden schieten onder de afrastering door en rennen voor hen uit door het gras. Ze lopen op hun rubberlaarzen zwijgend verder over de lege groene vlakte, want de quad bike staat bij gebrek aan benzine in de schuur. Het heeft hard geregend de afgelopen nacht en overal zijn nieuwe stroompjes en plassen ontstaan. Soms pakt de blonde gedrongen man teder de hand van zijn zwarte vrouw en helpt haar bij het doorwaden van een nieuw ontstane beek. Ze praten niet, ze lopen tot ze bij de rand van de klif zijn. Tweehonderd meter recht onder hen breken de golven op de rotsen.

Falala is nog steeds niet gewend aan de onverwachte afgronden, geschrokken doet ze een paar stappen terug. Ze is bang dat de wind haar beet zal pakken en de diepte in zal blazen. Hij steekt zijn hand uit en pakt haar stevig beet. Heel voorzichtig gluurt ze over de rand. Vanaf waar ze staat kan ze de hele steile kustlijn afkijken, grillig ruig en onbegaanbaar. De oceaan danst en de lucht daarboven is blauw. In de verte ziet ze een grote regenbui aankomen. Hanus wijst naar iets beneden. Haar ogen zoeken tussen de rotsen en inhammen tot ze opeens helemaal onderaan een heel klein huisje ziet.

'Daar slaap ik als we in de zomer papegaaiduikers vangen.'

Falala, bang van de ijzingwekkende diepte, kreunt zachtjes.

'Ik ga dan maar voor een paar dagen, tot we genoeg vogels hebben.'

Ze trekt haar hand uit zijn hand en doet een paar stappen terug.

'Heb je er genoeg van of wil je nog verder?' vraagt Hanus.

Falala kijkt naar de top, daar is ze nog niet geweest, en ze wijst.

Hanus begint te lachen: 'Wil je zo ver?'
Ze knikt.

Het gras is hoog en zompig, het lopen is zwaar en soms glijdt ze uit. Dan pakt hij weer haar hand en helpt haar, net zoals hij haar hand had gepakt toen ze in Duisburg op straat liep met een kapotgeslagen gezicht nadat ze was ontsnapt uit het huis waar mannen alles met haar mochten doen wat ze wilden. Ze stoppen en kijken terug naar de oceaan en de wolk regen verderop. Ze hijgt, en hij wacht tot ze weer knikt voor ze verder gaan, steeds hoger de berg op – tot ze opeens over de top kunnen kijken.

Eerst schrikt Falala, dan begint ze te lachen en te wijzen. Ze had niet verwacht dat het eiland zo klein was, dat ze overal om zich heen de zee zou kunnen zien, met naast hen het andere eiland. Haar gevoel voor maat en schaal is compleet in de war nu ze tegelijkertijd het huis in de vallei kan zien waar ze wonen en het dorp Nes, dat aan de kust in de baai ligt. Om er met de auto te komen moeten ze eerst het lange smalle pad door de vallei uitrijden tot het einde, dan afslaan bij het huis met de blauwe luiken, waarna ze een tijdje over een weg rijden waar ze hard mogen tot ze weer een kleinere weg ingaan die hen naar Nes brengt. Met haar ogen kan ze nu alles tegelijk zien, iets wat haar, opgegroeid op de vlakke savanne, compleet onbekend is.

Hanus wijst trots naar het dorpje Nes. 'Kijk, daar ging ik naar school en in Vestor ...' Hij wijst naar het dorpje iets verderop aan de baai, 'dat is de kerk waarnaast mijn vader ligt begraven.'

En waar je moeder woont, denkt Falala.

'En daar,' zegt hij trots en wijst de andere kant op, 'is de kudde.'

Falala ziet ver beneden haar de stipjes, die verloren lijken te staan in de uitgestrekte, kale groene vlakte. De bordercollies rennen blaffend naar beneden.

'Moeten wij daar ook heen?' vraagt ze met tegenzin.

'Nee, wij blijven hier boven.'

Hanus gaat op een grote steen zitten en pakt zijn verrekijker. 'Waar is die knul?' mompelt hij, dan ziet hij de jongen die hij als herder heeft aangesteld opstaan uit het gras. 'Verdomme!' Hij tuurt door zijn verrekijker naar zijn beesten en begint te tellen. 'Een, twee, drie, vier ...'

Falala gaat naast hem zitten en kijkt naar de schapen in de verte. Soms wordt het gemekker hoorbaar meegedragen op een vlaag wind die de berg oprolt.

'... elf, twaalf, dertien, veertien, vijftien ...'

Haar blik glijdt verder naar het eiland aan de overkant van het fjord, de glooiende groene heuvels die plots worden afgebroken in ontoegankelijke kliffen die ook daar recht naar beneden de oceaan in storten, de zee, die naar de horizon toe steeds lichter wordt, de rotsen onder de zeespiegel, die zich verraden omdat de golven op hen kapotslaan, de wolk die zich op de top van de berg aan de overkant neerlegt alsof ze wil gaan slapen, de kronkelweg die zich een route door het landschap van stromen en kreken zoekt, de watervallen die onophoudelijk de beken voeden, het pad naar het dorpje waar de vrouw woont die niet wil dat zij haar zoon bemint, die niet meer tegen haar spreekt als ze de kamer inkomt, die vindt dat zij als buitenlander geen recht heeft op haar deel van de brandstof, de zeep en het eten, die eieren uit het hok haalt en melk meeneemt zonder iets te zeggen, die tegen Hanus zegt dat zij recht heeft op de helft van al het eten van de boerderij ...

'... vierentachtig ...' Hij tuurt onafgebroken het landschap af, de kijker tegen zijn ogen, zijn handen eromheen '... vijfentachtig.'

Ze hoort aan zijn stem dat hij ongerust is. Ze kijkt weer in dezelfde richting als hij, naar de kudde met de schapen en lammetjes, waar nu een jongen bij loopt met een hond.

'Zes,' zegt hij met de kijker aan zijn ogen, 'ik mis er zes.'

'Maar de jongen is er nu toch bij?' zegt ze.

'Die lag te slapen! Er zijn er zes weg.' Hij kijkt haar aan. 'Ik weet zeker dat die schapen er niet meer zijn. Ik vind het best als ze de uitwerpselen van het veld halen en in hun kachels verbranden, maar van mijn beesten blijven ze af. Het zijn míjn beesten!' Opeens hoort ze dat zijn stem net zo klinkt als die van zijn moeder.

~

Frimann kijkt geërgerd naar zijn secretaresse, die met haar rode nagels op haar horloge tikt. Het is halfnegen geweest! De premier had gedacht dat nu de winkels leeg zijn ook haar nagellak en lippenstift wel zouden opraken, maar het tegendeel lijkt waar, hoe ingewikkelder zijn problemen worden, des te mooier gaat zij eruitzien.

Wat Frimann niet beseft is dat Birta kilo's is afgevallen en dat ze, als haar vader met zijn reumahanden de hengel niet goed kan bespelen en dus geen vis vangt, met een lege maag naar bed moet. Haar laatste make-up brengt ze aan in een poging te verhullen hoe ellendig ze zich voelt.

De technicus zet de microfoon voor de mond van de premier.

'Weet u zeker dat er echt nog mensen luisteren?' vraagt Birta, die de batterijen van haar transistorradio heeft geruild voor een pak meel.

'Ja, de radio is het enige medium dat nog werkt zolang we het uurtje stroom in de ochtend hebben. Iedereen luistert, tot in de meest afgelegen gehuchten.'

Frimann wordt steeds nerveuzer van de gespannen Birta, de strenge ogen van Kornus achter het glas en Marit, de interviewster, die tegenover hem zit. Hij kijkt op zijn horloge. Over een kwartier is hij ervan af, dan krijgt hij een kopje koffie.

De technicus heft zijn hand op.

'Nog drie tellen,' zegt Marit. Ze kijkt naar de secondewijzer op de klok. Het bekende intromuziekje klinkt. 'Beste luisteraars, het is precies halfnegen en ik ben Marit Hansen, vanochtend hebben we een bijzondere gast in het programma. U herinnert zich vast nog wel de man die tegen ons zei dat we rustig konden gaan slapen ...'

Frimann voelt dat zijn keel zich samenknijpt en zijn migraine komt plots weer opzetten.

'We zijn blij dat minister-president Frimann Hansen – ja, ook wij zijn in de verte familie, maar wie niet – wilde komen, al moest ik u naar binnen lokken met een kopje koffie,' gaat ze verder, en lacht koket.

Frimann zou het liefst zijn opgestaan en weggegaan, waarom moet hij zich door zo'n kind laten beledigen, heeft ze niet door hoe moeilijk het is om onder deze omstandigheden minister-president te zijn, en iedereen weet toch dat de lokale zender nog koffie heeft?

'Meneer de premier, mijn eerste vraag aan u is: wat hebt ú vanochtend gegeten?'

Frimann heeft zich op allerlei ingewikkelde vragen voorbereid, de lijsten met cijfers liggen vóór hem op tafel, en hij weet niet wat hij moet zeggen.

'Hebt u, net als ik, niets gegeten?' vraagt ze, als hij haar zoekend blijft aankijken.

Frimann kucht en probeert de brok in zijn keel weg te krijgen. 'Ik uhh ... ik heb een scheepscracker gegeten,' zegt hij.

Marit heeft allerlei vragen voorbereid waarmee ze de minister onder druk wil zetten en kijkt op haar papiertje. Ze zoekt naar een nieuwe vraag, maar haar roepende maag doet de letters dansen over het papier, dus zegt ze: 'En wat zat er op die scheepscracker? Hebt u nog boter en beleg, of is dat bij u ook op?'

'Een beetje boter,' zegt hij naar waarheid. Hij ziet achter het glas de ogen van Kornus vuur spuwen. Wat moet hij dan zeggen – dat het een taaie droge cracker was? Er zijn mensen die weten dat hij een half pakje sigaretten tegen twee pakjes boter heeft geruild.

'Heeft u nog boter in huis of bent u op een andere manier aan die boter gekomen?'

'Hoe bedoelt u?'

'Precies zoals ik het vraag. Op wat voor manier bent u aan de boter gekomen?'

'Ik heb het geruild tegen sigaretten.'

'Hoeveel pakjes boter voor hoeveel sigaretten?'

'Doet dat nu ter zake?' hakkelt hij.

'Dat lijkt me wel.'

'Ik heb het eerlijk gedaan,' zegt hij. Hij wordt steeds onzekerder en voelt de brandende ogen van Kornus. 'Vroeger was één pakje sigaretten even duur als vier pakjes boter, ik heb dus voor een half pakje, twee pakjes boter gekregen.'

'U praat over vroeger. Wilt u daarmee zeggen dat het leven dat we tot twee maanden terug leidden, verleden tijd is?'

'Nee, dat wil ik zeker niet, maar voor u geldt waarschijnlijk hetzelfde als voor mij. We maken zo veel mee in korte tijd dat acht weken terug soms een jaar lijkt.'

'Dus dat rustig slapen van u was niet zo slim?'

Frimann voelt dat de grond onder zijn voeten steviger wordt en dat zijn voorbereiding niet voor niets is geweest.

'Goed slapen is altijd belangrijk, juist in moeilijke tijden.'

'U kunt dus slapen? In tegenstelling tot de meesten van ons, omdat ze het te koud hebben, of honger ...?'

'Wij, de ministerraad en ik, zijn ons zeer bewust van de vreselijk moeilijke omstandigheden waar we momenteel met z'n allen in verkeren, en wij doen er alles aan om dit zo snel mogelijk op te lossen.'

'Dat zegt u elke keer, maar er is niets gebeurd. Het wordt alleen maar erger. Er is geen eten meer te krijgen, de brandstof is bijna op en er zijn amper nog medicijnen.'

De premier ziet dat zijn minister van Sociale Zaken aan de andere kant van de ruit zijn hoofd schudt. Wat wil die man toch? Opeens krijgt Frimann een inval, iets waar hij nog geen seconde eerder aan heeft gedacht. Kornus was het die had gezegd dat de problemen ook door iemand op het eiland kon zijn veroorzaakt. Wat nou als hij, de man die almaar loert op zijn positie, hierachter zit?

'Er is,' gaat Marit verder, 'nog steeds geen contact gelegd met de buitenwereld. Klopt dat?'

Even twijfelt Frimann, dan zegt hij: 'Ja.'

'Kunt u de luisteraars uitleggen hoe dat kan?'

'Het valt niet uit te leggen.'

'Zegt u daarmee dat u het ook niet weet?'

Kornus schudt nu heel hard zijn hoofd en maakt gebaren dat Frimann geen antwoord moet geven, maar Frimann is niet van plan zich nog een seconde langer door zijn ambtsbroeder voor diens karretje te laten spannen, opeens snapt hij hoe het zit. Kornus was het die per se naar de oude NAVO-bunker wilde, die de computer daar had overgenomen en diep in de programma's was gegaan. Hij was het die nachten doorwerkte op het ministerie terwijl hij iedereen naar huis stuurde met de smoes dat hij geen slaap nodig had. En wie was de opslagtanks gaan controleren? Misschien sprak hij wel niet de waarheid.

Frimann neemt een hap lucht, kijkt Marit geruststellend aan en zegt: 'Ik heb het idee dat het niet lang meer zal duren.'

'Wat zegt u?' vraagt ze stomverbaasd. 'Versta ik u goed? Is dit binnenkort voorbij?'

Frimann kijkt naar Kornus, die nu enthousiast knikt en zijn duim opsteekt. 'Ja, daar begint het op te lijken,' zegt hij en voelt iets van zijn oude kracht terugstromen in zijn aderen. 'We zijn er nog niet, we moeten de broekriem zeker nog strakker aanhalen en ik weet dat we dat kunnen. Want wij zijn een klein doch sterk volk, al eeuwen gewend te leven dicht bij de natuur en onder harde omstandigheden. Maar ik verzeker u, het is niet meer voor lang, binnenkort hebben we de luxe en de geneugten van ons moderne leven weer terug. Deze ervaring, die we nu allen delen, zal ons alleen maar sterker maken. Wij zullen overleven!'

Marit kijkt hem verbaasd aan en schiet in de lach.

~

Tot nu toe had Unnar elke dag eten gevonden in het droogschuurtje. Eerst crackers met Nutella, later soep, een aardappel of een stukje vis. Maar nu is het schoteltje leeg, er ligt geen kruimeltje op. Hij vraagt zich af of er iemand anders of een rat hem vóór is geweest of dat mevrouw Poulsen het per ongeluk is vergeten. Opeens hoort hij buiten haar stem.

'Bina! Emil!' roept ze.

Snel glipt Unnar haar droogschuurtje uit en duikt achter het huis om naar de straat.

'Bina, Emil!' klinkt het weer.

Unnar schiet de straat over, rent naar zijn eigen schuurtje en glipt naar binnen. Door het raampje ziet hij mevrouw Poulsen om haar huis lopen, de straat op, met haar handen maakt ze een toeter om haar mond.

'Binaaaa! Eeeemil!'

Unnar kent de rode en de zwarte poes die de buurvrouw zoekt heel goed. Bina bedelde altijd bij zijn moeder sinds ze hem een keer een stukje van de lamsbout had gegeven, en Emil de gecastreerde kater loopt een beetje mank sinds hij is aangereden.

'Binaaaa! Eeeemil! Waar zíjn jullie!' De stem van mevrouw Poulsen klinkt wanhopig. 'Ik ben jullie niet vergeten! Kom maar terug, jullie mogen vrouwtjes eten hebben.'

Unnar ziet hoe de lapjeskat, de jongste en ondeugendste poes van mevrouw Poulsen, naar buiten glipt.

De buurvrouw schrikt als ze de kat ziet, en roept: 'Gutti! Naar binnen!'

De kat loopt gewoon door.

'Gutti, kóm!' Ze probeert hem te lokken 'Kom weer naar binnen, Gutti.' Ze gaat bij de open deur staan.

De kat kijkt niet op of om en loopt door.

Ze gaat op haar hurken zitten en krabt met haar nagels op de mat voor de deur, in de hoop haar aandacht te trekken, maar de kat loopt verder.

'Gutti, kom bij het vrouwtje,' klinkt nu haar stem wanhopig, 'het is gevaarlijk op straat, er zijn mensen die je mee willen nemen.'

Unnar denkt aan oom Niels.

'Alsjeblieft, kom naar het vrouwtje!' roept ze bijna in tranen.

De kat kijkt even op, lijkt door te willen lopen, maar draait zich dan om en rent terug naar mevrouw Poulsen, die het beest oppakt, stevig in haar armen klemt en met kussen overlaadt.

Unnar wil het niet zien. Hij zakt neer op wat hij zijn bed noemt en staart naar de vloer. Op de grond ligt tussen wat rotzooi de zak met extra tentharingen, die ze altijd gebruiken als hij samen met zijn vader mee mag kamperen bij de kliffen, waar het zo hard kan waaien. Ze zitten dan heel stil naast elkaar en kijken naar de vogels die hun jongen te eten geven tot ze groot genoeg zijn om zelf te vliegen.

Dan ziet hij de blauwe scherf van de globe liggen. Hij raapt hem op en kijkt ernaar. Het blauw stelde het water van de oceaan voor, maar wat is het heel kleine bruine stipje dat door het blauw wordt omringd? Zou dat een eiland zijn? Hun eiland misschien? Is dat het kleine stukje op de wereldbol dat iedereen is vergeten, dat zelfs zijn vader en zijn moeder zijn vergeten? Is alles misgegaan omdat hij de wereld heeft gebroken? Omdat hij speelde met de aardbol, terwijl hij wist dat het niet mocht? Zijn vader had het hem zo vaak verboden. 'Je moet er heel voorzichtig mee zijn,' zei hij altijd. 'We hebben maar één aarde.' Unnar wrijft zachtjes over de kleine blauwe scherf met het piepkleine bruine puntje. Zouden de eilanden oplossen als hij heel hard wrijft? Zou hij ze kunnen laten ondergaan, laten verdwijnen, zoals soms het eiland aan de overkant opgaat in de mist? Snel trekt hij zijn vinger ervan af en gooit het stukje weer in de hoek van de schuur, bij de roze bezemsteel.

~

Dora loopt van het ziekenhuis naar de haven in plaats van naar huis. Ze weet dat er thuis op haar wordt gewacht en hoopt dat het Esbern weer is gelukt wat vis te vangen. Maar eerst moet ze nog langs de kroeg van Niklas.

Veel klanten heeft Niklas niet meer. Er zijn nog wat vaste kroegtijgers die een klein deel van hun favoriete bar hebben afgeschermd met een zeil en wat dekens – samen kou leiden vinden ze een beter idee dan alleen te moeten zijn in een huis zonder televisie en verwarming.

Ze duwt de deur open en gaat binnen in de ruimte, waar nog steeds de lucht van verschaald bier hangt. Er is behalve Niklas niemand. Hij zit op zijn kruk achter de toog en kijkt verrast op als ze binnenkomt.

'Nu al op?'

Dora knikt. 'Heb je nog meer?'

'Ja, zeker.'

'Kan ik er nog een krijgen?'

'Krijgen niet, kopen wel.'

'Kom op, dat kun je niet maken, het gaat hier om mensenlevens.'

'Wat zijn die nu nog waard?'

'Heb je gedronken?'

'Nee, natuurlijk niet, ik blijf van mijn kapitaal af.'

'Niklas, we hebben het nodig.'

'Iedereen heeft het nodig. Je moet eens weten wie hier allemaal komen smeken. Vooral na dat belachelijke onzinverhaaltje van die flapdrol van een premier, de smerige leugenaar. Wij zullen overleven ...!'

'Ja, dat zullen we niet als je ons niets geeft.'

De kroegbaas kijkt haar glimlachend aan.

'Kom op,' zegt Dora, 'ik ben hier niet voor mezelf.'

'Dat siert je, maar je zult gewoon moeten betalen net als iedereen.'

'Wij hebben als ziekenhuis geen cash of kostbaarheden.'

'Heb ik dan gezegd dat ik dat wil?'

'Wat wil je dan?' vraagt ze verbaasd.

'Pillen.'

'Pillen?' Dora slikt. 'Ben je gek! We hebben niet eens genoeg medicijnen voor onze patiënten en ik zal jou pillen gaan geven?'

De kroegbaas haalt zijn schouders op, pakt een lapje en begint neuriënd zijn schone toog te vegen.

Dora denkt aan de man die sinds twee dagen ijlt, aan het meisje dat leek te herstellen maar opeens een terugslag kreeg toen de wond aan haar voet weer begon te zweren, aan haar collega die vond dat andere patiënten voor moesten gaan – toen hij eindelijk aan de beurt was en ze zijn wond behandelde, waren er geen ontsmettingsmiddelen meer. Een fles met een of ander illegaal gestookt brouwsel had uitkomst geboden. Het was Esbern geweest die het haar had gegeven. De wetgeving was altijd streng geweest en drank was lastig te krijgen: dit had ertoe geleid dat mensen hun eigen drank stookten. De fles bijna pure alcohol die haar man voor haar had geritseld bleek een alternatief voor de antiseptica en ze hadden het zelfs gebruikt om te verdoven, bij een kleine operatie.

'Wat voor pillen?' vraagt ze.

Niklas begint te lachen. 'Maakt niet uit, iets tegen burn-out, obesitas of computerverslaving, alles wat je nu niet meer nodig hebt, als je er maar high van wordt, effe vergeet waar je bent, zulke pillen.'

'No way!'

'Dan geen fles 85% voor jullie.'

Hij draait zijn rug naar de verpleegster en begint te rommelen tussen de flessen op de plank. Dora loopt naar de deur, ze aarzelt, draait zich om en zegt dan zachtjes: 'Ik zal het vragen.'

~

De regen is eindelijk gestopt en Ambrosio loopt naar de haven. Hij moet iets vinden om te eten. Hij voelt zich elke dag slapper en ellendiger. Hij kan alleen nog maar denken aan *spaghetti aglio olio peperoncino*, zachte *mozzarella di bufala*, gehaktballetjes met krenten in tomatensaus, risotto met pompoen, zoete perziken met room en tiramisu, maar boven alles verlangt hij naar zijn moeder. De Italiaan mist zijn moeder meer dan de vrouwen die hij heeft gekust. Hij weet dat ze waarschijnlijk al weken bezorgd naast de telefoon zit te wachten tot hij belt, want ze onthoudt nooit waar hij naartoe gaat, omdat voor haar alles buiten Napels hetzelfde is – *lontano*. Hij legt zijn handen op zijn buik en geeft druk, alsof hij daarmee het holle gevoel kan verminderen en de herinnering aan de warme keuken thuis kan onderdrukken. Hij kijkt naar de lucht en ziet dat de wolken, die eerder leken te breken en iets van de blauwe lucht erachter lieten zien, alweer tegen elkaar aan schuren om de volgende bui voor te bereiden. Hij zucht als hij bedenkt dat hij nog steeds geen echt grote vissersschepen heeft gezien, terwijl ze hem hadden verteld dat op deze eilanden gemiddeld de meeste vissersboten ter wereld waren. Verderop ziet hij een man die bezig is op een van de vele piepkleine bootjes en hij loopt over de steiger naar hem toe. 'Goedemorgen,' zegt hij.

De man knikt naar hem en gaat door met het ontwarren van een lijn.

'Mooie bootje heeft u,' probeert de Italiaan in het Engels.

De man knikt en kijkt niet op en gaat door met zijn lijn.

'U heeft het goed onderhouden, dat kun je niet van alle boten hier zeggen.' Ambrosio kijkt de lange steiger af, waar allerlei kleine en iets grotere bootjes liggen aangemeerd, veel met, sommige zonder een kajuit, maar allemaal met beugels voor vishengels. 'Gaat u er ver de zee mee op?'

'Nee,' zegt oude Pauli tegen de buitenlander die hij niet eerder heeft gezien.

'Waarom niet?' vraagt Ambrosio, blij dat de man eindelijk antwoordt.

'Komen niet terug.'

'Bedoelt u de schepen?'

Oude Pauli knikt. Ambrosio is niet op de hoogte van wat zich op en rond de eilanden afspeelt. Ze hebben in het hotel geen radio en Johanna, die wel de taal goed spreekt, komt nog maar zelden haar bed uit.

'Waarom komen ze niet terug?'

De oude man haalt zijn schouders op.

'Gaat u vissen?'

De oude man geeft een vaag knikje.

Ambrosio kijkt naar de boot en naar de zee verderop, op de kop van de haven slaan de golven uit elkaar en valt het witte schuim neer op de pier. Hij heeft vreselijke honger en ruikt bijna de lasagne met zalm en ansjovis die zijn moeder altijd voor hem maakt. 'Mag ik mee?'

'Als je diesel hebt, kunnen we gaan,' zegt de oude Pauli en concentreert zich weer op zijn lijn.

~

Nog drie keer is Unnar naar het schuurtje achter het huis van mevrouw Poulsen geslopen, maar het schoteltje waarop hij steeds wat te eten vond blijft leeg. Dus heeft hij alleen water om zijn maag te vullen, maar het duizelige gevoel gaat niet weg, ook niet als hij slaapt. Hij kan alleen maar dromen en denken aan de chips en koekjes die nog in de keukenkast onder het puin liggen.

Het is niet zo donker als de afgelopen dagen. Het zachte licht van de wassende maan komt telkens even tussen de wolken door. Unnar kruipt uit zijn slaapplaats. Het is kouder dan hij dacht. Hij knoopt de paarse jas strakker om zich heen en klimt op de berg van brokstukken. Heel rustig begint hij stenen los te halen. Soms rust hij na een zware steen, soms schrikt hij op van een geluid en stopt, bang dat iemand hem betrapt, maar in het huis van de buurvrouw zijn de gordijnen gesloten tegen de kou en is de deur op slot tegen kattendieven.

Wanneer de maan plots weer tevoorschijn komt, ziet hij dat hij de bovenkant van de kastdeur heeft bereikt. Hij proeft al de cakejes met chocola die hij alleen op zondag krijgt. De kou voelt hij niet meer en hij vergeet zijn angst en zijn dorst. Hij wil dieper en sneller, steen voor steen, plank voor plank trekt hij eruit. Hij snijdt zich maar voelt de pijn niet. Hij gebruikt zijn benen en zijn bezemsteel om vastzittende brokken los te trappen of te wrikken.

Hij heeft het bovenste deel van de keukenkast vrij. Het is alsof hij door het hout heen kan kijken, zo dicht bij eten is hij. Alleen het vrolijk beschilderde deurtje scheidt hem nog van de pakjes en doosjes met heerlijke inhoud, maar de kast kan onmogelijk open voordat hij ook de laatste stenen heeft weggehaald.

Zijn spieren doen pijn en zijn handen trillen, hij kan niet meer, maar het idee om te stoppen en morgen verder te gaan, met de kans dat er weer iemand komt om hout te halen of dat een kattendief de kast vindt en hem leeghaalt, maakt dat hij doorgaat.

Hij krijgt het grote brok steen, dat onderaan tegen het handvat van het deurtje zit geklemd, met geen mogelijkheid los. Hij heeft het met zijn handen geprobeerd, die nu bloeden. Hij heeft de bezemsteel en zijn voeten gebruikt. Hij heeft zelfs de schop van zijn vader uit de schuur gehaald om te wrikken, maar er is geen beweging in te krijgen. De steen zit muur- en muurvast.

Unnar trilt en heeft het koud. Hij is bezweet en de noordenwind blaast door de wollen jas. Hij is maar één centimeter verwijderd van eten. Hij zinkt op zijn knieën in het gat dat hij gegraven heeft naast de kast. Zijn ogen prikken maar hij heeft de kracht niet meer om het tegen te houden. Hij huilt om de rol koekjes waar hij niet bij kan, om de zak chips, de lollies, de pot Nutella. Hij huilt om de scherpe, groene nootjes die zijn vader zo lekker vindt, de flinterdunne crackertjes die zijn moeder altijd eet en de mueslirepen die hij van haar mee naar school krijgt. Hij huilt omdat ze niet terugkomen, hem alleen hebben gelaten. Hij huilt om zijn oma, die zo maar verdwenen is. Hij huilt omdat hij het koud heeft, zijn echte bed mist, de stem van zijn moeder, die voorleest met gekke stemmetjes als hij eigenlijk moet slapen, zijn vader, die prikt als hij hem een zoen geeft. Hij kan niet meer stoppen met huilen.

'Wat is er?'

Unnar begint nog harder te huilen. Hij voelt hoe iemand een zakdoek in zijn handen duwt en hem over zijn haren aait.

'Stil maar, jongen, stil maar.'

De grote hand aait zachtjes door terwijl zijn huilen snikken wordt, de snikken zuchtjes worden, de zuchtjes verwaaien in de wind. De tranen op zijn gezicht veegt hij weg met de zakdoek, die helemaal nat is. Dan kijkt hij voor het eerst omhoog om te zien wie het is. 'U bent de man die met de zee kan praten,' zegt Unnar met nog trillende lippen.

'Hoe weet jij dat?' vraagt Henrik, die zich het jochie niet herinnert.

'Omdat ik u heb gehoord.'

'Verstond je het ook?'

Unnar denkt even na. 'Nee, ik heb het wel geprobeerd, maar het zijn best moeilijke woorden.'

'Versta jij meer talen?'

'Ik kan tellen in wel vijf talen, dat heb ik van mijn vader geleerd.'

'Waar is je vader?'

De tranen, die gestopt waren, beginnen weer te stromen. Hortend en stotend vertelt Unnar over zijn huis, over de storm, over zijn oma die terugkwam in plaats van zijn vader en moeder, over de mannen met de lichtgevende jassen, het hotel waar ze geld moesten hebben dat ze niet hadden, de man in de rolstoel die hem kleren had gegeven, over de jas van zijn moeder en de pet van zijn vader, over oom Niels die planken van hun huis kwam halen maar niets zei, over zijn oma die niet meer terug is gekomen, over de politie die hem zoekt en zijn vader die vroeger in een gevangenis heeft gezeten omdat hij alles doet voor vogels, over zijn moeder die lamsbout en taarten kan bakken en de poezen van mevrouw Poulsen die gestolen zijn door een kattendief, over de brief in de fles in de zee, over het schoteltje met eten, dat hij elke dag vond maar nu leeg blijft en over de schuur waarin hij slaapt. Unnar vertelt de oude man alles. Alleen de gebroken aardbol, daar vertelt hij niets over.

'Maar waarom slaap je nu dan niet?' vraagt Henrik, na het aanhoren van het verhaal.

'Dit is onze keukenkast. Hier zit nog allemaal eten en drinken in.'

De ogen van Henrik beginnen te glimmen. 'Drinken? Wat voor drinken?'

'Bier van vader, wijn van mijn moeder, en snoep van mij.'

'Als ik de kast voor je openmaak, mag ik dan het drinken?'

'Dat is helemaal niet lekker, het is heel scherp, wil je geen water, ik heb een fles in de schuur.'

'Ik denk dat ik dat drinken wel lekker vind. Mag ik het?'

Unnar knikt.

Uitputting

– elf weken –

'We staan op de lijst!' roept Gunhild in de hoop dat ze haar vóór in de rij kunnen horen.

'Iedereen staat op de lijst,' blaft de man achter haar.

'Wij hebben helemaal niets meer te eten,' zegt ze wanhopig. Gisteravond heeft ze van het allerlaatste beetje bloem iets gemaakt wat op een brood moest lijken en dat ze in en op de kleine, antieke houtkachel heeft proberen te bakken, maar vanbinnen werd het niet gaar en vanbuiten verbrandde het. Gunhild had het snel willen opeten, maar Niels was een verhandeling begonnen over de oorsprong van brood, over gist, fermenteren en de oude Egyptenaren, tot ze had geroepen dat ze niet een van zijn studenten was. Daarna hadden ze zwijgend de zwarte, lijmachtige substantie opgegeten. Het had hun magen iets gevuld, maar in de nacht had het kleffe deeg hen wakker gehouden.

Ze schuift haar voet voorzichtig naast de vrouw vóór haar en probeert zo ongemerkt iets naar voren te komen.

'Wacht op je beurt,' bitst de vrouw.

'Wij hebben echt helemaal niets meer,' herhaalt Gunhild dramatisch met haar handen op haar buik.

'Dan had je vroeger moeten opstaan, de verdeling begon om zes uur.'

'Onze wekker doet het niet meer. Het is een elektrische,' klaagt ze in de hoop op enig medeleven.

De vrouw draait haar rug naar haar toe en zet haar armen stevig in haar zij, zodat ze er niet meer langs kan. Gunhild trekt haar jas wat strakker om zich heen en duwt haar handen diep in haar zakken. Ze voelt de zeer waardevolle munt uit Niels geërfde verzameling. Ze heeft hem beloofd er heel zuinig op te zijn, maar weet dat als ze ergens voedsel te koop ziet, ze hem zonder een seconde te twijfelen uit zal geven. Ze rilt, de vetrolletjes die ze altijd zo verafschuwde is ze kwijt. Ze slaat haar kraag op en staart net als de anderen in de rij voor zich uit.

De westenwind blaast vormeloze wolken miezerregen over het plein, de wachtenden worden bedekt onder een laag minuscule glinsterende druppeltjes die zich vastkleven aan de jassen om zich langzaam door de stof naar binnen te zuigen. De gebruikelijke temperatuur van de meimaand laat dit jaar lang op zich wachten.

Langs de rij loopt de oude hoofdonderwijzer van de lagere school. Voor zijn buik hangt een doos die hij met een touw om zijn nek op zijn plaats houdt. Gunhild heeft de man in geen jaren gezien en dacht eigenlijk dat hij al dood was. Hij schuifelt van persoon naar persoon, maakt een praatje en toont wat hij te koop heeft. De magere man doet haar denken aan de jongens op het strand in Goa, waar ze twee jaar terug op vakantie zijn geweest, ze kwamen met zakjes noten en vruchten die ze van Niels niet mocht kopen omdat hij er zeker van was dat ze er ziek van zouden worden. Nu zou ze heel wat van Niels' kostbare munten willen bieden als er noten en vruchten in de doos van de oude hoofdonderwijzer zitten, want ze ziet aan de reactie van de mensen vóór haar in de rij dat er iets in zit wat ze allemaal graag willen hebben.

Ze kijkt in de doos en is teleurgesteld als ze de verzameling loodjes en vishaakjes ziet. Haar eerste gedachte is: ik kan makkelijk die hele doos kopen met de munt. Dan denkt ze: welke zou Niels willen, hij heeft nooit gevist, maar hij kan het vast leren. En: een vis is veel makkelijker klaar te maken op een houtkachel dan brood. 'Ik wil er wel een paar,' zegt Gunhild.

'Jij bent toch getrouwd met – hoe heet hij ook alweer – van de universiteit?'

'Niels Anderson.'

'Hoe is het met hem?'

'Ach, we hebben betere tijden gehad,' zucht Gunhild.

'Ja,' glimlacht de oude man, 'dat hebben we allemaal. Gaan je jongens vissen?'

'Nee, die zijn niet hier, ze studeren alle twee,' zucht ze en kijkt naar de zee. 'Niels gaat vissen.'

'Weet je dat hij als kind ooit tegen me zei dat hij nooit een visserman zou worden.'

'O, dat wist ik niet.'

'Wat voor een haakje wil hij? Een zestien, of iets groter, een tien misschien?'

Gunhild kijkt in de doos, ze heeft geen idee welk haakje wat is.

'Of wil hij er een voor het grotere werk?' De oude man houdt een forse haak op.

'Doe van allemaal maar eentje.'

'Waar betaal je mee?'

Gunhild haalt de antieke munt uit haar zak. 'Heeft u hier van terug?'

De man pakt de munt, draait hem om en bestudeert hem zorgvuldig. 'Die is uit de verzameling van zijn vader.'

Gunhild knikt.

'Da's een heel bijzonder kleinood,' zegt de oude onderwijzer.

Ze knikt en denkt aan gebakken vis met de gedroogde oregano en tijm in haar keuken, aan het kleine beetje zonnebloemolie dat ze bewaard heeft en het houtkacheltje in de huiskamer, er verschijnt een lach op haar gezicht.

'Maar wat moet ik ermee?' zegt hij en geeft hem terug. 'Heb je niet iets anders?'

'Maar ... het is een heel kostbare munt.'

'Dat weet ik,' zegt de oude man en loopt door.

~

Óli's kleine huis is tot de laatste centimeter gevuld sinds ook de twee neven bij hen zijn ingetrokken. De sofa in de huiskamer is het tijdelijke domicilie van de bejaarde tante Erika en haar driepotige hond Aristoteles. Lena, de tweelingzus van zijn vrouw, slaapt bij hen op de kamer, haar twee oudste kinderen slapen bij zijn kinderen en haar twee jongste kinderen in de keuken op een matras, dat overdag achter de bank in de huiskamer wordt gezet. Zelf slaapt hij nauwelijks, omdat Lena, sinds Abbe niet is teruggekomen, in haar slaap huilt. Óli heeft het altijd als zijn plicht gezien de zwakkeren der aarde te helpen. Dus toen zijn paar jaar oudere ongetrouwde achterneven, Lars en Karl, volledig uitgehongerd aanklopten en Aristoteles het hele huis wakker blafte, hadden ze allemaal nog een stukje ingeschikt.

De neven hadden van tevoren willen waarschuwen, maar op het

enige uur dat de elektriciteit nog werkt, waren ze niet in de buurt van een dorp geweest, en de batterijen van hun mobieltjes waren dood. De bus reed niet meer en de enkele auto die langs was gekomen zat zo overvol dat ze er niet meer bij hadden gepast. Ze waren, hoewel officieel verboden, door de toltunnel gelopen, en hadden er zestien uur over gedaan om van Havenstad naar Nordur te komen.

Óli vindt het jammer dat hij niet had geweten dat ze kwamen, dan hadden ze de laatste vier blikken met bonen en wortels uit het pension kunnen meenemen en had hij geen gewetenswroeging hoeven hebben over de zonde die zijn neven hadden gepleegd door een cadeau mee te nemen voor hun familie. Hij legt zijn hand op de deurknop, wil zijn voordeur opendoen en zeggen dat ze onmiddellijk het lammetje moeten terugbrengen naar de andere kant van de berg, dat waarschijnlijk nog niemand het beestje heeft gemist en hun diefstal nog ongemerkt kan worden teruggedraaid, als hij wordt bedwelmd door de geur van de pruttelende stoofschotel op het houtkacheltje, die onmiddellijk zijn maag in werking zet en zijn speekselklieren doet exploderen. Als bij toverslag vergeet hij zijn schuldgevoelens en neemt plaats aan het hoofd van de verlengde tafel. Op de banken, die door de handige ongetrouwde neven met wat planken en kratten in elkaar zijn gezet, kijkt iedereen gespannen naar het hoofd van het gezin, de man die een paar uur eerder na de ontdekking van het gestolen beest boos het huis was uitgelopen maar nu met een verheerlijkt gezicht vóór hen zit.

'Laten wij danken,' zegt Óli. Hij strekt zijn armen iets uit en heft zijn geopende handen op.

Iedereen doet hem na en sluit de ogen. Vóór hen staat de dampende pan.

'Here God, wij zijn U allen dankbaar voor deze onverwacht grote gave, in de zware dagen die U ons oplegt en waarvan wij nog niet begrijpen wat U daar precies mee voorheeft, maar U heeft onze smeekbeden gehoord en U, onze enige Vader, helpt ons. Here God, wij vragen U ons te begeleiden op onze zware weg, het pad dat U voor ons hebt bereid en waarvan alleen U de route kent. Here God, door uw grote goedheid zijn wij hier tijdelijk samengekomen en voelen wij ons door uw alwetendheid gesteund. U bent het die met alles een bedoeling heeft, dat weten wij en daar danken wij U voor.' Óli aarzelt opeens en lijkt te zoeken naar woorden.

'Here God, wij zullen U niet grieven en deze grote gave delen met de mensen om ons heen.'

De ogen van de neven gaan open, ze kijken elkaar aan, en dan glijdt hun bezorgde blik naar hun neef, die vol overtuiging verder gaat met zijn gebed.

'Here God, wij begrijpen opeens dat wij het voorrecht hebben door U verleid te worden en te mogen tonen dat wij allen deze verleiding kunnen weerstaan. Here God, wij vragen U vergiffenis omdat uw boodschap niet direct tot ons doordrong. Wij zullen berouw tonen, de spijze niet aanraken en het lam dat U ons schonk zullen wij schenken aan hen die het werkelijk nodig hebben. Want het is door uw leiding en uw grote goedheid dat wij vertroosting vinden in deze moeilijke dagen. Here God, dank U voor deze lering. Schenk ons uw zegen, dat vragen wij U uit genade, om Christus' wil. Amen.'

'Amen ...' klinkt het onzeker uit de monden van de anderen.

De man aan het hoofd van de tafel opent als laatste zijn ogen en kijkt naar de dampende pan, dan staat hij op, pakt de twee pannenlappen van het aanrecht, neemt de pan van tafel en loopt zonder nog een woord te zeggen naar buiten, zijn familie in verbijstering achterlatend.

~

'Het is een Saint-Emilion, Premier Grand Cru Classé,' zegt Frimann. De fles die hij in zijn handen heeft ligt al jaren in zijn kelder. Hij heeft hem al die tijd bewaard voor een heel speciale gelegenheid, maar telkens als er echt iets bijzonders was, zoals het huwelijk van hun enige dochter, of zijn beëdiging als premier, waren er of te veel mensen om één fles wijn mee te delen of was het bezoek meer geïnteresseerd in het percentage alcohol dan in het rijke bouquet en de verfijnde smaak.

'O,' zegt de boer.

Frimann heeft uren gelopen met de fles wijn op zoek naar iemand die met hem wil ruilen. Hij was vertrokken in de volle overtuiging dat hij er minstens een zak aardappelen, een stuk vlees en een paar liter melk voor zou krijgen, maar bij de boerderijen waar hij had aangeklopt wilde ze hem hoogstens een paar eieren of een stukje gedroogd schapenvlees geven. De boer die nu voor hem staat heeft gezegd dat hij er een kip voor mag hebben. Frimann is tot de conclusie gekomen dat de zeer kostbare fles wijn nooit méér zal opbrengen, reikt de boer de fles en zegt: 'Da's goed, maar gelijk oversteken.'

'Pak maar, het hok is achter het huis,' bromt de boer. 'Als je d'r hebt, zet dan die fles van je maar bij de deur.'

Voor de minister-president nog iets kan zeggen is de boer verdwenen. Frimann loopt om de boerderij en hoort het getok van de kippen. Achter het gebouw is een stukje grond afgezet met gaas. De kippen scharrelen wat rond. Er is één beest dat duidelijk groter is dan de rest, die wil hij hebben voor de dure fles wijn. Hij stapt de omheining binnen en loopt op het beest af. Hij is moe en uitgeput van de lange tocht, wil de kip pakken en naar huis, maar als hij naderbij komt schieten de beesten schichtig weg. Even is hij verward welke ook al weer de grote is, maar dan herkent hij haar en gaat erachteraan. Weer schiet het beest weg als hij dichterbij komt, om iets verderop meteen weer te gaan scharrelen. Frimann kijkt hongerig naar het dier. 'Ik krijg jou wel,' zegt hij en sluipt zachtjes naderbij, maar ruim voor hij bij de kip is, schiet ze weg. De premier, zoals iedere politicus gewend aan wat tegenstand, verlangt opeens naar zijn hamer, dan had hij tenminste iets om naar de kop van het stomme beest te gooien. Hij sluipt op de grote hen toe. Soms staat hij stil en hoopt dat de kip denkt dat hij een plank of een ton is. De beesten hippen, tokken en scharrelen hun eten bij elkaar. Hij wenst dat hij een kip was, dan had hij nu een volle maag en niet van die wankele, pijnlijke benen. De grote kip is nu vlakbij. Frimann maakt een snoekduik en stort zich op het beest, maar voor hij het verendier kan grijpen schiet het weg en klapt Frimann met zijn gezicht op het grind. Hij staat vloekend op, trekt zijn jas uit en begint als een idioot achter de kip aan te rennen, zijn jas voor zich uit houdend zodat hij die als hij dichtbij is op de kip kan gooien. De kippen fladderen kakelend weg.

Van een afstand kijkt de boer toe hoe de minister-president met een bloedend gezicht als een dolleman door zijn kippenren banjert, zwaaiend met zijn jas en verwensingen roepend die de veehouder nooit eerder heeft gehoord. Hij maakt zich zorgen dat de kippen van de leg raken en wil net gaan ingrijpen als er gejuich opklinkt uit de ren. Op de grond ligt de zestigjarige Frimann Hansen, doctorandus in de economie, met voor zich zijn jas die hij op de grond houdt gedrukt en waaronder een beest stribbelend probeert te ontkomen. De boer loopt naar het hek. Frimann is voorzichtig iets overeind gekomen en vouwt de jas zo om de grote kip dat die niet meer kan ontsnappen.

De boer kijkt naar zijn beesten. 'Je hebt de haan,' zegt hij.

'Wat maakt het uit, ik heb er een,' hijgt Frimann.

'Die haan mag je niet.'

'Ik moest er toch zelf een pakken.'

'Niet de haan, je moet hem weer loslaten.'

'Ik denk er niet over.'

'Je mag een kip.'

'Ze lijken toch allemaal op elkaar.'

Frimann die nog op zijn knieën zit, ziet dat de boer ook over de omheining stapt. Hij loopt rustig op zijn kippen toe. De beestjes duiken schichtig weg maar de boer is sneller, hij grijpt de eerste de beste kip bij zijn nek. Het beest wil nog fladderend wegkomen maar de boer slaat rustig zijn hand om de veren en drukt de kip zachtjes tegen zijn borst. De kip wordt stil en kijkt nieuwsgierig om zich heen. Voor Frimann beseft wat er gebeurt klinkt er een kakel en een krak en heeft de boer het beest de nek omgedraaid.

'Gelijk oversteken,' zegt de boer.

~

Het is warm in de boerderij ondanks het feit dat de kachel niet meer brandt. Falala geniet en voelt zich helemaal in haar element. De meeste spullen uit de huiskamer zijn op zolder neergezet en wat ze absoluut nodig hebben is naar de keuken en hun slaapkamer verhuist. Gemekker en geblaat vult het huis, want ook de zijkamer, de hal en de gang zijn volledig leeggehaald en gevuld met stro. Hanus gooit de voordeur open en de schapen en lammetjes stromen naar buiten. Falala begint zingend nieuw stro op het oude te gooien en ziet door het raam hoe Hanus en zijn honden de kudde het pad op leiden, om aan het eind van de middag weer terug te keren. Ze was jaren geleden haar land ontvlucht omdat ze ervan overtuigd was dat het in noorden beter was, maar het illegale bordeel en de constante angst hadden haar droom aan diggelen gegooid. Hier in de kleine grasgroene vallei vindt ze iets terug van de ongecompliceerde wereld die ze ooit heeft verlaten. Het huis is door de schapen overgenomen en omdat er geen benzine meer is komt de moeder van Hanus ook niet meer. Ze vult de geïmproviseerde ruiven met gedroogd gras en loopt buitenom naar de kleine schuur naast het woonhuis waar de rammen staan. Die mogen pas weer naar buiten als het tijd is de ooien te dekken. Ze wrijft zachtjes over haar buik, eindelijk is ze gelukkig.

~

Het is minder dan hij had gehoopt maar Esbern is blij dat hij anderhalve liter stookolie heeft kunnen ruilen tegen een halve liter spijsolie, zo kan hij de twee visjes die hij vanochtend heeft gevangen tenminste bakken in de geïmproviseerde oven in de tuin. Als hij een van de spelers uit zijn voetbalteam ziet komen aanlopen, stopt hij de fles snel dieper in zijn zak. De spits en de vleugelverdediger kennen elkaar al jaren en zeggen hallo, maar tijd voor een echt praatje zoals gewoonlijk hebben ze alle twee niet. Esbern steekt de straat over, die nog steeds open ligt omdat de wegwerkzaamheden niet zijn afgemaakt, daar de asfaltmenger op diesel werkt. Hij loopt verder langs de grote supermarkt. Het board en de planken die als bescherming tegen de kapotte voorgevel waren getimmerd zijn verdwenen en op de lege schappen zitten meeuwen. Het gevallen glas is het pand in geveegd en bedekt de vloer. Hij kan zich al bijna niet meer voorstellen hoe gewoon het was om hier samen met Dora en Susanna op zaterdagochtend boodschappen te doen. Hij slaat de hoek om langs de autoshowroom, die eveneens is gesloten, net als het reisbureau ernaast en de aannemer ertegenover. De gordijnen van de dansschool waar Dora en hij, lang voordat hun dochter werd geboren, de rumba hebben geleerd, zijn ook dicht. Hij schiet een smalle winderige doorgang in tussen de loods van een installatiebedrijf en het timmerfabriekje. Nergens is meer enige bedrijvigheid, het is alleen de wind nog die een kapotte plastic zak laat dansen door de straat. Nu niemand zijn auto meer kan gebruiken, zijn er spontaan overal nieuwe voetpaden ontstaan. Hij stapt over een klein muurtje, gaat het talud af langs een stel oliedrums – waar hij automatisch even op klopt maar die als te verwachten helemaal leeg zijn – en gaat verder onder een overkapping door, langs een grijs gebouwtje met dichtgeschilderde ramen.

Het is hem opgevallen dat tegenwoordig iedereen, ook hij, zijn deuren op slot doet, en vaak ook overdag de gordijnen dichthoudt. Hoe zou het met zijn vader zijn? Hoe scharrelt die zijn eten bij elkaar? Esbern had Henrik de afgelopen weken niet langs de kust of op de haven zien vissen of wrakhout verzamelen zoals iedereen op dit moment deed. Als hij maar niet dood is. Esbern hoort een schreeuw. Hij kijkt om zich heen, maar ziet niet waar het vandaan komt. Hij kijkt omhoog naar de gevel van de loods en ziet in verweerde letters de naam van Kornus Thomsen staan. Hij luistert maar hij hoort alleen de wind en loopt verder. Vlak voor hij bij het einde van de straat is, hoort hij opnieuw een schor geschreeuw, zachter nu. Weer staat hij stil. Deze keer klonk de kreet als van een gewond dier. Langzaam loopt Esbern terug naar de deur. Hij weet dat niemand het op het moment fijn vindt als je ongevraagd ergens binnengaat, maar wat als er iemand gewond is of in nood?

Hij ziet dat er een steen voor de deur ligt, aarzelend rolt hij die weg en opent de deur. Binnen is het donker. 'Hallo?' roept hij onzeker.

Er klinkt wat geschuifel en gestommel.

'Hallo! Is daar iemand?'

Esbern twijfelt of hij verder naar binnen zal gaan, als hij tussen wat machines de vage contouren van een lichaam begint te ontwarren. 'Hallo! Is er iets?'

De persoon trekt zich onmiddellijk terug in het duister.

'Moet ik helpen?' Esbern stapt de duistere loods in, voorzichtig loopt hij in de richting waar hij de figuur heeft zien verdwijnen. Er klinkt nu geschuifel van meerdere personen. Esbern vraagt zich opeens af of het wel zo slim was om alleen naar binnen te stappen, de verhalen over 'het verscholen volk' of 'ándere volk', het oude bijgeloof, steken steeds vaker de kop op. Esbern legt zijn hand stevig op de fles met spijsolie. Net op het moment dat hij wil teruggaan, ziet hij achter een van de machines een uitgemergelde Aziaat staan. Esbern schrikt. De vreemdeling kijkt hem smekend aan. Esbern weet niet wat hij moet doen. De man draait zich om. Aarzelend volgt hij de vreemdeling. Ze gaan een deur door en komen in kleine kamer waar het vreselijk stinkt.

Op de grond zitten, weggedoken in de hoeken, nog meer Aziaten, half op en onder wat doeken en stukken karton. Het is ijzig koud in de kamer en de zware lucht van urine en uitwerpselen is bedwelmend. In een hoek staat een emmer. Een man slobbert op handen en knieën als een hond uit de emmer, om daarna terug te kruipen naar een lap op de grond waar hij weer onder wegduikt. De man die hem heeft binnengelaten trekt aan Esberns mouw en neemt hem mee naar een van de hoeken. Ze knielen neer bij iemand die onder een deken ligt. De oosterling trekt de deken weg van het gezicht. Esbern voelt zijn maag omdraaien. De mens, of wat er van hem over is, rilt en zweet. Rond zijn mond zitten zweren en zijn zwaar ingevallen ogen lijken aan elkaar gekoekt.

De vreemdeling wijst op de zieke en fluistert: 'Hospitaal!'

De dag van de Chinezen

– elf weken en een dag –

De radiotechnicus heeft de hele middag door de zompige velden gelopen op zoek naar schapendrollen om te drogen voor de kachel. Hij zucht en zet de apparatuur klaar voor de uitzending van morgenochtend. Hij weet dat hij als hij klaar is met zijn eigenlijke werk, terug moet naar de haven om te vissen. Niemand heeft hem gevraagd de installatie al klaar te zetten, maar hij kan er maar niet aan wennen dat zijn leven nu voornamelijk bestaat uit vissen en wrakhout en drollen verzamelen. Door het geluiddichte raam van de studio ziet hij buiten een groepje mannen lopen. Na de demonstraties van een maand geleden heeft hij geen groepen mensen meer samen zien lopen, behalve de vissersvrouwen in de haven. Hij tuurt en herkent de weerman, die door de redactie niet meer voor vol wordt aangezien sinds hij de storm niet goed heeft kunnen voorspellen. Achter hem aan sjokt een groep Aziatische mannen die vel over been zijn. Hij grijpt de intercom en drukt op de knop van de redactie: 'Hallo, horen jullie mij? Jullie moeten nú uit het raam kijken!'

Het blijft stil aan de andere kant van de lijn.

'Hallo! Is daar iemand? Marit? Hans! Simon! Er moet iemand naar buiten! Nu! Er lopen spleetogen achter de weerman aan.'

Er komt geen antwoord.

'Verdomme, hebben we eindelijk weer echt iets, is er niemand!' bromt hij.

Ragna staat voor het zolderraam, het enige raam in huis waar ze een stukje van de zee kan zien. De korte zomer staat op het punt te beginnen en de dagen lengen. De lucht is helder en de meizon probeert haar gezicht met de zware kringen onder de ogen te verwarmen. Ze staart naar de grijze vlakte in de verte. Er dansen kleine witte kopjes op het water. Het kan toch niet dat alle meer dan honderd schepen van de vissersvloot zijn verdwenen en dat alle vrouwen na één stormnacht weduwe zijn geworden! Wat nou als haar man wel in een van de reddingsboten van de *Marinco* is gekomen en stuurloos ronddobbert of dat een buitenlands schip hem heeft opgepakt? Ze heeft ooit gehoord over een groepje mannen die vier maanden hebben kunnen overleven op een vlot en hun eigen urine dronken ...

Opeens ziet ze een groepje magere, in elkaar gedoken mannen aan komen sjokken. Plotseling voelt ze niet meer de kou die steeds dieper in haar wegzakt, voelt ze zich niet meer duizelig en afgemat. 'Josef!' roept ze. 'Josef!'

Sommige van de mannen tillen hun hoofd op en kijken omhoog naar de zwaaiende vrouw in het zolderraam, de meesten sloffen onverstoord verder, het hoofd gebogen, hun ogen op de straat gericht.

Ragna ziet de bruine gezichten met spleetvormige ogen en begint te huilen.

In de hal van het ziekenhuis staan de vreemde mannen dicht bij elkaar. Hun botten zijn zichtbaar en hun gezichten zijn vaal. Ze zweten, sommigen van de koorts, anderen van angst. Achter de glazen deur staat de man die hen overtuigd heeft met hem mee te komen, de straat op te gaan nu de zon nog schijnt, de weg af te lopen naar beneden, weg van de loods waar ze al maanden samen zitten te wachten tot ze eindelijk weer weg mogen. De man die hen heeft gevonden maakt ruzie met een vrouw in een witte jas. Ze schreeuwen tegen elkaar en wijzen naar het groepje.

'Er is geen eten meer! Dat weet je, dat heb ik je verteld! Waarom breng je ze dan hierheen?' roept Dora wanhopig tegen haar man.

'Omdat ze ziek zijn en nog veel meer uitgehongerd dan wij,' zegt Esbern.

'We hebben geen bedden meer.'

'Er zijn toch genoeg bedden? Alle zalen zijn leeg!'

'Maar de enige zaal die nog verwarmd is, is helemaal vol.'

'Kan daar niet één bed bij?'

'Esbern, waarom geloof je me niet? Er is geen plek. De bedden van de zieken die er nu liggen staan al tegen elkaar aan, we kunnen er niet eens meer tussen. Er is géén plek!'

'Je kunt deze mensen toch niet zomaar weigeren?'

'Dat kan ik wel.'

'Dan neem ik ze mee naar huis,' zegt Esbern fel.

'Dat doe je niet,' zegt Dora nog feller.

'Dan laat ik ze hier, deze mensen hebben hulp nodig, dat zie je toch? Ben jij een verpleegster?'

'Er zijn geen medicijnen meer, er is geen eten, er is geen plek, er is niets meer!'

'Zet ze dan in een zaal ernaast, dan hebben ze elk geval een bed, een dak en een plek die veilig is.'

'Heb jij soms een pil geslikt?' vraagt Niklas de kroegbaas verbaasd.

'Nee, hoezo?' zegt Pauli. 'Luister nou! Het is een hele groep Chinezen en ze stonden in de hal van het ziekenhuis, hun botten staken door hun vel en ze waren nat, alsof ze in het water hadden gelegen.'

'Ze zijn komen aandrijven op een vlot, helemaal uitgehongerd, maar ze leven nog,' lacht een van de vissersvrouwen.

'Echt waar?'

De vrouw knikt heftig haar hoofd.

'We moeten naar ze toe. Misschien hebben zij ze gezien? Misschien weten zij waar ze zijn.'

'Ze zeggen dat er Chinezen in het ziekenhuis zijn, ze leefden van honden en katten, want dat is voor hun gewoon eten.'

Mevrouw Poulsen pakt geschrokken haar broodmagere kat op en drukt hem stevig tegen haar eigen knokige borst. 'Is dat echt waar?'

Haar vriendin knikt en zegt: 'Je moet dat laatste beest van je geen moment meer uit het oog verliezen.'

'Heb jíj nog whisky!?!' vraagt Elias stomverbaasd en kijkt naar de bijna lege fles in de hand van zijn vriend.

'Bewaard voor een speciale dag,' zegt de reder.

'Jij vindt de komst van zeven finaal uitgehongerde Filippijnen een feestje waard?' zegt de minister van Visserij.

'Nee,' zegt Jenis Hansen, 'maar wel dat ze gevonden zijn in die oude loods van Kornus Thomsen. Ze zeggen dat hij er een illegaal breiatelier op nahield.'

'Ik geloof het niet, zoiets doet Kornus niet.'

'Is hij al verhoord?'

'Nee, dat doen ze morgen. Als het weer licht is.'

'Ik geef je op een briefje, dit worden nieuwe verkiezingen.'

'Hoe moeten we dat in godsnaam doen? Niets werkt meer.'

'Gewoon zoals we het al honderden jaren doen. Alleen de mannen, door handophouding.' Jenis Hansen heft zijn glas. 'Proost!'

'Waren die mannen echt bij meneer Thomsen in dienst?' vraagt Birta zachtjes.

Frimann, met ingevallen gezicht, staart uit het raam en zucht: 'Hij zegt van niet. Hij beweert dat hij die loods aan Janus Blastein had verhuurd.'

'Maar die is toch nog in Berlijn?'

Frimann knikt en sluit zijn ogen. Zijn secretaresse begrijpt dat ze moet gaan en wil zachtjes het kantoor verlaten als haar baas weer het woord neemt. 'Misschien moet ik weer op de radio?'

'Wilt u dat echt?' vraagt ze aarzelend.

'Ik wil niets,' valt hij uit. 'Ik wil helemaal niets. Maar wat moet ik anders. Ik heb gezegd dat het beter gaat worden. Ik moet iets doen.'

'Misschien kunt u zeggen dat het bijna zomer is en er overal eieren zijn.'

'Zodat nog meer mensen van de rotsen vallen.'

'Ze moeten het ook overlaten aan de mannen die het nog wel kunnen.'

'Weet je wat die per ei vragen?'

Birta knikt.

'En weet je wat de prijs voor een kip of een stuk vlees is?' blaft hij. 'Ik kan toch moeilijk een decreet uitvaardigen dat alle koeien en schapen moeten worden geslacht want dan is er helemaal geen toekomst meer.'

'Kwamen de grienden maar langs,' zegt Birta zachtjes.

'Ja, een heel grote school grienden,' zucht de premier.

Klenk! Glasgerinkel in zijn keuken. Kornus kijkt geschrokken op van zijn berekeningen.

'Wat wás dat!?' vraagt zijn vrouw Emely angstig, die ook bij de kaars zit te lezen.

Ze lopen samen naar de keuken. Op de vloer ligt een steen en in het raam zit een gat. Hij pakt de steen op en kijkt naar buiten. De zon is net achter de horizon verdwenen, in de eindeloze schemer ziet hij de lege straat achter hun huis, waar slechts zijn auto staat, die al in geen tijden meer heeft gereden. Hij tuurt naar links en naar rechts. Langzaam begint zijn bloed te koken. Al weken zorgt hij ervoor dat de laatste voorraden rechtvaardig worden gerantsoeneerd, dat iedereen, jong en oud, ziek en gezond, een eerlijk deel krijgt, dat er een speciale voorraad is voor het ziekenhuis, dat de radio blijft werken, al is het nog maar een halfuur per dag. Hij kijkt naar de kei in zijn hand. Is dit hun dank?

Weer klinkt er glasgerinkel, nu in de huiskamer. Zijn vrouw slaakt een gil. Kornus rukt de keukendeur open en stiert naar buiten.

'Laat je zien, als je durft!' brult hij.

'Kornus, blijf binnen!' gilt zijn vrouw vanuit de open deur.

De minister van Sociale Zaken rent naar de voorkant van zijn huis en ziet nog net iemand wegschieten tussen twee huizen aan de overkant. Hij bedenkt zich geen seconde en gaat erachteraan. De tijd dat hij voorhoedespeler was is meer dan dertig jaar geleden en net als de rest van de bevolking heeft hij al weken bijna niets gegeten, maar een golf van adrenaline voedt hem met verloren gewaande energie. Hij springt over een tuinhekje en sprint langs een schommel. Hij hoort wegsnellende voetstappen op grind, steekt de weg over en glipt het pad langs de kerk op, waarover hij denkt dat zijn belager is verdwenen. Hij hoort dat zijn eigen gehijg harder klinkt dan het geluid van de wegrennende man. Hij voelt dat zijn benen slapper worden, zijn hart bonkt in zijn keel en met elke stap die hij zet verdwijnt de kracht uit zijn lichaam. Hij staat stil en roept zo hard hij kan: 'Klootzak!' Hijgend buigt hij zich voorover en zet zijn handen op zijn knieën. Hij kreunt van de steken in zijn zij. Hij heeft het gevoel dat hij moet overgeven, al is zijn maag leeg. Even weet hij niet of hij het erger vindt dat hij de vent niet te pakken heeft gekregen of dat hij al na vijftig meter volledig is uitgeput. 'Vuile klootzak,' gromt hij nog een keer en strompelt hijgend terug naar huis.

Deze keer doet hij het tuinhekje van zijn overbuurman open, en ziet dan dat er rook komt uit de gebroken ruit van zijn huiskamer. Het duurt even voor hij beseft wat er aan de hand is, dan komt alle energie weer terug en vliegt hij naar de overkant. Hij wil de voordeur openduwen maar realiseert zich dat die tegenwoordig op slot is. Hij rent om het huis heen, de keukendeur staat nog open.

'Emely!' roept hij en rent naar binnen.

'Een ambulance!' gilt iemand.

'Die rijden niet meer!' zegt de ander.

'Toch wel bij noodgevallen?'

'De diesel is op!'

'Maar er moet iemand komen! Er is brand! Er is een zwaargewonde!'

'Waar?'

'Achter de Bethelkerk.'

Waarom hij zijn brandweeruniform heeft aangetrokken weet Pauli niet. Hij voelt zich volledig nutteloos zonder de grote rode wagen met de slangen en de pompen. Het huis brandt als een fakkel en verlicht de toegestroomde broodmagere menigte. Zijn enige taak is hen op afstand te houden van het lichaam dat op de grond ligt.

'Wie is het?' fluistert de boekhouder van Jenis Hansen.

'Ik vrees met groten vreze,' mompelt een man, die iets verderop in dezelfde straat woont.

'Het is toch niet Emely?' vraagt diens vrouw.

'Nee, ik geloof dat het een man is,' zegt de boekhouder zacht.

'Dan is het de hand van God,' zegt de buurtbewoner beslist.

'Hoezo?' wil de boekhouder weten, die veel respect heeft voor de man die zich dag en nacht heeft ingezet voor de verdeling van de goederen.

'Met welke mate gij meet, zal u wedergemeten worden.' De man neemt zijn vrouw bij de arm en loopt weg, en laat de boekhouder verbaasd achter.

Het ligt niet alleen aan de brand, die naar de kerk is overgewaaid, dat in de nacht dat Kornus Thomsen, de minister van Sociale Zaken, sterft, niemand in Havenstad naar bed gaat.

Om halftwaalf komt de juffrouw van de wolspeciaalzaak met haar boxer aan bij het politiebureau om te vertellen dat ze mensen op het dak van de olietanks op de kade heeft gezien. Als de agent haar vertelt dat de opslagtanks volledig leeg zijn en dat er niets meer te halen valt, zegt de vrouw, die net zo vermagerd is als de heer in functie, dat er nog wel veel gassen in zitten, dat de meeste huizen van hout zijn en dat ze bang is dat de tanks zullen ontploffen. Tóki, de agent, belooft haar iemand naar de opslagplaats te sturen, maar omdat alle beschikbare dienders naar de brand van de kerk zijn, de portofoon en zijn mobiel het niet meer doen én hij zich door zijn constant lege maag niet meer goed kan concentreren, vergeet hij het.

Zijn horloge geeft 01.24 uur aan als hij een overweldigende doffe knal hoort, die de ramen in het bureau doen trillen in hun sponningen, en hij weer aan de opslagtanks denkt. Tóki rent de trappen op naar het dak en ziet dat nu niet alleen bij de kerk maar ook op de haven een grote brand woedt. Hij rent de trap weer af, draait de voordeur op slot, vergeet zijn pet en snelt naar de haven. Op de kade stromen van alle kanten mensen toe, onder wie zijn oom Jenis, de reder, die hem toeblaft dat hij een pet moet dragen en dat er veel meer politie moet komen omdat hij bang is dat zijn kantoor ook zal worden belaagd. Het is dan dat Tóki zijn nicht Marit ziet, die verderop tussen de mensen staat met een blocnote en een serieus gezicht. Hij vraagt haar of zij naar de brand bij de kerk kan gaan om meer agenten te halen, wat ze doet, niet alleen omdat haar neef het haar vraagt maar ook omdat ze haar vak als journalist heel serieus neemt en het dus als haar taak ziet van alles verslag te doen.

Wat ze alle twee niet weten is dat de agenten die ze nodig hebben naar de juwelierszaak van de zus van Frimann Hansen zijn omdat er een melding is binnengekomen dat daar wordt ingebroken. De juwelierster wordt sinds het uitvallen van de banken door Jan en alleman geconsulteerd omdat men wil weten hoeveel het horloge van opa en het verzilverde collier uit de nalatenschap van moeder eigenlijk waard zijn. De grote belangstelling voor haar vakkennis betekent niet dat de vrouw zelf ook goede zaken heeft gedaan. Dit is echter niet bekend bij de dieven, die met een vuisthamer haar deur aan diggelen slaan in hun zoektocht naar eieren, vlees of ander eten. Als de politie aankomt, zijn haar juwelen verdwenen en is de vogel gevlogen. Dan horen de agenten hoe iets verderop in de straat, bij de doe-het-zelfzaak, ook een ruit wordt ingeslagen. Ze rennen erheen en zien nog net een groepje jongeren wegvluchten door een van de stegen. Eén agent gaat naar binnen en ziet dat bij het vak met de tubes lijm de dozen opengerukt zijn. De twee andere agenten zetten de achtervolging in, maar aangezien ze net als iedereen in geen dagen een bord met eten hebben gezien, haken ze na een minuut af. De twee al weken niet uitbetaalde ambtenaren zinken neer op een muurtje als de doffe klap klinkt. Ze besluiten er samen heen te gaan als ze het groepje jongeren weer zien, dat nu de heuvel afloopt alsof er niets aan de hand is. Eén agent besluit naar de plek te gaan waar de knal vandaan kwam, de andere agent sluipt achter het groepje aan, niet wetend dat deze broers net terug zijn van een lange voettocht naar de boeren waar ze voor hun vaders gouden tanden en hun moeders ring met een diamant twee kilo schapenvlees en vijftien eieren hebben gekocht. Een van de jongens krijgt door dat ze gevolgd worden, en aangezien ze bang zijn dat hun kostbare bezit wordt gestolen, zetten ze het op een lopen.

De agent in de doe-het-zelfzaak wil net weer door de kapotte winkeldeur naar buiten stappen als de eigenaar, die niet wakker is geworden van zijn gebroken deur maar wel van de geëxplodeerde tanks op de haven, eindelijk de dief betrapt denkt te hebben die steeds zijn tubes met lijm steelt. Hij spant zijn luchtbuks en in plaats van op wild richt hij nu zijn loop op de billen van de agent, die hierop gillend de heuvel afrent naar de haven terwijl hij roept: 'Hij schiet! Hij schiet me dood!'

Op de kade, waar de hitte van de brandende opslagtanks tot in de zijstraat voelbaar is, ontstaat grote onrust als mensen de kreet: 'Hij schiet!' overnemen. Jenis Hansen, die zijn geloof in de goedheid van mensen al lang geleden is verloren, rent zijn huis in om zijn dubbelloops jachtgeweer te pakken, waarmee ook hij in het seizoen op hazen jaagt.

De drie agenten die op de haven samenkomen voelen de spanning van het volk om hen heen en willen versterking, dus rent de fitste van hen terug naar het bureau – waar hij niemand aantreft.

Tegelijkertijd probeert in de straat achter de haven Árni, de reumatische vader van Birta, met een stok door de brievenbus de deur open te maken van het huis van de boekhouder, die hem belazerd heeft omdat hij voor drie liter melk – die zuur bleek te zijn – zijn trouwring en die van zijn overleden vrouw moest afgeven. De stok raakt echter de kapstok die omvalt tegen het petroleumkacheltje, dat is gevuld met stookolie die de boekhouder voor de twee gouden ringen heeft kunnen kopen. Voor Birta's vader het beseft, vat het gordijn vlam, en binnen een paar minuten staat ook dat huis in lichterlaaie.

Niemand op de haven ziet de nieuwe brandhaard, omdat de vuurzee van de tankopslag is overgeslagen naar de aangrenzende visfabriek. Hier komt een geur vrij die lijkt op die van gebakken kabeljauw. Een groep uitgehongerde burgers wordt zo gesterkt in haar overtuiging dat er in de loods van de fabriek een geheime voorraad stokvis is en trekt woedend op naar het huis van de directeur.

Jenis Hansen ziet de groep onrustzoekers vertrekken en haalt opgelucht adem. Wat hij niet ziet is dat achter zijn woonhuis de brand, ontstaan door het petroleumkacheltje in het huis van zijn boekhouder, zich verspreidt.

Pauli, die nog steeds probeert de brand te blussen in de laaiende kerk, heeft geen idee dat in de stad nieuwe branden zijn ontstaan. Hij kijkt met een zorgelijke blik naar de wind, die steeds harder begint te blazen en de vonken uit de kerktoren hoog mee de lucht in neemt.

Marit ziet de jongen voor wie haar hart brandt, en wil naar hem toe gaan als ze bij het hek een lichaam onder een lap ziet liggen. Ze hoort dat het Kornus Thomsen is, die heeft geprobeerd zijn vrouw te redden, en ze biedt aan het ontzielde lichaam, bij gebrek aan een auto, naar het mortuarium te brengen en vraagt de boekhouder van haar vader haar te helpen.

De journaliste en boekhouder lopen met het lichaam van de man van wie ze beiden hoopten dat hij hun uit deze crisis zou leiden, op een plank de straat uit. Het lichaam is veel zwaarder dan ze verwachtten en om de paar meter moeten ze stoppen om te rusten.

De groep die onderweg is naar het huis van de directeur van de visfabriek komt langs de gesloten melkfabriek en ziet dat er op de oprit een kar staat met een plastic ton. Ze bedenken zich geen seconde en storten zich op het vat, om te ontdekken dat het leeg is, slechts gevuld met de zure lucht van oude melk, wat voor hen een bewijs is dat ook deze fabriek in het geheim nog steeds draait. Ze rukken aan de deuren en proberen een raam in te gooien, maar omdat het gebouw heel goed is geïsoleerd, zijn de ruiten niet zomaar kapot te krijgen. Pas als ze een ijzeren staaf vinden die gebruikt wordt om de deur bij wind open te houden tijdens het lossen, kunnen ze binnendringen in de slapende fabriek met de roestvrijstalen machines om yoghurt en boter te maken. Wat ze ook opentrekken, opzij duwen of kapotscheuren, nergens vinden ze ook maar een kruimeltje of druppeltje zuivel.

Op de haven laait het vuur verder op. Een groepje oudere mannen onder leiding van de oudste zoon van de hoofdonderwijzer, een vent die zelf ook al ruim de zestig is gepasseerd, struint de boten in de haven af op zoek naar voedsel en neemt bij gebrek aan visresten of overgebleven aas, hengels met toebehoren mee. Als ze het plezierjacht van Jenis Hansen willen opgaan, aarzelen ze even, maar na een snelle blik over hun schouders klimmen ze aan boord. Ook hier treffen ze niets aan dat hun maag kan vullen en teleurgesteld komen ze weer buiten, om ontvangen te worden door een wolk hagel uit een jachtgeweer. Gewond duiken ze weg en kijken elkaar wanhopig aan. Ze horen de stem van de reder bulderen over de kade, maar zien niet dat Tóki, de agent zonder pet, op de schutter afloopt en hem op zijn schouder tikt. Jenis Hansen draait zich woedend om en wil zich met zijn kolf verdedigen, als zijn neef naar zijn huis wijst. Er klinkt een oerkreet die de mannen in de kajuit van het jacht doet rillen. De reder rent als tweede echtgenoot die nacht heldhaftig zijn huis in terwijl hij de naam van zijn vrouw roept in een onmogelijke poging haar te redden.

~

Met een schok wordt ze wakker. Falala schudt zachtjes de arm van Hanus en gebaart hem niets te zeggen. Nu hoort hij het ook, een geluid dat niet klinkt als het geschuifel van de schapen in de kamers van het huis. Zijn mond vormt het woord: ‘dieven’. Falala begint te zweten wanneer hij haar loslaat. Ze heeft zo vaak gebeden tot God om Hem te danken dat indringers niet meer bestonden, want de herinnering aan de vier mannen die hun hut waren binnengevallen en een halfuur later vertrokken in de veronderstelling dat haar moeder en zij niet meer leefden, komt terug alsof het een minuut geleden is gebeurd. *Indringers.*

Hanus ziet door het duister niet de angst in haar ogen, hij klimt uit bed en pakt er iets onder vandaan. Het duurt even voor Falala doorheeft wat hij in zijn handen heeft. Ze trekt het kussen over haar hoofd en begint te rillen. Hanus sluipt heel zachtjes naar de deur en opent die. Het is in de gang net zo donker als in de slaapkamer. Hij ziet alleen de vage vormen van zijn beesten. In de zijkamer, waar de lammetjes staan, hoort hij het geluid dat er niet hoort te zijn. Als een guerrillastrijder beweegt hij zich in het oerwoud van stro naar de kamer toe. Zijn schapen laten hem moeiteloos voorbij gaan. Hij legt zijn oor tegen de deur en luistert – opeens werpt hij hem open. Bij het vage licht van de sterrenhemel buiten ziet hij twee handen die een lam naar buiten trekken. Hij wil schieten maar weet dat hij dan zijn lam zal raken. Hij duikt naar het raam en ziet een zwarte gestalte wegrennen met het lam in zijn armen. Weer wil hij schieten, weer is hij bang het kleine beest te raken. Achter hem hoort hij de angstige stem van Falala: 'Schiet dan!' Hij schiet.

~

Een van de weinigen in Havenstad die wel slaapt, is Johanna in kamer nummer twee. Zij heeft zo veel dagen en nachten, weggekropen onder een deken, gehuild. Eerst om het verlies van haar familie, daarna om de honger en de kou en vervolgens om elke herinnering aan de wereld vóór de storm, waarin alles en iedereen probleemloos functioneerde en waarvan ze had gedacht dat dat altijd zo zou zijn.

Ambrosio weet niet goed wat hij met de constant huilende vrouw aan moet. Hij is bang dat ze met haar gekerm de schuilplaats verraadt waar ze veilig wonen. Vaak glipt hij ongezien naar buiten en brengt uren door op de rotsen, om net als andere mannen te proberen krabben en garnaaltjes te vangen. Soms mag hij een hengel lenen, al heeft hij nooit geleerd te vissen. De eerste keer dat hij beet had, heeft hij de vis opgegeten voor hij terugkwam in het hotel en niets tegen Johanna gezegd. Hij had die nacht niet kunnen slapen want de appel die Johanna van haar laatste geld had gekocht en aan hem had gegeven, was hij niet vergeten.

De Italiaan ziet de gloed boven de stad en ruikt de brandgeur. Het doet hem denken aan oudejaarsnacht in Napels. Hij trekt zijn jas steviger over zijn knokige schouders en loopt de steeg door. De rookgeur is bijtend. De nachtelijke schemer, doordat de zon maar voor een paar uurtjes achter de horizon blijft, wordt verduisterd door immense rookwolken. Overal op straat lopen spichtige mensen, ze lijken net als hij doelloos hun ene voet voor de andere te zetten. Sommigen sjokken de heuvel op, anderen sloffen naar beneden. De zinderende opwinding die branden gewoonlijk veroorzaken wanneer de lucht is gevuld met sirenes en alarmgeluiden is volledig afwezig. Pas als hij in de buurt van de haven komt, veranderen de mensen en lijkt er iets van leven op hun magere gezichten terug te keren. Ambrosio weet niet of het de warmte van het vuur of de wanhoop van de situatie is.

Uit de zijstraat komt een heel oude man aanstrompelen die nagenoeg naakt is. Zijn botten steken door zijn vel, hij zwaait met zijn armen en roept: 'Het parlement moet branden! De fik in het parlement!'

Het geroep van de naakte oude man werkt besmettelijk. In de haven begint iemand te schreeuwen: 'De Chinezen, het is de schuld van die Chinezen!'

De scherpe rook wordt over de kade geblazen en ontneemt iedereen het zicht, toch houdt het geroep niet op. 'De Chinezen! Het zijn de Chinezen!' klinkt uit de chaotische menigte die zich op de steigers en de walkant bevindt. Sommigen rennen af en aan met emmers zeewater, anderen staan als versteend te kijken en weer anderen hebben hun armen om zich heen geslagen omdat ze bang zijn voor het vuur en wat daar de gevolgen van zijn. De leus 'De Chinezen! Het zijn de Chinezen!' blijft klinken.

Op de stroep voor zijn huis valt Jenis Hansen neer. Hij is vreselijk verbrand en trilt over zijn hele lichaam. Hij snakt naar adem en huilt dat het zijn schuld is dat zijn vrouw dood is. Tóki zegt dat hij niet moet praten, dat hij zijn krachten moet sparen, maar hij verheft zelfs zijn stem: 'Het is mijn schuld! Alles is mijn schuld!'

Op aanwijzingen van zijn neef wordt de kermende reder op een plank gelegd. Buurmannen tillen de geïmproviseerde brancard op. Ze proberen niet door de rook te lopen, maar de wind zoekt zich een nieuwe weg tussen de huizen en de rook kolkt voor hen uit. De tranen lopen uit hun ogen en de adem wordt hun benomen. Toch dragen ze het zwaargewonde lichaam van de reder in de richting van het ziekenhuis. Achter hen vormt zich een stoet die roept: 'De Chinezen, het is de schuld van die Chinezen!'

Frimann zit samen met Hans, de minister van Binnenlandse Zaken, aan de tafel. De dikke gordijnen zijn dicht en ze concentreren zich op het papier dat vóór hen ligt. Birta heeft glazen met water neergezet dat ze eerder met een jerrycan heeft gehaald bij een stroompje buiten de stad en gefilterd, omdat ze het belangrijk vindt iets neer te kunnen zetten.

'Als ik nou als eerste zeg dat er altijd een sprankje hoop gloort aan de horizon,' zegt Frimann.

'Welke hoop, verdomme?' blaft zijn collega.

'Ik kan toch niet alleen maar slecht nieuws brengen?'

'Frimann, ik weet niet wat jij wilt, maar het zijn geen verkiezingen, en als die er zouden komen, word jij niet herkozen, dus hou ze niet langer voor de gek en zeg dat als ze elkaar niet zelf uitmoorden, ze dood zullen gaan van de honger.'

'Ben je gek, dat ga ik niet zeggen.'

'Wat dan? We mogen nog van geluk spreken dat het zomer is en geen winter. Het is anders best warm hier.'

'Ja, de stad brandt! Kom, concentreer je.'

Birta komt gehaast binnen. 'Excellenties!'

Frimann kijkt haar woedend aan. 'Ik heb je gezegd altijd eerst te kloppen.'

'Ja, maar ...'

'Niks ja maar. Stoor ons niet.'

'Maar er is ...'

'Birta! Hou je mond en laat ons denken, het is al moeilijk genoeg.'

'Maar meneer, er is brand ...'

'Ja, dat weten we, daarom vergaderen we ook.'

'... in uw kamer.'

Frimann stoot zijn glas water om, schiet de kamer uit, de gang op en ziet de vlammen.

'Brand!' roept hij. 'Brand!'

Zonder verder iets te pakken of mee te nemen rennen ze naar buiten en zien de blote man staan dansen op de trappen.

'Vader!' roept Frimann, 'Wat doet u hier?'

De oude demente man kijkt hem gelukzalig aan. 'Het is zomer,' kirt hij, 'het is eindelijk zomer.'

Binnen in de hal van het ziekenhuis zit het groepje Filippijnse zeemannen weggedoken in dekens, dicht bij elkaar. Als de deur opengaat, horen ze harde stemmen die woorden roepen die ze niet kunnen verstaan. Dora rent naar de deur en probeert de mensen tegen te houden. Ze duwen haar opzij en komen op het angstige groepje af.

'Dokter! Dokter, kom!' gilt Dora.

De mannen onder hun dekens zien de woedende blikken in de ogen en horen de paniek in de stem van de zuster. Als op afspraak staan ze allemaal tegelijk op zonder een woord tegen elkaar te zeggen. Ze weten dat de aanvallers voor hen komen. Ze hebben erop gewacht. Ze verstaan de woorden niet, maar ze weten wat ze zeggen. Ze laten de dekens van hun schouders vallen en kijken de mannen aan met hun bloeddoorlopen ogen. Hun ingevallen gezichten. Hun uitgeholde borstkas. Hun blote voeten. De lendendoeken om hun geslacht. De gescheurde T-shirts. Ze zeggen niets als ze de vuisten op zich voelen neerdalen. Ze vallen. Slaan tegen het glas. Op de harde vloer.

De stem van de mannen verstomt, als in een kreunende ademtocht denderen ze over hen heen. Alleen hun vuisten spreken nog. Ze bonken op de broze, weerloze lichamen. Ze slaan ze in het gezicht. Ze horen botten breken, onbeschermd door spieren en vet. De wit marmeren ziekenhuisvloer, waar ook het snikkende lichaam van Jenis Hansen ligt, kleurt rood.

~

Hoog boven de stad, op de flank van de berg, zit Unnar naast de zwijgzame oude man die al weken naast hem slaapt. Alleen de eerste nacht had Henrik heel veel gepraat. Na het drinken van de flessen uit de keukenkast had hij uren verteld over hoe hij schepen tijdens stormen redde, hoe hij de noordwestenwind kan afleiden zodat die hem niet kan grijpen, dat hij dwars door de mist kan kijken en hoe hij de golven en stromingen van de zee kan voorspellen. Hij was in slaap gevallen naast Unnar en had zijn arm beschermend om hem heen geslagen tot hij wakker was geworden. Daarna had hij zelden nog iets gezegd.

Toch weet Unnar dat hij bij Henrik veilig is. Hij vindt het daarom niet erg dat de oude man als hij 's morgens wakker wordt alleen op pad gaat, als hij maar niet meer alleen hoeft te slapen.

Henrik komt elke dag terug met iets te eten, wat vissen, een vogel, of eieren en bereidt die, net zoals zijn vader altijd deed, op een heel klein vuurtje. Als Unnar hem vraagt hoe hij aan het eten komt, kijkt Henrik even naar de oceaan en wijst met zijn kin. Unnar vindt het fijn dat de zee de beste vriend is van de man en hoopt dat hijzelf zijn een-na-beste vriend is.

Unnar en Henrik kijken naar de rook die de lucht vult, het licht verandert, de wolken doet verdwijnen.

'Het is net of de hele stad brandt,' zegt Unnar.

'Hmm,' beaamt Henrik.

'Als er maar niemand dood is gegaan.'

'Hmm.' Zijn ogen staan somber, zijn stem is vlak.

'Mag ik je wat vragen?'

'Hmm.'

'Denk je dat mijn vader en moeder dood zijn?'

'Ja,' zegt Henrik.

Unnar kijkt verbaasd naar de oude man. 'Hoe weet je dat?'

'Dat weet ik niet, dat denk ik,' zegt Henrik.

Unnar ziet een meeuw uit de rook tevoorschijn schieten. Verstoord kijkt het beest om zich heen en landt op een stuk rots niet ver bij hen vandaan. Hij krijst, roept zijn vrienden, maar er komen geen andere meeuwen uit de rook vliegen. De vogel gooit zijn kop in zijn nek, opent zijn bek en roept weer. Hij wacht, maar er komt geen antwoord. Dan spreidt hij zijn vleugels, stijgt op en verdwijnt weer in de rook.

'Ik denk het ook,' zegt Unnar zachtjes.

Tussen de flarden zwarte walm zien ze de zee, groots en eindeloos. De zon begint over de horizon te kruipen en de branden in Havenstad veranderen van kleur. De eenzame meeuw duikt weer tevoorschijn uit de rook en cirkelt rond, zijn vleugels wijd, op de thermiek. Plots duikt hij naar beneden en schiet opnieuw de grauwe wolk in.

'Zullen we?' zegt Henrik.

'Komen we hier niet meer terug?'

Henrik haalt zijn schouders op.

'Misschien is er nog meer eten? In een andere kast?'

'Hmm.'

'Ik denk het eigenlijk ook niet. In de andere kast stonden de pannen en lag de sleutel van de schuur, maar die was nooit op slot. Mama vond het een rotschuur. Papa had haar beloofd een nieuwe te bouwen. Dat zou wel fijn geweest zijn, hè, dan was het er niet zo koud geweest.'

Henrik knikt.

'Ik hoop dat mevrouw Poulsen haar katten nog terugvindt, ze houdt erg veel van ze. En de meester? Zou die mij niet missen als de school weer begint? Ik moet hem misschien een briefje sturen als we weten waar we gaan wonen.'

Henrik staat op.

'Als oma nou terugkomt?'

'Dan hoor ik dat,' bromt de oude man.

'Beloof je dat je het me zult zeggen?'

Henrik knikt, pakt zijn stok en zijn schoudertas en loopt verder het pad de berg op. Unnar loopt achter hem aan met de pet van zijn vader op zijn hoofd en de paarse wollen jas van zijn moeder met een touw om zijn magere lichaam geknoopt. In een oude plastic zak die hij op zijn rug draagt heeft hij het tuinstoelkussen van zijn moeder, dat is zijn bed.

Ze lopen steeds hoger en ruiken niet langer de scherpe brandlucht. Vlak voor ze de pas overgaan, kijkt Unnar nog heel eventjes naar de brandende stad, om snel weer achter de brede rug aan te rennen. Hij is blij dat hij zo'n sterke vriend heeft, bijna net zo sterk als zijn vader.

Spijt

– elf weken en twee dagen –

Het is stil. De straten zijn verlaten en zelfs de wind is vertrokken. De enige beweging komt van de rook die sloom opkringelt uit de verkoolde puinhopen, en de deining van de zee, waar de uitlopers van de golven tegen de kademuur schurken. Er is geen vogel, geen hond, geen mens te zien. De zon, die maar een paar uur verzonken is geweest achter de horizon, staat al weer uren aan de wolkeloos blauwe hemel. Zelfs de zomervliegen, die anders wakker schrikken als het licht wordt, wachten verscholen in hun holen.

Waar mensen worden vermoed zijn de gordijnen dichtgetrokken. Het is alsof iedereen wil vergeten, ontkennen, ontkrachten wat is gebeurd, hopen dat niemand heeft gezien dat zij de rol van rechter hebben overgenomen.

De ochtendlijke stad doet alsof ze nog slaapt, wacht op de eerste die naar buiten durft, die de moed heeft te gaan zien wat er over is van de wereld die ze ooit samen hebben opgebouwd, waar stemrecht en rechtspraak zijn – of waren. Achter hun gesloten luiken en deuren zoeken ze naar antwoorden op het waarom, stapelen vraag op vraag. Misschien was het slechts een onontkoombare uitbarsting, een wanhoopsdaad om gezien te worden, gehoord te worden, als een brandende autoband op de pleinen van de vrijheid en de revolutie? Niemand komt naar hen toe, ze zijn alleen gelaten. Ze bestaan niet meer. Zij, die leefden in het nu, communiceerden met hun gelijken via de aarde omspannende netwerken, zij, ontwikkelde, wellevende mensen van de eerste wereld met de beschaving hoog in het vaandel, hebben de hoop laten varen. Hun angst groeit met de dag, elk uur, elke minuut, elke seconde groeit de angst.

Ze kunnen nog ademen. De lucht is fris en schoon, de zon klimt omhoog. Ze kunnen nog voelen, nog denken, ze kunnen nog weten dat hun maag leeg is, hun botten zichtbaar worden, hun kracht hen aan het verlaten is. Wat ze vol trots dachten te hebben opgebouwd, is roemloos gevallen, naamloos, zinloos, zegenloos ten onder gegaan.

Een slip van het gordijn wordt heel even opzij getrokken en een onherkenbare gluurt door de ontstane spleet, om direct de zon weer buiten te sluiten. Een vinger tilt stilletjes de klep van de brievenbus op, ogen spieden de straat af. Achter een zolderraam verschijnt een glimp van een gelaat. Een hand ligt op de deurknop. Een voet aarzelt bij de drempel. Een verstomde stem durft niet te spreken. De vraag is wie de eerste is met lef, die niet terugdeinst en durft te gaan kijken naar de doden, de gewonden, de gaten, de overblijfselen, de as rond de verkoolde karkassen van de gebouwen waar ze woonden.

De zon lijkt roerloos, onbewogen, beschijnt de stad met de onverschilligheid hem eigen.

De deur gaat open, het kleine meisje weet nog niets, alleen de leugens die haar zijn verteld. Ze heeft haar knuffel in haar hand, haar nachtjaponnetje nog aan. Het is niet vaak dat de zon zo vrolijk schijnt, de ochtend bijna warm aanvoelt. Op haar blote voeten huppelt Susanna het tuinpad af. Tussen het gras prijken roze en gele bloemen en de eenzame kleine doornstruik, gebogen door de eeuwige wind, toont haar zijn bloesem. De kleuter ruikt, zo heeft ze geleerd, en lacht. 'Papa!' roept ze. 'Kom kijken, de bloemen zijn terug!'

Esbern komt naar buiten. Ook hij heeft niet geslapen. Hij heeft de hele nacht op en neer gerend tussen de haven en het ziekenhuis, waar zijn vrouw de eindeloze stoet gewonden verzorgde. Hij heeft lakens helpen knippen tot verband. Hij heeft water op een vuur van wrakhout gekookt om de instrumenten te ontsmetten. Hij voelt zich schuldig en wenst dat niet hij het was die de weg naar huis had afgesneden en was omgedraaid vanwege de noodkreet.

'Au!' roept Susanna. 'Hij prikt!'

Esbern pakt de hand van zijn dochter en kust de vinger.

'Pijn weg!' lacht het kleine meisje.

Hoe lang kan ik nog met kussen haar wonden helen? vraagt hij zich af. Wanneer breekt de dag aan dat haar pijn niet meer verdwijnt?

~

Óli zaagt de dikke balk op maat voor de deur. Hij is niet de enige die bezig is zijn huis te vermaken tot een burcht. In alle dorpen sijpelt het bericht door dat de hoofdstad is afgebrand. Nicodemus, de weduwnaar, had nachtdienst bij de accu-zender en hoorde het sos van een zendamateur in Havenstad, die riep dat alle huizen in brand stonden, dat de anarchie was losgebroken en bewoners de stad ontvluchtten. De weduwnaar had alarm geslagen en Matteus Peterson, de zoon van de boekhouder van Jenis Hansen en penningmeester van het noordelijk kerkbestuur, was de huizen langsgegaan.

In het zaaltje naast de kerk van Nordur, gebruikt voor bruiloften en vergaderingen, waren de gezinshoofden vroeg bij elkaar gekomen. Ze hadden na wikken en wegen en diverse gebeden besloten dat gezien de groeiende trek naar de dorpen en de voedselproblematiek, Nordur zal worden afgesloten voor iedereen die er nu niet woont. Als niet-ingezetenen het dorp in willen moeten ze eerst langs de schuur van Óli's broer, het gebouwtje dat aan de toegangsweg naar Nordur staat, hier zullen nieuwkomers zich eerst moeten melden en pas na overleg met de dorpsraad zal worden besloten of die persoon of personen in het dorp kunnen blijven of niet. Van nieuwe mannelijke bewoners zal worden verwacht dat zij net als de mannelijke inwoners van het dorp meehelpen bij het vergaren van voedsel, zoals vissen, eieren zoeken en vogels vangen, het werken op het land, – de aardappelveldjes zijn aangelegd – of het hoeden van de schapen, aangezien de kuddes niet meer zonder begeleiding de bergen in gaan om te grazen. Ook wordt aangeraden op je huis een slot aan te brengen of iets anders om ongewenste bezoekers buiten te sluiten.

Óli is blij dat Matteus Peterson zich opwerpt als hun aanvoerder en de taken heeft overgenomen van de burgemeester, die bij gebrek aan medicatie zijn bed niet meer uit kan. Óli vindt het niet erg om hard te werken, om een huis vol hongerige zielen te hebben, om hun de weg van God te wijzen, maar hij vindt het moeilijk een vergadering voor te zitten van mannen die allemaal een andere mening hebben – zijn vrouw heeft ook al op alles wat hij zegt commentaar.

Alsof ze zijn gedachten heeft gelezen, zegt ze: 'Die balk kunnen we veel beter gebruiken als hout om op te koken.'

~

Dora heeft grote wallen onder haar ogen, alle kleur is uit haar gezicht verdwenen. Haar verpleegstersschort zit onder het bloed maar tijd om zich te verkleden neemt ze niet. Ze vult een speenfles met lauw water en doet het allerlaatste beetje suiker erbij. Ze geeft de fles aan de enige Filippijn die nog kan lopen en wijst naar de monden van zijn twee zwaargewonde vrienden, gebarend dat hij hen moet voeden. De andere vier mannen liggen op matrasloze bedden in het mortuarium – daar de rest van de lijkbaren bezet zijn.

Ze loopt de ziekenhuisapotheek in.

Achter de balie werkt al jaren een verre neef van Esbern. Hoewel de schappen om hem heen nagenoeg leeg zijn, is hij niet van plan zijn fort te verlaten voordat de laatste pil verdwenen is.

'Heb je nog alcohol?'

Hij houdt een bijna lege fles op.

'Ga je weer naar hem toe voor een nieuwe fles?'

'Hij heeft niets meer. Dit was de laatste.'

'O, nee,' zucht ze. 'Wat moeten we nu?'

De apotheker haalt zijn schouders op en zucht ook.

Dora wil weglopen, maar ze draait zich weer om en vraagt: 'Wat zeiden ze?'

'Wie?'

'Op de radio natuurlijk.'

'Er was geen uitzending vanochtend.'

'Waarom niet?'

'Omdat er geen studio meer is.'

Zonder dat ze het wil of voelt aankomen, springen de tranen in Dora's ogen. Ze gaat op de stoel bij de deur zitten. Hij geeft haar zijn zakdoek, die niet bepaald schoon is. Maar schoon en vies zijn begrippen die hun betekenis hebben verloren. Net zoals ze steeds minder het verschil weet tussen goed en kwaad, bang en dapper, eerlijk en oneerlijk, iets en niets, dood en levend.

~

Ambrosio klopt op de deur met het nummer twee. Als hij geen antwoord krijgt, opent hij die voorzichtig. Door een heel kleine spleet in het gordijn kruipt een zonnestraal binnen. Op het bed ligt Johanna. Haar huid is droog en bleek, alsof ze het tijdelijke al voor het eeuwige aan het verwisselen is. Hij loopt naar haar toe en pakt haar hand. Ze opent haar ogen een beetje en kijkt hem smekend aan. Hij schudt zijn hoofd.

'Nee, ik heb niets,' zegt hij zachtjes.

Ze sluit weer haar ogen. 'Ik ruik iets,' fluistert ze.

'Dat is rook.'

'Gerookte vis?'

'Nee, de stad is afgebrand.'

'Waarom leef ik dan nog?' zucht ze bijna onhoorbaar.

Ambrosio kijkt naar het fragiele gezicht dat boven de deken uitkomt. Ze mag niet dood, dan is hij echt alleen.

'Ik wil weg,' fluistert ze bijna onhoorbaar.

'Ik ook.'

'Waarom gaan we dan niet? Er zijn toch bootjes.'

Ambrosio kijkt haar aan. Het duurt even voor de betekenis van haar woorden tot hem doordringt.

Hoop

– twaalfde week –

Aan de arm van Ambrosio gaat Johanna naar buiten. Ze kan bijna niet meer lopen na de weken op bed in de donkere kamer. De zon boort gaten in het wolkendek, de stralen staan als uitnodigende gouden jakobsladders tegen de hemel. Hij wijst ernaar en haar mondhoeken krullen iets omhoog.

Op de steigers is niemand en ook op de boten is geen mens te zien. Tot uit een van de straten een man komt. Hij buigt zijn hoofd iets dieper als hij langs het verbrande huis van de reder loopt.

'Mag ik u iets vragen?' kraakt de stem van Johanna.

De man kijkt angstig op. 'Ik heb niets.' Hij duwt zijn handen dieper in zijn zakken.

'Heeft u een boot?' vraagt Ambrosio vriendelijk en wijst naar de kleine vissersbootjes in de haven.

Wantrouwend kijkt de man van Ambrosio naar Johanna. Hij heeft deze vreemdelingen niet eerder gezien. Hij voelt de twee eieren. In iedere zak één. Hij mompelt iets ontkennends en loopt snel door.

Dan komt er een man aan die wat wrakhout achter zich aan sleept.

'Goedemorgen.'

'Môgge,' klinkt het stug.

'Bent u uit varen geweest?'

'Natuurlijk niet.' Even stopt de man, werpt een blik op de zee. 'Maar als ik benzine had, zou ik hier snel weg zijn en nooit meer terugkomen.' Hij loopt door, het zware hout meezeulend.

Johanna, niet meer gewend zo lang te staan, zinkt neer op de lage meerpaal waar twee maanden terug ook Unnar zat. Vóór haar, in het water, zwemmen een paar eenden. 'Heb jij weleens eend gevangen?' vraagt ze zonder op te kijken. Als Ambrosio haar niet antwoordt, merkt ze tot haar verbazing dat hij verdwenen is.

'Dames en heren!' klinkt opeens de stem van Ambrosio.

Johanna ziet dat hij op de trappen van het verbrande parlement staat en zijn handen voor zijn mond heeft als een megafoon.

Er is bijna niemand op de kade. De man met het wrakhout stopt even om te kijken wat er gebeurt, maar als hij ziet dat het de vreemdeling is, loopt hij vlug verder.

'Dames en heren!' roept Ambrosio weer, die voor hij vertegenwoordiger in reddingsvesten werd, jaren op de markt heeft gestaan.

Een moeder met een meisje blijft staan.

'Kunt u hier nog leven?' vraagt Ambrosio aan de vrouw.

De vrouw schudt haar hoofd.

'Hoort u dat?' roept Ambrosio over de lege kade en het plein voor het parlement.

De man met het hout gaat steeds sneller lopen.

'Luister mensen! Het wordt tijd om te gaan!' roept Ambrosio met zijn vreemde accent. 'Luister naar wat deze vrouw te zeggen heeft.'

De vrouw begint te blozen. Zo veel aandacht heeft ze niet meer gehad sinds haar man, een van de vissers op *Marinco 234*, haar kuste en met zijn plunjezak de loopplank op was gelopen. 'Ik heb niets te zeggen,' stottert ze.

'U spreekt de waarheid! Er valt hier niet meer te leven!'

Waar Ambrosio de energie vandaan haalt, weet Johanna niet, maar het werkt aanstekelijk. Ze klautert van de meerpaal en loopt naar de trappen.

Uit een van de zijstraten komt nog een vrouw nieuwsgierig aanlopen. Ze gaat naast de moeder met het kind staan. 'Wie is dat?' fluistert ze tegen haar buurvrouw.

Ze haalt haar schouders op en zegt: 'Hij wil weg.'

'Weg, waarheen?'

'Dat weet ik niet.'

Nu hij de verlegen vrouwenogen op zich gericht ziet, hervindt Ambrosio steeds meer van zijn oude overredingskracht. Hij spreidt zijn armen en richt zijn ogen naar de hemel. 'Moeten wij hier allemaal sterven?' roept hij, terwijl de zon zijn scherpe stralen als een gouden gordijn boven de zee uitspreidt. 'We kunnen niet langer wachten op de politici!'

De vrouwen knikken. 'Ze liegen!' roept een van hen.

De ministers zitten rond een kleine tafel. Bij het zien van het oploopje buiten heeft Birta de gordijnen maar een klein stukje opengeschoven.

'Waar blijft Frimann?' bromt Hans, de minister van Binnenlandse zaken. 'En kunnen die gordijnen niet open?'

Hij staat op en trekt het gordijn met een ruk opzij, waarmee niet alleen het zonlicht maar ook het geroep van Ambrosio beter tot hen doordringt. Nu komen ook de anderen naar het raam en kijken naar het groepje aan de overkant van de straat.

'Wie zijn dat?' vraagt de minister van Binnenlandse Zaken aan Birta.

'Ik weet het niet, meneer Nielsen,' zegt ze zachtjes.

De deur gaat open en Frimann komt binnen, die direct doorloopt naar het raam. 'We moeten de politie op die kerel afsturen.'

'Waarom?' vraagt Hans Nielsen verbaasd.

'Omdat hij de boel ophitst, dat zie je toch?' zegt Frimann.

'Is het juist niet goed dat iemand eindelijk eens iets doet?'

'Mag ik je erop wijzen dat wij heel veel hebben gedaan?'

'Het verdelen van niets, noem jij dat "iets doen"?' zegt Hans.

'Als Kornus ...' Frimann brengt zijn hand even naar zijn hart. '... niet zo eigenzinnig was geweest.'

'Verdomme, hij ligt nog niet onder de grond en je wilt de schuld al op hem afschuiven?'

'Dat wil ik niet, maar je kunt niet ontkennen dat het zijn loods was.'

'Ik ben benieuwd waar we na jouw dood allemaal achter komen,' snauwt Hans.

'Stop! Hou op,' roept Elias, de minister die verantwoordelijk was voor de visserij maar zich sinds het stilvallen van de economie bezighoudt met de verdeling van het laatste voedsel. 'Zien jullie niet dat het óp is? Het is over! We zijn alle noodscenario's allang gepasseerd, er heerst anarchie, de bevolking sterft de hongerdood of ligt doodgeslagen of verkoold in het mortuarium, en jullie gaan weer ruzie maken terwijl we de bevolking moeten overtuigen.'

'Van wat?' roept de premier ten einde raad.

'Wat die man zegt, dat we hier weg moeten!' zegt Elias.

Hans zucht. 'Dat kan toch niet.'

'Wil je hier dood of daar leven, dat is de vraag!'

'Waar?' zucht Frimann.

'Gewoon, daar op het vasteland, het continent.' Elias wijst naar de zee.

~

De kleine kerk van Nordur is afgeladen vol. Uitgeputte moeders dragen huilende baby's en magere vaders zijn omringd door hun hongerige kinderschaar, kromgegroeide ouwetjes strompelen binnen of worden door trouwe zonen in kruiwagens aangevoerd, zelfs zij die ziek zijn schuiven dik ingepakt aan op de rechte banken. De eigenaar van het hotel, die twee maanden terug bij zijn familie is ingetrokken, wordt door zijn zus in zijn rolstoel naar binnen geduwd. Zelfs Nicodemus, de weduwnaar, die dienst heeft achter de radiozender, en Gormur, de enige atheïst van het dorp, die gezworen heeft het gebouw nooit te betreden, zijn binnen. Degenen die niet op de banken passen, zitten op de grond of leunen tegen de muur.

Óli staat met zijn familie helemaal achter in de kerk – ze waren laat, het lukte niet goed het huis af te sluiten omdat dat met de balk alleen van binnenuit kon.

Matteus Peterson, zoon van de boekhouder, stapt het altaar op. Hun vaste voorganger woont in een ander dorp en kwam toen er nog benzine was, nu neemt Matteus hem waar, al heeft de penningmeester nooit eerder op de gezegende verhoging gestaan. Later weet hij ook niet of het het vreemde licht was dat op dat moment door de ramen viel of dat het de ogen waren van de gekruisigde Jezus die hem aankeken, maar hij voelde een kracht die hij niet eerder had ervaren. 'Wij zijn het Uitverkoren Volk!' roept hij opeens.

De mensen kijken stomverbaasd naar de penningmeester van het kerkbestuur.

'Wij, bewoners van deze eilanden, zijn uitverkozen door de Here God!' golven de woorden uit Matteus' mond.

De verbazing onder de aanwezigen groeit. Veel van de mensen op de eilanden bidden, daar het geloof al eeuwen een vanzelfsprekende steun is bij het zware leven op de zompige weide tussen de basaltblokken, omringd door de onvoorspelbare noordelijke oceaan. Maar nu het voedsel nagenoeg op is en de kleine aardappeloogst nog maanden op zich laat wachten, zijn er steeds meer die hun overtuiging in de Almachtige beginnen te verliezen.

'Hij heeft ons aangewezen,' gaat Matteus Peterson verder, 'zoals hij eerder Noach met zijn vrouw, zijn zonen en hun vrouwen aanwees.'

De mensen in de kerk hadden gedacht dat de penningmeester van het kerkbestuur, sinds een paar dagen ook woordvoerder en voorzitter van de speciale noodcommissie van de dorpsraad, met een nieuw plan zou komen hoe ze de agressieve, hongerige stedelingen daadwerkelijk buiten Nordur konden houden. Niemand is echter voorbereid op een preek waarin zij opeens als een verkozen groep stervelingen worden aangewezen.

'Aan ons is de bijna onmogelijke taak de wereld te redden ...'

Óli, die zichzelf nooit in welk opzicht dan ook als uitverkorene heeft gezien, krijgt opeens een trots gevoel over zich.

Dit in tegenstelling tot Gormur, die opstaat en roept: 'Idioot!'

'Sta niet op, Gormur, keer je rug niet weer naar de Heer, vertrouw deze keer op Hem!'

'Ik vertrouw niemand, en jou al helemaal niet. Eerst zadel je ons op met de volledige afsluiting van het dorp en worden er toch nog een kalf en vijf ganzen gestolen, en nu wil je dat we een ark gaan bouwen!'

Daaraan had Matteus nog niet gedacht. 'Als wij hadden geleefd op een vruchtbaar eiland vol bomen zouden jouw woorden hebben geklopt, Gormur, maar een ark kunnen we hier niet bouwen bij gebrek aan hout. Wij zullen het anders doen, wij zullen onze vloot gebruiken.'

'Finaal gestoord!' roept Gormur. 'Krankzinnig, dat ben je! Een vloot! Alle viskotters zijn verdwenen en er is geen druppel benzine of diesel meer!' Hij loopt naar de grote kerkdeuren, want hij is niet van plan de lage zijdeur te gebruiken waar hij zijn hoofd moest buigen toen hij binnenkwam. Hij grijpt de hendels van de deur en wrikt, maar de deur wil niet open.

'God is onze Herder! Hij reikt ons Zijn hand. Hij zal ons helpen.'

'Hij gaat zeker roeien!' roept Gormur, die nog steeds tegen de deur staat te duwen. 'Of heeft hij je een oliebron ingefluisterd!'

'Nee, Gormur, alle kleine scheepjes die wij hebben, alle honderden plezierjachtjes, weekendbootjes en kruisertjes zullen varen, samen zullen wij als een hemels eskader door de hand van de Heer over de zee worden geleid.'

Eindelijk heeft Gormur door dat hij niet moet duwen maar trekken. De grote kerkdeuren vliegen open. Met grote passen loopt de atheïst vloekend het kerkpad af. Sommige van de gelovigen leggen snel hun handen op de oren van hun kinderen.

Matteus Peterson voelt dat hij eindelijk zijn ware roeping heeft gevonden en laat zijn stem galmen door de kerk: 'Gaat, o, nederige mensenkinderen. Gaat, als u de hand van de Heer niet vertrouwt. Gaat, de deur is open, wijd open, niemand houdt u tegen.'

Binnen voelen de inwoners van Nordur de kille bries die hun zomerzon opzij heeft geduwd. Ze schuiven nog iets dichter tegen elkaar aan en kijken afwachtend wie zal opstaan.

Dan vliegt er door de wijd openstaande deuren een bromvlieg de kerk in. Het piepkleine beestje suist over het middenpad. Óli is de eerste die het ziet en staart naar het kleine insect. Nu zien ook de andere kerkgangers het. Even is er nog gefluister en stoten de mensen elkaar aan. Dan wordt het muisstil. Iedereen houdt zijn adem in als het beestje wil landen op het hoofd van een gepensioneerde visser, maar net voordat hij zijn pootjes wil neerzetten op de grijze haardos, vliegt hij verder naar het altaar. De penningmeester, gedreven door een goddelijke ingeving, strekt zijn rechterhand uit naar het beestje. Het vliegt nog even naar links en rechts maar dan landt het insect op zijn uitgestrekte hand. Aan de monden ontsnapt een zucht van aanbidding.

~

De vuurtoren staat niet zoals Unnar had gedacht op de uiterste rand van de klif maar op een piepklein eilandje verder in zee, eigenlijk niet meer dan een steile rotspunt die tussen de golven omhoogsteekt. Hij baalt dat ze er nog niet zijn, laat de plastic zak die hij de hele voetreis heeft gedragen op een berg keien vallen en gaat zitten. Hij heeft blaren en honger. Hij had gehoopt op een bed en een echte kamer na alle weken in het schuurtje en een nacht in een lege stal. Henrik neemt geen pauze en begint met stenen te slepen. Unnar verlangt naar de paddenstoelen die ze die ochtend hebben gevonden, want de zuring van gisteravond hebben ze rauw moeten opeten omdat het in de harde regen niet lukte er soep van te maken.

Unnar begrijpt niet waarom de oude man na uren lopen opeens

stenen wil verplaatsen, alsof je zomaar een brug kunt bouwen door de zee. Maar hij heeft geleerd dat het beter is niets aan Henrik te vragen, dus gaat hij liggen en kijkt naar de lucht. Boven hem zweeft een jan-van-gent met zijn brede vleugels op de wind. Hij hoort hoe Henrik in een gelijkmatig tempo de stenen van de hoop neemt en opzij gooit. Jaloers kijkt Unnar naar de moeiteloze vlucht van de grote vogel en herinnert zich hoe zijn vader hem vertelde over hoe kleine jan-van-genten zich van de rotsen naar beneden laten vallen terwijl ze nog niet kunnen vliegen, loodrecht de zee in, om eerst te leren zwemmen voor ze leren het luchtruim te bestijgen. Opeens duikt de vogel naar beneden. Unnar rolt zich op zijn zij en ziet hoe de vogel vlak voor hij de golven raakt zijn vleugels naar achteren trekt en zich als een raket het water in boort, om even later met een grote vis in zijn bek weer boven te komen.

Kon ik maar zo makkelijk vissen vangen, denkt hij en draait zich terug naar Henrik. Nu pas ziet hij wat de oude man aan het doen is.

Tussen de stenen verschijnt de houten boeg van een kleine boot.

'Gaan we varen?'

'Hmm.'

'Moet ik helpen?'

'Hmm.'

Waar Henrik het lange touw vandaan heeft gehaald in het verder kale landschap weet Unnar niet, misschien lag het ook onder de stenen of al in de boot, maar opeens is het er en maakt Henrik het vast aan de neus van de roeiboot. Dan sjort hij het touw door een katrol aan de rotsen, die duidelijk met dat doel is opgehangen. Voor Henrik de kleine boot laat zakken, checkt hij eerst de ijzeren ring op de bodem van de boot, die met kabels verbonden is naar vier punten op de rand van de boot. Als Henrik tevreden is, duwt hij voorzichtig de boot over de rand van de steile helling en laat het vaartuig langzaam naar beneden zakken. De jan-van-genten kijken toe en geven commentaar met hun schor gekraak, iets verderop staat een aalscholver zijn veren te drogen op een rotspunt. Zonder dat de oude man het hem vraagt pakt Unnar het touw, en heel voorzichtig daalt de roeiboot steeds verder naar beneden. Soms blijft de boot even haken achter een oneffenheid maar met een ruk krijgen ze hem steeds los.

Als de boot de kleine betonnen aanlegplaats bereikt op zeeniveau stoppen ze met het laten vieren van het touw. Henrik bindt het uiteinde om Unnars middel. Dan slaat hij het deel tussen Unnar en de katrol om de grote stalen kikker die naast de katrol is verankerd.

'Als ik roep, haal je het touw los van deze kikker en klim je naar beneden,' zegt de oude man.

Unnar kijkt angstig de diepte in. Hij is nog nooit van zulke steile rotsen afgedaald.

'Ik zorg dat je niet valt,' zegt Henrik. Hij pakt de andere kant van het touw dat door de katrol loopt en naar beneden hangt. Hij slaat het met een slag om zijn torso en begint af te dalen.

Unnar ziet hoe hij als een schaap van de rotsen springt. Hij had helemaal niet gedacht dat de oude man zo snel kon dalen. Voor hij het weet hoort hij een kreet. Hij haalt het touw los van de kikker en voelt direct dat het zich spant.

Unnar loopt naar de rand. De kliffen lijken opeens veel dieper en steiler. Hij is bang dat hij zal vallen. Hij wil niet naar beneden. Hij wil naar huis. Naar de schuur. Naar mevrouw Poulsen, die al haar katten kwijt is. Naar de haven, waar boten zijn die niet van de rotsen hoeven te zakken voordat ze uit kunnen varen.

'Kom maar!' hoort hij de stem van Henrik.

Hij wil terug naar Havenstad, al brandt alles daar. Terug naar de gillende mensen. Terug naar de politie, die naar hem op zoek is.

'Je valt niet! Ik hou je tegen!' klinkt het.

Terug naar zijn vader en zijn moeder. Terug naar zijn oma. Hij kijkt weer over de rand.

'Niet naar beneden kijken!' hoort hij Henrik roepen. 'Ga op je handen en knieën zitten! Ik hou je tegen! Draai je rug naar de zee!'

Unnar doet precies wat Henrik roept. Hij voelt dat het touw om zijn middel zich steeds meer spant. Hij voelt dat hij niet kan wegglijden, en heel voorzichtig begint hij naar beneden te klauteren terwijl Henrik het touw viert.

'Goed zo! Je doet het goed! Fantastisch! Je lijkt wel een berggeit!'

Unnar glimt, Henrik heeft in weken niet zo veel woorden tegen hem gezegd.

De golven zijn veel groter dan ze er van boven hadden uitgezien. De riemen, die vastgebonden lagen op de bodem van de boot, hangen in de dollen en Henrik probeert met forse rukken de roeiboot door de branding te manoeuvreren, maar telkens komt er van achter de rots een golf tevoorschijn die hen terugduwt naar de kust. De vogels begluren hen vanuit hun nesten in de kliffen. Zonder dat hij begint te zuchten zoals zijn vader vaak deed, probeert Henrik het keer op keer opnieuw. Ineens zijn ze door de onwillige golven en voelt Unnar dat de boot niet meer wankelt maar door het water glijdt, dat voorbij de branding veel rustiger is. Hij hoort het schorre geluid van de vogels, alsof ze hen uitlachen.

De roeispanen snijden door het water en komen er druipend weer uit. Boven hen verrijzen de onneembare kliffen van het eilandje met de vuurtoren. Unnar ziet nergens een pad om naar boven te klimmen, maar weet dat Henrik niet zo maar de zee op gaat. Hij kijkt naar de handen van de oude man, die de riemen stevig omklemmen, naar zijn buik toetrekken en weer van zich afduwen. Met elke haal gaan ze verder de zee in en wordt het water rustiger. Hij roeit met een boog om het kleine eiland heen. De grijze lucht, die vol regen zou kunnen zitten, zakt steeds lager. De eerste flarden mist doen delen van het hoofdeiland verdwijnen.

Het is kouder op zee dan op het land, Unnar trekt de paarse jas strakker om zich heen. Dan ziet hij een inham, een smalle slenk tussen de rotsen, zo nauw dat hij zich niet kan voorstellen dat de roeiboot erin past. Henrik wacht op de juiste golf en opeens begint hij heel hard te roeien. Ze schieten vooruit. Henrik trekt uit alle macht aan de riemen. De steil oprijzende rots komt steeds dichterbij. Het geluid van de zee verandert, de vogels krijsen onrustig bij het zien van de indringers. Henrik zet door. Haal na haal. Zijn voeten staan schrap tegen de voetsteun, hij strekt zijn knieën, dan zijn rug, zijn armen voltooien de haal. Keer op keer, steeds sneller.

Henrik roeit de kloof binnen, de wind die hen wilde pakken is verdwenen. De golven bereiken hen niet meer, maar de deining van de zee is hier des te groter. Ze worden opgetild en weer neergeworpen, om weer omhoog te gaan en opnieuw naar beneden te storten. Henrik gebruikt de roeiriem om de boot van de wand te houden. Zijn lichaam staat strakgespannen. Hij is zich bewust van de levensgevaarlijke situatie waarin ze zich bevinden. Unnar is niet bang, de oude man is bij hem.

Henrik kijkt omhoog. Hoog boven hen is de grijze lucht. Snel trekt hij de riemen naar binnen en pakt het meertouw dat aan de neus van de boot zit. Hij draait zich om. Het gekrijs van de vogels is oorverdovend, woedend als ze zijn over de aanwezigheid van mensen in hun grot. Unnar ziet ruw uitgehakte treden in de rotswand die naar boven leiden, maar hij ziet niet waar de trap begint. Dan slaakt Henrik een kreet, bijna als een antwoord op het geschreeuw van de vogels. Unnar snapt niet waarom. De oude man wankelt even, maar herstelt zich snel. Bij de volgende deining van de zee, als de boot met geweld omhoog wordt geduwd, lijkt hij te willen overspringen met het touw in zijn hand, maar hij aarzelt. Opnieuw gaan ze naar beneden, nogmaals kijkt Henrik bezorgd over zijn schouder naar iets achter in de kloof. Ze gaan weer omhoog. Hij staat gespannen met het touw in zijn hand en als de boot op zijn hoogste punt is, springt hij eruit op de rotsen.

Unnar kijkt naar het kolkende water. Opeens is hij bang. Er zijn hier geen klapladders of gevlochten kooien aan touwen zoals bij het pirateneiland van Captain Stone.

Henrik maakt het touw waarmee hij is gesprongen vast aan een ring in de rotswand en klimt verder omhoog. Unnar wil hem roepen maar weet dat de oude man toch geen antwoord zal geven. De vogels vliegen af en aan, krijsen en duiken weg in gaten in de rotsen, waar de witte vlekken vogeldrek hun nesten verraden. Henrik verdwijnt tussen de rotsen en Unnar blijft alleen achter in de op en neer deinende boot.

Langzaam smelt zijn angst wat weg en wacht hij op de volgende deining die hem omhoog brengt. Hij durft steeds beter om zich heen te kijken en de vogels lijken te zijn vergeten dat hij er nog is. Dan ziet hij dieper in de spleet iets drijven. Hij kruipt naar de boeg van de boot en tuurt over de rand. Hij gaat naar beneden en weer omhoog. Er drijft iets wat op een man lijkt. Een grote man. Zijn gezicht in het water, zijn rug naar boven.

'Henrik!' gilt Unnar. 'Henrik!

Unnar hoort iets in de boot vallen.

'Doe die haak aan de ring!' roept Henrik.

Unnar weet niet wat hij bedoelt. Welke ring, welke haak?

'De ring op de bo-dem ...!' galmt het tussen de rotsen.

De vogels beginnen weer te krijsen en Unnar probeert te begrijpen wat hij moet doen. Dan ziet hij de ring op de bodem van de boot die Henrik eerder heel precies had neergelegd.

'Vast-ha-ken ...!' galmt het.

Unnar slaat de haak in de ring en meteen wordt de kabel aangespannen. Zo snel dat hij bijna uit de boot valt en zich nog net aan de bank kan vastgrijpen. Hij daalt weer en komt weer omhoog, maar nu voelt Unnar dat hij niet meer daalt. Hij wordt omhooggetrokken. Stukje bij beetje gaat hij opwaarts. De boot aan de kabel wiebelt en tolt, trilt en kraakt. Unnar is ervan overtuigd dat het bootje elk moment in tweeën zal breken en dat hij dan bij de dode man in het water valt.

Henrik steekt zijn hand uit. Onder hem golft de oceaan de nauwe spleet in. Unnar pakt de reikende hand en voelt hoe hij met een ruk op de rotsen wordt getrokken. Voor hij iets kan zeggen draait Henrik zich om en loopt verder de trap op naar boven.

'Er ligt iemand in het water!' roept Unnar.

Henrik loopt verder en lijkt het niet te horen.

'Hij is dood,' roept Unnar nog harder.

De oude man draait zich om en kijkt naar beneden.

'Moeten we hem niet helpen?' vraagt Unnar.

'Nee.'

~

Ze breekt de allerlaatste toren van wc-rollen in tweeën en duwt hem in het kacheltje. De tafel waarop het gigantische kasteel stond is helemaal leeg. Ragna had zich, de dag dat mevrouw Poulsen voor de eerste en de laatste keer wc-rollen bij haar was komen halen, heilig voorgenomen nooit het bouwwerk van haar man af te breken. Zelfs als ze zouden moeten verhuizen, zou ze zorgen dat het bewaard bleef. Maar toen er helemaal niets meer was, de laatste rol met papier verbrand en haar kinderen huilden van de kou, verdween eerst een muur met kantelen, vervolgens een trap, een toren, een poort en de ophaalbrug in het vuur. Haar oudste zei dat het de handen van papa waren die hem nu verwarmden en haar dochtertje liet haar tranen lopen omdat hij nooit het verhaal over het zeepaardje had af verteld en ze niet wist of het beestje bij haar vader was of alleen in de zwarte diepzee.

'Denk je echt dat die Italiaan gelijk heeft?' vraagt Ragna aan haar buurvrouw.

'Natuurlijk, het zal niet gemakkelijk zijn, dat zegt hij ook niet, maar we zijn afstammelingen van de Vikingen en daar ...' Ze wijst door het raam naar de zee. '... daar is eten. Hij vertelde over de pizza's met gesmolten kaas die zijn moeder altijd voor hem maakt en over spaghetti bolognese, zoals in het restaurant.' Verlekkerd likt ze haar lippen.

'Maar als er nou niets meer is?'

'Hoezo, niets?'

'Nou, als al het land daar verdwenen is?'

'Ragna, doe normaal! Er is een storm geweest, een orkaan, de ergste die we ooit hebben gehad, maar er was geen stormgolf. Ik heb van de weerman gehoord, hij is die nacht buiten geweest, dat de zee zelfs helemaal glad was. Als er stukken land zouden zijn afgebroken van het continent ...' Ze kijkt de onzekere vissersvrouw overtuigend aan '... ik heb het ooit op de televisie gezien, dan ontstaat er een gigantische vloedgolf die zo groot is dat heel New York wegspoelt. Zo'n golf zouden we hebben gemerkt, maar er is geen golf geweest. Dus is het land er ook nog en kunnen we erheen.'

'Maar als het nou om een andere reden is? Iets met een besmettelijke ziekte.'

'Daarom hoeven ze toch niet alle contact te verbreken?' De buurvrouw houdt haar handen bij het kacheltje, waarop een pannetje soep staat. 'Hoe kom je aan die vis?' vraagt ze afgunstig.

'Gekregen van oude Pauli, die had er gisteren vijf gevangen.'

De buurvrouw kijkt hongerig in de pan.

'Wil je ook wat?'

Haar ogen beginnen te stralen.

'Het kookt nog niet. Heb je nog wat om op te stoken?'

Ze kijken samen de huiskamer rond, waar de stoelen, de tafel en de kast al zijn verdwenen.

'Alleen de vloer,' zegt Ragna zachtjes.

Een zee vol eten

– twaalfde week –

‘Morgen is de begrafenis’ zegt Marit tegen Pauli, die naast haar op de kademuur zit.

‘Zal ik helpen?’

‘Waarmee?’ klinkt de matte stem van de redersdochter.

‘Met wat je maar wilt.’

‘Ik wil dat mijn vader en moeder niet dood zijn.’

Stil kijken ze voor zich uit naar de mannen die in de opkomende mist staan te vissen.

‘Er zijn niet eens bloemen voor op de kist.’

‘Zal ik bloemen plukken?

‘Zou je dat willen doen?’ vraagt ze blij.

‘Natuurlijk,’ zegt hij en springt van de muur.

Pauli is in geen weken de stad uit geweest. Eigenlijk niet meer sinds de laatste benzine uit zijn auto is gebruikt om te koken. Hij neemt het pad de berg op, naar de wei waar hij ooit met zijn vrienden van school op een zomeravond een fles gin had leeggedronken. Hij herinnert zich met hoeveel gemak ze de berg oprenden. Nu hijgt hij en stopt om de paar meter. Het is net of zijn benen hem niet willen dragen. Met moeite klimt hij over het prikkeldraad en volgt het schapenspoor. In de weide staan overal kleine bloemetjes, maar die vindt hij veel te klein voor op de kisten van de reder en zijn vrouw. Hij sjokt hoger en hoger tot hij niet meer kan en neerploft op een steen. Dan laat hij zijn ogen over het groene gras glijden op zoek naar zilverkruid en wilde viooltjes. Hij voelt zich duizelig en draaierig. Hij hoopt dat zijn opa vanavond weer vis heeft en dat hij deze keer niet te veel weggeeft, maar wat overhoudt voor de begrafenis, zodat Marit iets heeft om aan de gasten te geven. Zijn blik glijdt naar de zee. Opeens voelt hij al zijn haren rechtop staan. Een koude rilling van opwinding loopt over zijn rug. Hij zet zijn handen boven zijn ogen en tuurt. Hij begint sneller te ademen. Hij vergeet zijn duizeligheid, de uitputting en zijn klamme handen. Hij springt op en begint de berg af te rennen zo hard hij kan. Hij struikelt over keien, hij valt, zijn knie begint te bloeden. Hij holt door, klimt vallend over het hek, buitelt over het gras, steeds sneller. Hij krabbelt weer op. Hij ziet de eerste huizen van Havenstad. Hij begint te roepen: 'Ze zijn er! Ze zijn er!' en hij wijst naar de zee.

Ramen vliegen open, deuren ook. Mensen, bleek, mager, uitgeput, komen uit hun huizen.

'Wat?'

'Waar?'

Pauli rent door terwijl hij wijst naar de zee en blijft roepen: 'Ze zijn er weer!'

Steeds meer mensen rennen met hem mee. Hun knokige knieën kunnen hen amper dragen. Ze nemen de roep van Pauli over: 'Ze zijn er weer! Ze zijn er weer!' en wijzen naar de zee.

De groep arriveert in de haven. 'Waar?' wordt er geroepen en uitgehongerd wijst men naar de zee.

Ragna vergeet haar soep en rent het huis uit. Ook andere weduwen en hun kinderen springen op van hun bezigheden en hollen naar de haven. 'Waar zijn ze?' roepen ze. 'Waar zijn ze?'

Pauli wijst trots naar de gigantische oceaan.

Iedereen kijkt maar niemand ziet schepen aan de horizon verschijnen. Iemand zet zijn verrekijker aan zijn ogen en tuurt.

'Heb je echt een schip gezien?'

Pauli schudt zijn hoofd. 'Nee, geen schepen, griénden! De grienden! Een heel grote school, ze zwemmen richting Havenstad.'

Voor Ragna's ogen verschijnt een waas. Ze tolt. Haar knieën zakken onder haar weg, alles wordt zwart.

'Eten! Er is weer eten!' wordt er geroepen. 'We moeten erheen!'

Mannen rennen over de steigers en de kade en roepen: 'GRIEND ALARM! GRIEND ALARM!'

De magere, uitgemergelde mannen krijgen een waas voor hun ogen, omdat ze beseffen dat ze het kunnen overleven en niet hoeven te vertrekken. Ze rennen naar huis om hun uitrusting te halen – de messen, de lijnen, de haken en de stenen aan touwen. Het is alweer twee jaar geleden dat de grote, vette, dolfijnachtige vissen, die al eeuwen een belangrijk deel van hun voedsel uitmaken, door hun wateren zwommen, en grienden wachten niet op hun jagers. Grienden zwemmen altijd door.

Normaal zou men bij het signaleren van een school grienden sms'jes hebben verstuurd, nu moet het weer met de eeuwenoude roep: 'Griend alarm, griend alarm!' Hoewel niemand dat in tijden heeft gehoord neemt iedereen de kreet moeiteloos over. 'Griend alarm!' Het gaat minder snel dan ze gewend zijn met de mobiele telefoons of de boordradio's, maar het nieuws verspreidt zich als een lopend vuurtje over de stad. Iedereen weet dat hoe meer mannen de zee op gaan, des te groter de kans is dat ze de school vissen de baai in kunnen lokken.

Er wordt hard op de deur geklopt.

'Ja, ja, ik kom!' roept ze als het bonken op de deur harder wordt.

Ze opent de deur.

Buiten adem piept Pauli: 'Hij moet komen!'

'Wie?'

'Uw man, we moeten de zee op, de grienden zijn er!'

Gunhild begint te schreeuwen.

'Wat is er?' Niels komt geschrokken aanlopen.

'De grienden zijn er!' roept Pauli nog een keer en dan is hij weer verdwenen, de straat uit naar zijn eigen huis om zijn mes en zijn haak te halen.

Niels laat het boek dat hij in zijn handen heeft vallen, grijpt zijn mes en rent naar de haven.

De rector van de universiteit is, net als ooit zijn vader en grootvader, de officiële voorman tijdens de griendenjacht. Hij rent de straat uit en hoort nu overal om hem heen het griendalarm. Hijgend bereikt hij de hoek, hij voelt zich draaierig worden. Zijn benen doen pijn, net als zijn armen en handen. Hij begrijpt niet hoe de jonge mannen, die net als hij nagenoeg niets hebben gegeten, nog kunnen rennen. Elke stap die hij zet kost moeite en hij is bang te vallen. Hij heeft geen idee hoe hij straks op zee de drijfjacht op de soms wel vijf meter lange dieren moet leiden.

Op de heuvels aan de rand van de stad rennen vrouwen en kinderen. Ze zwaaien met lange stokken waaraan ze fel gekleurde T-shirts, handdoeken of tafelkleden hebben gebonden, in de hoop dat de mannen die verderop langs de kust wonen het zullen zien en begrijpen. Op de vogeluitkijkpost in het park hijst iemand de vlag, en ook bij de melkfabriek, die de hoogste mast heeft in de omtrek, wordt de nationale tweekleur gehesen.

In de haven is het een komen en gaan. Iedereen loopt door elkaar, overal worden keien en stenen vandaan gehaald en naar de boten gebracht. Sommige mannen, verblind als de honger ze heeft gemaakt, proberen de motoren van hun bootjes te starten. Maar de meerderheid rent door naar de roeivereniging. Als het ook tot de anderen doordringt dat ze bij gebrek aan brandstof net als hun voorvaders zullen moeten roeien, rennen ze hijgend achter de anderen aan naar de roeiboten.

De vier-, zes-, acht-, tien- en twaalfmansboten worden te water gelaten. De stenen en keien, die de mannen later in zee zullen gooien om de vissen op te drijven, worden in de boten geladen. Er ontstaat onduidelijkheid over wie wel en wie niet mee mag, want de leden van de roeiclub vinden dat zij als eerste recht hebben op een plek in de boten, terwijl alle mannen die normaal met hun eigen motorbootjes zouden zijn gegaan, ook aan boord stappen. Iedereen wil mee, want meedoen betekent straks meer recht op de buit.

Niels wankelt hijgend de steiger op. Het is zijn taak de jacht op zee en daarna de verdeling van het vlees en de speklaag te leiden. De mannen op de steigers en in de wiebelige bootjes kijken allemaal naar de grote rossige man. Het is duidelijk dat ze verwachten dat de voorman beslist. Normaal heeft de rector een luide stem, maar het gekras dat nu uit zijn keel komt wordt weggewaaid met de eerste vlaag wind die langs hem strijkt. Iemand reikt hem een fles water aan. Hij neemt een slok en hervindt iets van zijn stemgeluid. 'Alleen de jonge mannen mogen mee!' piept Niels.

De mannen kijken verbaasd, dan klinkt er gejouw en gemor.

'U bent toch ook niet jong,' klinkt het woedend uit de achterlinies.

'Ik ga ook niet mee!'

Het wordt stil. De rector is al veertien jaar de gekozen leider van de mannen die vanuit de kleine hoofdstad de zee op gaan om de grienden hun baai in te lokken. Zijn stem, zijn signalen, zijn gezag worden door ieder van hen gerespecteerd.

'Moeten we nu een nieuwe voorman kiezen?' roept iemand in paniek.

'Dat duurt veel te lang, straks zijn de vissen weg,' roept iemand anders. 'U moet leiden.'

'Ik moet niks!' hijgt Niels.

'Wijs dan iemand aan!' klinkt er. 'Maar wacht niet! De vissen zwemmen door!'

'Willen jullie dat?' vraagt de rector, blij dat hij die vraag niet zelf hoeft te stellen.

De mannen knikken eensgezind.

Niels draait zich om en scant de menigte die rond hem verzameld is. Dan ziet hij de man die hij zoekt. Hij wijst naar Pauli.

'Maar hij is pas negentien!' zegt iemand.

'Twintig,' zegt kleine Pauli trots.

De mannen hebben geen tijd voor protesten. Ze tillen de laatste boten in het water en geven razendsnel de stenen door die op de bodem worden gelegd.

Pauli stapt in een zesmansboot, die is wendbaarder dan een grotere en heeft meer kracht dan een viermans. Ook de andere boten vullen zich. Esbern, Niklas de kroegbaas, Magnus en Frank, Tóki de agent, de technicus van de radio, zonen van vissers die niet zijn teruggekomen, zonen van ministers die nog steeds minister zijn en zonen van winkeliers met lege winkels. Hun vaders staan op de kade en zien hun jongens wegroeien als pijlen uit de boog.

'Zij gaan ons redden,' zegt de oude hoofdonderwijzer, die zijn speciale griendmes uit de schede haalt en het liefkozend door zijn vingers laat glijden.

'Ze hebben te weinig boten,' knort een bejaarde postbode.

'Niet altijd zo negatief, Ottar,' zegt Árni, de vader van Birta, die blij is niet met zijn reumahanden aan de riemen te hoeven trekken. 'Geef de jongelui een kans.'

'Zouden ze meer binnenhalen dan wij vierentwintig jaar geleden?' zegt Hans, de minister van Binnenlandse Zaken.

'Drieëntwintig jaar geleden, bedoelt u,' zegt boekhouder Peterson.

'Herinneren jullie nog die keer dat we ze al in de baai hadden toen ze weer ontsnapten?' zegt de messenslijper van de visfabriek.

'Dat was het jaar voordat jij voorman werd,' mijmert Hans tegen de rector.

'Op zes september,' vult boekhouder Peterson aan.

'Hoeveel hebben we er ook alweer opgejaagd, dat eerste jaar van jou?' vraagt oude Pauli terwijl hij trots naar de roeiboot kijkt waarin zijn kleinzoon zit.

'Zo'n driehonderd dacht ik,' zegt de rector. 'De hele stad kon er een winter van eten.'

'Driehonderd en zeventien,' zegt Peterson.

~

De vuurtoren moet ooit spierwit zijn geweest, maar de zee en de wind hebben een groenige gloed achtergelaten. Onder aan de toren is gedeeltelijk in de rots een huisje gebouwd dat niet vanaf de kust te zien is. Henrik doet de deur open. Unnar, moe van de lange tocht en alle opwinding, ziet alleen de zachte bank, kruipt erop, legt zijn hoofd op het kussen en valt vrijwel meteen in slaap.

Henrik kan de trilling, die hij in zijn handen voelde opkomen vanaf het moment dat hij de vuurtoren zag, niet meer onderdrukken. Hij loopt zonder op of om te kijken door de keuken, naar de gang en opent de kast onder de trap. Het is er pikdonker, maar Henrik heeft geen licht nodig. Hij stapt de kast in. Hij stoot iets om. Hij verschuift dozen en kratten. Dan slaakt hij een onderdrukte kreet van vreugde. Met een fles whisky loopt hij de kast weer uit, het huis uit naar de vuurtoren.

Unnar wrijft zijn ogen uit. Hij heeft het koud en is stijf. Verbaasd kijkt hij om zich heen en het duurt even voor hij weet waar hij is. In de kamer waar hij wakker wordt staan een tafel met een stoel, een kacheltje en de bank waarop hij sliep. Aan de muur hangt een zeekaart. Henrik ziet hij niet. Hij staat op en loopt naar de gang. Ook hier is de oude man niet. Unnar gaat de keuken binnen. Bij het zien van de kastjes begint hij te lachen. *Eten!* Hij trekt er een open, ziet wat kopjes, een bus met oploskoffie en een pakje thee. Ook staat er een suikerpot. Hij pakt het potje van de plank en tilt het deksel op. Bij de aanblik van de klontjes beginnen zijn speekselklieren te werken. De witte klontjes lijken hem aan te kijken, *pak ons maar, eet ons*. Unnar kijkt over zijn schouder, pakt een klontje en stopt het in zijn mond. Het duurt even voor hij het proeft. Het is een hard vierkant blokje, maar dan begint het te smelten op zijn tong. Alle papillen in zijn mond springen open. Ze drinken het zoete vocht gulzig op. Hij rolt het klontje over zijn tong tot het helemaal is verdwenen. Dan neemt hij er nog eentje, als hij de koelkast ziet. Hij kan de appelmoes en chocoladevla al proeven. Hij trekt aan het hengsel, de deur klemt een beetje, en geeft een ruk. Een bittere walm van bederf komt naar buiten. Alles in de koelkast is grijs en groen. Hij gooit met een klap de deur weer dicht. De scherpe lucht prikt na in zijn neus. Hij overweegt een ander kastje open te doen als er opeens een sirene klinkt. Betrapt kijkt hij op. Snel doet hij de suikerpot weer dicht. Hij heeft geen idee waar het geluid vandaan komt. Hij loopt naar het raam en ziet dat het is gaan misten. Weer gaat de sirene. Nieuwsgierig en met de nog zoete nasmaak op zijn tong, loopt hij naar buiten. De sirene klinkt nu veel harder en komt van de vuurtoren.

De toren is leeg op de wenteltrap na. 'Henrik?' roept hij voorzichtig. 'Ben jij boven?'

De sirene gaat nog harder. Unnar klimt de trap op. Bij elke stap wordt de toon harder en doordringender.

Een kleine, witte, ronde kamer met aan alle kanten ramen, in het midden een constructie van tandwielen en cirkels, bovenop een heel grote lamp omringd door dikke lenzen. Bij het raam zit Henrik op een krukje. Hij draait aan het handvat van een slinger die uit de muur komt. Hoe harder hij draait des te harder brult de sirene. Op de grond naast hem staat een fles.

'Ha, kleintje, heb je goed geslapen?' roept Henrik. 'Doe je handen op je oren, anders word je doof!' brult hij over de gillende toeter heen.

Unnar kijkt naar Henrik, die als een bezetene draait, en dan plotseling het handvat loslaat. De sirene roept nog door, maar met dat de slinger uitdraait, sterft ook het geluid.

'Als het mist, moet ik ze waarschuwen anders varen ze op de rotsen. Het kan spoken hier, er zijn er vroeger veel op de klippen gevaren.'

'Was daarom die man dood?' vraagt Unnar.

'Die is vast van de rots gevallen toen hij probeerde eieren te jatten. Hij had een stadse jas aan, hij wist vast niet hoe je nesten moet leeghalen. Die rotsen hier zijn spekglad.'

'Moeten wij hem niet uit het water halen?'

'Als hij er morgenochtend nog drijft zal ik kijken of ik hem er met een haak uit kan trekken.'

'Gaan we hem dan begraven?'

'Nee, de rotsen zijn te hard.'

'Wat doen we dan?'

'We gooien hem aan de andere kant weer in zee.'

Unnar kijkt geschokt.

'Zo doen ze dat, jongen, begraven op zee gaat in het water.'

'Maar dan kunnen we hem net zo goed laten drijven.'

'Dat kan ook. Wat je wilt.'

Henrik maakt aanstalten de slinger weer te pakken als Unnar vraagt: 'Mogen wij hier eigenlijk wel zijn?'

'Natuurlijk,' Henrik pakt de fles die naast hem staat en neemt een slok.

'Weet je dan van wie het huis is?'

'Van mij!'

Unnar kijkt hem verbaasd aan.

Henrik begint te lachen: 'Ja, dit is mijn toren.'

'Ben jij vuurtorenwachter?'

'Ja.' Henrik wijst trots om zich heen.

'Heb je hier leren praten met de zee?'

'Ja, totdat die achterlijke bureaucratische dienstkloppers mij weg wilden en de vuurtoren zo nodig automatisch wilden gaan doen. Maar kijk ...' hij maakt een triomfantelijk gebaar '... zonder elektriciteit werkt automatisch niet en deze sirene die ik zelf heb gemaakt doet het altijd.' Henrik neemt nog een slok, zet de fles terug op de grond, grijpt het handvat van de slinger en begint weer hard te draaien.

Unnar kijkt naar de fles en denkt aan de eerste avond dat hij Henrik zag bij het ingestorte huis, maar ook aan de verjaardag van zijn moeder, toen oom Niels het lied van de griendenjacht voor haar zong en zijn vader een bloedneus had gekregen omdat hij tante Gunhild leerde hoe een baby-jan-van-gent van de rotsen duikt. Hij lacht naar Henrik en Henrik lacht terug naar hem.

'Wil je mij ook de taal van de zee leren?' roept Unnar over de hoorn heen.

Als Henrik na een tijdje stopt met draaien, staat hij op. De toon van de sirene sterft langzaam weg en de ruimte vult zich met vreemde zangerige woorden.

~

In stilte roeien de mannen de zee op. Het tempo is hoog, ze weten dat ze geen minuut te verliezen hebben. Als het ze niet lukt de vissen de baai in te lokken en het strand op te drijven, zullen er nog meer mensen sterven.

Esbern, als oudste van zijn boot, geeft het tempo aan. Van tijd tot tijd werpt hij een blik over zijn schouder om te zien of de mannen het nog volhouden, want net als hij is iedereen sterk vermagerd en zijn hun spieren aan het oplossen. De riemen snijden door het water. *Splets, splets, splets.* Hun ruggen krommen en spannen. Hun knieën buigen en strekken. *Splets, splets, splets.* Hij kijkt naar de zesmansboot met Pauli, die niet ver bij hen vandaan vaart. Hij begrijpt niet dat Niels de jongen heeft aangewezen en niet hem. Hij is per slot niet alleen een van de oudste van de mannen die nu op jacht zijn, maar ook degene met de meeste ervaring. Iedereen weet dat hij snel kan beslissen en sterk is. Zou het zijn, vraagt hij zich af, omdat hij de storm niet had voorspeld en zij hem verdenken van meteorologische verzinsels? Hij trekt te hard aan de riem en voelt dat hij uit het ritme raakt, snel corrigeert hij zichzelf. *Splets, splets, splets.*

Zonder de grienden hadden er nooit mensen op de eilanden gewoond, want van de aardappelen, bieten, rabarber en schapen alleen kunnen ze niet leven. Veel meer groeit en leeft er niet en Esbern is net als iedereen opgegroeid met een doordeweekse kost van gekookte blubber – de speklaag van de grienden – aardappelen en griendvlees, dat gedroogd, gebakken of gekookt kon zijn, tot een tiental jaren terug werd ontdekt dat de vissen, die al eeuwen het vaste wintervoedsel vormen, vol zitten met PCB's en kwik, aangezien ze zich aan het einde van de voedselketen bevinden. *Splets, splets, splets.* Ondanks die wetenschap aten de eilanders, als ze de kans kregen, het nog steeds. Alleen tijdens haar zwangerschap had Dora het opzij geschoven. *Splets, splets, splets.* De laatste jaren voeren steeds meer walvisredders acties tegen de griendenvangst, ondanks het feit dat de grienden totaal niet met uitsterven bedreigd worden en zij de vissen nog nooit commercieel hadden verhandeld. *Splets, splets, splets.* Weer kijkt hij over zijn schouder. Razendsnel speurt hij de zee af, op zoek naar de onrust in het water van vinnen en staarten. Zonder het ritme te verliezen richt hij zich iets op, en herkent onmiddellijk de plek waar ze naartoe moeten. Hij kijkt naar de boot van Pauli en ziet dat die nog geen idee heeft waar de vissen nu zijn. Esbern fluit, de mannen in de andere boot kijken en hij wijst. Waarom heeft de rector hem niet aangewezen?

Pauli is blij dat de weerman heeft gefloten, hij begon al te twijfelen of het niet slechts een fata morgana was geweest die hij had gezien. Hij begrijpt niet waarom de rector hem heeft aangewezen, zullen de mannen naar hem luisteren? Hij geeft het teken en de mannen beginnen in een hoog tempo naar de zwemmende school te roeien.

De vissen bewegen zich langzaam in noordelijke richting, met de stroom mee. Hun vinnen en staarten duiken op en verdwijnen weer. Als de boten de school op honderd meter zijn genaderd vormen ze een halve cirkel, dan laten de mannen de riemen in het water rusten en proberen weer op adem te komen. Ze voelen allemaal wat de adrenaline met hen heeft gedaan en delen de flessen water die hun moeders en vrouwen in de boten hebben gegooid.

Pauli is zich bewust van de grote verantwoordelijkheid die op zijn schouders rust, hij durft geen pauze te nemen en gebaart dat ze de vissen meer van de oostelijke kant moeten omcirkelen, zodat ze de beesten in de richting van de baai kunnen drijven.

Esbern kijkt op zijn horloge en zegt knorrig: 'De wind komt uit het zuiden en het tij gaat zo keren. We kunnen ze nu nooit naar de baai krijgen. Hij moet wachten.' Hij ziet dat Pauli weer signalen geeft dat ze juist niet moeten wachten maar tempo moeten maken. 'Het kan niet, dat moet hij toch zien!' blaft Esbern tegen de mannen in zijn boot.

'Als er geen zuidenwind was geweest had het misschien kunnen lukken,' zegt een van de mannen, 'maar nu is het gekkenwerk.'

Esbern fluit naar Pauli en gebaart dat ze moeten wachten. Als hij merkt dat zijn advies niet wordt opgevolgd, beginnen meer mannen in de boot te klagen.

'Waarom moest hij ook een kind aanwijzen!'

'De stroming is daar veel te sterk, we moeten ze eerst een stukje terugdrijven.'

Esbern fluit weer, maar Pauli kijkt niet om. De weerman geeft een teken aan de roeiers in zijn boot en met grote slagen varen ze naar de zesmansboot.

'We moeten wachten!' roept Esbern. 'Als we nu gaan is de kans te klein dat we ze in de baai krijgen.'

'Ze gaan al, dat zie je toch?' roept Pauli, en wijst naar de vinnen die uit het water steken. 'Als we snel zijn halen we het.'

'Dat halen we nooit, we moeten wachten!'

'We wachten niet!' zegt Pauli. Hij gebaart dat de mannen het tempo juist op moeten voeren.

Op de boten heerst verwarring. De mannen zijn moe en uitgeput, terwijl het echte werk nog moet beginnen. Een deel wil met Pauli mee en een deel vindt dat Esbern gelijk heeft. Maar of het de vissen zelf zijn, het tij of de zuidenwind, de beweging die Pauli wil zet zich in, en zonder dat iemand nog iets zegt beginnen alle mannen de school in meer oostelijke richting te omcirkelen waarmee ze de beesten in westelijk richting leiden. Aan eten denkt niemand meer, ook niet meer aan spieren, duizeligheid en uitputting, iets veel sterkers komt over hen.

Op de weg die hoog langs de klif loopt en naar het zuiden leidt, staan de uitgehongerde stedelingen. Zij denken wél aan hun maag en aan de gevolgen als die niet snel weer wordt gevuld. Ze voelen hoe hun spieren aan het verdwijnen zijn, hun huid is klam en koud, hun haar valt soms met plukken uit hun hoofd. Ze praten niet, ze speculeren niet, ze kijken alleen maar gespannen naar de mannen op zee in de kleine boten. Ze ontspannen iets als ze zien hoe de school grienden langzaam hun kant op komt.

De boten zoeken zich een weg door het water. De mannen kijken steeds over hun schouders naar de onrustige bewegende plek in de zee. Soms roeien ze iets meer naar links, dan weer een stuk naar rechts, hun handen geklemd om het hout van de spanen, hun monden gespannen, hun oren alert. Soms houden ze de boot even in, soms maken ze opeens wat meer vaart. Jagen is als dansen, het kan alleen maar als je één bent met de ander, nergens aan denkt maar mee gaat met de beweging.

Iedereen ziet hoe de school de baai in begint te zwemmen. De spieren in de schouders van de toeschouwers beginnen te ontspannen. De roeiboten kunnen bijna als een denkbeeldige ketting de baai afsluiten.

De mannen voelen dat hun triomf niet ver meer is, maar ze weten dat het moeilijkste nog komt: de vissen als een hechte groep het strandje op laten zwemmen. Als er onrust ontstaat, als de vissen vermoeden dat ze worden misleid en willen ontsnappen, zullen de mannen veel eerder dan gewenst herrie moeten maken en de stenen in het water gooien, zodat de vissen denken dat er een muur is waar ze niet langs kunnen, terug de zee in, dan zullen ze de andere kant op blijven zwemmen, naar het strand. Hoe kalmer dat proces verloopt, hoe beter het is.

De rector ziet het als eerste. De school die voor de mannen uit de baai in wordt gedreven slinkt ongemerkt. Eerst denkt hij nog dat hij het zich alleen maar inbeeldt, maar dan zegt ook de man naast hem: 'Het lijkt wel of het er steeds minder worden.'

Niels weet dat de vissen, die zich nog niet bewust zijn van de mannen die hen volgen, naar de diepte aan het duiken zijn, de stroom aan het begin van de baai is zo sterk dat de zeebodem daar tot een angstwekkend ravijn is uitgesleten, die onvoorspelbare stromingen veroorzaakt. Hij heeft zelf ook een keer meegemaakt dat hij een gigantische school al binnen had in de baai en dat zonder dat ze het doorhadden alle vissen onder hen door zwommen en weer verdwenen.

Hij zet zijn handen aan zijn mond en roept: 'Gooien! Gooi de stenen!' Want de enige manier om de vissen nu binnen in de baai te houden is als ze de muur van geluid voor de beesten opwerpen.

De mannen, die heel geconcentreerd aan het roeien en drijven zijn, kijken verstoord op. In de verte, op de rotsen zien ze mensen staan joelen en schreeuwen. Ze moeten stil zijn, straks worden de vissen onrustig! Maar ze blijven schreeuwen terwijl de mannen er geen woord van verstaan. Ze kijken elkaar verbaasd aan. Waarom moeten ze stoppen? Wat is er aan de hand? Esbern en Pauli, die vlak bij elkaar varen, kijken elkaar aan. Esbern voelt dat de jongen niet weet wat hij moet doen. Hij spitst zijn oren en probeert op te vangen wat ze roepen. Maar door de wind en de afstand verwaait het. Om te gooien, weet hij, is het nog veel te vroeg, ze varen nu over de diepe slenk voor de baai en daar heeft het gooien van de stenen bijna geen effect, pas vijftig meter verderop is er een eerste mogelijkheid om de keien in het water te laten vallen. Roepen ze dat ze sneller moeten of juist langzamer? Waarom sneller, ze gaan juist heel gelijkmatig, de beesten zijn rustig, alsof het een kudde koeien is die voor hen uitgaat. Langzamer is gevaarlijk, dan is de kans groot dat ze kunnen ontsnappen.

'Ik denk dat we sneller moeten,' zegt Esbern.

'Sneller?'

Voordat het woord voor de tweede keer is uitgesproken, hebben de mannen in de boten het tempo al versneld. Ze roeien de baai in, hun spanen diep in het water.

'Ze verdwijnen!' roept Pauli opeens en wijst naar het water. 'Stop! Ze gaan ervandoor.'

Nu pas begrijpt Esbern wat ze roepen. 'Gooien! We moeten de stenen gooien.'

Hij pakt een steen van de bodem en werpt die overboord.

Uit alle boten worden stenen gegooid, de mannen roepen en gillen, ze slaan met hun riemen op het water, maar Niels ziet dat het te laat is.

~

'In Havenstad zijn grienden gesignaleerd,' zegt Nicodemus terwijl hij de koptelefoon van zijn hoofd haalt.

'Er zijn grienden gezien bij Havenstad,' zegt Lars even later tegen zijn broer Karl als hij het wrakhout in stukken zaagt.

'Er zijn weer grienden,' zegt de bejaarde tante Erika tegen een voorbijganger als ze haar driepotige hond Aristoteles uitlaat.

'De grienden zijn er!' roept de buurvrouw over de schutting naar Matteus Peterson.

'Het geschenk van God!' roept hij en rent naar de kerk om de klok te luiden.

Binnen een minuut ontstaat er in Nordur een waar pandemonium. Mannen rennen met haken, touwen en messen naar de boten die beneden op de kade liggen. Vrouwen en kinderen rennen met stenen naar de aanlegplaats. De mannen tillen de boten van de helling en slepen ze naar het water. Vrouwen leggen snel nog flessen water in de boot of stoppen hun mannen, als ze nog iets hebben, wat eetbaars toe. De motorboten, die ze normaal voor de jacht gebruiken, zijn niet gemaakt om te roeien maar de boeren hebben zich de afgelopen maand aangeleerd te varen met peddels. Ze hebben ze gemaakt van stukken hout die ze angstvallig weghouden van de kachels, bang als ze zijn dat ze anders in een onbewaakt ogenblik in het vuur verdwijnen omdat de soep niet warm wordt.

De mannen springen in de boten en duwen af. Ze beginnen te peddelen als Óli roept: 'Waar moeten we heen?'

Iedereen kijkt naar Matteus Peterson, die op zijn beurt verbaasd kijkt en zegt: 'Dat weet ik niet.'

'Maar jij luidde de klok.'

'Ja, er was mij gezegd dat de grienden er waren, daarom luidde ik.'

Óli roept, zodat iedereen het kan horen: 'Wie heeft de grienden gezien?'

Lars kijkt naar Karl en Karl naar Lars, maar ze houden hun mond.

'Het Uitverkoren Volk,' spot Gormur.

De boten met mopperende en boze mannen beginnen terug te peddelen naar de wal als een jongetje de weg naar de aanlegplaats af komt rennen. 'Griend alarm!' gilt hij.

De mannen lachen naar elkaar en stoten elkaar aan. Ze zijn niet van plan zich een tweede keer te laten beetnemen.

'Griend alarm!' roept het jongetje weer.

'Ga naar huis, zoon,' zegt een van de mannen uit de boot.

'Maar papa,' hijgt het ventje, 'ze zwemmen daar!' Hij wijst naar het oosten.

De mannen in de boten draaien zich om, sommigen gaan op de banken staan en proberen te zien of er iets is.
'Ze zijn er echt!' herhaalt het jongetje.
Dan komt Dina gillend van de weg naar beneden rennen: 'Griend alarm!' Ook zij wijst naar het oosten. 'Een heel grote school!' roept ze. 'Ik heb het zelf gezien!'
De mannen bedenken zich geen seconde en storten zich op de peddels.
Matteus kijkt met een zelfvoldane blik naar Gormur. Nu weet hij zeker dat hij de boodschapper van God is.

~

De mist is allang weer verdwenen, maar Henrik geeft zo af en toe nog een zwaai aan het wiel en de sirene loeit. De fles in zijn hand is leeg. Unnar reikt hem een cracker met smeerkaas aan, maar hij schudt zijn hoofd.
'Eet jij maar, jij moet er nog van groeien.'
Unnars buik doet pijn, hij heeft krampen. Hij heeft al een heel pak crackers én vier pakjes smeerkaas op. De kast onder de trap is een waar walhalla, de planken zijn veel voller met blikken en pakjes dan de keukenkast van zijn moeder ooit is geweest.
'Jij moet groeien,' lalt Henrik. 'Ik niet! Ik ben afgeschreven.'
Unnar heeft geen idee wat dat betekent en neemt daarom nog maar een hapje.
'Ze vonden dat ik gevaarlijk was, maar ík ben nog nooit van de rotsen gevallen bij het leeghalen van een nest, ik weet altijd precies wat ik doe, toch wilden ze dat ik vertrok.' Een glimlach verschijnt op zijn gezicht. 'Ik vertrok natuurlijk niet. Ze belden steeds dat ik terug moest komen, dat ik geen loon meer kreeg, maar ik trok gewoon de stekker los – toen hield de telefoon vanzelf op, ze probeerden het met de radio, steeds weer, ook als ik even sliep, dus die draaide ik uit, en ik luisterde alleen nog als het stormde of er schepen in nood waren, ik heb geen radio nodig voor het weer, mijn zoon wel, die heeft het uit de boeken maar ik ... ik voel het, ik ruik het, ik weet wat voor weer het wordt, ik kan zien aan de wolken hoe hard de wind gaat, daar heb ik geen windmeter voor nodig. Machines!' Hij maakt een kokhalzend geluid. Dan verandert zijn gezicht weer, alsof hij zich iets leuks herinnert. 'Die piloot, die was

niet slecht, hij zette zijn machine precies hier naast het huis, dat heeft nooit eerder iemand gedurfd, ik kreeg niet eens tijd om mijn spullen te pakken, woest was hij, en hij riep maar: "Meekomen!" Die heli-piloot die zei niets, dat was een toffe gozer, zo zijn er maar weinig, die durfde tenminste te landen hier naast het huis, maar hij riep, meekomen, je ligt eruit, je ligt eruit!' Henrik geeft weer een ruk aan de slinger, de sirene slaakt een korte brul, dan zakt de oude man onderuit en begint te snurken.

Unnar pakt de lege fles en loopt naar beneden.

Aan wie dit leest, stuur dit alsjeblieft door aan Leo Jensen, de beroemde vogelkenner.

Lieve papa en mama, waar zijn jullie? Waarom komen jullie niet terug? Ik mis jullie. Oma is weg. Ik weet niet waar ze is. Ik denk dat ze dood is. Maar ik ben niet alleen. Ik woon met Henrik in de vuurtoren. Komen jullie me daar halen? We hebben gelukkig heel veel eten. Veel meer eten dan wij ooit in de kast hebben gehad. Henrik weet ook veel van vogels. Maar jij weet meer, papa. Ik hoef niet naar school. Niemand hoeft meer naar school. De school is dicht. Als jullie terugkomen gaat hij vast weer open. Ik denk dat alles weer goed komt als jullie terugkomen. Dus wacht nou niet meer. Kom nou snel. Een kus van Unnar.

Tevreden kijkt hij naar de lange brief, rolt hem op en stopt hem in de fles. Hij drukt de kurk erin en gaat naar buiten. Niet naar de trap bij de kloof, maar naar de open zee. De rollende golven zijn groot en breed en slaan kapot op de rotsen. Het witte schuim vliegt hoog door de lucht. Hij loopt verder langs de rand, de jan-van-genten en meeuwen scheren krijsend om hem heen. Hij klimt de rots op waarin het huis is gebouwd en kijkt over de rand. Hierachter is de zee veel rustiger, hier zal Henrik vast de dode man begraven als hij er nog is. Met een zwaai gooit hij de fles de zee in. De fles plonst in het water, even verdwijnt hij, om dan weer op te ploppen als een grote dobber.

'Goeie reis!' roept hij naar de fles. 'Goeie reis ...!'

Twee geesten, één gedachte

– veertiende week –

Buiten is het grijs en druilerig. De zeedamp trekt het land op en alles voelt klam. Nog maar heel weinig huizen zijn verwarmd. Het liefst blijft iedereen in zijn bed liggen omdat het daar na een hele nacht warm is en je er de honger het minst voelt. Maar als de klok luidt, klimmen de bewoners van Nordur uit hun bed en begeven zich naar de kerk. Deels omdat het woord van de Heer troost geeft, deels omdat men geen aanstoot wil geven aan de buren, maar de meerderheid gaat omdat de penningmeester van het kerkbestuur weer spreekt.

'U, o onze goede God, gaf ons het teken dat U leeft,' galmt Matteus Petersons stem door de overvolle kerk. 'Wij begrijpen nu dat het geen verlokking of afstraffing was dat U het voedsel aan ons voorbij liet zwemmen. U, o God, bent veel groter en wijzer. U liet ons zien dat onze boten nog niet geschikt zijn voor de grote reis. Wij danken U daarvoor. U hebt ons gered. U gaf ons het inzicht dat het niet de peddels en roeispanen zijn waarmee wij moeten varen. U liet ons zien dat onze boten zeilen moeten krijgen. Dank U, o Heer. O, grote God. Wij zullen Uw opdracht aanvaarden. Wij zullen doen wat u ons zegt, ook al zijn wij bevreesd, want Heer, wij weten dat U onze Herder bent! Dat U ons Uw hand reikt. Dat U ons onder Uw vleugels neemt. Dat Uw wind onze zeilen zal doen bollen. U zal ons brengen waar wij weer kunnen eten onder Uw dak, tot U kunnen bidden zonder zorgen. Wij danken U. Amen.'

'Amen,' galmt het kerkvolk hem na.

Óli pakt de hand van zijn vrouw en streelt die, als wil hij haar zeggen: 'We gaan wel een onzekere tijd tegemoet maar alles zal uiteindelijk weer goed komen.' Beschaamd trekt Dina haar hand terug, ze weet dat zulke intimiteiten in de kerk niet gepast zijn.

Hoewel het gebruikelijk is om de uitwerking van gezamenlijke activiteiten in de dorpsraad te bespreken en er hoofdelijk over te stemmen, gaat Matteus Peterson door: 'We moeten deze zware taak samen op ons nemen, alleen dan kunnen wij deze grote opdracht vervullen. Voordat u allen zo weer gaat, wil ik u een raad meegeven. Wacht niet. Ga vandaag aan de slag. Sla de handen ineen. Mannen, het is uw taak de schepen klaar te maken voor deze overtocht en vrouwen, neem het oude ambacht op en naai de zeilen.'

Óli voelt dat net als bij hemzelf ook bij de anderen in de kerk de aanvankelijke aversie voor het plan begint te verdwijnen. De mensen beginnen onrustig te bewegen en stoten elkaar aan alsof ze de taken al verder aan het verdelen zijn.

Nicodemus, die zoals elke nacht dienst heeft gehad achter de radiozender, kijkt naar het altaar waarachter de penningmeester vol passie zijn plan verder uitlegt, en naar de dorpelingen, die goedkeurend knikken. Hij denkt aan de noodkreten die hij 's nachts, als iedereen slaapt, wanhopig in de microfoon roept: 'Waar is iedereen? Wij hebben hulp nodig! Alstublieft, laat ons niet alleen! Onze voorraden zijn op! We slachten de lammeren vóór ze groot zijn. We eten ooien die nog melk geven. Hoort iemand dit? Alstublieft, kom! Straks eten we elkaar op!'

~

'Ik schiet ze dood,' gromt Hanus, die met zijn schapen en honden de berg oploopt. De kruidige geur van het gras dat de korte zomer aankondigt dringt niet tot hem door, ook ziet hij niet het scholeksterpaar dat in paniek boven hun nest cirkelt, bang dat hij hun kroost vindt. Hanus kan alleen maar denken aan de ram die vannacht is gestolen, zijn prijs-ram, zijn beste fokmateriaal. Het beest dat hij koesterde, dat meer te eten kreeg dan de andere, dat voor het beste nageslacht zorgde. Hij kan het zichzelf niet vergeven dat hij niet wakker is geworden. Falala had toen ze in bed lagen zijn hand gepakt en op haar buik gelegd. De buik was nog plat maar ze wist dat hij spoedig zou zwellen. Hij had haar gekust en gezegd dat hij zou zorgen dat ze meer te eten kreeg, dat hij vaker eieren zou gaan zoeken en de room van de melk, die de koe gaf, niet meer zou verkopen. Hij zou vandaag een extra lam slachten, speciaal voor haar, zodat ze genoeg krachtvoer zou hebben nu de vrucht in haar nog pril was. Hij was in slaap gevallen met zijn hand op de buik waarin zijn eersteling groeide, ervan overtuigd dat zijn warmte de groei van het kind bevorderde. Hij hoort iets en kijkt spiedend om zich heen alsof hij verwacht de dief met zijn ram alsnog te betrappen, terwijl hij weet dat het kostbare beest al in stukken in een pot ligt te garen op een vuurtje. Zijn hand glijdt over het jachtgeweer dat aan zijn schouder hangt. Dan ziet hij de scholekster cirkelen boven zijn hoofd. Hij legt het geweer aan, richt en schiet. De vogel kantelt in haar vlucht en stort dan naar de grond. De honden rennen erheen en vergeten de kudde.

De zwart-witte vogel met de prachtig rode bek en de rode poten wordt door een hond voor hem neergelegd. Hanus kijkt geschrokken naar de dode vogel, draait zich schuldbewust om en loopt de berg af terug naar huis. Boven hem roept de andere scholekster, nu nog meer in paniek.

~

Ambrosio staat tussen de groep vissersvrouwen. Sinds zijn spontane toespraak op de trappen van het verkoolde parlementsgebouw spreekt hij dagelijks in zijn gebrekkige Engels met de vrouwen die weigeren weduwe te zijn en nóg slechter Engels spreken. Maar de voormalige marktkoopman hervindt zijn talent om te overtuigen en aan te prijzen, of het nu gaat om huishoudelijke apparaten aan huisvrouwen te slijten of een gevaarlijke zeereis aan vissersvrouwen die zijn taal niet spreken – en hij de hunne niet –, zijn publiek gelooft hem. De menigte om hem heen groeit. 'Ik ben niet van hier, dat weet u,' hijgt hij. 'Toch vecht ik samen met u. Wij zijn één en wij moeten ze niet langer geloven!' Hij weet dat hij met elk woord dat hij overtuigend brengt dichter bij zijn eigen vertrek komt, bij zijn moeder, bij Napels. 'We moeten niet meer wachten! We moeten niet meer vragen. We moeten niet meer accepteren. We zijn vanaf dag één voorgelogen. We moeten het zelf doen! We moeten niet meer denken dat die zogenaamde wijze mannen de oplossing brengen, dat het vanzelf over zal gaan. Elke dag langer hier maakt ons zwakker! Breekt onze krachten. We moeten gaan.'

'Maar hoe,' zucht Ragna, die zo duizelig is dat ze bijna niet meer kan staan. 'Er is geen brandstof en voor roeien is het veel te ver.'

Terwijl op het oostelijk eiland Matteus Peterson zijn goddelijke droom uitlegt, vertelt op het westelijk eiland de Italiaan Ambrosio over zijn idee om de kleine vissersbootjes in de haven te voorzien van een mast zodat ze als een zeilende armada de zee kunnen oversteken naar het land waar hij vandaan komt. Dat ze daarvoor veel verder moeten dan rechtstreeks naar het continent laat hij buiten beschouwing, zoals hij ook nooit vertelde dat de onderdelen van de keukenmachines die hij verkocht niet in de afwasmachine mochten.

De voorbereiding

– vier maanden –

De beschermde roodkeelduiker heeft zijn eerste ei gelegd en de aalbessen in de tuin van Frimann zijn nog groen. Sinds zijn vader bij hen in huis woont, is hij steeds vaker buitenshuis. De man die zijn hele leven een intellectuele steun voor hem is geweest, zit nu de hele dag kwijlend op de bank. Het verzorgingshuis had alle patiënten teruggestuurd naar hun familie, en voor hen die geen verwanten meer hadden, was in het ziekenhuis een van de zalen als opvang ingericht. Frimann hoort hoe binnen zijn vrouw voor de zoveelste keer zegt dat er geen koffie meer is. Hij weet dat hij als hij nu blijft staan zo meteen de daaropvolgende woedeaanval te horen krijgt. Hij kijkt verlangend naar de bessen die over een maand rood zullen kleuren. Hij proeft de rinse smaak al in zijn mond en zijn speekselklieren beginnen te jeuken. Als maar niemand de bessen steelt voor ze rijp zijn, of zouden de groene bessen ook eetbaar zijn? Met twee vingers knijpt hij zachtjes in een van de vruchtjes aan het onvolgroeide trosje. De groene bes is nog keihard. Ondanks de kleur en de textuur vult zijn mond zich met speeksel. Hoe zou het voor Adam en Eva zijn geweest in het paradijs toen de appel hen verleidde, zouden zij hetzelfde hebben gevoeld als hij nu? Binnen hoort hij hoe zijn vader begint te vloeken. Hij laat de bes de bes, pakt zijn hengel en loopt weg van het huis, het hek uit, dat geen deurtje meer heeft omdat het, net als de logeerbedden en de ongebruikte commode, de afgelopen week in de kachel is verdwenen.

Frimann loopt het pad af naar de zee. Tot een maand geleden had hij nog nooit gevist, en nog steeds lukt het hem niet goed iets te vangen. Maar met nog een extra mond om te voeden, al hadden ze hem verzekerd dat oude mensen niet veel eten, begint het water ook hem naar zijn lippen te stijgen. Hij weet dat er diverse inwoners zijn die hun verzwakte bejaarde ouders niet meer te eten en drinken geven – versterving. Maar hij vindt dat zijn vader zolang hij om koffie vraagt, moet worden gevoed. Ook zijn er steeds meer zelfmoorden en is de weg langs de klif met de eeuwenoude bijnaam 'Het liefdespaadje' nu de plek waar mensen zichzelf van het leven beroven. Elke keer als hij gaat vissen is hij bang dat er op een dag iemand die voor de zee heeft gekozen aan zijn lijn vastraakt.

Hij wil zijn hengel net uitgooien als er een gejuich opgaat. Zo veel vreugde heeft hij lang niet gehoord. Hij legt zijn hengel neer en klimt op de rots om te zien waar het vandaan komt. Bij de ingang van de haven ziet hij een boot met een zeil. Het ziet er vreemd uit, de boot is veel boller dan gewone zeilboten en het zeil is net een lappendeken. Frimann weet direct wie daar zeilt, de minister van Visserij, Elias Johannessen. Gewoonlijk zou hij zich nu verbitterd hebben gevoeld, vernederd zelfs omdat een plan dat hij als voorzitter van de ministerraad als volslagen kolder van de tafel had geveegd, uitvoerbaar blijkt. Maar ook zijn hoogmoed is aan het breken en door zijn vermagerde lijf stroomt een warme gloed van trots als de boot de haven uitzeilt.

De vrouwen staan samengeklonterd bij het begin van de steiger, ze stoten elkaar aan en in hun ogen verschijnt een glans die er in maanden niet is geweest.

'Zie je wel, het kan!'

'Hij moet eerst nog veilig terugkomen.'

'Aan het eind van de middag, als het weer gunstig blijft.'

'Gaat hij echt helemaal om het eiland?'

'Natuurlijk, we moeten het goed testen, we kunnen niet straks als de boten vol zitten voor onverwachte problemen komen te staan.'

'Problemen zullen er altijd zijn, zelfs als het een gloednieuw zeiljacht is.'

'Zelfs met een goedgekeurde kotter,' mompelt Ragna zo zachtjes dat geen van de andere vrouwen haar kan horen.

~

Unnar staat in de toren en kijkt door het glas naar de zee. Sinds ze op het eilandje wonen is Henrik veranderd, overdag zegt hij geen woord, klimt hij van de rotsen en komt terug met eieren of vis, als het avond wordt pakt hij een fles uit de kast en drinkt. Dan begint hij te praten, meestal vertelt hij over schepen die net niet vergaan zijn, over reddingsacties die hij heeft uitgevoerd, heel soms vertelt hij over een vrouw die is vertrokken, dan gaat hij huilen en huilt Unnar met hem mee omdat ook hij niet weet waar zijn familie is gebleven.

Zonder dat hij het echt heeft zien aankomen is plotsklaps de zee verdwenen. Dikke grijswitte wolken drijven op het water en ontnemen hem het zicht. Zijn vader hield niet van plotselinge zeemist, hij zei dat de vogels dan de grond niet meer kunnen zien en niet kunnen landen. Unnar kijkt naar de handsirene van Henrik. Die heeft hem verboden eraan te zitten. Dat is mijn werk, had hij hem gezegd, ik weet hoe ik moet draaien en hoe ik moet richten, want als je het fout doet kan er een schip op de rotsen lopen. Maar schepen hebben ze sinds ze in het huis onder de vuurtoren wonen niet gezien, alleen twee keer een roeiboot die te ver weg was om naar te zwaaien. Unnar wil naar beneden gaan als hij opeens iets ziet in de mist. Het is maar heel even, dan is het weer weg, maar hij weet zeker dat hij iets heeft gezien. Kwam er een schip aan? Zou het de veerboot zijn, waarvan Henrik hem had verzekerd dat die nog steeds niet was aangekomen? Unnar rent de trap af terwijl hij de naam van de oude man roept. Maar er komt geen antwoord.

'Henrik, komen!' roept hij. 'De boot!'

Unnar staat op de rotsen en tuurt door de mist in de richting waar hij iets heeft gezien. Opeens ziet hij het weer, heel vaag en heel kort. Het is een boot, maar hij kan niet zien of het een grote of een kleine is, of hij ver weg of dichtbij is.

'Henrik!'

Er komt geen antwoord. Unnar rent terug de toren in, pakt de slinger en begint te draaien. Even schrikt hij als de sirene begint te gillen, dan gaat hij steeds harder draaien.

Met een ruk wordt hij opzij getrokken. De hendel schiet uit zijn handen en Henrik kijkt hem woedend aan.

'Een boot!' stamelt Unnar, terwijl de toon uitsterft. 'Ik zag een boot.'

Henrik draait zich om en tuurt naar het water. Langzaam wordt het doodstil in de kleine ronde glazen ruimte van de vuurtoren. Alleen het hijgen van Henrik is te horen. Unnar kijkt voorzichtig omhoog naar de oude man met de lange haren en de baard, hij ziet dat hij zijn ogen toeknijpt en probeert door de mist heen te kijken. Opeens grijpt hij de hendel en begint als een razende te draaien.

Elias trekt aan de schoot, even was hij ervan overtuigd geweest dat zijn laatste uur had geslagen en had hij spijt gehad dat hij destijds de bezuinigingen voor de bemanning van de vuurtorens had doorgevoerd. Tot hij plots de sirene hoort. Dan weet hij weer dat zijn beslissing de torens volkomen te automatiseren en van zonne-energie te voorzien de allerbeste beslissing van zijn leven is geweest.

~

'Die balk, die moet eruit.' Oude Pauli wijst naar het plafond.

'Maar dat is een drager, dan hebt u kans dat het hele huis instort,' zegt zijn kleinzoon.

'Het is de langste, dus die moet het zijn.'

Pauli loopt met een koevoet de trap op. Na de mislukte jacht op de grienden had hij niet meer met andere jongens gevist. Hij voelde dat men het hem kwalijk nam en hij kon het onmogelijk goedmaken. Niemand vertrouwde elkaar meer en mensen gaven elkaar de schuld van de honger, de kou en het uitblijven van hulp. Tot Elias Johannessen, de minister van Visserij, met een klein tot zeilboot omgebouwd motorbootje rond het eiland was gevaren, toen had iedereen weer moed gekregen en was samengekomen om plannen te maken.

Pauli stapt de slaapkamer van zijn opa in. Het bed waar hij en zijn zusje als kinderen altijd in mochten liggen als ze ziek waren, is verdwenen, net als de stoelen, het dressoir en de grote kleerkast. Op de grond ligt het matras waar zijn opa nu op slaapt, de plastic tuinstoel dient als kast. Hij trekt de stoel en het matras de gang op en wrikt met de koevoet tussen de planken tot het hem lukt de eerste spijker eruit te krijgen. Om te koken zullen we de komende tijd genoeg hout hebben, denkt hij.

'Het zijn originele handgesmede draadnagels,' bromt z'n opa.

Pauli had hem niet horen komen en kijkt op.

'Je overgrootvader heeft ze nog gemaakt en ze er eigenhandig in geslagen.'

'Had hij dat maar wat minder goed gedaan,' puft Pauli.

'Dan hadden we hier allang niet meer gewoond en konden we nu niet weg.'

Pauli denkt aan het jacht van Jenis Hansen. Het schip met het keukentje waar hij voor het eerst koffiezette toen de dochter van de reder hem nog onbereikbaar leek. Nu woont het meisje van wie hij elke dag meer houdt bij hem in huis en heeft ze gisteren gezegd dat zijn opa het jacht mag hebben, als pensioen na alle jaren werken voor haar vader. Weer trekt Pauli een plank los. Het is hem niet duidelijk of Marit mee wil varen op die boot of niet, hij durft het haar niet te vragen.

'Gooi die plank maar naar beneden,' zegt zijn opa.

Pauli kijkt door het gat in de vloer naar de huiskamer onder hem. Ook die is nagenoeg leeg. Ze leven tegenwoordig in de kleine keuken, de enige plek in huis die ze warm weten te houden. De plank glijdt door het gat en komt met een knal neer op de vloer.

'Jouw vader had nooit kunnen vermoeden dat we het huis om deze reden zouden moeten afbreken,' zegt Pauli.

'Ik denk,' mompelt oude Pauli, 'dat mijn vader niet zo lang zou hebben gewacht. Die had zijn boot klaargemaakt en was allang vertrokken.'

'Makkelijk praten, hij had alleen maar zeilen en wij moeten een mast op een motorboot monteren.' Zijn stem klinkt opeens onzeker. 'Hoe gaan we dat eigenlijk aanpakken?'

'We maken stagen, in de werkplaats is nog van alles.'

'Heb je Marit gevraagd of dat mag?'

'Ik heb toch mijn eigen sleutel.'

'Opa, het is nu allemaal van haar.'

'Wat moet een meisje nou met staalkabels.'

'Daar gaat het niet om opa, het is gewoon niet van jou.'

'Jongen, wat is wel van mij, behalve dit huis? Ik heb niet eens een stuk grond of wat schapen zoals veel families. Ik kan jullie verdomme niets te vreten geven behalve een beetje vis.'

'U vangt meer vissen dan wie ook.'

'Omdat ze niet kijken naar het water, omdat ze hun lijn niet ver genoeg uitgooien, omdat ze aan hun maag denken en niet aan de vis. Daarom.'

‘Maar dat betekent nog niet dat we ongevraagd die staalkabels mogen pakken.’

‘Ik geef haar wel wat extra vis.’

Op de kade heerst steeds meer drukte, mannen lopen met palen en balken die ze uit hun huizen en garages hebben gesloopt. De directeur van de melkfabriek probeert met zijn zonen de vlaggenmast die voor de fabriek stond op zijn boot te monteren, maar de paal is veel te lang, zodat het bootje bijna kapseist. Op alle motorkruisertjes, de weekendvissersbootjes en de kajuitjachtjes heerst grote bedrijvigheid. Het idee van het vertrek doet de honger iets vergeten en geeft iedereen nieuwe energie. Mannen die vorige week nog kleumend aan het hengelen waren, vrouwen die wanhopig en uitgeput de heuvels afstruinden naar keutels om hun kachels te voeden en kinderen met zulke ingevallen gezichten dat hun moeders hen bijna niet meer herkenden, lopen vrolijk over de kade. Zelfs de zon, die begin juni vaak door de mist wordt geplaagd, schijnt in al haar glorie.

Niels tilt de tot zeilen omgedoopte gordijnen aan boord van de boot. Hij is trots dat het hem is gelukt met behulp van twee collega’s en de conciërge van de universiteit een mast te maken en nu willen ze de zeilen gaan uitproberen.

‘Kijk,’ zegt Gunhild tegen haar man en ze wijst.

De rector kijkt op en ziet dat Dora een rolstoel de steiger op duwt. Hij heeft de verpleegster die elke dag langs hun huis loopt zien veranderen. Hij had haar nooit eerder gezien, maar toen de benzine op was liep er steeds een kordate vrouw in een verpleegstersschort voorbij, hij had wel gezien dat ook zij steeds magerder werd maar het was hem ook opgevallen dat zij niet de moed leek te verliezen, tot de dag na de brand. Ze huilde, hij was het huis uit gekomen en had haar aangesproken. Ze waren in een vreemd gesprek geraakt over de barbaarse moorden op de Filippijnse zeemannen en haar angst voor kannibalisme. Hij had haar verteld dat menseneterij niet in de genen van noordelingen zat en dat dat dus ook nooit zou gebeuren. Hij twijfelde aan zijn eigen woorden, maar zij was opgelucht verdergelopen naar het ziekenhuis.

'Da's zo'n Filippijn,' fluistert Gunhild. Er staat een bezorgde blik in haar ogen als ze de verpleegster met de man in de rolstoel op hen af ziet komen.

'Ja,' zegt Niels, 'de enige nog.'

'Wat wil die vriendin van jou? Dat we die man meenemen?' fluistert Gunhild. 'Hij kan er niet meer bij, hoor.'

'Dat is niet aan ons,' zegt Niels, die spijtig naar zijn eigen bootje kijkt, dat half uit het water steekt naast de geëxplodeerde brandstoftank.

'Deze boot is vol,' sist ze.

'Lieverd, iedereen wil weg, wees blij dat we een plek hebben gekregen.'

'Maar zo'n zieke man neemt veel te veel plek in, en wie weet is hij besmettelijk.'

Dora stopt vlak bij de boot en buigt zich voorover naar de man in de rolstoel. Gunhild ziet dat hij iets tegen Dora zegt en naar hun boot wijst. De vrouw van de rector krijgt het benauwd. Ze moet iets verzinnen waardoor het duidelijk is dat er bij hen aan boord geen plek meer is. Weer wijst de man naar hun boot en Dora knikt.

'Met deze boot meevaren is wel erg duur, dat weet hij toch wel?' roept ze naar Dora.

'O, dat is geen probleem,' zegt Dora, die de rolstoel langs de boot stuurt.

Gunhild voelt de bodem onder haar wegzakken. Hoe is het mogelijk dat deze man genoeg spullen heeft om zich een plek aan boord te bemachtigen? Hij is toch een illegaal zonder geld of bezit? Ze heeft gehoord dat zijn vrienden in alleen een lendendoek waren begraven.

'Is de mast al klaar?' vraagt Dora en ze wijst naar de balk die in een gat zit dat ze in de kajuit hebben aangebracht.

Gunhild wil zeggen dat de mast nog lang niet klaar is, dat de boot misschien niet eens kan vertrekken, dat ze het maar bij een andere schipper moet gaan proberen, als haar man zich opricht en trots zegt: 'Ja, goed hè? We hebben het helemaal zelf gedaan.'

'En de zeilen?' wil Dora weten.

Niels houdt de gordijnen op.

Het zuur, waar Gunhild al weken last van heeft, borrelt in alle heftigheid op. 'Maar ... maar er is ... er is geen plek meer,' stottert ze en ze kijkt naar de man in de rolstoel. 'Deze boot is helemaal vol.'

'Hij wil ook niet aan boord. Hij wil alleen zeggen dat het met zo'n primitieve mast,' ze lacht even verontschuldigend, 'beter is om die dwarsbalk ...' Dora wijst naar de balk die als giek onder aan de mast zit. '... als je die boven in de mast bevestigt, met het midden van de balk aan de mast, als een T, dan kun je veel gemakkelijker zeilen.' Ze buigt zich weer naar de Filippijn. 'Leg het zelf maar uit,' zegt ze in het Engels tegen de man in de rolstoel.

Magnus en neef Frank rukken aan de touwen om de mast te schoren. Ook zij besteden al hun tijd die ze niet nodig hebben om te vissen of te stropen aan het prepareren van hun boot.

'Frank,' roept een jonge vrouw, 'kijk, gevonden!' Zijn zus, een van de vrouwen die de *Odin 12* niet wilde laten gaan, houdt een witte lap op.

'Wat is het?' wil hij weten.

'Een parachute, dat zeilt vast veel fijner dan al die zware dekens.'

Sigrid hoopt dat haar broer niet doorvraagt, want ze heeft de parachute gestolen uit de loods waar de helikopters wachten op de dag dat er weer kerosine is. Ze had via via gehoord dat de radio daar nog werkte, en omdat de reder geen duidelijkheid gaf, was ze de loods in gekropen en had geprobeerd contact te maken met de *Odin 12*, maar er was geen enkel antwoord gekomen al had ze het geprobeerd tot de accu's op waren. Op de terugweg had ze een rugzak zien staan en gehoopt dat er eten in zou zitten. Thuis had ze ontdekt dat er alleen een kleine parachute in zat en verder niets.

'Wauw,' zegt haar broer. 'Dit is perfect! Onze boot wordt fantastisch!'

Sigrid denkt aan haar man, die verdween in de mistige maartnacht. Zou ze wel meegaan op dit kleine bootje van haar broer? Is het plan waar iedereen, inclusief de regering, enthousiast over doet, wel reëel? Ze heeft nooit begrepen dat de ervaren zeemannen die allemaal met hun hand op hun hart hadden beloofd zo snel mogelijk terug te komen volledig zijn verdwenen.

Ambrosio tilt het roer samen met een groepje vissersvrouwen de steiger op. De tranen zijn verdwenen. Het lijkt de uitgemergelde vrouwen niet meer te kunnen schelen waarheen ze gaan, als ze hun kinderen maar kunnen voeden.

Johanna vindt het idee om in de kleine notendop de oceaan over te dobberen vreselijk, maar alleen op het eiland achterblijven schrikt haar nog meer af, dus helpt ook zij met naald en draad de canvas zeilen verstevigen.

Ragna komt met haar kroost de kade op. Ze was vorige week met de kinderen naar de hoogste klif van Het liefdespaadje gelopen om eetbare mossen te zoeken, maar op het laatste moment had ze het niet gedurfd en nu dragen ze de kabels die gaan dienen als stagen.

Frimann kijkt naar het zeil dat zijn secretaresse en haar vader bevestigen aan de dwarsbalk van het schip dat *Vaarwel* heet. 'Dat is een vrolijk zeil!' zegt Frimann. 'Ons zullen ze niet beschieten.'

'Gaan ze dat dan doen?' vraagt Birta verontrust.

'Nee, natuurlijk niet, maar als we met zulke zeilen aankomen is de onschuld van onze missie in één keer duidelijk.'

'Het was de enige stof die we nog in huis hadden, het was eigenlijk bedoeld om een windscherm van te maken voor in de tuin, maar vader vond het te roze.'

De oude man gooit een lijn naar Frimann, maar het touw valt op de kade.

'Je moet wel meehelpen,' knort de reumatische Árni, 'anders zoek je maar een ander schip.'

'Vader!' vergoelijkt Birta snel. Ze kan niet wennen aan de veranderde hiërarchie.

'Hij moet meewerken,' knort haar vader weer, 'dit is geen pleziertochtje.'

Frimann pakt het touw op maar heeft geen idee wat hij moet doen. Net zoals hij niet had geweten hoe hij de kip moest schoonmaken en de galblaas had doorgesneden, waardoor het vlees smerig en bitter smaakte. 'Wat wil je dat ik doe?' vraagt hij aan Árni.

'Je mond houden en mijn bevelen opvolgen.'

Op elk schip in de haven zijn mensen aan het werk, en omdat het bijna niet donker wordt, gaat niemand naar bed. Ze hebben allemaal maar één doel: zo snel mogelijk weg.

~

Ook in de andere haventjes van de dorpen op de eilanden heerst koortsachtige bedrijvigheid. Scheepjes die al jaren op de wal lagen en niet in de kachels zijn verdwenen worden geteerd en weer te water gelaten, rompen met mankementen hersteld en masten die ontbraken geïnstalleerd. Bootjes zonder kajuit krijgen provisorisch een huif en alles wat als zeil kan dienen verdwijnt naar de kamers, waar vrouwen met naald en draad proberen zo sterk mogelijke lappen samen te stellen. Het is de allereerste keer sinds de storm dat de mensen weer zingen.

Dina daalt de weg af naar de haven. De mensen in Nordur zijn opgewonden over wat er gaat gebeuren. Langs de kant van de weg zijn vier boerenzoons een mast aan het schaven, ze zingen een lied in een oud dialect over zeemannen die de zeeën bevaren zonder angst, die in landen komen waar hun taal niet wordt gesproken, waar ze vrouwen zien zo mooi als engelen, maar, zingen ze uit volle borst, toch willen ze terug naar huis want hun vrouwen zijn trouwer en sterker en koken de vis met aardappelen.

Dina kan niet genieten van het lied, ze is woedend, Óli schijnt de boot van zijn broer Abbe verkocht te hebben zonder het met haar zus te overleggen. Dina ziet haar man niet bij de andere mannen op de haven en vraagt aan Gormur of hij hem heeft gezien.

'Hij is in de kerk,' bromt de atheïst. 'Slijmen bij de pennenlikker.'

Dina kijkt verbaasd naar de knorrige man die als enige in de haven niets doet en loopt terug het dorp door naar de kerk. Bij de ingang ziet ze Óli praten met Matteus Peterson. Hoewel Dina overtuigd lutheraan is, heeft ze niet veel sympathie voor de penningmeester van het kerkbestuur die de laatste tijd doet alsof hij de burgemeester is.

'Ik moet de boot terug,' hoort ze Óli tegen Matteus zeggen.

'Nee, die is nu van mij,' zegt Matteus.

'Maar dan kunnen wij niet weg!' roept Óli wanhopig.

'Dan had je hem maar niet met mij moeten ruilen.'

'Is dit waar?' valt Dina in het gesprek.

'Jullie moesten toch eten?' verdedigt Óli zich.

'Waar heb je de boot voor geruild?' Dina snapt er niets van, want het enige waar haar man mee is thuisgekomen was een mager lammetje twee weken terug, waarvan ze met z'n allen maar een paar dagen hadden kunnen eten.

'Dat lam!'

'Heb jij de grote ijzeren boot van Abbe geruild tegen dat scharminkel?!'

Óli knikt schuldbewust zijn hoofd. 'Jullie hadden zo'n honger ...'

'Een hele boot, voor een paar kilo vlees!'

Óli wordt altijd zenuwachtig als zijn vrouw zo tegen hem tekeergaat. 'We hebben toch nog mijn bootje,' probeert hij.

'Met jouw bootje kunnen we de oceaan niet over, het is veel te klein, daarmee kun je in je eentje langs de kust dobberen en wat vissen, maar één echte golf en dat ding zinkt, dan ga ik nog liever hier dood.'

Óli wil protesteren, maar voor hij de kans krijgt heeft Dina zich omgedraaid naar Matteus. 'Zo! Dus jij vindt het eerlijk om een mager speenlam te ruilen tegen een stevige ijzeren boot.'

'Hij wilde het zelf.'

'Dat maakt me niets uit,' sneert Dina. 'Ik vraag je of jij dat rechtvaardig vindt.'

Matteus haalt zijn schouders op. 'Ik had er niet om gevraagd.'

'Was je handen niet in onschuld! Je had ook nee kunnen zeggen of er minstens een koe bij kunnen geven.'

'Ik heb geen koe.'

'Dan had je die boot niet mogen aannemen.' Woedend draait Dina zich om en beent terug naar hun huis.

Óli en Matteus zien de uitgehongerde vrouw bij iedere stap krommer worden. Óli wil achter haar aan rennen als Matteus hem tegenhoudt. 'Oké, ik neem je vrouw, haar zuster en de kinderen bij mij aan boord, maar jij en die twee neven moeten ergens anders een plek vinden.'

'En tante Erika met haar hond?'

'Die past er niet meer bij.'

'Dat kun je niet doen, we kunnen haar niet alleen achterlaten.'

'Nou vooruit dan, maar niet die hond! Die kan er echt niet bij.'

Afscheid

– vier maanden, een week en zes dagen –

'Weten jullie hoeveel tassen ik mag meenemen?' zegt mevrouw Poulsen tegen de foto op haar dressoir. De katten op de foto kijken haar van achter het glas aan. Ze luistert. 'Nee, fout. Niet één! Anders is er niet genoeg plek ... Wat? Ja dat wel, anders sterven we van de dorst. En eten mag natuurlijk ook ... en mijn paspoort, voor als we ergens aan land gaan.' Ze pakt het lijstje op en kijkt er liefdevol naar. 'Ik zal jullie niet vergeten. Ik zal niets vergeten.' Ze drukt de foto tegen haar hart en loopt naar het raam. Buiten waait een lichte bries en de wolken stapelen zich op. Ze merkt dat ze gewend is geraakt aan het zien van de zee, een uitzicht dat altijd bestemd was voor haar buren, maar het hare is geworden sinds hun huis is ingestort. Zou ze een nieuw huis vinden of ergens kunnen logeren, vraagt ze zich af, aangezien ze niemand kent daar op het continent. Opeens stopt ze de foto onder haar trui. Er gaat een rilling door haar heen, het metaal en het glas voelen ijzig aan op haar dunne huid. Ze kijkt in de spiegel en ziet duidelijk de vorm van het lijstje onder haar borsten. Haar borsten, die ze tot voor kort pront met zich meedroeg, zijn bijna verdwenen. Dan trekt ze het kattenportret weer tevoorschijn, opent de achterkant, haalt de foto eruit, zet de lege lijst op de kast en stopt de foto onder haar hemd. Ze heeft nooit goud, zilver of kostbare juwelen gehad. Ook een trouwring is aan haar voorbijgegaan, maar de enig tastbare herinnering aan haar geliefde katten achterlaten kan ze niet. Ze streelt de plek waar ze de foto heeft gestopt en kijkt rond in haar huiskamer. Hoe lang zal het duren voor ze terugkomt, misschien pas over een jaar, zal ze meer spullen meenemen? Ze loopt weer naar het dressoir als er op de voordeur wordt geklopt. Ze draait de sleutel om en opent de deur.

'O, u,' zegt ze verbaasd als ze de oma van haar buurjongen ziet.

'Ik wilde u wat vragen,' zegt Johanna een beetje bedremmeld.

Mevrouw Poulsen kijkt haar verwachtingsvol aan.

'Heeft u Unnar nog weleens gezien?'

'U gaat me toch niet vertellen dat u hem nog steeds niet hebt gevonden!' zegt mevrouw Poulsen onthutst.

Johanna knikt. 'Ik heb gezocht, heel veel en vaak, en de politie heeft gezocht, zelfs Ambrosio heeft me helpen zoeken.' Haar stem daalt. 'We denken dat hij dood is.'

'Dat kan niet.'

'Waarom niet?'

'Omdat hij het eiland kent, omdat hij niet bang is voor de wind en de regen.'

'Maar hij is echt nergens meer.'

'Iemand kan niet zomaar verdwijnen.'

'Uw katten zijn toch ook weg!'

Mevrouw Poulsen legt haar hand op haar maag en stottert: 'Ja maar ... Nee ... dat ...?' Ze denkt terug aan de dag dat ze het laatste beetje eten dat ze in huis had aan haar kat voerde en niet in het bakje deed dat ze voor de jongen had neergezet. Een onverwacht schuldgevoel overvalt haar. 'We moeten hem vinden!' zegt ze beslist. 'U kunt niet zonder hem vertrekken.'

'Waar wilt u dan nog meer zoeken?' vraagt Johanna, die zich na weken huilen in het hotelbed bij het feit heeft neergelegd dat haar enige kleinzoon is verdronken, en nu niet de boot wil missen.

'Dat weet ik niet,' zegt mevrouw Poulsen fel, 'maar die jongen moet mee!'

~

'Zo kun je toch niet zeilen,' zegt Peterson tegen de rector en hij wijst naar de dwarsbalk die hij aan de top van de mast vastmaakt.

'Kijk dan op die plaatjes,' Niels wijst naar het bibliotheekboek op de steiger, 'daar hebben ze het ook.'

'Maar dat is in de tropen!' werpt de voormalige boekhouder van de reder op, 'daar waait het nooit zo hard!'

'Daar heb je de vreselijkste tornado's en cyclonen,' houdt Niels vol terwijl hij de laatste knoop in het touw legt.

'Jij hebt nooit gezeild,' gaat Peterson verder.

'Jij toch ook niet!'

'Mijn vader wel.'
'Je vader is al jaren dood.'
'Ik heb heel mijn leven gezien hoe hij de boot optuigde.'
'Die boot is gezonken voor jij trouwde.'
'Maar ik weet hoe hij het deed.'
'Doe vooral wat je wilt!' zegt Niels, hij heeft genoeg van het commentaar en de kritiek van iedereen die langskomt. 'Wij varen met een vierkant zeil aan een dwarsbalk, zoals op de Filippijnen.'
'We zullen zien wie het eerste aankomt.'
'O, is deze reis voor jou een wedstrijd?'
'Natuurlijk niet! Maar ik wil wel aankomen.'
'Dat willen wij ook.'

Ragna ziet op tegen de reis, niet omdat haar kinderen onrustig zijn of ruzie zullen maken, evenmin omdat ze het erg vindt het huis waar ze geboren is te moeten verlaten. Ze kijkt om zich heen – het huis is nog slechts een lege schil, sinds de vloeren en alle meubels in de kachel zijn verdwenen –, het is de vraag *Leeft hij nog of niet* die door haar hoofd blijft spoken. Wat nou als Josef over een paar weken terugkomt en dan niet weet waar ze zijn, hoe kan hij hen dan nog vinden? Had ze nog maar een stukje papier, dan zou ze een brief voor hem achterlaten. Ze kijkt naar de muren met het verbleekte behang, ze pakt een stukje verkoold hout en begint met onwennige hand te schrijven.

De uittocht

– precies achttien weken na de storm –

Het is de kortste nacht van het jaar en de zon is heel even achter de horizon geweest, maar donker is het niet geworden. Niemand heeft geslapen, zelfs niet degenen die heel moe zijn. De stad siddert van opwinding. Hoewel de hele bevolking uitgehongerd is en bij de meesten de botten griezelig ver uitsteken, heeft iedereen een glimlach op zijn gezicht. De een denkt aan zijn familie, die hij snel weer zal zien, de ander denkt aan eten, een boterham met kaas, biefstuk met uien of een bord vol aardappelen, er zijn er ook die denken aan de sigaret die ze binnenkort zullen roken, of het kopje koffie met suiker dat ze zullen drinken. Niemand denkt aan de vissen waardoor ze het de laatste weken hebben kunnen uithouden.

Oude mannen verdelen hengels, die ze aan boord van de verschillende bootjes laden zodat onderweg de passagiers hun voedsel uit de zee kunnen halen. Kinderen rennen en maken afspraken met vriendjes en vriendinnetjes over spelletjes die ze kunnen doen van het ene bootje naar het andere. Veel van de vrouwen zijn opvallend dikker dan gisteren, want sinds de bekendmaking dat absoluut niemand bagage mee mag nemen behalve een paspoort, is niet alleen mevrouw Poulsen op het idee gekomen dat haar lichaam een goede drager is van dingen die per se mee moeten.

De vrouw van Elias Johannessen, de minister van Visserij, heeft last van zeeziekte en neemt altijd het vliegtuig. Nu heeft ze bij al haar buren gebedeld om restjes gemberpoeder, dat een beproefd middel tegen zeeziekte schijnt te zijn. Om haar nek draagt ze haar laatste goud, dat nog van haar moeder is geweest, en om haar middel, buiten het zicht van nieuwsgierige ogen, heeft ze een sjaal gebonden waarin ze de laatste stukken zilverbestek draagt.

De eigenares van het luxe hotel aan de haven kan bijna niet lopen door de spullen die ze onder haar kleren heeft verborgen en zal, als ze in het water valt, direct naar de bodem zinken. De juffrouw van de wolspeciaalzaak heeft niets bij zich. Op de haven staat haar jankende boxer, ze houdt haar handen op haar oren en huilt zachtjes mee.

De bankdirecteur heeft ondanks zijn status elke dag met een hengel op de kade gestaan. In het begin schaamde hij zich voor de ongewilde armoede, maar op een gegeven moment kreeg hij de smaak te pakken, en zijn taak aan boord zal dan ook vissen zijn.

In dezelfde boot zit de caissière van de supermarkt. Haar baan verdween met de dood van Barni Bech, de eigenaar. Ze heeft zich toen gestort op het wassen met de hand omdat wasmachines te veel elektriciteit verbruikten. In het begin had ze wel wat werk, maar snel werd het minder – niemand wilde nog iets ruilen voor wassen, iedereen bleef liever in vuile kleren lopen dan niets te eten te hebben. Tot de bankdirecteur haar een plekje op zijn boot aanbood als ze alles in zijn huis zou wassen. Hij wil namelijk zo snel mogelijk terug in verband met alle aanwezige waardepapieren, en hij houdt ervan de boel schoon achter te laten. De caissière denkt niet aan terugkomen, zij hoopt op een baantje achter de kassa bij een supermarkt op het vasteland.

In het bootje van de oude hoofdonderwijzer stappen de jongens van de radioredactie. De oude man had hen ervan overtuigd dat ze roeiend de zeilschepen nooit zouden kunnen bijhouden, en daarnaast kent hij zijn eigen krachten.

De minister van Gezondheid, met onder zijn trui zijn verzekeringspolis, en zijn broer de politiecommissaris, met onder zijn trui zijn bankafschriften, delen een boot met de familie van de overleden manager van de supermarkt, die een verre neef is van de vrouw van de minister. Agent Tóki en zijn vrouw delen een boot met de laborante van de melkfabriek en haar familie, die een garagebedrijf runde net buiten Havenstad.

Ambrosio heeft zich opgeworpen als aanvoerder van de vissersweduwen. Niet dat hij het woord 'weduwe' ooit in hun bijzijn heeft uitgesproken. Integendeel, de vrouwen dulden hem omdat hij ze juist het geloof over het in leven zijn van hun mannen heeft teruggegeven. Ze hebben afgesproken dat hun bootjes dicht bij elkaar zullen blijven, zodat ze elkaar kunnen steunen want ze hebben geen idee wat ze zullen aantreffen. Ambrosio, die een spiksplinternieuw reddingsvest aanheeft van onder uit zijn koffer, maakt het niets uit, hij verlangt naar de spaghetti van zijn moeder en de warme zon van Napels.

Ragna staat bij het meertouw van de boot waarmee zij de zee op gaat. Zij heeft haar vier kinderen een opgeblazen binnenband van een auto omgedaan bij wijze van zwemvest. De jongste van het stel heeft al snel het spelletje ontdekt dat hij daarmee heel hard tegen zijn zusje aan kan botsen zonder haar of zichzelf pijn te doen.

'Trossen los!' roept Ambrosio.

Ragna haalt het touw los, klimt aan boord en duwt af. De reis is begonnen.

Dora duwt de rolstoel over de steiger.

'Mag het echt?' hijgt ze.

Niels knikt. 'We hebben het net met z'n allen besloten. Hij weet als enige hoe het moet met dat Filippijnse zeilsysteem, dus breng hem maar aan boord.' Hij kijkt naar de rolstoel. 'Maar zonder de stoel.'

De enige overlevende van de groep illegalen kijkt dankbaar naar de rector van de universiteit, sluit zijn ogen, vouwt zijn handen en begint hardop te bidden. De anderen weten niet goed wat ze moeten doen. Iedereen heeft haast, de wind is goed en over een halfuur is het tij precies juist om door de stroming meegevoerd te worden van de kust naar de golfstroom die hen naar het continent zal brengen. Overal om hen heen zijn de boten al los en dobberen, drijven en peddelen naar de mond van de haven.

Dora, die ook niet goed weet wat ze aanmoet met de patiënt, mompelt: 'Zet de rolstoel maar vast aan deze paal.' En weg is ze.

'Nee, wij blijven hier,' zegt Pauli en hij slaat zijn arm om Marit.

'Maar de kou?' zegt zijn opa. 'En waar zullen jullie van leven?'

'Dat komt wel goed, maak je geen zorgen, negenhonderd jaar geleden konden die asceten hier toch ook overleven,' zegt zijn kleinzoon.

'Als we met z'n tweeën zijn is er eten genoeg,' zegt Marit. 'En er zijn nog schapen van mijn vader bij het vakantiehuis in Malvík, daar gaan we naartoe.'

'Als die schapen niet al opgevreten zijn door anderen,' zegt de oude man zorgelijk.

'Dan vinden we wel wat anders,' lacht Pauli.

'Of helpt het verscholen volk ons,' lacht Marit.

Even glijdt er een schaduw over het gezicht van oude Pauli, dan draait hij zich naar zijn kleinzoon, omhelst hem en kust hem op zijn wangen. 'Als het niet lukt, ben je geen mislukkeling als je alsnog vertrekt, dat moet je niet vergeten, jongen.'

'Niet tegen de anderen zeggen, beloof je dat, opa?'

'Ik zal zeggen dat jullie op een andere boot zitten, omdat je bijgelovig bent.' De oude man kust het meisje dat hij als zijn schoondochter is gaan zien, maar dat waarschijnlijk nooit officieel met haar man zal kunnen trouwen omdat alle ambtenaren en kerkdienaren een plek op de boten hebben. Hij loopt naar de deur.

De twee mannen, de een twintig, de ander vierenzestig, kijken elkaar nog één keer indringend aan.

'Je zal goed voor hem zorgen, hè?' zegt oude Pauli streng tegen Marit.

'Natuurlijk, en hij voor mij.'

Dan trekt oude Pauli snel de deur achter zich dicht en haast zich naar de haven, in de hoop dat niemand zijn tranen ziet.

Birta zit met Susanna op schoot als eindelijk Frimann met zijn vrouw en vader aankomt bij de *Vaarwel*. De secretaresse weet dat haar vader zeer geïrriteerd is over de vertraging. Frimann helpt zijn demente vader aan boord, ook hij draagt een opgeblazen binnenband. Birta wijst de hoogbejaarde man een plek om te zitten.

'Zit u goed?' vraagt ze zenuwachtig.

'Dank je, meisje.'

'En u?' vraagt ze aan de vrouw van Frimann.

'Het gaat,' zegt ze zuinig.

'En u, meneer?' vraagt ze aan de premier zelf.

Hij knikt, zijn mond is nog zuur van de onrijpe bessen, en de papieren die hij in zijn dubbelzijdig windjack heeft verstopt prikken in zijn rug. Het liefst deed hij het jack even uit, maar dat durft hij niet voor ze goed en wel op zee zijn.

'Wilt u wat drinken?' Birta heeft nog steeds de neiging hem te bedienen.

Maar ze krijgt woedende blikken van haar vader toegeworpen. 'Niks drinken, we moeten gaan.'

De meeste boten zijn al los van de steigers en de kade. In de baai hijsen ze de zeilen. Het is de perfecte dag. Het is helder en er staat een matige wind uit het zuidwesten, die hen zal helpen de golfstroom te bereiken.

'Waar wachten we nog op?' vraagt Frimann.

'Op onze navigator,' bromt Birta's vader. Zijn ogen glijden zoekend over de kade. 'Waar blijven ze, verdomme, als ze nu niet komen, vertrekken we zonder hen.' Dan ziet hij Dora over de steiger komen aanrennen en haalt opgelucht adem.

Susanna ziet haar moeder en roept al van ver: 'Waar is papa?'

'Is die er nog niet?' vraagt Dora bezorgd. 'Hij zou alleen het kompas uit het weerstation halen en dan direct hierheen komen.'

'We kunnen niet langer wachten,' zegt Árni, 'de stroming is nu goed. We moeten gaan.'

'Hij is er zo!'

~

Óli kijkt vanuit zijn eigen kleine polyester bootje naar zijn vrouw Dina en zijn kinderen, die in de grote ijzeren boot bij Matteus zitten. Naast haar zit Nicodemus met de in plastic verpakte radiozender op zijn schoot, hoog in de mast is een windmolentje aangebracht, waarmee de batterij wordt opgeladen, zodat hij contact kan zoeken met het vasteland. Als ook een nog zwartgeblakerd schapenkarkas aan boord wordt getild, snapt Óli dat Matteus het veel beter heeft geregeld dan hij.

'We gooien wel een stuk naar je over, pap!' roept zijn oudste zoon.

'Maak je geen zorgen!' roept Lars, die naast Óli zit. 'Wij gaan heel veel vis vangen!'

Zijn broer Karl houdt zijn hengel op en knikt.

In de boot direct naast hen zitten de invalide hoteleigenaar en diens zus. De rolstoel mag mee, op voorwaarde dat het ijzeren geval overboord gaat als onderweg blijkt dat hij toch te zwaar is.

Matteus, in een knalrood windjack en een gele sjaal, stapt zijn boot in en gebiedt tante Erika, die triomfantelijk in het midden zit, wat op te schuiven. De voormalige penningmeester klimt op het bankje en houdt zich vast aan de mast. 'Uitverkorenen!' roept hij en gebaart dat iedereen moet gaan zitten.

Het wordt stil in het kleine haventje van Nordur, dat nu vol ligt met bootjes boordevol mensen.

'Uitverkorenen!' brult hij nogmaals. 'Vandaag is de grote dag aangebroken! Hier begint de belangrijke missie waarvoor wij door de Heer zijn uitverkozen. Het zal een zware, lange reis worden en alleen Hij kent onze eindbestemming. Maar God is onze Herder. Hij reikt ons Zijn hand. Hij zal bij ons zijn en ons beschermen. Hij heeft met ons een bedoeling en daar moeten wij Hem dankbaar voor zijn. Geef elkaar de hand en laten we samen bidden. Onze Vader Die in de Hemelen zijt ...'

In al de boten hebben de mensen elkaars handen beetgepakt, ze sluiten de ogen en buigen het hoofd. 'Uw Naam worde geheiligd, Uw Koninkrijk kome, Uw wil geschiede, gelijk in de Hemel alzo ook op de aarde ...'

Gormur staat als enige nog op de wal en kijkt met zijn handen in zijn zakken vol verbijstering toe hoe het complete dorp zich in de bootjes heeft gepropt. Sommige vaartuigen liggen heel diep, doordat er veel meer mensen in zitten dan waarop ze zijn gebouwd. Hij had zich voorgenomen niet naar de haven te gaan maar met zijn laatste paar schapen de bergen in te trekken op zoek naar lang groen gras. De onrust van de nacht en de wetenschap dat iedereen die hij kent vertrekt hebben hem toch naar de kade gedreven en hij staart treurig naar zijn biddende dorpsgenoten. Ze lijken niet bang te zijn en ervan overtuigd dat ze in de wankele bootjes het continent zullen bereiken.

'... en de kracht en de heerlijkheid tot in eeuwigheid. Amen.'

Iedereen doet zijn ogen open. De haast beklemmende sereniteit tijdens het gebed is als bij toverslag verdwenen, kinderen gillen weer en houden illegaal meegenomen knuffels op, vrouwen lachen zenuwachtig om de ondeugendheid van hun nageslacht terwijl hun handen ongewild naar de bulten onder hun jas afdwalen, waar hun eigen meegesmokkelde spullen zijn verstopt, mannen roepen stoer dat de trossen los mogen. De zeilen worden gehesen.

De zuidwestenwind pakt de eerste boten en blaast ze naar de zee.
Óli en zijn aangetrouwde neven Lars en Karl zitten in het allerkleinste bootje, hun zeil is niet groter dan een fors tweepersoonslaken en de mast is gemaakt van een paal uit de gesloopte schutting achter de kerk. De grotere zeilen bollen en kapen de wind weg voor het kleine zeiltje. Een voor een glijden de boten de haven uit. Óli ziet zijn twee kinderen enthousiast zwaaien. Ze roepen iets wat hij niet meer kan verstaan, dan ziet hij dat ze de driepotige hond van tante Erika ophouden. Hij begint te lachen. Nu pas is hij gerust, ze gaan met heel de familie op reis.

~

Mevrouw Poulsen klopt op de deur van een klein huis met muren van basaltblokken en een plaggendak. Ze heeft zich voorgenomen dat dit het laatste huis is waar ze zal vragen of ze Unnar hebben gezien. Ze hoopt dat er iemand opendoet, want veel van de huizen waar ze langsging waren al verlaten, sommige goed afgesloten met dichtgetimmerde ramen en hangsloten, andere leeggehaald en opgestookt in de kachel. Ze wil net teruggaan naar de haven als ze gestommel hoort. Een oude vrouw doet open. Mevrouw Poulsen kent de vrouw die opendoet vaag van gezicht.
'Wat wil je?' De vrouw kijkt wantrouwend naar mevrouw Poulsen.
'Ik ben op zoek naar een kleine jongen, hij is tien of elf en woont in Havenstad.'
'Wie ben jij?' vraagt de vrouw wantrouwend.
'Ik ben Alisa Poulsen, dochter van Jacob Poulsen, de zoon van Askur Poulsen.'
'Och ja, je vader is een jaar of vier geleden overleden, hè?'
'Kende u hem?'
'Natuurlijk, we zaten samen op school. Ik ben Ulla van Johannes Solmunde.'
Nu pas herkent mevrouw Poulsen de vrouw die vroeger rabarber en aardbeienjam kwam brengen.
'O, sorry, ik herkende u niet direct. Ik ben op zoek naar mijn buurjongen, het is een klein ventje, hij heeft blond haar en blauwe ogen en is dol op vogels, net als zijn vader.'
'Bedoel je de zoon van Leo Jensen, de ornitholoog?'

'Ja! Heeft u hem gezien? We zijn hem kwijt en hij moet mee.'
'Waarnaartoe?'
'Weet u dat dan niet? Iedereen vertrekt. Alle boten zijn al klaar. We gaan naar het vasteland, omdat het eten op is en er geen hulp komt.'
'Dat weet ik,' zegt Ulla, haar stem trilt wat.
'Wilt u niet mee?'
'Ik ben over de tachtig, ik heb een geit die ik nog elke morgen melk, de aardappelen zitten in de grond en de rabarber kan geplukt, ik zit mijn tijd hier wel uit.'
'Maar vindt u het niet eng om straks alleen op het eiland te zijn?'
'Ach, alleen ...' Ze kijkt naar het veld voor haar huis. 'De verscholenen zijn er toch nog?'
'Dat is bijgeloof. Wie zal er echt voor u zorgen? Wat als u ziek wordt of de geit doodgaat? U mag wel bij ons op de boot, we hebben nog wel plek, Unnar is nog klein en we zijn allemaal zo mager tegenwoordig.'
Mevrouw Poulsen merkt dat de oude vrouw niet meer naar haar luistert, haar blik dwaalt af naar de einder. Langzaam komt haar hand omhoog en wijst ze naar iets in de verte.
'Daar gaan ze,' zegt ze zachtjes.
Mevrouw Poulsen draait zich om en ziet de vloot kleine bootjes de haven uit zeilen. Ze slaakt een gil en begint de heuvel af te rennen. 'Stop! Stop! Wacht op mij! Stop! Stop! Ik moet ook nog mee!'

~

'Gooi het touw los,' zegt Árni tegen Frimann. 'We gaan.'
'Maar Esbern is er nog niet!' roept Dora. 'U moet nog even wachten!'
'We hebben al te lang gewacht,' bijt Birta's vader haar toe. 'Straks is de westval voorbij en kunnen we er niet meer uit.'
'Wacht nog één minuut ...!'
'Kijk naar de golven, het tij is aan het keren, dat touw moet los!' blaft hij.
Frimann is niet gewend bevelen van anderen op te volgen, maar ook hij realiseert zich dat alle boten de haven al zijn uitgezeild en zij als enige nog aan de steiger liggen.
'Alsjeblieft!' smeekt Dora.

Haar dochter Susanna begint te huilen: 'Papa, papa!'
'Als je nu niet losgooit, hak ik het door,' snauwt de oude man.
Frimann laat het touw langzaam door zijn handen glippen, de boot drijft weg van de steiger. Opeens springt Dora terug op de steiger, probeert het touw dat door de lus schiet nog net te grijpen en de boot terug naar de kant te trekken, maar door haar sprong heeft ze de boot verder van de wal geduwd en valt het touw in het water.
'Stóp!' gilt ze.
'Mamá!' huilt Susanna.
'Kom terug!' schreeuwt Dora.
'Mamá!' krijst Susanna.
De boot drijft steeds verder weg van de kade. De noodkreten van Dora klinken over de haven. 'Susánná!' Maar de zeilen vangen de wind en beginnen te bollen.
'Mama! Papa!' brult het kleine meisje.
'Vader!' roept Birta. 'We moeten terug!'
'Ik denk er niet over, we zijn al te laat.'
De boot vangt plotseling een vlaag wind en schiet ervandoor. Voor iemand doorheeft wat er gebeurt, springt Birta met het kleine meisje in het water. Op de kade begint Dora nog harder te gillen – haar kind kan niet zwemmen! Frimann kijkt verbaasd naar zijn secretaresse, die opduikt met het kind. Het meisje, dat door de schrik van het ijzig koude water, vergeet te schreeuwen, kijkt geschrokken naar de vrouw die met haar in het water ligt.
Birta moet trappelen om boven te blijven, ze heeft nooit leren zwemmen en het meisje in haar armen is loodzwaar. Ze voelt dat ze begint te zinken, ze houdt het kind boven haar hoofd. Ze trappelt uit alle macht. Haar eeuwige knot schiet los en de lokken omslierten haar gezicht. Ze komt weer even boven en hapt naar lucht, haar haren plakken voor haar ogen. Weer duikt ze onder, trachtend het meisje boven te houden. Ze trappelt uit alle macht. Ze voelt dat ze weer omhoogkomt. Ze zuigt de lucht naar binnen door de tralies van haren. Dan hoort ze de kreten en iets wat naast haar in het water ploft. Birta grijpt. Een touw! Ze voelt hoe ze naar de kant wordt getrokken. Ze merkt dat het kind uit haar versteende greep wordt gerukt. Ze voelt dat ze weer zinkt, haar handen, nu vrij van de last, zoeken in het water naar houvast – naar iets om de

gang naar de diepte te stoppen, haar haren blijven haken, ze gaat weer omhoog.

Esbern trekt Birta aan haar haren omhoog, tot hij bij haar jas kan en haar uit het water sleurt. Snakkend naar lucht ligt ze op de steiger. Het meisje kijkt vol bewondering naar de vrouw die als een zeemeermin aan haar haren uit de zee is getrokken.

De *Vaarwel* vaart de haven uit, begeleid door het gejank en gepiep van de achtergelaten honden op de kade.

~

Hanus heeft net ontdekt dat er vannacht weer twee ooien zijn gestolen en staat op het punt in een vreselijke vloekkanonnade uit te barsten als hij Falala roepend en zwaaiend de heuvel op ziet rennen. Haar rok wappert om haar benen en haar haren deinen op haar schouders. Het idee dat er weer een dief, of zelfs erger, op de boerderij is, maakt dat hij zijn honden bij zich fluit en de schapen bijeendrijft. Pas wanneer Falala binnen gehoorsafstand komt verstaat hij wat ze roept.

'Boten!' Hijgend stort ze naast hem neer op de grote ronde steen. 'Er zijn allemaal boten die de zee op gaan!'

'Ja, wist je dat niet?'

'Nee!' Ze kijkt ontsteld naar de man met wie ze elke nacht slaapt. 'Waarom?'

'Ze willen weg.'

'Maar waarom?'

'Omdat er niet genoeg eten is voor iedereen.'

'Maar waarom heb je me dat niet gezegd?'

'Had je meegewild?' vraagt Hanus verbaasd.

'Ik had het willen weten,' hijgt ze.

'Waarom?'

Ze kijkt naar zijn gezicht en zoekt naar het juiste antwoord.

'Moeder is ook mee,' zegt Hanus zachtjes.

'Waarom?'

'Omdat ik haar dat gevraagd heb.'

'Waarom?'

'Voor jou.'

~

'Moeten we niet terug?' vraagt Frimann aan de oude man, die stuurs aan het roer staat.

De vader van zijn secretaresse schudt zijn hoofd en draait zich niet om. Achter hem ziet Frimann de huizen en de gebouwen kleiner worden. Het stadje waar hij is geboren en opgegroeid, waar hij na zijn studie naar terugkeerde, waar hij carrière maakte, eerst als hervormer in de landbouw en later als de eerste minister-president in zijn familie.

'We kunnen morgen toch opnieuw uitvaren? Als het tij weer goed is. Ik vind het niet erg om later aan te komen dan de anderen.'

Árni draait zich naar hem toe. 'Daarom heb je dit mooie eiland verkloot, lul, omdat jij en je medeslappelingen geen beslissingen durfden te nemen. Hou je kop en los de schoot.'

Frimann kijkt naar het groene eiland en vraagt zich af of hij het ooit weer zal zien.

Johanna wijst naar de kust en zegt verbaasd: 'Kijk, er zijn nog mensen!'

Op de pier voor de haven verschijnen zwaaiende silhouetten.

'Ik dacht dat iedereen op een boot zat.'

Ragna zet de verrekijker van haar man Josef aan haar ogen en tuurt naar de kust om te zien wie er naar hen zwaaien. Haar blik glijdt langs de pier en stopt. 'Hé! Die zou toch op de boot bij Petur gaan?'

'Wie?'

'Hoe heet ze ook alweer? Die vrouw die naast Leo de vogelman woont.'

Johanna kijkt verschrikt op.

'Zouden ze haar vergeten zijn?' vraagt Ragna en ze kijkt naar Ambrosio.

Johanna steekt haar hand uit. 'Mag ik eens kijken?'

Ragna geeft haar de verrekijker. Johanna draait hem scherper en kijkt. Er verschijnt een schuldige blik in haar ogen als ze mevrouw Poulsen ziet zwaaien, dan laat ze de kijker zakken en zegt: 'Nee, die wuift gewoon ten afscheid. Ze wilde niet meer mee.'

Elias staat aan de reling en kijkt naar het eiland waar hij zo van houdt, de steile kliffen verworden tot grijze vlekken drijvend aan de horizon. Hij weet dat dit het laatste is wat hij ooit van zijn geboorteland zal zien. Hij zou willen zwaaien, een handkus werpen, maar zijn armen blijven slap langs zijn lijf hangen.

~

'We komen niet vooruit,' zegt Óli. 'Zo gaat het niet!'

'Pak dat stuk hout,' zegt Karl tegen zijn broer. 'We liggen steeds meer achter.'

Lars pakt het en begint te peddelen.

'Niet te hard,' zegt Óli, 'dan raken we uit de koers.'

'Help dan, want met dat zeil komen we geen steek verder.'

Óli ziet dat de andere boten steeds verder voorop raken. Het is net of zijn bootje niet over de golven heen wil en terug wordt geblazen in plaats van vooruit.

Karl pakt het andere stuk hout en steekt het aan de andere kant in het water. 'En een. En twee. En een. En twee,' voert hij het tempo op.

De boot begint eindelijk in beweging te komen. Óli voelt dat zijn adem rustig wordt. Hij gaat beter zitten, houdt het roer vast en richt de boeg op de boten in de verte.

'En een. En twee. En een. En twee ...' De peddelende broers beginnen te hijgen want ze zijn de veertig al ruim gepasseerd en hebben hun hele leven op kantoor gezeten.

'Als we op de kop van het eiland zijn, gaat de draaiwind weg,' zegt Karl.

'Neem jij het even van me over,' vraagt Lars aan Óli.

'Da's goed.'

Net als Óli wil gaan staan om te ruilen met zijn neef, vangen ze wind. De boot krijgt een klap, Óli kan nog net de mast grijpen. Maar de paal, die jaren in de schutting van de kerk heeft gezeten, breekt. Er klinkt gekraak. De mast valt opzij. Het zeil fladdert ongecontroleerd naar beneden en vlijt zich geruisloos op het water.

De broers kijken woedend naar Óli.

'Klootzak!' roept Karl.

Óli begint te huilen.

~

Unnar staat voor het raam van de vuurtoren naar buiten te kijken. De zon schijnt en de zee is rustig. Er landt een roodborstje op de reling voor het raam. Hij heeft zo'n vogel niet eerder hier op de rots in de zee gezien. Vroeger thuis hadden ze vaak een roodborstje in de tuin, zijn vader had het Callas genoemd omdat het zo veel zong. Het vogeltje kijkt hem aan.

'Ben jij Callas?' vraagt Unnar wat onzeker.

Het vogeltje trekt zijn kopje scheef.

Unnar weet dat de vogel zijn stem nooit door het dikke glas kan horen, toch brengt de scheve blik van het beestje hem in de war. 'Wil je me wat zeggen?' vraagt hij.

Het vogeltje hipt als een volleerd koorddanser over de reling.

'Tegen wie praat je?' klinkt de zwaar benevelde stem van Henrik van de vloer.

Unnar kijkt naar zijn vriend, die op de grond ligt te slapen.

'Er is hier een roodborstje voor het raam. Het is net of hij wat tegen me wil zeggen.'

'Een vogel die met jou wil praten?' bralt Henrik.

'Ja, dat deden ze vroeger ook tegen mijn vader.'

'Roodborstjes praten niet knul, ze zingen!' Met een slappe tong begint hij te lallen: 'Roodborstje tikt tegen 't raam, tin, tin, tin, laat mij erin, laat mij erin ...'

Het vogeltje vliegt op en verdwijnt.

'Hij is weg,' zegt Unnar.

'Da's nu zeker mijn schuld?'

Unnar zegt niets. Hij weet inmiddels dat hij als Henrik whisky heeft gedronken beter niets tegen hem kan zeggen, dus staart hij weer naar de zee.

Eerst denkt hij dat hij het niet goed ziet. Hij knijpt zijn ogen samen en tuurt. Vervolgens pakt hij de verrekijker en kijkt. Hij ziet een heleboel kleine zeilboten, met zeilen in allemaal verschillende kleuren, ze varen bij elkaar alsof ze een wedstrijd om het eiland houden.

'Henrik?'

'Nog een pratende vogel?' spot hij.

'Waar is jouw heel goeie verrekijker? Die met maar één buis?'

'Is niet voor kinderen.'

'Mag ik er één keer door kijken?'

'Alleen als je niet weer over pratende vogels begint.' Hij neemt een grote slok en wijst naar de kast naast de wenteltrap.

Unnar pakt de kijker, terwijl Henrik weer zingt: 'Roodborstje tikt tegen 't raam, tin, tin, tin, laat mij erin ...'

Unnar zet de kijker aan zijn oog en voelt zich precies als Captain Stone, de gemene piratenkapitein, die vanuit zijn schuilplaats iedereen begluurt. Hij ziet dat de zeilen allemaal anders zijn, sommige lijken gemaakt van verschillende lappen. Dan ziet hij dat het geen gewone zeilboten zijn, maar motorbootjes zoals die in de haven liggen waarop zeilen zijn gezet. De bootjes zitten vol mensen. Hij draait aan de lens en opeens kan hij de gezichten van de mensen onderscheiden. Hij ontdekt oom Niels die met een bruine meneer praat, die naar een groot vierkant zeil wijst. Hij ziet de minister-president, aan wie zijn moeder zo'n hekel heeft, aan een touw trekken. Hij ziet de postbode met zijn vrouw. De juffrouw van de supermarkt. Het meisje van het hotel, die zei dat er geen kamer meer was. Petur uit zijn klas. *Waar gaan ze heen?* Opeens ziet hij ook het gezicht van zijn oma. Ze lacht. Hij schrikt.

'Wat is er?' vraagt Henrik.

Unnar staart door de verrekijker maar ziet niets meer.

'Wat is er?' herhaalt Henrik.

'Niks,' slikt Unnar.

Hij hoort dat Henrik opklimt en naar het raam waggelt. 'Wat is er?'

'Ik zie boten.'

'Komen ze eindelijk? Het wordt tijd, mijn voorraad is bijna op!'

'Ik denk het niet,' zegt Unnar zachtjes.

'Hoezo niet!?' Hij trekt de kijker uit Unnars handen en zet hem aan zijn oog. Het duurt even voor hij het beeld scherp heeft. Zijn mond valt open. 'Ze peren hem! De lafaards, ze gaan ervandoor!'

Unnar kijkt naar de bootjes in de verte die wegvaren van het eiland.

Henrik begint te lachen, hard en onaangenaam. Het weergalmt in de glazen ronde ruimte. Steeds harder buldert zijn stem: 'Verraders, lafbekken, judassen, overlopers, angsthazen, schijtlijsters, flapdrollen, kwezels!' Dan begint hij als een razende aan de sirene te draaien. Een krijsend geluid, steeds harder. Er klinkt een krak. Henrik houdt de afgebroken handel in zijn hand. Langzaam sterft het geluid van de sirene weg. Hij staart naar de horizon, waar de boten steeds kleiner worden tot ze verdwijnen, dan wendt hij zich tot Unnar. Hij ziet er niet meer dronken uit. Hij ademt gewoon en kijkt hem lang aan.

Unnar voelt zich steeds ongemakkelijker worden onder de doordringende blik.

'Nu zijn we samen over. Vind je dat erg?'

Unnar schudt zijn hoofd.

2

De gift van de goden

Lente

– een jaar en drie maanden –

De rotsen zijn scherp en koud, de meizon heeft het loodrechte basalt nog niet bereikt. Het touw zit strak om zijn middel en over Unnars schouder hangt zijn tas. Greep voor greep, en stap voor stap klimt de jongen naar beneden. Diep onder hem slaan de golven in een eindeloze cadans kapot op de rotsen, en op de kleine uitsteeksels of in de ondiepe nissen zijn van zeewier en gras de komvormige nesten gebouwd die door de uitwerpselen van de kleine meeuwen vastkleven aan de rotsen. De angst die hij vorig jaar voelde toen hij voor het eerst langs een klif naar beneden moest klauteren is niet volledig verdwenen. De rotsen zijn net zo steil, alleen veel hoger dan bij de vuurtoren. Bij iedere stap die hij zet krijsen de vogels harder, sperren hun gele bekken open en tonen hun scherpe rode trillende tong. Hij is ervan overtuigd dat als hij één misstap maakt, en zijn voet per ongeluk in een nest zet, de hele kolonie hem gezamenlijk aanvalt.

Voor hij naar beneden moest klimmen hadden Henrik en hij gebeden. Naast elkaar op hun knieën in het gras. Unnar had nooit leren bidden en hij hoopte dat de woorden die Henrik door zijn baard had gepreveld ook voor hem golden.

Met duizenden fladderen, vliegen en glijden de drieteenmeeuwen ongerust rond hun broedplaatsen, terwijl de toekomstige plunderaar verder afdaalt. 'Klim door tot je bij de nesten bent,' had Henrik gezegd. Zelfs al had hij willen rusten, het had niet gekund. Unnar voelt hoe de oude man het touw dat van boven komt blijft doorgeven en hij durft absoluut niet aan een slap touw op een uitspringende rotspunt te blijven staan. Dus klimt hij verder zodat de spanning op het touw blijft en hij voelt dat hij niet kan vallen.

De rots onder zijn handen en voeten vertoont steeds meer witte vlekken, de drek verraadt dat hij er bijna is. De vogels krijsen uitzinnig. Van de ene op de andere stap is hij bij de nesten. Hij ziet de eieren aan zijn voeten liggen. Hij moet oppassen er niet op te gaan staan. De meeuwen vliegen volledig in paniek alle kanten op nu de rover hun nesten heeft bereikt. Unnar veegt geïrriteerd zijn haar uit zijn gezicht, zet nog een kleine stap en kijkt naar de drie gevlekte, lichtbruine en witachtige eieren. Het liefst zou hij ze alle drie pakken, maar Henrik heeft hem op het hart gedrukt nooit meer dan één ei per nest te nemen. Als vreemde rondpuntige kiezels liggen ze tussen het bepoepte gras. Zou er al een kuikentje in zitten? vraagt hij zich af. Zou de moedervogel het ei missen als hij het pakt of net als zijn moeder hem direct vergeten? De trek aan het touw vermindert alweer. Het liefst zou hij roepen dat Henrik het touw langzamer moet doorgeven, maar het lawaai dat de beesten produceren is zo oorverdovend dat hij niet eens de golven kan horen die onder hem kapotslaan op de rotsen – laat staan dat de man het hoort die honderd meter boven hem het touw vasthoudt. Snel pakt hij een van de eieren, dat warm aanvoelt. Voorzichtig stopt hij het in de tas en klimt verder naar het volgende nest.

Unnar heeft helemaal beneden een groot rotsblok bereikt. Hier kan hij eindelijk de zee weer horen en wordt niet alles overstemd door het gegil van de vogels. De tas om zijn schouder staat bol. Het liefst zou hij nu in de roeiboot zijn gestapt en terug zijn gevaren, maar Henrik heeft zijn rukken aan het touw gevoeld, en in plaats van meer te krijgen voelt Unnar dat er aan het touw wordt getrokken. Hij schuift de tas met eieren voorzichtig op zijn rug, veegt zijn haar naar achteren en begint de lange tocht omhoog. De vogels die de dief al op bezoek hebben gehad fladderen panisch weer op, bang dat hij op de terugweg weer een ei uit hun nest zal grissen.

Als de jongen weer bijna boven is keert de rust terug in de grote vogelgemeenschap.

Vlak onder de rand steekt Unnar zijn hand uit. De laatste stap is de moeilijkste en de gevaarlijkste. Henrik pakt zijn hand en trekt hem omhoog. Behoedzaam neemt de oude man de tas van zijn schouder en kijkt erin. Hij knikt tevreden en begint de eieren over te laden in de doos die hij de avond tevoren heeft gevuld met gedroogd gras. Hij bekijkt elk ei van alle kanten voor hij het zachtjes neerlegt in de doos. Unnar, die naast hem in het gras zit, begint het touw om zijn middel los te knopen.

'Vast laten.'

'We hebben toch genoeg?'

'Ze leggen maar één keer per jaar.'

'Zullen we morgen verdergaan? Ik ben moe.'

De oude man kijkt hem aan. Unnar knikt en bindt het touw weer om zijn middel. Henrik begint wat losse stenen te verzamelen.

'Moet ik die meenemen? Er zijn beneden stenen genoeg.'

'Is ons merkteken.'

'Waarom?'

'Nooit twee keer op dezelfde plek.'

Unnar tuurt uit over de zee. De lucht is gevuld met roepende vogels. De vogelkolonie is nooit helemaal stil, zelfs 's nachts niet. Waarschuwen ze elkaar omdat ik hun eieren steel, vraagt Unnar zich af, of zijn hun kreten bedoeld om elkaar te vinden, zoals zijn vader hem ooit had verteld? Kon hij de taal van de vogels maar verstaan, hij heeft nog zo veel vragen.

Ze lopen verder langs de afgrond. Henrik met de doos en Unnar met het touw en de tas. Tot de oude man de doos weer neerzet en de knoop rond Unnars middel controleert.

'Hier?'

'Hmm.'

'Je houdt me weer goed vast, hè?'

'Hmm.'

Het over de rand gaan is het engste moment, de grond valt plotseling weg, er is niets meer wat houvast biedt, behalve wat plukken gras of een rotspunt. Zoekend daalt hij weer af tussen de schreeuwende vogels.

De rots vertoont weer de witte vlekken, vlak onder hem ziet hij de eerste nesten. Hij duwt zich iets van de rots af en hangt aan het touw om de grote stap naar het nest te kunnen nemen. Hij spitst zijn voet om op de smalle richel te kunnen staan. Hij kijkt naar de eieren en aarzelt welk hij van de woedende vogel zal pikken. Het ene glimt mooi, het andere heeft vlekjes alsof het sproetjes zijn en het derde is dik, dus dat neemt hij. Hij wil het ei net in zijn tas doen als hij een harde ruk aan het touw voelt. Het ei glipt uit zijn hand, valt en breekt op de rots onder hem.

'Hé!' roept hij, vergetend dat Henrik hem onmogelijk kan horen. 'Niet trekken!'

Boos kijkt hij omhoog. Het touw is strak gespannen en hij kan niet verder naar beneden. Unnar kijkt weer in het nest. Zal hij nog een ei uit hetzelfde nest pakken nu het eerste is gebroken? Hij strekt zijn hand uit om het glimmende ei te pakken als er weer een harde ruk aan het touw wordt gegeven. Hij schiet een stukje omhoog, schaaft met zijn knie langs een uitstekende punt en slaakt een kreet van pijn. Het is net of de vogels even stilvallen voor ze zijn kreet overnemen.

'Henrik,' roept Unnar, 'niet doen!'

Het touw blijft gespannen en Unnar voelt dat hij omhoog moet. Teleurgesteld kijkt hij naar de volle nesten onder hem.

Unnar steekt zijn hand uit om weer over de rand te worden geholpen en zegt boos: 'Waarom deed je dat?'

'Daar!' zegt Henrik en hij wijst naar de zee.

Unnar kan zich onmogelijk omdraaien op de wankele positie waar hij staat. Hij grijpt de hand van Henrik en trekt zichzelf het laatste eindje omhoog. Zittend op het gras draait hij zich om en kijkt dan waar Henrik naar staart. Vóór hen in de zee, een meter of drie-, vierhonderd uit de kust, drijven honderden, nee duizenden, honderdduizenden stukken hout.

~

'Het is te zwaar voor jou,' zegt Pauli tegen Marit.

'Straks keert het tij, en is het misschien allemaal weer weg,' protesteert ze.

Gewoonlijk golft de oceaan de kleine baai binnen om uit te rollen en op het strand tot rust te komen. Nu drijven er overal in de zee stukken wrakhout. Marit trekt zich niets aan van wat Pauli tegen haar zegt en begint net als hij het drijfhout op de wal te trekken. Achter hen op de uitloper van de berg staan wat huisjes gemaakt van keien, met een plaggendak. Ze zouden volledig zijn opgegaan in de omgeving als de luiken van de huizen in Malvík niet allemaal knalrood waren. De vakantiewoning, waar Marit toen ze klein was elk weekend met haar vader en moeder naartoe ging, ligt aan een baai met een van de weinige zandstrandjes die de eilanden rijk is. Sinds ze Havenstad hebben verlaten, proberen ze te leven van hun visvangst en de paar schapen die niet waren gestolen. In het ommuurde veldje achter het huis hebben ze een paar aardappelen gepoot die ze hebben geruild tegen een fles whisky, gevonden achter in een kast. De winter was koud, lang en nat geweest en zonder de kleine school grienden hadden ze het onmogelijk kunnen overleven. Alle twee hadden ze spijt dat ze niet met de rest van de eilandbewoners waren vertrokken, maar ze hadden die gedachte voor zichzelf gehouden en hadden dus geen weet van de gelijkluidende wens van de ander. Nu het hout hun in de schoot werd geworpen en de allesbrander, gesloopt uit een verlaten huis, vol zou kunnen branden vergaten ze even hun dagelijkse zorgen.

Pauli loopt tot zijn middel het steenkoude water in en stoot de planken en balken, sommige van wel vijf meter lang, naar de waterlijn, waar Marit ze op het land trekt.

'Waar zou het van zijn?' roept ze.

'Van ver!' roept hij en hij stoot de volgende balk richting het strand.

Ze pakt een plank en bestudeert de vorm en de inkepingen. Haar duim glijdt in een vierkant gat. 'Het lijkt wel of het een heel huis is geweest.'

'Wel erg veel hout voor één huis.'

'Misschien een dorpje dat dicht bij de zee lag.'

'Eerder een stad,' roept hij terug.

Onmiddellijk nadat hij de woorden heeft uitgesproken kijken ze elkaar ontsteld aan. Hoewel ze het niet met elkaar hebben afgesproken, praten ze nooit over wat er is gebeurd. Ook speculeren ze niet over waar de anderen nu zijn.

'Denk je dat, dat ...' stottert ze.

Pauli haalt zijn schouders op.

'Zou het besmet zijn?' Ze laat de plank met het vierkante gat vallen en roept: 'We moeten ons wassen.'

'Marit!'

Ze kijkt naar de jonge man die in de zee staat.

'Het is niet besmet,' zegt hij overtuigd.

'Hoe weet je dat zo zeker?'

'Ik weet het niet zeker, maar ik denk het.'

'Ik denk van wel.' Ze legt haar hand op de bolling van haar buik.

'We hebben toch ook nooit dode vissen hier gehad en we eten al een jaar bijna alleen van de zee, dan hadden we toch ook ziek moeten worden.'

'Misschien zwommen die vissen alleen om ons eiland, maar dit hout komt van ver.'

'Die vissen ook, de schelvis die we vorige week aten zwemt rustig van Noorwegen naar Canada en weer terug.'

'Misschien moeten we geen vis meer eten.'

'Wat moeten we dan eten? Zonder vis overleven we het niet. Als we geluk hebben en er niet weer een onverwachte storm losbarst, hebben we eind september misschien een paar aardappelen.' Hij houdt een balk op waar vage resten verf op zitten. 'Hier hebben we brandhout voor jaren, dat kunnen we toch niet laten gaan?'

Marit bijt op haar lip. Haar handen zijn koud van het zeewater en de ochtendmisselijkheid wil maar niet overgaan. Ze pakt de plank die ze had laten vallen weer op en sleept hem verder het strand op.

~

Esbern legt de steeksleutel op tafel en loopt naar de slinger aan de zijkant van de machine. Hij zit van top tot teen onder de smeerolie. De voormalige weerman geeft een draai aan de zwengel en hoort de tandwielen een knarsende wenteling maken voor ze weer tot rust komen. Gefrustreerd geeft hij nog een zwiep aan het ding, nu harder.

De nog werkende turbine van de waterkrachtcentrale was op de ochtend van het vertrek uitgezet. Al diverse keren heeft Esbern geprobeerd de machinerie weer aan de gang te krijgen, maar omdat alle monteurs van het energiebedrijf zijn vertrokken kan hij aan niemand vragen hoe het moet. Esbern snapt het principe van motoren en turbines maar werkelijk gesleuteld heeft hij nooit, zijn auto bracht hij naar de garage en op het weerstation hadden ze twee techneuten, een voor de computers en een die verantwoordelijk was voor alle meetapparatuur, en wanneer thuis de verwarming of het elektrisch fornuis haperde, belde hij de installateur. Sinds alle specialisten weg zijn, werkt hij met vergeelde handleidingen en besmeurde technische tekeningen die hij heeft gevonden in een van de kasten in de machinekamer. Vele malen heeft hij zijn landgenoten vervloekt omdat ze deuren hebben afgesloten zonder sleutels achter te laten. Het had hem uren gekost om de stalen kast open te breken, met niets anders dan een ijzerzaagje, een kromme schroevendraaier en een verroeste koevoet. Sinds de kast open is heeft hij alle keus van gereedschap en begrijpt hij steeds beter wat hij moet doen.

Elke ochtend gaat hij eerst met Niklas uit vissen en ze komen niet terug voor ze genoeg bij elkaar hebben voor de dag. Dan gaat hij naar de centrale en werkt aan de motor terwijl Niklas op het land aan het werk is.

Ook voor Niklas is het graven in de aarde iets nieuws. Hij heeft zijn hele leven het populaire café aan de haven gerund en net als Esbern en zijn familie was hij helemaal niet van plan te blijven, maar hij had zich die ochtend verslapen en de boot gemist. Zij waren niet de enigen die nog op de eilanden waren, er waren er meer die gewild of ongewild niet waren uitgezeild. De eerste weken waren er nog plannen gemaakt om met een stel achterblijvers alsnog te vertrekken, maar de korte zomer was gekomen en de vangst was overvloedig. Met de herfst kwam de spijt maar toen was het te laat, de golven te hoog en de wind te hard. Onder hen die de winter hebben overleefd wordt sinds een paar weken het bericht verspreid dat er een samenkomst zal zijn in Havenstad. Esbern kijkt ernaar uit, zoals hij zich vroeger kon verheugen op een festival of feest.

Opnieuw geeft hij een harde draai aan de slinger, weer hoort hij de wielen krakend in elkaar draaien. Hij weet dat hij het momentum moet pakken, wil de motor aanslaan. Er klinkt een plof, een zucht, het is alsof de beweging zich onwennig een weg zoekt en met het gekreun als van een eeuwenoude locomotief zet de machine zich in werking. Opeens is de maanden durende stilte verdwenen, het motorisch geweld klinkt als hemels gezang in zijn oren. Hij juicht en springt. Hij schreeuwt en klapt. Het water van de bergen loopt weer door de buis en doet het turbinerad draaien. Hij zal weer muziek kunnen luisteren, hij zal weer kunnen lezen bij een lamp, misschien kan zelfs het fornuis weer werken of de waterkoker. Hij denkt aan de komende bijeenkomst en aan de erkenning die hij eindelijk weer zal krijgen. Hij ziet de tl-balken aan het plafond, loopt naar de schakelaar en draait die om. Het verwachte licht blijft echter uit. Esbern kijkt zoekend om zich heen. Naast de deur ziet hij een andere knop, maar ook als hij die aanklikt gebeurt er niets. Hij loopt naar de controlekamer. Achter zich hoort hij de machine gelukzalig draaien. Hij begrijpt nu dat er een hoofdschakelaar moet zijn die hij moet omzetten voordat de nieuw opgewekte elektriciteit door de leidingen naar de huizen kan. Nergens in de controlekamer vindt hij iets wat lijkt op een belangrijke schakelaar tot hij de computer ziet. Hij begint te vloeken, zegt woorden die hij in geen jaren heeft gebruikt. Hoe heeft hij zo stom kunnen zijn daar niet aan te denken! Op het weerstation werden ook alle machines gecontroleerd en aangestuurd via de computers. Achter zich hoort hij een plof, dan wordt het stil. Hij gaat terug naar de machinekamer. Niets wijst erop dat zojuist de turbine even heeft gedraaid. Hij hoort beneden in de hal Niklas schreeuwen, die heeft natuurlijk de motor gehoord. Esbern bereidt zich voor op de lachsalvo's van de oude kroegbaas.

'Komen!' roept Niklas van beneden. 'Er is hout!'

Esbern kijkt uit het raam dat zicht heeft op het fjord. Hij knippert met zijn ogen als hij het wrakhout ziet drijven. Meer dan hij ooit in heel zijn leven bij elkaar heeft gezien! Het is alsof de zeearm beloopbaar is geworden en alleen de zachte deining verraadt dat eronder nog water is.

'Ik kom!' roept hij terug en hij rent de trap af.

~

'We slaan het hout op in de kerk,' zegt Gormur, 'daar hebben we de meeste plek.'

Óli kijkt hem woedend aan. 'Nee, dat is het huis van God.'

'Welke god?' vraagt Gormur uitdagend.

'Mijn God,' zegt Óli ferm.

'En wat doet die god van jou dan, behalve zorgen dat je vrouw en kinderen foetsie zijn, je neef na een lange koude winter bidden op de eerste lentedag de geest geeft en de twee schapen die ik je heb gegeven van de rotsen laat storten. Is die god van jou die man die je kachel niet laat branden, die erop toeziet dat je amper te eten hebt, die zorgt dat je onder het eczeem zit, je je tanden verliest en je met nog een neef opgezadeld zit die jou gebruikt alsof jij zijn slaaf bent. Bedoel je het huis van die god?'

'Dat is niet waar. Ik heb gebeden. Ik bid elke dag,' slist Óli, die inderdaad een voortand mist. 'Het is waar dat ik niet altijd begrijp waarom ik deze weg moet gaan, maar mijn gebed om brandhout heeft hij gehoord.'

'Ga je me nu vertellen dat jij voor het drijfhout hebt gezorgd? Lul niet uit je nek, man. Dit hout, waar de hele godvergeefse haven van ons mee vol ligt, hebben we niet aan de goden te danken maar aan een ramp die zich ergens elders op de wereld heeft voltrokken. Dit zijn planken die door mensenhanden zijn gemaakt, het zijn huizen en scholen geweest. Hier woonden mensen in, die niet zijn blijven drijven om duizenden kilometers verder aan te spoelen. Denk daar nou maar eens over na en besteed je tijd aan nuttiger dingen dan bidden.' Gormur legt nog een plank op zijn al zwaarbeladen kar en duwt hem in de richting van de kerk.

Óli haalt hem in en rent hem voorbij.

Gormur duwt onverstoorbaar door. Wanneer hij bij het hek is duwt hij het open en rijdt het pad op naar de grote kerkdeur.

Óli staat al voor de deur en zet zijn handen in zijn zij. 'Je mag er niet in.'

'De kerk is niet van jou.'

'Ik zorg ervoor tot de dominee terug is.'

'Die komt niet terug, net als die rat van een Matteus niet terugkomt.'

'Ze komen wel terug. Natuurlijk komen ze terug, ze hebben gewoon wat oponthoud.'

'Jij kan verdomme niet bepalen wat er met dit gebouw gebeurt, dit is door ons dorp gebouwd dus net zo veel van mij als van jou, vraag maar op de vergadering.'

'Jij ging hier nooit naar de kerk.'

'Jij toch ook niet meer?'

'Ik kom hier vaak bidden.'

'Lieg niet,' zegt Gormur met een felheid in zijn stem die Óli niet van hem kent. 'Ik heb, toen jullie vertrokken, de sleutel van de oude koster gekregen en die heb ik nog steeds.' Hij haalt de sleutel uit zijn broekzak en draait hem rond tussen zijn vingers. 'Als jij na je schipbreuk hier had willen bidden had ik je hem zo gegeven, ik heb jullie geloofsuitingen altijd gerespecteerd, maar jij, Óli ...' Hij wijst met de sleutel naar de man die voor de deur staat. '... jij hebt zelfs je neef hier niet herdacht toen hij doodging, dus lieg niet, stap opzij en laat me erdoor.'

Óli treuzelt nog, maar als hij in de verte Lars met een kar vol hout ziet aankomen, stapt hij zacht morrend opzij.

Gormur steekt de sleutel in het slot, duwt de zware deur open en rijdt de kar naar binnen.

~

Ze wenste dat het ziekenhuis niet zo groot en koud was. Zelfs sinds ze maar twee kamers in gebruik heeft, is het Dora niet gelukt te ontsnappen aan de optrekkende kou die door de fundamenten van het gebouw naar binnen dringt. In de jas die ooit smetteloos wit was, loopt ze naar de gang. 'Volgende,' zegt ze.

Er zit nog één patiënt. Ze houdt de deur open en laat hem binnen. Ze heeft de man met de dikke baard eerder gezien maar ze weet niet meer waar. Ze schudden elkaar de hand en ze ruikt dat hij zich lang niet heeft gewassen.

'Zacharias Hansen, zoon van Kristian Hansen,' zegt hij.

'O ja, van de Zuidpunt,' zegt Dora en ze schrijft zijn naam op een kaartje.

De man knikt.

'Drijft er bij jullie ook zo veel hout?' vraagt Dora.

'Het water langs de kust is veranderd in een ondoordringbare massa. Het is net als met kruiend ijs, het klimt langzaam de rotsen op. Ik kan niet eens meer vissen.'

'Is er zó veel?'

'Ik was bezig planken verder de rotsen op te trekken, toen er een golf kwam, niet van water maar van balken,' beklemtoont hij en hij houdt zijn provisorisch verbonden hand op.

Dora wikkelt heel voorzichtig de lap los en ziet dat ook nu weer een vissengraat is mee verbonden, het oude volksgeloof ter bevordering van de kwaal. Glimlachend legt ze de graat opzij en bestudeert de ringvinger, die een halve slag is gedraaid. Ze pakt de vinger beet, er zitten twee trouwringen om, maar bij de eerste aanraking gilt de man het uit, trekt zijn hand terug en houdt hem beschermend tegen zijn borst.

'Hij is gebroken,' zegt Dora.

'Om dat te zien hoef je geen dokter te zijn.'

'Ik ben ook geen dokter.'

De man kijkt haar wantrouwend aan. 'Er was me gezegd dat het ziekenhuis weer open was.'

'Ik doe wat ik kan,' zegt Dora verlegen.

'Wat kun je dan voor mij doen?'

'Die ringen moeten eraf,' zegt Dora.

'Nee!'

'Als je die ringen laat zitten heb je grote kans dat die vinger afsterft,' zegt Dora. Ze probeert iets van autoriteit in haar stem te leggen.

De man trekt lijkbleek weg: 'Kun je hem zo niet zetten?'

Dora schudt haar hoofd.

'Krijg ik een verdoving?'

Weer schudt Dora haar hoofd.

'Dan had ik net zo goed thuis kunnen blijven,' bromt hij.

'Ja,' is het eenvoudige antwoord van Dora.

De man schuift langzaam zijn hand over de tafel naar Dora toe. 'Doe dan maar.'

~

Ze zit op haar knieën in de tuin van Frimann. Zelf heeft Birta nooit een tuin gehad. Ook een eigen huis is haar vreemd, maar sinds ze geen huur meer kan overmaken en de huisbaas net als iedereen is vertrokken, voelt haar flatje een beetje als haar eigendom. Ze weet dat Frimann en zijn vrouw geen tuiniers waren en dat ze zelfs het maaien van het gazon uitbesteedden aan derden.

Op een koude novemberdag had Birta op haar dagelijkse zoektocht naar eten een schuurtje achter een van de huizen aan de rand van Havenstad opengedaan. Niet dat er iets te eten was, in de tochtige ruimte had alleen maar tuingereedschap gestaan, netjes gesorteerd en op grootte aan de wand opgehangen. Onder de tafel had een knalroze koelbox gestaan, en haar hart had een sprongetje gemaakt. Ze had het deksel eraf gehaald en was in eerste instantie teleurgesteld toen ze zag dat hij vol zat met kleine papieren zakjes, tot ze er een zakje had uitgenomen en las: ZAAIUI. Op een ander zakje stond: PREI en op een volgende: KNOLRAAP, en er waren zakjes met: WORTELEN. Het water was haar in de mond gelopen na meer dan een halfjaar bijna uitsluitend vis en zeewier te hebben gegeten.

Dus zit ze nu in de tuin van haar voormalige werkgever te lezen wat er op het zakje van de uien staat:

> Uitzaaien begin mei in de koude grond, in rijen 15 cm van elkaar, uitdunnen op 10 cm. Zaaidiepte: handbreedte. Het zaad kiemt na twee tot drie weken. Bij droog weer herhaaldelijk begieten.

Dat begieten is geen probleem, achter het huis loopt een stroompje dat van de berg komt, waar ze vaak haar drinkwater haalt. Met de schop die ze uit het schuurtje heeft gehaald heeft ze een stuk van het gazon van Frimann opengelegd en nu staat ze op het punt voor het eerst in haar leven te gaan zaaien.

'Wat doe jij nou weer?' vraagt Susanna.

'Ik plant uien,' zegt Birta tegen het eigenwijze meisje.

'Wat zijn uien?'

'Die kan je eten.'

'Is dit jouw tuin?'

'Een beetje,' zegt ze.

'Welk beetje?' wil Susanna weten.

Birta bedenkt opeens dat Frimann als hij nu terugkomt waarschijnlijk boos zou worden dat ze zonder zijn toestemming het gras omspit. 'Dit beetje.' Ze wijst naar de aarde waarvoor ze geknield zit.

'Is dat andere beetje van iemand anders?'

'Ja.'

'Van wie?'

'Van de minister-president.'

'Wie is dat?'

'Dat was vroeger de baas van ons land.'

'Is die ook weggegaan?'

'Ja.'

'En de tuin is nog van hem?'

'Dat denk ik wel.'

'O,' zegt het meisje en ze huppelt verder.

~

Sinds het kind in haar buik weigerde levend op de wereld te komen is Falala volledig veranderd. Haar zwoele lippen zijn droog en haar wiegende billen zijn tot stilstand gekomen. Het zwarte lam dat ze met de fles had grootgebracht, had ze gedachteloos opgegeten de dag nadat ze haar eerstgeborene had begraven. Toekomstdromen en verlangens die haar zwangere geest hadden vervuld hadden plaatsgemaakt voor een onbenoembare vrees, die haar als een duistere schaduw overal achtervolgde.

'Ga je mee?' Hanus staat met zijn rubberlaarzen op de drempel. 'De zon schijnt eindelijk weer.'

'Nee, ik blijf liever binnen,' zegt ze als vanzelf.

'Naar buiten gaan zal je goed doen.' Hanus pakt haar jas van de kapstok en slaat die om haar heen. Hij voelt dat ze rilt. Hij neemt haar arm en steekt die in het mouwgat. Ze laat zich de jas aantrekken. Hij knoopt hem dicht en neemt haar bij de hand. Mechanisch loopt ze met hem mee naar buiten, het pad op, omhoog.

De honden rennen voor hen uit. Het gras onder hun voeten is vet en sappig. Hanus voelt Falala verstijven als in de verte een lam dorstig onder de moeder schiet om te drinken. Hij weet niet hoe hij het verdriet om haar verloren zoon moet vergoelijken. Ook bij hem doet het pijn zijn kind nooit te hebben zien ademen, maar hij weet dat net als bij zijn schapen een ongezonde vrucht geen kans heeft. Misschien vorig jaar, toen er nog dokters en couveuses waren om te vroeg geboren en zieke baby's te verplegen, maar op een boerderij zonder elektriciteit en stromend water hebben zwakke schepsels weinig kans. De honden rennen over de glooiingen van de vallei, soms verdwijnen ze achter een heuveltje om een paar tellen later met een stel schapen weer tevoorschijn te komen.

Steeds verder lopen ze. Hanus wil de zee zien, hij heeft lucht nodig, de vallei waarin hij is geboren benauwt hem. De lucht boven hen is blauw, flarden groeiende wolken zoeken hun plek in de hemelse hiërarchie.

'Het komt door de Storm,' zegt Falala onverwachts.

'Wat? De wolken?' vraagt hij, haar plotselinge opmerking niet begrijpend.

'Dat hij dood wilde.'

'Hij was ziek, hij was te klein, hij kon niet leven.'

'Het is mijn schuld, ik had niet met je mogen vrijen tijdens de Storm.'

'Het is toch niet zeker dat hij in die nacht is gemaakt?'

'Dat moet, anders had hij nog geleefd.'

Hanus zou haar het liefst hier op het gras – nu het niet stormt – beminnen, haar laten voelen dat hij van haar houdt, haar duidelijk maken dat het niet haar schuld is, haar de kracht teruggeven die ze is verloren, haar zeggen dat ze mooier is dan welke andere vrouw ook. Maar hij houdt zijn mond en fluit de honden.

'Ik ga terug,' zegt ze. 'Ik heb het koud.'

'Laten we nog even tot de steen lopen, dan kun je de zee zien.'

Zwijgend lopen ze door. De ooien en hun pasgeboren kroost drommen samen tussen wat groepjes rotsen. Hanus houdt Falala's hand vast. Hij is bang dat ze wegvliegt als hij haar loslaat.

De zuidenwind boven op de col is kouder dan hij had verwacht. Nog een paar stappen en ze kunnen de zee zien. Hij heeft spijt haar helemaal mee naar boven te hebben genomen nu ze heftig begint te klappertanden. Ze klemt haar hand opeens angstig vast om de zijne. Haar adem versnelt en met wijd opengesperde ogen staart ze naar dat wat de zee was.

Waar ze ook kijken, voor of achter zich, links of rechts, het water van de oceaan – dat elke dag anders is, soms glinsterend glad, soms met brutale witte kopjes rollend in een eeuwig ritme, dan weer onstuimig wild en ontembaar – is tot aan de horizon bedekt met een bruinig gedeukt vlies van deinend hout.

'Ze komen me halen,' krijst Falala en klemt zich aan hem vast.

'Niemand komt je halen.'

'Jawel, kijk dan!' Ze wijst naar de zee. 'De vloek van de goden.'

'Falala, het is hout! Brandhout! Het is juist een gift van de goden.'

'Nee, het is de weg die ze maken, ze komen mij halen!' Ze rukt zich los en rent naar beneden met de duivel op haar hielen.

~

Met een bundeltje wrakhout en een stok sjokt mevrouw Poulsen de heuvel op naar het huisje van de oude Ulla met haar geit. Het zweet gutst over haar rug.

De afgelopen twee dagen hebben Unnar en Henrik het aangespoelde hout de rotsen op getrokken en het rechtop te drogen gezet tegen een van de huizen in het dorp, waar ook zij sinds vier weken woont.

Het was op de kop af precies een jaar na de Storm geweest, toen ze hem op een koude dag had zien lopen. Zomaar over een steiger op de haven, in zijn eentje, in een paarse jas en met een pet op zijn hoofd. Hij was gegroeid. Ze had zijn naam geroepen en hij was lachend op haar afgekomen. 'Leef je nog?' had ze hem gevraagd en hij had dat vrolijk beaamd. Hij had haar verteld dat hij samen met de vuurtorenwachter in een vuurtoren had gewoond maar dat ze, toen al het eten op was, waren verhuisd en een huisje hadden gekraakt in Vestor omdat daar het vissen makkelijker was en de grond beter. Mevrouw Poulsen was verbaasd geweest dat ze dat zomaar durfden – een huis inpikken – maar hij had gezegd dat ze als de eigenaar terugkwam weg zouden gaan. Ze was een paar dagen later, op een dag dat het vreselijk koud was, naar Vestor gaan lopen. Ze haatte haar eigen lege, koude, natte huis, had honger en al dagen niets gegeten. Ze had geprobeerd te bedelen maar bij de laatste mensen die nog in Havenstad woonden waren de pannen leeg.

Het was verder lopen dan ze had gedacht en de tocht over de bergen was veel zwaarder dan ze zich kon herinneren. Ze had Unnar gevonden in de kleine haven, waar hij samen met een woest bebaarde man aan het vissen was. In de emmer naast hen zaten vier vissen. Ze was op een bankje gaan zitten en had naar ze gekeken. Unnar was direct naar haar toe gekomen, maar Henrik had gedaan alsof ze er niet was. Ze had niet goed geweten wat ze moest doen en durfde niet om eten te vragen, toen ze ineens een kat hoorde miauwen. Ze had het beestje gelokt en beetgepakt. Unnar had haar gezegd dat die kat graag in hun huis wilde maar dat Henrik hem altijd buitenzette omdat hij vond dat beesten hun eigen eten moesten zoeken. De kat was gaan spinnen in haar armen en mevrouw Poulsen had gevraagd of zij mocht blijven.

Henrik was tegen geweest. Hij hield niet van 'vrouwenogen', had hij geblaft, maar Unnar had gezegd dat mevrouw Poulsen al heel zijn leven zijn buurvrouw was en dat ze dat nu weer mocht zijn. De vuurtorenwachter had een deur opengebroken van het huis naast waar hij met de jongen woonde en ze had die nacht in het vreemde bed voor het eerst sinds de Grote Uittocht weer goed geslapen.

De milde meiwind zingt tussen de gespleten balkjes en latjes op haar rug. In de verte hoort ze honden blaffen. Ze is er bijna.

Ze slaat gedachteloos een kruis voor ze het hek openduwt. Ulla's geit is mager, hij staat met een touw aan een paal in de tuin en heeft al het gras waar hij bij kan opgegeten. Ze knoopt de doek los en laat het hout vallen. De last is zwaar. Ook deze keer zinkt ze neer op de bank, nu voor het huisje met het plaggendak en hervindt langzaam haar adem. Het verbaast haar dat de grond in de tuin nog niet is omgespit en de geit niet is verplaatst naar de malsere lentewei net buiten de tuin waar het gras weelderig groeit. Opeens springt ze op en duwt de deur open. Een zware lucht komt haar tegemoet.

'Ulla!' roept mevrouw Poulsen. Er komt geen antwoord. Weer slaat ze een kruis voor ze langzaam de kamerdeur opendoet. De zware lucht is hier zuur, voorzichtig gluurt ze naar binnen.

In de hoek van de halfduistere ruimte, in de enige fauteuil die de kamer rijk is, tekenen zich de contouren af van een gestalte. Het hoofd voorovergebogen, de handen onder een deken, die ook over de benen is getrokken, zit de oude vrouw die het niet erg vond alleen achter te blijven.

'Ulla?' herhaalt mevrouw Poulsen voorzichtig terwijl ze nogmaals een kruis slaat.

De figuur in de stoel beweegt niet. Alleen de klok achter haar tikt. Mevrouw Poulsen spitst haar oren om te horen of ze nog ademt. Voetje voor voetje komt ze dichterbij.

'Ulla?' fluistert ze.

Een grijze lok hangt voor haar benige gezicht. Haar mond staat wat open. Ze ziet er vredig uit, denkt mevrouw Poulsen. Het is geen doodsstrijd geweest. Buiten mekkert de geit. Die zou waarschijnlijk de hongerdood zijn gestorven als zij niet wat brandhout was komen brengen. Ik zal de geit meenemen, denkt ze, als haar oog op de tikkende klok valt. Ze realiseert zich dat alle klokken die ze had, en ook die ze heeft in haar nieuwe woning in Vestor, elektrisch zijn. Ze wil net op de klok toelopen als ze een zucht hoort. Verbaasd ziet ze hoe Ulla haar hoofd optilt, haar ogen opendoet en haar wezenloos aanstaart.

'Ik kom brandhout brengen,' stamelt mevrouw Poulsen.

'Ik heb geen brandhout,' piept Ulla.

'Nee, ik kom brandhout bréngen!' zegt ze, harder nu.

'Brandhout? Ik ben ziek,' kreunt de vrouw.

'Waarom heeft u dan niet gebeld?' vraagt mevrouw Poulsen – nog niet van de schrik bekomen.

'De telefoon! Doet die het weer?'

'O nee, natuurlijk niet, ik vergis me.' Ze pakt de broze pols en voelt. De hartslag van de oude vrouw is bijna niet meer te voelen en de huid is klam.

'U moet eten.'

'Ik heb geen eten meer.'

'Ik ga eten halen, de jongen is eieren rapen.'

'Laat me niet alleen ...' De uitgemergelde handen omklemmen de pols van mevrouw Poulsen.

'Maar hoe kan ik dan eten halen?'

'Laat me niet alleen ...' smeekt ze.

Bij elke bobbel waar ze overheen rijdt klinkt er een zucht of een kreun uit de kruiwagen. De vracht die ze voor zich uit duwt is zwaarder dan de last op de heenweg. Ze is blij dat het pad naar Vestor heuvelaf gaat.

De grote vergadering

– een jaar, drie maanden en een week –

De drie mannen lopen zwijgend achter elkaar. Gormur loopt met een fakkel gemaakt van een stuk wrakhout. Het licht werpt vreemde schaduwen in de oude toltunnel. De voetstappen van de rubberlaarzen klinken hol in de uitgegraven ruimte. De vochtige wanden glinsteren van de zoutkristallen, want sinds het weinige water dat naar binnen dringt niet meer wordt afgezogen klontert het samen tot zoutdiamanten. Bij elke meter dieper onder de grond wenst Óli sterker dat ze toch met de roeiboot waren gegaan. Hij heeft weer kiespijn en elke stap die hij zet doet pijn.

'Hoe ver is het nog?' vraagt Óli aan Lars, die vaker te voet door de tunnel is gegaan.

'We zijn bijna beneden,' antwoordt Gormur.

'Hoe weet jij dat?' zegt Lars.

'Omdat ik water zie.'

Er klinkt gevloek.

'Niet schelden in de tunnel,' roept Óli en hij legt zijn hand op zijn wang.

'Stel je niet zo aan, spoken bestaan niet,' bromt Gormur.

De drie mannen staan langs de waterlijn, hier gaat het asfalt met de witte lijnen over in een pikzwart oppervlak, waarvan ze bij het licht van de fakkel het einde niet kunnen zien.

'Laten we teruggaan,' zegt Lars.

'Ik denk er verdomme niet over, we zijn er bijna,' bromt Gormur.

'Niet vloeken onder de grond,' piept Óli weer, zijn hand nog steeds op zijn pijnlijke kies.

'Ik ga niet zwemmen, als je dat maar weet,' begint Lars weer.

Óli kan maar aan één ding denken, dat zijn kies eruit moet en wel zo snel mogelijk. Hij stapt het water in. Het spiegelgladde vlak breekt. De rimpelende cirkel die door zijn aanraking is ontstaan wordt steeds groter. Hij zet nog een stap. De andere mannen zien hoe Óli als een Messias over het water loopt. Plenzend komen ze achter hem aan, om, na een meter of vijfhonderd door de film van water te hebben gelopen, de witte lijnen weer te zien opduiken en hun weg naar boven beginnen.

~

'Doorlopen! Anders zijn we te laat.'

Pauli wil er vaart achter zetten, Havenstad is nog zeker een uur lopen, maar Marit ziet overal bloempjes die ze mooi vindt.

'Loop maar door, ik kom zo.'

Pauli denkt er niet over. Sinds Marit zwanger is, let hij meer op haar dan anders. Ongeduldig wacht hij. De miezerregen is opgehouden en de zon probeert zich weer toegang tot het land te veroveren. De vrouw voor wie hij nog zwemmend naar het andere eiland zou gaan, bukt om weer een roze bloempje te plukken.

Waar hij opeens vandaan komt weet hij niet maar plotseling springt uit het niets een sterk vermagerde boxer tevoorschijn. Hij duikt op Marit af en laat haar dreigend zijn tanden zien. Marit slaakt een gil.

Pauli zoekt naar iets om de uitgehongerde hond mee af te schrikken. Hier op het zompige veld liggen geen stenen.

'Pauli,' hijgt Marit angstig, 'doe iets!'

Pauli trekt de rugzak van zijn rug en loopt er zwaaiend mee naar de hond. Het beest doet even een stap terug maar toont dan weer zijn tanden en laat een piepend gegrom horen. Pauli denkt dat het beest bang is, en stopt met zwaaien. Voor hij beseft wat er gebeurt, springt het beest naar voren en valt hem aan.

Marit krijst.

Pauli voelt hoe de hond zijn tanden in zijn arm zet. Met zijn vrije hand slaat en trekt hij. Het beest gromt en bijt. Pauli is nooit een straatvechter geweest, maar als hij de angstige stem van de toekomstige moeder hoort, begint ook hij te grommen. Hij rukt zich los en begint te slaan. Hij laat zijn tanden zien. Zijn vuisten rammen op de kop van het beest. Het dier laat hem los. Het rent jankend weg.

'Rennen!' roept Pauli. Hij grijpt Marits hand en zet het op een lopen.

Hijgend komen ze weer op het pad en kijken angstig om. De hond is verdwenen.

'Die hond,' steunt Marit buiten adem, 'die hond, die ken ik, die is van de wolwinkel, ze heet Prinses.'

~

In de ingang van de school is een tafeltje neergezet. Birta zit erachter met een pen in haar hand. Aan de tafel hangt een papier waarop is geschreven: A *t/m* Z. De voormalige secretaresse geniet ervan eindelijk weer eens een grote stapel papier voor zich te hebben. Haar blik glijdt over de lange lijst met namen en ze herinnert zich de oude hoofdonderwijzer die vishaakjes verkocht, de eigenaar van de verfwinkel, die meer verdiende aan de broodjes met pudding dan aan de verf, de rector van de universiteit, met zijn immer nerveuze vrouw Gunhild. Zouden ze nog leven? Wat was er op het continent aan de hand dat niemand weg mocht of kon? Was er oorlog uitgebroken, of heerste er een vreselijke epidemie?

'Moet ik me melden?'

'Wat is uw naam?'

'Zacharias Hansen,' zegt de man met de rode baard en zijn hand in een professioneel aangelegde mitella gemaakt van een oud laken.

Birta bladert door de lijst tot ze bij de H is. Haar vinger glijdt langs de namen: HALM, HAMMER, HANNESARSON, HANSAM, HANSEN. Het is een lange lijst met Hansen. Haar vinger glijdt verder langs de voornamen: ABSALON, ADA, AKSEL, ALFRED, ANDREAS ... Ze ruikt de scherpe zweetlucht van de man die voor haar tafeltje staat. Ze ziet de naam van Frimann Hansen en herinnert zich de aftershave die hij altijd droeg. Birta heeft zich – sinds het brandstoftekort en het gebrek aan zeep – toch elke ochtend zo goed en zo kwaad als het ging gewassen. Zelfs in de winter heeft ze het geprobeerd. Maar het lichaam van Zacharias Hansen, daar is ze van overtuigd, heeft sinds de Storm geen zeep meer gezien. Ze zet een kruisje achter zijn naam. 'Bent u getrouwd?'

'Weduwnaar.'

Ze maakt een kleine aantekening achter zijn naam.

'Zijn er nog mensen van wie u weet dat ze wel op het eiland zijn maar die niet naar de vergadering komen?'

'Ik dacht dat dat bureaucratisch gezeik van vroeger eindelijk was gestopt, en nou beginnen jullie weer!'

'Nou als u het niet wilt, dan ...'

'Op het huis op de Zuidpunt is alleen nog mijn broer, Absalon, en ik natuurlijk.'

Birta's vinger schiet naar het begin van de lijst met Hansen en zet een kruisje bij de naam Absalon.

'En in het dorp is nog één familie, maar die komen.'

'In Lítlaberg bedoel je?' vraagt Birta doelend op het zuidelijkste dorpje.

'Ja,' bromt Zacharias.

'En verder?'

'Op de weg hierheen heb ik geslapen bij Johannes Johannesen.'

'Van de molen?'

'Nee, die lafaard is vertrokken, zijn ouwe neef, die in de boerderij bij de sleuf woont.'

Birta zoekt de naam van de man op en zet weer een kruisje. 'Woont hij alleen?'

'Nee, met zijn vrouw natuurlijk, en de knecht.'

'Weet je hoe die heet?'

'Klompie.'

Birta heeft eerder een man met een klompvoet aan haar tafel gehad. Ze maakt snel een notitie.

'En verder?'

'Je moet bij de politie gaan werken,' bromt Zacharias. 'Petersen, die in de boerderij achter de oude cementfabriek woont, is er nog, met zijn zus, d'r man en hun drie kinderen. Op de weg bij de Toyota-garage is Tomas Joensen gebleven, met zijn koe, zijn vrouw is vertrokken, daar heeft hij vast geen spijt van. Hávar Durhuus, met vrouw en kinderen, hoeveel weet ik niet, wonen nog steeds bij de bocht, maar die komen vast, hij wil geen pretje missen. Meer weet ik niet.' Hij draait zijn rug naar haar toe en loopt het schoolgebouw in.

In de aula hangt een opgewonden, bijna feestelijke stemming. Bij mensen die vertrokken gewaande familieleden of bekenden tegenkomen volgen omhelzingen en wordt verteld over de ontberingen tijdens de lange, eenzame winter. Bij hen die wel op de hoogte waren van andere achterblijvers worden nieuwtjes uitgewisseld en raadgevingen geruild.

Niklas, gewend het geluid van zijn gevulde kroeg te overstemmen, roept: 'We gaan beginnen!'

Er wordt gelachen en stoelen worden verschoven maar langzaam vindt iedereen een plek. Deels op kinderstoeltjes, deels op lerarenstoelen en deels op de verzameling stoelen die geen eenheid vormen en uit de aangrenzende sporthal zijn gehaald, zitten de overgebleven eilanders bij elkaar en kijken naar de voormalige kroegbaas, die net als de meeste mannen tegenwoordig een volle baard heeft. Hij pakt een stuk wrakhout dat hij speciaal voor de gelegenheid heeft uitgezocht, en geeft er een paar tikken mee op de rand van zijn stoel. Birta denkt aan de mahoniehouten hamer van Frimann, die net als de mooie ronde ministerstafel met de rubber demper is verbrand. Het wordt stil.

'Omdat er nog geen officiële voorzitter is tot we die gekozen hebben, hoop ik dat het goed is als ik voorlopig deze functie op me neem.'

Er klinkt goedkeurend gebrom.

'We ...' Hij wijst naar de mannen, onder wie Esbern, die voor hem zitten. 'We denken dat we, zolang er nog geen contact is met de rest van de wereld, een tijdelijke Eilandraad moeten samenstellen, zodat we wat afspraken kunnen maken.' Hij neemt een kleine pauze om te luisteren of er protest komt. 'Daarom ook dat we iedereen bij de ingang hebben gevraagd wie er nog is, daarvoor gebruiken we de lijst van de volkstelling die gemaakt is na de Storm.' Weer neemt hij een kleine pauze, weer blijft het stil. 'We willen allemaal blijven leven, dus zullen we een paar beslissingen moeten nemen.'

Een man met een grote zwarte baard gaat staan en steekt zijn hand op.

'Ja, Simon.'

'Zeg je dit omdat jij geen grond hebt?'

'Onder andere.'

'Maak dat de kat wijs, jij aast op grond, net als die vriendjes van je, die hun hele leven nog nooit een spa in de grond hebben gezet.'

Er klinkt wat instemmend gemompel.

Esbern staat op. 'Wij wilden inderdaad vragen of we het land en de levende have niet opnieuw kunnen verdelen. Ik voed mijn gezin nu een jaar uitsluitend vis, buiten wat kruiden en bessen die mijn vrouw vindt, dat kunnen we niet volhouden.'

Ook nu zijn er medestanders hoorbaar en er wordt wat geklapt.

'Dat is toch niet onze schuld,' zegt Simon, een van de achtergebleven boeren van het oostelijk eiland. 'Jarenlang hebben jullie op ons neergekeken, waren wij – het woord zegt het al – een stel boerenlullen, en nu moeten de wijsneuzen uit de stad opeens ons land hebben omdat ze de boot hebben gemist en het eten niet meer lusten.' Woedend gaat de man met de zwarte baard weer zitten.

Weer klinkt er wat geklap.

'Het is een uitzonderlijke situatie,' zegt Esbern.

'Wij hebben hier toch ook niet voor gekozen?' zegt een voormalig werknemer van de visfabriek die op de dag van vertrek ruzie kreeg met zijn vrouw en uit woede was achtergebleven.

Simon springt op. 'Als ik ooit één vreemde op mijn land zie, schiet ik, en ik heb geen probleem met raken.'

'Rustig, rustig!' roept de kroegbaas, hij was wel gewend zatlappen te scheiden, maar een stugge boer overtuigen is een ander verhaal. 'Laten we nu eerst eens inventariseren wat er is.'

'Eerst een echte voorzitter kiezen!' roept iemand.

'Je hebt gelijk,' zegt Niklas. 'Wie stelt zich kandidaat? Mag ik handen zien?'

Simon steekt als eerste zijn hand op. Er klinkt een zwak applaus. Dan steekt ook Niklas zijn hand op. Weer wat geklap.

'Verder geen gegadigden?'

Marit duwt Pauli in de rug, maar hij schudt zijn hoofd. Óli gluurt angstig naar Gormur, maar die houdt zijn mond. Mevrouw Poulsen haalt opgelucht adem dat Henrik er niet is en Hanus maakt zich zorgen dat hij Falala alleen heeft thuisgelaten.

'Ja, hier,' klinkt het bij de deur.

Iedereen draait zich om naar de man die naar Birta wijst. De voormalig secretaresse staat in de deuropening met haar hand omhoog. Op veel van de gezichten is verbazing te lezen. Mensen beginnen te praten tot Dora spontaan begint te klappen. Al snel volgen nog wat vrouwen en Birta lacht onzeker naar haar supporters.

'Rustig, rustig ...' Niklas tikt weer met het stuk wrakhout op de rand van zijn stoel. 'Nog meer mensen die zich kandidaat stellen?'

Het blijft onrustig maar er worden niet meer handen opgestoken.

'Wil jij het woord van me overnemen?' vraagt Niklas aan Esbern.

Esbern staat op en trekt een officieel gezicht. 'Mag ik de kandidaten verzoeken naar voren te komen?'

Birta begrijpt niet waarom haar hand zomaar omhoogging en niet meer naar beneden wilde gaan. Met knalrode wangen en vlekken in haar nek staat ze voor de groep, voor het eerst in haar leven heeft ze het gevoel dat men haar ziet.

'Zullen we stemmen door middel van handopsteking,' stelt Esbern voor.

'Kan het niet anoniem?' wordt er van achter uit de aula geroepen.

'Nee,' roept Zacharias Hansen met zijn hand in het verband, 'de lafaards zijn vertrokken!'

'We stemmen met de hand en je mag maar één stem op één van de kandidaten uitbrengen.'

'Hoe ga je dat controleren?' roept iemand.

'Wie mogen er stemmen?' klinkt weer de stem van achter uit de aula. 'Tellen de vrouwen echt mee?'

Er klinkt gejoel.

'Stilte!' roept Esbern. 'Natuurlijk tellen de vrouwen mee.' Hij ziet de triomfantelijke lach op het gezicht van Dora. 'Iedereen die volgens de oude regels mocht stemmen mag nu ook stemmen.

Een jongen gaat staan en steekt zijn hand op.

'Ja?' vraagt Esbern. 'Wat is er?'

'Mag ik ook stemmen?'

'Hoe oud ben je?'

'Al zestien.'

'Nee, je moet achttien zijn.'

De jongen gaat teleurgesteld zitten.

Unnar gaat wat verliggen op het platte dak van zijn oude school. Het gebouw is op een van de hoogste plekken van de stad gebouwd. In de verte ziet hij de haven, de zee en de bergen. Rondom hem ziet hij de stad. Een merel zit op de dakrand en vliegt op als hij zich beweegt. Hij zet zijn handen weer tegen het raam waardoor hij beter de aula in kan kijken, waar hij vroeger met zijn klasgenoten de weekopening had. Mevrouw Poulsen had hem verteld dat de bijeenkomst alleen voor grote mensen was, maar Unnar wil weten wat er binnen in zijn oude school gebeurt.

De grote vergadering is het evenement waar al weken iedereen die hij in de bergen is tegengekomen het over heeft. Henrik vond het kolder en dus was Unnar met de buurvrouw meegelopen. Wat ze heel gezellig vond, zo hoefde ze het lange eind over de pas niet alleen. Ook Ulla, de heel oude vrouw die sinds kort bij mevrouw Poulsen woonde, ging niet mee. Niet omdat ze niet wilde, maar omdat ze niet kon. Ze was erg verzwakt en de buurvrouw bakte twee keer per dag een omelet voor haar die ze helemaal moest opeten.

Unnar ziet op het podium waar de meester vroeger rapporten uitdeelde drie grote mensen staan: een mevrouw met een knotje, een man met een grote zwarte baard en een man met een kleine grijze baard, die hij herkent als de eigenaar van het café. Hij wilde dat hij kon horen wat ze zeggen, maar het glas is te dik. Tot hij begrijpt dat er een stemming is, zoals zij dat vroeger op de gymles ook deden om een team samen te stellen. Er gaan handen omhoog en de man vooraan telt en schrijft het op. Dit gebeurt drie keer, dan leest de man voor wat hij heeft opgeschreven. Unnar ziet dat mevrouw Poulsen enthousiast applaudisseert, dat de mevrouw met de knot het stuk hout krijgt en de twee mannen naast de mevrouw gaan zitten.

Birta voelt haar handen vochtig worden en de blos op haar wangen gloeien. *Wat is de agenda?* hoort ze de stem van Frimann door haar hoofd galmen. 'Wat is de agenda?' vraagt ze weifelend.

'We moeten tot een eerlijke verdeling komen van wat er nog is,' zegt Niklas overtuigd.

'Jij wilt grond!' roept Simon ten antwoord.

'Ik wil niet dood!' roept Niklas terug.

'Dan had je mee moeten gaan met de rest!' schreeuwt Simon eroverheen.

'En op zee verdrinken zeker!'

Beng, beng! Birta slaat hard met het stuk hout op haar stoelleuning.

De mannen kijken verrast op.

Waarom heb je de vergadertafel niet helemaal leeggehaald? echoot de stem van de premier door haar hoofd. 'Ik heb een tafel nodig,' zegt Birta.

Nu zijn de mannen echt verbaasd, maar een stel vrouwen is opgesprongen, slepen een van de tafels uit de hoek naar voren en zetten die op het podium. Birta pakt een lege stoel en zet die erachter.

Waar zijn de notulen? herinnert ze zijn geblaf. 'Wie houdt de notulen bij?' vraagt ze en ze kijkt de aula rond. Tot een man met een pet zijn hand opsteekt. 'Fijn, kom maar naast me zitten,' zegt ze vriendelijk.

Ze heeft het gevoel in een toneelstuk te zijn beland waarin haar voormalige baas haar souffleur is. In de aula kijken ze vol bewondering naar de verlegen vrouw met de knot die moeiteloos een agenda samenstelt en het stuk wrakhout hanteert alsof het een echte voorzittershamer is.

Op het aangesleepte schoolbord staat geschreven in een net handschrift:

hoe nemen we besluiten
(herverdeling) land?
energiecentrale
wrakhout
achtergelaten privé-eigendommen
achtergelaten honden/verwilderd
staatseigendommen
onderwijs
ziekenhuis

'Nog meer punten die we moeten bespreken?' vraagt Birta. 'Anders gaan we nu beginnen.'

~

In de vallei trekt Falala de winterjas van Hanus aan, zet zijn pet op, duwt haar pikzwarte kroeshaar eronder en trekt hem ver over haar voorhoofd. Ze bindt een sjaal om waarmee ze half haar gezicht verbergt, pakt een zonnebril uit de la en zet hem op. Vlak voor ze naar buiten gaat grijpt ze de handschoenen van de kapstok – ook die trekt ze aan. Behalve het kleine stukje donkere huid van haar wangen en haar neus is niet te zien wie er loopt. Van onder een steen naast het huis graaft ze iets op wat ze in haar zak doet, dan opent ze het hok van de honden, die blaffend opspringen en voor haar uit het pad oprennen. Ze fluit, maar de honden reageren niet. Ze durft ze niet te roepen, bang dat haar stem haar zal verraden. Met grote passen, alsof ze een man is, loopt ze omhoog. Ze hijgt, toch blijft ze in hetzelfde tempo lopen. Ze ziet niet hoe de honden ongevraagd hun best doen de schapen bij elkaar te drijven. Haar ogen zijn gericht op de rand van de vallei, daar waar die overgaat in de kleine hoogvlakte met de grote ronde steen waarop ze zo vaak samen met Hanus heeft gezeten om naar de zee rondom hen te kijken. In haar zak voelt ze het pakketje. Ze heeft het zorgvuldig ingepakt, ze mag het niet verliezen.

De rubberlaarzen zijn haar te groot en de broek die ze draagt slobbert om haar benen. Bij elke stap die ze zet gaat er een lichte trilling door haar lichaam. De roze wolken boven haar dollen als de honden van Hanus en het gras waarover ze loopt smakt steeds als ze haar laars lostrekt. Ze probeert sneller te gaan, het gras protesteert bij elke stap. Ze tilt haar voeten vlug op, zodat ze haar niet kunnen pakken. Ze hoort de beekjes ruziën als zilveren linten. Zouden ze al hebben ontdekt dat het niet Hanus is die de berg oploopt?

Het laatste stuk tot de grote ronde steen is de grond droog en kan ze rennen. Ze neemt niet de tijd om op adem te komen, ze haalt het pakketje uit haar zak en legt het midden op de steen.

Gisteravond had Hanus haar een klein stukje van het zeehout gegeven, hij had de hele dag wrakstukken de kust op getrokken en wil daar na de grote vergadering mee doorgaan, net zo lang tot hij genoeg brandhout heeft verzameld voor de komende jaren. Hij had haar gezegd dat het geen pad was, dat het allemaal losse balken en planken zijn en dat niemand op de zee zou kunnen lopen. Zij had beter geweten, ze had het stukje niet aangeraakt maar zodra hij niet keek het in een theedoek gewikkeld en onder een steen naast de boerderij begraven. De hele nacht had ze geluisterd of ze stemmen hoorde.

Hanus was vroeg weer vertrokken naar Havenstad en had haar gezegd voor het donker terug te zijn. Ze had water gekookt op het oude hout dat in de schuur stond en zich helemaal gewassen, vervolgens had ze haar lichaam ingesmeerd met de melk van een van de schapen die zich gemakkelijk liet melken, en ten slotte had ze Hanus' kleren aangetrokken.

Ze heeft hem niets gezegd, het is haar geheim, zij weet dat het afgeronde basalt eigenlijk een altaar is. Ze staart naar de grote steen en laat zich niet verleiden naar de verdwenen zee rondom haar te kijken. Ze klimt erop, trekt de handschoenen uit, en gooit ze in het gras. Dan zet ze haar bril af, knoopt haar sjaal los en trekt haar jas uit. Ze voelt niet de bries die van ver wordt aangevoerd. Ze begint te zingen terwijl ze de theedoek loswikkelt en het stukje hout ophoudt naar de hemel. Ze sluit haar ogen en laat haar lied klinken.

~

Hemelsbreed een kilometer naar het zuidwesten loopt Henrik met zijn eierdoos en het touw. Zijn theorie dat vrouwen alleen maar slechte dingen brengen is voor hem weer bevestigd, want sinds de buurvrouw van de jongen het huis van de dominee in gebruik heeft genomen is hun ritme volledig verstoord. Ze had geëist dat de jongen elke ochtend – behalve op zondag – les moest krijgen, en toen hij weigerde dat te doen, had ze zich er zelf op gestort, gebruikmakend van allerlei boeken die ze in haar huis vond.

Henrik mist het om met de jongen op pad te gaan. Zijn rug is niet meer zo soepel en ook zijn knieën doen vaak pijn. Zonder de jongen zou hij nooit zo veel eieren hebben gevonden en ook de vele papegaaiduikers, zeekoeten en duiven had hij afgelopen zomer nooit kunnen vangen zonder zijn hulp. Het laatste beetje gedroogde vogelvlees dat ze nog hebben is bijna op, want met de twee vrouwen in het dorp is hun wankel evenwicht van zelfvoorziening volledig ontwricht. Hij had dat vrouwmens dat de hele dag achter de kat aan loopt alleen naar die vergadering moeten laten gaan, dan had hij nu met de jongen nieuwe eieren kunnen zoeken.

Hij wil de klif waar zeekoeten broeden gaan afdalen als hij iemand ziet zwaaien op de top van de berg. Hij pakt zijn verrekijker en zet hem aan zijn ogen. Eerst gelooft hij niet wat hij ziet, dan rolt er een vette lach omhoog. De Afrikaanse vrouw van Hanus, de boer uit de kleine vallei die haar in Duitsland uit een bordeel heeft gehaald, staat poedelnaakt op de top te dansen. Hij stelt zijn kijker scherper, hij ziet hoe haar heupen wiegen, hoe ze draait met haar kont, hoe haar borsten schudden op het gestamp van haar voeten, hoe haar kroesharen als een kraag om haar heen deinen. Hoe ze iets tussen haar benen klemt en heen en weer beweegt. Hij vergeet zijn doos en het touw en loopt dichter naar haar toe, terwijl hij steeds opnieuw de kijker tegen zijn ogen zet om te gluren naar de exotische dans van de rare negerin.

~

Birta heeft steeds het idee dat Frimann afkeurend over haar schouder meekijkt, en hoe langer de vergadering duurt des te meer spijt heeft ze ervan haar hand te hebben opgestoken. Het afspreken over hoe ze gaan besluiten was gemakkelijk geweest maar toen de eventuele herverdeling van het land ter sprake kwam waren de achterblijvers met land en de achterblijvers zonder land elkaar bijna in de haren gevlogen. Ze had zo hard met het hout op de tafel moeten slaan dat de splinters eraf sprongen. Na drie stemronden en vier ingediende protesten bleek dat een ruime meerderheid vond dat zolang niemand terugkeerde, de overblijvers zonder land allemaal een stukje grond moesten krijgen om een moestuin aan te kunnen leggen. Er zou een inventarisatie van de stukjes vruchtbare grond worden gemaakt en die zouden zo eerlijk mogelijk worden verdeeld. Toen echter bleek dat de meerderheid ook vond dat het vee verdeeld moest worden was het uit de hand gelopen. Birta had – ze voelde niet uitsluitend de ogen van Frimann op haar gericht, maar ook die van Kornus – kracht gevonden door te gaan en geprobeerd iedereen het woord te geven. Na veel wikken en wegen was er besloten dat ieder die vee bezat, een derde van zijn schapen en koeien moest overdragen aan de Eilandraad. De raad moest dan zorgen dat de beesten eerlijk verdeeld zouden worden onder de vee-lozen onder de uitdrukkelijke voorwaarde dat ze ze alleen mochten laten grazen op verlaten grond en de lammeren pas mochten worden geslacht als de beesten zelf voor nageslacht hadden gezorgd, aangezien het het streven van de achterblijvers moest zijn voedsel voor de lange duur te genereren. Als tegenprestatie voor het afstaan van hun beesten zouden ze delen in de visvangst, waarvoor een ingewikkelde verdeelsleutel werd gemaakt.

Birta ziet aan het veranderende licht dat het al laat is en ze zijn pas halverwege de agenda. Na weer een stemronde besluit ze dat ze morgen verdergaan. Ze wil de dag afsluiten met een wat makkelijker agendapunt: het wrakhout. Ze weet dat het hout van niemand is en iedereen er blij mee is, omdat het de eerste keer is sinds de Storm dat er eindelijk weer genoeg brandstof voorradig is.

'Wie wil het woord?' vraagt Birta.

'Al dat hout is een vreselijk probleem,' zegt Zacharias en hij verheft zijn stem zodat iedereen hem kan verstaan. 'We kunnen helemaal niet meer vissen en ...'

'Mijn fuik is kapotgegaan door de balken,' vult Pauli aan.

'Hoe kunnen we uitvinden dat het hout niet besmet is?' vraagt Marit.

'Als er grienden komen kunnen we ze niet eens zien,' zegt Gormur.

Birta tikt met haar stuk hout op de tafel en zucht: 'Spreek een voor een en val elkaar nu niet meer in de rede.'

~

Unnar had het koud gekregen van zijn gespioneer op het platte dak. In de pauze, waarin afgunstig was gekeken naar de dikke omelet die mevrouw Poulsen en hij bij zich hadden, had ze hem naar huis gestuurd, omdat ze er niet zeker van was dat Henrik wel eten zou geven aan Ulla. 'Kook maar een eitje voor haar, dat vindt ze lekker.'

Unnar loopt niet vaak alleen door de bergen. Henrik vindt het gevaarlijk – er zijn verwilderde honden, of het kan plotseling gaan misten. Meestal gaan ze samen op pad, ze vangen vogels, zoeken hout, of kruiden en veldgroenten, ter aanvulling van hun schrale dieet. Vooral de schapenzuring en de engelwortel, die de Noormannen ooit op hun eilanden hebben geplant als bron van vitamine c, moest hij van Henrik eten. Hij is blij weg te zijn bij de school, het enige wat de grote mensen op die vergadering binnen deden was roepen, en de mevrouw met de knot sloeg almaar met het hout op de tafel. Het is veel fijner met Henrik, die nooit schreeuwt of slaat, behalve toen hij nog de flessen in de vuurtoren leegdronk.

Hij hoort een vreemd geluid. Zou er een schaap vastzitten in een hek? Hij kijkt om zich heen waar het geluid vandaan komt. Hij ziet de grote stukken rots die als grijze bulten in het kale landschap staan. Hij wil roepen, maar voelt opeens dat hij dat niet moet doen. Hij sluipt het pad af naar de rotsen toe. Het geluid zwelt aan. Van achter de rotsen komt een zwaar gekreun, alsof iemand heel erg pijn heeft. Unnar vergeet zijn terughoudendheid en loopt om de rots heen. Op de grond ligt Henrik. Unnar schrikt. Eerst denkt hij dat de oude man ziek is geworden. Hij wil naar hem toe gaan als hij ziet dat Henrik zijn piemel beet houdt en snel zijn hand beweegt. Hij heeft zijn ogen dicht en ziet niet dat Unnar naar hem kijkt. Het kreunen wordt steeds heftiger, hij trekt met zijn nek en zijn hoofd en zijn mond staat open. Unnar weet dat de man met wie hij vaak door de bergen loopt geen pijn heeft. Hij vindt het fijn. Dan slaakt Henrik een harde kreet en glijdt zijn hand langzaam terug in het gras tegen de verrekijker die naast hem ligt.

Zonder dat Henrik het hoort sluipt Unnar zachtjes terug naar het pad. Hij moet snel naar huis, denkt hij, een eitje koken voor Ulla.

~

Ook Hanus snelt naar huis. De meeste mensen die van ver komen hebben slaapplekken gevonden in de omgeving van de school maar hij heeft Falala beloofd voor het donker thuis te zijn.

De deur van de boerderij staat open en op de vloer van de huiskamer ligt bloot de vrouw van wie hij houdt. Ze rilt en beeft.

'Wat is er?' roept hij en hij knielt naast haar neer.

Ze opent haar ogen en kijkt hem lachend aan. 'Ze zullen luisteren. Ik zeg je, nu zullen ze luisteren.'

'Wie?'

'Zij.' Ze wijst omhoog.

Hij trekt de deken van de bank en slaat die om haar heen.

'Auw!' huilt ze.

'Wat is er?'

Ze wijst naar haar benen. Hij slaat de deken weg en ziet dat de binnenkant van haar dijen vol krassen en wonden zit.

'Wat heb je gedaan!'

Ze wijst naar het stukje wrakhout dat hij voor haar heeft meegenomen van het strand. Hij pakt het op. Het zit onder het bloed.

Ze huilt: 'Je hoeft niet meer bang te zijn.'
'Waarvoor?'
'Dat ze me van je weghalen.'
Hij sluit de deken weer om haar heen, staat op, pakt een stel handdoeken en doopt die in de pan met warm water die op de oude kachel staat. Hij knielt weer naast haar neer en begint heel voorzichtig de wonden te deppen. Hij ziet de splinters uit de huid steken.
'Ze zullen mijn gebeden verhoren.'
'Stil maar,' zegt hij en hij pakt de pincet uit de la. Voorzichtig begint hij een voor een de splinters uit de geschuurde huid te trekken.
'Ze gaan het houten pad weghalen,' snikt ze.
'Ja, natuurlijk,' zegt hij zachtjes.
'De zee zal weer zee zijn en de golven van water.'
'Ja, de zee zal weer water zijn,' murmelt hij haar na en hij dept de wonden tussen haar benen.

~

Buiten is het donker geworden en in de aula worden de stoelen opzijgezet en de tafel op zijn kant gelegd. Mensen lopen in en uit, praten na over de hoeveelheid lammeren die al is geboren en of die nu wel of niet meetellen bij de herverdeling van het vee en wat er moet gebeuren met de uit de mond gespaarde aardappelen die nu in de grond zitten. Een kluitje mannen staat in het midden van de kleine zaal, ze kijken elkaar aan, pakken elkaars hand en vormen een kleine kring. Esbern zet een lied in. De mannen beginnen te dansen, twee stappen naar links en een naar rechts. Als het refrein komt zingen de mannen mee, iedereen kent de ballades en liederen. Steeds meer mensen sluiten zich aan. Twee stappen naar links en een naar rechts. Na drie kwartier is Esberns keel droog en neemt Niklas het over. Zijn stem is luider en zijn voeten stampen. Twee stappen naar links en een naar rechts, steeds een ander lied in hetzelfde ritme, almaar twee stappen naar links, gevolgd door eentje naar rechts. Niemand zit meer, de oude reidans is bedwelmend, het zweet staat op hun voorhoofd. Samen zingen ze over de zee, over de zomer die alles gemakkelijker zal maken, over de liefde, de natuur, de bergen en de fjorden. Ze zingen over alles behalve over hen die zijn vertrokken.

Sommigen hebben helemaal niet geslapen, sommigen hebben een uurtje of iets langer hun hoofd neergelegd. De stoelen worden weer neergezet en de tafel weer op haar poten gezet. De spanning van gister lijkt verdwenen, ze zijn moe en uitgerust tegelijkertijd.

'Vroeger zou ik op een dag als vandaag nieuwe kleren aan hebben gehad,' zegt Marit.

'Daarom heb ik een ketting om,' zegt mevrouw Poulsen.

'Ik heb mezelf net extra goed gewassen,' zegt Dora en ze denkt aan de verrotte kies die ze vannacht tussen het kringdansen door heeft moeten trekken.

'Heb jij nog zeep?' wil mevrouw Poulsen weten.

'Ik heb zelf wat gemaakt van het vet van de grienden die in de herfst zijn gevangen.'

'O, echt? Mag ik wat zeep van je?' vraagt mevrouw Poulsen en als ze de terughoudendheid in Dora's gezicht ziet voegt ze eraan toe: 'Ik heb nog pleisters.'

'Hebt u die nog?' zegt Marit. 'Mag ik er een? Pauli is gebeten door een hond.'

'Diep?' vraagt Dora verschrikt.

'Nee, maar wel door zijn mouw.'

Mevrouw Poulsen zoekt in haar tas naar de pleisters.

'Er worden steeds vaker mensen door honden gebeten,' zegt Dora terwijl ze diepe rimpels in haar voorhoofd krijgt.

'Het was die boxer van juffrouw Abrahamsen, van de wolwinkel, je weet wel.'

'O nee!' zegt mevrouw Poulsen opeens. 'Ik heb ze al geruild.'

'Hou hem in de gaten,' zegt Dora. 'Hij kan er ziek van worden, je hebt het toch wel goed uitgespoeld, hè?'

Marit knikt.

De drie vrouwen kijken elkaar zorgelijk aan.

'Mijn moeder had vroeger ...' Marit stopt midden in haar zin, krijgt een verdrietige blik in haar ogen en zucht.

Dora legt haar arm om haar schouder, maar Marit duwt de herinnering bruusk weg en de lach keert terug op haar gezicht. 'Koffie, dat mis ik het meest. Elke ochtend als ik wakker word in dat vochtige, koude huis, denk ik aan een warme douche en een kopje koffie met twee klontjes suiker.'

'Met je sokken op de bank, de kachel op twintig en televisiekijken,' zegt mevrouw Poulsen, die ook iets wegslikt.

'Een soapy voor het koken, met een glaasje wijn en wat borrelnootjes,' zegt Dora verlekkerd.

'Of bonbons,' watertandt Marit, 'met praline.'

De vrouwen rillen van opwinding bij de herinnering aan chocolade.

'Ik zou wel weer eens echt willen eten ... in een restaurant!'

'Ja ... of gewoon de knop omdraaien en het licht gaat aan!'

'Nou, wat dacht je van een aansteker, waarmee je je vuur aandoet als het per ongeluk uit is gegaan?'

'O, dat vuur aanhouden,' zucht mevrouw Poulsen. 'Dat vind ik zo moeilijk.'

Dora knikt.

'En je kleren wassen,' zegt Marit, 'met koud water.'

'Mijn droger,' zucht Dora, 'die mis ik het meest. Niets wordt meer droog.'

'De auto!'

'Ik zou zo graag mijn haar weer eens verven,' zegt mevrouw Poulsen zacht. 'Gewoon weer eens een keertje netjes zijn.'

'Wat ik het meeste mis is brood!' zegt Dora. 'Een boterham met kaas.'

'Ik zou wel weer eens tomatensoep willen,' zegt Marit en het water loopt haar in de mond. 'En pindakaas.'

'Sla!'

'Ja! En aardbeienijs!'

'Een sigaret.'

'Deodorant.'

'Tampons.'

'Hoofdpijnpoeders.'

'Drinkwater uit de kraan!'

'Mijn billen afvegen met wc-papier,' giechelt mevrouw Poulsen.

'Veilig vrijen!' gniffelt Dora.

'Niet veilig vrijen,' grapt Marit.

De drie vrouwen lachen. Het is drukker geworden in de aula en overal staan groepjes mensen te praten. Óli komt binnen en steekt zijn duim op naar Dora, die teruglacht.

'Zou het ooit nog worden als toen?' vraagt mevrouw Poulsen zachtjes.

Marit schudt haar hoofd.

'Natuurlijk wel,' zegt Dora. 'Op een dag wordt alles weer gewoon, dat kan toch niet anders!'

Esbern kijkt in de lijst en leest de namen van de mensen die om wat voor reden dan ook zijn gebleven. Opeens schrikt hij en wijst naar het kruisje achter de naam van zijn vader. 'Leeft hij nog?'

'Ja, die vrouw, hoe heet ze ook alweer, die zei dat ze bij hem in het dorp woont,' zegt de man die nu achter het tafeltje zit.

'Welke vrouw en welk dorp?'

'Die met die ketting,' zegt de man, die naar buiten wordt geroepen.

In de aula ziet Esbern diverse vrouwen met een ketting. De zus van Petersen van de oude cementfabriek zou het hem zeker verteld hebben als zijn vader nog leefde, en de vrouw van Simon ook. Birta kan het ook niet zijn want iedereen kent nu haar naam, en bij het kleine groepje vrouwen dat in de gang staat te kletsen ziet hij niemand met een ketting. Dan krijgt hij de vrouw in het oog die vroeger regelmatig met de collectebus langs hun huis kwam en nu met Dora staat te praten.

Hij stapt op haar af. 'Dag, hoe gaat het met u? Ik hoor zojuist dat u weet waar Henrik woont.'

'Ja! En wie ben jij ook alweer?' zegt mevrouw Poulsen, die geen idee heeft wie de man is.

'Ik ben zijn zoon.'

Mevrouw Poulsen kijkt hem doordringend aan. 'Ben jij zijn zoon?'

'Ja, en ik wist niet dat mijn vader nog leefde,' zegt Esbern, die zich wat ongemakkelijk begint te voelen onder haar priemende blik. 'De laatste keer dat ik hem sprak was kort na de Storm.'

'Ken jij Unnar ook?'

'Wie is dat?'

'Unnar Jensen.'

'De zoon van de ornitholoog die vroeger in de krant schreef?'

'Ja. Ken je hem?'

'Niet echt nee, ik heb dat kind wel een keer gezien. Hij was mee toen zijn vader op het weerstation kwam in verband met een onderzoek naar een of andere vogel die zich liet meedrijven op een heel hoge luchtstroom. Hij wilde weten of wij het met onze apparatuur konden zien. Hoezo?'

'Henrik zorgt al een jaar voor dat joch.'

'Hebben wij het over dezelfde Henrik? De voormalige vuurtorenwachter?' vraagt Esbern wantrouwend.

Mevrouw Poulsen knikt, terugdenkend aan al de verhalen van Unnar.

'Waar woont hij?'

'Eerst hebben ze een tijd in de oude vuurtoren gewoond en nu wonen ze in Vestor.'

'In Vestor! Wat moet hij daar?'

'Vraag het hem zelf, hij zal het vast leuk vinden als je eens langskomt.' Al is mevrouw Poulsen daar niet helemaal zeker van.

Achter hen tikt Birta op de tafel, nu met een echte hamer, die ze in het schuurtje bij het tuingereedschap heeft gevonden, en verzoekt om stilte zodat ze weer kunnen beginnen.

'Dat zal ik zeker snel eens doen,' zegt Esbern. Opeens voelt hij zich groggy, hij had vannacht tijdens het kringdansen veel aan zijn vader gedacht, die hem als kind de eeuwenoude heroïsche ballades en satirische liederen had geleerd. In nachten dat er stormen rond hun huis naast de vuurtoren raasden, de zee de golven zo hoog opstuwde dat zelfs de lamp in de toren geen licht meer kon verspreiden, zongen zij over de smid die het zwaard moest maken zodat de zoon de moord op zijn vader kon wreken, over de slang die hij doodde en het hart dat hij opat, waardoor hij de taal van de vogels leerde spreken.

Esberns gedachten dwalen doorlopend af en er dringen slechts flarden door van de emotionele betogen over wat ze moeten doen met de verlaten huizen, het gebrek aan leraren en het ziekenhuis zonder dokters en medicijnen. Henrik die voor een kind zorgt? Leert hij dat kind ook de liederen over de reuzen en de trollen, de koningen en de veldslagen? Is hij veranderd nu er geen alcohol meer is? Esbern krijgt het opeens benauwd, hij staat op en sluipt de rij uit.

'Hé!' Dora houdt hem tegen en fluistert: 'We gaan zo stemmen over het ziekenhuis!'

'Ik ben zo terug, moet even een hap lucht hebben,' fluistert hij.

De zon en de vette wolken zijn opgelost na twee dagen de eilanden te hebben vertroeteld met het idee dat ook zij iets hebben dat zomer heet. De lucht is grijs en vochtig en een gure oostenwind blaast in zijn gezicht. Esbern haalt diep adem. Het is doodstil op straat. Zoals het sinds de Grote Uittocht altijd stil is op straat. Er brandt nooit meer ergens licht, deuren zijn vergrendeld met zware sloten en alle gordijnen zijn dichtgetrokken. Doelloos begint hij naar beneden te lopen door de straten vol nutteloze auto's en vuil dat de wind heeft verplaatst. De vrolijke kleuren van de huizen stralen niet meer zoals ze deden toen er nog kinderstemmen klonken. Achter sommige van de ramen staan verdroogde planten, achtergelaten in de wetenschap dat de bootreis van korte duur zou zijn. Er is behalve de wind die tussen de bebouwing waait en hier en daar een loshangend stuk plastic of een afgebroken stuk metaal in beweging zet geen geluid te horen. De stad waar zijn dochter is geboren is dood en zijn vader voedt in een dorp een ander kind op. Leert hij die jongen ook over de zee, de kracht van het tij en de taal van de wind? Hoe hij vuur moet maken? Hoe hij eieren moet rapen zonder ze te breken en vogels moet vangen met een net? Hoe zou hij zijn als hij niet meer kan drinken? Zou hij niet meer bang zijn voor de eenzaamheid? De wereld niet meer vervloeken, of zijn zoon, zijn vrouw, zijn leven? Door Esberns hoofd fladderen gedachten, herinneringen, veronderstellingen en vragen. De man die hij had begraven duikt weer op, zoals hij steeds terugkwam, aan de overkant van de straat, in het bushokje bij het park, lallend met de fles onder zijn arm, bloeddoorlopen ogen. Esbern probeert zich te herinneren hoe zijn vader bewoog als hij nuchter was. Hij weet het niet. Hij dwaalt verder door het stadje zonder mensen. Zou alles weer gewoon kunnen worden als de watercentrale weer werkt? Esbern probeert al maanden niet te verlangen naar *hoe het was*, toen er niet vergaderd hoefde te worden over of ze al dan niet de huizen mogen openbreken in hun onverzadigbare zoektocht naar bruikbare spullen. Hij zou willen dat zijn vrouw weer verpleegster kon zijn en hij meteoroloog, met een dochter op de kleuterschool. Welke toekomst kan hij haar bieden in een wereld die niet meer bestaat? Hij slentert de uitgestorven kade op, waar het leven van de eilanders zich eeuwenlang afspeelde. De ruïne van het parlementsgebouw met zijn zwartgeblakerde muren, het zwarte, ineengestorte huis van de reder, dat status gaf aan de ingang van Havenstad ... De mist uit zee dringt zich op en Esbern rilt. De steigers vol slordige stapels wrakhout, de werkeloze meerpalen, een achtergelaten stuk touw ... het opengereten staal van de opslagtank en de verkoolde visfabriek verschuilen zich in de dichte mist, die zijn ondoordringbare lagen over hen heen schuift. Hij staart naar het water. Het kabbelt zachtjes tegen de kade, waar de eenden die er altijd zwommen ook zijn verdwenen.

Maar ... het wrakhout is weg! Dat kan niet! Vanmorgen vroeg lag de haven nog vol met stotende en kruiende brokstukken van de andere wereld. Hij loopt een steiger op. Door de mist kan hij niet verder zien dan een meter of vijftig. Links en rechts is alleen water, nergens een afgesleten balk of plank. Als hij het eind van de lange plankier bereikt heeft hij geen enkel stuk hout zien drijven. Geen splinter.

Esbern stormt de aula binnen.

'Daar is hij!' roept Dora. Ze springt op en rent op haar man af. 'Waar was je nou? We zijn op je aan het wachten. Ze willen alles weten over de centrale.'

'Het hout is weg!' zegt hij.

'Nee, het hout hebben we al besproken, dat weet je toch? Over de turbine in de waterkrachtcentrale, die kun jij toch weer werkende maken?'

'Maar het hout ...'

Birta geeft een tik met de hamer op de tafel: 'De elektriciteit! Niemand weet er het fijne nog van.'

'Het hout!' herhaalt hij.

'Is het hout weg?' roept Hanus verbijsterd en springt op.

'Nee, niet het hout,' roept Birta, 'de gewone elektriciteit, het is u toch een keer gelukt?'

'Het hout is weg!' herhaalt Esbern. 'De haven is leeg!'

Nu beginnen ook anderen onrustig te bewegen. Er wordt over en weer geroepen. Mensen lopen op Esbern toe. Birta hamert om stilte maar niemand luistert nog. Hanus rent de school uit, de heuvel af, naar de haven. Een paar nieuwsgierigen volgen hem. De rest verzamelt zich rond Esbern. Uitroepen vol onbegrip en ongeloof klinken.

De aula is leeg, op Birta na. Stoelen liggen kriskras op de grond, een rode pet hangt nog op een leuning en ergens liggen twee verschillende rubberlaarzen. In het formica tafelblad ziet ze de putten die zij er met de hamer heeft ingeslagen. Het is haar niet gelukt de vergadering officieel af te sluiten en de enige vraag die ze zelf had, of ze de tuin van Frimann als moestuin mag gebruiken, heeft ze niet kunnen stellen.

Een nieuwe man

– twee jaar –

De honger en de wanhoop van weer een lange winter hadden bij de paar zwangere vrouwen uitsluitend miskramen veroorzaakt. Terwijl de ooien en de koeien jongen hadden gekregen, de vogels met hun kroost het luchtruim verkenden, leken de vrouwen op de vergeten eilanden hun vruchten voor de toekomst te willen beschermen door ze vroegtijdig los te laten, of besloten de zojuist geborenen na de eerste lucht in hun nog natte longen te hebben gezogen dat dit niet de wereld was waarin ze groot wilden worden en stierven nog met de navelstreng verbonden.

Het is ijzig koud, de nachten zijn op hun langst en de straten zijn onbegaanbaar door de venijnige laag ijs die zich in het gescheurde asfalt heeft vastgezogen en door de waterwind elke minuut groeit. Voor iedereen was de eerste winter, die ze voornamelijk in hun eigen onverwarmde huizen hadden doorgebracht, een hel geweest. Nu trekken ze zich terug in de kleine, oude woningen met de dikke muren van basaltblokken en vormen nieuwe kleine gemeenschappen, het merendeel in de eeuwenoude dorpjes. In Havenstad hebben de achterblijvers zich een huis toegeëigend aan de kade of in de aanliggende straat. Een paar boeren en een enkele zonderling verkiezen het afgelegen te wonen, in overeenstemming met hun keuze niet met de boten mee te gaan.

Hanus' familie woont al meer dan tweehonderd jaar als enige in de vallei, en daar wil hij blijven.

Birta is na haar huilbui in de school in de armen van Gormur gevallen en ontgint een stukje grond achter de kerk in Nordur.

Henrik en Unnar wonen nog steeds in Vestor, op een halfuur lopen van het meer bevolktere Nes, waar mevrouw Poulsen na de begrafenis van Ulla en een ruzie met Henrik naartoe is verhuisd en waar ze niet alleen Unnar maar ook twee andere kinderen elke ochtend lesgeeft.

Dora, Esbern en Susanna wonen in de zijstraat bij de haven. Als enige achterblijver met een medisch beroep heeft zij een plek gekozen die centraal ligt voor alle dorpen. De voormalige wolwinkel, met geel linoleum op de vloer, is haar praktijk en wordt door iedereen 'de kliniek' genoemd, terwijl Esbern de wachtkamer gebruikt om zijn dochter te leren lezen, daar Nes te ver is voor dagelijkse lessen.

Er wordt op de deur geklopt en een stem roept: 'Het is begonnen.'

Voordat Susanna de deur heeft geopend roept Dora al dat ze eraan komt. Ze grijpt de rugzak die klaarstaat en propt er nog wat gedroogde vis in voor onderweg. In de gang staat een hijgende man.

'Hoe laat is het begonnen?' Dora geeft de man een kop hete thee getrokken van gedroogde wilde wolfsklauw die ze in de zomer heeft geplukt.

'Om halftien.'

Dora kijkt op haar horloge – het opwindhorloge van haar grootvader, nu er voor haar eigen horloge geen batterijen meer te krijgen zijn. 'Dat heb je snel gedaan!'

'Ik heb van boven tot onder in de tunnel gefietst, maar daar heb jij niets aan want de fiets staat nu beneden bij het water.'

'Ga je mee terug?'

De man schudt zijn hoofd. 'Pauli wacht op je bij de tunnel.'

'Dan ga ik want het wordt al gauw weer donker.' Dora giet thee in haar kleine thermosfles, doet die ook in de rugzak en hangt hem om.

'Vergeet je stok niet voor de honden.'

'Nee, natuurlijk niet!'

'Mama, ben je terug voor ik moet slapen?' vraagt haar dochter.

Ze schudt haar hoofd. 'Ik moet naar een baby die geboren gaat worden en ik moet opschieten anders ben ik te laat.' Ze geeft het meisje een kus en snelt naar buiten.

Dora stapt glijdend en glibberend door het bevroren gras langs de weg, in haar hand haar stok en op haar rug haar 'doktersrugzak'.

Vroeger zou ze, als ze een beetje het gaspedaal had ingeduwd, in vijftien minuten in Malvík zijn geweest. Ze heeft spijt dat ze haar dikkere muts niet heeft opgezet, de noordenwind snijdt moeiteloos door de stof rond haar hoofd. Haar wandelschoenen, die ze drie jaar terug in een speciaalzaak in Kopenhagen heeft gekocht, zijn in elk geval warm. Ze kan zich niet meer voorstellen dat ze daar ooit is geweest, de volle winkels, de restaurants, de schouwburg en de taxi's. Ze leeft nu in een volkomen andere wereld, waar ze nooit van had kunnen dromen, zelfs niet in een nachtmerrie.

De wolken zijn donkergrijs en zakken steeds lager. Ze trekt haar sjaal strakker om haar hals. Bij een hoop stenen stopt ze. Ze pakt haar zaklampje uit haar jas, hangt het om haar pols, verlaat de asfaltweg en daalt het talud af – de kortere route door de velden. Net als vroeger maken mensen weer steenhopen, die als merktekens in het landschap staan, zodat ze bij mist en duisternis de weg niet kwijt kunnen raken. Ze knipt de lamp even aan om te controleren of hij het nog doet. Esbern heeft na zijn mislukte poging elektriciteit op te wekken met de turbines, op het dak van hun huis een piepkleine windmolen gebouwd van de radiator uit zijn Land Rover en het motortje uit de koelkast van de buren, dat hij als een dynamo gebruikt, zo herlaadt hij de oplaadbare batterijen, en heeft ze licht in de kliniek. Als ze de zaklamp weer uitknipt is het opeens veel donkerder.

Zwijgend ploegt ze verder door het bevroren veld. Een kind, denkt ze, ik zou geen kind willen krijgen onder deze omstandigheden. Ze maakt zich zorgen, want de kans is groot dat ook deze baby het niet zal halen. Ze passeert de tweede hoop stenen en neemt zich voor bij het volgende bergje een kleine pauze te nemen om wat thee te drinken. Onder het bevroren oppervlak is soms plotseling de grond nog zacht en zakt ze tot haar enkels weg in de modder. Ze kijkt op haar horloge. Ze weet dat ze harder moet lopen.

Dora stopt en kijkt rond. Ze had allang bij de volgende hoop keien moeten zijn. Het dikke wolkendek laat niets van het licht van de maan of de sterren door, ze klikt de zaklamp aan en schijnt naar alle kanten. Nergens ziet ze een berg stenen of iets wat erop lijkt. Ook hoort ze de zee niet, zodat ze zich niet kan oriënteren. Dora schijnt op haar horloge en berekent dat ze nu vlak bij de tunnel moet zijn. Maar waar is die? Ze richt de lichtbundel op de grond en probeert haar voetstappen te ontwarren, maar ze is opgeleid tot verpleegster en niet tot spoorzoeker. Het bevroren gras vermengd met de steentjes lijkt haar overal gelijk. Ze heeft het koud nu ze stilstaat.

'Pauli!' roept ze, in de hoop dat hij bij de ingang van de tunnel staat en haar kan horen.

Het enige antwoord dat ze krijgt komt van de wind. Ze loopt verder, de zaklamp voor zich uit schijnend – zoekend naar een teken of duiding van het pad – als de eerste natte sneeuwvlokken beginnen te vallen.

'Ook dat nog,' bromt ze in haar sjaal. Ze stapt door, de zaklamp op de grond gericht, zodat ze niet per ongeluk in een gleuf stapt. Ze kan niet voelen of de grond waarop ze loopt daalt of stijgt. Ze heeft geen idee waar ze is.

Bij elke stap wordt ze kouder en natter. De dure Deense wandelschoenen lekken en de jas waarvan het label tot min twintig garandeert, heeft het opgegeven. De kracht van de zaklamp neemt snel af, maar de vallende sneeuw schenkt iets van licht terug. Dora zoekt naar beschutting, een rots waarachter ze kan rusten en die de wind en de sneeuw tegenhoudt. Het interesseert haar niet meer of het kind zal leven of dood zal gaan, ze wil zelf blijven leven en haar eigen kind weer zien. Ze is bang voor de honden en bang dat ze in een ravijn zal glijden of haar enkel verstuiken op het hobbelige gras en doodvriest. *Doorlopen! Niet opgeven!* Als ze plotseling voelt dat ze de vage contouren van een mens ziet die voor haar uit loopt.

'Pauli!' roept ze opgelucht.

Hij reageert niet.

'Pauli!' roept ze weer.

Hij kijkt niet om maar begint harder te lopen.

'Wacht op mij!'

Dora moet bijna rennen om hem bij te kunnen houden. Ze is ervan overtuigd dat hij haar door de sneeuw niet heeft gezien en dat haar geroep hem niet kan bereiken omdat de venijnige noordenwind al het geluid meeneemt. Half struikelend volgt ze hem.

Hij springt over een kreekje, zij waadt erdoorheen. Het ijskoude water loopt haar al drijfnatte schoenen in. Hij verdwijnt achter een grote rots waar ze zou kunnen schuilen, maar ze haast zich achter hem aan en ziet hem nog net verdwijnen tussen twee besneeuwde keien. Hij daalt af. Ze begrijpt niet dat ze zo gestegen is. Hij kruist een asfaltweg. Nu weet ze waar ze is. Het veld nog over en dan is ze bij de ingang van de tunnel. Dan kan hij haar horen. Dan zullen ze samen omlaaggaan en als ze flink doorlopen over een uur in Malvík zijn.

Ze ziet hem de ingang van de tunnel ingaan. Ze rent hem achterna.

'Pauli!'

Plotsklaps zijn de wind en de sneeuw verdwenen en is het stil. Ze had verwacht de voetstappen van Pauli te horen. Het is echter stil, afgezien van het water dat van het plafond drupt.

'Pauli!' Haar stem galmt de lange gang in. Ze wacht op een antwoord, dat niet komt. 'Pauli?' herhaalt ze onzeker. Het geluid van haar stem sterft langzaam weg. 'Hallo? Is daar iemand?' Ze hoort geen stappen, alleen haar eigen adem en de druppels die vallen. Ze pakt de zaklamp, die doelloos aan haar pols slingert, en schudt hem heen en weer in de hoop dat hij nog wat licht zal geven. Hoe vaak ze het knopje ook aanklikt, het blijft donker. Dus begint ze de afdaling in het absolute donker. Ze is bang, doodsbang voor de mens die voor haar uit liep. Die nu misschien naast haar is, of achter haar. Ze durft amper te ademen. Ze probeert te voelen of ze gevolgd wordt. Of er nog iemand anders is.

Dora heeft ze nooit geloofd, de verhalen van vroeger, wanneer haar oma vertelde over 'het verscholen volk', dat ook op de eilanden zou leven. Dit 'andere volk' woonde vlak onder de grond en kwam pas naar boven als ze echt nodig waren. Ze werden ook wel 'de grijze mensen' genoemd, die, als ze zich vertoonden, je wilskracht konden overnemen. Je mocht niet wanhopig worden en niet vloeken. Je moest flink blijven en vooral niets laten merken van je angst.

Dora probeert zich te herinneren of ze iets anders heeft geroepen dan de naam van de toekomstige vader. Ze voelt dat er iets is wat haar wil verleiden om woorden te roepen die ze niet wil. Ze klemt haar lippen op elkaar en loopt door, ze laat haar hand langs de wand van de vochtige rotsen glijden opdat ze niet valt. Ik moet aan iets anders denken, denkt ze. Ze probeert aan Esbern en Susanna te denken, die nu waarschijnlijk samen in een bed liggen, aan Henrik en de kleine jongen, die vorige week zomaar langskwamen met twee gedroogde eenden, aan de kliniek met het gele linoleum en het gemis aan een goed schoonmaakmiddel, aan de boeken van de dokter die ze uit zijn huis heeft gehaald en waarin ze heeft gelezen hoe ze een baby moet omdraaien als die in een stuitligging ligt, aan de waterkrachtcentrale, die het maar niet wil doen, en aan de plannen van Esbern om een echte windmolen te bouwen zodat haar elektrisch fornuis weer kan werken, aan de schoenwinkel in Kopenhagen, waar men had gezegd dat ze altijd kon terugkomen als er problemen waren met de schoenen, aan de taarten die haar moeder bakte met een dikke laag poedersuiker, aan de negerin van de vallei, die krachten schijnt te bezitten en waar patiënten naartoe gaan als zij ze niet kan helpen, aan de fiets van Pauli, die beneden in de tunnel staat en waarover ze niet moet struikelen ...

Ze voelt dat ze in water stapt. Ze is sneller naar het laagste punt gelopen dan ze had verwacht. Het is weken geleden dat Dora naar het oostelijk eiland moest, en toen lag er op de bodem van de tunnel een vlot klaar met een stok om het naar de overkant te bomen, zodat ze droge voeten hield. Ze gaat niet op zoek in het pikdonker, ze stapt het lekmeertje in en waadt verder.

Even lijkt het water minder koud dan eerder de stroompjes buiten, maar al snel is ze tot op het bot verkleumd. Het water reikt inmiddels tot haar knieën en ze moet oppassen niet uit te glijden, want de bodem is spekglad. De fiets, ik moet straks niet over zijn fiets vallen, is de mantra in haar hoofd. Als het water ondieper wordt en weer tot haar enkels komt gaat ze zachter lopen, haar andere hand tastend voor haar uit. De fiets komt ze echter niet tegen. De weg in de tunnel stijgt weer. Het lopen is zwaar, maar het zorgt ervoor dat ze warmer wordt. Haar bloed, dat bevroren leek, stroomt weer. Ze voelt – eerder dan ze het hoort of ziet – dat ze in de buurt van de uitgang komt.

Van het ene op het andere moment omarmt de wind haar met een enthousiasme alsof hij haar heeft gemist. Het sneeuwen is gestopt, vaag ziet ze de contouren van wat ooit de snelweg was. Na een tijdje loopt ze langs de lantaarnpaal die ooit de ingang van het dorp verlichtte. Ze ruikt de geur van een vuur, het kostbaarste bezit na een kind.

De weg daalt af naar de baai. Ze passeert het eerste huisje. Ze loopt verder tot vlak bij het strand, klopt op de deur waarnaast een fiets staat en doet die open. Ze hoort direct het snakkende huilen van een pasgeboren baby.

Pauli houdt een gillend, slijmerig propje mens op. De navelstreng, nog verbonden met de uitgeputte vrouw op het bed, klopt nog.

'Het leeft,' zegt hij als ze de snikhete kamer binnenkomt.

'Hou het lager,' zegt Dora. 'Zo krijgt het niet genoeg bloed.' Ze neemt niet de tijd haar jas uit te doen maar rukt haar tas van haar rug en trekt hem open. Ze neemt de zeep eruit en wast haar handen in de emmer, dan pakt ze de baby over, die geen moment is gestopt met huilen – een troostrijk geluid – en zet een klemmetje op de navelstreng. Het kloppen houdt op. Ook het huilen. Dora kijkt bezorgd naar de baby. Dan knipt ze met de speciale schaar uit haar rugzak de navelstreng door en legt het kind aan de borst van Marit.

'Drink maar, ventje,' fluistert ze.

'Is het echt een jongen?' vraag Marit.

'Een nieuwe man,' zegt Pauli trots.

Een lange, zwarte winter

– tien jaar –

Henrik prikt met een vork in de aardappelen. Hij giet de pan af in een emmer op het aanrecht. Unnar zet twee borden op tafel en Henrik de dampende pan. De twee mannen zitten als gewoonlijk tegenover elkaar, steken ieder hun vork in de pan, halen er een aardappel uit en pellen de schil eraf. Henrik, met zijn lange baard, mist een groot deel van zijn tanden en prakt zijn aardappel voordat hij hem eet. Unnar, met zijn korte baard, houdt de hele aardappel op zijn vork en bijt er stukken van af.

'We gaan vannacht met de jongens uit Nes naar de terrassen.'

'Hmm,' bromt Henrik.

'Mag ik jouw touw?'

'Hmm.'

'Of wil je zelf mee?'

Henrik schudt zijn hoofd, zijn ogen zijn rood. Unnar wil vragen hoe dat komt maar houdt zich in, hij weet dat Henrik geen antwoord zal geven.

'Esbern gaat mee.'

Henrik kijkt even op. In zijn ogen een verbaasde blik.

'Hij gaat niet op de rotsen, dat kan hij niet. Hij doet de boot.'

'Hmm?'

'Zijn eigen boot.'

'Hmm.'

'Je weet toch dat hij en Niklas een boot hebben gemaakt?'

'Hmm.'

'Jawel, hij blijft drijven.'

'Hmm.'

'Ik kwam de zoon van Simon tegen, die vertelde dat Susanna een feest geeft voor haar verjaardag. Ik denk dat ik ga.'

Om Henriks mond verschijnt een zachte glimlach.

'Ga je mee?'
'Ja!'
'Echt?'
'Hmm.'
Lichtelijk verbaasd neemt Unnar nog een hap van zijn aardappel en zegt met volle mond: 'Als we ze kunnen vangen vannacht dan geven we haar een paar jan-van-genten, die vindt ze lekker.'
Henrik staat op en haalt iets uit zijn slaapkamer. Hij zet een vingerlang en vingerdik, rond, zilvergrijs plastic ding op tafel.
'Wat is dat? Je gaat een meisje dat vijftien wordt toch geen kogel geven?'
'Hmm.'
Unnar pakt het ding beet en bekijkt het van alle kanten. Op de zijkant zijn sierlijke lettertjes gegraveerd, op de onderkant zit een klein rond stickertje – MADE IN ENGLAND NO. 563 – en halverwege sluit er een dunne zilverkleurige bies omheen.
'Wat is het?'
'Hmm.'
Unnar voelt dat de twee kanten aan beide zijden van de zilveren bies elk een andere kant op kunnen draaien. Dan ziet hij dat het een dop is die ergens op zit en die hij eraf kan draaien. Onder de dop is een zilverkleurige huls waarin iets roods zit. Er stijgt een onbekende geur op uit het kokertje. Als hij zijn vinger in het gaatje waarin het rood zit wil duwen, protesteert Henrik.
'Zeg dan wat het is!' zegt Unnar geïrriteerd.
Henrik pakt het ding uit zijn handen. 'Lippenstift,' bromt hij en hij draait aan de onderkant. Een knalrode punt komt tevoorschijn.
Unnar kijkt verwonderd naar het onbekende voorwerp. Hij weet nog dat zijn moeder vroeger rode lippen had als er feest was maar hij kan zich niet herinneren hoe ze die kreeg. Ook rook ze heel lekker op zulke dagen. Hij pakt de lippenstift voorzichtig weer uit Henriks handen en kijkt gefascineerd naar het rode ding. Hij snuift de vreemde, lekkere lucht op.
'Heb je die al die jaren voor haar bewaard?'
'Hmm.'
'Wat zal ze daar blij mee zijn!'
Het is net of Henrik begint te blozen. Hij pakt de lippenstift weer

uit Unnars handen, draait hem weer in, doet de dop erop en stopt hem in zijn zak.

'Voorzichtig,' zegt Unnar opeens bezorgd, alsof het zíjn cadeau is.

~

In het duister klimt de eerste man omlaag. Hij mag geen enkel geluid maken, want bij het minste of geringste worden de vogels wakker en kun je ze niet meer pakken. Unnar is de tweede. De paarse jas van zijn moeder, die hij allang niet meer draagt, gebruikt hij wel tijdens de jan-van-gentenjacht. Hij heeft de naden in de oksels losgeknipt zodat hij hem weer past.

Ook de mannen die het touw laten vieren zeggen geen woord. Ieder kent zijn taak. Een jongen die voor het eerst mee mag, daalt als laatste af op het plateau. Allemaal hebben ze een jas of lap bij zich en een knuppel.

Thuis wachten hun vrouwen en moeders angstig, want hoewel de buit van de mannen variatie brengt in het eentonige dieet van schapenvlees, vis en wat aardappelen, weten ze dat de meeste doden vallen tijdens de vogeljacht. Vooral die op de jan-van-genten, waar ze in het donker moeten afdalen van de door erosie aangetaste rotsen – een loszittende steen kan het einde zijn van een vader of zoon. Ook het vangen van de vogels op de glibberige plateaus zelf, is levensgevaarlijk. Eén verkeerde stap betekent niet het einde van de vogel, maar dat van de man.

Unnar zoekt de stapjes waarop hij kan staan. Hij balanceert op een kleine rotspunt en kijkt over zijn schouder naar beneden. Bij het schijnsel van de wassende maan ziet hij de lichtende hoopjes veren op de rotsen slapen. Zo meteen zullen ze razendsnel moeten handelen. Hij probeert de kuilen en gaten onder hem goed in zich op te nemen, de plekken die hij moet mijden, waar hij kan uitglijden en vallen als hij zich op de slapende vogels stort. Vijftig meter beneden hem ruist de zee. Over een uur of vier, als het weer licht is, zal Esbern met zijn boot komen en zullen zij de dode vogels aan hun vleugels als discussen naar de roeiboot werpen en zal Esbern ze met een stok uit zee haken.

De rode lippenstift komt almaar terug in zijn hoofd. Hoe komt Henrik eraan? Heeft hij hem al die jaren bewaard of heeft hij hem recentelijk geruild of gevonden? Henrik zegt nooit iets over vroeger, alleen die eerste weken in de vuurtoren heeft hij gepraat, maar dat is lang geleden, en Unnar kan zich van de dronkenmanspraat niet veel meer herinneren, wel de bloeddoorlopen ogen zoals hij die vanmiddag opeens ook weer had. Zou Henrik ergens alcohol hebben gedronken? Voor hij zijn gedachte verder kan laten stromen, laten de mannen boven het touw vieren en moet hij tastend verder zoeken naar zijn volgende stap.

Als moordende geesten dwalen de mannen over de plateaus, ze werpen hun doek of jas over de slapende vogels, knielen snel neer om met de knuppel het beest een stille klap te geven. Ze denken niet aan eten of aan de lange winter, wanneer gedroogde vis, vogel- en schapenvlees het enige voedsel is, omdat de ruige zee niet bevist kan worden. De mannen zijn slechts geconcentreerd op hun gevaarlijke klus en willen niet zelf sterven.

~

De wolken zijn hoog en de regen valt ver weg. Met grote precisie trekt Birta de grasjes en het onkruid weg om de rabarber, rapen, bieten en wortelen kans te geven alle voeding uit de arme grond te kunnen opnemen en er niets gestolen kan worden door de ongewenste ondergroei. Door de jaren heen heeft ze geleerd hoe ze de aarde moet bewerken, hoe ze de meeste opbrengst genereert en hoe ze genoeg zaad overhoudt voor het jaar erop. De uien in de tuin van Frimann waren nooit boven de grond gekomen en de derde zomer na de Storm was er zo veel regen gevallen dat de oogst verrotte voor ze volgroeid was. Maar sinds vijf jaar had ze iets verder van de kerk verwijderd een eigen landje toebedeeld gekregen met een goede afwatering. Gormur had er van basaltblokken een stevige muur omheen gebouwd zodat de schapen er niet bij konden, net als de venijnige lentewind. Sindsdien bloeide er in mei engelwortel – voor de vitamine c –, waren haar aardappelen elk jaar ietsje dikker, de wortels een beetje langer, de rapen een tikje ronder en de bieten een fractie zoeter geworden. Elke herfst na het binnenhalen en inkuilen van de oogst legde ze de plaggen terug op de bodem zodat de harde winterwind de aarde niet zou verstuiven. Ook bedekte ze de grond met zeewier dat ze van de rotsen schraapte en wierp ze alle visresten op het land. Veel van die overblijfselen werd weer opgevreten door de meeuwen, maar die poepten tijdens het vreten.

Zo had ze in de loop der jaren de grond vruchtbaarder gemaakt en ze weet dat als het weer niet tegenzit dit haar allerbeste seizoen gaat worden sinds ze de koelbox met zaden heeft gevonden. Het enige wat tegenwerkt zijn haar handen. Die zijn dik en stijf en als ze het onkruid uittrekt doet het haar zeer, en haar ogen zijn 's avonds zo rood dat het moeilijk kijken is. Ze is al een paar keer van plan geweest om naar de negerin te gaan, die vast wel een manier weet om de pijn weg te halen, maar steeds heeft ze geen tijd.

Op het pad hoort ze Óli aankomen. Zijn slepende voet, overgehouden van een val van de rots die hij op miraculeuze wijze heeft overleefd, is zeer herkenbaar. Ze weet dat hij zo over de muur zal komen leunen en haar vragen hoe het gaat.

'Hoe gaat het, Birta?'

'Goed, Óli, en met jou?'

'Zolang de Heer mijn herder is, ben ik Zijn knecht,' slist hij.

'Was je mijn knecht maar,' klinkt de stem van Gormur. Birta had haar man niet horen aankomen.

'Dag, Gormur,' lispelt Óli, die bijna geen tanden meer in zijn mond heeft, 'ik dien maar één meester, dat weet je.'

'Kun je mij toch niet even helpen dat hek naast de schuur te verplaatsen?'

De dorpsgenoten lopen babbelend samen verder. Birta is blij dat de mannen sinds Óli's ongeluk gestopt zijn met het gehakketak over of God nou wel of niet bestaat. Ze vermoedt dat het vooral Gormur is die milder is geworden, omdat nooit eerder iemand zo'n val als die van Óli had overleefd. Ze wrijft haar handen, de stekende pijn wordt steeds erger. Misschien moet ze vanavond weer het kookwater van de aardappels opdrinken en niet gebruiken als heet water voor in haar slaapkruik. Ze staat op. Ze veegt haar handen af aan haar broek, een die ooit van Frimann is geweest. Na het gebruik van zijn tuin was ze ook zijn huis ingegaan en had in zijn kleerkast de diverse wollen herenkostuums gevonden die hij altijd droeg tijdens de ministersvergaderingen. De jasjes pasten Gormur, maar de broeken waren hem veel te kort en pasten haar goed. In de winter droeg ze twee van die broeken over elkaar, want hoewel er nog steeds genoeg wrakhout was, slonk de voorraad elk jaar fors. Het vuur mocht nooit uitgaan, anders moesten ze *het leven* bij de buren of zelfs in een ander dorp gaan halen, en reizen met vuur lokt *de andere mensen* aan, die ze liever laat slapen.

Birta loopt terug naar het huis, haar ogen tranen en ook haar voeten doen zeer. Aan het eind van de weg ziet ze Óli en Gormur een hek naar de schuur slepen. De ooien zijn boven in de bergen met hun lammeren, en de rammen zijn in het dorp, die worden pas begin november losgelaten om voor nageslacht te zorgen. Ze gaat het huis binnen, loopt langs de koe, die rustig staat te herkauwen, doet de volgende deur open, gaat de keuken in, zinkt neer op een stoel en knoopt haar schoenen uit. De schoenen heeft ze gevonden in het huis van Elias, de minister van Visserij, die schuin achter Frimann woonde. Zijn vrouw had precies dezelfde maat als Birta en toen het stiksel van haar stevige schoenen kapotging heeft ze ze omgeruild. Ze trekt haar sokken uit. Ook die zijn oorspronkelijk niet van haar, die heeft ze weer in een ander huis gevonden. Vaak is ze blij dat niemand destijds bagage mocht meenemen, soms wordt ze zwetend wakker, bezorgd over wat ze moet doen als ze allemaal terugkomen, ze zullen nooit in staat zijn alles wat er is 'geleend' terug te betalen. Ze schept wat water uit de ton in een teiltje en zet het op de grond. Ze steekt haar voeten erin. Het water is koud maar het brengt enige verlichting. Ze kijkt naar haar tenen, die net als haar vingers op ouderwetse knakworstjes lijken zoals ze die weleens opwarmde wanneer de ministers erg lang doorvergaderden. Ze glimlacht bij de herinnering. Birta vindt het heerlijk, in tegenstelling tot haar man, om weg te dromen in oude herinneringen. De geur van de worstjes terugroepen maakt dat ze het koude water niet meer voelt en soms, als ze maanden achtereen niets anders dan melk, boter, gekookt schapenvlees, gedroogde papegaaiduikers en griend hebben om te eten, kan ze tijdens de maaltijd een geur van vroeger terughalen zonder dat iemand het kan zien.

'Godverdomme!' hoort ze Gormur roepen.

'Misbruik niet Zijn naam,' gaat Óli eroverheen.

'Die klotebeesten!'

Birta stapt uit het teiltje en loopt naar het raam. Buiten ziet ze dat de rammen zijn ontsnapt en dat Gormur zijn honden fluit om de beesten weer bij elkaar te drijven. Ze gaat terug naar haar stoel en zet haar voeten weer in het teiltje. Ze hoort de honden blaffen, Gormur fluiten en de rammen over straat rennen. Ze legt haar handen in haar schoot en kijkt naar de opgezwollen vingers, die vroeger ratelend konden typen. Ze probeert haar vingers wat te bewegen en 'typt' op haar knieën: *ik moet morgen naar de negerin*. Buiten klinkt weer geschreeuw. Lars, die ze tegenwoordig de Kleine noemen, is terug van zee. Zou hij veel gevangen hebben? Voor haar wortels ruilt hij graag wat kabeljauw.

'BIRTA!!!'

Ze hoort aan Gormurs stem dat er iets heel ergs is gebeurd. Ze springt uit het teiltje en neemt niet eens de tijd om haar voeten te drogen. Ze rent naar buiten en ziet dat Óli aan het eind van de weg met een van de rammen uit haar ommuurde landje komt. Ze voelt de pijn niet meer, rent omhoog, langs de kerk, het pad op, langs Óli, die de bokkende ram voorttrekt aan zijn hoorns, langs de muur en het openstaande hek door. Ze verstijft als ze de ravage ziet, de opengewoelde grond, de losgetrokken rapen, de resten van de opgevreten wortels ...

~

'Kom je?' Unnar staat in de zon bij de deur en duwt de twee geplukte jan-van-genten in zijn rugzak. Roest, de jonge hond, loert van een afstandje kwijlend naar de dode vogels. Unnar heeft zich vandaag extra gewassen, zijn haren gekamd en schoenen aangedaan. Hij houdt niet van schoenen. Het liefst loopt hij op rubberlaarzen, dan houdt hij droge voeten en heeft hij grip op de glibberige grashellingen. De schoenen knellen omdat de sokken die mevrouw Poulsen voor hem heeft gebreid veel te dik zijn. Hij neemt zich voor dunne sokken, zoals hij zich herinnert dat zijn vader vroeger droeg, te gaan zoeken. 'Kom je!' roept hij nogmaals. 'De koe heeft voer en een van de jongens zal voor hem zorgen.'

Henrik schuifelt naar buiten, zijn bloeddoorlopen ogen zijn nog roder. Hij heeft een sjaal omgeknoopt, wanten aan, een muts op en een dikke jas aan.

'Moet je wel meekomen?' vraagt Unnar bezorgd.

'Hmm.'

'Ik denk dat je beter in bed kan blijven.'

'Hmm.'

'Ik kan het cadeautje toch namens jou geven?'

Henrik protesteert.

'Het is vierenhalf uur lopen! En als er onderweg weer honden zijn?'

Henrik tilt zijn stok op, trekt de deur dicht en loopt de weg op die het dorpje uit leidt. Unnar ziet dat hij probeert niet te sloffen. De oude man lijkt sinds een paar dagen al zijn energie te zijn verloren. Unnar fluit en wenkt naar Roest dat ze naast hem moet blijven. Teleurgesteld komt het beest terug.

Unnar loopt naast de oude man over het gebarsten asfalt, waaruit overal planten en gras groeien. Als ze in dit tempo voortsjokken zullen ze zeker acht uur onderweg zijn, maar hij zegt niets en loopt rustig naast Henrik voort. Hoog in de lucht ziet hij een v-formatie regenwulpen die hun najaarstrek zijn begonnen. Hoe ver zijn de andere landen, waar de oude mensen altijd over praten? Langs de kant van de weg bloeit nog rode dophei, de donkerroze purperkleurige bloempjes zijn de laatste vóór de winter en de besjes aan de kraaiheide glimmen in de zon. Unnar merkt nu ze de berg opgaan dat de tred van Henrik nog langzamer wordt. Dus heeft hij tijd genoeg om elke goede steen op te rapen en iets verderop op de steenhopen langs het pad te leggen zodat ze groter en duidelijker worden.

Unnar breekt een stengel van een plant die in de beschutting van een steen groeit en stopt die in zijn mond. 'Wil je ook?'

'Hmm.'

'Engelwortel is gezond, dat weet je.'

Unnar geeft Henrik een stengel.

'Ik wil even zitten,' zegt Henrik.

'Hier, of verderop bij de oude schuur van Sálamon?'

Henrik zinkt neer op een stuk steen langs de weg.

Unnar trekt een fles water uit zijn rugzak.

Henrik schudt zijn hoofd.

'Je moet wel drinken,' zegt Unnar.

'Hmm.'

'Kom, drink wat,' dringt Unnar aan en hij kijkt bezorgd naar de bloeddoorlopen ogen van Henrik.

De oude man schudt zijn hoofd.

'Henrik, je moet drinken!'
'Niet uit jouw fles,' bromt Henrik.
'Waarom niet? We drinken altijd uit één fles.'
'Ik ben ziek.'
'Dan moet je juist drinken.' Hij duwt de fles in Henriks handen.
Met zijn oude wanten omklemt Henrik de fles, buigt zijn hoofd achterover en giet water in zijn mond zonder de fles aan te raken.
'Wat heb je?'
'Hmm.'
'Hoe weet je dan dat het besmettelijk is?'
'Hmm.'
'We moeten niet naar het feest gaan.'
Henrik staat meteen op en begint weer te lopen.
Unnar kijkt naar de rug van de koppige oude man die per se naar het feest van zijn kleindochter wil. Henrik, die nooit verjaardagen bezoekt, nog nooit voor de grote vergadering de berg is overgetrokken, de man die altijd in en rond het dorp bezig is met zijn schapen en de aardappelen, of met zijn boot de zee op gaat, heeft plotseling haast.

'We moeten stoppen, Henrik, het wordt al donker, straks krijgen we last van honden.'
De man luistert niet maar schuifelt door. Roest loopt tussen hen in.
'Henrik, hier kunnen we slapen, dit is de laatste schuilplaats voor Havenstad.'
De man sjokt door.
'We zijn toch al te laat. Ze is pas vijftien! Dan feesten ze niet de hele nacht.'
De oude man stopt niet.
Unnar vult zijn fles bij de stroom en drinkt. Ook zijn hond drinkt. Het water is tintelend koud. Iets verderop donderen de watervallen over de rotsen. Aan de horizon verschijnt de maan.
'Laten we dan even wat eten!'
Henrik loopt verder zonder om te kijken.

Heel vaag ziet hij een schijnsel. Brandt daar een kaars zoals ze die maken van het uitgekookt vet uit de kop van de griend? Zou het een huis zijn? Henrik komt amper nog vooruit. Unnar heeft zijn arm door die van de oude man gestoken en hij had niet geprotesteerd, toen hij hem echter op zijn rug had willen nemen had hij gevloekt en dus sjokten ze stapje voor stapje voort, arm in arm naar het licht in de verte.

Het is dat hij het stratenpatroon van de stad waar hij is geboren kent, anders waren ze verdwaald. De maan is verdwenen achter een dicht wolkendek en een miezerregen ontneemt hun het laatste beetje zicht. Overal liggen stenen, geen rotsen maar gebroken bakstenen, gipsblokken en betonsteen van vernielde of half ontmantelde huizen. Als ze het water van de haven ruiken trekt Henrik zijn arm uit die van Unnar en versnelt hij zijn pas. Roest begint te kwispelen.

In de kliniek is het donker. Unnar merkt dat Henrik teleurgesteld is maar als ze de zijstraat in lopen en het woonhuis zien, gaat zijn adem sneller en recht hij zijn rug. Binnen brandt licht en langs de gevel is een slinger gemaakt van allerlei stukjes gekleurd oud plastic. Ze horen het gezang door de ramen heen komen.

Henrik legt zijn want op de deurknop en draait zich om naar Unnar. 'Bedankt,' zegt hij, voor hij naar binnen strompelt.

'O-pa!' De heldere stem van het meisje klinkt harder dan het gezang van de mannen. Ze rukt zich los uit de dansende rij waarmee de kleine huiskamer is gevuld. Ze spreidt haar armen en wil Henrik omhelzen.

'Vader?' Esbern stapt ook op zijn vader af. Hij is bezweet van het dansen. 'We hadden je niet meer verwacht.'

Het zingen houdt op en men kijkt naar de twee mannen die binnenkomen. Er wordt geknikt en gegroet. Dora trekt wit weg als Susanna de muts van haar opa's hoofd trekt en ze de bloeddoorlopen ogen ziet.

'Susanna!' roept ze en ze trekt haar dochter weg van haar schoonvader.

Henrik kijkt haar begrijpend aan.

Dora kijkt naar zijn wanten.

Henrik knikt.

'Kom mee,' zegt Dora.

'Opa, niet weggaan, je bent er net ...'

Henrik perst zijn hand met want en al in zijn broekzak. Het lukt bijna niet, maar hij haalt de lippenstift eruit en geeft hem aan Susanna.

Het meisje kijkt verbaasd naar het plastic buisje, ze heeft geen idee wat het is, tot haar moeder het uit haar hand pakt, de dop eraf trekt en de rode stift eruit draait.

De magere tiener met de lange, sliertige haren begint te gillen: 'Een lipstick! Ik heb van mijn opa een echte lipstick gekregen!' Ze danst door de kamer.

Het gezang zet weer in en Dora trekt Henrik met zich mee de kamer uit.

'Je had niet moeten komen,' zegt Dora heel zachtjes.

'Ik wilde haar nog één keer zien.' Hij trekt de wanten van zijn handen en toont Dora zijn dikke opgezwollen vingers.

~

Unnar, Esbern, Susanna en Niklas dragen de kist van wrakhout. Door de open kieren kan Unnar de stof van het laken zien dat om het lichaam van Henrik is gewikkeld. Dora en mevrouw Poulsen lopen met de andere begrafenisgasten achter de kist, hun jassen en sjaals wapperen. Niklas, sinds drie jaar voorzitter van de Eilandraad, heeft een hoge hoed op, een gebruik dat hij zelf heeft ingesteld – hij moet hem met zijn vrije hand vasthouden, anders waait hij van zijn hoofd.

De 'zwelkoorts' noemen ze de ziekte waar steeds meer mensen aan doodgaan. Niemand weet waar het vandaan komt. Op een dag was het er gewoon, meegewaaid met de wind? Opgeborreld uit de grond? Neergeregend? Aangespoeld? Zit het in de uitwerpselen van de koeien die ze tegenwoordig in hun huizen houden? Om besmetting te voorkomen probeert men de opgezwollen zieke niet aan te raken en verbrandt men diens kleren en beddengoed. Een medicijn is er niet, Dora's kruiden brengen geen verbetering en ook de geheimzinnige rituelen van de negerin kunnen de ban niet breken. Leeftijd of geslacht, gezond of zwak, op het oostelijk of het westelijk eiland, het maakt niet uit. Zelfs nu de tunnel niet meer gebruikt wordt omdat de gegraven verbindingsweg tussen de eilanden is volgelopen met zeewater en de mensen weer naar de overkant moeten roeien zoals hun grootouders dat deden, duikt de vreemde ziekte overal op. Een boerin op het oostelijk eiland had als eerste last van haar ogen gekregen. Na een paar weken, toen bij haar de vingers al gezwollen waren, kreeg op het westelijk eiland, in de boerderij bij de sleuf, Klompie last van zijn ogen. Bij beiden begon al snel de huid te barsten, ze verloren het zicht uit hun ogen, hielden geen voedsel of vocht meer vast en stierven binnen een paar weken. Toen de eerste doden waren begraven begonnen de Westelijken de Oostelijken te beschuldigen en vice versa, maar omdat de winter op komst was, bleef het bij roddelen tijdens het dagelijkse zwoegen. Hun drooghuisjes hangen nog maar half vol, de rammen moeten naar de ooien en vóór de komst van de eerste echte herfststorm moet het laatste gras nog van het veld.

Bij gebrek aan een door de kerk aangestelde geestelijke voorganger is het al jaren de taak van de dorps- of eilandraadvoorzitter een waardig woord te spreken bij het neerlaten van de kist. De ouwe kroegbaas neemt zijn hoge hoed af en buigt zijn hoofd als de kist daalt. Wanneer de touwen er weer uit zijn, kucht hij en knikt naar de kist. 'Ik spreek, omdat als ik zwijg, we alleen jouw vriend de wind horen ...'

Esbern en Unnar kijken elkaar aan, ze glimlachen, en terwijl Niklas doorpraat over de vuurtorenwachter, zijn heldendaden en zijn kunst aardappelen te vermeerderen, raast een bitterkoude wind over het kerkhof.

'... wil ik afsluiten met het gebed dat wij allen kennen. Onze Vader Die in de Hemelen zijt, Uw Naam worde geheiligd ...'

Men prevelt mee.

Unnar niet. Hij staart naar de krakkemikkige kist die in het gat ligt dat hij heeft gegraven. Of de heldendaden die de voormalige kroegbaas beschreef echt zijn weet hij niet, maar het is fijn om te horen. Zijn blik glijdt over de mensen rond het graf. Allen staan met gebogen hoofd en gesloten ogen. De kleine gemeenschap is samengekomen voor de begrafenis, het maakt niet uit of men de overledene lang niet heeft gezien of misschien een hekel aan hem heeft, bij een begrafenis kom je samen. Zijn oog valt op Susanna, ze staat met gebogen hoofd, haar handen samengevouwen, haar lange blonde haren als een scherm voor haar gezicht.

'... en de kracht en de heerlijkheid,' bidt de groep, 'tot in eeuwigheid, amen.'

Susanna kijkt, net als de mensen om haar heen, weer op.

Unnar is hogelijk verbaasd. Het meisje dat hij zijn nichtje noemt, kijkt hem aan, haar lippen knalrood. Snel kijkt hij weer naar de kist. Om even later stiekem weer op te kijken en meteen zijn ogen weer neer te slaan als hij merkt dat Susanna nog steeds naar hem kijkt. Het liefst zou hij snel zijn weggegaan maar er wordt van hem verwacht dat hij het graf dichtgooit, dus pakt hij de schop en begint aarde op de kist te gooien.

Hij hoort niet de doffe dreunen die de aarde op de wankele kist veroorzaakt, hij hoort alleen de hoge stem die aan hem vraagt of het gaat. Hij ziet niet de laatste glimp van de kist van de man die tien jaar als een vader voor hem is geweest, hij ziet alleen de kleine voetjes in damesschoenen die naast hem zijn komen staan. Hij voelt niet de kille wind die over de grote, boomloze begraafplaats scheert, hij voelt alleen de warmte van het meisje naast hem.

'Als je klaar bent, kom je dan mee naar huis?' klinkt haar stem.

Hij knikt zonder te kijken, steekt de spa weer in de hoop en schept de aarde terug in het graf.

'Tot zo,' zegt ze.

Hij zegt niets maar werkt des te harder. Schep na schep. Pas als er een kleine langwerpige bult ontstaat, kijkt hij weer op. Er is niemand meer, ook Henrik niet, beseft hij opeens. Een hond, een vogel, of de katten van mevrouw Poulsen, hebben ze, als ze doodgingen, nooit begraven. Dood is dood. Je gooit het karkas in zee. Hadden ze Henrik niet in de zee moeten gooien, zoals hij hem ooit had verteld op de rots met de vuurtoren? Mist de zee Henrik niet, en Henrik de zee, de enige met wie hij daadwerkelijk sprak?

Unnar brengt de schop naar het schuurtje naast de kapel. Hij loopt de weg af langs het oude ziekenhuis, waarvan de deur klappert, langs de bibliotheek, met de neergelaten rolluiken, langs het geknakte skelet van de melkfabriek, langs de sporthal, waar geen ramen meer in zitten, langs het half ontmantelde winkelcentrum, sommige gebouwen hebben nog ramen, andere zijn lang geleden tijdens de Grote Brand of later door stormen en materiaalzoekers verworden tot ruïnes, waar brokken gasbeton en puin de constant klapperende stukken metaal krampachtig vasthouden. Unnar dwaalt door wat ooit de stad was waar hij door zijn moeder naar school werd gebracht, waar zijn vader elke ochtend naar zijn werk vertrok om vogels te bestuderen. Hij mijdt de haven, waaraan de kliniek ligt en het huis van de mensen die hij zijn familie is gaan noemen.

Hij komt in de straat waar hij is geboren. Het huis van mevrouw Poulsen lijkt onaangetast. Er staat zelfs een verbleekte plastic plant voor het raam. Elke keer als ze over de berg komt gaat ze erheen en stoft ze hem af. Achter het kleine raampje van de voordeur hangt een briefje waarop staat: *Ik woon tegenwoordig in de oude school van Nes, mocht u vragen hebben kunt u mij daar vinden.* Waar zijn huis heeft gestaan ligt nog steeds de hoop stenen, die kleiner is dan hij zich herinnert, en er groeit overal gras tussen. Het houten schuurtje aan de zijkant is ingestort en uit elkaar gewaaid. Unnar klimt op de hoop. Wanneer hij het uitzicht weer ziet zoals hij het zag als klein kind, krijgt hij een brok in zijn keel. Niet de herinnering aan de verdwijning van zijn ouders, maar het plotselinge verlies van Henrik overvalt hem. Hij is opnieuw alleen.

Vanuit de puinhoop waarop hij zit komt een rode poes tevoorschijn. Het beest keert zijn rug naar Unnar en begint zich te likken. Unnar zoekt in zijn zakken of hij nog een stukje gedroogde vis bij zich heeft, vindt wat, houdt het op en met een klak van zijn tong probeert hij de aandacht van de kat te krijgen. Het beest kijkt even over zijn schouder, maar bij het zien van de lange jongeman met zijn baardje, de blonde lokken die van onder de pet uitspringen en de dikke zwarte jas, draait het beest zich weer om en concentreert zich op het schoonmaken van zijn poot. *Tjik, tjik,* klakt Unnar met zijn tong. Geïrriteerd kijkt de kat om en ziet nu pas de bewegende hand die iets beethoudt. Wantrouwend tuurt hij en snuift de geur op van iets wat hij lekker vindt.

'Ben jij een nakomeling van de katten van mevrouw Poulsen?' vraagt Unnar zachtjes.

De kat sluipt naderbij, zijn ogen strak gericht op het stukje vis dat beweegt in Unnars hand. De kat schiet vooruit, slaat haar poot in het stukje vis en glipt terug haar schuilplaats in.

'Woon jij tegenwoordig in mijn vaders werkkamer?' Unnar knielt boven het gat en gluurt omlaag. Hij ziet de schots en scheve brokken puin, die door de dotten gras tot een geheel zijn gegroeid.

Hij denkt aan de nacht waarin hij Henrik leerde kennen en ze samen hadden gegraven tot ze de keukenkast hadden weten open te krijgen en Henrik alle drank achter elkaar opdronk. Zonder opzet of bedoeling duwt hij tegen het brok steen dat hem tien jaar geleden te zwaar was. Het is vastgegroeid door het gras. Hij trekt het gras ertussen uit en begint de steen los te wrikken. Als het loskomt merkt hij dat hij het brok beton nu moeiteloos kan optillen. Hij gooit het opzij en wrikt nog een stuk los. De kat schiet weg. Unnar wrikt een volgend brok los, en nog een, en nog een, en nog een. De lichtblauwe verf van de gang, een stuk rood uit de keuken, de kapstok. Herinneringen die hij dacht niet te hebben komen terug. Hij ziet een muur die dezelfde donkerblauwe kleur heeft als de trap die vroeger naar de kelder leidde. Unnar trekt aan de steen, maar die zit niet los. Dit is gewoon nog muur. Hij begint de stenen en brokken die het trapgat hebben gevuld weg te halen. Ontdaan kijkt hij naar de eerste tree. De trap is nog precies zoals hij tien jaar geleden was, alleen liggen er zand, stof en gruis op. Hij veegt het weg. Hij kan bijna zijn moeder horen stofzuigen als hij thuiskomt van school. Hij weet weer dat het huis altijd warm was en dat hij binnen nooit een trui droeg, dat de vloeren warm aanvoelden als hij er op blote voeten overheen liep. Een voor een brengt hij de stenen omhoog en gooit ze van de berg. Hij wordt niet moe, hij heeft geen dorst. Hij graaft net zo lang tot hij bij de deur is die hij als jongetje zo vaak heeft opengedaan. Hij kijkt naar de deurklink, die er nog op zit alsof er niets is gebeurd.

Hij legt zijn hand op de deurkruk. Hij is nu net zo diep onder de grond als Henrik. Als hij deze deur opendoet stapt hij in de wereld van de doden, van hen die zijn verdwenen, die alleen nog bestaan in dromen en herinnering. Moet hij teruggaan? Het trapgat weer volgooien, zijn hond ophalen, de berg over gaan, terug naar huis? Moet hij vergeten wat hij heeft gevoeld vandaag? Deze dag uit zijn geheugen wissen? Hij trekt de deur open. Hij knarst over het zand dat op de vloer ligt. Een muffe geur dringt in zijn neus. Hij kijkt naar de grijze lucht boven hem, waar wolken samenstollen. Op de rand staat de kat wiens huis hij heeft geruïneerd.

'Miauw,' mauwt de kat.

Hij knikt naar het beest en stapt de pikdonkere gang in.

Unnar is gewend om zich door het donker te bewegen. Sommige mensen hebben een door Esbern gemaakt windmolentje op het dak staan, zodat ze een lampje kunnen branden, maar Henrik hield van kaarsen, en zeker niet van gunsten vragen aan zijn zoon. Het verwondert Unnar hoe droog het voelt in de kelder. De meeste onverwarmde huizen waren na een paar maanden zonder verwarming veranderd in vochtige ruimten waar schimmel en rot hun werk deden. Het schiet hem te binnen dat er een kastje moet staan. Hij steekt zijn hand uit en voelt het hout. Dan voelt hij de sponning van de deur. Hij vindt de klink. Voorzichtig duwt hij die omlaag. De deur knarst open en de muffe, bedompte geur is meteen veel sterker.

'Unnar! Waar ben je! Un-nar!' De paniek in haar stem. Het geweld van de wind. Het breken van glas. *'UNNAR!'*

Hij voelt weer hoe hij snel de scherven onder het bureau duwde, de zaklamp liet vallen en naar boven rende. Hij zakt op zijn knieën en tast de tegels af. Hij voelt de poot van het bureau, een prop papier. Dan glijdt zijn hand op de knijpkat.

Hij knijpt en schrikt als opeens een lichtbundel door de ruimte schiet. Hij wil stoppen met knijpen, bang het verleden te wekken. Toch schijnt hij voorzichtig om zich heen. De honderden opgezette vogels lijken de indringer aan te kijken. Aan het plafond hangt boven het bureau nog steeds de imposante grote jager. De donkere vogel met zijn haakse snavel als een begerige klauw, zijn vleugels wijd in een duikvlucht voor de aanval. Bij het schorre geluid van de knijpkat glijdt het licht over de tekening van het jongetje op de ganzerik, de wand met de honderden boeken, het bureau met de stapels mappen, schriften en papieren, de computer, de muziekinstallatie, een halfvolle fles met een glas, een bakje pennen, een foto ... Hij schrikt, even stopt hij met knijpen, het licht dooft. Dan pakt hij het lijstje op en begint hij weer te knijpen. Hij kijkt naar de baardloze man en de vrouw met bril en rode lippen, tussen hen in een kleine jongen die zijn voortanden mist. Ze lachen alle drie naar de camera. Unnar herkent ze, maar herkent ze tegelijkertijd ook niet. Hij heeft zijn ouders in al de jaren dat ze alleen nog in zijn herinnering leefden, veranderd. In zijn hoofd hadden ze geen volledig gezicht, geen lichaam. Het waren details, een mondhoek, een expressie, een geur, een gevoel van een stem, de gedachte aan een grote warme hand of een lok die steeds voor de ogen viel. Op de foto zijn ze compleet, ook al lijken ze leeg. Oneindig ver weg zijn ze, het zijn anderen geworden, mensen die hij niet meer kent. Hij zet de foto terug op het bureau. Hij begrijpt niet hoe de kamer, die geen millimeter kan zijn veranderd sinds hij er voor het laatst is geweest, zo volledig anders is geworden. Zo klein en benauwd ...

Unnar schijnt op de vloer onder het bureau. Het papier met de restanten van de globe ligt er nog. Hij pakt een scherf en leest: ATLANTIS.

~

'Als ik ... er niet ... meer ben,' hijgt Hanus, 'dan moet je ... moet je ...'

Falala slaat op de trommel die ze van een opgespannen stuk koeienhuid en een emmer heeft gemaakt. 'Ssst,' sist ze en ze slaat met haar vlakke hand op het vel.

'Maar ... als ik er ... niet meer ...'

De zachte woorden die hij uit zijn verdroogde keelgat perst vergaan in het geweld dat haar handen produceren. Haar gezicht heeft ze ingesmeerd met boter en as. Haar wilde haardos is doorboord met lange splinters uit de botten van de stier.

Hanus heft zijn opgezwollen hand op. Hij wil dat ze luistert, maar het geroffel op de trommel zwelt aan en vult het huis.

'Luister ... naar me ... alsjeblieft ...' piept hij.

Haar ogen zijn gesloten, haar handen slaan genadeloos het ritme, haar borsten trillen, haar lippen zijn op elkaar geperst.

Hanus strekt zijn dikke hand en probeert haar arm te bereiken. Ze zit echter net te ver van hem vandaan. Hij wil haar aandacht, maar Falala kijkt of luistert niet. Ze trommelt haar wanhoop en angst weg. Ze roept haar goden aan. Smeekt hen naar haar te luisteren, hun doem te verplaatsen. Het kost hem al zijn kracht maar het lukt hem iets omhoog te komen, zijn ene hand trillend en reikend naar haar arm, zijn andere hand achter hem zich opduwend. Hij raakt haar aan.

'Nee!' gilt ze en met een sprong gaat ze achterwaarts, de trommel rolt over de vloer.

'Luister ... naar me,' hijgt hij, 'ik moet ... je iets zeggen ...'
'Straks.'
'Nee ... nu ...'
Ze pakt de trommel weer op maar zet hem niet meer tussen haar benen.
'Ik ga ... ik ga dood ...'
Ze kijkt hem strak aan.
'Ik ga dood, Falala ... hoor je me?'
Ze beweegt niet.
'Als ik ... dood ben ... en niet meer ... voor je ... kan zorgen ...' Zijn stem wordt steeds lichter, een gegorgel mengt zich erdoorheen. 'En niet ... meer voor ... de beesten ...'
Ze staart hem recht aan. Het is net alsof ze door hem heen kijkt.
'Ga naar ... het dorp ... van moeder ... daar zullen ze ... voor je ... zorgen ...' De laatste woorden perst hij eruit.

Het is ijzig koud geworden in de kamer. Falala heeft net als het lichaam naast haar niet meer bewogen. Buiten blaffen de honden. Langzaam beweegt ze haar hoofd. Ze is verstijfd. Haar handen zijn blauw, net als haar voeten en lippen. Ze heeft het geen nacht en weer dag voelen worden. Voor haar is het slechts één seconde geleden dat hij haar arm aanraakte en haar terugriep. Ze staat op en legt haar hand op zijn starende, bloeddoorlopen ogen. Met een heel lichte druk sluit ze die, dan pakt ze een flesje van de plank, draait het open en sprenkelt het bitter ruikende vocht op zijn gesloten ogen, zijn verkrampte mond en zijn gebarsten handen. Ze trekt de deken van zijn lichaam, vouwt die op en legt hem op een stoel. Ze pakt een doosje waarin een grijs poeder zit, neemt wat van het poeder tussen haar vingers en strooit het over zijn benen en voeten. Ze loopt naar de stal, melkt de koe en neemt de melk mee naar binnen. Ze doopt haar vinger in de emmer en tekent met de melk figuren op de grond rond het bed. Dan kleedt ze zich uit en smeert ook haar lichaam in met de lauwe melk. Ze pakt zijn broek, die aan de haak naast het bed hangt en trekt hem aan, ook zijn hemd, zijn sokken en zijn trui. De grove wol prikt in haar huid.
Ze gaat naar de kachel en merkt nu pas dat er geen vuur meer brandt. Ze kijkt ongerust om zich heen en ontdekt dat de lamp nog

aan is, alleen een heel klein zwak puntje brandt nog. Heel voorzichtig draait ze de toevoer open en giet een vettige substantie in de lamp. Het vlammetje licht op. Ze draait de knop hoger en de kamer wordt lichter. Ze haalt droog hout en turf uit de schuur en keert terug naar de kamer, waar ze de stukken onder het bed met het ontzielde lichaam legt. Meer wrakhout en turf brengt ze naar binnen, ook dat groepeert ze sierlijk rond het bed. Dan pakt ze de schaar en knipt haar haar af. Ze kijkt niet in een spiegel, lukraak vallen de plukken langs haar gezicht samen met de botsplinters op de grond. Ze glijdt met haar hand over haar kale schedel en voelt of alles eraf is. Ze veegt de lokken bij elkaar en verspreidt ze als een zwarte deken over de romp van de man, dan pakt ze een houtspaander van de grond en steekt die in de lamp tot hij vlam vat. Ze knielt neer en houdt het vuur bij de slip van het laken op het bed. Eerst wil het geen vlam vatten, maar als ze een lok van haar krullen erbij houdt knettert het en begint het laken te branden. Ze loopt naar de kapstok. Ze pakt zijn jas en trekt die aan, daarna zet ze zijn pet op. Bij de deur stapt ze in zijn laarzen en gaat naar buiten. Ze trekt de deur achter zich dicht. Het regent, en de gemene oktoberwind blaast door de vallei. Ze loopt naar de stal, zet de deuren wijd open en knoopt de koe los. Ze slaat haar op haar kont. Het beest loeit en blijft staan. Ze opent het hok van de rammen. Die laten het zich geen twee keer zeggen, bokkend vinden ze zich een weg naar buiten. Ze pakt een stok en slaat de koe nu daarmee op de kont. Harder deze keer. Het beest begint met tegenzin te bewegen. Sjokkend stapt het de regen in. Falala sluit de staldeuren. Ze trekt de pin uit de sluiting van het hondenhok. De beesten blaffen, ze hebben honger. Falala hoort het niet en loopt het pad omhoog. Door de ramen van de boerderij schijnt steeds meer licht.

~

'Laat me je handen eens zien.'

Leiki, het zoontje van Marit en Pauli, staat bij de deur. Hij denkt dat zijn moeder een spelletje speelt en houdt zijn handen op zijn rug. Marit kijkt hem streng aan. Beteuterd trekt hij zijn knuistjes tevoorschijn en houdt ze op. Marit bestudeert ze heel secuur en ook zijn ogen. Ze haalt opgelucht adem.

'Mama, mag de deur dicht? Het is koud.'

'Niet helemaal. Leg er maar wat tussen. Papa is nog niet thuis.' Ze werpt een bezorgde blik uit het raam en zegt dan: 'Kom, we gaan aan tafel!'

Leiki stuift naar zijn stoel en duwt bijna zijn bord op de grond.

'Rustig, straks breek je het, en moet je van de tafel eten.'

'Dan halen we toch gewoon een nieuw bord bij een lafaard,' zegt hij.

'Ik wil niet dat je hen zo noemt.'

'Iedereen noemt ze zo.'

'Wij zijn niet iedereen en als die dappere mensen destijds niet waren vertrokken hadden wij nu geen eten gehad.'

Hij tilt het deksel op en trekt een vies gezicht. 'Alweer!'

'Je moet blij zijn dat papa zo veel vogels heeft gevangen. Er zijn mensen die veel minder hebben.'

'Bij Simon eten ze bout,' zegt hij.

'Zijn vader heeft meer schapen dan wij,' zucht Marit.

'Waarom hebben wij zo weinig beesten?'

Marit schept de grauwe vleessoep in het bord van haar zoon en geeft geen antwoord. Ze denkt vaak terug aan de vele potjes en pakjes met diverse smaken bouillon, peper, kruiden, de overvolle vriezers, de kasten met pakken pasta, rijst en cornflakes, de koelkast met puddingen en sausjes in allerlei smaken en vruchten waarvan ze zich de smaak niet eens meer kan herinneren. Ze ziet op tegen weer een lange winter die voor de deur staat, ze is bang van de ziekte die over het eiland raast en steeds vaker opduikt op plekken waar men haar niet verwacht. Ze wast de kleren en haar zoon veel vaker dan normaal in de wastobbe die ze samen met het wasbord en de mangel jaren geleden uit het historisch museum heeft gehaald. Pauli had er destijds als grap hun dure elektrische wasmachine voor in de plaats gezet.

Ze maakt zich zorgen dat hij nog niet terug is. Leiki had gisteren ook al gezeurd over de soep die ze al een week eten en hij had zijn enig kind beloofd speciaal voor hem wat vis te gaan vangen. Marit had gezien hoe hij met zijn kleine boot de baai uitroeide, de zee was relatief rustig geweest voor de tijd van het jaar en het tij was gunstig. Toen hij uit het zicht verdween had ze zich op de was gestort.

Ze loopt naar het raam. De golven tonen steeds grotere koppen en rollen donderend het strand op.

'Mam, ik heb geen honger,' dreint Leiki.

Marit draait zich om. 'Als jij je bord nu niet leegeet, komt papa nooit meer terug.' Ze schrikt van haar eigen woorden, ze wil het ongedaan maken voor het geval dat de *andere mensen* het gehoord hebben. Maar als ze ziet dat haar zoon in hoog tempo zijn soep naar binnen begint te slurpen, houdt ze haar mond.

~

Hij laat wat ooit de stad was achter zich en loopt over de kale vlakte. Het gras kleurt bruin en zal pas in de lente weer groen worden. Roest loopt naast hem. Unnar trekt zijn kraag hoog op en drukt zijn pet dieper over zijn hoofd. Over een paar uur is het donker, maar met de zuidwester in zijn rug haalt hij Vestor vast voor het duister echt invalt. De tientallen watervallen die gewoonlijk van de bergwand storten worden door de wind omhoog geblazen en zijn verworden tot wolken fijne druppels die als monumentale rokende schoorstenen in het landschap staan. Hij loopt het pad op dat schuin omhooggaat, passeert de ommuurde smalle terrassen waar in de zomer de knollen en aardappelen worden gekweekt. De asfaltweg ligt ongebruikt honderd meter lager. Al jaren gebruiken ze het oude pad weer dat naar de dorpen verderop leidt. Met zijn vader liep hij ook altijd de oorspronkelijke paden. Liep hij dan achter zijn vader zoals met Henrik, of naast hem? Stopten zij bij de steenhopen of rustten ze alleen als ze moe waren? Praatten ze onderweg of waren ze stil? Waren er al van die roedels wilde honden die schapen doodden en soms mensen aanvielen? Unnar probeert de wandelingen van lang geleden terug te halen maar steeds ziet hij het beeld van de mond met de rode lippen.

Op de pas blaast de wind onbarmhartig. Hij houdt zijn pet vast, Roest zoekt bescherming bij zijn benen. De zee kolkt, het fjord is bedekt met witte koppen en de wolken vliegen sneller voort dan vogels kunnen vliegen. De lange schemer van de winter zal spoedig veranderen in het nog langere duister van de nacht.

Heel in de verte, bij de kliffen, ziet hij iemand lopen. Hij knijpt zijn ogen samen en tuurt. Is het Hanus of een van de jongens uit Nes die zijn schapen controleert? Hij neemt zijn rugzak van zijn rug en trekt zijn verrekijker tevoorschijn. Hij draait hem scherp en herkent de groen gestreepte jas van Hanus. Hij laat de kijker zakken en wil hem terugdoen als hij hem weer aan zijn ogen zet. Hij heeft het gevoel dat er iets niet klopt. De boer loopt anders dan hij normaal doet. Unnar tuurt naar de gestalte die naar de rand van de klif loopt. Hij moet oppassen met deze wind, denkt Unnar. Roest blaft. Hij wil niet dat zijn baasje treuzelt nu de zuidwester zo woedend blaast.

'Ja, loop maar door,' bromt Unnar binnensmonds tegen het beest.

De hond blijft naast hem zitten. *Hij heeft zijn honden niet bij zich. Hanus heeft altijd zijn honden bij zich.* Zijn blik glijdt over de kale berghelling op zoek naar de honden en kijkt weer terug naar de eenzame figuur die naar de rand loopt. *Hij is kleiner. Hij loopt vreemd.* De wind ranselt de vlakte. De figuur grijpt naar zijn hoofd, de pet vliegt eraf. Unnar ziet een kaal donker hoofd. *Falala! Zonder haren!* De pet vliegt weg, ze gaat er niet achteraan. Ze loopt door. Als bij toverslag, een knippering van zijn ogen, is ze verdwenen. Is de kale helling weer leeg. Hij zou willen rennen, willen schreeuwen, in een tel de afstand willen overbruggen, maar de plek waar hij de Afrikaanse vrouw zag is ver.

Terwijl de storm aanzwelt, en de nacht valt, verlaat Unnar het pad en loopt naar de kliffen.

Hij ligt op de rand en kijkt naar beneden. Vaag tekenen zich wat rotsen af, het wit van de zee licht juist nog op, de rest is al verzwolgen door het donker. Hij zet zijn handen aan zijn mond en roept: 'Fa-la-lá!' Het geluid wordt teruggeblazen in zijn keel. Weer roept hij, harder, maar de wind is hem de baas. Nog één keer roept hij, dan trekt hij zich terug van de rand, ervan overtuigd dat hij als hij daar blijft ook naar beneden zal vallen.

~

Ze legt het stukje hout weer tussen de deur zodat die niet kan dichtvallen en gaat naar buiten. Marit loopt het strand op en kijkt naar het kolkende water. *Als de baai zo brult, hoe zal de zee dan zijn?* Ze zet haar handen aan haar mond en roept: 'Páu-lí! Páu-lí!'

~

Het zijn niet de steenhopen maar het is zijn hond die hem de weg naar huis terugleidt. Binnen is het koud en donker. De kachel is al dagen uit. Hij denkt terug aan het grote vuur, de tamme honden die wanhopig stonden te blaffen. De vonken die de hele vallei vulden als een dansende sterrenhemel. De koe die herkauwde in de luwte van een van de schuren. Unnar had er willen blijven, tot hij voelde dat de honderden ogen van het verscholen volk naar hem loerden. Hij durfde niet te schuilen, te wachten tot het dag werd. Hij had de koe vastgebonden op een veilige plek, de honden aangesnoerd en meegenomen. De beesten hadden gepiept, geblaft, gehuild. Roest was bij ze gaan lopen en ze waren rustig geworden. Nu stonden ze alle drie te drinken uit de waterbak bij de deur. Hij had geen fakkel durven meenemen van de brandende boerderij. Hij weet dat zielenvuur ongeluk brengt. Morgen, als het weer dag is, zal hij naar Nes lopen en gewoon vuur halen.

Hij klimt op zijn bed en trekt de deken over zich heen. Het was Henrik die altijd op het vuur lette. Zoals het Unnars taak was het hout te hakken. Zijn rugzak ligt naast het bed op de grond. Hij reikt en trekt hem naar zich toe. Niet de foto wil hij zien, niet de scherven voelen. Hij wil weten wat er in de fles zit.

Het ruikt scherp, voorzichtig neemt hij een slokje. Het bijt op zijn tong, zijn keel, zijn gehemelte. Duizend kleine naaldjes die venijnig prikken. Hij moet kokhalzen maar slikt het door. Hij voelt hoe de whisky zich een weg door zijn slokdarm brandt. Zijn ogen beginnen te tranen. Vond Henrik dit lekker? Verloor hij hierom zijn baan, zijn vrouw, zijn kind? Is dit waardoor hij kon praten, kon huilen en lachen? Unnar neemt nog een slok van het gloeiende vocht. Hij voelt hoe zijn hoofd verandert. Zijn neus kriebelt. Zijn tong gloeit. Weer neemt hij een slok, en staart naar het bed aan de andere kant van de kamer, dat hij niet kan zien. Hij voelt dat zijn hond zijn kop op de rand van zijn bed legt. Hij steekt zijn hand uit en aait de harige kop. 'Wees maar niet bang, ik laat jou niet alleen.'

Hij neemt nog een slok. Een onbekend gevoel van rust daalt over hem neer. De pijn die hij al dagen voelt begint op te lossen.

~

De warmte van het vuur voelt ze niet. Ze rilt. Nu haar zoon eindelijk naar bed is, hoeft Marit zich niet meer groot te houden. Niet eerder dacht ze aan de vissersvrouwen die haar vader hadden uitgescholden in de haven, die voelden dat hun mannen nooit zouden terugkeren, die wisten dat ze de vrucht van hun schoot nu alleen moesten voeden.

'Je mag me niet alleen laten,' snikt ze zachtjes, en ze bijt in de sjaal die ze heeft omgeslagen. 'Je kunt me niet alleen laten ...'

Ze heeft hem niet horen aankomen. Twee kleine armpjes slaan om haar heen. Een slaperig gezichtje wroet zich in haar nek. Ze draait zich om en trekt haar zoon tegen zich aan.

'Stil maar, mama, niet huilen,' fluistert Leiki in haar oor. 'Ik kan toch voor jou zorgen?'

~

Mevrouw Poulsen zit breiend naast de kachel, haar voeten op het bankje. Unnar klopt aan, wacht niet op antwoord en duwt de deur open.

'Ben je aangevallen door de honden?' zegt de oude vrouw verbaasd, de bol zelfgesponnen wol rolt van haar schoot.

'Nee,' bromt Unnar en hij zet zijn vuurblik op tafel.

Ze kijkt hem wantrouwig aan. Unnar pakt de bol op en legt hem terug op haar schoot. De kat die naast haar ligt glipt verstoord weg. Ze grijpt de slip van zijn trui, trekt hem naar zich toe, brengt haar neus naar zijn mond en ruikt.

'Heb jij gedronken?'

Haar tandeloze mond zakt wat open. Unnar moet glimlachen nu hij ziet dat ze bijna net zo'n gebit heeft als hij op de foto met zijn ouders.

'Ik heb Henrik op bezoek gehad,' glimlacht hij.

'Doe niet zo raar,' verwijt ze hem.

Unnar haalt zijn schouders op. Pakt de ketel van het vuur, schenkt een kop wildetijmthee in, gaat op de andere stoel zitten en drinkt. Buiten blaft een van de honden en binnen knappert het vuur. De kou die in al zijn botten is getrokken glijdt langzaam weg.

'Waarom kom je niet hier in Nes wonen,' zegt mevrouw Poulsen. 'Je moet niet alleen in een dorp wonen. Als er wat gebeurt heb je niemand om naartoe te gaan.'

'Hmm,' zegt Unnar.

Ze krabt met haar nagel aan haar stoel en probeert de kat weer te lokken. 'Hier wonen ook dat nichtje van de ouwe Petersen, en de dochter van Olsen.'
'Hmm.'
'Ga jij nou net doen of je Henrik bent? Zo krijg je nooit een vrouw.'
'Hmm.'
Mevrouw Poulsen kijkt naar de grote man die ze kent vanaf zijn tweede levensdag.
'Je mag ook hier wonen. Ik heb plek genoeg.' De kat springt op haar schoot.
'Hmm.'
'Denk er maar over,' zegt ze terwijl ze haar kat krauwt.
Unnar zet de beker neer en staat op. 'Ik moet de koe ophalen.'
'Heb je een nieuwe koe?'
'Hij is van Hanus.'
'Waar heb je díe voor geruild?'
'Met niets.'
'Iemand geeft toch niet zomaar zijn koe weg?'
'Nee.'
'Waarom dan?'
'Hij is dood.'
'Hij ook al.'
'Hmm.'
'En de negerin?' vraagt ze bezorgd.
Unnar knikt.
'Je moet hun kleren verbranden.'
'Dat is al gebeurd,' zegt hij zachtjes en hij loopt naar de deur.
'Vergeet je niets?'
Hij kijkt haar vragend aan.
Ze wijst naar de kachel. 'Je moet wel *leven* meenemen.'

~

Óli leidt neuriënd de langharige bruin gevlekte ooi de schuur in. Met een vakkundige greep legt Gormur het beest op zijn zij, waarna Óli de achterpoten samenbindt. Als hij klaar is trekt Gormur de kop naar achteren, zoekt, voelt de halsslagader naast de luchtpijp en snijdt die door. Het beest zakt weg. Óli haakt het touw vast en trekt het schaap omhoog zodat het ondersteboven leegbloedt boven de emmer.

Vroeger, vóór de Storm, stond tijdens het slachten altijd de radio aan. Schapen houden van muziek, weet hij, dus neuriet hij. Al is het vandaag wel een somber wijsje, met lange zuchten erin.

De laatste druppel valt in de emmer, het beest wordt neergelaten en de touwen worden losgemaakt. Gormur, die sinds een maand ook weduwnaar is, zet met zijn mes een snee over de volle lengte van keel tot anus en brengt zijn hand onder de huid om die los te trekken. Bij de poten snijdt hij het vel los. Moeiteloos ontdoet hij het schaap van zijn langharige bontjas. Vervolgens snijdt hij de borst open, haalt als eerste de maag eruit, dan het hart en de longen, iets waar ze alle twee dol op zijn. De darmen legt hij in een andere emmer om later schoon te spoelen. Niets van het beest zal verdwijnen, elk stukje vlees, huid of ingewanden wordt opgegeten of gebruikt. Alles – behalve de oogballen. Die worden als een gift in zee gegooid, in de hoop op betere tijden.

Gormur tilt het lauwe karkas naar het drooghuisje en hangt het aan de twee achterpoten naast de andere. Hij veegt zijn handen af aan zijn broek en kijkt naar hun wintervoorraad. Buiten hoort hij hoe Óli somber neuriënd het volgende schaap de schuur in leidt.

'Laat die maar weer los.'

'Hoezo?' lispelt Óli.

'We hebben genoeg.'

'Denk je?'

'Als we nog meer slachten hebben we zelfs te veel.'

'Als de Heer het wil, wordt mijn neef weer beter.'

'Als jouw heer dat wil, slacht ik er twee bij, oké?'

Óli probeert te glimlachen, maar het lukt hem niet.

~

Marit heeft als altijd een stok bij zich, het stuk hout geeft haar het gevoel sterker te zijn. Ze loopt langs het strand op zoek naar tekens. Behalve wier en schelpen ziet ze niets. Ze klautert de rotsen op aan de zijkant van de baai, tuurt naar het water in de verte en tussen de rotsen onder haar. Ze klimt het schapenpaadje op omhoog naar de kliffen. Ze komt hier zelden. Het is altijd Pauli die hier komt als hij naar de schapen gaat. Zij is echter niet geïnteresseerd in de kleine kudde, ze wil verder kunnen kijken dan de baai, hoger staan dan hun huis aan het strand.

De wind is geslonken tot een kille bries, de wolken zijn grijs en vol regen. Leiki was stil geweest die ochtend en had zijn soep zonder morren opgegeten. Ze had een van de vrouwen uit Malvík gevraagd een oogje in het zeil te houden en was zonder iets te zeggen vertrokken. Iedereen ging gebukt onder zorgen, en die van haar vormden zolang ze het niet zeker wist een angst die nog bewaarheid moest worden.

De oceaan deint na, maar is zijn woeste kolking verloren. Het water aan de horizon gaat zonder overgang door in de lucht. Haar ogen speuren het oppervlak af en zoeken tussen de rotsen onder haar. Een grazend groepje schapen op een stukje gras, dat is het enige wat er te zien is. Ze weet niet eens hoe ze de schapen zou moeten roepen, hoe ze ze moet beschermen, hoe ze ze moet vangen, laat staan hoe ze ze moet slachten. Ze kan ze alleen maar koken. Pauli laat altijd een klakkend geluid horen dat achter uit zijn keel komt als hij zijn beesten lokt. *Gank, gank,* probeert ze. Een van de beesten tilt zijn kop op. *Gank, gank*, doet ze nog een poging. Het schaap draait zich om en eet onverstoorbaar door.

Marit kijkt weer naar de zee. Ze heeft de voordeur de hele nacht op een kier gehouden en zijn kussen niet aangeraakt. Ze sluit haar ogen en knielt. Woorden voor een gebed vinden is niet moeilijk, in haar hoofd weet ze zich onbespied en durft ze al haar angsten uit te spreken. Ze roept niet alleen de Heer aan, maar ook haar vader, en oude Pauli. Ze probeert iedereen die is verdwenen of gestorven terug te halen en overlaadt ze met smeekbeden hem bij haar terug te brengen ...

Ze hoort iets. Haar hart slaat over. Ze kijkt op en ziet een schaap dat dichterbij is gekomen. 'Kon jij maar praten, misschien weet jij waar hij is,' fluistert ze.

Het beest staart haar onnozel aan, bukt zich en begint te grazen.

~

Ze hebben touwen om de nekken gebonden en lopen met de rammen de bebouwing uit. De ooien van Esbern en Niklas grazen het hele jaar door op het westelijk eiland. Ze weten dat hun kudde ergens in het zuiden is. Sinds er geen goede afrasteringen meer zijn om gebieden af te zetten, hebben ze in de Grote Vergadering afgesproken dat iedereen zijn eigen schapen merkt en dat de beesten vrij over het eiland mogen lopen. Er was veel protest geweest, het gevaar van de wilde honden werd besproken en het probleem dat nu niemand meer wist welke ram welke ooi dekte, en ook was er de vrees dat de schapen op hun strooptocht naar voedsel moestuinen en akkerlandjes zouden kaalvreten. Maar de arbeid die nodig zou zijn om met basaltblokken grote graasgebieden af te zetten, of zonder machines genoeg voedergras te verzamelen viel in het niet bij het ommuren van een akkertje of moestuin, en dus had iedereen zich erbij neergelegd, zouden er meer hondenvallen worden uitgezet en markeerde men zijn lammeren in mei als het overduidelijk was bij welke ooi het jong hoorde, en hoopte men er het beste van.

De rammen, met hun grote gekrulde hoornen, willen sneller de berg op dan hun begeleiders kunnen. De hormonen dicteren dat het bronsttijd is, en na maanden afgezonderd te zijn geweest, snakken ze naar het andere geslacht.

'Waarom is Unnar niet iets langer gebleven?' vraagt Niklas.

Esbern haalt glimlachend zijn schouders op. 'Hij is met z'n kop bij andere dingen.'

Er klinkt iets van ironie door in Esberns stem. Zijn vriend kijkt hem vragend aan, maar het is duidelijk dat hij niets meer wil loslaten, dus vervolgen ze het pad met de bokkende beesten voor zich uit.

De kudde staat in de luwte tussen de rotsen. Esbern en Niklas zijn blij hun beesten eindelijk gevonden te hebben. De rammen worden steeds onrustiger en moeten soms uit elkaar worden getrokken als ze met hun hoornen elkaar willen bestormen.

Een voor een laten ze de bronstige beesten los. Even zijn de rammen onzeker als het touw rond hun hals is verdwenen, en daarmee de weerstand, maar al snel ruiken ze de tochtige ooien en beginnen ze die te volgen met opgetrokken bovenlip, opgestoken neus en scheve kop. De mannen gaan zitten en kijken naar het paringsritueel dat voor hun ogen plaatsvindt.

'Ik denk dat dit is wat Unnar wil,' zegt Esbern.

Niklas begint te lachen: 'Ja, wie wil dat niet?'

De hele aarde

– tien jaar en tien maanden –

Hij hoort aan de honden dat er iemand de weg afkomt. Hij legt de bijl neer en loopt naar het hek. Unnar wil de paar uurtjes dat het licht is gebruiken om de houtvoorraad aan te vullen en hoopt niet dat iemand hem komt halen voor een of andere klus. Als hij ziet wie het is, doet hij snel een stap naar achteren, sluipt terug naar het hakblok, legt een nieuw stuk hout neer en tilt de bijl op.

Susanna ziet hem staan naast het huis, met zijn brede rug naar haar toe heft hij de zware bijl moeiteloos op om het hout met een enkele slag precies in tweeën te splijten.

'Hai.'

Hij draait zich om, en veegt met de rug van zijn hand over zijn gezicht alsof hij het warm heeft.

Ze aait Roest, die enthousiast tegen haar op springt. De andere honden blaffen van een afstand naar de hun onbekende bezoekster. 'Is het zo zwaar?'

'Ach, nee,' vergoelijkt hij.

'Het ziet er wel zwaar uit.'

Wat komt ze hier doen? 'Probeer maar.' Hij reikt haar de bijl.

'Dat kan ik helemaal niet,' giechelt ze.

'Natuurlijk wel.'

Ze pakt de bijl van hem over. 'Díe is zwaar!' Ze heft hem op boven haar hoofd en laat hem neerkomen. Maar de bijl ketst neer naast het hakblok en het stuk hout rolt op de grond. Ze lacht.

Unnar lacht met haar mee. 'Wil je een kop thee?' vraagt hij om iets te zeggen.

'Ja graag,' antwoordt zij, nu ook onzeker.

Hij loopt voor haar uit naar het huis en gaat naar binnen. Zij volgt hem.

Op de kachel staat de ketel met water. Op de tafel staat de foto en liggen de scherven van de globe.

'Ben jij dat?' Ze pakt het lijstje op en bestudeert de mensen op de foto. 'Zijn dit je ouders?'

'Ja.'

'Je lijkt op je vader.'

'Hmm.'

'Ja, echt. Kijk maar. Jullie hebben precies dezelfde neus en ogen.'

Unnar kijkt niet maar schenkt twee mokken in en zet er een neer voor het meisje met de lange haren.

Susanna gaat zitten. Nu pas voelt ze hoe koud ze het had en pakt de warme mok beet. 'Hé, dit is opa's beker?'

Unnar knikt.

Ze neemt een slok en Unnar legt een nieuw stuk hout in de kachel. 'Ik moest van mam kruidenmengsels brengen naar Nes. De Lange heeft eczeem, en mevrouw Poulsen heeft behalve haar reumatiek nu ook een zwerende voet. Wist je dat ze met kerst niet komt?' Ze kijkt hem niet aan als ze zachtjes vraagt: 'Jij komt toch wel, hè?'

Unnar staart naar de vlammen. Hij weet dat hij met Kerstmis wordt verwacht in het huisje naast de kliniek, maar sinds hij de rode lippen zag en de daaropvolgende onrustige dromen kreeg, heeft hij besloten niet naar Havenstad te gaan. 'Ik moet voor mevrouw Poulsen zorgen.'

Susanna probeert haar teleurstelling te verbergen en neemt een slok van haar thee. 'Ja, natuurlijk.'

Ze zitten stil tegenover elkaar en kijken elkaar niet aan. Ze luisteren naar het drinken en ademen van de ander. Zij wacht op een signaal dat ze nog niet kent. Hij is bang dat ze zijn hart kan horen kloppen.

'Wat is dat?' Ze wijst naar de stukjes van de globe.

'Dat was ooit een wereldbol.'

Ze pakt een scherf. 'Zou het echt bestaan?'

'Hoe bedoel je?'

'Nou, zou die wereld echt bestaan?'

'Wij leven toch op de wereld.'

Ze pakt een ander stuk en leest: 'China. Is dat ver?'

Unnar haalt zijn schouders op.

Susanna zoekt tussen de scherven. 'Kongo, dat is toch Afrika?'
'Ik weet het niet.'
'De negerin kwam uit Afrika.'
Unnar denkt aan het lichaam op de rotsen dat hij samen met twee jongens uit Nes omhoog heeft getakeld en dat ze hebben begraven naast de uitgebrande boerderij, omdat niemand wist wat ze geloofde.
'Wil je nog een kopje?' Hij pakt de beker waar Henrik altijd uit dronk op en schenkt hem weer vol.
Ze staart naar de scherven vol namen van zeeën en landen die haar niets zeggen. 'Begrijp jij waarom we nooit meer wat horen van de vertrokkenen?' vraagt ze zachtjes.
'Wij laten toch ook niets van ons horen?' zegt hij verbaasd.
Ze pakt de scherf met ATLANTIS. 'Mijn vader heeft verteld over dat land.'
'Waar is dat dan?'
'Ergens waar niemand het kan vinden.'
Ze grabbelt tussen de scherven tot ze er een met CHE OCEAA erop oppakt. 'Heb je lijm?'
Unnar staat op, rommelt in een la en komt terug met een uitgeknepen tube.
'Is dat alles?'
'Ja.'
'Jammer. Ik had deze graag weer aan elkaar geplakt.'
Unnar loopt naar de kast en pakt een boek. Ze slaat de atlas open en kijkt naar de kaarten.
'Dit is anders.' Ze wijst op de kaart van de wereld. 'Hier is alles plat. Maar die bol was rond. Ik snap gewoon niet hoe dat kan.'
'Je kunt niet alles snappen.'
'Ik wil het begrijpen! Ik wil weten waarom vroeger alles beter was. Waarom we eerst een warm huis hadden en eten dat zomaar klaar was, en vliegtuigen die door de lucht konden glijden als vogels, en heel grote boten waar je wel met duizend mensen op kon zonder dat hij zonk, en dat je met een telefoon kon praten met mensen die niet hier zijn maar ...' Ze pakt weer een scherf op en leest. '... in Bolivia!'

~

'Waarom ben je niet naar Dora en Esbern gegaan, dat doe je toch altijd met Kerstmis?'

'Hmm.' Unnar zet een whiskyfles met verse melk op het aanrecht en haalt uit zijn tas een stuk vlees dat hij in wat oud plastic heeft gerold.

'De vrouw van schele Petur wilde ook wel voor me koken en ik ben ook uitgenodigd bij de Lange.'

'Hmm.'

'Heb jij mijn leesbril gezien?'

Unnar pakt de bril die naast mevrouw Poulsen ligt en legt hem op haar schoot.

'O! Ik kijk er weer gewoon overheen,' lacht ze.

Ze zet de bril met één gebroken glas op haar neus en pakt haar breiwerk op, aan haar voeten spint haar kat.

'Kom eens hier. Ik moet je even meten.' Ze houdt het breiwerk op.

Unnar knielt naast haar stoel en buigt zich naar haar toe.

'Je wordt steeds breder. Je lijkt je vader wel.'

'Heeft u nog lijm?'

'Lijm? In de school is nog lijm, ik heb van de zomer een blik gevonden in die garage waar de mooie rode auto staat.'

'Had u ook een auto?' vraagt hij plotseling. 'Dat weet ik niet meer.'

'Iedereen had een auto,' lacht ze.

'Iedereen?'

'Behalve Henrik, die woonde in de vuurtoren, die had er geen nodig.'

~

De lamsbout smaakt niet, al heeft ze hem precies zo klaargemaakt als vorig jaar. Ook kletst Leiki niet, en dat is juist wat ze het liefst zou willen. Marit wordt rusteloos van de stilte aan de kersttafel. Voor de tiende keer die dag wil ze naar het raam lopen om te kijken, maar ze beheerst zich. De vrouwen verderop zeggen dat hij niet meer terugkomt, dat ze de hoop moet opgeven en de voordeur weer moet sluiten. Maar zij zit liever met haar jas aan en voelt de constante trek van koude lucht door de huiskamer als dat de kans vergroot dat hij weer komt.

'Vind je het niet lekker?' vraagt haar zoon.
'Het smaakt anders dan wanneer papa slacht.'
'Ja, dat vind ik ook, maar het was wel lief dat Simon voor ons heeft geslacht.'
Het jongetje knikt.
In stilte eten ze verder. Buiten is het allang donker – meer dan vier uur licht is er niet in december.
'Mam?'
'Ja?'
'Is papa nu een lafaard?'
'Natuurlijk niet, waarom?'
'Hij is toch ook weggegaan.'
'Je vader komt terug, dat heb ik je beloofd,' zegt Marit ferm.
'Maar misschien weet papa dat niet?'
Marit kijkt naar de deur.
'Als hij terugkomt,' zegt Leiki, 'kan hij weer dicht, hè?'
'Ja, dan doen we de deur weer dicht. Eerder niet.'

~

Óli heeft zijn handen samengevouwen en bidt in stilte. Gormur zit tegenover hem en staart naar de schaal met het dampende vlees. Het is de eerste keer dat ze samen aan de kerstmaaltijd zitten. De verse weduwnaar heeft het weken afgehouden. Hij had geen zin te moeten luisteren naar de dankbedes aan 'de Heer' terwijl hun halve dorp op de begraafplaats ligt en niemand weet wie er nog zal volgen. Maar twee uur geleden klopte Óli op zijn deur en vroeg of hij bij hem wilde komen eten. Gormur durfde geen nee te zeggen en had zich voorgenomen voor één keer het luidkeels danken te zullen verdragen. De man aan de andere kant van de tafel is echter doodstil. Zelfs zijn ingevallen lippen, zoals bij mensen die gewend zijn steeds hetzelfde gebed af te raffelen, bewegen niet. Zou hij nu bedanken voor de dood van zijn neef Lars, Birta, die zijn was deed, de man die hem altijd hielp zijn boot het water in te trekken en het jongetje dat hem assisteerde bij het scheren van zijn schapen? Of draaide hij een standaardgebed af, een kerstspecial? Gormur raakt nieuwsgierig naar wat zich in het hoofd van Óli afspeelt. Geeft hij de schuld aan iemand of ziet hij het als een wijze levensles? Is hij bang of legt hij zich erbij neer?

Óli slaat zijn ogen op en kijkt hem aan. Er verschijnt een tandeloze glimlach op zijn gezicht.
'Dank je,' zegt Gormur.

~

Bij het licht van de vetlamp legt hij ook de andere scherven met hun afbeelding naar boven. ATLANTIS ligt al twee dagen naast CHE OCEAA. Stukje voor stukje, uur na uur, vervolmaakt hij de verbrokkelde puzzel van de wereld. Namen die hij nooit eerder heeft gehoord. Kustlijnen waarvan hij het bestaan niet kent. Hij probeert zich te herinneren welk land het was waarvan zijn moeder ooit had gezegd dat het er nooit regende. Hij vindt een stuk met een deel van de evenaar, waarvan mevrouw Poulsen zegt dat het er altijd warm is. Heter zelfs dan de warmste zomerdag. Hij kan zich er niets bij voorstellen. Hij pakt een blauwe scherf op met lijnen en pijlen die van links naar rechts en andersom wijzen. Stromingen in de oceaan. Dat snapt hij, die ziet hij en kent hij. Waren de zeilboten meegevoerd door zo'n lange zeestroom? Hadden ze de overkant bereikt?

Stukje bij beetje ontstaat er een schaal die geleidelijk een bol begint te worden. Uiterst secuur doet hij een heel klein beetje lijm op de rand en houdt de stukjes tegen elkaar tot hij voelt dat ze vastzitten. Dan pakt hij het volgende. Soms moet hij lang zoeken en is hij bang dat er een stukje kwijt is, maar steeds vindt hij uiteindelijk de volgende scherf en ontdekt hij dat Mauritanië, waar hij nog nooit van heeft gehoord, ligt naast Mali, dat hij ook niet kent, en dat weer naast Niger en vervolgens Tsjaad. Allemaal landen die hem niets zeggen.

Langzaam groeit de wereld onder zijn vingers. De Zuid-Atlantische Rug, die uitkomt in het Atlantisch-Indische-Zuidpool-Bekken, dat weer grenst aan Antarctica, met in het midden het gat waardoor de spie moet die er op de Noordpool weer uitkomt. Hij ontdekt dat hun eiland niet het enige eiland is maar dat er honderden kleine eilanden bestaan, in allerlei oceanen. Aitutaki, Bora Bora, Rimatara, Tikahua, Nuku Hiva, allemaal namen die hem doen denken aan de exotische dansen van Falala. Langzaam ontstaat er een lijn die over de bol loopt en waarbij staat: DATUMGRENS. Het is drie dagen na Kerstmis en hij is twintig jaar oud.

Steeds lastiger is het om de scherven terug te passen in de bol. Het gat waar hij zijn hand in steekt wordt bijna te klein om de stukken globe goed tegen elkaar te plakken. Unnar is gewend met bijl, schop of mes te werken, maar hij laat zich niet ontmoedigen. In een van de lades vindt hij een pincet en met uiterste precisie plakt hij geduldig het volgende stuk tegen de vorige.

De wereldbol is klaar, op een piepklein stukje na. Hij wist het al de hele tijd. Het stukje had dagen, weken in zijn broekzak gezeten. Het blauwe stukje dat midden in de Golfstroom moet komen bij de pijlen van de Noord-Atlantische Drift. De scherf die hij lang geleden is verloren.

'Pas op dat je hem niet breekt. Hij is net klaar.'

Susanna houdt de wereldbol in haar handen en draait hem heel voorzichtig rond. 'Kijk!' zegt ze zachtjes. 'Amerika is net een hoofd met een heel grote mond die in één hap Cuba kan opeten.' Uiterst behoedzaam draait ze de globe een beetje verder – langs al het blauw van de oceaan – tot ze Australië kan zien. 'Als je onderaan woont, zou ik bang zijn dat je eraf zou vallen.'

Unnar lacht. 'Je kunt er niet zomaar afvallen.'

'Heb je dat van mevrouw Poulsen geleerd of van opa?'

Verlegen haalt hij zijn schouders op.

Ze draait weer een stukje verder, haar ogen beginnen te twinkelen bij al de vreemde namen en landen. 'Hier loopt de evenaar,' zegt ze en ze likt met haar tong over haar lippen.

Unnar voelt dat hij het warm krijgt. Hij ziet dat ook Susanna het warm heeft. Het is net alsof de evenaar, waar ze met haar vinger over strijkt, zijn warmte naar hen uitstraalt.

Er verschijnen kleine druppeltjes op Susanna's voorhoofd. Eentje rolt langs haar oog, over haar wang naar haar mondhoek. Unnar ziet dat haar lippen veel roder zijn dan hij eerder zag. Haar roze tong komt als een slang tevoorschijn en kronkelt zich een weg op zoek naar de flonkerende druppel. Met het puntje van de roze tong likt ze hem op en snel trekt ze de tong weer terug de rode mond in. Hij voelt dat hij overal begint te zweten. Hij krijgt het benauwd. Hij zou zijn trui uit willen doen en zijn broek. Het is alsof zijn bloed kookt. Susanna laat de grote wereldbol maar draaien en draaien. Tot ze abrupt stopt en geschrokken kijkt naar de aarde die in haar handen rust. 'Er mist een stukje,' fluistert ze.

Hij opent zijn ogen. Hij is drijfnat van het zweet en duwt de deken van zich af. Bij het schijnsel van de maan ziet hij dat de globe gelukkig nog midden op de tafel ligt. Hij neemt zich voor hem niet aan haar te geven.

Een zeer bijzondere dag

– begin van het elfde jaar –

Gormur is onderweg naar zijn kudde, maar lang voordat hij die bereikt ziet hij het. Links op de flank die helt naar het zuiden huppelt het eerste lam. Net als de zonnestralen in zijn gezicht, de stapelwolken die loom boven hem hangen en de zachte bries – alles ademt de eerste signalen van de lente. Hij knoopt de blauwe sjaal los die Birta ooit voor hem breide en bindt hem als een indianenband om zijn hoofd. Hij weet niet waarom, maar zonder reden of doel begint hij jodelend de helling af te rennen. De drachtige schapen schrikken op en stuiven de andere kant op, gevolgd door het eerste lammetje. Gormur heeft zijn armen wijd. Hij denkt aan zijn vriend Óli, met wie hij tegenwoordig elke dag eet, aan de begraafplaats, waar ze al twee maanden geen nieuw gat hebben hoeven graven, aan de zomer, die er eindelijk aankomt. Hij is gelukkig. Ze hebben de Zwarte Winter overleefd.

~

Esbern staat op een laddertje en draait het peertje in de lamp. Mevrouw Poulsen kijkt hem verwachtingsvol aan. Hij stapt weer op de grond, loopt naar de wand en klikt de schakelaar om.

'Wat ben je toch knap!' zegt de oude vrouw, die het schapenvel in haar stoel beter neerlegt.

'Ach, het is maar gewoon een lamp.'

'Maar hij werkt!' zegt ze, en ze gaat zitten. 'Ik heb het hele dorp doorzocht, maar hier in Nes was nergens meer een goed peertje te vinden.'

'Het was niet alleen de gloeilamp, het was ook de propeller op het dak, die moet er bij de storm van een paar weken terug van af zijn gewaaid.'

'Wil je dat ik bij storm mijn dak op ga?' Ze trekt het langharige vel een beetje om zich heen.

'Nee, na een storm. Unnar doet het zo voor je.'
'Unnar, die is met zijn hoofd ergens anders.'
'Heb je het koud?'
Ze knikt.

~

Het meisje schommelt met haar voeten vlak boven het water. Unnar zit naast haar op de steiger. In zijn zak heeft hij de veer. Onder hen zwemt een school harders door. Hij kijkt niet naar de vissen maar probeert zonder zijn hoofd te draaien naar haar te gluren. Hij ziet haar blote benen onder het zomerrokje uitkomen, haar tenen, die bijna het water raken, haar hand, die op de steiger leunt, haar smalle pols, de blonde haartjes op haar onderarm. Ze brengt haar hand naar haar gezicht en strijkt haar haren opzij. Hij snuift haar geur op, die lekkerder is dan welke andere geur die hij ooit heeft opgesnoven. Hij zou iets tegen haar willen zeggen, maar weet niet waar hij moet beginnen. Hij ziet hoe haar hand weer naar beneden komt en zich neervlijt op haar schoot. Haar vingers haken in elkaar. Hij hoort haar adem. Hij voelt dat ze iets wil gaan zeggen. Hij pakt de knaloranje veer uit zijn zak en geeft die aan haar zonder dat hij haar durft aan te kijken. Hij ziet hoe ze de pen tussen haar vingers neemt en de veer snel laat ronddraaien.
'Ik wou dat ik kon vliegen,' zucht Susanna.

~

Ze kijkt uit over de zee, voor het eerst in maanden is het oneindige wateroppervlak weer glad. De weifelende zon probeert haar te warmen, maar de kou binnen in haar wil niet weg. De tranen die Marit de hele winter heeft voelen dringen houdt ze niet meer tegen. Ze zinkt neer op de rots waar ze elke dag naartoe gaat in de hoop hem eindelijk weer te zien. Ze weet dat niemand haar nog gelooft, maar zelf wil en kan ze de hoop niet opgeven. Elke dag heeft ze gebeden, alleen en met Leiki, in stilte en hardop. Ze heeft de hele winter zijn hoofdkussen, dat naast haar in bed ligt, niet aangeraakt en niemand, zelfs niet toen het hard vroor en de wind om het huis huilde, heeft de voordeur gesloten. Ze wenst dat Falala nog leefde. Die zou met haar dansen een deel van de pijn wegnemen. Ze wilde dat er weer een predikant was die haar zou kunnen helpen het juiste gebed te zeggen. Ze is zo bang voor alles wat gaat komen, ze weet niet meer waar ze de kracht vandaan moet halen om alles alleen te doen. Ze tuurt naar de horizon, die is vervormd door haar tranen, en betreurt het voor de duizendste keer niet met oude Pauli te zijn meegevaren, dan was ze nu tenminste niet alleen. In de verte hoort ze geschreeuw. Ze werpt een blik over haar schouder en ziet op de andere heuvel iemand zwaaien. Ze legt haar handen op haar oren, staart naar de zee en laat haar tranen de vrije loop.

'Má-rít!' klinkt het van ver.

Ze drukt haar handen nog harder op haar oren.

'Mááá-rít!'

Ze staat op. Ze wil alleen zijn.

'Mááá-rít!!'

Ze kent die stem. Ze draait zich om. Ze kijkt naar de zwaaiende man die naar haar toe komt. Hij loopt niet, hij rent. Hij struikelt. Ze knippert met haar ogen. Nogmaals roept de man haar naam. Haar naam! Zijn stem! Als door de bliksem getroffen, voelt ze de kou uit haar huid trekken. Haar armen en benen krijgen kippenvel. De haren in haar nek staan recht overeind. Ze wil roepen, gillen, schreeuwen. Ze wil haar armen spreiden net als hij. Ze wil de heuvel afrennen maar ze staat als aan de grond genageld. Haar adem stokt. Net als haar hartslag. Het is net of de roepende man is verdwenen, is opgelost. Iets in haar hersenen zoekt wanhopig naar de juiste aansluiting, de uitgang, de oplossing.

'MÁÁÁ-RÍT!!!'

De stem dringt weer tot haar door. Heel luid nu! Ze voelt hoe iemand haar beetpakt, haar tegen zich aan trekt, optilt, de lucht uit haar longen perst, haar kust.

'... en toen ging het waaien,' zegt Pauli en hij kust Marit weer op haar mond, terwijl de schapen naar hen kijken. 'Ik probeerde tegen de wind in te roeien maar de stroom was veel te sterk. Ik zag de ingang van de baai steeds kleiner worden, terwijl ik zo hard roeide als ik kon. Ik dacht als ik nou met de stroom mee ga meer noordelijk, dan roei ik daar de haven in en loop naar huis ...'

'... ik was bijna bij de ingang van de haven toen het tij keerde en ik weer werd weggedreven van de kust ...'

Leiki kijkt vol bewondering naar zijn vader, die een dikke baard en lange, sliertige haren heeft, en vreemd ruikt.

'Het werd al donker en ik wist dat ik het kon vergeten als ik te ver van de kust zou komen ... '

'Wat kon je vergeten, papa?' vraagt de jongen.

'Ssst, laat papa praten,' sust Marit en ze doet de voordeur dicht.

'Ik roeide uit alle macht, want bij storm en kerend tij is de stroom daar genadeloos. Het lukte me redelijk dicht bij de kust te blijven en ik wist dat als ik de oude visfabriek kon bereiken, ik daar zou kunnen proberen de aanlegplaats te halen. Het zou gekkenwerk worden, maar een andere keus had ik niet. Ik moet ongemerkt de fabriek zijn gepasseerd, want ik heb de boei niet gezien ...'

'... ik kon bij het weinige licht wel zien dat ik nog steeds langs de kust dreef. De golven waren hoog en ik moest tussen de paar halen door hozen, anders zou ik zeker zinken. Omdat ik niet precies wist waar ik was, schrok ik vreselijk toen de vuurtoren opdoemde ...' De mannen die om hem heen zitten luisteren ademloos toe, iemand gooit nog een stuk hout op het vuur. 'Ik wist dat ik als ik de laatste vuurtoren zou passeren, reddeloos verloren was. Ik stopte met hozen en roeide zo hard ik kon. Ik wilde proberen tussen het eiland en de rots van de vuurtoren te komen. Ik hoopte dat het daar rustiger zou zijn, maar het tegendeel was waar. Het water perste zich door de engte en zoog me mee. Eerst leek me dat goed, want zo zou ik bij het eiland blijven en niet naar open zee drijven, maar voorbij de rots begon het water vreselijk te kolken en was het onmogelijk de roeiboot, die steeds voller met water kwam te staan, in bedwang te houden. Het enige wat ik nog als mogelijkheid zag was de rots van de vuurtoren zelf, maar ik zag nergens een aanlegplaats, de wanden van die rots zijn loodrecht ...'

'... hij voelde dat de boot begon te zinken en wist dat niemand zijn geschreeuw kon horen.' Óli kijkt ontdaan naar Gormur, maar die vertelt verder. 'Naar de kust roeien lukte hem niet, het enige wat hij kon doen was naar de vuurtorenrots gaan. De golven tilden zijn boot op en sloegen hem bijna tegen de kliffen. Hij roeide zo hard hij kon en zag als bij toverslag een opening. Hij vertelde dat hij gilde en schreeuwde om meer kracht te krijgen maar dat het een heel grote golf was die hem in de sleuf onder de vuurtoren sleurde. Hij belandde in een pikdonkere grot, waar hij met elke beweging van de golven omhoog werd gestuwd en weer daalde. Zolang het tij gunstig was werd hij naar binnen geduwd en had hij tijd om te hozen, maar hij wist dat hij er zes uur later als het nog nacht was, weer uit gezogen zou worden. Hij moest dus aan land zien te komen. Hij vertelde dat hij van alles probeerde maar dat hij niets kon zien, en steeds als hij zijn touw uitgooide bleef het nergens aan haken ...'

'... dat heeft hij uren geprobeerd. Hij wilde niet opgeven. Hij dacht aan zijn zoon en aan zijn vrouw. Op een gegeven moment voelde hij dat hij weer de grot uit werd gedreven. Hij besefte dat het nu afgelopen was tenzij er een wonder gebeurde.' Niklas de kroegbaas stopt en kijkt zijn publiek aan.

'En toen?'

'Toen gebeurde het wonder. De boot begon weer in de richting van de zee te bewegen toen hij een touw met een knoop langs zijn gezicht voelde glijden. Hij bedacht zich geen seconde en greep het beet. Even was hij bang dat het los zou komen als hij eraan zou trekken en hij zou vallen, maar het kwam recht van boven en zat muurvast. Hij had het natuurlijk aan zijn boot moeten knopen maar dat deed hij niet. Hij was waarschijnlijk in de war van al de uren dat hij al aan het vechten was dat hij het touw beetgreep om naar boven te klimmen. Voor hij het wist dreef de boot weg, met de vissen die hij voor zijn zoon had gevangen en hing hij in het pikdonker boven de deinende zee aan een touw. Met moeite lukte het hem iets hoger te klimmen zodat hij zijn benen om de knoop kon slaan. Daar is hij blijven zitten tot het licht werd ...'

'... hij was niet bang in slaap te vallen maar wel angstig dat hij door de kou overmand zou worden. In november wordt het pas om halftien licht maar in de grot duurt dat waarschijnlijk nog langer. Hij had het idee dat hij er al meer dan vierentwintig uur zat.' Mevrouw Poulsen trekt haar kat op schoot en schuift dichter naar de kachel. Ze knikt maar gelooft geen woord van het verhaal dat haar wordt verteld. 'Toen hij eindelijk de toestand waarin hij zich bevond kon overzien, zag hij dat hij zich op een onmogelijke plek bevond, namelijk op een knoop in een touw met een grote haak eronder die in het midden van een grot met loodrechte wanden hing en met onder hem een zee die constant steeg en weer daalde. De enige oplossing was omhoogklimmen, maar daar had hij de kracht niet meer voor. Tot hij, heel vaag in de rotsen, treden zag die waren uitgehakt. Hij probeerde te volgen hoe de trap liep maar dat kon hij vanaf zijn positie niet zien. Hij zei dat hij niet lang heeft nagedacht maar zich gewoon heeft laten vallen in het ijskoude water en de grot in is gezwommen in de hoop dat hij het begin van de trap zou vinden ...'

'... hij was zo gelukkig toen hij omhoogklom over de glibberige treden. Hij vergat de kou en zijn vermoeidheid. Hij was gered! Boven zag hij dat naast de vuurtoren een klein huisje stond, dat half in de rotsen was gebouwd. Hij is naar binnen gegaan, zei hij, heeft zijn natte kleren uitgetrokken, de deken gepakt en is op de bank in slaap gevallen.'

Unnar moet glimlachen.

'Hij heeft geen idee hoeveel uur of misschien wel dagen hij heeft geslapen maar toen hij wakker werd was het nog steeds licht, dus hij nam aan dat het de volgende dag moest zijn. Hij had honger maar nergens was eten. Wel waren er heel veel lege whiskyflessen en lege blikjes, verder helemaal niets. Geen hout, geen water, niets. Hij wilde snel weg, maar zonder boot zou dat niet gemakkelijk zijn. Hij klom in de vuurtoren, maar door de ramen kon hij alleen de zee zien. Toen is hij op de rotsen achter het huis geklommen. Hier kon hij het eiland zien liggen. Hij heeft toen zijn sjaal in de mast gehangen, maar ontdekte de volgende dag al dat die was weggewaaid ...'

'... hij wilde de warme deken niet ophangen, omdat hij bang was dat die ook werd weggeblazen, dus heeft hij een stoel op de rots gezet, maar toen mijn vader de volgende dag ging kijken, was ook de stoel weggewaaid. Hij heeft heel hard geroepen, maar er kwam niemand en hij had erge honger. Tot het ging regenen en hij met een emmer water heeft opgevangen om te drinken. Eerst heeft hij nog geprobeerd de blikjes verder leeg te schrapen maar daar zat niets meer in. Ook vissen kon hij niet want hij had geen hengel en geen haakje of een net. Wel waren er vogels, die wilde hij lokken, maar hij had niets om hen te lokken. Toen heeft hij met de deken en de andere stoel een soort val gebouwd, maar hij ving niets ...'

'... tot er een zilvermeeuw langs hipte met een gebroken vleugel. Hij heeft de deken erop gegooid, de kop omgedraaid en hem rauw opgegeten. Elke ochtend en elke middag ging hij naar de rots en hoopte dat iemand hem zag. Maar nooit liep er iemand. Wel zag hij soms wat schapen grazen, maar verder helemaal niets. En zelfs als ze hem hadden gezien, realiseerde hij zich na een tijdje, dan nog kon hij de rots niet af, want de zee rondom was te wild, en er zat niets anders op dan op de lente te wachten. Hij werd steeds beter in het vangen van vogels. Hij ontwikkelde een systeem met een touw en een steen die hij naar de beesten slingerde om ze zo te vangen. Roodborstjes ...'

De vrouwen trekken een verbaasd gezicht.

'... Noordse stormvogels ...'

Ze trekken een vies gezicht.

'... meeuwen, en af en toe een jan-van-gent.'

De vrouwen lachen opgelucht.

'Hij vertelde me dat hij elke dag met zijn vrouw en kinderen praatte, in de hoop dat ze het zouden horen en hem niet zouden vergeten ...'

'... van de week was het weer opeens anders en ik wist dat ik eindelijk kon gaan,' zegt Pauli met een schorre stem van de zoveelste keer dat hij het verhaal moet vertellen. 'Ik had vaak op de rots gelegen om de route te bestuderen die ik zou moeten zwemmen. Ik heb het touw uit de grot gehaald en gebruikt om af te dalen aan de buitenkant van de rots. Ik had een plek gekozen vanwaar ik wilde duiken. Ik zou dan tweehonderd meter moeten zwemmen en hopen dat de golven me niet op de rotsen zouden smijten en ik alsnog te pletter zou slaan. Ik heb elke dag getraind om zo sterk mogelijk te worden. Dus toen het vanochtend zo kalm was en het tij dood, ben ik afgedaald en het water in gedoken. Het water was heel erg koud, maar dat vond ik niet erg, ik heb het de hele winter al koud gehad. Ik was veel sneller aan de overkant dan ik had gedacht. Ik kon het bijna niet geloven toen ik op de rotsen klom en zag dat ik weer op eigen grond was. Ik moest nog wel een steile rots beklimmen, waar ik goed moest opletten niet de verkeerde stap te zetten, maar toen ik eindelijk boven was en het groene gras voelde heb ik de grond gekust.'

'Heeft u dat echt, meneer?'

'Ja, natuurlijk, knul. Ik wist dat ik weer thuis was.'

De vlucht van de ganzen

– het zestiende jaar –

Ze zitten tegenover elkaar aan tafel. Hun borden zijn leeg. Bij de kachel zit mevrouw Poulsen in haar stoel. Ze voert de poes die op haar schoot ligt haar avondeten en ziet niet de tranen die over de wangen van Susanna lopen. Ook ontgaat haar de wanhopige blik in de ogen van Unnar.

'Lekker hè?' mompelt mevrouw Poulsen en ze aait haar poes.

Susanna staat op, stapelt de borden op elkaar, zet ze in de gootsteen en gaat snel de kamer uit.

Dan staat Unnar op. Hij knielt neer naast mevrouw Poulsen. 'Zal ik het bord maar meenemen?'

'Is het al leeg?'

'De kat heeft het helemaal schoongelikt.' Hij pakt het bord van haar schoot en zet het op de andere in de gootsteen. 'Heeft u nog wat nodig?'

'Huilde ze weer?'

Unnar aarzelt of hij antwoord zal geven en zegt dan zachtjes: 'Ze heeft het moeilijk.'

'Geef haar maar een warme kruik en wat melk,' zegt de oude vrouw met de glazige ogen, 'dat helpt altijd.'

Unnar komt de slaapkamer binnen met een kruik en een beker melk. Susanna ligt onder de dekens. Heel voorzichtig gaat hij naast haar zitten. Hij zou over haar blonde lokken willen strijken maar soms is het makkelijker om Roest te aaien dan zijn vrouw.

'Ik heb een kruik en wat melk.'

Er klinkt wat onduidelijk gesnik en ze opent een gat in de wal van dekens. Hij duwt de oude whiskyfles gevuld met heet water en omwikkeld met een lap in de holte.

'Waarom ik?' huilt ze. 'Het is niet eerlijk.'

'Nee.'

'Was hier maar een dokter, een echte dokter.'

'Je moeder is toch de dokter?'

'Nee, zij is verpleegster, ze weet niks,' snottert ze.

Unnar denkt aan vorig jaar, toen ze met de mannen van Nes en Nordur vijfenvijftig grienden het strand op hadden gedreven. Susanna was in haar zesde maand, in tegenstelling tot eerdere keren was haar buik al flink gezwollen. Op het moment dat de voorman het signaal gaf dat de beesten mochten worden gedood was er een vrouw het strand opgerend, Unnars naam roepend. Hij had het niet gehoord tot ze hem, hij zat onder het bloed, uit de branding hadden gehaald. Hij had zijn mes uit de grote vis getrokken en was achter de vrouw aan terug naar huis gerend. Susanna lag op de grond in de kamer. Ook zij was bedekt met bloed. Even leek het of zij ook had meegedaan aan de jacht, maar haar bloed was dunner en stroomde nog. Dora, die net als alle andere vrouwen op het strand was komen kijken, was achter hem aan gerend maar had haar dochter niet kunnen behoeden voor haar vierde miskraam.

'Ik moet naar een dokter, een echte, zoals vroeger, mijn moeder weet niets, helemaal niets.'

Unnar reikt haar de beker met melk.

'Ik wil weg. Ik wil hier niet blijven. Alles gaat hier dood. Was papa destijds maar niet het kompas gaan halen, dan hadden we nu hier niet gewoond.' Ze pakt de beker en drinkt.

Unnar kijkt haar verdrietig aan en denkt aan de overvolle zeilboten die wegvoeren.

~

Ze zitten tegenover elkaar aan tafel. Hun borden zijn leeg. De gloeilamp die boven hen hangt brandt niet.

'Ze heeft in haar kop gezet dat ze naar een echte dokter wil,' zegt Esbern.

'Waar?' vraagt Dora.

'Op het continent.'

'Maar daar kunnen we toch helemaal niet meer heen?'

'We kunnen het toch proberen?'

'Maar niemand is ooit teruggekomen,' zucht ze.

'Dat betekent toch niet dat we er niet heen kunnen?' zegt hij.
Dora kijkt haar man verrast aan. Zij heeft zo vreselijk vaak zitten peinzen over de raadselachtige breuk en het niet terugkeren van de oude bewoners dat ze er langzaam van overtuigd is geraakt dat er geen andere wereld meer is. 'Er is toch niets meer,' zegt ze aarzelend.

'Natuurlijk wel!'

Ze schudt haar hoofd.

'Er is iets waardoor ze niet terug kunnen,' zegt hij serieus. 'Iets houdt hen tegen, maar het continent, de grond, de aarde die is er nog steeds.'

'Hoe zou ze daar dan heen moeten?'

'Ik kan iets maken.'

'Jij?'

'Ja, ik!'

Dora denkt aan de windmolens op de daken, waarvan nog slechts een enkele voor licht zorgt, aan de turbine van de waterkrachtcentrale die hij nooit meer werkend heeft gekregen, aan de boot die hij heeft gebouwd maar die tijdens het tweede vogeljachtseizoen vreselijk was gaan lekken. Ze schudt haar hoofd en zegt: 'Dat moet je niet doen.'

'Geen boot. Ik kan een vliegtuig maken!'

Even is ze stomverbaasd, dan begint ze te lachen.

Esbern kijkt haar boos aan. 'Ik meen het serieus.'

'Wil jij van je dochter af?'

Hij kijkt haar ernstig aan en zegt: 'Als we niets doen, gaat ze dood.'

'Esbern! Om te vliegen hebben we brandstof nodig, en dan bedoel ik geen wrakhout. Zweefvliegen kan niet, want het is te ver. Zelfs de grootste uitvinder aller tijden, Leonardo da Vinci, heeft met zijn luchtmachine nooit gevlogen, en voor een luchtballon hebben we het materiaal niet.'

'Toch moet ik iets doen, een zesde miskraam overleeft ze niet.'

~

Hij steekt de vetlamp aan en gaat de onderkamer binnen. Hij is er niet meer geweest sinds hij de foto, de whisky en de gebroken globe meenam. De muffe lucht heeft plaatsgemaakt voor een geur van schimmel en bederf. Het zachte licht beschijnt de ruimte. Roest glipt achter hem aan naar binnen en loert naar de aangevreten vogels die op hen neerkijken.

Unnar plukt aan zijn baard. De opgezette vogels en de papieren van zijn vader zijn geen spullen waarmee hij het leven makkelijker kan maken. Hij schuifelt langs de boekenkast en laat het licht over de ruggen van de boeken schijnen. Hier en daar trekt hij een boek een stukje uit de kast om de titel beter te kunnen lezen. Wetenschappelijke verslagen over vogels, fotoboeken over vogels, boeken over classificatie en evolutie van vogels, over het waarnemen en beschermen van vogels. Boeken over roofvogels, zangvogels, zwemvogels en waadvogels. Een boek over aaseters, kiekendieven, meeuwen, duiven, tapuiten, ganzen, mezen, de leeuwerik en het winterkoninkje. Boeken die op de boeken liggen, of die er half tussen zijn gepropt. Boeken met en zonder kaft. Boeken die veel gelezen zijn of nog als nieuw. Stapels tijdschriften van een vogelvereniging en een vogelclub. Hij weet niet wat hij zoekt, behalve dat hij een manier moet vinden om het verdriet van Susanna te verlichten. Hij hoopt hier iets te vinden over dokters, andere landen en kinderen krijgen. Unnar wil graag een kind, maar liever nog wil hij dat Susanna weer lacht en niet elke keer als hij haar aanraakt huilt om de gevolgen. Esbern had hem twee weken geleden opgezocht en met hem als mannen onder elkaar gepraat over de drang van vrouwen om kinderen te krijgen en het probleem dat ze tegenwoordig eerst diverse miskramen of doodgeboorten moesten doorstaan voor ze een levend kind ter wereld brachten, dat dat vroeger niet gebeurde omdat de medische wetenschap toen verder was ontwikkeld en dat dat nog maar zo kort geleden was, dat Dora daar de kennis niet voor had en dat hij bang was dat zijn dochter een volgende zwangerschap niet zou overleven. De mannen hadden naar de zee gestaard en hadden alle twee gezegd dat ze iets moesten doen.

Hij ziet een boek met de titel *Vogels gaan, maar komen altijd terug.* Hij trekt het boek ertussenuit, het is een dun boekje met een nog dunner schriftje erin. Hij gaat ermee achter het bureau zitten. Roest kruipt naast zijn voeten. De stoel zit lekker, eigenlijk veel beter dan de stoelen thuis. Toch denkt hij er niet over om met de stoel vierenhalf uur op zijn rug terug naar Nes te lopen. Als hij een andere stoel zou willen zoekt hij, net als iedereen, eerst in een van de verlaten huizen bij hem in de buurt, en stoelen hebben ze in overvloed sinds ze bij mevrouw Poulsen naast de school wonen. Hij trekt de lamp dichterbij en leest: ... *terwijl de meeste zeevogels maar zelden boven land vliegen, vliegen landvogels zelden lange einden over zee. Als landvogels die uit het noorden van Europa komen en in de winter naar Afrika willen, steken ze de Middellandse Zee over bij de straat van Gibraltar of kiezen de route over land via de Bosporus.* Hij bladert verder. *Het zijn de naderende kou en de toenemende voedselschaarste waarom vogels in de herfst naar het zuiden trekken, om pas weer in de lente terug te komen naar hun broedgebieden. De grote trekroutes lopen van noord naar zuid en andersom.* Zijn ogen glijden over de bladzijden. *De vogels die uit het verre noorden komen lijken de neiging te hebben het verst naar het zuiden te vliegen ... Sommige vogels hebben heel vaste routes, andere minder ... Er zijn ook soorten die alleen op speciale plaatsen halt houden. Zo stoppen bepaalde vogels alleen in vochtige gebieden en andere in malse grasweiden.* Weer slaat hij een stel bladzijden over. Hij ziet foto's van zwermen vogels bij de avondzon, en wereldkaarten met lijnen, pijlen en kleuren. *Sommige vogels leggen de trekroute over zee zwemmend af. Zo zwemt de jonge dikbekzeekoet voordat hij drie weken oud is, al samen met zijn vader meer dan duizend kilometer, en beginnen parelduikers ook zwemmend aan hun trektocht, omdat hun jongen in het begin nog niet kunnen vliegen.* Unnar draait de lamp iets hoger en duwt het boekje platter. *Vogels weten hoe ze moeten vliegen omdat ze zich kunnen oriënteren via sterrenbeelden, infrageluid, geuren, de invalshoeken van de zon, het aardmagnetische veld en de kenmerken van het landschap. Het volgen van een kust of een bergketen vormt dan ook de meest veelvoorkomende route.* Er vliegen steeds meer motjes, aangetrokken door het licht, om de lamp. Hij kijkt op en ziet de grote jager, die al zolang hij zich kan herinneren boven het bureau hangt, naar hem kijken. Hij rekt zich uit en geeft de roofmeeuw een tikje. De vogel wiegt heen en weer en uit zijn verendek fladdert een wolk motjes op, gestoord in hun rust. Roest blaft, alsof hij wil zeggen, ik rust ook.

Unnar leest verder: *Voor de vogels hun lange reis kunnen beginnen moeten ze een flinke energiereserve opbouwen. Ze doen dit in de vorm van vetten en niet in suikers, omdat uit vetten meer energie vrijkomt dan uit eenzelfde gewicht aan suikers ... Sommige vogels zullen voor ze vertrekken hun lichaamsgewicht verdubbelen ... Er zijn vogels die doorvliegen, de meerderheid stopt onderweg om te foerageren.* Unnar zoekt in zijn zak naar een stukje gedroogde vis, trekt er wat af, dat hij aan Roest geeft, en stopt de rest in zijn eigen mond. Iets verderop leest hij: *Lang dacht men dat vogels zich in de winter verstopten in de bossen of onderdoken in bodemslik om hun winterslaap te houden. Pas in 1780 ontdekte de Franse bioloog Georges de Buffon dat vogels 's winters op zoek gingen naar meer voedsel in warme landen.* Unnar trekt het schriftje uit het boek. Het is volgeschreven in een slordig handschrift. Het moet het handschrift van zijn vader zijn.

rode keelduiker ~~////~~ ///
scholekster ~~////~~ ~~////~~ ~~////~~ ~~////~~ //
rotspieper /
Noordse pijlstormvogel ~~////~~ ~~////~~ ///
grauwe gans ~~////~~ ~~////~~ ~~////~~ ~~////~~ ~~////~~ ~~////~~ ~~////~~ ~~////~~ ~~////~~ ~~////~~ ~~////~~ ~~////~~ ~~////~~
~~////~~ ~~////~~
bontbekplevier ~~////~~ //
watersnip ~~////~~ ~~////~~
IJslandse grutto /
regenwulp ~~////~~
vaal stormvogeltje ~~////~~ /
jan-van-gent ~~////~~ ~~////~~
smelleken ~~////~~
stormvogel ~~////~~ ~~////~~ ~~////~~ //
tureluur ~~////~~ ~~////~~
grauwe franjepoot ///
grote jager ~~////~~ /
drieteenmeeuw ~~////~~ ~~////~~ ~~////~~ ~~////~~ ~~////~~ ~~////~~ ~~////~~ ~~////~~
zeekoet ~~////~~ ~~////~~ ~~////~~ /
goudplevier //
kieviet ~~////~~ //
zwarte zeekoet //
alk ~~////~~ ~~////~~
papegaaiduiker ~~////~~
boerenzwaluw ~~////~~ ~~////~~ ~~////~~ ~~////~~

graspieper //
stern 𝍸 𝍸 𝍸 𝍸
witte kwikstaart 𝍸 𝍸
tapuit 𝍸 𝍸 𝍸
koperwiek 𝍸 𝍸

Hij kan geen systeem ontdekken in de telling en streepjes die zijn vader ooit achter de namen van de vogels heeft gezet. Staan de streepjes er omdat hij die vogels op een speciale dag zag of is het het aantal dat hij in een seizoen waarnam? In één seizoen zou hij toch veel meer vogels moeten hebben gezien? Alleen al van de papegaaiduiker komen er wel vijfhonderdduizend hiernaartoe. Waarom staat er geen datum bij? Zijn het vogels die afweken van het gewone patroon? Of waren het de vogels die hij toevallig vanuit het raam van de huiskamer zag? Zijn oog valt op de tekening van het jongetje op de ganzerik. De plaat hoort bij een verhaal dat zijn vader hem vroeger voorlas. Unnar staat op en loopt weer naar de kast. Zijn ogen zoeken de planken af. Helemaal onderaan ziet hij het staan, en hij trekt *Nils Holgerssons wonderbare reis* eruit. De tekening op de omslag is nog indrukwekkender dan de tekening aan de muur, want op het boek vliegt het jongetje op de mannetjesgans over een grote stad. Veel groter dan Havenstad, zelfs toen dat nog echt een stad was.

~

'Oprotten, klotebeesten!' Gormur zwaait met zijn hondenstok.

De grauwe ganzen vliegen snaterend op uit de oude moestuin van Birta. Woedend kijkt Gormur de volgevreten vogels na. Hij wilde dat hij nog kogeltjes had voor zijn buks, dan zou hij die beesten zo uit de lucht schieten en zou Óli zich hebben kunnen uitleven op het maken van ganzenpaté. Óli heeft na een lang gebed en het daaruit volgende inzicht de taak van het koken op zich genomen en houdt sindsdien ook de moestuin bij, terwijl Gormur vist, eieren raapt en voor de schapen en de koe zorgt.

Gormur bestudeert met minachting de flapperende stukjes glimmend metaal tussen de aardappelen en knolletjes.

'Waren ze er weer?' Óli duwt het hek open.

'Dit werkt niet!' Gormur wijst naar de kleine vogelverschrikkers.

'Ze bewegen toch?'

'Die beesten trekken zich net als die rothonden nergens iets van aan. Ik heb er net een hele zwerm uit gejaagd.'

De twee mannen kijken naar de lucht. De korte zomer raakt op zijn eind, de kleur van de lucht verandert al, net als de tinten van de heuvels om hen heen. Nog even en de lange donkere winter doet zijn intrede.

'Kon je er niet eentje vangen?' vraagt Óli verlekkerd, die nog maar twee kiezen en een hoektand heeft.

'Die beesten lijken elk jaar sneller,' knort zijn twintig jaar oudere vriend.

'Dat jong van de overkant,' Óli maakt een vage knik met zijn hoofd in de richting van het westelijk eiland, dat achter de berg schuilgaat, 'die met de dochter van de dokter is, die gebruikt een net om ganzen te vangen.'

'Een visnet?'

Óli haalt zijn schouders op. 'Ik vind vis ook goed, hoor.'

'Hij is groot, hè?'

'Wie?'

'Die zalm, in de emmer.'

'De emmer was leeg.'

'Die klotemeeuwen!'

'Niet vloeken!'

'Ik vloek als ik dat wil.'

'Nee, anders kook ik niet, dat is de afspraak.'

Gormur bromt: 'Waarom pak je de emmer dan niet? Ik had toch een klop op de deur gegeven?'

'Ik dacht dat je wilde laten weten dat je weer terug was,' mummelt Óli teleurgesteld.

Gormur beent weg en trekt het hek met een klap achter zich dicht.

Voorzichtig, bidt Óli, anders gaat er nog meer kapot. Hij bukt en haalt een paar aardappeltjes uit de grond. Het is nog vroeg en ze zijn nog wat klein, maar hij wil niet opnieuw ruzie met Gormur.

~

Hij zit op zijn hurken en net als vroeger naast zijn vader gluurt hij door een smalle spleet van de geïmproviseerde schuilplaats naar de vogels buiten. Overal op de grond zijn nesten gemaakt van gras en dons, daartussen scharrelen de ganzen, die hem alweer vergeten zijn. Het vrouwtje, dat hij Witpluis noemt, poetst haar vleugels – want nu de commotie voorbij is moet ze haar verenkleed weer op orde brengen. Unnar wrijft over zijn wang en zijn hals. Het bloeden is gestopt. De gans die hij Bok noemt, omdat hij als een ram tekeergaat wanneer zijn territorium wordt bedreigd, heeft hem te pakken gehad. Toch laat Unnar zich niet verdrijven. Hij heeft zijn zinnen op het beest gezet, maar de agressieve ganzerik was niet van plan zich zomaar te laten pakken en heeft zich met verve verdedigd.

In de oude schuur in Vestor, naast het huis waar hij jaren met Henrik woonde, houdt hij de andere mannetjesganzen gevangen. Susanna weet nog niets van zijn plan. Hij weet zelf nog niet eens of het wel gaat lukken. Nu de rust in de kolonie is weergekeerd, het zachte gegak klinkt en de ganzen naar hun buren waggelen om wat te keuvelen zonder hun kroost uit het oog te verliezen, spannen bij Unnar de spieren weer aan. Hij ziet hoe de jonge ganzen vliegles krijgen van hun ouders en de tantes wroeten tussen de rotsen of kibbelen om plukjes gras. In het boek van zijn vader heeft hij gelezen dat de opgroeiperiode van de jongen samenvalt met de rui van de ouders en dat als hun nieuwe veren zijn volgroeid, ook de vleugels van de jongen lang genoeg zijn om te kunnen vliegen. Die tijd is bijna aangebroken.

Bok graast wat tussen de stenen, zijn vleugels zijn bijna weer op volle sterkte. Steeds kijkt hij even op, controleert zijn omgeving op naderend gevaar.

Unnars neusvleugels trillen. De wond op zijn wang is weer gaan bloeden. Hij blijft doodstil zitten, met het net in zijn handen.

Steeds dichterbij komt de grote ganzerik, zoekend naar nog iets eetbaars in de grotendeels leeggevreten kolonie. Vaak vliegen de beesten iets verderop om hun magen te vullen, maar de onrust die er heerste houdt Bok in de buurt van het nest. Witpluis wiegt haar heupen en schommelt achter hem aan. Met haar oranje snavel pikt ze tussen de plukjes gras, gevolgd door haar vlees en bloed, die al hun babydons hebben verloren. Bok is nog maar twee meter verwijderd van zijn schuilplaats. Het verse gras, dat Unnar uit de hut heeft gegooid, lokt.

Stap voor stap komt de ganzerik dichterbij. Het gezellig gegak en de mooie wolkenformaties leiden Unnar niet af, gespannen wacht hij op het moment dat de gans gaat eten. Bok buigt zijn kop naar het gras, hij aarzelt, komt weer omhoog en kijkt rond alsof hij iets heeft gehoord. Witpluis achter hem snatert wat. Nu kijken ook de jonge ganzen op. Unnar houdt zijn adem in. Witpluis en haar kinderen waggelen dichterbij. Bok kijkt weer naar de pluk gras, nog even gluurt hij naar de kleinere ganzen, dan buigt hij en begint te schrokken. Unnar bedenkt zich geen seconde, als een duiveltje uit een doosje springt hij tevoorschijn en werpt het net over de grote gans, die het aan voelt komen en zijn vleugels spreidt. Maar hij is te laat.

~

Iedereen slaapt. Pauli luistert naar de stilte van het huis. Hij klimt zijn bed uit en sluipt naar de keuken. De kachel brandt als altijd zachtjes. Hij pakt zijn trui, die Marit ernaast heeft gehangen en trekt hem aan. De prikkende wol vond hij vroeger vreselijk, maar nu voelt het vertrouwd. Bij de deur trekt hij zijn laarzen aan, en zonder een geluid te maken gaat hij naar buiten. Het is een heldere nacht en de sterren verlichten de wereld om hem heen, de huisjes die elk jaar meer hun verf verliezen, de fiets waarvan niemand de banden meer kan repareren en de auto die al jaren dienstdoet als kippenhok. Hij loopt naar het strand. Er liggen wat omgekeerde vissersbootjes aan de vloedlijn en de baai toont glinsterend zijn deining, met links en rechts de kale heuvels. De geur van het geronnen bloed dringt door in zijn neus. Hij maakt zich geen zorgen om de komende winter. De droogschuur hangt vol met het vlees van de grienden, terwijl de schapen nog niet eens zijn geslacht.

Hij kijkt omhoog. Vlak boven hem vliegt het teken van de Zwaan, als altijd zuidwaarts door de Melkweg, de vleugels wijd, de hals lang. Nog even en de trek gaat weer beginnen. Dan zullen ook de echte vogels zuidwaarts gaan, om in de lente met duizenden weer terug te komen naar hun broedgebieden en hen te verwennen met de eieren.

Waarom keren de vogels wel terug en zijn de mensen weggebleven? vraagt Pauli zich af. Dat zijn opa niet is weergekeerd heeft hem nooit verbaasd. Maar dat geen van de mensen die hun huizen met zware sloten hebben afgesloten en hun kostbaarheden hebben begraven, was teruggekomen, blijft vragen bij hem oproepen. Hij weet dat de mensen in het dorp hun kinderen tegenwoordig verhalen vertellen over de monsters en geesten die de zee bevolken en hen waarschuwen nooit voorbij de horizon te varen. Pauli gelooft dat soort verhalen niet en vertelt ze ook niet aan zijn zoon. Voor hem is de wereld nog steeds rond - de sterrenhemel boven hem bewijst hem dat. Maar soms, als er feesten zijn en ze samen dansen en zingen, mist hij de vrienden van vroeger en hoopt dat ze op een dag de euvele moed hebben dat te ontwijken wat hen tegenhoudt.

~

In de schuur snateren de ganzen, maar alleen Roest hoort het. Zijn baas gaat volledig op in het neerleggen en aan elkaar knopen van het raamwerk van dunne bamboestokken die hij op de meest vreemde plekken heeft gevonden. In het huis van de oude bakkerij werden ze gebruikt als gordijnrails, bij de kerk zonder toren hadden ze lang geleden gediend als verlenging van de zwabbers waarmee waarschijnlijk spinnenwebben van het plafond werden verwijderd, en hij had een bundel bamboe gevonden in een kast op de school. In boeken die hij uit de werkkamer van zijn vader heeft meegenomen heeft Unnar de foto's bestudeerd waarop de v-vorm te zien is waarin de ganzen vliegen tijdens hun jaarlijkse trek naar warmere gebieden. Midden in het verlaten dorp legt hij op de grond de bamboe in net zo'n v. De spreeuwen dartelen en duikelen. Roest volgt ze wantrouwend terwijl Unnar de stokken verbindt met ijzergaren dat hij in een doos in het huisje bij de haven heeft gevonden. Boven hem drijven grijze wolken zwaar van de regen, die wachten op het teken om hun last te laten vallen. Op dezelfde manier als de schepnetten voor de papegaaiduikersvangst, waarbij ook twee dunne stokken in een hoek met elkaar worden verbonden en het hoekpunt verstevigd wordt door een stuk hoorn van een ram, construeert Unnar de hoekverbinding. Alleen is deze v-vorm extreem veel groter, omdat alle vierenvijftig ganzen uit de schuur een plek moeten krijgen.

In tegenstelling tot de ganzen heeft hij de afgelopen weken bijna niets gegeten. Hij wil zo min mogelijk wegen, opdat de ganzen zo goed mogelijk kunnen vliegen. Mevrouw Poulsen, die net als Susanna niet begrijpt waarom hij opeens zo weinig eet, maakt grapjes over lijnen, iets wat mensen vroeger deden.

~

Esbern gooit glunderend voor de zoveelste keer zijn hengel uit. 'Ik zei toch! Het is een perfecte dag.'

'Wat voor aas gebruik jij? Het kan toch niet zo zijn dat ik niks vang en jij alles?' bromt Niklas en hij bijt op zijn baard.

Ze dobberen een meter of honderd van de kust. De steile rotsen torenen als een onneembare vesting boven hen. De wolken hebben al wat regen laten vallen en drijven leger en witter naar het noorden. Het tij is dood en de stroom langs het eiland rustig.

'Heb jij Unnar nog gezien de laatste tijd?' vraagt Esbern terwijl zijn blik strak op zijn lijn gericht blijft.

'Is hij nog steeds met die ganzen bezig? Wat wil hij daar toch mee? Allemaal tam krijgt hij ze heus niet.'

'Als je niets tegen Dora zegt ...'

Niklas knikt en speelt wat met zijn lijn. 'Nou?'

'Hij wil een échte dokter gaan halen.'

De mond van de oude kroegbaas valt open, stomverbaasd kijkt hij naar zijn vriend.

'Je lijn!' roept Esbern.

Niklas kan nog net het laatste stukje van het touw grijpen voor het overboord glipt. Hij voelt meteen dat er iets aan zijn lijn hangt. 'Ik heb beet!' roept hij en hij trekt het terug.

Het inhalen gaat echter veel minder makkelijk dan hij gewend is. De tegendruk is groot en wordt al naar gelang hij meer touw inhaalt steeds groter. Het touw snijdt in zijn handen.

'Help me!' schreeuwt Niklas.

Esbern windt razendsnel zijn eigen lijn in en pakt die van zijn vriend. Ook hij voelt de weerstand. 'Dit moet een forse meerval zijn, die heb ik hier pas ook al gevangen.'

'Of een doornhaai,' hijgt Niklas terwijl hij het uiteinde van de lijn om zijn handen wikkelt om beter grip te krijgen.

De mannen trekken uit alle macht. Hun kleine bootje wankelt op de golven.

'Misschien is het een grote zeewolf, die zwemmen hier vaak aan het eind van de zomer,' piept Esbern, daar nu ook het touw zich in zijn handen snijdt.

'Als het maar geen volwassen haringhaai is!' roept Niklas, die ziet dat hun bootje water begint te scheppen.

Onder hen verschijnt een donkere vlek. Groter dan hun bootje, groter dan de grootste vis die ze kennen.

'Loslaten!' krijst Esbern, hij laat het touw schieten.

Niklas die blij is eindelijk wat te hebben gevangen voelt dat hij naar de zijkant wordt getrokken.

'Laat gaan!' schreeuwt zijn vriend in paniek.

Niklas probeert de lijn los te krijgen van zijn handen. Hij wankelt. Esbern trekt aan zijn jas. Het touw snijdt steeds dieper in zijn handen. Ze zien dat de zee rondom hen begint te kolken.

'Laat nou los!!' brult Esbern.

Niklas is verward in het touw, hij doet alles om het los te krijgen. De zee begint te bruisen. Niklas wordt steeds verder naar de rand getrokken. Esbern klemt zich vast aan zijn vriend in een poging hem tegen te houden. Hij voelt de kracht waarmee hij overboord wordt getrokken. Niklas gilt. Er klinkt een scheurend geluid. De twee mannen tuimelen achterover op de bodem van het bootje.

Er klinkt nog een harde klap, alsof er iets op de golven kapotslaat, en dan is het stil en wordt de zee weer rustig.

Niklas, die boven op Esbern is terechtgekomen, begint te kermen.

De voormalige weerman weet niets anders te doen dan zijn armen om zijn vriend heen te slaan. Dan voelt hij het warme vocht en ziet het stromende bloed.

Niklas houdt verdwaasd zijn ene hand op. Er missen drie vingers. 'Een ech-te dok-ter halen, zei je dat ...?' stottert hij.

~

Ze houden elkaars hand vast en lopen het weggetje op naar Vestor. Susanna gaat nog zelden mee naar het dorp, waar niemand meer woont. Ze weet dat Unnar haar iets wil zeggen wat hij niet durft. Hij heeft Roest niet bij zich en kijkt naar de grond. Zij kijkt naar de lucht, waar boven hen een spreeuwenwolk danst, de soepele beweging van de zwerm, die lijnen vormt, golvend, uitdijend en weer inkrimpend. Moeiteloos glijden ze langs de hemel, als een dansend lichaam, vloeiend, zoekend, strelend.

'Wat wil je me vertellen?'
'Hoe weet je dat?' stamelt Unnar.
'Dat voel ik.'
'O.'
Ze knijpt in zijn hand. 'Zeg het maar.'
'Ik uhh ...'
Susanna ziet hoe de spreeuwen vrolijk zwieren boven haar hoofd. Ze zweven van links naar rechts naar links.
'Die dokters van vroeger ...' Unnar zoekt op het pad vóór zich naar de woorden die hij moet zeggen.
De spreeuwen roetsjen sierlijk, vormen een vlek, die weer een lijn wordt, die buigt en krult.
'... die alles weten, die ...'
Susanna kijkt naar haar man, zijn volle baard, zijn wilde bos haar, zijn blauwe ogen die speuren naar de juiste woorden.
'Je wilt weg, hè?'
Hij kijkt haar verschrikt aan.
Haar vingers strengelen zich om zijn hand. 'Met de ganzen, toch?' zegt ze zachtjes.
'... uhh, ja ...'
'Ben je niet bang?'
Hij schudt zijn hoofd.
Haar blik glijdt weer omhoog, de spreeuwen tekenen de lucht vol figuren. Ze zoekt zijn andere hand. Hij slaat zijn arm om haar heen en trekt haar tegen zich aan. Ze snuift de vertrouwde geur van zijn lichaam op, voelt zijn warmte. 'Weet mevrouw Poulsen het ook?'
'Niet van mij.'
'En papa?'
'Ja. Hij wil dat jullie naast de nieuwe kliniek komen wonen tot ik terug ben.'
'Kom je terug?'
Hij knikt heftig. 'Met een dokter.'
'In een vliegtuig,' lacht ze.
'Ja, een écht vliegtuig.' Nu pas ziet hij de zwerm spreeuwen hun dans opvoeren.
'Maar als er nou geen dokter meer is?'
'Die zijn er wel.'
'En als je het nou niet haalt?'

'Ik haal het wel.'
'Maar ... Waarom ga je?'
'Voor jou.'
Ze begint te huilen zonder geluid te maken en fluistert: 'Blijf bij me. Alsjeblieft. Ga niet weg.'
De spreeuwen dartelen en duikelen.

Ze lopen het verlaten dorpje in. Het wegdek is begroeid met gras. Ze hebben hun armen stevig om elkaars lichaam geslagen. Zij wil hem niet loslaten en hij haar niet. Ze horen het gesnater van de geketende ganzen. Ze lachen naar elkaar.
'Ik moet ze losmaken,' zegt hij
'Straks missen ze hun groep en zijn ze alleen,' zegt zij.
Op het terrein midden in het dorp staan de woedende grauwe ganzen. Hun poten zijn vastgemaakt aan de bamboe v-vorm op de grond en ze klapperen gefrustreerd met hun weer volgroeide vleugels. Als Unnar en Susanna het plein oplopen groeit het geklapper van de vogels aan tot furieus slaan.
'Blijf hier maar staan,' roept Unnar. 'Ik maak ze wel los.'
Hij is trots op zijn werk, maar ook is hij dolgelukkig dat het niet gebruikt gaat worden. Hij probeert de eerste gans los te maken, maar het beest is zo kwaad, het pikt, blaast en bijt, het slaat met zijn vleugels. Ook de andere ganzen blazen en hoesten van woede. Hij gebaart naar Susanna en rent naar de oude schuur aan het eind van de straat.
Ze ziet hem de schuur binnengaan. Ze kijkt naar de woedende dieren. Zij is niet bang voor de ganzen en loopt naar ze toe. Ze is nieuwsgierig naar wat hij heeft gemaakt. Susanna denkt dat haar vader trots zal zijn op Unnar, als hij weet dat ook haar man ingewikkelde dingen kan bouwen. Ze volgt de lange stengel heel precies aan elkaar gewonden bamboe, de stenen die op strategische punten liggen om het grote frame op de grond te houden en de touwen die aan die stenen zijn bevestigd zodat hij ze tegelijkertijd kan omtrekken. Ze ontdekt de paars gestreepte nylon banden uit de werkplaats van haar vader, die op een hoopje liggen bij het punt waar de twee lange bamboearmen samenkomen in een ingenieuze hoekconstructie. Zou haar vader hebben geholpen? vraagt ze zich af. De ganzen klapperen woest met hun vleugels als ze langs hen

loopt. Ze tilt de nylon banden op en lacht als ze ziet dat het net zo'n soort harnas is als haar vader heel lang geleden voor haar had gemaakt zodat ze kon schommelen in de huiskamer. Ze stapt erin en herinnert zich hoe hij haar duwde en ze door de kamer zwierde, dansen in de lucht, dat was het. Ze pakt het touw van de grond. Er klinkt een luide kreet. Ze draait zich om en trekt aan het touw. De stenen op het bouwsel, neergelegd om het geheel op de grond te houden, vallen om. De ganzen schrikken, klapperen nog harder met hun vleugels.

'Niet dóen!' roept Unnar.

Met een ruk wordt ze omvergetrokken.

Unnar rent naar haar toe. Susanna probeert op te krabbelen. De ganzen merken dat wat hen tegenhield minder sterk is geworden. Ze slaan met hun vleugels. Ze komen iets omhoog, ondanks het gewicht aan hun poten. Nog kwader worden ze. Nog harder slaan ze met hun vleugels. Ze willen ontsnappen. Loskomen van de greep die hen tegenhoudt. De vogels op het uiteinde van de bamboes merken dat ze omhoogkomen. Ze klapperen nog feller.

'Klim eruit!'

Susanna ziet dat de ganzen beginnen te vliegen. Ze wordt meegetrokken. Ze probeert eruit te klimmen maar de vogels trekken haar voort. Ze tracht uit het harnas te kruipen maar steeds meer ganzen stijgen op. Het harnas trekt zich strak om haar onderlijf, ze hangt, net als vroeger. Ze voelt hoe ze loskomt van de grond.

'SPRING ERUIT!'

Onder haar ziet ze Unnar met een hoed en handschoenen. Hij zoekt een stok, iets wat hij omhoog kan werpen, iets om haar tegen te houden. Hij gooit een touw, maar mist omdat hij met de handschoenen aan niet goed kan gooien. Hij trekt ze uit, pakt weer het touw, gooit en mist opnieuw.

'SNIJ JE LOS!' krijst hij.

Unnar trekt de hoed van zijn hoofd. Hij gilt en schreeuwt. Ze komt steeds hoger. Hij rent onder haar mee. Hij valt over een steen en staat weer op.

Susanna is niet bang. Het is fijn in de lucht. Ze trapt met haar benen, alsof ze kan rennen door de lucht. Het is een heerlijk gevoel. Unnar springt over een stroompje en zij vliegt over de wei. Ze ziet de zee. Ze hoort het gegak van andere ganzen. Ze kijkt om zich heen. Honderden vogels stijgen rond haar op.

'STOP! GA NIET WEG!'

Ze vliegt steeds hoger. Hij ziet de ganzen naar de kolonie vliegen. *Ze moeten landen.* Hij rent zo hard hij kan de heuvel op. Langs de rotsen. *Waarom landt ze niet?* Hij springt over een beek. Schapen schieten verschrikt opzij en hollen de heuvel af. Hij rent omhoog, haar achterna. Hij bedenkt dat hij moet proberen een stel andere ganzen te grijpen, die hem omhoog moeten brengen. Ze mag hem niet verlaten.

Ze vliegt steeds hoger, omringd door steeds meer ganzen, die gakkend hun jaarlijkse trek inzetten. Ze kijkt naar beneden. Ze ziet Unnar rennen naar de klif. Ze is bijna boven de zee.

'Ik kom terug!' roept ze. 'IK KOM ECHT TERUG!'

Op het allerlaatste moment stopt hij. Loodrecht onder hem gaapt de duizelingwekkende diepte van de kliffen met de kolkende zee daaronder. Hij ziet de honderden grauwe ganzen zich aansluiten bij de bamboe v-vorm, de trappelende benen hoog in de lucht. Ze zwaait. Hij zwaait terug. In het licht van de ondergaande zon, die de wereld koper kleurt, vliegen de vogels weg in tegenovergestelde richting.

Berichten van de oude wereld

– het zesentwintigste jaar –

De ooit zo kleurige huisjes zijn door de eeuwige zeewind veranderd in fletse schimmen. De eerste jaren werden ze nog geverfd, aanvankelijk met de oorspronkelijke verf, in rood, blauw en geel, daarna in andere kleuren, later mengden de restjes zich tot een bruingrijs of grijsbruin, maar ook die verf raakte op en dus ranselt de zeewind zonder tegenstand de laatste lak van kozijnen en deuren en is alleen nog binnenshuis iets van de oude bontheid te ontdekken.

Het zijn niet alleen de huizen die hun fleur hebben verloren, ook de mensen zijn veranderd. Hun felgekleurde truien en broeken nemen steeds meer de kleur aan van de eilanden zelf. Regelmatig duiken er nog goede kledingstukken en schoeisel op in kasten en kisten van hen die nooit terugkwamen. Heel soms vindt iemand zelfs een bloes of een jas waar nog een prijskaartje aan hangt. Zulke kledingstukken worden graag gedragen bij speciale gelegenheden, waarbij het nutteloze papiertje dan als een kostbaar sieraad aan de kraag of mouw bengelt.

Alleen het landschap is hetzelfde gebleven. Nog steeds veranderen het licht en de weersgesteldheid razendsnel, maakt regen plaats voor de zon, die door de dikke wolken priemt, om even later weer te worden weggeblazen en overgenomen door de zeemist, die zich lijkt te nestelen tussen de heuvels, tot hij opeens oplost in het niets en een blauwe lucht tevoorschijn komt die alles doet vergeten. Lang blijft het niet blauw, daar de wind de baas is en nieuwe grijze wolken brengt, die zich lozen op de groene weide om weer afgewisseld te worden door wat zonnestralen, die op hun beurt worden overrompeld door natte sneeuw, waarna de mist terugkeert en als een deken de heuvels bedekt.

In de korte zomers, wanneer de temperatuur doorgaans tot zestien of zeventien graden stijgt, kleuren de bloemen de velden en ruikt het gras zo kruidig dat het bedwelmt. Dan werken de eilanders als bezetenen om hun wintervoorraden te kweken en te verzamelen. Want als de herfst inzet en de stormen over de kale berghellingen op zoek gaan naar slachtoffers, willen de aardappels niet meer groeien en is de zee te gevaarlijk om te vissen. De dagen worden korter en het licht dempt. Het duister daalt neer en de wereld lijkt te slapen, maar binnen bij kleine vuurtjes dansen en zingen de mensen verhalen die de winter en de kou even doen vergeten. Tot de vogels hun vertellen dat de lente komt.

Hij staat boven aan de klif en tuurt. Hij tuurt al dagen van onder de rand van zijn hoed. Naast hem zit als altijd zijn oude hond Roest, de tong uit z'n bek. De stormvogels en de tureluurs zijn er al weken. Net als de zeekoeten, de regenwulpen en de goudplevieren. Hij wacht en staart in de verte. Tot hij opeens aan de horizon de v ziet verschijnen. Rustig vliegt de groep nader. Unnar pakt zijn kijker en zet hem aan zijn ogen. Hij stelt hem scherp en kijkt. Het gakkende geluid bereikt zijn oren. Zijn blik glijdt langs de lange rij ganzen, nog hoog in de lucht. Teleurgesteld laat hij de kijker zakken en hij sjokt treurig terug de heuvel af, zijn hond achter hem aan.

~

Het is koud in de kamer en mevrouw Poulsen schuifelt van het aanrecht naar haar stoel, als ze zich opeens bedenkt en naar het bed sloft. Haar handen glijden tussen de dekens. Ze vindt niet wat ze zoekt. Met moeite knielt ze neer, haar stijve knieën willen niet meer buigen, ze tast onder het bed. Achter haar hoort ze de deur opengaan.

'Wie is daar?' slist ze. 'Ben jij dat, Unnar?'

'Nee, ik ben het, Dora. Mag ik binnenkomen?'

'Natuurlijk,' piept ze verrast.

Dora kijkt naar de hoogbejaarde, kromgegroeide vrouw, die onhandig op haar knieën tussen wat kisten en dozen onder haar bed rondtast, terwijl een kat rustig toekijkt. 'Zoekt u iets?'

'Ja, ik had zo'n klein stevig kussentje, maar ik kan het niet meer vinden.'

'Zal ik even voor u kijken?'

'Graag.'

Dora helpt de oude vrouw overeind, brengt haar naar haar stoel en knielt dan zelf. 'Wat voor kussentje?'

'Het is klein en paste vroeger altijd lekker onder in mijn rug.'

Dora kijkt maar ziet niets. 'Wanneer had u het voor het laatst?'

'Alweer een tijdje geleden. Het is zo'n fijn kussentje. Het glijdt niet steeds weg.'

'Hier ligt het niet,' zegt Dora, 'kan het nog ergens anders zijn?'

'Misschien op mijn stoel in het lokaal.'

In de gang is het koud en vochtig. Dora ziet dat de deur van Unnars slaapkamer openstaat. Ze kan het niet laten om even naar binnen te gluren. Het tweepersoonsbed is verdwenen en tegen de wand is een smal eenpersoonsbed gezet waarop wat schapenvellen liggen. Ze slikt. Sinds Susanna is weggevlogen komt ze hier niet meer graag.

Ze opent de deur aan het eind van de gang. Ze stapt de ijzige kilte binnen van de oude school – een klein lokaal met wat tafels en stoeltjes. Op het schoolbord staan nog wat rekensommen en aan de wand hangt een plaat met voorbeelden van voertuigen van toen: een vliegtuig, een trein, een bus, een tram, een auto, een motorfiets, een tractor en een rijwiel. Alleen die laatste wordt nog weleens gebruikt, al zijn de meeste fietsen met hun onrepareerbare lekke banden verbannen naar schuurtjes of zolders. Ze kijkt naar de kaart van de wereld en naar de twee minuscule puntjes die hun eilanden voorstellen, het kleine plastic skelet waarvan ze de grotere versie in haar werkkamer in de kliniek heeft staan en de posters met allerlei bomen die hier nooit zullen groeien. Op de stoel vóór de klas ligt geen kussentje, ook niet op een van de andere stoelen of op het bankje voor het raam. Dora trekt de grote kast open en ziet de stapel leesboekjes waaruit ook zij en Esbern hun dochter hebben leren lezen. Als altijd wanneer ze aan Susanna denkt moet ze slikken. Op de bodem staan nog meer kisten en dozen. Spullen waar zelden nog iemand naar omkijkt. Vroeger, toen er overal kachels brandden en alles warm was, maakte het niet uit hoeveel ruimtes je wilde gebruiken, maar al jaren verwarmt men alleen het hoogst noodzakelijke. In de kast staat een doos vol oude kranten. *Da's handig voor de kachel*, denkt Dora. Ze trekt de doos naar zich toe en er valt een klein oranje kussentje uit.

Dora legt het kussentje op de schoot van de oude vrouw. 'Bedoelt u deze?'

De kat springt weg en de vergroeide handen bevoelen het kussentje. 'Ja, dat is hem, kan je hem even onder bij mijn rug doen?'

Dora friemelt het kussentje tussen de magere rug onder de omslagdoek en de leuning van de stoel.

'Dank je,' mompelt mevrouw Poulsen. 'Kom maar weer, Lina, kom maar bij het vrouwtje.' Ze klakt met haar tong, maar de kat blijft op een afstand staan.

'Zal ik de kachel wat oppoken?'

'Zou je dat willen doen?'

'Natuurlijk!'

Weer klakt de oude vrouw met haar tong, nu springt Lina op haar schoot.

Dora loopt naar de kachel, pakt een van de kranten en maakt er een prop van.

'Wat doe je erin?' vraagt de oude vrouw.

'Ach, wat oude kranten.'

'Kranten! Welke?'

'*De Courant*.'

'O echt? Lees eens voor.'

Dora zucht, strijkt de prop glad en leest hardop: 'EU-leiders eens over aanpak crisis.'

'Welke crisis?' vraagt mevrouw Poulsen.

'Dat weet ik niet.'

'Lees dan even,' slist mevrouw Poulsen.

Dora kijkt naar de foto waarop drie mannen en een vrouw in pak elkaar de hand schudden. Ze herkent sommige van de gezichten van regeringsleiders die vroeger op tv kwamen. Ze denkt aan Frimann Hansen, die was weggevaren zonder op Esbern te willen wachten. Hoe ze hem had willen tegenhouden, en aan Birta, die met Susanna in het water was gesprongen. Ze vouwt de krant gladder en leest: 'In Brussel hebben Duitsland, Frankrijk, Italië en Nederland bekendgemaakt bezwaar te hebben tegen de hernieuwde regels waarmee de concurrentiekracht van de verschillende economieën op niveau moet worden gehouden ... hier snap ik helemaal niets van.' Ze propt de krant weer samen en staat op.

'Lees nog wat?'

'Het is al laat en straks is het donker, ik moet nu gaan. Zal ik de kranten in de kachel doen? Het is zo koud hier.'

'Nee, je mag de krant niet weggooien zonder dat ik weet wat erin staat.' Ze strekt haar handen uit naar Dora, die de prop erin legt.

'Dan ga ik maar, ik moet nog ver.'

Mevrouw Poulsen knikt en bevoelt met haar vingers het oude vochtige papier.

~

Vanaf de rots net buiten het dorp gooit Marit de vissenkoppen, -graten en -vellen terug in het water. Nooit zal ze de zee vergeten te danken voor wat hij haar ooit teruggaf. De meeuwen storten zich krijsend op de resten. Boven haar vliegen de ganzen gakkend over in hun vertrouwde v-formatie. Ze vraagt zich af of de schoonzoon van de dokter weer op de kliffen staat te wachten. Want ook hij schijnt, net als zij destijds met Pauli, te blijven geloven in de terugkomst van zijn vrouw. Zou hij ook, na al die jaren, nog steeds haar hoofdkussen niet hebben aangeraakt en de voordeur op een kier hebben gehouden?

Ze loopt terug over het smalle pad naar het huisje aan de baai, haar gezicht naar de zon gekeerd, elk straaltje wil ze pakken, voor het geval de zomer hen weer vergeet. Op de heuvel, die opnieuw groen begint te kleuren, grazen de schapen van Pauli. Dan ziet ze het eerste madeliefje. Ze plukt het en steekt het in haar haar.

Marit port het vuur op in de kachel, die midden in de kamer staat. De ruimte waarin zij leven wordt steeds kleiner. Niet alleen omdat haar zoon een grote man is geworden maar ook omdat hij een vrouw heeft. Met de komst van Enna in huis is ook het verdriet om de vele miskramen teruggekomen.

Marit opent de pot met boter in de voorraadkamer, de ruimte naast de oude keuken. Wat zullen haar mannen blij zijn als ze weer eens gebakken vis voor hen klaarmaakt, na een hele winter gekookt griendenspek te hebben gegeten! Bestond er nog maar suiker, dan zou ze pudding voor hen maken, want het enige zoet dat ze kennen komt uit de bloempjes van de dovenetel, die ze 's zomers leegzuigen als waren het snoepjes.

'Moeder!'

Ze hoort aan de stem van haar schoondochter dat er iets is.

'Ik ben hier!' Marit lepelt de boter uit de pot in een kopje.

Het gezicht van Enna is lijkbleek. Marit kijkt meteen naar de zwangere buik van het meisje, maar daar lijkt de angst niet over te gaan.

'Leiki ...'

Marit voelt een koude rilling door haar lichaam gaan. Ze staart naar het gezicht van het meisje dat sinds drie jaar bij hen woont. Ze ziet haar lippen bewegen maar kan de woorden niet horen. De kou van de voorraadkamer dringt bij haar binnen. Haar armen willen niet meer bewegen terwijl de boter in het kopje verandert in lood.

'... op de rotsen.'

'Op ... de ... rotsen ...?' stamelt Marit.

Het meisje knikt en begint te huilen. Ze legt haar handen beschermend over haar buik.

'Op de rotsen ...' herhaalt ze fluisterend. Het kopje in haar hand wordt te zwaar en valt op de tegels. De klap wekt haar.

Ze rent achter Enna de heuvel op. Het madeliefje is ze allang verloren. Boven bij de klif staat Pauli. Hij houdt een touw beet dat naar beneden leidt, zoals ze doen tijdens de vogeljacht. Ze ziet dat haar man bukt en iets zwaars optrekt. Het hoofd met de lange rode haren hangt zijwaarts, de armen in de groene trui zijn slap. Hij trekt haar zoon op het gras.

Marit stort zich op het geknakte lichaam van Leiki, de jongen die haar altijd aan het lachen maakt, ook als het koud is en de storm al dagen om het huis spookt, haar zoon, die de bakken met spek voor haar tilt als die te zwaar zijn, die voelt als ze weer niet heeft geslapen omdat ze bang is dat op een dag de monsters uit zee het land op zullen kruipen, Leiki, die weet dat ze vaak spijt heeft niet met oude Pauli te zijn meegegaan, haar zoon, haar enig kind, die misschien voor de eerste keer vader wordt.

Enna kijkt naar de gillende en huilende moeder op het levenloze lichaam van haar zoon. Ze begrijpt het niet: ze voelt niets, alleen het kind in haar buik, dat voor het eerst beweegt.

~

'Nog eentje, tante Alisa?' vraagt Unnar.

Mevrouw Poulsen toont een gelukzalige glimlach.

'Speciale aanbieding!' Hij zet een hoge stem op en trekt een gek gezicht. 'Krokante pizza's! Twee halen, één betalen!' Zijn stem daalt. 'Pizza's, dat waren toch van die grote ronde koeken?'

Mevrouw Poulsen knikt.

'Sudderen maar!' lacht Unnar nu met een heel lage stem. 'Doorregen runderlappen voor de helft van de prijs.' Hij kijkt op en vraagt: 'Wat betekent "doorregen"?'

'Dat ze vetter zijn,' zegt ze zacht. 'Ik zou bijna honger krijgen als ik eraan denk.'

'We hebben nog schapenvet, wilt u dat?'

'Nee,' piept ze, 'ik denk alleen maar, alles was zo anders, zo veel gemakkelijker ...'

'Moet u dit horen!' Unnar heeft de pagina omgeslagen. 'Telefoonbedrijven weten alles. De maatschappijen die het internet- en telefoonverkeer verzorgen weten alles van hun klanten. Begin januari vroeg de heer Solmunde van de Vereniging ter Bescherming van de Privacy bij zijn telefoonbedrijf alle beschikbare gegevens op over zijn eigen gebruik. Hij ontving gegevens betreffende zijn telefoongesprekken, de duur ervan en de telefoonnummers waarmee hij contact had, plus alle in- en uitgaande oproepen en zijn ... smuh ... sms'jes ... Snap jij het nog?' vraagt Unnar zonder op te kijken. 'Tevens kon hij alle verbindingen die hij met internet had gemaakt terugzien, de duur van de verbinding plus zijn locatiegegevens. Zo kon men exact vaststellen waar hij zich het afgelopen jaar per minuut had bevonden. Volgens Solmunde is het een zware schending van het recht op privacy van de burgers dat zulke gegevens in handen zijn van een commercieel telefoonbedrijf.' Unnar schuift de krant van zich af. 'Ik snap er niks van.'

Mevrouw Poulsen zit met een glimlach op haar gezicht en aait Lina. 'Zo was het ja, ik herinner het me weer, schrijven op je telefoon,' mompelt ze.

'Een telefoon gaf toch alleen geluid door, dat was toch om te praten?'

'Weet je dat niet meer?' klinkt haar hese stem. 'Je kon met de telefoon ook kleine berichten versturen, een soort briefjes. Zoals we een paar jaar geleden ook deden, toen we nog veel papier hadden, of zoals we nu doen met de houtskool op de muur.'

'Maar waarom vond die man,' Unnar tikt op de krant, 'het erg dat ze wisten waar hij was als hij op zijn telefoon schreef?'

'Ik heb nooit precies begrepen hoe het werkte, maar het internet was een soort spinnenweb dat over de hele wereld was gespannen en waar je altijd bij kon.'

Unnar schuift meer naar de oude vrouw toe om haar te kunnen verstaan.

'Iedereen had daarin een soort eigen brievenbus, ik ook. Of je nu in Kopenhagen, Amerika of hier was, dat maakte niet uit. Je kon altijd brieven en foto's versturen. Weet je dat echt niet meer?'

Unnar schudt zijn hoofd. 'Ik weet alleen nog dat ik met mijn vaders computer speelde, die gaf licht. Dat weet ik nog. Als hij terugkwam van het vogels kijken, ging hij altijd van alles op die machine opschrijven, en als hij klaar was mocht ik er weer op spelen. Maar wat ik niet snap, als iedereen over de hele wereld alles wist, waarom wisten ze dan niet van ons?'

'Dat weet ik niet, dat weet niemand,' zegt mevrouw Poulsen uitgeput. Haar mond zakt wat open en haar hand ligt stil op de kat op haar schoot.

'Zullen we stoppen?'

Mevrouw Poulsen schudt haar hoofd. 'Nog een, niet zo'n moeilijke.'

Unnar slaat de bladzijde om. 'Cacao onder druk?'

'Ja die!' zegt ze met haar ogen dicht.

'Na twee jaar slechte oogsten in West-Afrika, waar driekwart van de totale wereldproductie van cacao vandaan komt, en de voortdurende onrusten in deze regio is de productie van Zwitserse chocolade tijdelijk stil komen te liggen. Ook in België, het land waar de wereldberoemde pralines vandaan komen, en waar de grootste chocoladefabriek ter wereld staat, kampt men met ernstige tekorten. De prijs van een reep chocolade is met meer dan honderd procent gestegen en verdere verhogingen zijn niet uitgesloten.' Unnar kijkt op en ziet hoe mevrouw Poulsen met haar hoofd op haar kussentje leunt – haar ogen gesloten, terwijl haar tong haar lippen likt.

~

Óli roert in de pan. Hij heeft last van zijn pijnlijke gewrichten, zijn gebogen rug, zijn kromme knieën en vergroeide handen. Hij mist zijn tanden en een goede bril. Hij begrijpt niet waarom Gormur bijna geen gebreken heeft terwijl hij toch de zeventig moet zijn gepasseerd en hijzelf vandaag vijftig wordt. Al is hij er niet helemaal zeker van dat er niet ergens een fout in de telling is gemaakt. In de jaren na de Storm en de Grote Uittocht, de koude winters, het weinige eten en de vochtige huizen hadden de mensen wel wat anders aan hun hoofd dan het bijhouden van de dagen. Dus worden de dagen korter en langer. De vogels komen en gaan. De zee is rustig of wild. De hei bloeit in augustus, de lammetjes komen eind februari. Hij viert zijn verjaardag altijd als de eerste ganzen arriveren, omdat hij zich nog goed herinnert dat zijn moeder met een taart met kaarsjes binnenkwam wanneer de ganzen gakkend overvlogen. *Vijftig kaarsen!* Overvloed is iets wat bij het verleden hoort. Hij denkt aan de Italiaan die tijdens de Storm verlangde naar wijnen en eten waar hij nog nooit van had gehoord. Hij roert in de soep van aardappelen en gedroogde vis, waarvoor hij om de zoute smaak te krijgen deels zeewater gebruikt en deels water van de beek. Hij proeft nooit, maar vandaag, op zijn verjaardag, wil hij dat de soep extra lekker smaakt. Hij brengt zijn neus boven de pan en herinnert zich hoe Ambrosio huilde om het gemis van de gerechten van zijn moeder en zijn land. Hij neemt een hapje. Óli proeft zijn land, hij kent geen andere smaken. Hij denkt aan de fles met de godendrank die ervoor had gezorgd dat ze de hele nacht van de Storm hadden gelachen en niet bang waren geweest. Opeens proeft hij weer de smaak van de taart van zijn moeder, de kersen onder een dikke laag zoete room, de dikke witte boterhammen die hij van haar meekreeg naar school, de roze gebakjes op zondag na de kerk, de koekjes bij de thee, de gele saus die zo goed smaakte dat hij vaak meer saus at dan aardappel, de yoghurt met banaan of perzik ...

'Gaan we al eten?'

Óli verslikt zich als hij de stem van Gormur hoort.

'Bijna,' hoest hij en hij kijkt beteuterd naar de grauwgrijze soep in de pan.

~

Unnar legt nog een extra deken over de benen van mevrouw Poulsen en gooit nog een stukje hout in de kachel.

'Wilt u een eitje?' Unnar houdt een gevlekt meeuwenei op.

Ze leunt tegen de kussens in haar bed en beweegt een beetje met haar hoofd. De duidelijke knikbeweging die ze altijd maakte is verworden tot een wankel onzeker gebaar.

Hij gaat naast haar zitten, met een theelepeltje voert hij haar een hapje geprakt ei. Ze zuigt en sabbelt erop.

'Is het klein genoeg?'

Ze hijgt, het eten kost haar veel moeite, maar ze kijkt hem dankbaar aan. Buiten hoort hij Roest en de pup Vlek blaffen, binnen op het bed snort Lina. Hij brengt het lepeltje weer naar haar mond, maar die is nog niet leeg.

'Wilt u dat ik weer wat voorlees?'

Er verschijnt een vage glimlach op haar gezicht.

'Dan moet u wel het eitje opeten.'

De kaken in het rimpelige gezicht zetten zich in beweging.

Unnar pakt het stapeltje platgevouwen krantenvellen, gaat aan het voeteneind zitten en bladert wat. 'Visvangst beter dan vorig jaar?' Hij kijkt naar het verschrompelde vrouwtje, dat geen reactie geeft. 'Antirooklobby is tanende?' Weer geen reactie. 'Man breekt enkel door val van steiger? Mega-maaimachine gearriveerd? Ongewone vriendschappen?'

Ze knippert met haar ogen. Hij snapt dat ze dit wil horen.

'De socioloog Eric Burhem uit Alabama promoveerde onlangs op een onderzoek naar ongewone vriendschappen. Hij interviewde hiervoor meer dan tweehonderd personen die een vriend of vriendin hadden waarbij werkkring, interesses, geslacht, milieu én leeftijd verschilden.' Unnar kijkt op van het vergeelde papier. Mevrouw Poulsen tilt haar hoofd op. Hij leest verder: 'Hij ontdekte dat er statistische verschillen zijn tussen deze vriendschappen en "gewone" vriendschappen, waarbij geslacht, leeftijd en interesse doorgaans met elkaar harmoniëren. Waar "gewone" vriendschappen, net als huwelijken, vaak last hebben van *the seven year itch*, ontbreekt dit fenomeen bij "ongewone" vriendschappen. Ook van de spanningen veroorzaakt door afgunst en concurrentie, die veel "gewone" vrouwenvriendschappen overschaduwen, is geen sprake. Net als het gebrek aan diepgang dat de meeste "gewone" mannenvriendschappen karakteriseert. "Ongewone" vriendschappen komen veelal voort uit toeval en noodzaak.' Weer kijkt hij op. Hij merkt dat mevrouw Poulsen nog steeds haar lege ogen op hem heeft gericht. Hij leest verder. 'Diep gaat het onderzoek van Burhem in op een vriendschap tussen een oudere vrouw en een vijftig jaar jongere man.' Unnar gluurt naar mevrouw Poulsen, maar haar blik is ongewijzigd. 'De man was op heel vroege leeftijd plotseling wees geworden, de vrouw in kwestie had geen kinderen of relatie maar wel een sterke band met haar katten. Uit de interviews kwam naar voren dat de vrouw het jongetje niet in huis nam maar hem in eerste instantie voedde alsof hij een kat was. Dit hield in dat ze wat eten in een voerbakje deed en dat buiten neerzette.' Unnar krijgt een onaangenaam gevoel. Hij twijfelt of hij verder moet lezen maar wanneer hij weer opkijkt, heeft ze een vreemd heldere blik in haar ogen en lijkt ze te lachen. 'Als, door omstandigheden, op een dag het voederbakje leeg blijft, vertrekt de jongen. Dit blijkt het moment waarop de vrouw voor het eerst beseft dat het jongetje geen kat is maar een kind.' Unnar gluurt over de rand van het papier naar mevrouw Poulsen. Ze heeft haar ogen gesloten en op haar mond ligt een glimlach. Hij wil ook glimlachen als hij ziet dat er een traan uit haar gesloten ogen rolt. Unnar legt zijn hand op haar schouder. Als een poes drukt mevrouw Poulsen zich tegen zijn hand. Hij streelt haar zachtjes. Hij voelt dat ze niet huilt om lang geleden maar omdat ze moe is. Hij hoort hoe haar adem steeds dunner wordt. Hij knielt naast haar neer en legt zijn andere hand op haar voorhoofd. Ze voelt koud aan. Hij pakt de deken en trekt die wat hoger. Ze kreunt zachtjes, of spint ze? Hij houdt zijn grote hand op haar voorhoofd. Het is of ze erin wil kruipen.

'Ja, u bent mijn beste vriend,' zegt hij zachtjes.

Weer kreunt ze zachtjes. Haar adem hapert.

Zijn hand streelt haar gezicht.

Buiten blaffen de honden.

Op het bed spint de kat.

Onweer

– negenentwintig jaar –

'Je moet de lijn wat inhalen,' zegt Niklas.

'Die lijn is goed,' zegt Esbern.

'Je hebt anders nog niets gevangen,' benadrukt Niklas van stuurboordzijde.

'Dat ik één keer minder snel beetheb dan jij, betekent nog niet dat ik mijn lijn niet goed heb,' bromt Esbern van bakboordzijde.

Met hun ruggen zitten ze naar elkaar en ze turen naar het water waarin hun lijnen verdwijnen. De zee is kalm en het bootje dobbert rustig.

'Loot jij mee?' vraagt Niklas.

'Wat doe jij?' vraagt Esbern.

'M'n benen, hè,' klaagt Niklas.

'M'n ogen,' vult Esbern aan.

'We worden oud.'

'Waar blijft de jeugd?'

'Die sterven in het kraambed.'

'Dus moeten wij het wel doen.'

'Jij loot dus mee?' zegt Niklas.

'Ik weet het nog niet.'

'Ik ben dol op papegaaiduikers.'

'Maar die schepnetten zijn zo zwaar.'

'Zullen we samen één strootje trekken voor één vangplek?' stelt Niklas voor.

'Dat kan toch niet! Wij zijn de oudsten. We krijgen de meeste loten.'

'We loten gewoon mee, en we gaan samen naar de beste plek.'

'Oké,' zegt Esbern.

'Of kan Unnar ons helpen?' vraagt Niklas.

'Ach, die is liever alleen sinds ook de oude vrouw dood is.'

De mannen staren weer naar hun lijn en het water. Een meeuw scheert krijsend over, in de verte slaan de golven zich stuk op de rotsen.

'Mijn schapen lijken niet meer stevig op hun poten te staan.'

'Ja, heb ik ook gezien.'

'De honden hebben er weer een te pakken,' zucht Esbern.

'Zet je geen vallen meer?'

'Jawel, maar ze trappen er niet meer in.'

'Zet je schapen dan binnen.'

'Ik krijg toch nooit voldoende gras bij elkaar om ze het hele jaar te voeden.'

'Dan doe je het niet.'

Ze turen weer zwijgend naar het water.

'De windmolen van de kliniek is kapot,' begint Esbern opnieuw.

'Dan maak je die toch weer?' zegt Niklas.

'Ik mis één schroefje.'

'Er zijn toch nog wel schroefjes te vinden?'

'Dit schroefje niet.'

'Ook niet in een van die oude windmolens die je hebt gemaakt?'

'Ik denk dat ik een betere bril nodig heb.'

'Er zijn toch nog wel brillen?'

'Niet in mijn sterkte.'

'Ook niet in de bak op de kliniek?'

'Nee.'

De mannen staren weer naar het water. De tijd verstrijkt. Ze halen hun lege lijnen op en werpen ze weer in zee.

Opeens voelt Esbern dat er aan zijn lijn wordt getrokken. 'Ik heb beet,' fluistert hij.

Niklas draait zich om en kijkt naar zijn vriend, die heel rustig zijn lijn inhaalt, af en toe een beetje laat vieren om hem dan weer in te halen.

'Groot?'

Esbern haalt zijn schouders op.

'Niet heel klein?' wil Niklas weten.

'Wacht nou even,' bromt Esbern.

Gespannen kijkt Niklas naar de lijn, die naar zijn zin veel te langzaam wordt ingehaald.

'Je moet harder trekken.' Niklas wijst naar de lijn met zijn tweevingerige hand.

Esbern verbijt zich en blijft heel rustig de lijn binnenhalen.

'Ik hoop dat het een beetje forse vis is,' likkebaardt Niklas.

'Zoals die van jou ooit!' bijt Esbern hem toe.

Niklas houdt zijn mond.

Esbern trekt met een ruk de middelgrote koolvis aan boord.

'Da's geen grote,' begint Niklas weer.

'Het is een vis.'

'Ja, maar normaal vang jij veel grotere.'

'Vandaag heb ik deze.'

Hij haalt de haak uit de bek en gooit de vis op de bodem van het bootje. De vis klappert met zijn staart. Esbern pakt een nieuw stukje aas en doet dat aan zijn haak.

'Vissen met een net is eigenlijk veel beter,' gaat Niklas door.

'We hebben geen grote boten meer.'

'We kunnen het toch ook eens proberen met een kleine boot.'

'Dat is vaak genoeg geprobeerd.'

'Maar wíj hebben het nooit geprobeerd.'

'Omdat ik weet dat het niet werkt.'

'Jij weet het weer ...'

Esbern gooit zijn lijn uit en draait zijn rug naar Niklas. Hij staart naar de zee.

Niklas pakt de vis op en bekijkt hem kritisch. 'Heb je deze vis gezien?' begint Niklas weer. 'Hoort dat zo te zijn?'

Esbern blijft naar zijn lijn kijken en houdt zijn mond.

'Die vin? Is dat normaal?'

Esbern draait zich met een ruk om, grist de vis uit Niklas' handen en houdt hem op. 'Deze vis is in orde. Hij glimt zoals hij hoort te glimmen, de ogen zijn gewoon waar ze horen te zitten, de vin ...' hij trekt de rugvin uit, 'is volkomen normaal.'

'Weet je het zeker? Jouw ogen zijn toch ook niet meer zo goed?'

Esbern trekt zijn mes uit zijn broekzak, legt de vis op zijn schoot, steekt het mes erin en snijdt hem met een haal open. Hij slaakt een kreet, gooit de vis op de bodem en duwt zijn hand op de snee in zijn been. 'Bemoei je dan verdomme ook niet met andermans zaken,' snauwt hij.

'We delen toch de vissen?'

~

'Wat heb je toch?' vraagt Dora aan haar man.

'Niets,' zegt Esbern.

'Je loopt raar. Ik zie het al een tijdje. Wat is er?'

'Ik zeg je toch dat er niets is.'

'Esbern ...' De stem van Dora daalt, iets wat ze alleen doet als ze op het punt staat boos te worden. 'Het mag dan twaalf jaar geleden zijn dat wij onze dochter zijn kwijtgeraakt, ik denk nog elke dag aan haar en ben niet van plan ook zomaar mijn man te verliezen. Ik mag dan geen echte dokter zijn, ik ben wel een gediplomeerd verpleegster en zie dat er met jou iets mis is. Je loopt al weken mank, volgens mij heb je pijn en koorts, en je stinkt.'

Esbern haalt zijn schouders op. Hij en Niklas hadden bij de verloting van de locaties de beste plek getrokken voor het vangen van de papegaaiduikers. Zeker omdat het een slecht jaar was en er niet veel vogels waren gekomen, was iedereen jaloers geweest op hun stek. Hij had echter door de zwerende wond aan zijn been niet de kracht gehad het vangnet aan het drie meter lange handvat goed door de lucht te zwiepen. Niklas had met het verliezen van de vingers aan zijn rechterhand ook de handigheid van het vogels vangen met het net verloren. Ze hadden hun vangnetten opzij gelegd en waren weer gaan jagen op de manier die vóór de Storm verboden was. Met een kleine pikhaak hadden ze de nesten leeggetrokken. Het uren op zijn knieën zitten had zijn tol geëist. De eerste nacht die ze in het hutje doorbrachten was de wond weer gaan bloeden, de dagen erna gaan zweren. Naar huis gaan had geen zin, het was te ver weg en ze moesten genoeg eten verzamelen voor de komende winter, want veel voorraad was er niet nu de grienden hun eilanden al twee jaar niet hadden aangedaan.

'Trek je broek uit!'

Esbern kijkt haar ontsteld aan.

'Ik ben je vrouw! Trek die broek uit!'

Esbern knoopt zijn broek los en laat hem zakken.

Dora slaat haar hand voor haar mond. Het wondje dat als een snee begon is uitgegroeid tot een grote zwerende plek waar een grijsbruin pus uit druipt, en is omringd door opgezwollen blauwige blaren. Uit haar gezicht verdwijnt alle kleur. Ze kijkt haar man aan. 'We hebben geen minuut te verliezen!'

Esbern wil protesteren maar de pijn van de laatste weken is de laatste uren zo verhevigd dat hij niet eens hoort wat zijn vrouw tegen hem zegt.

'Waar is Niklas?'

'In de haven,' stamelt hij en hij zakt in elkaar op de grond.

De windmolen werkt niet meer en dus kan de lamp niet branden. Ze hebben de tafel naar het raam geschoven om zo veel mogelijk licht te vangen. Esbern ligt erop. Zijn armen en borstkas zijn met doeken en touwen aan de tafel vastgebonden, net als zijn linkerbeen. In een schone witte jas en met een monddoek voorgebonden staat Niklas bij het rechterbeen. Het is zijn taak dat stil te houden. De koorts verhevigt per minuut, net als Esberns hartslag.

'Je hebt je handen nog een keer extra gewassen, hè?' vraagt Dora bezorgd.

Niklas knikt.

'Kan ik beginnen?'

Niklas knikt.

Dora pakt het scalpel, bestudeert de wond en zet heel voorzichtig het mes in het been van haar man. Ze hoort een klap. Als ze opkijkt ligt Niklas op de grond.

~

Boven hem trekken de wolken samen, steeds meer, steeds donkerder, steeds dreigender. Met behulp van zijn stok gaat Óli weer staan. Hij schuifelt tussen de heuveltjes aardappelen door naar het hek. Sinds de rammen ooit Birta's moestuin hadden leeggevreten let hij er altijd op dat het hek dicht is. De plantjes zijn nog niet erg groot, maar met de warmte van de laatste dagen schieten ze eindelijk uit de grond. Bezorgd kijkt hij naar de lucht. Als het maar niet heel hard gaan regenen. Het gewas is nog zo kwetsbaar en het seizoen zo kort. Hij sjokt de tuin uit, sluit het hek en hinkepoot naar huis. In de verte hoort hij gerommel. Hij versnelt zijn pas.

Binnen loopt hij linea recta naar de schaar die midden op tafel ligt, pakt een deken van zijn bed, rolt de schaar erin en duwt het pakket diep onder in de kast. Hetzelfde doet hij met al de messen uit de la. Eén voor één rolt hij ze in handdoeken, een trui of een sjaal om ze vervolgens onder in de kast te proppen.

Gormur komt de kamer in met een stel vissen en ziet zijn huisgenoot op zijn knieën bij de kast. 'Wat zoek je?'

'Er komt onweer,' zegt Óli en hij duwt zich weer op.

Gormur ziet de pakketten onder in de kast en glimlacht. 'Jij gelooft toch in de Heer?'

'Met onweer kun je beter het zekere voor het onzekere nemen.'

Gormur pakt een bak en gaat zitten. Hij haalt zijn mes uit zijn zak en klapt het open.

'Gormur!'

'Hoe moet ik anders vis schoonmaken?'

'Wacht nou tot het onweer voorbij is!'

'Ik denk er niet over. Vis moet direct schoon, daar moet je niet mee wachten.'

'Maar als ze het zien!'

'Denk je nou echt dat ze dan de macht over me krijgen?'

In de verte klinkt de donder en Óli kijkt angstig naar het zakmes waarmee Gormur de vis schoonmaakt. Het wordt donkerder in de kamer. Gormur staat op, pakt een splinter en doet de kachel open.

'Nee, geen licht maken!' piept Óli.

'Hou ermee op. Ik maak de vis schoon en ik heb geen zin om in mijn hand te snijden. Straks moet er bij mij ook een poot af.'

'Wacht nou!'

Een bliksemflits. De kamer wordt even verlicht.

Gormur steekt de splinter in het vuur tot die vlam vat. Als hij hem eruit haalt rolt de donder over het huis. Hij steekt de vetlamp aan en gaat onverstoord verder met het schoonmaken van de vis.

Bij Óli verschijnen er zweetdruppels op zijn voorhoofd. Hij knielt in de hoek van de kamer, heft zijn geopende handen op en sluit zijn ogen. 'Here God! Enige God! Grootste God! Luister alstublieft naar mijn gebed. Ik ben uw dienaar en uw slaaf, maar laat mij niet in de steek,' slist hij. 'Ik besef dat U een zware opgave voor ons hebt bedacht, U weet dat wij die volgen, maar alstublieft vergeet ons niet, laat ons leven, bescherm ons met Uw almachtige hand.'

'Hou mij erbuiten,' gromt Gormur en hij pakt de volgende vis, terwijl een nieuwe bliksemflits de kamer verlicht, gevolgd door een donderslag die zo hard is dat het huis trilt op zijn grondvesten.

Óli springt op en roept: 'Doe dat weg.' Hij wijst naar het mes in Gormurs hand. Hij durft het woord niet uit te spreken, bang dat *het verscholen volk* hem hoort. 'Doe het weg!' Hij begint te huilen.

Met een zucht veegt Gormur zijn mes schoon aan zijn broek, klapt het in, steekt het in zijn broekzak en draait de lamp uit.

Óli kijkt hem dankbaar aan. Dan kijkt hij omhoog en mompelt: 'Dank u.'

~

Pauli blaast haastig de kaars uit. De luiken zijn gesloten. Bij het beetje licht dat door de kieren naar binnen sluipt trekt hij zijn kleinzoon op schoot en fluistert: 'Niet bang zijn.'

'Waar mama?' fluistert de peuter bang terug.

'Mama komt zo,' zegt hij. 'Mama loopt langzaam. Mama mag niet rennen. Niet rennen.' Dat laatste zegt hij meer tegen zichzelf dan tegen het kind.

'Oma wel rennen, hè?' zegt Kleine Leiki.

Pauli trekt het kind tegen zich aan en kijkt verdrietig naar de verkleurde jeugdfoto van Marit, haar haren wapperend in de wind op het dek van het jacht van de reder. 'Ja, oma heeft wel gerend.'

'Oma, stoute oma,' zegt het jongetje. 'Oma dood!'

Een oorverdovende knal doet het hele huisje schudden.

Kleine Leiki begint te huilen.

Pauli trekt hem nog steviger tegen zich aan. 'Stil maar, stil maar. Niet bang zijn,' hakkelt Pauli.

De eerste druppels slaan tegen de luiken. Binnen een paar seconden breekt er een waar pandemonium los. Hagelstenen roffelen op het kleine huisje aan de baai, door de spleten is de aanhoudende reeks bliksemflitsen te zien, begeleid door een tirannieke donder.

'Mama schuilt op een veilige plek,' probeert zijn opa hem te troosten.

Het jongetje voelt Pauli's angst en gaat nog harder huilen.

Dan klinkt er een knal die zo vreselijk hard is dat hun oren suizen en het lijstje met de foto van Marit op de vloer valt. Het glas breekt.

'Nee!' gilt Pauli, die sinds een jaar weduwnaar is. 'Niet weer!'

Waarop het jongetje begint te krijsen.

Dan vliegt de deur open en stormt Enna de kamer binnen.

'Leiki!' roept ze en ze spreidt haar armen.

Het jongetje wringt zich uit de knellende omarming van zijn grootvader en rent op zijn moeder toe.

'Niet rennen!' schreeuwt Pauli. 'Niet rennen!'

Hij springt op en loopt naar de deur, want hagelstenen zo groot als koeienogen slingeren zich de kamer in. Hij sluit de deur terwijl Enna haar zoon over zijn hele gezicht kust.

Kleine Leiki vergeet zijn tranen en kruipt weg in de armen van zijn moeder.

'Waarom ben je niet gaan schuilen?' fluistert Pauli, die zich ernaast zet.

'Waar?' fluistert zijn schoondochter nahijgend.

~

Esbern ligt al dagen ijlend op het bed naast de kachel. Dora druppelt voorzichtig wat water op zijn verdroogde lippen. Ze probeert zijn herstel te bespoedigen door kompressen van kamille en wilde tijm op de hechtingen te leggen. Boven het bed heeft ze een bosje veldgentiaan gehangen waarmee ze probeert de vliegen weg te krijgen die ruiken dat er een wond is. De kaars en de vetlamp heeft ze uitgedaan. Elke keer als een lichtflits de kamer verlicht schrikt ze op en telt de seconden tot de donderslag. Ze is blij dat haar man door het onweer heen lijkt te slapen. Ze kan zich al bijna niet meer voorstellen dat hij zo heeft gegild en gekrijst, haar vervloekt. Pas toen ze een doek had opgerold tot een slang en die in zijn mond had gedaan waarin hij zijn kiezen had vastgezet, kon ze verder opereren. De geur van het koudvuur hangt nog steeds om hem heen.

Ze heeft de rolstoel die de Filippijn lang geleden in de haven achterliet in de gang gezet. Hij zal voorlopig niet meer kunnen vissen, en jagen of eieren zoeken is helemaal voorbij. Ze wil niet denken aan de toekomst. Maar elke minuut vraagt ze zich af hoe het verder moet en waar ze hun eten vandaan moet halen. Tot nu toe lukte het hun te overleven met wat hij ving en wat zij kreeg in ruil voor haar werk als 'dokter'. Sinds de ruzie op het midzomerfeest, waarbij zij na het drinken van rabarberwijn Unnar had verweten dat het zijn schuld was dat Susanna was verdwenen, had ze hem niet meer gezien en durfde ze niet voor hulp bij hem aan te kloppen.

Een bliksemflits verlicht het gezicht van Esbern, dan volgt een allesdoordringende knal. Hij schiet overeind en kijkt verdwaasd om zich heen in de halfduistere keuken. 'Waarom lig ik híer?'

Voor ze antwoord kan geven heeft hij de deken van zich afgegooid en stapt uit bed. Ze springt op, maar is te laat. Hij valt met een klap op de grond.

Hij kijkt verbaasd naar zijn benen, om te ontdekken dat hij er geen twee heeft maar één. 'Dora! Waar is mijn been?'

~

Aan zijn voeten trilt Vlek. Buiten vloekt de bliksem en buldert de donder. Unnar heeft de kaars uitgedaan en zou het liefst in zijn bed diep onder de deken kruipen maar hij weet dat hij naar buiten moet. Hij hoort hoe de hagel op de stenen slaat. Hij trekt zijn jas aan, knoopt hem dicht en doet zijn hoed op. Hij geeft zijn hond een aai en gaat naar buiten, het beest piepend achterlatend. Hij loopt dicht langs de huizen. Nergens brandt licht. Niet alleen omdat de mensen hun kaarsen en vetlampen hebben uitgedaan in de overtuiging dat het onweer dan aan hun huis voorbijgaat maar ook omdat er bijna niemand meer woont in het dorp.

Een bliksemflits verlicht de begraafplaats, die de laatste jaren erg vol is geworden. Unnar houdt zijn hand half voor zijn gezicht – de hele straat trilt van de donder. Hij rilt. Nog dichter loopt hij langs de gebouwen – de oude school, waar alleen nog duiven wonen, de kerk, waarvan bij een westerstorm jaren terug haar toren is ontnomen en die sindsdien haar luiken en deur verloor aan het nieuwe hok voor de rammen. Hij loopt het ontzielde gebedshuis in. Door het gat in het dak verlicht de bliksem luguber het lege altaar. Unnar trekt twee van de lange banken uit de stapel in de hoek en draagt ze naar buiten, de heuvel op. De hagel beukt genadeloos op hem neer. Net als bij Óli's moestuin in Nordur is ook hier in Nes een stukje land afgeschermd waar de schapen niet bij kunnen. Unnar opent het hek en tilt de eerste bank de moestuin binnen. Bij het licht van de brandende lijnen aan de hemel ziet hij de geknakte jonge knolletjes en aardappelplantjes, die door de extreem koude lente veel te laat zijn opgekomen. Voorzichtig plaatst hij de bank over een van de grondruggen, waardoor een deel van de oogst beschermd wordt tegen de vernietigende ijskogels die neerdalen.

Met gebogen rug haalt hij de andere bank op. Het hemeldak staat in brand, niet drie maar vijf, acht, twaalf flitsen tegelijkertijd omarmen het eiland en zoeken naar een plek om te eindigen. De kerk, ondanks het verlies van de toren nog steeds het hoogste gebouw in het dorp, krijgt de volle lading. Unnar valt en sluit zijn ogen, maar het licht van de goden is sterker en verlicht zijn netvlies moeiteloos. Hij kruipt weer overeind, ziet dat de kerk in brand staat, en strompelend, vallend brengt hij de andere bank de moestuin in, zet hem boven een tweede heuveltje al neergesabelde plantjes en rent terug naar huis. Hij weet dat rennen niet mag, dat het de donderslagen aantrekt en de bliksem alleen nog maar erger zal maken. Maar het maakt niet uit. Erger kan niet.

Als hij door een volgende oorverdovende knal tegen zijn eigen deur wordt gesmeten en het geluid verder rolt, hoort hij tussen alle tumult door gemiauw. Bij de volgende brandende lucht ziet hij de poes van mevrouw Poulsen, die daags na haar dood spoorloos verdween. Als een lang geleden verloren dochter pakt Unnar Lina op, stopt zijn neus in het doorweekte vel en tilt haar naar binnen.

'Vlek, kijk eens!' Trillend houdt hij de kat op naar de hond, die angstig van onder het bed naar hem kijkt. 'Lina is teruggekomen! Zomaar teruggekomen uit het niets!'

~

'Nee, niet daar! Au! Dat doet pijn! Voorzichtig nou!'

Dora duwt de rolstoel met lekke banden voor zich uit over het gescheurde asfalt. Het is vreselijk zwaar, en het geval is praktisch niet te sturen.

'Ik kan toch ook alleen gaan?' zegt ze.

'Je komt er nooit,' snauwt Esbern.

'Je kunt het me toch uitleggen?'

'Jij én luisteren!'

Ze houdt wijselijk haar mond en probeert een kuil te ontwijken.

'Au! Let nou op!'

'Sorry.'

'Ik wil dat woord niet meer horen.'

Dora verbijt zich en duwt uit alle macht de rolstoel in de luwte tussen wat bouwvallen. Hier in de ontstane binnentuin kweekt Esbern al jaren zijn aardappelen en knollen. De vervallen en geblakerde muren van Havenstad beschermen het gewas tegen de eeuwige wind, maar de hagelstenen, die recht van boven kwamen, hebben ook hier een ravage aangericht. Onthutst zoekt hij naar woorden en begint te hijgen. Hij wijst naar de aarden walletjes waaruit enkel geknakte jonge steeltjes steken.

'Er is ... er is ... er is niks meer.'

Ook Dora ziet dat geen van de plantjes nog rechtop staat. Met hun verlepte blaadjes liggen ze levenloos op de aarderuggen.

'Ze ... ze ... zijn allemaal gebroken!'

'Wat zal ik doen?' vraagt Dora, die snapt dat er heel hard zal moeten worden gewerkt om nog iets van hun oogst te redden.

'Doen? DOEN?! Jij moet niets doen! Alles wat jij aanraakt gaat kapot! Ga weg! Laat me alleen!' schreeuwt hij.

'Maar ...?'

'Gá wég!'

Dora laat de rolstoel los en loopt aarzelend naar achteren. Bij de hoek staat ze stil, hij krijst nog steeds.

'GA WEG!'

Vertwijfeld loopt ze terug naar de haven, waar ze Niklas een van zijn schapen aan een touw de schuur in ziet trekken. Het beest kan amper nog op zijn poten staan en de oude kroegbaas scheldt terwijl hij het naar binnen duwt. Ze wilde dat ze meer over dieren wist, want ze heeft steeds sterker het gevoel dat er iets mis is met de schapen. Voor de deur van de kliniek staan Esberns laarzen. Verdrietig pakt ze de linker op, die zal hij nooit meer nodig hebben. Ze moet naar hem terug, al is ze er niet zeker van of dat niet opnieuw een tirade zal opleveren. Ze treuzelt en blijft turen naar het kabbelende water in de haven – sinds de operatie is ze bang van haar eigen man.

Hij legt zijn trillende handen op de armleuningen van de rolstoel en probeert zijn adem te hervinden. De scheldpartij heeft hem niet opgelucht. Integendeel, elke spier in zijn lichaam is gespannen, als hij nog kon lopen zou hij niet voor zichzelf instaan. Maar als hij nog had kunnen lopen zou hij ook nooit zo tekeer hebben hoeven gaan. Het is haar schuld dat hij hier nu zit, gevangen tussen de verbrokkelde muren. Hij staart naar de verdorde plantjes die hun hoofdvoedsel hadden moeten zijn tijdens de lange winter die eraan komt. Sommige zijn al bruin gekleurd, andere nog net dofgroen. Dan ziet hij helemaal aan de zijkant een paar kleine plantjes die het noodweer hebben overleefd. Hij wil opstaan, bemerkt voor de zoveelste keer zijn handicap, grijpt de wielen van de rolstoel en probeert vooruit te rijden. Met geen mogelijkheid krijgt hij beweging in de invalidenwagen. Hij rukt, hij briest, hij verwenst meer dan alleen Dora, maar het karretje blijft doodstil staan. Hij zet zich af en wipt zichzelf uit zijn stoel. Met een ijselijke gil raakt hij de grond. Een verschrikkelijk pijnscheut zindert door zijn lichaam. Hij rolt op zijn zij, schreeuwt en vloekt.

Half op zijn buik, half op zijn zij, rolt en kruipt hij naar de kleine plantjes. In de beschutting van de ingestorte muur staan zes aardappelplantjes. Liefdevol drukt hij het heuveltje waar de knollen in groeien wat aan. Op een van de blaadjes ziet hij een kevertje kruipen. Hij pakt het eraf en plet het tussen zijn vingers. Niemand mag aan zijn aardappelen komen. Helemaal niemand!

~

Ook op het oostelijk eiland is de oogst vrijwel volledig vernietigd. Niet alleen bij Óli in het dorp maar ook daar waar Pauli woont, in het dorpje aan de baai.

'Jij had gerend, hè?' zegt Pauli tegen Enna.

'Nee, vader, alleen de allerlaatste meters tot de deur.'

'Als je niet gerend had, had het onweer nooit zo lang geduurd.'

'Ik heb niet gerend.'

Pauli knielt neer naast de kruiwagen. Mistroostig kijkt hij naar het akkertje met de geknakte plantjes. 'Wat moeten we nou eten van de winter?'

Enna bijt op haar onderlip en haalt haar schouders op. 'Misschien herstellen de aardappelen zich nog wel.'

'Nee, daar is het al te laat voor. Als de zon hier langer scheen kon hier van alles groeien. We mogen blij zijn dát we hier aardappelen hebben. Maar ...' Hij schudt zijn hoofd. 'Na eerst die koude natte lente en nu het onweer halen we het niet meer ...' Hij staat op.

'Er zitten toch nog allemaal aardappelen in de ruggen,' zegt Enna om haar schoonvader op te beuren.

'Niet eens genoeg tot de rammen naar buiten gaan.'

Ze staan naast elkaar en kijken naar Kleine Leiki, die over het veld rent met een vlieger. Boven hen drijven dikke grijze wolken en krijsen de meeuwen.

~

Zijn schapen grazen op de hoge velden. Gormur loopt regelmatig omhoog. Hij wil altijd weten of het goed gaat met de beesten en of ze er nog allemaal zijn. Zeker nu Óli het over niets anders heeft dan de verloren oogst. Ook hij maakt zich zorgen over hun voedselvoorraad, maar hoewel hij niet gelooft in goden en *verscholenen* heeft hij een rotsvast vertrouwen in de toekomst. Leunend op zijn stok tuurt hij naar de langharige beesten, die zullen geen last hebben van de komende winter, want gras is overal op de eilanden te vinden. Hij ziet een van de schapen hinken en vervloekt de hond die daar waarschijnlijk de oorzaak van is. Het beest bukt om te grazen, Gormurs blik glijdt verder.

Om hem heen deint de grote zee. Dikke wolken beletten de zon het eiland te verwarmen, maar aan de horizon licht het water blauw op voor het over de rand verdwijnt. Nog even en de eerste herfststormen zullen hen weer bezoeken. Opeens staan de haren op zijn armen recht overeind. Zijn zintuigen zijn sneller dan zijn hersenen. Hij grijpt zijn kijker, die altijd om zijn nek hangt, en richt op de zee. Hij slaakt een kreet. Zijn hond blaft. Het manke schaap kijkt even ongeïnteresseerd op en buigt zich dan weer over haar maaltijd. Gormur begint op zijn kromme oude benen het schapenpaadje af te hollen, zijn stok als houvast gebruikend om niet te vallen.

Ver buiten het dorp, en totaal bezweet, begint hij te roepen: 'GRIEND ALARM! GRIEND ALARM!' Nu de weg niet meer zo steil is, zwaait hij met zijn stok door de lucht. Hij hobbelt langs de ingestorte schuur die ooit van Óli's broer Abbe was en lang geleden werd gebruikt als het controlehuisje voor de vreemdelingen die het dorp niet in mochten, langs de begraafplaats, waar binnenkort te weinig plaats is, langs de moestuin van zijn Birta en nu van Óli, langs de kerk, die tegenwoordig dient als verblijf voor de rammen, langs de vervallen elektronicazaak van Nicodemus, door een van de drie straatjes die Nordur rijk is naar zijn huis. 'GRIEND ALARM! GRIEND ALARM!'

Óli komt in onderbroek en met natte haren het huis uit. 'Waar?'

Volledig buiten adem wijst Gormur trots naar de zee.

'De berg moet aan!' roept Óli. Hij schiet het huis in, opent de kachel, pakt met een tang wat gloeiende kooltjes die hij in een daarvoor bestemd blikje doet en hinkepoot het huis weer uit zonder zich aan te kleden.

Boven op de heuvel achter het dorp trekt hij het zeil, vastgemaakt met touw en stenen, van een hoop hooi. Hij knielt neer, maakt met zijn handen het gaatje in de berg ietsje groter. Dan opent hij heel voorzichtig zijn vuurdoosje en schudt de nog steeds gloeiende kooltjes op het droge gras. Zachtjes blaast hij tot het begint te branden. Likkend kruipen de vlammen omhoog, om verrassend snel de hele berg in vuur en vlam te zetten. Óli stapt achteruit, weg van het laaiende vuur. Trots kijkt hij naar het brandende baken, want het kostbare gras steken ze alleen aan in heel uitzonderlijke gevallen. Veel tijd om zich te warmen aan het zwaar rokende vuur heeft hij niet. Hij moet zijn uitrusting pakken en de boot moet de zee in.

~

'GRIEND ALARM! GRIEND ALARM!' Unnar hoort het van verre. Hij denkt geen seconde na, laat alles wat hij in zijn handen heeft vallen, rent zijn huis in, grijpt zijn speciale mes, de haak en zijn steen aan het touw en rent – de kreet herhalend – in volle vaart naar de haven. De boot ligt al in het water. Drie mannen zijn er stenen in aan het leggen.

'Waar blijft de Lange?' roept Rúnar met zijn grote rode baard en zijn kapotte bril, die met een touwtje om zijn hoofd is gebonden.

'Is hij er nog niet?' vraagt Unnar. 'Zou hij het niet gehoord hebben?'

'Zo doof is hij toch nog niet?'

Unnar snelt terug naar het dorp, stopt bij een van de huizen naast de verbrande kerk en bonkt op de deur. Achter het raam verschijnt een oude vrouw. Ze wijst naar het eind van de straat.

Al van een afstand ziet hij de kromme man op zijn veld staan. 'GRIEND ALARM! GRIEND ALARM!' roept hij.

De oude man, die ooit heel lang moet zijn geweest, kijkt op, zet zijn hand aan zijn oor en probeert te verstaan wat er wordt geroepen. Plotseling recht hij zijn rug, wordt een paar centimeter groter,

laat zijn hark vallen en hobbelt op Unnar af. ‘Zijn ze er?’ slist hij.
‘Ja! Bij Nordur is het vuur aangestoken.’

~

In de roeiboot die Pauli en zijn dorpsgenoten jaren geleden samen hebben opgelapt, varen ze de kleine zandbaai uit. De stroming is ongunstig. Maar de komst van de grienden geeft de vier mannen een kracht die alles mogelijk maakt. Zingend en snuivend trekken ze aan de spanen, dagen hun spieren uit tot het onmogelijke. Pauli, die bijna vijftig is, voelt een jongensachtige energie door zijn lichaam stromen. Het tij zit tegen, maar de wind is gunstig en er is geen mist. Ook de golven kunnen hen niet pakken. Het oeroude zeemanslied klinkt uit hun kelen.

De zee zo vlak als spiegelglas
Samen met vijand en vrienden
Wij laten de schapen bij het gras
We ruiken ze: de grienden

Een meiske klein zag ze het eerst
Haar kreet werd snel een luide roep
Van Nordur tot de Zuidpunt heerst
Beroering in eenieders groep

Snel rennen wij terug naar ’t stee
Grijpen haken, touw en mes
De boten vlieden naar de zee
We gaan alleen voor het succes

De voorman geeft ons het signaal
De jagers volgen zonder woord
Op ’t strand maakt niemand meer kabaal
We roeien snel en listig voort

Dan breekt de hel, de stemmen luid
De zee vol stenen keer op keer
We gillen, schreeuwen veel geluid
Op ’t strand storten de beesten neer

De zee kleurt rood, de mannen nat
Het vlees is donker, het vet is grijs
Pas als de laatste is gevat
Begint de deling van de spijs

Als ze tegen de stroom in de punt van het oostelijk eiland zijn rondgeroeid zien ze zo ver als ze kunnen kijken geen andere boten. De mannen van Malvík vragen zich af of de roeiers uit Havenstad en de Zuidpunt al naar het noorden zijn.

'Zouden ze het baken niet gezien hebben?' vraagt Pauli. 'Of zijn we te laat?'

De mannen verhogen het tempo. Ze voelen hun handen en ruggen niet meer. Ze denken maar aan één ding. De grienden!

~

Twee bootjes dobberen bij de mond van het fjord dat tussen de twee eilanden door loopt. Het ene komt uit Nes, daarin zitten Unnar en wat mannen, in het andere bootje zitten Gormur en Óli. Een paar honderd meter verderop verraadt het opspattende schuim de aanwezigheid van een heel grote school grienden.

'Waar blijven ze?!' roept Gormur naar de andere boot.

'De bakens branden!' roept Unnar terug.

In beide schuitjes zetten mannen verrekijkers aan hun ogen.

'Ja!' klinkt opeens de stem van Unnar. 'Ik zie een boot!'

De opwinding in de roeiboten neemt weer toe. Mannen leggen de spullen goed, nemen een slok water of stoppen wat gedroogde vis in hun mond.

Unnar blijft turen naar de horizon.

'Het is Malvík,' mompelt hij binnensmonds.

'Het is Malvík!' roept de Lange naar de andere boot.

'Alleen Malvík?' roept Gormur terug, die zelf ook door zijn verrekijker kijkt.

'Alleen Malvík?' vraagt de Lange aan Unnar.

Unnar blijft de zee afspeuren en zonder de kijker van zijn ogen te halen zegt hij somber: 'Ja, alleen de mannen uit Malvík.'

De mannen uit Malvík proberen elkaar gerust te stellen. Vergoelijken de situatie, de tijd, de stroming en het gebrek aan mankracht, want er wonen op het oostelijk eiland nog maar weinig mensen. Op het westelijk eiland zijn naast de paar boeren op afgelegen hoeves nog drie dorpen waar wat mensen wonen, Lítlaberg, dat ook wel de Zuidpunt wordt genoemd, Havenstad in het midden en Nes meer noordelijk. Lang geleden, toen overal nog mensen woonden en Havenstad een levendig stadje was, verschenen er voor een griendenjacht tientallen, soms wel meer dan honderd motorbootjes, speedboten en kleine kruisertjes die de grote vissen de kust op dreven, waar groepen mannen in stilte de grienden opwachtten, de buit het land op trokken, doodden, om ze volgens de eeuwenoude afspraken te verdelen. Die afspraken gelden nog steeds, alleen wordt de jacht steeds moeilijker nu er niet meer voldoende mankracht is.

Unnar ziet de mannen van Malvík op hen af roeien, hij zucht.

'En?' vraagt de Lange naast hem.

'Eén boot,' bromt Unnar.

'En?' roept Óli, van de andere boot.

'Eén boot,' is het antwoord.

De mannen in de drie bootjes kijken naar de grienden, die spetterend hun staarten op het water laten neerkomen. Elke minuut, nee, elke seconde kijkt wel iemand over zijn schouder het fjord in om te zien of er meer bootjes bij komen. De brandstapel op de heuvel is uitgebrand, het rooksignaal weggeblazen. Ze weten allemaal dat met drie roeibootjes en een handjevol, deels bejaarde mannen de grote school grienden opdrijven onbegonnen werk is.

'Het tij draait!' roept Pauli. 'We moeten terug, anders drijven we te ver weg!'

Er wordt niet geprotesteerd. Elk van hen weet dat het geen zin heeft, dat het risico te groot is dat een van hun bootjes omver wordt gestoten door de sterke vissen. Met slechts drie kleine roeibootjes kunnen ze geen front vormen.

Ze zeggen niets.

Ze vergeten zelfs elkaar goedendag te zeggen.

Zwijgend roeien ze terug naar hun huizen – met lege handen.

De stilste winter

– zesendertig jaar –

Hij schuift de grendel voor de deur. Huizen zijn niet meer op slot, al jaren niet, maar de poes had een manier ontdekt om de deur te openen van het schuurtje waar Unnar het vlees droogt in de met zout bezwangerde lucht die over de eilanden waait. Dus moet hij het schuurtje altijd extra afsluiten. Hij pakt zijn stok, roept Vlek en zwaait de rugzak over zijn schouder.

Buiten buldert de koude wind. De natte sneeuw slaat in zijn broodmagere gezicht. Hij loopt het pad op, dat hij bijna niet kan zien. De hond schuilt voor zover hij kan achter zijn baas. Toch laat de sneeuw zich niet misleiden en werpt haar vlokken op de zwart-witte vacht.

Stenen op de bergjes leggen doet hij niet meer. Hij heeft het koud, zelfs in de twee nog door mevrouw Poulsen gebreide truien. Als hij had geweten dat de wind zo vilein zou zijn was hij thuisgebleven, want steeds verzint hij een excuus om niet te hoeven gaan: het weer is plots gunstig om toch nog een keer te vissen, de plaggen op het dak moeten gerepareerd, er liggen stenen in de beek die door het dorp stroomt, hij moet weer eens zijn kleren wassen, de emmer moet geleegd. Hij trekt zijn pet verder over zijn ogen, zet zijn stok op de grond en gaat de heuvel over.

De glans die het oude hoofdstadje ooit heeft gehad is volledig verdwenen. De bouwwerken die destijds de vooruitgang vertegenwoordigden zijn bijna allemaal hun glazen puien verloren. Door deze verlaten betonnen staketsels raast de wind en vormt een orkest van klaaglijke fluittonen.

Unnar klopt aan de deur van de kliniek. Naast de deur staat een bezem met een gebroken steel. Hoewel geen mens bij dit weer op een antwoord zou blijven wachten, blijft hij geduldig staan. Binnen klinkt wat gestommel en de deur gaat open. Dora, vel over been, ziet er veel ouder uit dan de vierenzestig jaar die ze werkelijk telt. Haar ogen zijn ingevallen en flets, haar lippen verdroogd, haar huid is doorschijnend, ze hoest. Ze lijkt niet verbaasd als ze Unnar ziet en opent de deur verder zodat de sneeuw ook haar deurmat van kleur doet veranderen.

Verlegen stapt Unnar binnen, hij klopt de neerslag van zijn jas en trekt zijn laarzen uit, dan gaat hij de kamer binnen, die niet is veranderd behalve dat het er niet warm is. Bij de foto's op het dressoir brandt een kleine kaars. Hij kijkt naar de afbeeldingen van het kleine weldoorvoede meisje – het meisje met een teddybeer, het meisje met een telefoon tegen haar oor, het meisje op de motorkap van een glimmende Land Rover.

'Heb jíj eigenlijk een foto van Susanna?' vraagt Dora.

Unnar schudt zijn hoofd.

'Wil je er een?'

Hij haalt zijn schouders op.

Dora wil een foto pakken, aarzelt en pakt dan een andere foto, een van Esbern met zijn dochter op zijn arm. 'Misschien wil je deze?'

Unnar pakt het lijstje aan en kijkt naar de twee lachende gezichten. Ze zijn heel anders dan de mensen die hij ooit heeft gekend, net zo vreemd als het gezicht van het jongetje dat op de foto tussen zijn ouders stond.

'Of wil je deze liever?' Ze geeft hem een foto van een meisje dat schommelt in een paars tuigje ...

Heel in de verte hoort hij weer haar stem: *Ik kom terug! Ik kom echt terug!* 'Zal ik het vuur hoger stoken?'

'Graag.'

Als de kachel weer brandt komt het leven terug in de kamer.

'Ik heb wat voor je meegenomen.' Hij opent de rugzak en haalt er een aangesneden schapenbout uit.

Hongerig maar zeer verschrikt kijkt ze hem aan.

'Deze is van ervóór,' zegt Unnar.

'Weet je dat zeker?' vraagt ze argwanend.

'Ja, toen waren ze nog niet ziek.'

'Maar ...' Dora kan haar ogen niet van het gedroogde donkerbruine vlees afhouden. 'Heb je het ook gegeten?' vraagt ze weifelend, en ze kijkt naar de uitgesneden happen in het vlees.

Unnar haalt zijn mes uit zijn zak, klapt het open, snijdt een stukje gedroogd vlees van de pezige schapenpoot en stopt het in zijn mond.

Dora hoest en kijkt naar hem met een mengeling van angst en gulzigheid. 'Is het niet bitter?'

Hij schudt kauwend zijn hoofd.

'Proef je echt niets verkeerds?'

Hij knikt.

De scherpe lucht van het gedroogde vlees doet het water in haar mond lopen.

'Je bent alleen, hè,' zegt hij zachtjes.

Dora denkt aan de man die ze op het eind van zijn leven niet meer herkende, die haar alleen nog maar uitschold, die de paar kleine aardappelen die er waren alleen had opgegeten samen met een stuk ziek vlees, hij was weggekwijnd, net als Niklas, net als de anderen die niet naar haar advies hadden geluisterd, die zich niet hadden kunnen bedwingen het enige vlees te eten dat ze nog hadden nadat ze de laatste koe hadden geslacht en verorberd omdat er in de zomer te weinig vogels waren gevangen, de grienden met te veel waren geweest en vissen in de winter praktisch onmogelijk is.

'Dit is het enige stuk vlees dat ik nog heb van vóór de schapen ziek werden. Ik mag niet dood,' zegt hij en hij snijdt nog een stukje af. 'Want wat als ze op een dag toch terugkomt, dan moet ik er zijn.'

Dora kijkt hem aan of hij gek is geworden, maar de honger waar ze al dagen in volledige eenzaamheid tegen vecht en die ze met thee van wilde tijm en af een toe een zelfgevangen visje niet meer kan stillen, wordt haar te veel. Ze stopt gulzig het stukje vlees in haar mond en kauwt.

Ze zitten bij de kachel en eten samen kleine stukjes gedroogd schapenvlees. Ze kauwen heel zorgvuldig om elk vezeltje te vermalen. Ze beseffen alle twee dat ze pas als de zee weer rustig wordt, het kolkende water van de oceaan de zomerslaap opzoekt, weer zullen kunnen vissen. Dat ze als de zon terugkomt en daarmee de vogeltrek, weer eieren zullen rapen en vogels eten. Ze vragen zich niet af of ze ooit nog een schaap kunnen eten, ze eten schaap. En morgen ook. En de dag erna ook. En misschien de dag daarna ook nog wel.

'Zijn er nog anderen?' vraagt Unnar als de kou uit al zijn botten is getrokken.

'Hier?' vraagt Dora.
'Ja.'
'Nee. Er is niemand meer.'
'Weet je het zeker?'
'Mijn laatste patiënt ging vorige week dood.'
'Heb je die begraven?'
'Ik heb er wat stenen op gelegd,' zegt ze zachtjes.
'Zal ik het morgen overdoen?'
Ze begint weer te hoesten. 'Wil je dat?'
'Ja.'
Ze kijkt naar het stukje vlees in haar hand. Ze durft hem niet te vertellen dat ze doodsbang was om te sterven nu er niemand was die haar kon begraven en dat zijn aanwezigheid die angst doet verdwijnen.
'Denk je dat we alleen over zijn?' vraagt ze hem opeens.
Hij herinnert zich de woorden van Henrik toen de boten wegzeilden – *Nu zijn we samen over.* Maar ze waren niet alleen geweest. Hij snijdt nog een stukje vlees af en geeft het aan Dora.
'Morgen ga ik meeuwen vangen.'

~

Weer zet hij de schop in de grond en probeert er wat aarde uit te scheppen. Maar de grond is bevroren en het is te zwaar. Óli zinkt uitgeput neer op zijn pijnlijke knieën, en met twee lepels begint hij de grond los te maken. Hij heeft amper nog kracht, hij hoest, heeft koorts en kan niet goed meer zien, maar hij geeft niet op. Hij voelt de sneeuw niet, die hagel wordt en weer sneeuw en dan weer hagel. Hij krabt hijgend en kreunend de ijskoude aarde los en lepelt net zo lang tot er een flinke kuil ontstaat, dan klimt hij langzaam weer overeind, geholpen door zijn stok.

Aan het begin van het pad staat de kruiwagen. Er ligt een besneeuwde deken overheen, de deken waar Gormur al jaren onder slaapt. Óli pakt de handvatten beet. Hij heeft geen kracht meer. Hij trilt en zweet. De pijn zit allang niet meer alleen in zijn botten. Hij dwingt zichzelf de kruiwagen tussen de stenen door naar het gat te duwen, bang dat de kar om zal vallen. Hij kan niet meer, maar hij wil niet stoppen. Als hij het nu niet afmaakt is spoedig de dag voorbij en wordt de durende schemer van de winter overgenomen door de nacht.

Het is hem gelukt de kruiwagen tot aan het gat te manoeuvreren, maar nu heeft hij niet meer de kracht hem op te tillen. Zonder zijn ogen van zijn vracht af te halen laat hij de kar opzij kiepen en glijdt het lichaam van Gormur in het graf. Het valt met een plof op de oneffen bodem.

De tranen op zijn wangen bevriezen. Hij laat ook zichzelf in het ondiepe graf zakken en probeert het lichaam van zijn verstijfde vriend recht te trekken, maar dat lukt hem niet. Hij legt de deken zo goed mogelijk over het lijk met de gebogen knieën en de versleten sokken. Hij klautert uit het gat. Op zijn knieën veegt hij de aarde terug in de kuil. Gormurs voeten verdwijnen, dan de heupen en de borst, de armen en het hoofd. Steeds meer zand, aarde en steentjes vallen rond en op de man die zo veel gezonder en sterker was dan hij, die geen last leek te hebben van het gebrek aan eten, net zomin als van de kou of angst. Als eindelijk ook de knokige knieën onder de aarde verdwijnen valt het duister. Óli beseft dat hij meer aarde op het graf moet gooien, dat anders de honden hem zullen ruiken en hem weer opgraven. Hij heeft geen kracht meer. Hij rolt een kleine steen die langs het pad ligt naar de plek waar de knieën net zijn verdwenen. Dan knielt hij neer. Hij wil zijn handen samenvouwen. De toppen van zijn verkleumde en vergroeide handen raken elkaar al als hij zich bedenkt en ze weer uit elkaar trekt.

'Ik zal voor jou niet bidden, dat heb ik je beloofd,' zegt hij zachtjes. Hij legt zijn handen neer op zijn schoot en buigt zijn hoofd. 'Ik zal mijn God niet vragen om je te beschermen op je tocht omhoog. Ik hoop dat je zelf de weg vindt. Ik weet dat ik me geen zorgen moet maken, want jij hebt altijd de weg gevonden, jij zal geen obstakels tegenkomen, geen gesloten hemelpoort. Jij zei me dat er niets was. Is er niets? Of is er wel iets? Weet je het al?'

De sneeuw slaat neer op de gebogen man op de begraafplaats. Niet in vlokken maar in striemen komt ze neer. De kou dringt zich steeds dieper in zijn botten, in zijn handen, die doodstil op zijn schoot liggen.

'Wacht op mij. Ik wil hier niet alleen achterblijven. Ik wil hier niet zijn als jij er niet meer bent. Wacht op mij.'

De sneeuw hoopt zich op tegen zijn rug. Als er nog andere mensen in het dorp over waren geweest en langs de begraafplaats hadden gelopen, zouden die de geknielde man niet hebben kunnen onderscheiden van de grafstenen.

Terug naar de hoofdstad

– zevenendertigste jaar –

Opnieuw wonen in Havenstad was een vreemde ervaring. Dora was niet sterk genoeg geweest voor de lange wandeling terug naar Nes. Zelf was Unnar een keer op en neer geweest, om Lina, de oude kat van mevrouw Poulsen, en zijn koe, Helena, te gaan halen. De kat had hij niet kunnen vinden en dus was hij met alleen de koe teruggekomen. Hij was bang geweest op die tocht. Niet voor de kou, maar voor de uitgehongerde eilanders, die alles vraten wat ze konden vinden. Dat Unnar nog een koe had was te danken aan het feit dat in zijn dorp alle doden van de mank-ziekte gezamenlijk waren gevallen.

De Lange had gezegd dat het zijn verjaardag was en wilde een feest. Natuurlijk waren ze allemaal gekomen. De jarige had de eerste lamsbout na de herfstslacht op tafel gezet. Unnar had een hapje genomen, geproefd dat er iets was met het vlees en het uitgespuugd. De andere dorpelingen hadden gelachen en gezegd dat hij jaloers was omdat hij niet zo veel karkassen in zijn droogschuurtje had hangen als de Lange. Ze hadden zich en bloc op de dampende bout gestort en het verslonden terwijl ze met volle monden zeiden dat hij vandaag geen vlees kreeg omdat hij afgunstig was.

Hij was vreselijk ziek geworden, maar na een week gal braken en waterdiarree er weer bovenop gekomen. Een maand later, de vorst had nog niet in de grond gezeten, had hij de laatste inwoner van Nes begraven. Alleen de moeder van de Lange, die te laat was gekomen op het feest, omdat ze niet goed meer kon lopen, had nog geleefd. Maar op de tweede dag dat het onophoudelijk had gesneeuwd was zij verdwenen. Unnar had overal gezocht. Eerst dacht hij dat ze ergens moest zijn gevallen, maar in geen van de huizen of op de velden rond het dorp had hij haar gevonden. Hij vermoedde dat ze de zee in was gegaan maar die gedachte sprak hij niet hardop uit. Wel wierp hij haar de karkassen na omdat hij ze niet kon verbranden daar de voorraad hout bijna op was.

De koe Helena staat in de kliniek op wat ooit het gele linoleum was van de winkel waar de Havensteders lang geleden hun bolletjes wol kochten. Hij propt wat nat gras in de voederbak. Het beest is mager en geeft niet veel melk meer. Toch heeft het beetje dat ze nog geeft Dora door het diepste van de koude winter heen geholpen.

Op zijn dagelijkse strooptocht naar gras loopt Unnar langs het half ingestorte gebouw waar ooit de grote supermarkt was. Hij herinnert zich opeens de lange wanden met kasten vol eten – genoeg om een heel leven van te eten. De berg glas is door de jaren begroeid met gras. Hij trekt de plukken los en stopt ze in zijn schoudertas. Hij voelt dat de winter op zijn eind is. Plukken gras verzamelend loopt hij steeds verder tussen de omgevallen metalen kasten en stukken buis en pijp die uit het plafond zijn gevallen of gerukt. Hier tussen de muren van het gebouw is het gras hoger dan daar waar de wind het kort houdt.

Aan het eind van wat ooit de koelafdeling was is een klapdeur. Unnar gaat erdoorheen en komt in een ruimte waar een duivenfamilie verschrikt opvliegt en door een gat in de ruit verdwijnt. Alles is bedekt onder de vogeldrek, ook de trap in de hoek. Unnar is gewend een ruimte waar hij niet eerder is geweest altijd te onderzoeken op waardevolle dingen, hij kijkt rond en loopt de trap op. De deur waarop PRIVÉ staat klemt, maar er is weinig voor nodig om hem open te duwen. Net als alle andere huizen is ook dit van onder tot boven doorzocht. De kasten staan open, net als de laden. In de keuken staan allerlei apparaten waarvan Unnar de functie niet kent. Hij vraagt zich zelden af hoe het leven toen was, het enige waar hij nog weleens verlangend aan terugdenkt, is de douche – die maar warm water bleef regenen zolang je wilde en als je er dan eindelijk onder vandaan kwam was ook de kamer warm. Hij trekt een la verder open, rommelt wat tussen papiertjes en touwtjes. Een elastiekje valt uit elkaar als hij eraan trekt.

In de huiskamer, die veel te lang en te hoog is om nu nog te verwarmen, hangt tegen een van de wanden een heel groot glazen scherm – een televisie, weet hij nog. Onder de tv staan fotoalbums.

Hij trekt er een uit en bladert erdoor. Een man in een auto, dezelfde man op een strand onder een paraplu, op een onbekend beest, voor een heel groot gebouw, bij een brug met hoge bussen. Steeds diezelfde man, soms met een vrouw of een andere man, maar meestal alleen. Op alle foto's heeft hij weinig kleren aan, iets wat hij nog nooit heeft gezien. Unnar slaat het album dicht en pakt het volgende. Het is geen fotoalbum maar een plakboek vol met papiertjes, soms zijn er cijfers opgeschreven, andere zijn bedrukt met woorden als METRO en BUS, er zijn foto's van straten en mooie gebouwen. Overal staan stukjes bij geschreven: *Dag 8, vandaag naar het historisch museum geweest, zonde van je tijd, koffie gedronken op het terras van het duurste hotel in de stad.* Er staat een pijltje bij naar een klein zakje waarop staat HOTEL DE BOULEVARD, met een plaatje van een heel hoog gebouw. Unnar voelt aan het zakje. Er zit iets in. Hij trekt het zakje los en knijpt erin. Het is hard. Als hij harder knijpt voelt hij dat wat erin zit breekt. Hij scheurt het zakje open en ontdekt dat er iets wits in zit. Hij ruikt, maar het heeft geen geur. Heel voorzichtig raakt hij met het puntje van zijn tong het wit aan. Hij schrikt. Het is net of zijn neus iets ruikt dat zijn tong voelt. Weer raakt hij met het puntje van zijn tong het goedje aan. Iets langer nu. Er gaat een sensatie door hem heen die hij in jaren niet heeft gevoeld. Zijn speekselklieren beginnen spontaan te werken. Hij duwt zijn tong hard tegen het witte spul. Suiker! Hij bijt er een stukje af. Hij voelt de aan elkaar gekleefde suiker verbrokkelen in knisperende korreltjes en smelten om zich als een stroperige zoete film uit te spreiden over zijn tong. Hij bijt er een groter stuk af.

> Zijn moeder komt de keuken uit met een zelfgebakken taart, hij kijkt met zijn vader voetbal, op de bank vóór hen staat een schaal met snoep in heel veel verschillende glimmende papiertjes, het ruikt heel zoet bij de bakker naast de bibliotheek en overal staan gebakjes op de glazen planken, mevrouw Poulsen komt een speciaal gebakken krans brengen omdat het kerst is, hij stopt zijn vinger in de pot met Nutella in het hotel, het suikerklontje uit de suikerpot in de vuurtoren.

Hij bijt nog een stukje af. Hij denkt aan de pretoogjes van Dora als ze het zal proeven. Wat zal ze gelukkig zijn! Het is niet vaak meer dat ze nog iets vinden dat zo speciaal is. Hij bijt nog een heel klein stukje af. De suiker smelt op zijn tong. Hij denkt aan Susanna, aan hun eerste zomer samen. Hij is vergeten hoe lekker suiker was en likt weer.

> Op school wordt getrakteerd, hij krijgt een reep mee in zijn sporttas, een zak vol toffees, ze smelten marshmallows boven het kampvuur, hij krijgt een lolly voor zijn mooie rapport, na het eten is er een toetje, zijn moeder heeft pudding gemaakt omdat het nieuwjaarsdag is, hij krijgt een ijsje op de kermis, likken aan een grote suikerspin, zijn vader strooit poedersuiker op de oliebollen, oom Niels biedt hem een koekje aan, hij drinkt limonade door een rietje voor de televisie, hij eet een boterham met aardbeienjam, in de auto van zijn vader ligt een zakje winegums, zijn moeder heeft pepermuntjes in haar tas, in de pot op de keukenkast zitten zuurtjes, in de koelkast staat de fles met siroop, op zijn verjaardag krijgt hij een taart met kaarsjes, zijn naam staat erop geschreven in slagroom, de marsepeinen mannetjes aan het begin van de vakantie, hij breekt de chocolade paashaas met zijn tanden stuk, Henrik heeft de zak met toverballen weer gevonden.

Hij likt aan het lege papiertje.

Dora schept de grauwe soep in de kommen. Ze pakt haar lepel en begint te eten. Unnar proeft de suiker nog steeds in zijn mond. De zoete smaak van een wereld die allang niet meer de zijne is. Hij heeft het hele plakboek doorzocht, alle boeken in de kamer doorgebladerd, de kasten in de keuken en de slaapkamer, maar nergens heeft hij een tweede zakje met het goddelijke lekkers gevonden. Hij durft het niet te vertellen.

Unnar loert door de opstijgende damp van zijn soep naar de magere vrouw die tegenover hem zit, haar ingevallen wangen, haar donker omrande ogen. Het is hem niet eerder opgevallen maar het is net of ze haar soep eet alsof het geen soep is. Hij ziet dat ze bij elke hap die ze neemt, de lepel op een andere manier in haar kom steekt. Soms lijkt het net alsof ze door iets stevigs snijdt, dan weer alsof ze iets romigs oppakt. Ook de manier waarop ze de waterige vissoep in haar mond stopt is steeds verschillend – dan weer bijt ze erop alsof ze iets moet doorkauwen, dan weer likt ze het eraf.

'Waar denk je aan?' vraagt Unnar opeens.

Ze kijkt op en zegt: 'O, aan niets.'

Hij neemt een hap van de soep. Met het doorslikken voelt hij dat de smaak van de suiker verdwijnt en plaatsmaakt voor de vette vissoep die hij zo goed kent.

Dora heeft zich ook weer op haar soep gericht. De eerste hapjes die ze neemt zijn gewoon zoals men soep eet, maar dan verandert de manier waarop ze eet weer en ziet hij aan de beweging van haar hand dat de lepel iets oplepelt dat zwaarder is dan de soep, waarna ze er haar tanden in zet.

'Denk je echt niets?'

Ze kijkt hem bevreemd aan. 'Nee, waarom. Is er iets?'

'Ik weet niet. Dat dacht ik.'

'Waarom?'

'Nou zomaar, door de manier waarop je eet.'

'De manier waarop ik eet?'

'Ja, het is net of je geen soep eet.'

'Soep?' Ze kijkt verbaasd naar de halfvolle kom vóór zich en begint dan te lachen. 'Ik at ook geen soep.'

'Geen soep?' Unnar kijkt in zijn kom. 'Dit is toch gewoon vissoep?'

'Ja, het is vissoep,' lacht Dora, 'maar ik was net een heerlijk stuk taart aan het eten.'

Unnar begint spontaan te blozen. 'Taart?' vraagt hij schuchter.

'Weet je nog dat er vroeger een banketbakker was naast de bibliotheek?'

Unnars wangen en hals worden nog roder.

'Die had zijn vitrine altijd vol staan met de heerlijkste gebakjes en taarten met slagroom en stukjes chocolade. De soep ...' Ze wijst met de lepel in haar kom. '... ach. Ik droom weg en dan wordt de soep een stuk taart, of verandert in biefstuk gebakken in roomboter met veel peper en zout, of een gevulde tomaat uit de oven ... Ik eet al jaren geen vissoep meer.'

Unnar kijkt haar bijna jaloers aan.
'Het is niet moeilijk, hoor! Ik heb het geleerd van Birta,' zegt Dora. 'Wat zou je willen eten? Iets lekker zoets?' vraagt ze. 'Iets met veel suiker?'
Nog heftiger rood kleurt zijn gezicht.
'Een appeltaart?' Ze staat op, loopt naar de kast en pakt er een boek uit. 'Dit hoeft alleen in het begin, later heb je dat niet meer nodig.' Ze bladert wat en legt het boek voor hem neer.
Hij ziet een foto van een taart die helemaal gevuld is met schijfjes appel, die als halve maantjes in een cirkel liggen. Hij heeft nog nooit naar foto's van eten gekeken. Hij vangt altijd wat, een vis of een vogel, en die maakt hij klaar. De appel op de foto is zachtgeel en aan de randen een beetje bruin. Het deeg van de taart glimt en ziet er krokant en zoet uit. FRANSE APPELTAART, staat erboven.
Dora draait het boek naar zich toe, zet haar bril op, die met een ijzerdraadje aan elkaar zit, en begint te lezen: 'Ingrediënten voor de vulling, vijf stevige appels in halve maantjes gesneden, twee eetlepels gesmolten boter, vijftig gram gewone suiker, een eierdooier en vijftig gram poedersuiker.' Ze kijkt weer op. 'Dit is een heel belangrijk onderdeel, want je moet het je echt proberen voor te stellen. Ik weet dat jij nog maar een kind was tijdens de Storm en dat het dus voor mij iets gemakkelijker is dan voor jou. Maar kun je je bijvoorbeeld nog de smaak van suiker herinneren?'

~

Hij staat op het platte dak van de school, een van de hoogste punten in Havenstad. Hij moet voorzichtig lopen om er niet doorheen te zakken. Nu de sneeuw en de mist zich eindelijk hebben teruggetrokken wil hij weten of er ergens in een van de gebouwen misschien toch nog een schoorsteen is die brandt, een rookpluim die zegt: hier wonen mensen. Zijn blik glijdt over de grauwe al dan niet afgebrande en ingestorte bouwwerken, deels begroeid met mossen en gras. Zouden er binnenkort weer lammetjes worden geboren of heeft de ziekte, waarvan niemand had begrepen wat het was en waar het vandaan kwam, de ooien onvruchtbaar gemaakt? Unnar wil terug naar Nes, zijn schapen en die van de andere dorpsgenoten zwerven ergens over het noordelijk deel van het eiland. Hij heeft geen idee of de rammen, die hij bij zijn vertrek naar

Dora heeft losgelaten, de winter hebben overleefd.

Nergens ziet hij rook. Wel de mist, die weer komt aandrijven om spoedig alles onder haar dikke grijze deken te verbergen.

Dora, net zo grijs en grauw als de soep vóór haar, pakt het kookboek, slaat het open en vraagt: 'Wat wil je eten vandaag? Geroosterde aardappelpuree, slagroomtaart of pizza met kaas en tomaten?'

'Ik ga morgen naar de Zuidpunt,' zegt Unnar, zijn lokken beginnen grijs te worden en de rimpels in zijn voorhoofd verdiepen als hij spreekt.

Ze kijkt hem triest aan.

'Ik wil weten wie er nog zijn,' zegt Unnar.

'Wat maakt het uit,' zegt Dora zacht.

Unnar haalt zijn schouders op. In stilte eten ze, zonder iets speciaals te proeven. Vlek ligt onder de tafel en in de kliniek klettert de pis van Helena op het uitgebeten en omgekrulde linoleum.

Hij pakt zijn rugzak, verrekijker, vuursteen, een pluk droog gras, een fles met vissoep en een deken. Water kan hij van elke waterval of beek drinken en zijn mes heeft hij als altijd in zijn broekzak. De gedroogde vis is allang op, net als de schapenbout waarmee hij twee maanden geleden naar de kliniek kwam.

'Ik ben morgen of overmorgen terug.'

Ze knikt.

'Vergeet je de koe niet?'

Ze knikt.

'En het vuur.'

Ze knikt.

Hij loopt de straat uit. Hij voelt haar ogen priemen in zijn rug. Het is net alsof ze niet wil dat hij weggaat, bang is om alleen achter te blijven. De laatste keer dat hij het huis had verlaten, na een tijdje daar gewoond te hebben, was de kerst voor Susanna wegvloog, hand in hand waren ze weggewandeld. Nu rent Vlek voor hem uit, blij dat zijn baas eindelijk zijn rugzak weer heeft omgedaan en zijn stok heeft gepakt. Unnar kijkt over zijn schouder en ziet Dora zwaaiend in het gat van de deur staan. Hij wil zijn hand opsteken, maar draait zich om en loopt terug naar het huis. Ze is verbaasd en kijkt hem vragend aan. Hij slaat zijn armen om haar heen en drukt haar stevig tegen zich aan.

'Ik kom terug. Dat beloof ik je. Ik kom écht terug.' Hij kust haar op de wangen en loopt zonder opnieuw om te kijken zijn hond achterna.

Het gras, de beken, de kleur van de lucht, alles vertelt hem dat de winter nu echt aan het vertrekken is. De oceaan beneden hem is nog ruw. Hij hoort de hoge golven tegen de rotsen donderen. Het pad waarover hij naar de Zuidpunt loopt is door de jaren heen steeds smaller geworden. Soms kruist hij de oude autoweg, die bijna helemaal is verdwenen onder het gras.

Het eerste dorp waar hij doorheen loopt is al jaren verlaten. Sommige deuren staan open, en klapperen wat in de wind. Wrakken van auto's zijn vergroeid met de aarde, ingenomen door muizen of andere kleine dieren, die er als kasteelheren leven. Naast de loods, die ooit gebruikt werd door de vissers van het dorp, ligt een omgekeerd bootje. Unnar klopt op de bodem. Het hout is nog goed. Hij probeert hem om te keren maar voor een man alleen is het te zwaar. Hij loopt door, in de wetenschap dat als hij ooit een nieuwe boot nodig heeft, hij deze kan komen halen.

Als hij de heuvel over gaat ziet hij de oude cementfabriek. Unnar gaat op een steen zitten en kijkt naar de betonnen silo's en de pijpen. Hun grijs is net als alles op de eilanden bedekt met een groenige laag. Links erachter moet de boerderij van Petersens zijn, die met haar plaggendak lastig te onderscheiden is in het groene landschap. Alleen omhoog kringelende rook zou verraden waar het is. De vrachtauto, ooit geparkeerd op het bakstenen terrein achter de fabriek, staat eenzaam in het veld waar schapen grazen. Unnar pakt zijn verrekijker en tuurt. In het groen ontdekt hij de deur van de boerderij, de ramen en de schoorsteen. Hij daalt de heuvel af. Doorlopen kan hij niet, hij moet het zeker weten.

Klopt hij aan uit beleefdheid, gewoonte of uit angst? Even wacht hij voordat hij zijn hand op de kruk legt en opendoet. Hij ruikt het direct. Hij gebiedt Vlek buiten te blijven.

De kamer is ijskoud. Tórir Petersens, de jongste zoon van de ouwe Petersens, zit scheefgezakt in een leunstoel naast de kachel. Over zijn benen ligt een deken. Naast hem tegen de stoel staat een schop waar nog aarde aan zit. De handen van de man, die hij kent van de klimtochten naar de jan-van-genten, zijn nog bedekt met aarde.

Naast de vijf naamloze graven, achter de boerderij, graaft Unnar een nieuwe kuil met de schop van de boer.

Vlek rent vrolijk de heuvel op en af. Soms steekt hij zijn neus in een gat in de grond, blaft, krabt wat met zijn poot en rent weer door. Unnar sjokt achter hem aan. De weg naar de Zuidpunt is veel langer dan hij zich herinnert, de heuvels zijn hoger, het pad is slechter. De wind is kouder en de regen valser. Bij de boerderij van Johannesen naast de sleuf had hij twee graven moeten graven. Hier had de schop niet voor het grijpen gelegen. Hij had de nacht doorgebracht in de verlaten stal, omdat de geur in het huis ademen onmogelijk maakte.

Unnar kijkt niet meer naar de zee of de lucht of de lang verlaten dorpen. Hij staart naar de grond, soms even zijn hoofd optillend om te zien hoe het pad loopt. Lítlaberg is het laatste gehucht dat nog bewoond is, met iets verderop, op de Zuidpunt, het huisje waar Zacharias en zijn broer Absalon wonen. Daarna volgt alleen nog oceaan.

Zodra het dorpje opdoemt en hij nergens rook ziet, verliest Unnar de moed. Hij wil niet nog meer mensen begraven. Van de heuvel waarop hij staat kan hij schuin aan de overkant het oostelijk eiland zien liggen. Als daar de winter maar niet zo meedogenloos is geweest, als ze daar maar niet zo stom zijn geweest om door het bitter heen te eten, dan kruipen ze daar nog wel samen rond de kachels en wachten tot de eerste lammeren worden geboren, de zee hen weer welkom heet en de vogels terugkomen van hun reis naar het onbekende.

Het is stil in het dorp. De kerk, trots in het midden, is een van de weinige gebouwen die al hun ramen nog hebben. De deur is dicht, maar aan een spijker ernaast hangt de sleutel. Unnar draait de deur open en gaat naar binnen. Er hangt een gewijde sfeer, die in de andere kerken allang is verdwenen. Buiten hoort hij Vlek blaffen. Unnar loopt het gangpad af. De banken staan nog achter elkaar. Boven is het orgel. Op het altaar ligt een schop. Verder is er niets. Geen bijbel, geen kruis, geen teken van leven of religieuze handeling. Er is geen geur, geen geluid, maar hij voelt dat hier kortgeleden wanhopig is gebeden. Hij loopt om het altaar heen. Iets anders dan de schop is er niet.

Vlek begint te kwispelen als zijn baas weer naar buiten komt. Hij loopt om de kerk langs de oude graven, sommige grafstenen zijn gebroken, andere wat scheefgezakt. Toch ziet hij dat de begraafplaats goed is onderhouden. Achter de kerk zijn de verse graven. Drie langwerpige bergjes en een hoop aarde. Als hij dichterbij komt ziet hij dat naast de hoop aarde een kuil is. Zijn hart slaat een slag over als hij in het nog niet gesloten graf, onder een deken, de contouren van een lichaam ziet. Vlek begint weer te blaffen. Unnar stuurt zijn hond weg maar het beest blijft blaffen naar het lichaam in de kuil. De schop was een boodschap, een verzoek.

Unnar gebiedt zijn hond hem te volgen. Ze gaan de kerk binnen. Unnar pakt de schop van het altaar, laat zijn hond achter in de kerk, trekt de deur dicht en loopt terug naar het graf. Hij wil de eerste aarde op het lichaam scheppen, als hij de schop weer neerzet en op zijn buik gaat liggen. Hij trekt de deken een beetje opzij. Er ligt nog een deken onder, en nog een.

Zacharias' hoofd met de grijs-rode baard ligt op een kussen. Het lichaam ziet er goed uit. Vochtig, maar nog niet aangevreten of vergaan. Hij is pas kort dood. Aan het touwtje rond zijn hals zitten twee platgeslagen gouden ringen. Zijn handen heeft hij samengevouwen op zijn borst alsof hij bidt. Hij houdt een visgraat beet.

Unnar herinnert zich het verhaal van Dora over de visgraat die hij had meeverbonden om zijn gebroken vinger omdat hij ervan overtuigd was dat het dan sneller genas. Eerbiedig vouwt hij de dekens terug en begint de kuil vol te scheppen met aarde. In de kerk jankt de hond.

Als de regen ophoudt begint hij terug naar Havenstad te lopen. Onophoudelijk wordt zijn blik naar het andere eiland aan de overkant van het fjord getrokken. De zee ertussen kolkt. De stromingen zijn zo sterk, dat je als je wat langer kijkt, de verschillende lijnen door het water ziet trekken. Als er nog vier of zes man waren geweest hadden ze gewoon naar de overkant kunnen roeien, nu moet hij wachten tot de zee ook begrijpt dat het lente wordt en haar kalmte hervindt.

De randen van de oude stad verschijnen. Een grote hal met een verweerd bord aan de gevel. Woorden die hem niets zeggen. HYUNDAI DAIHATSU MITSUBISHI TOYOTA, als een toverspreuk die, juist uitgesproken, alles kan veranderen. De kleine vallei, met daarin wat ooit het centrum van Havenstad was, is gevuld met mist. Hij loopt langs de ingestorte sporthal de weg af naar beneden.

Vlek houdt niet van mist. Hij loopt dicht naast zijn baas. Het geluid van hun voetstappen wordt opgezogen in het grijs. Opeens merkt Unnar dat de weg langzaam omhoog begint te gaan. Hij kijkt om zich heen, maar de mist is zo dicht dat alles is verdwenen en zelfs de gebouwen – die aan weerskanten van de straat moeten staan – opgelost zijn. Hij weet dat hij vanaf de sporthal recht naar beneden moet lopen om bij de haven te komen, waar de kliniek is. Hij is nergens afgeslagen, toch heeft hij het gevoel dat hij niet de goede kant op gaat. Hij loopt naar de straatkant en probeert het gebouw te herkennen. Maar het is slechts een naamloos pand dat in niets opvalt. Hij keert om en gaat terug, Vlek in zijn voetspoor. Even leidt de weg omlaag tot hij merkt dat die weer omhooggaat. Hij slaat af in iets waarvan hij vermoedt dat het een straat is die naar de haven gaat, maar komt vast te zitten tussen afgebrokkelde gebouwen.

De traagheid van de mist daalt ook neer over Unnar. Niet alleen zijn bewegen vertraagt, ook zijn denken. De ondoordringbaar dikke mist neemt bezit van zijn hoofd. Hij heeft niet langer het idee vooruit te komen, terwijl hij blijft zoeken en steeds nieuwe straten in slaat, zijn handen soms tastend voor zich uit om te voorkomen dat hij tegen een paal of muur op zal lopen.

Hij struikelt en valt. Een gat of obstakel ziet hij niet. Slechts keien waar wat mos tussen groeit.

'Waar ben ik?' zucht hij.

Vlek kijkt hem kwispelend aan.

'Weet jij het?'

Vlek blaft.

'Nou, breng me dan. Ik heb er genoeg van. Dora heeft vast warme thee klaarstaan, of misschien is het haar zelfs gelukt een vis te vangen en heeft ze al soep.'

Vlek blaft trouw.

'Blijf dan niet staan, breng me naar haar toe.'

De hond kijkt zijn baas verwachtingsvol aan.

'Kom, brengt me naar Dora!'

Vlek blaft en draait zich om. Wie wie leidt is niet duidelijk maar ze lopen de straat uit. Unnar voelt dat ze naar beneden gaan. Ze gaan ergens rechts en dan weer links. Unnar heeft geen idee of ze tussen de huizen door lopen, door verlaten tuinen, over pleintjes of gewoon een straat. Asfalt, aarde, keien, gras en puin wisselen elkaar af.

Vlek begint weer te blaffen. Unnar voelt dat hij niet meer in de buurt van de haven is. De onzichtbare wereld is opener dan die van de straatjes rondom de haven. Dan ziet hij opeens waar hij is.

De gevels zijn al jaren geleden verdwenen in kachels, maar de rotzooi op de grond is er nog. Overwoekerd door gras en mos, zodat de wind er geen grip op heeft gekregen, ligt de bezemsteel die ooit felroze was en die hij voor zijn moeder uit de puinhoop van zijn geboortehuis heeft gehaald. Hij knielt neer. De vermiste wereld, niet groter dan twee vierkante meter, verandert in een intieme kamer waar hij in stilte de stok streelt alsof het de vingers van zijn moeder zijn. Voorzichtig trekt hij de bezemsteel tussen het gras uit. De kant die niet in de zon, regen en sneeuw heeft gelegen is nog roze en springt eruit in een omgeving waaruit alle kleur is verdwenen.

Dan ziet hij, op de plek waar de stok lag, de kleine blauwe scherf. Hij voelt weer hoe het stukje hem prikte in zijn been, hij het uit zijn zak haalde en in de hoek van de schuur gooide. Hij pakt het op. De jaren onder de houten stok hebben het stukje beschermd. Het blauw is nog net zo blauw als hij zich de oceaan op de globe herinnert en het stipje nog net zo klein.

Onaangekondigd trekt de mist zich terug. De berg stenen die het huis was is volledig verdwenen onder gras. Het huis van mevrouw Poulsen is grauw van zout en stof. De wolken, vervallen tot horizontale slierten, verbergen nog deels het landschap. Het geluid komt terug, geritsel van gras, de zee verderop, de wind op zoek naar iets om tegenaan te schurken. Het doffe licht lost op en tintelend vinden stralen hun weg.

Hij staat op, stopt de scherf in zijn zak en neemt de roze stok mee.

Ze zit rillend in de kamer. De kachel brandt niet en er is geen thee.

'O, ben je er eindelijk ...!' huilt ze, en ze hoest.

‘Ik had toch gezegd dat het twee dagen kon duren?’

‘Ja, maar ik dacht ... de Zuidpunt ... het is maar zes uur lopen en toen de mist weer kwam dacht ik, misschien komt hij niet meer terug.’

‘Ik had het toch beloofd.’

‘Niemand komt meer zijn belofte na. Dat weet je toch!’

Hij doet of hij het niet hoort en houdt de roze bezemsteel op. ‘Kijk! Kunnen we de bezem weer repareren.’

Ze kijkt naar de stok en begint weer te hoesten.

Het is een kleine karavaan uitgemergelde individuen die vroeg in de ochtend vertrekt. Boven de zee hangt een wolk die zich vol regen zuigt, maar die evengoed weer kan verliezen zonder boven het land te komen. Dora heeft het karretje dat Esbern ooit maakte met een touw om haar middel gebonden en trekt het met zich mee. Unnar draagt een zware rugzak. De stof is versleten en veelvuldig gerepareerd. Hij heeft Helena, net zo mager als haar begeleiders, aan een touw, en in zijn hand de gerepareerde roze bezem, als wandelstaf. Vlek rent om hen heen, zijn instinct volgend om de groep bij elkaar te willen houden. Bij elke plant die Dora denkt te kunnen gebruiken staan ze stil.

‘Dit is goed tegen verkoudheid, hoest en diarree.’ Ze trekt een pluk wilde tijm los en stopt het in het karretje achter zich.

Iets verderop tussen wat rotsen groeit engelwortel. Ze stopt, knoopt de wagen los. ‘Pauze!’ Ze haalt een schopje uit de kar, waarmee ze hijgend de wortel van de plant begint uit te graven. ‘Voorkomt infecties,’ zegt ze.

Unnar neemt de schop over en graaft een paar wortels uit.

Ze zijn de heuvel nog niet over of Dora wijst naar iets beneden. ‘Kijk!’

Unnar kijkt maar ziet alleen gras. ‘Ik zie niets.’

‘Je moet eens een bril zoeken, daar groeit tormentil, de wortels zijn heel goed tegen bloedingen.’

‘Zullen we doorlopen? We zijn nog niet eens halverwege.’

‘Ik heb het nodig, het zit vol looizuur en is ook goed tegen maagpijn.’

Zuchtend daalt Unnar af en graaft de plant uit, terwijl de koe de tijd gebruikt om wat te grazen.

Het is al bijna donker als ze Nes in lopen. De wind giert door de enige straat van het dorp en de regen weet van geen ophouden. Ook Vlek is gelukkig eindelijk weer thuis te zijn. Unnar opent de deur van de stal en trekt Helena naar binnen. Opgelucht ziet hij dat er nog wat gedroogd gras in de ruif zit. Tevreden begint het beest te eten, terwijl Unnar zonder zijn jas uit te doen zich neerzet op een krukje om haar te melken. Dora staat wat verloren bij haar kar met al haar spullen.

'Ga maar naar binnen. Ik kom zo,' zegt Unnar.

De stal grenst direct aan de kamer, waar op de tafel nog een bord staat met een lepel erin. Het is ijzig koud in de kamer. Naast de kachel ligt wrakhout opgestapeld. De leunstoel waarin ze mevrouw Poulsen voor het laatst heeft gezien staat er nog steeds, met het kleine stevige kussentje er nog in, en zelfs de oude kranten zijn niet opgestookt. Dora gaat wat onwennig op een van de twee stoelen aan de tafel zitten. Unnar komt binnen met een emmer. Hij pakt een beker, schept er wat melk in en geeft hem aan haar. Ze kijkt hem dankbaar aan.

Hij knielt naast de kachel. Op een stukje ijzeren plaat veegt hij wat droog verendons en grasjes bij elkaar, legt zijn vuursteen ertussen en slaat met de botte kant van zijn mes op de steen. Er schieten vonkjes af en zijn tondel begint te schroeien. Zachtjes blaast hij tot het brandt, hij brengt het vuur naar de kachel en voedt het beginnende vuurtje met veren en kleine stukjes hout.

Ze staren naar het vuur. Op de kachel staat de ketel.

'Waarom steken we eigenlijk het grote vuur niet aan?' vraagt Dora plotseling.

'Waarom?' vraagt Unnar.

'Om te zien of er aan de overkant nog mensen zijn.'

Hij geeft haar geen antwoord.

'Wil je het niet weten?' vraagt ze na een tijdje.

Hij gooit wat hout in de kachel en gaat weer zitten. 'Jawel,' zegt hij en hij laat er zachtjes op volgen: 'Maar wat dan?'

Ze trekt de deken strakker om zich heen. De kou, die verbannen was, komt weer over haar.

~

Zijn kudde is lang geleden samengegaan met de rest van de schapen die de heuvels en bergen rond Nes begrazen. Nu maakt het niet meer uit dat zijn beesten een rechthoekig stukje plastic aan het touw om hun nek hebben hangen, de dieren van de Lange een rondje en die van Rúnar een stukje hout. De rammen zijn langer dan normaal bij de ooien geweest. Het is goed mogelijk dat een stel van zijn beesten zich heeft dood geramd. Toch heeft hij geen spijt ze niet eerder weer opgehaald te hebben – het zou hem nooit gelukt zijn in Havenstad genoeg lang gras voor Helena én de rammen te vinden.

Unnar daalt af in de vallei. Hij is niet meer zo moe nu hij een paar dagen heeft gegeten. Het is hem gelukt een stel vette vissen te vangen, ook heeft hij met zijn katapult wat zeekoeten uit de lucht geschoten, en de thee die Dora van onooglijk kleine plantjes heeft getrokken geeft hem energie. Om hem heen staan de loodrechte rotsen die de vallei omsluiten. Alleen aan de noordzijde is een opening die afdaalt in de richting van de zee, om dan plotseling te worden afgesneden door een diepe afgrond, die tweehonderd meter lager eindigt in de oceaan. De schapen zijn graag in deze vallei, er is een natuurlijke luwte tegen de overheersende zuidwestenwind.

Hij daalt verder af. Het mossige gras is nat. Hier en daar zijn wat lage rotsblokken en liggen keien. Zo gauw Vlek de kudde ziet rent hij er enthousiast heen. Unnar fluit, een zacht bevelend geluid. De hond stopt en blijft zitten. Unnar zoekt zijn rammen, hij tuurt en kijkt door zijn verrekijker. Tot hij onverwacht twee tonen fluit. Vlek, getraind in zijn werk, begint te sluipen, zijn rug laag. De schapen bewegen rustig naar beneden. Ook Unnar gaat die kant op. Weer fluit hij, nu twee andere tonen. Vlek verandert van richting. Onverwachts begint Unnar te rennen, hij springt over een rots en grijpt een ram die nietsvermoedend staat te grazen. Het beest is broodmager. Het is net of het blij is gevangen te zijn en terug te mogen naar zijn hok. Unnar klemt zijn knie over de kop en haalt een touw uit zijn zak. Vlek kijkt toe hoe zijn baas drie van de poten bij elkaar bindt, waarna de ram roerloos blijft liggen om straks te worden opgehaald.

Weer tuurt Unnar door zijn kijker de vallei af. Naast wat rotsen staat een groepje te grazen. Hij ziet dat er twee rammen bij zijn.

Heel rustig loopt hij in hun richting. Hij fluit. De hond gehoorzaamt hem feilloos en begint de herkauwers van de andere kant te benaderen. Ze leiden de beesten rustig naar de hoge rotswand bij de zee. De schapen voelen dat ze in het nauw worden gedreven en zoeken een uitweg. Dan zetten de beesten zich in beweging en spurten naar een laagte tussen wat rotsen. Unnar fluit weer en begint te rennen, springend als een geit over de hobbelige bodem. Vlek begrijpt zijn order. Unnar is niet geïnteresseerd in de ooien, hij aast op de rammen, de bruin-wit-grijs-zwart gevlekte beesten met hun lange haren en hun vervaarlijk gekrulde hoorns. Unnar komt van links. Vlek van rechts. De ooien zijn zich niet bewust van de jacht op hun rammen en rennen nerveus de heuvel op. Unnar fluit nieuwe opdrachten. Vlek rent, sluipt en kruipt. Steeds om en rond het koppel. Ze gaan de heuvel op en weer af. Ze rennen over rotsblokken en springen over geultjes, telkens duiken de schapen weg tussen wat rotsen om een eind verder weer tevoorschijn te komen. Unnar blijft ze volgen. Na een signaal doorkruist Vlek plotseling de rennende groep. Terwijl de groep doorholt naar boven, wordt één van de rammen naar beneden afgedreven en rent in de richting van de afgrond, waar de zee, eindeloos grijs, geduldig wacht. Unnar voelt niet meer zijn ondervoede lijf, zijn knokige knieën en zijn vleesloze heupen. Een oerenergie spuit door zijn lichaam. De kleine ram stevent af op de onzichtbare rand, daar waar het gras zonder waarschuwing overgaat in de diepte. Unnar versnelt, stenen schieten weg onder zijn voeten. Hij neemt een duikvlucht en grijpt het beest bij zijn vacht. Samen vallen ze op de grond. Vlak naast hen is het grote niets. Unnar graait naar de hoorns, die wild bewegen, de ram begrijpt niet waarom hij opeens niet meer verder kan. Unnar duwt hem tegen de grond. Vlek denkt dat het vangen nog niet over is en bijt opgewonden in de richting van de ram. Unnar gebiedt hem op te houden en de hond, geschrokken door de strenge stem, trekt zich terug terwijl hij toekijkt hoe Unnar het beest vastbindt en weer opstaat.

'Nog een?' vraagt hij aan Vlek.

De hond kijkt hem hijgend aan.

Dora zet een dampende pan soep op tafel. Het kleine huis waar Unnar al jaren woont, is het huis van de oude schoolmeester, een aanbouwtje tegen de voormalige school, waar kookboeken niet te vinden zijn. Naast zijn bord ligt een stapel brillen.

'Ik heb wat brillen gezocht, misschien zit er wat voor je bij.'

'Waar?'

'Nou gewoon, in de huizen.'

Hij kijkt naar de brillen en herkent de meeste. 'Ik heb geen bril nodig.'

'Volgens mij wel,' zegt Dora op haar dokterstoon.

'De beesten lopen niet meer mank,' zegt Unnar.

'Dat is fijn,' zegt ze terwijl ze de grauwe soep opschept.

'Ze zijn niet meer ziek.'

'Je gaat ze toch niet eten!'

Unnar blaast op zijn soep. 'We kunnen het toch een keer proberen?'

Ook Dora neemt een hap. 'Nee, dat gaan we niet doen.'

Unnar neemt een hap en denkt niet aan kroketjes, ratatouille, crème brûlée of groentegratin, omdat hij geen idee heeft wat dat zijn. Net zoals peper, bouillon, laurier of kruidnagel hem totaal onbekend zijn. De smaak van zout kent hij alleen van zeewater, dat in de soep gaat, en vaag weet hij dat er vroeger eten was dat 'tomaat', 'wortel', 'banaan' of 'peer' heette, maar hoe het smaakte kan hij zich niet meer herinneren.

'Miauw!'

Hij springt op en rent de deur uit. 'Daar is ze weer.'

~

Bij de kachel liggen Vlek en Lina gezusterlijk naast elkaar. De hond droomt, de oude kat spint.

Unnar heeft een bril op zijn neus die beslaat als hij de dampende pan op tafel zet. Onwennig veegt hij hem met zijn vinger schoon.

Dora's neusvleugels trillen. Ze probeert niet de heerlijke geur van het gebraden lamsvlees te ruiken dat de kamer vult na maanden vissoep en heel sporadisch een vogel. 'We moeten het niet doen,' zegt ze met klem.

'Waarom niet?'

'Het is te gevaarlijk.'

Unnar prikt met een vork het stuk vlees uit de pan, klapt zijn zakmes open en snijdt het vlees aan. Hij snuift verlekkerd.

'Maar als je ziek wordt?'
Unnar snijdt een plak vlees af, legt die op zijn bord en snijdt daar weer een klein stukje van af. In plaats van het in zijn eigen mond te steken, reikt hij de vork met het stukje vlees aan Dora. Vol weerzin vermengd met lust kijkt ze ernaar.
'Wat nou als we ziek worden?'
'Dan niets.'
Ze kijken elkaar aan. Het is alsof de woorden langer nagalmen dan bedoeld.
Opeens trekt ze het stukje vlees van de vork en gooit het naar de kachel. 'Eerst zij!'
Unnar ziet hoe de oude kat direct opveert en het stukje vlees afkeurend besnuffelt.
'Zie je wel, het is niet goed. Ze ruikt dat het bedorven is,' zegt Dora.
'Het is net geslacht!'
Eindelijk wordt ook Vlek wakker en kijkt dromerig rond. De neus van de hond begint opgewonden te trillen. Hij richt zich op en komt op het vlees af. Vlak voor hij het te pakken heeft, grist Lina het weg en verslindt het.
'Ze vindt het lekker!'
'Ik weet niet, hoor,' begint Dora weer. 'Ik vind dat we het niet moeten doen.'
'Als ik blijf leven ga ik kijken. Oké?'
Dora kijkt hem strak aan en knikt.
Dan pakt Unnar de lap vlees van zijn bord, zet zijn tanden erin en bijt er een stuk van af.
'Nee!' roept Dora.
Unnar kauwt en slikt het door.
Dora kijkt hem angstig aan.
Hij bijt er nog een stuk af, het vet druipt over zijn kin. En nog een hap, tot hij de hele plak vlees van zijn bord opheeft.

De stormmaanden hebben de lege huizen er nog vervallener doen uitzien dan ze al waren. Unnar loopt met zijn hond naar de kleine natuurlijke haven, die 's winters onbruikbaar is door de golfslag maar nu, de wind is al dagen rustig, slechts een zachte deining vertoont. Het water is glashelder en hij ziet scholen kleine visjes cirkelen over de bodem. Hij kijkt naar de lucht en de horizon. De vogels vliegen hoog en de wolken zijn ver en dun. Hij duwt de roeiboot in het water en Vlek springt erin.

Om het haventje, eigenlijk meer een aanlegplaats, uit te komen moet hij veel kracht zetten. De stroming is sterker dan hij had verwacht. Als hij voorbij de eerste rotspartij is voelt hij de felle zeestroom aan de boot trekken en weet dat als hij erdoorheen komt de noordelijke stroom hem zal helpen tot halverwege het fjord. Hij trekt aan de spanen, strekt zijn knieën en drukt zijn voeten tegen de steunen op de bodem. Hij roeit langs de kust en de stroom drijft hem voort. Kleine druppeltjes spatten op zijn brillenglazen en steeds moet hij ze even met de rug van zijn hand schoonwrijven. Aan de overkant ligt het andere eiland.

Ter hoogte van de volgelopen tunnel voelt hij dat de stroom aan het veranderen is. Hij moet nu heel hard doorroeien zodat hij in de zuidwestelijke stroom terechtkomt, die hem om de kop van het oostelijk eiland kan brengen. Hij begint het lied te zingen dat roeiers beschermt tegen de verrassingen van de zee. Hij heeft het honderden keren met de andere mannen gezongen, maar nog nooit alleen. Zijn lange haren wapperen in de wind en Vlek hapt naar het opspattende zeewater. Hoe dichter hij het eiland nadert des te indrukwekkender rijzen de kliffen op uit zee.

Vroeger roeiden ze het fjord, de snel stromende diepe geul midden in de oceaan, over met acht man, later met zes en het laatste jaar met vier of zelfs drie man. Nu moet hij roeien zoals Henrik deed als hij naar de vuurtoren wilde. Haal na haal na haal.

Op het moment dat hij de noordelijke stroom begint te verlaten voelt hij de kracht van de zee. Het is maar een paar honderd meter tot de zuidelijke stroming. Hij roeit door en kijkt niet naar de gigantisch hoge kliffen die zich over hem heen buigen. Plots is er ook de wind, waar hij tot nu door het andere eiland tegen werd beschermd. Het water kolkt. De golven draaien. Het bootje trekt naar links en naar rechts. Hij roeit en zingt, zonder op te kijken, zonder te zien dat zijn hond bescherming zoekt in het kleine vooronder. Net voordat hij om de kop roeit en uit het zicht van het westelijk eiland verdwijnt, werpt hij nog een blik naar de kartelrandige bergen waar hij vandaan komt.

De zee is woester aan de oostzijde van het oostelijk eiland. Soms kijkt hij over zijn schouder om de richting te bepalen, zonder een seconde tempo te minderen. Haal na haal na haal. Vlek ligt nog steeds weggedoken in het vooronder, dat telkens met een klap op de golven neerkomt. De baai, waaraan Malvík ligt, is niet ver meer. Haal na haal na haal.

Op een grote golf glijdt hij de baai in. Meteen wordt de zee rustiger. De trekkende stroming is verdwenen en de wind wordt tegengehouden door de heuvel die de ingang markeert. Vlek springt tevoorschijn alsof er niets is gebeurd en gaat trots kwispelend weer op de plecht staan, als was hij het boegbeeld. Nu pas voelt Unnar zijn handen en zijn rug. Hij tuurt de kust af of hij mensen ziet, of een pluim rook. Nergens is een teken van leven. Met kalme slagen vaart hij de boot naar de huizen aan het strand.

Vlek springt in het water vlak vóór de boot over de bodem schuurt. De hond rent blaffend achter een stel meeuwen aan die stonden te sluimeren op het strand. Unnar trekt de boot verder het zand op. Nu heeft hij spijt te zijn overgeroeid, hij wil het niet meer weten, hij weet het al. De huizen staren hem aan. De luiken als halfgesloten oogleden, de deuren geopend als roepende monden. Langzaam loopt hij tussen het aangespoelde wier het strand op.

'Hallo!' roept hij wat onzeker. 'Is daar iemand?'

Vlek rent blaffend door het water, ervan overtuigd dat hij een meeuw kan pakken.

'Hallo!' probeert hij nog een keer. Maar het is net of zijn stem oplost, niet tot de huizen reikt.

Ver boven de vloedlijn liggen drie omgekeerde roeibootjes met touwen vastgebonden aan grote keien zodat de wind ze niet kan meenemen. Hij loopt erlangs zonder op de bodem te kloppen. Unnar is vaak in Malvík geweest, omdat het met het brede strand de beste plek is voor de griendenvangst.

Alle deuren staan open, ook van de huizen waar al jaren niemand meer woont.

'Hallo?'

Net als in de andere dorpen zijn ook hier de auto's volledig opgegaan in het landschap. Hier is het het opgewaaide zeewier dat ze in kleine heuveltjes heeft veranderd. De meeuwen zitten op de daken of scheren lachend door de lucht. Unnar ziet dat wat ooit de bestrate weg was tussen de huizen, nu bedekt is door een vlies van zand en wier. Op de heuvels die het dorp omkransen grazen schapen.

Bij het eerste huis dat hij passeert is een kei tegen de openstaande deur gerold. Ook de andere huizen hebben een steen tegen de deur waardoor hij niet meer dicht kan. De hal of gang is vol zand gewaaid. Op de begraafplaats ontdekt hij veel graven, kleine langwerpige heuveltjes aarde, maar of die nieuw of oud zijn valt niet op te maken – de winterstormen hebben ze allemaal eender gepolijst.

Hij gaat het huis van Pauli binnen, al jaren de voorman bij de griendenvangst. Onder zijn voeten knarst het zand op de houten vloer. Ook de tafel en de stoelen zijn bedekt met een dunne laag stof en zand dat is binnengewaaid door de openstaande deur. De uitwerpselen op de vloer verraden dat niet alleen vogels maar ook de schapen zijn binnen geweest. De bedden zijn opgemaakt, de kasten zijn dicht. Unnar trekt wat deurtjes open, alles staat netjes op zijn plaats maar net als aan de overkant is er niets te eten. In een mandje naast de kachel ligt een half-af breiwerkje en naast de kast staat een step met banden gemaakt van gedroogde griendenhuid. In het kastje – het hart van het dressoir – ligt achter glazen deurtjes een stapel schriften. Unnar pakt het bovenste en bladert erdoorheen.

Pauli noteerde heel precies elke griendenvangst, de locatie, het tijdstip en de duur van de vangst, de boten en wie erin zaten, maar ook welke middelen er werden gebruikt en hoeveel vissen zelf de wal opzwommen en hoeveel erop werden getrokken en natuurlijk de verdeling, wie had vlees en spek gekregen en hoeveel. Jaar na jaar, vangst na vangst, in een wat kinderlijk handschrift. Naast de schriften staan de mappen van vóór de Storm, papieren zoals ze die vroeger bijhielden, met grafieken en schema's die op computers werden gemaakt. De boeken van vóór de computer staan op de plank erboven, want de eilanders hebben al vanaf de zestiende eeuw elke griend die ze vingen en de manier waarop heel nauwkeurig opgetekend, omdat ze wisten dat ze alleen met respect voor de natuur zouden kunnen overleven.

Unnar weet dat hij zonder de andere mannen de grote vissen niet meer zal kunnen vangen en legt het schrift terug in de kast, sluit die zorgvuldig en trekt de buitendeur goed achter zich dicht.

Unnar rolt de stenen die tegen de open voordeuren liggen opzij. Dan trekt hij zijn roeiboot verder het land op. Vlak bij de andere bootjes keert hij hem ondersteboven en met touw dat hij in een van de huizen heeft gevonden bindt hij het, net als de andere, vast aan wat keien. Hij fluit Vlek en loopt de weg op die het dorp uit leidt, hij heeft alle deuren achter zich gesloten. Hoewel hij het meest noordelijke en het meest zuidelijke dorp van het oostelijk eiland goed kent, heeft hij de weg ertussen niet vaak gelopen. Gewoonlijk roeide hij naar Malvík als de grienden daar werden gesignaleerd, of hij voer met de dorpsgenoten het fjord over naar Nordur, waar in het seizoen de kliffen vol zitten met jan-van-genten en zeekoeten.

Bij een van de beken die het land doorspoelen neemt hij pauze. Hij schept wat water en drinkt uit zijn handen. Naast hem slurpt Vlek. Hij neemt de pittige geur van gras waar. De lucht is knapperig fris. Hij staart naar de oceaan, altijd in beweging. Op de horizon ligt een eindeloos lange kaarsrechte wolk van zeemist, die als het ware de wereld afsluit. Vogels roepen elkaar met hun keelratels, trillingen en fluitjes. Sommige roepen en schreeuwen hun kelen schor, van andere klinkt slechts een zacht gepiep. Vlek hapt naar een vlieg, die nu de zon het land langzaam weer opwarmt tevoorschijn komt. Pas als de dagen korter en kouder worden verbergen de vliegen zich weer en zal hij kunnen slachten en voedsel verzamelen voor de lange donkere winter.

Dan wordt hij overrompeld door het geluid waar hij elk jaar op wacht. Hij zet zijn handen boven zijn ogen en tuurt naar de lucht. De v komt klapwiekend naderbij. Met de bril op zijn neus kan hij het eindelijk weer goed zien. Maar net als vorig jaar en de jaren daarvoor zijn het alleen de ganzen die terugkomen. Vlek blaft naar twee scholeksters, die woedend opvliegen, 'tepied, tepied, tepied!' scheldend.

Unnar volgt het pad langs het ravijn. In de verte deint een wolk die hem het zicht op de top van de berg ontneemt. Steeds zijn er gedeelten van het pad verdwenen, meegespoeld met de honderden verbogen stroompjes die tussen het groen van de zompige velden de berg afsijpelen. Waar weinig schapen zijn is het gras lang. Waar ze wel grazen, bloeien brandnetels.

De boerderij ligt tien minuten lopen van het pad, al van een afstand ziet Unnar dat ook hier alle deuren openstaan. Net als in het dorp ervoor en dat dáárvoor doorzoekt hij vluchtig het huis, rolt de stenen weg en sluit de buitendeuren.

Langzaam stijgt de weg en raakt het pad steeds verder weg van de rand van het eiland. De geur van het natte gras is scherp en bijna bedwelmend. Hij springt over beekjes en stroompjes. De watervallen kletteren ongestoord van de bergen. Hij ziet het topje van de vuurtoren, toch slaat hij het pad ernaartoe niet in. Hij weet dat er niemand in het huis naast de toren woont en erheen roeien is onmogelijk, Henriks boot ligt er al jaren niet meer.

Beneden hem in de vallei ligt Nordur, daarna houdt het eiland op en is er alleen nog oceaan. De zon, half verstopt, schijnt z'n stralen precies op de kleine nederzetting aan zee. De huisjes, de kerk en de ommuurde akkertjes lichten op alsof er een vergrootglas voor wordt gehouden. Boven de zee hangen droevige wolken die de wacht houden. In trage tred daalt hij af. Het hek naar de moestuin staat open en de schapen hebben alles wat er had kunnen groeien opgegeten. De deur van het eerste huis dat hij passeert is dicht. Net als de deur van het volgende huis en die van daarnaast. Alleen de deuren van de kerk staan open. Dat het bedehuis al jaren niet meer als zodanig in gebruik is, blijkt wel uit de vele keutels en de lege ruiven. Hij loopt om de kerk heen. Ook hier, net als in de andere dorpen, de simpele graven, een bergje aarde, soms een kei of een stuk hout waarop de naam is gekrast, heel soms geschreven met inkt. Vlek komt enthousiast kwispelend aan met een bot in zijn bek.

'Waar heb je dat vandaan?' vraagt Unnar verschrikt.

De hond gaat liggen en begint te knauwen. Dan ziet Unnar de omgevallen kruiwagen met daarnaast de menselijke schedel, de lepels en de spade. Her en der verspreid liggen meer botten, schoongevreten door de meeuwen, een kat of een hond. Hij trekt het bot uit de bek van Vlek, die woedend gromt, maar loslaat.

Unnar zet de kruiwagen rechtop. Jaloers kijkt Vlek toe hoe zijn baas de botten verzamelt. Wie was dit? vraagt Unnar zich af als hij een heupbeen en een schouderblad in de kruiwagen legt.

Meer dan een ondiep gat is het laatste graf niet. Op de bodem liggen de botten, de schedel rust erbovenop. Unnar bedekt hem met aarde.

~

'Niemand meer?'
'Nee, niemand.' Unnar legt een gans op tafel.
Dora kijkt hem angstig aan. 'Je hebt echt overal gekeken?'
Hij knikt.
'Ook in de dorpen waar al langer geen mensen meer wonen?'
'Ik ben de hele weg afgelopen en overal naar binnengegaan.'
'En je hebt echt alle deuren gesloten?'
Hij knikt.
Ze trekt de gans naar zich toe en begint hem te plukken.

De afspraak

– waarschijnlijk het eenenveertigste jaar –

Dora haalt een emmer water bij de beek en loopt terug naar het huis. Ze hijgt. De emmer is zwaar. Haar rug is nog krommer geworden, haar gebit is verdwenen en haar handen zijn hard van het eelt. Ze kijkt angstvallig naar de heuvels en loopt verder langs de moestuin waar ze de kruiden en plantjes verzamelde waarvan ze haar soepen en drankjes maakt. Bieten en aardappelen zijn allang verdwenen. Net als Helena. In haar plaats is er nu Erna, het schaap dat ze elke dag melkt. Voor ze het huis binnengaat werpt ze nogmaals een blik op de heuvels.

Ze gooit wat hout in de kachel, sinds het hout alleen nog door haar en Unnar wordt gebruikt is er weer genoeg. Ze schept water in de ketel en zet hem op de kachel. Een plotselinge duizeligheid overvalt haar, even gaat ze zitten op een stoel, maar als het gevoel van zwakte verdwijnt staat ze weer op en kijkt uit het raam. Haar lange grijze haren heeft ze in een vlecht op haar rug en de broek en trui die ze draagt heeft ze al ontelbare malen hersteld.

Ze krast de schubben van de vis die ze vanmorgen uit de tank heeft geschept. Het is een manier die ze hebben ontwikkeld om ook op dagen als Unnar niet de zee op kan, toch vis te kunnen eten. Ze haalt de ingewanden eruit en met het afval loopt ze naar buiten. Weer glijden haar ogen bezorgd naar de top van de heuvel. Het visafval gooit ze op de hoop achter het huis. Soms is het de hond, dan weer de kat, maar meestal zijn het de meeuwen die het wegroven. Met de lege bak loopt ze terug. Bij de voordeur stopt ze, het nare gevoel in haar maagstreek is er weer.

Op de tafel staan twee borden en een schaal met een deksel erop. Dora zit alleen aan tafel. Vermoeid staat ze op en tuurt weer uit het raam naar de top van de heuvel. Met een zucht gaat ze weer zitten, tilt de deksel eraf en pakt een stukje koud geworden vis.

Met open ogen ligt ze in bed en luistert naar de geluiden van het huis. De wind die zachtjes zingt in de schoorsteen, het gekraak van hout, een muisje dat zich krabbelend een weg zoekt onder de vloer.

Ze slaat de deken van zich af, opent de kachel en houdt er een splinter in tot hij vlam vat, dan steekt ze het lontje gemaakt van de nerf van pitrusgras aan, in het lampje gevuld met het uitgekookte vet van jonge stormvogels. Het vlammetje walmt. Ze pakt een van de weinige medische boeken die ze jaren geleden heeft meegenomen uit Havenstad en zoekt een onbedrukte bladzijde. Het hoofdstuk over infecties, zweren en etterende ontstekingen eindigt met een groot stuk wit op de pagina. Ze scheurt hem eruit. Ze pakt een potlood en begint te schrijven.

Van tijd tot tijd draait ze voorzichtig de lont iets op. Het potlood krast over het papier. Haar ogen zijn rood en haar lippen trillen. Ook de pijn tussen haar schouderbladen en in haar nek speelt weer op. Ze legt het potlood neer, vouwt de brief op en legt hem onder haar kussen. Dan stapt ze weer in bed en trekt de deken over zich heen.

De zon is nog niet over de horizon als Dora opstaat. Het eerste wat ze doet is naar het raam lopen en kijken. Dan melkt ze het schaap, giet een deel van de melk in een fles en doet dat samen met een verrekijker en de gebakken vis die over is van gisteravond in haar rugzakje. Ze roept de oude hond. Vlek komt aansjokken. Ze voert hem wat stukken ongebakken vis. Een ernstige vermoeidheid verrast Dora, even denkt ze erover terug te gaan in bed, maar in plaats daarvan trekt ze haar jas aan, bindt een hoofddoek om, grijpt haar wandelstok en gaat het huis uit.

Ze zwoegt omhoog. Boven op de heuvel staat ze hijgend stil. De toppen van de bergen om haar heen verdwijnen en verschijnen in een rap tempo. Uitgeput zet ze de verrekijker aan haar ogen en tuurt. Ze ziet niet wat ze hoopt te zien. Wel ziet ze dat overal om haar heen de zeemist nog verder het land op kruipt.

'Unnar!' roept de oude vrouw, maar haar stem is zwak. 'Unnar!' probeert ze harder. De wind, die de lage wolken de heuvel opstuwt, voert het geluid mee omhoog.

Het eiland waarop ze is geboren wordt opeens vijandelijk terrein. Ze voelt dat ze hoort dat de wind haar geluid verblaast. Ze beseft dat ze terug moet naar het dorp. De stok in haar hand geeft haar geen zekerheid meer. 'Unnar!' roept ze nog een keer, maar ze wacht niet op zijn antwoord.

Rollend bolderen de wolken omhoog, ze veranderen elke paar minuten de omgeving volledig. Dora gaat de heuvel af zo snel ze kan, maar het ondoordringbare grijze net bestaande uit miljoenen fijne druppeltjes vangt haar op en ontneemt haar elk zicht. Ze voelt hoe haar hart jaagt. Ze weet dat ze stil moet staan en wachten tot het weer rustig klopt en er een gat in het wolkendek valt, maar ze gaat door, overtuigd van haar route terug naar huis.

Als er plots een opening in de zilveren wereld om haar heen optreedt, ziet ze dat ze de verkeerde kant op gaat. De top van de berg had achter haar moeten liggen, maar is nu links. Ze kijkt naar het gras, een pad is er niet, slechts groene sprieten – genietend van de vochtig kille deken. Ze heeft haar nieuwe richting nog niet bepaald of haar uitzicht is alweer opgelost en elke oriëntatie verloren. Hijgend roept ze de hond, maar haar stem bereikt Vlek niet. Ze moet rechtdoor, stapt door kuilen om niet af te wijken van haar koers.

Ze hoort hem eerder dan ze hem ziet. Een suizend geluid. De grote jager scheert rakelings over haar heen en verdwijnt weer in het grijs. *Rechtdoor blijven lopen!* Nu valt een tweede grote jager haar van de zijkant aan, de snavel gebogen, in volle vaart vliegt hij op haar af. Haar hart gaat als een razende tekeer. Ze trekt haar hoofd tussen haar schouders. *Rechtdoor blijven lopen!* Weer duikt de roofvogel tevoorschijn. Nog woester, nog breder zijn de vleugels. Ze voelt de luchtstroom die de vleugels veroorzaakt, direct gevolgd door de volgende, die uit de wolken duikt, recht op haar af. Ze krijgt een klap van een vleugel. De vogel die zijn jong bewaakt is niet uit evenwicht gebracht, zij wel. Almaar bozer scheert het vogelpaar over haar heen en steeds feller volgen de aanvallen elkaar op.

Beschermend houdt ze haar armen over haar hoofd en ze struikelt blind de berg af, tot ze uit het domein is waar het nest zich bevindt en de vogels haar van het ene op het andere moment met rust laten. Geen gefladder, geen geklapwiek van vleugels, geen scherend geweld meer. Ineens grimmige stilte in het grijze niets.

Dora zinkt neer, haar hart klopt in haar keel. Ze weet dat ze geen stap meer moet zetten, straks valt ze in een spleet of glijdt ze in het ravijn en is er niemand om haar te redden. Niemand. Ze opent haar rugzak en drinkt wat van de schapenmelk, het maakt haar rustiger. Ze spitst haar oren en probeert of ze kan horen waar de zee is. Dof hoort ze het eeuwig gedreun, onpeilbaar van welke kant het komt. De gedachte die in haar opkomt is niet nieuw: ik moet naar het ravijn. Ik moet niet meer bang zijn. Ik moet het gewoon doen. Ze schudt haar hoofd, pakt de koude gebakken vis uit haar tas en eet zittend in het gras – tot ze voelt dat ze wordt gadegeslagen. Ze voelt dat ze hoort smiespelen. Ze voelt dat het wachten op haar is, tot er niemand nog deuren kan openen of sluiten, messen kan slijpen of vuur kan maken. Ze voelt dat de gestalten almaar meer op haar afkomen. Het geluid van gedempte stemmen – onverstaanbaar –, de stap van voeten – onhoorbaar. Dreigend is de aanwezigheid. Ze moet haar angst verbergen, ze mogen niet weten dat ze bang is, het zweet haar over de rug loopt. Ze voelt hoe de gestalten zich opdringen. Ze meent een zacht bittere lucht te ruiken, die lijkt op die van de eieren van de stormvogel. Ze voelt de haren, kleverig als het web van een spin, langs haar handen strijken. Ze krimpt in elkaar, haar hoofd tussen haar knieën, haar armen eromheen, haar ogen stevig dichtgeknepen. Geritsel, gesnuif. Een ijskoude rilling trekt over haar lichaam. Het is naast haar. Het ademt. Het raakt haar aan. Ze gilt.

Vlek blaft van schrik. Ze opent haar ogen en ziet dat de lucht boven haar weer blauw is. De mist is over haar heen getrokken en heeft nu de bergen verderop in zijn greep. Ze kijkt over haar schouder, vlak achter haar is de muur van de kerk. Ze begint vreselijk te huilen. 'Stom beest ...' snikt ze naar de oude hond, die kwispelend en kwijlend naast haar staat.

Ze zit aan de tafel. Voor haar één bord. Er liggen wat gebakken vis en gekookte rabarber op. Ernaast staat – ook onaangeroerd – een beker melk. Ze vouwt de brief van onder haar kussen weer open en leest. Ze brengt een paar verbeteringen aan, vouwt hem weer op en legt hem nu óp het kussen.

Ze pakt het bord met eten en zet het op de grond. Vlek vreet de vis op en haalt zijn neus op voor de zure rabarber. De melk drinkt ze zelf staande op. Ze pakt het bord weer op van de vloer, veegt de rabarber in een bak en spoelt het bord af met water uit de emmer op het aanrecht.

De oude hond begint onrustig te bewegen en piept.

'Je wilde die rabarber toch niet?'

Het beest begint te blaffen.

Dora schept wat rabarber terug op het bord en zet het weer op de grond, maar de hond is totaal niet geïnteresseerd. Hij springt tegen haar op en zet zijn tanden in haar trui.

'Stop!' Ze duwt de hond van zich af. 'Niet nu ...!'

De oude hond piept en laat zijn plas lopen.

'Verdomme, eruit jij!' Ze pakt het beest bij z'n nekvel en trekt hem naar de deur. Weer krijgt ze het beklemmende gevoel in haar borst. Ze duwt de hond naar buiten. Het beest sjokt blaffend weg. Verschrikt kijkt ze op als ze de stem hoort die ze had gedacht nooit meer te zullen horen.

'Nee, niet springen!' zegt Unnar tegen zijn hond en hij probeert de schouderzak die hij draagt veilig weg te houden van het blije beest.

'Waar was je ... waarom kwam je maar niet terug? Ik dacht dat je nooit meer terug zou komen. Ik dacht dat er iets was gebeurd ...' Ze praat steeds harder en sneller.

Hij kijkt haar verbaasd aan. 'Ik ben er toch weer?' Hij loopt naar binnen met de hond op zijn hielen.

'Ja, maar je was weg ... je had beloofd niet lang weg te gaan, je had gezegd direct terug te komen, je mag me niet zo lang alleen laten.'

'Je wilde toch graag weer eieren?' Unnar tilt heel voorzichtig de zak van zijn schouders en legt hem op de tafel.

'Maar daar heb je toch niet zo veel dagen voor nodig? Je kan ze toch pakken en terugkomen?' huilt ze.

Unnar denkt aan de zware tocht van de afgelopen dagen en de nieuwe techniek die hij heeft ontwikkeld om zonder de hulp van anderen eieren te rapen. Hoe hij eerst met stenen en een ijzeren paal waar vroeger licht uit kwam een constructie had gebouwd aan de rand van de rotsen, er een touw aan had vastgemaakt, dat naar beneden gegooid en zo de plek gecreëerd waarnaartoe hij terug zou kunnen klimmen. Daarna had hij een tweede bouwwerk gemaakt boven de loodrechte afgrond waar de nesten waren en de rotsen onmogelijk te beklimmen waren. Hier was hij afgedaald aan een tweede touw, de zak op zijn rug, langzaam van nest naar nest glijdend terwijl de vogels elkaar woedend waarschuwden voor de ongewenste bezoeker. Beneden in het hutje, dat hij ooit met andere mannen had gebouwd van wrakhout, had hij geslapen en bij het opkomen van de zon was hij naar het touw gelopen dat hij had uitgehangen en teruggeklommen zonder één ei te breken. 'Wil je een gekookt of een gebakken ei?' zegt hij terwijl hij de touwen van zijn schouder pakt.

Dora kijkt hem woedend aan. 'Ik wil geen ei! Ik wil dat je me niet zo lang alleen laat! Ze voelen dat ik hier alleen was. Ze waren met heel veel,' snikt ze hijgend.

Unnar slaat zijn arm om haar heen en drukt haar tegen zich aan.

'Je had het mij beloofd,' snottert ze. 'Ik mag eerst.'

Unnar knikt.

3

Het laatste land

Het is stil in huis. Veel stiller dan gebruikelijk. Buiten op het dak scharrelen wat vogels, maar in de keuken hoort hij niet haar geschuifel. Ook hoort hij de beek achter het huis klateren, maar niet haar gerommel met de emmer. Een meeuw roept, maar ze ruziën niet om de resten. De druppels tikken zachtjes in de dakgoot, maar hij mist het fluiten van de ketel. Hij hoort het gescharrel van Erna, maar niet het melken. Zou ze weer zo moe zijn als gisteren? Zou ze net als hij nog onder de dekens liggen? Hij stapt uit zijn bed, trekt zijn broek en trui aan en bindt zijn bril om zijn hoofd. Hij hoort wel het getrippel van de hond in de gang, maar niet haar protest.

Ze ligt doodstil. Haar handen op haar borst, alsof ze zichzelf beethoudt. Haar ogen gesloten, haar tandeloze mond een klein beetje open. Haar stem is verdwenen.

Hij kookt water in de ketel. Ze houdt er niet van om zich met koud water te wassen. Hij legt een laken zonder verstelplekken op de tafel. Hij tilt haar uit haar bed – ze weegt minder dan een schaap – en legt haar heel voorzichtig neer. Haar lange grijze vlecht valt in een s naast haar hoofd. Hij wast haar gezicht, haar armen, handen en voeten. Hij dept haar droog. De rimpelige huid is doorschijnend wit, als glas. Hij trekt haar de schone sokken aan die ze klaar heeft gelegd in de la van de commode. Net als de rode zomerjurk, die hij over haar pyjama knoopt. Hij heeft haar hem nooit eerder zien dragen maar opeens lijkt ze een beetje op Susanna. Hij pakt het doosje uit de la dat ze hem ooit heeft aangewezen. Hij doet het open en haalt het kunstgebit eruit. Hij heeft haar nooit gevraagd in welk huis ze het heeft gevonden, voor hem zijn het haar tanden.

Hij opent haar mond en doet ze erin. Eerst past het niet helemaal, maar met wat geduw is het net alsof ze lacht. Hij haalt haar haar los en denkt aan de lessen die ze hem gaf en hoe ze wilde dat hij het zou vlechten.

Ze lijkt jonger en mooier nu ze dood is. Toch is er iets wat hij mist. Hij kijkt in de la waarin ze alles heeft klaargelegd. Hij ziet ze niet. Hij gaat naar haar klerenkast op de gang. Tussen de spullen die ze overal vandaan heeft gehaald vindt hij wat hij zoekt. Hij trekt de gebreide sokken weer uit en schuift de rode schoenen met hakjes aan haar voeten.

Ook de plek voor haar graf heeft ze hem aangewezen, een plekje uit de wind. De kuil die hij graaft is veel dieper dan alle eerdere graven.

Ze heeft het hem niet gevraagd maar toch heeft hij alle soorten bloemen die hij op de heuvels heeft kunnen vinden, geplukt. Rode, roze, lichtblauwe, gele, witte en paarse. Lange, dunne, kleine, grote en minuscule bloempjes zitten er in zijn boeket. Hij legt het neer op de berg aarde. Het begint te regenen.

Het is de roze bezem in zijn hand die het geluid maakt. Ritmisch bijna. Hij wil zingen maar kent geen lied dat erbij hoort. Hij wil huilen maar voelt geen tranen. Het vegen van de vloer maakt hem rustig. Onder de tafel en het bed, rond de kachel en voor het aanrecht. Stof, zand, aarde, gras, splinters, haren, hij veegt ze op een hoop en gooit ze naar buiten.

Hij haalt haar bed af en hangt de lakens in de regen aan de lijn. Hij fluit Vlek en loopt met hem het pad op naar zijn oude huis.

Het blauw dat achter de regen tevoorschijn komt is een ander blauw dan het blauw van eerst. Ook de wolken zijn niet dezelfde, net als de geur van het gras of de kleur van de zee. Over alles ligt een glinsterend waas, waardoor het sprankelt en mooier is. Ook het geluid dat hem bereikt is veranderd, helderder, hoger misschien.

Hij opent de deur van het huis waar hij jaren met Henrik heeft gewoond. De deur knarst hem welkom. Ook de vloer is blij hem te voelen. Elke plank kraakt van opwinding bij zijn aanraking. Op het dressoir ligt de gelijmde globe zoals hij hem ooit heeft achtergelaten. Heel voorzichtig pakt hij hem op, blaast het stof eraf en draait hem rond. Hij kijkt naar vormen en kleuren, landen waar hij nooit is geweest, waarvan men zei dat ze bestonden of bestaan, niemand wist het zeker. Het zijn anonieme klanken en letters. Vreemde lange woorden zonder enige betekenis.

Hij draait zachtjes terwijl zijn wind weer over de oceaan blaast, zijn storm neemt het stof mee. Waar zal het dalen? Daar waar net als hier niemand meer is? Heel behoedzaam legt hij de kwetsbare bol neer en pakt uit zijn zak het stukje dat hij alweer jaren bij zich draagt, waarmee hij soms zijn nagels schoonmaakt of iets loskrabt. De scherf is nog steeds blauw, met het kleine bruine stipje. Hij draait de aarde zo dat het gaatje bovenkomt, dan plaatst hij met uiterste precisie de scherf terug in het gat. De jaren in zijn broekzak hebben de kleur iets veranderd maar toch mengt het blauw zich met het blauw eromheen. De zee wordt weer één zee, de oceaan één oceaan, de wereld één wereld.